Selected Studies of Chinese Literature in the 20th Century

20世纪中国文学研究论文选

Selected Studies of Chinese Literature in the 20th Century

Selected Studies of Chinese Literature
in the 20th Century

20世纪中国文学研究论文选

近 代 卷

丛书主编 张燕瑾 赵敏俐

汪龙麟 选编

社会科学文献出版社
SOCIAL SCIENCES ACADEMIC PRESS (CHINA)

教育部人文社会科学重点研究基地

首都师范大学中国诗歌研究中心规划项目

目录

前　言

汪龙麟

一　空前繁荣的文学创作与相对滞后的学术研究

与中国古代任何一个朝代的文学创作相比，近代的文坛确实可谓繁花似锦、绚丽多姿。仅就数量而论，这近80年的文学“产量”足令人为之惊叹。

就小说而论，阿英《晚清小说史》论及其时长篇小说时云：

> 晚清小说，在中国小说史上，是一个最繁荣的时代。所产生的小说，究竟有多少种，始终没有精确的统计。书目上收的最多的，要算《涵芬楼新书分类目录》，文学类一共收翻译小说近四百种，创作约一百二十种，出版期最迟是宣统三年（1911）。……实则当时成册的小说，就著者所知，至少在一千种上，约三倍于涵芬楼所藏。[①]

查阿英《晚清戏曲小说目》，共收创作小说462种[②]，翻译小说608种，两者相加已超过千种。另据江苏省社会科学院明清小说研究中心主编的《中国通俗小说总目提要》，仅1900~1911年间，便收创作小说500余部[③]。至于短篇小说的“产量”，据现存报纸、杂志、专集的不完全统计，约6800篇[④]，这也同样是一个“天文数字”。

近代的戏曲创作，也同样“产量”极高。阿英《晚清戏曲小说目》共收传奇、杂剧、地方戏、话剧161种，但阿英所收仅限于1901~1912年即辛亥革命前后十年间的作品。赵晋辑《戊戌变法前后至辛亥革命报刊发表的戏曲剧作编年》，收1896~1911年报刊发表剧目共169种[⑤]。梁淑安、姚柯夫《中国近代传奇杂剧简目》收属近代之作者234种[⑥]，而庄一拂《古典戏曲存目汇考》中，属近代的传奇、杂剧542种[⑦]。

尽管传统诗文创作，宋后便日渐凋零，但近代诗文创作却呈现繁荣景象。据不完全统计，有作品传世的近代诗人在千家以上，诗作数十万首[8]；词作数量也很可观，叶恭绰《全清词钞》收清代词人 3196 家，其中属道光后词人 1300 多家，词作在十万首以上[9]。至于近代的散文，当也在千家以上[10]。

比起此前的中国文坛，近代文学创作的确分外活跃，各体文学均可谓“空前的繁荣”。但文学创作的繁荣并不意味着学界研究的共同繁荣。据裴效维、张颐青辑《中国近代文学研究资料篇目索引》一书，著录 1840~1990 年间有关近代文学研究单篇文章目达 10200 条[11]。仅从数字看，这一数目并不算少，但如果考虑到这万余篇论文的时间跨度达 150 年，平均每年论文数仅 68 篇，与古代文学、现代文学平均每年研究论文数都在数百篇以上相比，近代文学研究的万余篇论文就未免有些相形见绌了。

缘何近代文学的丰富藏量，却未能吸引学界的学术目力？这其中的原因自是多方面的，但如下几个因素是不能忽略的。一则是材料不易得。近代中国八十年，战乱频仍，社会的动荡不安，导致大量作家作品的流失和散佚，这必然给研究者搜集研究材料带来不少困难。再则是佳作实难求。近代的文学创作量高而质低，可说是其时及此后学界论者之共识。诗文小说戏曲几乎都表现出浓重的政治化倾向，仿续文风弥漫文坛，粗制滥造之作比比皆是。与前代文学多大家经典之作相比，近代文学中经典作品确乎少之又少，这也在某种程度上导致学界研究情绪的淡漠。三则作为中国古代文学的殿军和现代文学的始脉，中国近代文学的过渡性介质导致学界对其研究的颇为尴尬的抉择。古代文学研究者因其文学表现不够古雅而多不愿涉足其间，现代文学研究者则又因近代作家的文学观念不够现代而弃如敝屣。甚至有人倡导近代文学分属论、近现二代合并说。前者如民国时期的诸多文学史多喜将辛亥革命前的文学归入“清文学”，民元后的文学并入“现代文学”，如凌独见《新著国语文学史》（商务印书馆，1923）、谭正璧《中国文学史大纲》（上海光明书局，1925）；后者如陈子展《最近三十年中国文学史》（太平洋书局，1930），则将晚清民国以至五四后文学统归于一段论述。这两种做法的隐含判断显然是对近代文学是否具有独特文学表征的怀疑甚至否定。

二　近代文学的学科化进程与老一辈学者的奠基之功

尽管中国近代文学在学界并未激起多少波澜，但因此而否定学界于中国近代文学研究所取得的成绩也是有失偏颇的。裴效维、牛仰山《20世纪近代文学研究》一书，将中国近代文学研究的发展历程，划分为三个大的时段，并仔细排比了每一时段学界发表的论文数量，即1920~1949年为“近代文学研究的开创期”，单篇文章2909篇；1950~1979年为“近代文学研究的萎缩期”，单篇文章1435篇；1980~1998年为“近代文学研究的繁荣期”，其中20世纪80年代发表的单篇文章达到5203篇，90年代大约2000篇。依据论者对这三个时期的考察，得出两个结论：其一，“近代文学研究经历了三个时期，形成了一个马鞍形轨迹：初期差强人意，中期成绩最差，后期成就最大”；其二，“经过八十年的研究，近代文学史这门学科虽然已经建立并且得到了一定的发展，但与兄弟学科相比，仍然是落后的学科，不仅落后于古代文学和现代文学的研究，而且与当代文学研究相比也有差距”[12]。裴、牛二人之论，颇为系统地勾勒了近代文学学科化的历史进程，而该书对每一时段的具体进展情况、不同学者的见解成就均有细致的描述，此不赘论。

中国近代文学学科体系的日渐完善，与老一辈学者的辛勤拓植和耕耘是分不开的。略一检视，不难发现，在中国近代文学研究园囿中，不乏大师名家，诸如胡适、鲁迅、周作人、郑振铎、汪辟疆、胡先骕、阿英、钱穆、钱钟书、孙楷第、容肇祖、吴文祺、李何林、任访秋、萧善因、陈汝衡、陈则光……他们所著论文，或着眼于近代文学的总体宏观描述，或倾力于近代作家作品的微观阐发，几乎涉及近代文学研究上的所有课题，尽管囿于资料和方法上的局限，所持观点亦颇多粗疏失检之处，然而，正是这些前贤先哲筚路蓝缕的艰辛开拓，为近代文学史的学科建设奠定了坚实的基础，并为此后的研究开拓了无限的空间。

正是出于对前辈学界耆宿丰硕成果的景仰，也考虑到当代学界近代文学研究者资料取择的方便，故我们从1919~1990年间发表于各种期刊和报纸上的有关近代文学研究的近万篇论文中，选取前辈学者颇具影响的研究论文40篇。这些论文所涉及的论述内容，大致可分为三个方面。

首先，是对近代文学学科特征的总体性描述。其中胡适、胡先骕、李何林、陈则光四人的论文颇具代表性，四文于近代各类文体都曾涉及，但给人感受最深的则是他们试图把握近代文学总体特征的不懈努力。

胡适定稿于1922年3月的《五十年来中国之文学》，将1872~1921年50年间的中国文学视为一段独立的文学史，之所以将上限定为1872年，因为这一年是“曾国藩死的一年”，而曾国藩作为“桐城派古文的中兴第一大将”，他的死亡标志着“古文的运命又渐渐衰微下去了”。胡适认为这50年的文学表现出三个发展趋势，一是“古文的衰亡”，二是“势力最大，流行最广的文学”，“乃是许多白话的小说”，三是“近五年来的文学革命”，“主张现在和将来的文学都非白话不可”[13]。胡适在文中并未给这50年文学一个合适的名称，时段上下限的界分与后来近代文学年限的划定也出入甚大，但胡文毕竟敏锐地感受到这50年文学已表现出与古代文学极不相侔的风范，并将之作为一个新的独立的文学时代。这对此后学界建构近代文学史的学科体系是颇具启迪意义的。

然而，胡适出于宣传白话文学的需要而将古文学贬为“死文学”或“半死文学”，将白话文学誉为“活文学”，并以之作为这50年文学与此前文学区分的标志，这种观点自难免偏颇，在其时便遭到学界的严厉批评，如胡先骕《评胡适〈五十年来中国之文学〉》一文对胡适提法即大不以为然，以为“胡君死活文学之说，毫无充分之理由”，但胡先骕所着力强调的也不过是古文学仍有其生命力，算不得“死文学”，“何况白话文已有就衰之象耶”？[14]

二胡之争其实还只是其时白话文言争端的延续，故二者之文也主要只是依据各自的文体追求而取择材料，如胡适文中于近代小说多所褒扬，胡先骕文中则于近代桐城古文之“优点”激赏不已，虽也都涉及近代文学某些方面的特点，但毕竟只是云龙鳞爪之见，于近代文学之总体特征的把握终嫌隔膜。这种状况在50年代后得到了改观。

新中国成立后，“近代”的历史概念已逐渐为学界所认同，应如何理解近代文学总体特征也就成为学界的热点话题。鉴于20世纪五六十年代马克思主义文学批评方法在学界获得广泛深入的运用，故大多数学者都是从社会反映学角度阐释近代文学特点，这其中值得一提的是李何林《从鸦片战争到“五四”的社会背景和文学概况》、陈则光《中国近代文学的社会基础及其特征》二文。

李何林文认为，毛泽东在《新民主主义论》中所说的“中国文化战线上的斗争，是资产阶级的新文化和封建阶级的旧文化的斗争”，可说是“这个时期文学的特点的最好说明”，“这个时期中国文学战线上的斗争，是资产阶级的新文学和封建阶级的旧文学的斗争。这种斗争表现在文学战线上和表现在政治社会战线上都同样反映了中国资产阶级的软弱性；改良主义是这两条战线上的资产阶级的领导思想和主要内容，反帝反封建和要求民主都不够彻底，因而文学上的成就也是不够大的”[15]。陈则光文也引用毛泽东《新民主主义论》中的相关论述，认为近代中国文学的特点有五：其一，“中国近代文学对中国前期的半殖民地半封建社会的面貌，作了相当全面的反映，而反映这个社会的文学体裁，也是多种多样。”其二，“文学上两条道路的斗争，贯穿着中国全部文学历史”。表现在近代中国文学领域，便是“新旧文化的斗争”，即“中国人民大众（各革命阶级）的新势力和帝国主义封建阶级的旧势力之间的斗争在意识形态上的反映。而新旧文学的斗争，就是西方资本主义的文学思想和中国封建主义的文学思想矛盾斗争的表现”。其三，“这一时期的文学为政治服务的要求表现得相当强烈”。其四，“文学语言方面也发生了变化。开始展开了接近通俗化的文体革新运动，即白话文运动”。其五，“创作方法方面，除继承了中国古典现实主义和浪漫主义的传统外，并开始接受外国文学创作方法的影响。”⑯

李、陈之文从阶级分析角度的阐释，固有其弊端，但却准确地把握了近代文学发展的脉搏，尤其是着眼于社会政治经济文化对文学发展的潜在影响，较之胡适、胡先骕的文体批评自要深刻得多。

其次，是对近代各类文体、文学流派、文学运动等的综合研究。这其中的代表性论文如汪辟疆《近代诗人述评》、徐蔚南《南社在中国文学上的地位》、杨世骥《戏曲的更新》、鸿年《二十年来之新剧变迁史》、志希（罗家伦）《今日中国之小说界》、徐佩珺《谈鸳鸯蝴蝶派小说》等等。这些论文多是以某一文体或某一流派为论述中心，突出特点是视野宏阔，视角独特，持论公允且多所发明，许多论断对今天的近代文学研究者仍不乏开启意义。

汪辟疆《近代诗人述评》一文颇具代表性。汪文首先对“有清二百五十年间之诗学变迁”予以分期，认为“清代之诗，约可分为三期：曰康雍，其初期也。曰乾嘉，则中期也。曰道咸而后，则近代也”。初、中期诗作“无自成风会之可言，即无真确面目之可识”，而“清诗之有面目可识者，当在近代”。继而将目光凝聚于近代诗家。论者先从时世递进角度将近代诗歌发展“析为道咸与同光二期分论之”，既强调政治风云对这两期诗人之影响，也兼及诗人诗学取向之不同和卓荦不群者的特异成就以及不同诗家流派之发展，重在突出近代诗歌发展演进之轨迹，并由此为近代诗歌于清代诗歌发展史上之地位寻求合理定位，指出：“有清二百五十年间，使无近代诗家成就卓卓如此，诗坛之寥寂可知。”接着论者以主要篇幅从地域空间角度评述近代诸多诗家，认为“近代诗家可以地域系者，约可分为六派：湖湘派、闽赣派、河北派、江左派、岭南派、西蜀派。”⑰六派的划分，虽不能囊括所有近代诗家，然却凸显了地域文化渊源于诗家创作之影响。这种论述设计，既关注时间层面的历史纵向演变，又注目空间层面的水土风俗熏染，经由论者这种大范围的时空交织式的论述整合，近代诗歌演进之规律、不同诗派之表征甚至不同诗人之风格表现等等，均得到了比较系统、科学的评述。

其他如杨世骥《戏曲的更新》、鸿年《二十年来之新剧变迁史》二文，对近代戏曲演进历程的描述，徐佩珺《谈鸳鸯蝴蝶派小说》对近代小说发展的探讨，其中颇多富有价值之见解，不少资料也是弥足珍贵的。

再次，是对近代作家作品的个案研究。这方面的论文最多，本书共选有 30 篇。这些论文多是择取近代某一作家或作品作单一性的专题研究，无论是考证作家生平本事，还是阐释作品内蕴的思想以及艺术表现技巧，均要言不烦，一矢中的，超越前人，影响后学。这里仅以季镇淮《龚自珍简论》、孙楷第《关于〈儿女英雄传〉》、王璜《与〈儒林外史〉有连续性的三部小说》三篇文章为例予以说明。

龚自珍研究一直为学界所瞩目，然 1980 年代前，除朱杰勤《龚定庵研究》[18]、钱穆《龚定庵思想之分析》[19] 等少数几篇专题论文外，相关论文著述的评析多甚为零碎。1980 年代后，龚自珍研究虽得到学界的高度关注，但见解超卓者并不多见，唯季镇淮《龚自珍简论》一文，虽简略却颇为深入地探析了龚自珍的生平思想及其创作的思想艺术成就。季文首先通过对龚自珍生平经历的检视，认为：

> 从龚自珍早年的社会批判论和改良论，到中年以后以批判的历史家自任，继续不断地关心现实政治社会的重大问题，可以看到他的从自发到自觉的进步思想斗争过程。这是主要的一方面。另一方面，也可以看到，他既以历史家自处，看到一切故纸文物的有用，随着仕途的失意，也就自然地以“搜罗文献”自慰。……这就是他中年以后所以感慨日深的缘故。他的思想复杂而矛盾，烦恼和痛苦，使他不得不“发大心”，寄幻想于佛教，以求超世间的解脱。但龚自珍又决不是虔诚的佛教徒。《与江居士笺》可以窥见他对佛教持保留态度，因为他无法排除外缘的干扰。

这种解释较之单纯以“进步”或“落后”对龚氏思想贴标签式的批评自要深刻得多，也更为贴近龚氏思想之实际。对龚自珍的诗歌创作，文章指出：“龚自珍的诗和他的先进的思想是统一的。他真正打破清中叶以来诗坛模山范水的沉寂的局面。他的诗绝少单纯地描写自然景物，而总是着眼于现实政治社会形势，发抒感慨，纵横议论。他的诗饱含着社会历史内容，是一个历史家或政论家的诗。”[20]从龚氏思想对其诗作的影响角度并将之置于清诗发展史的高度予以褒扬，与前人多从否定角度批评龚诗多“伤时之语，骂座之言”也判然有别。此外，季文还对龚诗之艺术创新，龚文、龚词之成就等等，均作了简明扼要的评述，其中亦颇多创新与发明。

“用目录之学做基础”的孙楷第，被胡适誉为“今日研究中国小说史最用功又最有成绩的学者”[21]，其《关于〈儿女英雄传〉》一文，以扎实的目录学考据功夫，认真考核了《儿女英雄传》之版本流变情况，作者文康及其家世，以及评者“还读我书室主人”的真实身份等等，而且对小说“故事及人物”也别有慧心，如评述十三妹，认为其“前半则剑气侠骨，简直是红线、隐娘一流。及结婚后，则菊宴箴夫，想作夫人，又平平极了，与流俗女子无异。”尽管孙氏对此感到“殊不可解”、“真是怪事”，但却敏锐地感受到了十三妹形象的前后不一致。为解开这一谜团，论者又将凌濛初《初刻拍案惊奇》卷四《程元玉店肆代偿钱，十一娘云岗纵谈侠》中的侠女十一娘和王士祯《剑侠传》中的“骑黑驴的怪女子”，与十三妹两相比照，竟然发现“原来小说前半部的十三妹的人格，是从说部中抄袭而来；后半部的十三妹，才是作者理想与经验的人物。这无怪其不调和了”[22]。这种阐说未必确当，但却为此后学界探讨十三妹这一侠女形象的文学渊源着了先鞭。

晚清“小说界革命”的蓬勃发展，各种“改良群治，唤醒国魂”的“新小说”纷纷登台，尤以“写社会之恶态而警笑训诫之”[23]的“社会小说”最受欢迎，其中最有名、成就最高的便是被鲁迅称为“晚清四大谴责小说”的李伯元《官场现形记》、吴趼人《二十年目睹之怪现状》、刘鹗《老残游记》和曾朴《孽海花》。对这一类型小说的文学渊源和叙事特征，学界多强调《儒林外史》的潜在影响。如胡适即认为，就结构看，“《官场现形记》、《文明小史》、《老残游记》、《孽海花》、《二十年目睹之怪现状》诸书，皆为《儒林外史》之产儿。”[24]而对谴责小说的谴责倾向，也都提出严正批评。浴血生即云：

> 社会小说，愈含蓄愈有味。读《儒林外史》者，盖无不叹其用笔之妙，如神禹铸鼎，魑魅魍魉，莫遁其形。然而作者未尝落一字褒贬也。今之社会小说夥矣，有同病焉，病在于尽。[25]

《儒林外史》用笔之妙，在于其不着一字褒贬，而其意自见，故“含蓄”、“有味”；今之小说“病在于尽”，不留给读者一丝回味余地。换言之，《儒林外史》写人写事，十分只写八分，还留二分给读者；而晚清诸“社会小说”则十分写到十二分，夸张失度。所以鲁迅讥之为“辞气浮露，笔无藏锋”[26]。

针对学界的这些看法，王璜《与〈儒林外史〉有连续性的三部小说》一文，表达了不同看法。王文主要探讨《官场现形记》、《二十年目睹之怪现状》、《孽海花》这三部晚清小说与《儒林外史》之间的关系，认为：

> 这几部书与《儒林外史》，是有着难以分开的连续性，是清代覆亡史的续编。不论在形式上、内容上都不是模仿《儒林外史》，而是发扬《儒林外史》的战斗意志，完成清代覆亡史的纪事。健全讽刺小说的创体，并充实了讽刺小说的形式，修正了讽刺小说格式的缺点。

因此，论者不同意胡适以这三部晚清小说为《儒林外史》产物的看法，也不同意鲁迅视三部晚清小说为“谴责小说”的论述。从形式上看，《二十年目睹之怪现状》“全书以自号九死一生者为线索，历记其二十年中所见所闻，因而各种事体，较之《儒林外史》易于联系”。《孽海花》以傅彩云为线索，“较之《儒林外史》没有确切的主人公显得较有条理”。至于《官场现形记》，其“在故事的连贯上”，也“比《儒林外史》显得较为紧密”。因此三书“虽然都采用了吴敬梓的创体”，但却又都“给这种格式一番精巧的修饰”。至于三书的讽刺笔意，虽都不免“夸大其词的刻薄”，但如果考虑到三书作者“为着强调清代政令不修，贪污横行，使读者的印象更加深刻”，那么，“我们就没有理由来反对他们的有意渲染”[27]。在整个文坛对谴责小说多所指责的批评潮流中，王文的观点可谓是空谷足音，而后世学界对王氏观点不仅颇多支持者，且多所丰富和发展。

此外，缪钺对郑珍诗的解读，郑振铎对梁启超的研究，葛贤宁、王瑶等对黄遵宪诗歌成就及爱国精神的挥发，曲六乙、席明真等对近代戏曲文学的批评，容肇祖、严薇青、张毕来等对近代小说的研究，均卓有成就，限于篇幅，不再一一列举。

最后，对本书选取论文的原则稍作说明。

（一）本书所择论文，撰者均为已谢世之老一辈学者，存世学者论文，一概不录。

（二）本书原则上只选取公开发表的论文，单行本的论著及篇幅过长者一般不予收录。唯胡适《五十年来中国之文学》，系从《胡适文存》中移录。而吴文祺《近百年来的中国文艺思潮》一文，因篇幅过长而被迫割爱。

(三) 所选文章按类编排，每类文章一般又按发表时间先后排序。有关作家作品的研究文章，以作家生卒年代为序，同一作家的文章亦按发表年代先后为序。

(四) 所选文章一般尽量保持原貌，不做任何更改。但对明显的错别字、异体字，则予以修正。

鉴于编者所见资料有限，本书的编录定有不少缺点和遗漏，恳望大方之家见谅并指正。

2005 年 6 月 20 日

---

① 阿英：《晚清小说史》，人民文学出版社，1980，第 1 页。

② 阿英：《晚清戏曲小说目》，上海文艺联合出版社，1954。

③ 江苏省社会科学院明清小说研究中心主编《中国通俗小说总目提要》，中国文联出版公司，1990。

④ 参见方正耀《论中国近代短篇小说》，《华东师范大学学报》1987 年第 6 期。

⑤ 赵晋：《戊戌变法前后至辛亥革命报刊发表的戏曲剧作编年》，《戏曲研究》第 6 辑，中国戏剧出版社，1982。

⑥ 梁淑安、姚柯夫：《中国近代传奇杂剧简目》，《文献》第 6、7 辑，书目文献出版社，1980、1981。

⑦ 庄一拂：《古典戏曲存目汇考》，上海古籍出版社，1982。

⑧ 参见郭延礼《近代六十家诗选·前言》，山东文艺出版社，1988。

⑨ 叶恭绰：《全清词钞》，中华书局，1982。

⑩ 参见黄征《近代诗文集的史料价值及其他》，《南京大学学报》1987 年第 3 期。

⑪ 裴效维、张颐青辑《中国近代文学研究资料篇目索引》，见《中国近代文学大系》第 30 卷，上海书店，1996。需作说明的是，此处所举论文数字，系据裴效维、牛仰山《20 世纪近代文学研究》(北京出版社，2001) 一书的统计。

⑫ 裴效维、牛仰山：《20 世纪近代文学研究》，北京出版社，2001，第 21~22 页。

⑬ 胡适：《五十年来中国之文学》，《胡适文存》，第二集卷二，上海亚东图书馆，1924。

⑭ 胡先骕：《评胡适〈五十年来中国之文学〉》，《学衡》第 18 期，1923 年 6 月。

⑮ 李何林：《从鸦片战争到"五四"的社会背景和文学概况》，《新建设》1954 年第 10 期。

⑯ 陈则光：《中国近代文学的社会基础及其特征》，《中山大学学报》1959 年第 1、2 期合刊。

⑰汪辟疆：《近代诗人述评》，《南京大学学报》1962年第1期。

⑱朱杰勤：《龚定庵研究》，《现代史学》第2卷第4期，1935年10月。

⑲钱穆：《龚定庵思想之分析》，《国学季刊》第5卷第3号，1935。

⑳季镇淮：《龚自珍简论》，《北京大学学报》1985年第1期。

㉑胡适：《〈日本东京所见中国小说书目提要〉序》，载孙楷第《日本东京大连图书馆所见中国小说书目提要》，人民文学出版社，1957，是书原由国立北平图书馆暨中国大辞典编纂处于1932年6月出版。

㉒孙楷第：《关于〈儿女英雄传〉》，《国立北平图书馆馆刊》第4卷第6号，1930年12月。

㉓《小说丛话》中侠人语，据阿英《晚清文学丛钞·小说戏曲研究卷》，中华书局，1960。

㉔解弢：《小说话》，中华书局，1919。

㉕浴血生：《小说丛话》，《新小说》第1、2卷，1903~1904，此据阿英《晚清文学丛钞·小说戏曲研究卷》。

㉖鲁迅：《中国小说史略》第28篇，《鲁迅全集》（9），第282页。

㉗王璜：《与〈儒林外史〉有连续性的三部小说》，《东方杂志》第42卷第5期，1946。

五十年来中国之文学

胡 适

一

这五十年在中国文学史上可以算是一个很重要的时期。综括起来，这五十年的重要有几点：

（1）五十年前，《申报》出世的一年（1872），便是曾国藩死的一年，曾国藩是桐城派古文的中兴第一大将。但是他的中兴事业，虽然是很光荣灿烂的，可惜都没有稳固的基础，故都不能有长久的寿命。清朝的命运到了太平天国之乱，一切病状一切弱点都现出来了，曾国藩一班人居然能打平太平天国，平定各处匪乱，做到他们的中兴事业。但曾、左的中兴事业，虽然延长了五六十年的满清国运，究竟救不了满清帝国的腐败，究竟救不了满清帝室的灭亡。他的文学上的中兴事业，也是如此。古文到了道光、咸丰的时代，空疏的方姚派，怪僻的龚自珍派，都出来了，曾国藩一班人居然能使桐城派的古文忽然得一支生力军，忽然做到中兴的地位。但“桐城—湘乡派”的中兴，也是暂时的、也不能持久的。曾国藩的魄力与经验确然可算是桐城派古文的中兴大将。但曾国藩一死之后，古文的运命又渐渐衰微下去了。曾派的文人，郭嵩焘，薛福成，黎庶昌，俞樾，吴汝纶……都不能继续这个中兴事业。再下一代，更成了“强弩之末”了。这一度的古文中兴，只可算是痨病将死的人的“回光返照”，仍旧救不了古文的衰亡。这一段古文末运史，是这五十年的一个很明显的趋势。

（2）古文学的末期，受了时势的逼迫，也不能不翻个新花样了。这五十年的下半便是古文学逐渐变化的历史。这段古文学的变化史又可分作几个小段落：

（一）严复、林纾的翻译的文章。

（二）谭嗣同、梁启超一派的议论的文章。

（三）章炳麟的述学的文章。

（四）章士钊一派的政论的文章。

这四个运动，在这二十多年的文学史上，都该占一个重要的地位。他们的渊源和主张虽然很多不相同的地方，但我们从历史上看起来，这四派都是应用的古文。当这个危急的过渡时期，种种的需要使语言文字不能不朝着“应用”的方向变去。故这四派都可以叫做“古文范围以内的革新运动”。但他们都不肯从根本上做一番改革的工夫，都不知道古文只配做一种奢侈品，只配做一种装饰品，却不配做应用的工具。故章炳麟的古文，在四派之中自然是最古雅的了，只落得个及身而绝，没有传人。严复、林纾的翻译文章，在当日虽然勉强供应了一时的要求，究竟不能支持下去。周作人兄弟的《域外小说集》便是这一派的最高作品，但在适用一方面他们都大失败了。失败之后，他们便成了白话文学运动的健将。谭嗣同、梁启超一派的文章，应用的程度要算很高了，在社会上的影响也要算很大了，但这一派的末流，不免有浮浅的铺张，无谓的堆砌，往往惹人生厌。章士钊一派是从严复、章炳麟两派变化出来的，他们注重论理，注重文法，既能谨严，又颇能委婉，颇可以补救梁派的缺点。甲寅派的政论文在民国初年几乎成一个重要文派。但这一派的文字，既不容易做，又不能通俗，在实用的方面，仍旧不能不归于失败。因此，这一派的健将，如高一涵、李大钊、李剑农等，后来也都成了白话散文的作者。

这一段古文学勉强求应用的历史，乃是新旧文学过渡时代不能免的一个阶段。古文学幸亏有这一个时期，勉强支持了二三十年的运命。

（3）在这五十年之中，势力最大，流行最广的文学，——说也奇怪——，并不是梁启超的文章，也不是林纾的小说，乃是许多白话的小说。《七侠五义》、《儿女英雄传》都是这个时代的作品。《七侠五义》之后，有《小五义》等等续编，都是三十多年来的作品。这一类的小说很可代表北方的平民文学。到了前清晚年，南方的文人也做了许多小说。刘鹗的《老残游记》，李伯元的《官场现形记》、《文明小史》，吴沃尧的《二十年目睹之怪现状》、《恨海》、《九命奇冤》……等等，都是有意的作品，意境与见解都和北方那些纯粹供人娱乐的民间作品大不相同。这些南北的白话小说，乃是这五十年中国文学的最高作品，最有文学价值的作品。这一段小说发达史，乃是中国“活文学”的一个自然趋势；他的重要远在前面两段古文史之上。

（4）这五十年的白话小说史仍旧与一千年来的白话文学有同样的一个大缺点：白话的采用，仍旧是无意的、随便的，并不是有意的。民国六年以来的

“文学革命”便是一种有意的主张。无意的演进，是很慢的，是不经济的。譬如乾隆以来的各处匪乱，多少总带着一点“排满”的意味，但多是无意识的冲动，不能叫做有主张的革命，故容易失败了。太平天国的革命，排满的色彩稍明显一点，但终究算不得是有意识有计划的排满运动，故不能得中上阶级的同情，终归于失败。近二十年来的革命运动，因为是有意识的主张，有计划的革命，故能于短时期之中，收最后的胜利。文字上的改革，也是如此。一千年来，白话的文学，一线相传，始终没有断绝。但无论是唐诗，是宋词，是元曲，是明清的小说，总不曾有一种有意的鼓吹，不曾明明白白的攻击古文学，不曾明明白白的主张白话的文学。

近五年的文学革命，便不同了。他们老老实实的宣告古文学是已死的文学，他们老老实实的宣言“死文字”不能产生“活文学”，他们老老实实的主张现在和将来的文学都非白话不可。这个有意的主张，便是文学革命的特点，便是五年来这个运动所以能成功的最大原因。

以上四项，便是这五十年中国文学的变迁大势。以下的几章便是详细说明这几个趋势。

二

曾国藩死后的“桐城—湘乡派”，实在没有什么精彩动人的文章。王先谦辑的《续古文辞类纂》（光绪八年，1882，编成的）选有龙启瑞、鲁一同、吴敏树等人的文章，可以勉强代表这一派的老辈了。王先谦自序说：

> 惜抱（姚鼐）振兴绝学，海内靡然从风。其后诸子各诩师承，不无谬附。……梅氏（梅曾亮，1855死）浸淫于古，所造独为深远。……曾文正公（国藩）以雄直之气，宏通之识，发为文章，冠绝今古。……学者将欲杜歧趋，遵正轨，姚氏而外，取法梅、曾，足矣。

“姚氏而外，取法梅、曾，足矣”，这是曾国藩死后的古文家的传法捷径。我们不能多引他们的文章来占篇幅，现在引曾国藩的《欧阳生文集序》，因为这篇序写桐城文派的渊源传播，颇有文学史料的价值：

> 乾隆之末，桐城姚姬传先生（鼐）善为古文辞，慕效其乡先辈方望溪侍

郎之所为，而受法于刘君大櫆，及其世父编修君范。三子既通儒硕望，姚先生治其术益精。历城周永年书昌为之语曰，“天下之文章其在桐城乎?”由是学者多归向桐城，号桐城派，犹前世所称江西诗派者也。

姚先生晚而主钟山书院讲席。门下著籍者，上元有管同异之，梅曾亮伯言，桐城有方东树植之，姚莹石甫。四人者称为高第弟子，各以所得传授徒友，往往不绝。在桐城者有戴钧衡存庄，事植之久，尤精力过绝人，自以为守其邑先正之法，襢之后进，义无所让也。

其不列弟子籍，同时服膺，有新城鲁仕骥絜非，宜兴吴德旋仲伦。絜非之甥为陈用光硕士，硕士既师其舅，又亲受业姚先生之门，乡人化之，多好文章。硕士之群从有陈学受藝叔。陈溥广敷；而南丰又有吴嘉宾子序，皆承絜非之风，私淑于姚先生。由是江西建昌有桐城之学。仲伦与永福吕璜月沧交友，月沧之乡人有临桂朱琦伯韩，龙启瑞翰臣，马平王拯定甫，皆步趋吴氏、吕氏，而益求广其术于梅伯言。由是桐城宗派流衍于广西矣。

昔者国藩尝怪姚先生典试湖南，而吾乡出其门者未闻相从以学文为事。既而得巴陵吴敏树南屏称述其术，笃好而不厌。而武陵杨彝珍性农，善化孙鼎臣芝房，湘阴郭嵩焘伯琛，溆浦舒焘伯鲁，亦以姚氏文家正轨，违此则又何求？最后得湘潭欧阳生（勋）……受法于巴陵吴君，湘阴郭君，亦师事新城二陈。其渐染者多，其志趣嗜好，举天下之美，无以易乎桐城姚氏者也！

……自洪、杨倡乱，东南荼毒；钟山、石城，昔时姚先生撰杖都讲之所，今为犬羊窟宅，深固而不可拔。桐城沦为异域，既克而复失。戴钧衡全家殉难，身亦呕血死矣。

余来建昌，问新城南丰兵燹之馀，百家荡尽，田荒不治，蓬蒿没人；一二文士转徙无所。而广西用兵九载，群盗犹汹汹，骤不可爬梳，龙君翰臣又物故。独吾乡少安，二三君子尚得优游文学，曲折以求合桐城之辙。而舒焘前卒，欧阳生亦以瘵死。老者牵于人事，或遭乱不得竟其学；少者或中道夭殂；四方多故，求如姚先生之聪明早达，太平寿考，从容以跻于古之作者，卒不可得。……

这一篇不但写桐城派的传播，又可以使我们知道这一派的最高目的是“曲折以求合桐城之辙”，“举天下之美，无以易乎桐城姚氏者也!”

曾国藩在当日隐隐的自命为桐城派的中兴功臣，人家也如此推崇他（王先谦自序可参看)。他作《圣哲画像记》，共选圣哲三十二人，而姚鼐为三十二人之一，这可以想见他的心理了。他的幕府里收罗了无数人才；我们读薛福成的《叙曾文正公幕府宾僚》（《庸庵文编》四）一篇，可以知道当日的学者如钱泰吉、刘毓崧、刘寿曾、李善兰（算学家）、华蘅芳（算学家）、孙衣言、俞樾、莫友芝、戴望、成蓉镜、李元度；文人如吴敏树、张裕钊、陈学受、方宗诚、吴汝纶、黎庶昌、汪士铎、王闿运——都在他的幕府之内。怪不得曾派的势力要影响中国几十年了。但这一班人在文学史上都没有什么重要的贡献。年寿最高，名誉最长久的，莫如俞樾、王闿运、吴汝纶三人。俞樾的诗与文都没有大价值。王闿运号称一代大师，但他的古文还比不上薛福成（诗另论）。吴汝纶思想稍新，他的影响也稍大，但他的贡献不在于他自己的文章，乃在他所造成的后进人才。严复、林纾都出于他的门下，他们的影响比他更大了。

平心而论，古文学之中，自然要算“古文”（自韩愈至曾国藩以下的古文）是最正当最有用的文体。骈文的弊病不消说了。那些瞧不起唐、宋八家以下的古文的人，妄想回到周、秦、汉、魏，越做越不通，越古越没有用，只替文学界添了一些似通非通的假古董。唐、宋八家的古文和桐城派的古文的长处只是他们甘心做通顺清淡的文章，不妄想做假古董。学桐城古文的人，大多数还可以做到一个“通”字；再进一步的，还可以做到应用的文字。故桐城派的中兴，虽然没有什么大贡献，却也没有什么大害处。他们有时自命为“卫道”的圣贤，如方东树的攻击汉学，如林纾的攻击新思潮，那就是中了“文以载道”的话的毒，未免不知分量。但桐城派的影响，使古文做通顺了，为后来二三十年勉强应用的预备，这一点功劳是不可埋没的。

三

太平天国之乱是明末流寇之乱以后的一个最惨的大劫，应该产生一点悲哀的或慷慨的好文学。当时贵州有一个大诗人郑珍（子尹，遵义人，生 1806，死 1864）在贵州受了局部的影响（咸丰四年，贵州的乱），已替他晚年的诗（《巢经巢诗钞》后集）增加无数悲哀的诗料。但郑珍死在五十八年前，已不在我这一篇小史的范围之内了。说也奇怪，东南各省受害最深，竟不曾有伟大深厚的文学产生出来。王闿运为一代诗人，生当这个时代，他的《湘绮楼诗集》卷一至卷六正当太平天国大乱的时代（1849~1864）；我们从头读到尾，只看见无数《拟鲍明远》、《拟傅玄麻》、《拟王元长》、《拟曹子建》……一类的假古董；偶然发见一两首“岁月犹多难，干戈罢远游”一类不痛不痒的诗；但竟寻不出一些真正可以纪念这个惨痛时代的诗。这是什么缘故呢？我想这都是因为这些诗人大都是只会做模仿诗的，他们住的世界还是鲍明远、曹子建的世界，并不是洪秀全、杨秀清的世界；况且鲍明远、曹子建的诗体，若不经一番大解放，决不能用来描写洪秀全、杨秀清时代的惨劫。王闿运集中有1872年作的《独行谣》三十章（卷九），追写二十年的时事，内中颇有大胆的讥评，但文章多不通，叙述多不明白，只可算是三十篇笨拙的时事歌括，不能算作诗！我不得已，勉强选了他的《铜官行寄章寿麟题感旧图》一篇代表这位大名鼎鼎的诗人：

铜官行　寄章寿麟题《感旧图》

（适按：此诗无注，多不可通。章字价人。曾氏靖港之败，赖章救他出来。后来曾氏成功受封，章独不得报酬，人多为他抱不平。章晚年作《感旧图》。并作记，记此事。参看郑孝胥《海藏楼诗》卷三，页三。）

桂平盗起东南卷，唯有长沙能累卵。
三年坐井仰恃天，城堞微风动矛躜。
凶徒无赖往复来，潘张迁去骆受灾；
闭门待死谥忠节，未死从容居宪台。
曾家岭枷偏在颈，三家村儒怒生瘿。
劝捐截饷百计生，欲倚江吴效驰骋。
庐黄军败如覆铛，盗舟一夜满洞庭。
抚标大将缒楼走，徐公绕室趾不停。
省兵无人无守御，却付曾家一瓦注。
空船坐守木关防，直置当锋寻死处。
军谋兵机不暇讲，盗屯湘潭下靖港；
两头张手探釜鱼，十日淘河得枯蚌。
刘郭苍黄各顾家，左生狂笑骂猪耶。
彭陈李生岂愿死？四围密密张罗罝。
此时斨筒求上计，陈谋李断相符契；
彭公建策攻下游，捣坚禽王在肯綮。
弱冠齐年我与君，君如李广欲无言。
日中定计夜中变，我归君去难相闻。
平明丁叟踢门入，报败方知一军泣。

督师只拟从湘累，主簿匆匆救杜袭。
十营并发事全虚，从此舍舟山上居。
七门昼闭春欲尽，独教陈李删遗疏。
版桥漂破帅旗折，铜官渚畔烽明灭。
岂料湘潭大捷来，千里盗屯汤沃雪！
一胜申威百胜从，塔罗如虎彭杨龙。
时人攀附三十载，争道当年赞画功！
骆相成名徐陶死，曾弟重歌脊令起。
惟馀湘岸柳千条，犹恨当时呜咽水。
信陵客散十年多[①]，旧逻频迎节镇过；
时平始觉军功贱，官冗间从资格磨。
凭君莫话艰难事，佹得佹失皆天意。
渔浦萧萧废垒秋，游人且觅从事记。

这种诗还不能完全当得一个“通”字，但在《湘绮楼集》里那许多假古董之中，这种诗自然不能不算是上品了。

但是这个时代有一个诗人，确可以算是代表时代的诗人。这个诗人就是上元的金和，字亚匏（1818~1885），著有《秋蟪吟馆诗钞》七卷。当1853年南京城破时，金和被陷在城中，与长发军中人往来，渐渐的结合了许多人，要想作官兵的内应。那时向荣的大本营即在城外，金和偷出城来，把内应的计画告知官兵；向荣初不信，他就自请把身体押在大营，作为保证。城内的同党与官兵约定期日攻城，到期官兵不到；再约，官兵又不到。城内的同党被杀的很多。金和亲自经过围城中的生活，又痛恨当日官军的腐败无能，故他的纪事诗不但很感动人，还有历史的价值。他的《痛定篇》（卷二，页十二~二十）用日记体作诗，写破城及城中事，我们举他一首作例：

二月二十三，传闻大兵至，
贼魁似皇皇，终日警三四。
南民私相庆，始有再生意。
桓桓向将军，仰若天神贵。

①适按：此诗作于曾国藩死后约十年。

一闻贼吹角，即候将军骑，
香欲将军迎，酒欲将军馈。
食念将军食，睡说将军睡。
…………
七岁儿何知，门外偶嬉戏，
公然对路人，说出将军字。
阿姊面死灰，挞之大怒詈。
从此望将军，十日九憔悴。
更有健者徒，夜半誓忠义，
愿遥应将军，画策万全利。
分隶贼麾下，使贼不猜忌。
寻常行坐处，短刃缚在臂。
但期兵入城，各各猝举燧。
得见将军面，命即将军赐。
谁料将军忙，未及理此事？

他的《六月初二日纪事一百韵》，前面写向荣刻日出兵，写先期大飨士卒，将军行酒誓师，写明日之晨准备出战，共九十几句，到篇末只说：

一时惊喜遍旄倪，譬积阴雨看红霓……
夜不敢寐朝阳跻……
日中才听怒马嘶，但见泛泛如凫鹥，
兵不血刃身不泥，全军而退归来兮！

这已是骂的很刻毒了。但下面的一首《初五日纪事》更妙，我们可以把他全抄在这里：

前日之战未见贼，将军欲赦赦不得。
或语将军难尽诛，姑使再战当何如？
昨日黄昏忽传令，谓“不汝诛贷汝命。
今夜攻下东北城，城不可下无从生”。
三军拜谢呼刀去，又到前回酣睡处。

空中乌乌狂风来，沉沉云阴轰轰雷。
将谓士曰雨且至，士谓将曰此可避。
回鞭十里夜复晴，急见将军天未明。
将军已知夜色晦，此非汝罪汝其退。
我闻在楚因天寒，龟手而战难乎难。
近来烈日恶作夏，故兵之出必以夜。
此后又非进兵时，月明如昼贼易知。
乃于片刻星云变，可以一战亦不战。
吁嗟乎，
将军作计必万全，非不灭贼皆由天。
安得青天不寒亦不暑，日月不出不风雨！

这种嘲讽的诙谐，乃是金和的特别长处。他是全椒吴家的外孙，与《儒林外史》的著者和《儒林外史》的几个重要人物都有点关系，他是表彰《儒林外史》的一个人，故他的诗也很像是得力于《儒林外史》的嘲讽的本领。有心人的嘲讽，不是笑骂，乃是痛哭；不是轻薄，乃是恨极无可如何，不得已而为之。他的《十六日至秣陵关遇赴东坝兵有感》一篇云：

初七日未午，我发钟山下。
蜀兵千馀人，向北驰怒马。
传闻东坝急，兵力守恐寡。
来乞将军援，故以一队假。
我遂从此辞，仆仆走四野。
三宿湖熟桥，两宿龙溪社。
四宿方山来，尘汗搔满把。
僧舍偶乘凉，有声叱震瓦。
微睨似相识，长身面甚赭。
稍前劝勿嗔，幸不老拳惹。
婉词问何之，乃赴东坝者。
九日行至此，将五十里也！

这种技术确能于杜甫、白居易的“问题诗”之外，别开一个生面。他有

《军前新乐府》四篇，我们选他的第四篇，篇名《半边眉》：

半边眉，汝何来？太守门下请钱回。
太守门，何处所？钟山之旁近大府。
大府初闻难民苦，公家遍括闲田租，
旁郡金檄上户输。
一心要贷难民命，聘贤太守专其政。
太守计曰“费恐滥，百二十钱一人赡。”
大守计曰“难民多，一人数请当奈何？
我闻古有察眉律。”呼仆持刀对人立，
一刀留下半边眉，再来除是眉长时。
——防蠹术果奇，作蠹术斯巧。
岂但无眉人不来，有眉人亦来都少。
惟有一二市井奸，赂大守仆二十钱，
奏刀不猛眉犹全，半边眉可三刀焉。
否则病夫真饿杀，痴心尚恋一朝活，
拌与半边眉尽割。
吁嗟乎……太守何不计之毒？
千钱封人耳与目，万钱截人手与足，
终古无人请钱至，太守，岂非大快事？

此外尚有许多可选的诗，我们不能多举例了。金和的诗很带有革新的精神，他自己题他的《椒雨集》云：

是卷半同日记，不足言诗。如以诗论之，则军中诸作，语宗痛快，已失古人敦厚之风，尤非近贤排调之旨。其在今日诸公有是韬钤，斯吾辈有此翰墨，尘秽略相等，殆亦气数使然耶？

他又有诗（卷七，页八）云：

所作虽不纯乎纯，要之语语皆天真。
时人不能为，乃谓非古人。

这虽是吊朋友的诗，也很可代表他自己的主张。他在别处（卷一，页三）又说：

尽数写六书，只此数万字。
中所不熟习，十复间三四。
循环堆垛之，文章毕能事。
苟可联贯者，古人肯唾弃，
而以遗后人，使得逞妍秘？
操觚及今日，谈亦何容易？
乃有真壮夫，于此独攘臂；
万卷读破后，一一勘同异；
更从古人前，混沌辟新意；
甘使心血枯，百战不退避。
一家言既成，试质琅嬛地，
必有天上语，古人所未至。
……
彼抱窃疾者，出声令人睡。
何不指六经，而曰公家器！

正因为他深恨那些“抱窃疾者”，正因为他要“更从古人前，混沌辟新意”，故他能在这五十年的诗界里占一个很高的地位。

这五十年的诗，都中了梦窗（吴文英）派的毒，很少有价值的。故我们不讨论了。

四

自从1840年鸦片之战以来，中间经过1860年英法联军破天津入北京火烧圆明园的战事，中兴的战争又很得了西洋人的帮助，中国明白事理的人渐渐承认西洋各国的重要。1861年，清廷设总理各国事务衙门；1867年，设同文馆。后来又有派学生留学外国的政策。当时的顽固社会还极力反对这种政策，故同文馆收不到好学生，派出洋的更不得人。但十九世纪的末年，翻译的事业渐渐发达。传教士之中，如李提摩太等，得着中国文士的帮助，译了不少的书。太平天国的文人王韬，在这种事业上，要算一个重要的先锋了。

但当时的译书事业的范围并不甚广。第一类是宗教的书，最重要的是《新旧约全书》的各种译本。第二类为科学和应用科学的书，当时称为“格致”的书。第三类为历史政治法制的书，如《泰西新史揽要》、《万国公法》等书。这是很自然的。宗教书是传教士自动的事业。格致书是当日认为枪炮兵船的基础的。历史法制的书是要使中国人士了解西洋国情的。此外的书籍，如文学的书、如哲学的书，在当时还没有人注意。这也是很自然的。当日的中国学者总想西洋的枪炮固然利害，但文艺哲理自然远不如我们这五千年的文明古国了。

严复与林纾的大功劳在于补救这两个大缺陷。严复是介绍西洋近世思想的第一人，林纾是介绍西洋近世文学的第一人。

严复译赫胥黎的《天演论》在光绪丙申（1896），在中日战争之后，戊戌变法之前。他自序说：

> ……风气渐通，士知弇陋为耻；西学之事，问涂日多。然亦有一二巨子訑然谓彼之所精不外象数形下之末，彼之所务不越功利之间；逞臆为谈，不咨其实。讨论国闻，审敌自镜之道，又断断乎不如是也。……

这是他的卓识。自从《天演论》出版（1898）以后，中国学者方才渐渐知道西洋除了枪炮兵船之外，还有精到的哲学思想可以供我们的采用。但这是思想史上的事，我们可以不谈。

我们在这里应该讨论的是严复译书的文体。《天演论》有“例言”几条，中有云：

> 译事三难：信，达，雅。求其信已大难矣。顾信矣，不达，虽译犹不译也。则达尚焉。……今是书所言本五十年西人新得之学，又为作者晚出之书，译文取明深义，故词句之间时有所颠倒附益，不斤斤于字比句次，而意义则不倍本文。题曰达旨，不云笔译；取便发挥，实非正法。……凡此经营，皆以为达；为达即所以为信也。……信达而外，求其尔雅。此不仅期以行远已耳，实则精理微言，用汉以前字法句法则为达易，用近世利俗文字则求达难，往往抑义就词，毫厘千里。审择于斯二者之间，夫固有所不得已也。……

这些话都是当日的实情。当时自然不便用白话；若用白话，便没有人读了。八股式的文章更不适用。所以严复译书的文体，是当日不得已的办法。我们看吴汝纶的《天演论序》，更可以明白这种情形：

……今西书虽多新学，顾吾之士以其时文公牍说部之词译而传之，有识者方鄙夷而不知顾，民智之沦何由？此无他，文不足焉故也。文如几道，可与言译书矣。……今赫胥黎之道……严子一文之，而其书乃骎骎与晚周诸子相上下。然则文顾不重耶？……

严复用古文译书，正如前清官僚戴着红顶子演说，很能抬高译书的身价，故能使当日的古文大家认为“骎骎与晚周诸子相上下”。

严复自己说他的译书方法道：“什法师有云，‘学我者病。’来者方多，幸勿以是书为口实也。”（《天演论·例言》）这话也不错。严复的英文与古中文的程度都很高，他又很用心，不肯苟且，故虽用一种死文字，还能勉强做到一个“达”字。他对于译书的用心与郑重，真可佩服，真可做我们的模范。他曾举“导言”一个名词作例，他先译“卮言”。夏曾佑改为“悬谈”，吴汝纶又不赞成；最后他自己又改为“导言”。他说，“一名之立，旬月踟蹰；我罪我知，是存明哲。”严译的书，所以能成功，大部分是靠着这“一名之立，旬月踟蹰”的精神。有了这种精神，无论用古文白话，都可以成功。后人既无他的工力，又无他的精神；用半通不通的古文，译他一知半解的西书，自然要失败了。

严复译的书，有几种——《天演论》、《群己权界论》、《群学肄言》——在原文本有文学的价值，他的译本在古文学史也应该占一个很高的地位。我们且引一节做例：

望舒东睇，一碧无烟。独立湖塘，延赏水月；见自彼月之下，至于目前，一道光芒，滉漾闪烁。谛而察之，皆细浪沦漪，受月光映发而为此也。徘徊数武，是光景者乃若随人。颇有明理士夫，谓此光景为实有物，故能相随，且亦有时以此自讶；不悟是光景者从人而有；使无见者，则亦无光，更无光景与人相逐。盖全湖水面受月映发，一切平等；特人目与水对待不同，明暗遂别——不得以所未见，遂指为无——是故虽所见者为一道光芒，他所不尔，又人目易位，前之暗者，乃今更明，然此种种，无非妄见。以言其实，则由人目与月作二线入水，成角等者，皆当见光；其不等者，则全成暗。（成角等与不等，稍有可议，原文亦不如此说。）惟人之察群事也，亦然：往

往以见所及者为有，以所不及者为无。执见否以定有无，则其思之所不赅者众矣。（《群学肄言》三版，页七二、七三。原书页八三）

这种文字，以文章论，自然是古文的好作品；以内容论，又远胜那无数"言之无物"的古文：怪不得严译的书风行二十年了。

林纾译小仲马的《茶花女》，用古文叙事写情，也可以算是一种尝试。自有古文以来，从不曾有这样长篇的叙事写情的文章。《茶花女》的成绩，遂替古文开辟一个新殖民地。林纾早年译的小说，如《茶花女》、《黑奴吁天录》、《滑铁卢及利俾瑟战血余腥记》……恰不在手头，不能引来作例。我且随便引几个例。《拊掌录》（页一九以下）写村中先生有一个学唱歌的女学生，名凯脱里纳，为村中大户之孤生女。

其肥如竹鸡，双颊之红鲜如其父囿中之桃实，貌既丰腴，产尤饶沃。……先生每对女郎辄心醉，今见绝色丽姝，安能不加颠倒？且经行其家，目其巨产矣。女郎之父曰包而忒司……屋居黑逞河次，依山傍树而构，青绿照眼。屋顶出大树，荫满其堂室，阳光所不能烁，树根有山泉滃然仰出，尽日弗穷。老农引水赴沟渠中，渠广而柳树四合，竟似伏流，汩汩出树而逝。去室咫尺，即其仓庾，粮积臃肿，几欲溃窗而出。老农所积如是，而打稻之声尚不断于耳。屋檐群燕飞鸣；尚有白鸽无数——有侧目视空者，亦有纳首于翼，企单足而立者，或上下其颈呼雌者——咸仰阳集于屋顶。而肥腯之猪，伸足笠中，作喘声，似自鸣其足食，而笠中忽逐队出小豭，仰鼻于天，承取空气。池中白鹅，横亘如水师大队之战舰排樯而进，而群鸭游弋，则猎舰也。火鸡亦作联队，杂他鸡鸣于稻畦中，如饶舌之村妪长日詈人者。仓庾之前，数雄鸡高冠长纬，鼓翼而前，颈羽皆竖，以斗其侣；有时以爪爬沙得小虫，则抗声引其所据有之母鸡啄食，已则侧目旁视；他雄稍前，则立拒之。先生触目见其丰饶，涎出诸吻。见猪奔窜，则先生目中已现一炙髁；闻稻香，则心中亦畜一布丁；见鸽子，则思切而苞为蒸饼之馅；见乳鸭与鹅游流水中，先生馋吻则思汤之以沸油。又观田中大小二麦及珍珠米，园中已熟之果，红实垂垂，尤极动人。先生观状，益延盼于女郎，以为得女郎者，则万物俱奁中有矣。……

《滑稽外史》第四十一章写尼古拉司在白老地家中和白老地夫妇畅谈时，

司圭尔先生和他的女儿番尼、儿子瓦克福忽然闯进来。白老地的妻子与番尼口角不休：

> 方二女争时，小瓦克福见案上陈食物无数，馋不可忍，徐徐近案前，引指染盘上腥腻，入指口中，力吮之；更折面包之角，窃蘸牛油嚼之；复取小方糖纳之囊中，则引首仰屋，如有所思，而手已就糖盂累取可数方矣。及见无人顾视，则胆力立壮，引刀切肉食之。

> 此状司圭尔先生均历历见之，然见他人无觉，则亦伪为未见，窃以其子能自图食，亦复佳事。此时番尼语止，司圭尔知其子所为将为人见，则伪为大怒状，力抵其颊，曰，“汝乃甘食仇人之食！彼将投毒鸩尔矣。尔私产之儿，何无耻耶！”约翰（白老地）曰，“无伤，恣彼食之。但愿先生高徒能合众食我之食令饱，我即罄囊，亦非所惜。”……（页百十一）

能读原书的自然总觉得这种译法不很满意。但平心而论，林译的小说往往有他自己的风味；他对于原书的诙谐风趣，往往有一种深刻的领会，故他对于这种地方，往往更用气力，更见精彩。他的大缺陷在于不能读原文；但他究竟是一个有点文学天才的人，故他若有了好助手，他了解原书的文学趣味往往比现在许多粗能读原文的人高的多。现在有许多人对于原书，既不能完全了解；他们运用白话的能力又远不如林纾运用古文的能力，他们也要批评林译的书，那就未免太冤枉他了。

平心而论，林纾用古文做翻译小说的试验，总算是很有成绩的了。古文不曾做过长篇的小说，林纾居然用古文译了一百多种长篇小说，还使许多学他的人也用古文译了许多长篇小说，古文里很少滑稽的风味，林纾居然用古文译了欧文与迭更司的作品。古文不长于写情，林纾居然用古文译了《茶花女》与《迦茵小传》等书。古文的应用，自司马迁以来，从没有这种大的成绩。

但这种成绩终归于失败！这实在不是林纾一般人的错处，乃是古文本身的毛病。古文是可以译小说的，我是用古文译过小说的人，故敢说这话。但古文究竟是已死的文字，无论你怎样做得好，究竟只够供少数人的赏玩，不能行远，不能普及。我且举一个最明显的例。十几年前，周作人同他的哥哥也曾用古文来译小说。他们的古文工夫既是很高的，又都能直接了解西文，故他们译的《域外小说集》比林译的小说确是高的多。我且引《安乐王子》的一部分作例：

> 一夜，有小燕翻飞入城。四十日前，其伴已往埃及，彼爱一苇，独留不去。一日春时，方逐黄色巨蛾，飞经水次，与苇邂逅，爱其纤腰，止与问讯，便曰，“吾爱君可乎?”苇无语，惟一折腰。燕随绕苇而飞，以翼击水，涟起作银色，以相温存，尽此长夏。
>
> 他燕啁哳相语曰，“是良可笑。女绝无资，且亲属众也。”燕言殊当，川中固皆苇也。
>
> 未几秋至，众各飞去。燕失伴，渐觉孤寂，且倦于爱，曰，“女不能言，且吾惧彼佻巧，恒与风酬对也。”是诚然，每当风起，苇辄宛转顶礼。燕又曰，“汝或宜家，第吾喜行旅，则吾妻亦必喜此，乃可耳。”遂问之曰，“若能偕吾行乎?”苇摇首，殊爱其故园也。燕曰，“若负我矣。今吾行趣埃及古塔，别矣!”遂飞而去。

这种文字，以译书论，以文章论，都可算是好作品。但周氏兄弟辛辛苦苦译的这部书，十年之中，只销了二十一册！这一件故事应该使我们觉悟了。用古文译小说，固然也可以做到“信，达，雅”三个字，——如周氏兄弟的小说，——但所得终不偿所失，究竟免不了最后的失败。

五

中日之战以后，明白时势的人都知道中国有改革的必要。这种觉悟产生了一种文学，可叫做“时务的文章”。那时代先后出的几种“危言”——如邵作舟的，如汤寿潜的——文章与内容都很可以代表这个时代的趋势。到1897年，德国强占了胶州，人心更激昂了；那时清光绪帝也被时局感动了，于是有“戊戌变法”（1898）的运动。这个变法运动在当日的势力颇大，中央政府和各省都有赞助的人。但顽固的反动力终究战胜了，于是有戊戌的“政变”。变法党的领袖是康有为、谭嗣同、梁启超等。谭嗣同与同志五人死于政变，但他的著述，在他死后仍旧发生不少的影响。康有为是“今文家”的一个重要代表，他的《新学伪经考》与《孔子改制考》等书，在这五十年的思想史上，自有他们的相当位置。他的文章虽不如他的诗，但当他“公车上书”以至他亡命海外的时代，他的文章也颇有一点势力，不过他的势力远不如梁启超的势力的远大了。梁启超当他办《时务报》的时代已是一个很有力的政论家；后来他办《新民丛报》，影响更大。二十年来的读书人差不多没有不受他的文章的影响的。

严复、林纾是桐城的嫡派，谭嗣同、康有为、梁启超都是桐城的变种。谭嗣同的《三十自纪》（《文集》中）说：

> 嗣同少颇为桐城所震，刻意规之数年，久自以为似矣；出示人，亦以为似。诵书偶多，广识当世淹通专壹之士，稍稍自惭，即又无以自达。或授以魏晋间文，乃大喜，时时籀绎，益笃嗜之。由是上溯秦汉，下循六朝，始悟心好沉博绝丽之文，子云所以独辽辽焉。旧所为，遗弃殆尽。……昔侯方域少喜骈文，壮而悔之，以名其堂。嗣同亦既壮，所悔乃在此不在彼。……所谓骈文，非四六排偶之谓，体例气息之谓也，则存乎深观者。

梁启超自述也说：

> 启超夙不喜桐城派古文；幼年为文，学晚汉魏晋，颇尚矜炼。至是（指办《新民丛报》时）自解放，务为平易畅达，时杂以俚语，韵语，及外国语法；纵笔所至不检束。学者竞效之，号新文体。老辈则痛恨，诋为野狐。然其文条理明晰，笔锋常带情感，对于读者，别有一种魔力焉。（《清代学术概论》，页一四二）

这是梁氏四十八岁的自述，没有他三十自述说的详细：

> 八岁学为文，九岁能缀千言。十二岁应试学院，补博士弟子员。日治帖括，虽心不慊之，然不知天地间于帖括外更有所谓学也，辄埋头研钻。顾颇喜词章，王父父母时授以唐人诗，嗜之过于八股。家贫无书可读，惟有《史记》一，《纲鉴易知录》一，王父父日以课之；故至今《史记》之文能成诵者八九。父执有爱其慧者，赠以《汉书》一。姚氏《古文辞类纂》一，则大喜，读之卒业焉。……十三岁始知有段、王训诂之学，大好之，渐有弃帖括之志。十五岁……肄业于学海堂……乃决舍帖括以从事于训诂词章。……

此一段可补前一段“夙不喜桐城派古文”的话。

谭嗣同与梁启超都经过一个桐城时代，但他们后来都不满意于桐城的古文。他们又都曾经过一个复古的时代，都曾回到秦汉六朝；但他们从秦汉六朝得来的，虽不是四六排偶的形式，却是骈文的“体例气息”。所谓体例，即是谭嗣同说的“沉博绝丽之文”；所谓气息，即是梁启超说的“笔锋常带情感”。

谭嗣同的《仁学》，在思想方面固然可算是一种大胆的作品，在文学方面也有代表时代的价值。我们引一节作例：

> 不生不灭有征乎？曰，弥望皆是也。如向所言化学诸理，穷其学之所至，不过析数原质而使之分，与并数原质而使之合；用其已然而固然者，时其好恶，剂其盈虚，而以号曰某物某物，如是而已。岂能竟消磨一原质与别创造一原质哉？……本为不生不灭，乌从生之灭之？譬如水加热则渐涸，非水灭也，化为轻气养气也。使收其轻气养气，重与原水等。且热去而仍化为水，无少减也。譬如烛久爇则尽跋，非烛灭也，化为气质流质定质也。使收其所合之炭气，所然之蜡泪，所馀之蜡煤，重与原烛等。且诸质散而滋育他物，无少弃也。譬如陶埴，失手而碎之；其为器也毁矣。然陶埴，土所为也。方其为陶埴也，在陶埴曰成，在土则毁；及其碎也，还归乎土，在陶埴曰毁，在土又以成。但有回环，都无成毁。譬如饼饵，入胃而化之，其为食也亡矣。然饼饵，谷所为也。方其为饼饵也，在饼饵曰存，在谷曰亡；及其化也，选粪乎谷，在饼饵曰亡，在谷又以存。但有变易，复何存亡？……（删去一排两个譬喻）……譬于陵谷沧桑之变易：地球之生不知经几千万变矣；洲渚之壅淤，知崖岸之将有倾颓；草木金石之质日出于地，知空穴之将就沦陷；赤道以旋速而隆起，即南北极之所翕敛也；火期之炎，冰期之冱，即一气之舒卷也。故地球体积之重率必无轩轾于昔时；有之，则畸重而去日远，畸轻而去日近，其轨道且岁不同矣。譬如流星陨石之变：恒星有古无而今有，有古有而今无；彗孛有循椭圆线而往可复返，有循抛物线而一往不返。往返者，远近也，非生灭也；有无者，聚散也，非生灭也。木星本统四月，近忽多一月，知近度之所吸取。火木之间，依比例当更有一星，今惟小行星武女等百馀，知女星之所剖裂，即此。地球亦终有陨散之时，然地球之所陨散，他星又将用其质点以成新星矣。王船山之说《易》，谓一卦有十二爻，半隐半见；故大易不言有无，隐见而已。孔子之论礼，谓殷因于夏；周因于殷；故礼有不得，与民变革损益而已。凡此诸体，虽一一佛有阿僧祇身，一一身有阿僧祇口，说亦不能尽。（《仁学》上，页十三）

这一节不但材料可以代表当时的科学知识，他的体例也可以代表当时与二十年来的“新文体”。谭嗣同自己说的骈文的体例与气息，在这里也可以看得出来。但我们拿文学史的眼光来观察，不能不承认这种文体虽说是得力于骈文，其实也得力于八股文。古代的骈文没有这样奔放的体例，只有八股文里的好“长比”有这种气息（上例中，水与烛一比及陶埴与饼饵一比，最可玩味）。故严格说来，这一种文体很可以说是八股文经过一种大解放，变化出来的。

说这种文体是受了八股文的影响的，这句话也许有人不愿意听。其实这句话不全是贬辞。清代的大文家章学诚作古文往往不避骈偶的长排，他曾说：

> 嗟夫，知文亦岂易易？通人如段若膺，见余《通义》有精深者，亦与叹绝；而文句有长排作比偶者，则曰“惜杂时文句调”！夫文求其是耳，岂有古与时哉？即曰时文体多排比，排比又岂作时文者所创为哉？使彼得见韩非《储说》，淮南《说山》、《说林》，傅毅《连珠》诸篇，则又当为秦、汉人惜有时文之句调矣。论文岂可如是？此由彼心目中有一执而不化之古文，怪人不似之耳。（《与史余村简》）

此说最有理。文中杂用骈偶的句子，未必即是毛病。当日人人做八股，受了一种影响，也是很自然的事。其实这一派的长处就在他们能够打破那“执而不化”的狭义古文观，就在他们能够运用古文时文儒书佛书的句调来做文章。这个趋势，到了梁启超，更完备了。

梁启超最能运用各种字句语调来做应用的文章。他不避排偶，不避长比，不避佛书的名词，不避诗词的典故，不避日本输入的新名词。因此，他的文章最不合“古文义法”，但他的应用的魔力也最大。

梁启超的文章很多，举例也很难。我且举他的《新民说》第十一篇《论进步》的一节：

> 然则救危亡求进步之道将奈何？曰，必取数千年横暴混浊之政体，破碎而齑粉之，使数千万如虎如狼如蝗如蝻如蜮如蛆之官吏失其社鼠城狐之凭借，然后能涤肠荡胃以上于进步之途也！必取数千年腐败柔媚之学说，廓清而辞辟之，使数百万如蠹鱼如鹦鹉如水母如畜犬之学子毋得弄舌摇笔舞文嚼字为民贼之后援，然后能一新耳目以行进步之实也！而其所以达此目的之方法有二：一曰无血之破坏，二曰有血之破坏。无血之破坏者，如日本之类是

也。有血之破坏者，如法国之类是也。中国如能为无血之破坏乎？吾馨香而祝之！中国如不得不为有血之破坏乎？吾衰绖而哀之！虽然，哀则哀矣，然欲使吾于此二者之外，而别求一可以救国之途，吾苦无以对也。呜呼，吾中国而果能行第一义也，则今日其行之矣。而竟不能！则吾所谓第二义者，遂终不可免。呜呼，吾又安忍言哉？呜呼，吾又安忍言哉？

我再举一个例：

罗兰夫人何人也？彼生于自由，死于自由。罗兰夫人何人也？自由由彼而生，彼由自由而死。罗兰夫人何人也？彼拿破仑之母也，彼梅特涅之母也，彼玛志尼、噶苏士、俾士麦、加富尔之母也。质而言之，则十九世纪欧洲大陆一切之人物，不可不母罗兰夫人；十九世纪欧洲大陆一切之文明，不可不母罗兰夫人。何以故？法国大革命为欧洲十九世纪之母故。罗兰夫人为法国大革命之母故。

这两个例很可以表示梁启超自己说的“笔锋常带情感”的文体。前一例可以表示这种文字的好的方面；后一例可以表示这种文字的坏的方面。更恶劣的如：

虽然，天不许罗兰夫人享家庭之幸福以终天年也！法兰西历史世界历史必要求罗兰夫人之名以增其光焰也！于是风渐起，云渐乱，电渐迸，水渐涌，諠諠出出，法国革命！嗟嗟咄咄，法国遂不免于大革命！

但这种文字在当日确有很大的魔力。这种魔力的原因约有几种：（1）文体的解放，打破一切“义法”、“家法”，打破一切“古文”、“时文”、“散文”、“骈文”的界限；（2）条理的分明，梁启超的长篇文章都长于条理，最容易看下去；（3）辞句的浅显，既容易懂得，又容易模仿；（4）富于刺激性，“笔锋常带情感”。

梁启超中年的文章，《国风报》、《庸言报》时代的文章，把早年文章的毛病渐渐的减少了，渐渐的回到清淡明显的文章。但学他的文章的人，往往学了他的堆砌，他的排比。在记叙的文章内，这种恶劣之处更容易呈显出来。前七八年流行一时的《玉梨魂》一类的小说，便是这种文体用来叙事的结果了。

六

康梁的一班朋友之中，也很有许多人抱着改革文学的志愿。他们在散文方面的成绩只是把古文变浅近了，把应用的范围也更推广了。在韵文的方面，他们也曾有“诗界革命”的志愿。梁启超《饮冰室诗话》说：

> 当时所谓“新诗”者，颇喜挦扯新名词以自表异。丙申丁酉间（一八九六—一八九七）吾党数子皆好作此体。提倡之者为夏穗卿（曾佑）。而复生（谭嗣同）亦綦嗜之。……其《金陵听说法》云，“纲伦惨以喀私德（Caste），法会盛于巴力门（Parliament）。”……穗卿赠余诗云，“帝杀黑龙才士隐，书飞赤乌太平迟。”又云，“有人雄起琉璃海，兽魄蛙魂龙所徒。”……当时吾辈方沉醉于宗教……故《新约》字面络绎笔端焉。

这种革命的失败，自不消说。但当时他们的朋友之中确有几个人在诗界上放一点新光彩。黄遵宪与康有为两个人的成绩最大。但这两人之中，黄遵宪是一个有意作新诗的，故我们单举他来代表这一个时期。

黄遵宪字公度，嘉应州人，生于1848，死于1905，著有《人境庐诗草》十一卷。他做过三十年的外交官，到过日本、英国、美国、南洋等处。他曾著《日本国志》，《日本杂事诗》。当戊戌的变法，他也是这运动中的一个人物。他对于诗界革命的动机，似乎起的很早。他二十多岁时作的诗之中，有《杂感》五篇，其二云：

大块凿混沌，浑浑旋大圆。
隶首不能算，知有几万年？
羲轩造书契，今始岁五千。
以我视后人，若居三代先。
俗儒好尊古，日日故纸研；
六经字所无，不敢入诗篇。
古人弃糟粕，见之口流涎，
沿习甘剽盗，妄造丛罪愆。
黄土同抟人，今古何愚贤？
即今忽已古，断自何代前？
明窗敞流离，高炉爇香烟；
左陈端溪砚，右列薛涛笺；
我手写我口，古岂能拘牵？

即今流俗语，我若登简编，
五千年后人，惊为古斓斑。

这种话很可以算是诗界革命的一种宣言。末六句竟是主张用俗话作诗了。他那个时代作的诗，还有《山歌》九首，全是白话的。内中如：

买梨莫买蜂咬梨，心中有病没人知。
因为分梨更亲切，谁知亲切转伤离？

催人出门鸡乱啼，送人离别水东西。
挽水西流想无法，从今不养五更鸡。

一家女儿做新娘，十家女儿看镜光。
街头铜鼓声声打，打着中心只说"郎"。

都是民歌的上品。他自序云：

土俗好为歌，男女赠答，颇有《子夜》、《读曲》遗意。采其能笔于书者，得数首。

我常想黄遵宪当那么早的时代何以能有那种大胆的"我手写我口"的主张？我读了他的《山歌》的自序，又读了他五十岁时的《己亥杂诗》中叙述嘉应州民间风俗的诗和诗注，我便推想他少年时代必定受了他本乡的平民文学的影响。《己亥杂诗》中有一首云：

一声声道妹相思，夜月哀猿和竹枝。
欢是团圆悲是别，总应肠断妃呼豨。

他自注云：

土人旧有山歌，多男女相思之辞，当系獠蛋遗俗。今松口松源各乡尚相沿不改。每一辞毕，辄间以无辞之声，正如妃呼豨，甚哀厉而长。

他对于这种民间文学的兴趣，可以使我们推想他受他们的影响定必不少。故他在日本时，看见西京民间风俗“七月十五夜至晦日，每夜亘索街上，悬灯数百，儿女艳妆靓服为队，舞蹈达旦，名曰都踊，所唱皆男女猥亵之词，有歌以为之节者，谓之音头”，他就能赏识这种平民文学，说“其风俗犹之唐人《合生歌》，其音节则汉之《董逃行》也。”他因此作成一篇《都踊歌》：

长袖飘飘兮，髻峨峨，荷荷；
裙紧束兮，带斜拖，荷荷；
分行逐队兮，舞傞傞，荷荷；
往复还兮，如掷梭，荷荷；
回黄转绿兮，挼莎，荷荷。
中有人兮，通微波，荷荷，
贻我钗鸾兮，馈我翠螺，荷荷；
呼我娃娃兮，我哥哥，荷荷。
柳梢月兮，镜新磨，荷荷，
鸡眠猫睡兮，犬不呵，荷荷，
来不来兮，欢奈何，荷荷？
一绳隔兮，阻银河，荷荷，
双灯照兮，晕红涡，荷荷。
千人万人兮，妾心无他，荷荷；
君不知兮，弃则那，荷荷！
今日夫妇兮，他日公婆，荷荷。
百千万亿化身菩萨兮，受此花，荷荷！
三千三百三十二座大神兮，听我歌，荷荷！
天长地久兮，无差讹，荷荷！（原刻此诗不分行。分行更好）

这固是为西京的风俗作的，但他对于这种民间白话文学的赏识力，大概还是他本乡的山歌的影响。《都踊歌》每一句的尾声“荷荷”，正和嘉应州山歌“每一辞毕，辄间以无辞之声，甚哀厉而长”，是相像的。我们可以说，他早年受了本乡山歌的感化力，故能赏识民间白话文学的好处；因为他能赏识民间的白话文学，故他能说“即今流俗语，我若登简编，五千年后人，惊为古斓斑！”

他自己曾说（此据他的兄弟遵楷跋中引语）：

> 各人有面目，正不必与古人相同。吾欲以古文家抑扬变化之法作古诗，取《骚选》乐府歌行之神理入近体诗。其取材以群经三史诸子百家及许郑诸注为词赋家不常用者；其述事以官书会典方言俗谚及古人未有之物未辟之境，举吾耳目所亲历者，皆笔而书之。要不失为以我之手写我之口。

这几句话说他的诗，都很确当。但他在“以古文家抑扬变化之法作古诗”的方面，成绩最大。我们且举《赤穗四十七义士歌》（有长序，当参读）的末节：

> ……臣等事毕无所求，
> 愿从先君地下游。
> ……明年赐剑如杜郎，
> 四十七士性命同日休。
> 一时惊叹争歌讴。
> 观者，拜者，吊者，贺者，
> 万花绕冢，每日香烟浮！
> 一裙，一屐，一甲，一胄，一刀，
> 一矛，一杖，一笠，一歌，一画，
> 手泽珍宝如天球！
> 自从天孙开国首重天琼鉾，
> 和魂一传千千秋。
> 况复五百年来武门尚武国多贲倩！
> 到今赤穗义士某某某某四十七人一一名字留！
> 内足光辉大八州，外亦声明五大洲。

此外如他的《降将军歌》、《度辽将军歌》、《聂将军歌》、《逐客篇》、《番客篇》……都是用做文章的法子来做的。这种诗的长处在于条理清楚，叙述分明。做诗与做文都应该从这一点下手：先做到一个“通”字，然后可希望做到一个“好”字。古来的大家，没有一个不是这样的；古来决没有一首不通的好诗，也没有一首看不懂的好诗。金和与黄遵宪的诗的好处就在他们都是先求“通”，先求达意，先求懂得。黄遵宪颇想用新思想和新材料——所谓“古人未有之物，未辟之境”——来做当日所谓新诗。他的《今别离》四篇，便是这一类。我且引他的《以莲菊桃杂供一瓶作歌》的末段来作例：

即今种花术益工，
移枝接叶争天功。
安知莲不变桃桃不变为菊？
回黄转绿谁能穷？
化工造物先造质，
控搏众质亦多术，
安知夺胎换骨无金丹，
不使此莲此菊此桃万亿化身合为一？
六十四质亦幺麽，
我身离合无不可。
质有时坏神永存，
安知我不变花花不变为我？
千秋万岁魂有知，
此花此我相追随！
待到汝花将我供瓶时，
还愿对花一读今我诗！

这种“新诗”，用旧风格写极浅近的新意思，可以代表当日的一个趋向；但平心说来，这种诗并不算得好诗。《今别离》在当时受大家的恭维；现在看来，实在平常的很，浅薄的很。

《人境庐诗草》中最好的诗，自然还要算《拜曾祖母李太夫人墓》一篇。此诗能实行他的“我手写我口，古岂能拘牵”的主张。内中一段云：

春秋多佳日，亲戚尽团聚。
双手擎掌珠，百口百称誉。
“我家七十人，诸子爱渠祖，
诸妇爱渠娘，诸孙爱诸父。
因裙便惜带，将缣难比素。
老人性偏爱，不顾人笑侮。”
邻里向我笑：“老人爱不差。
果然好相貌，艳艳如莲花。”
诸母背我骂，健犊行破车，

上树不停脚，偷芋信手爬；
昨日探鹊巢，一跌败两牙，
噀血喷满壁，盘礴画龙蛇。
兄妹昵我言，向婆乞金钱，
直倾紫荷囊，滚地金铃圆。
爷娘附我耳，劝婆要加餐，
金盘脍鲤鱼，果为儿下咽。
伯叔牵我手，心知不相干，
故故摩儿顶，要图老人欢。

儿年九岁时，阿爷报登科。
见儿大父旁，一语三摩娑：
“此儿生属猴，聪明较猴多。
雏鸡比老鸡，异时知如何？
我病又老耄，情知不坚牢。
风吹儿不长，那见儿扶摇？
待儿胜冠时，看儿能夺标；
他年上我墓，相携着宫袍。
前行张罗伞，后行鸣鼓箫；
猪鸡与花果，一一分肩挑；
爆竹响墓背，墓前纸钱飘。
手捧紫泥封，云是夫人诰；
子孙共罗拜，焚香向神告：
‘儿今幸胜贵，颇如母所料。’
世言鬼无知，我定开口笑。”

这个时代之中，我只举了金和、黄遵宪两个诗人，因为这两个人都有点特别的个性，故与那一班模仿的诗人、雕琢的诗人大不相同。这个时代之中，大多数的诗人都属于“宋诗运动”。宋诗的特别性质，不在用典，不在做拗句，乃在做诗如说话。北宋的大诗人还不能完全脱离杨亿一派的恶习气；黄庭坚一派虽然也有好诗，但他们喜欢掉书袋，往往有极恶劣的古典诗（如云“司马寒如灰，礼乐卯金刀。”）。南宋的大家——杨、陆、范——方才完全脱离这种恶习气，方才贯彻这个“做诗如说话”的趋势。但后来所谓“江西诗派”，不肯承接这个正当的趋势（范、陆、杨、尤都从江西诗派的曾几出来），却去模仿那变化未完成的黄庭坚，所以走错了路，跑不出来了。近代学宋诗的人，也都犯这个毛病。陈三立是近代宋诗的代表作者，但他的《散原精舍诗》里实在很少可以独立的诗。近代的作家之中，郑孝胥虽然也不脱模仿性，但他的魄力大些，故还不全是模仿。他曾有诗赠陈三立，中有“安能抹青红，搔头而弄姿”之句。其实他自己有时还近这种境界，陈三立却做不到这个地步。郑孝胥作陈三立的诗集的序，曾说：

> 往有钜公与余谈诗，务以清切为主。于当世诗流，每有张茂先我所不解之喻。其说甚正。然余窃疑诗之为道，殆有未能以清切限之者。世事万变，纷扰于外；心绪百态，腾沸于内；宫商不调而不能已于声，吐属不巧而不能已于辞；若是者，吾固知其有乖于清也。思之来也无端，则断如复断，乱如复乱者，恶能使之尽合？与之发也匪定，则倏忽无见，惝怳无闻者，恶能责以有说？若是者，吾固知其不期于切也。

他这篇序虽然表面上是替江西诗派辩护，其实是指出江西诗派的短处。他自己的诗并不实行这个“不清不切”的主张，故还可以读。他后来有答樊增祥的诗，自己取消这种议论：

> 尝序伯严（陈三立）诗，持论辟清切。
> 自嫌误后生，流浪或失实。
> 君诗妙易解，经史气四溢。
> 诗中见其人，风趣乃隽绝。
> 浅语莫非深，天壤在毫末。
> 何须填难字，苦作酸生活？
> 会心可意言，即此意已达。

樊增祥的诗，比较的最聪明、最清切，可惜没有内容，也算不得大家。此外还有许多人，努力模仿古人，努力作诗匠。但他们志在“作古”，我们也不敢把他们委屈在这五十年之内了。

七

这五十年是中国古文学的结束时期。做这个大结束的人物，很不容易得。恰好有一个章炳麟，真可算是古文学很光荣的结局了。

章炳麟是清代学术史的押阵大将，但他又是一个文学家。他的《国故论衡》，《检论》，都是古文学的上等作品。这五十年中著书的人没有一个像他那样精心结构的；不但这五十年，其实我们可以说这两千年中只有七八部精心结构，可以称做“著作”的书——如《文心雕龙》、《史通》、《文史通义》等——其馀的只是结集，只是语录，只是稿本，但不是著作。章炳麟的《国故论衡》要算是这七八部之中的一部了。他的古文学工夫很深，他又是很富于思想与组织力的，故他的著作在内容与形式两方面都能“成一家言”。

章氏论文，很多精到的话。他的《文学总略》（《国故论衡》中）推翻古来一切狭陋的“文”论，说“文者，包络一切著于竹帛者而为言”。他承认文是起于应用的，是一种代言的工具；一切无句读的表谱簿录和一切有句读的文辞，并无根本的区别。至于“有韵为文，无韵为笔”和“学说以启人思，文辞以增人感”的区别，更不能成立了。这种见解，初看去似不重要，其实很有关系。有许多人只为打不破这种种因袭的区别，故有“应用文”与“美文”的分别；有些人竟说“美文”可以不注重内容；有的人竟说“美文”自成一种高尚不可捉摸，不必求人解的东西。不受常识与论理的裁制！章炳麟说：

> 文字本以代言，其用则有独至。凡无句读文，皆文字所专属者也，以是为主，故论文学者不得以兴会神旨为上。……知文辞始于表谱簿录，则修辞立诚，其首也。

又说：

> 不得以感人者为文辞，不感者为学说。……学说者，非一往不可感人。凡感于文言者，在其得我心。是故饮食移味，居处缊愉者，闻劳人之歌，心犹怕然。大愚不灵，无所愤悱者，睹妙论则以为恒言也。身有疾痛，闻幼眇之音，则感概随之矣。心有疑滞，睹辨析之论，则悦怿随之矣。

他是能实行不分文辞与学说的人，故他讲学说理的文章都很有文学的价值。他并不反对桐城派的古文，他的《菿汉微言》有一段说：

问桐城义法何其隘邪？答曰，此在今日，亦为有用。何者？明末猥杂佻说之文雾塞一世，方氏起而廓清之。自是以后，异喙已息，可以不言流派矣。乃至今日而明末之风复作，报章小说，人奉为宗。幸其流派未亡，相存纲纪，学者守此，不至堕入下流，故可取也。若谛言之，文足达意，远于鄙倍，可也。有物有则，雅驯近古，是亦足矣。派别安足论？（页六八）

但他自己论文，却主张回到魏、晋。他说：

魏晋之文，大体皆卑于汉，独持论仿佛晚周。气体虽异，要其守己有度，伐人有序，和理在中，孚尹旁达，可以为百世师矣。（《国故论衡》中，《论式》，页九四）

为什么呢？因为：

老庄形名之学，逮魏复作，故其言不牵章句；单篇持论，亦优汉世。（页九二）

故他以为：

持诵《文选》，不如取《三国志》，《晋书》，《宋书》，《弘明集》，《通典》观之。纵不能上窥九流，犹胜于滑泽者。（页九三）

他又说：

夫雅而不核，近于诵数，汉人之短也。廉而不节，近于强钳；肆而不制，近于流荡；清而不根，近于草野；唐宋之过也。有其利而无其病者，莫若魏晋。（页九五）

又说：

效唐宋之持论者，利其齿牙。效汉之持论者，多其记诵。斯已给矣。效

> 魏晋之持论者，上不徒守文，下不可御人以口，必先豫之以学。（同页）

“必先豫之以学”六个字，谈何容易？章炳麟的文章，所以能自成一家，也并非因为他模仿魏晋，只是因为他有学问做底子，有论理做骨骼。《国故论衡》里文章，如《原儒》、《原名》、《明见》、《原道》、《明解故上》、《语言缘起说》……皆有文学的意味，是古文学里上品的文章。《检论》里也有许多好文章，如《清儒》篇，真是近代难得的文章。

但他究竟是一个复古的文家。他的复古主义虽能“言之成理”，究竟是一种反背时势的运动。他论文辞，知道文辞始于表谱簿录，是应用的；但他的文章应用的成绩比较最少。他对于同时的文人都有点薄鄙的意思（《看文录》二，《与邓实书》及《与人论文书》）。他自命“将取千年朽蠹之馀，反之正则”。他于近代文人中，只承认“王闿运能尽雅”。有人问他如何能做到古雅的文章，他曾把王闿运做文章的法子来教人。什么法子呢？原来是先把意思写成平常的文章，然后把虚字尽量删去，自然古雅了！他又喜欢用古字来代替通行的字；他自己说：

> 六书本义，废置已夙；经籍仍用，通借为多。舍借用真，兹为复始。（《检论》五，《正名杂义》，页二八）

他不知道荀卿“约定俗成谓之宜”的话乃是正名的要旨，故他这种“复始”的工夫虽然增加了古气古色，同时便减少了应用的程度。他自己著书，本来有句读，还可以帮助一般读者的了解，后来他的门人校刻他的全书，以为圈读不古，删去句读，就更难读了。他知道文辞以“存质”为本，他曾说：“文益离质则表象益多，而病亦益笃”，他痛恨那班

> 庸妄宾僚，谬施涂塈，案一事也，不云“纤悉毕呈”，而云“水落石出”；排一难也，不云“祸胎可绝”，而云“釜底抽薪”。表象既多，鄙倍斯甚！（《正名杂义》页一四）

但他那篇《订文》（《正名杂义》乃《订文》的附录）中有句云：“后之林烝，知孟晋者，必修述文字”，用“孟晋”代求进步，还说得过去；“林烝”二字，比他举出的“水落石出”、“釜底抽薪”，更不通了。

总而言之，章炳麟的古文学是五十年来的第一作家，这是无可疑的。但他的成绩只够替古文学做一个很光荣的下场，仍旧不能救古文学的必死之症，仍旧不能做到那“取千年朽蠹之馀，反之正则”的盛业。他的弟子也不少，但他的文章却没有传人。有一个黄侃学得他的一点形式，但没有他那“先豫之以学”的内容，故终究只成了一种假古董。章炳麟的文学，我们不能不说他及身而绝了。

章炳麟论韵文，也是一个极端的复古派。他说古今韵文的变迁，颇有历史的眼光。他说：

> 吟咏情性，古今所同，而声律调度异焉。魏文侯听今乐则不知倦，古乐则卧。故知数极而迁，虽才士弗能以为美。（《国故论衡》中，《辨诗》，页九九）

这是很不错的历史见解。根据于这个“数极而迁”的观念，他指出《三百篇》为四言诗的极盛时期；到了汉以下，“四言之势尽矣”，故束皙等的四言诗都做不好，到了唐朝，“五言之势又尽，杜甫以下辟旋以入七言”；到了“宋世，诗势已尽，故其吟咏情性，多在燕乐（词）”。他论近代的诗，也很不错：

> 今词又失其声律，而诗尨奇愈甚。考徵之士，睹一器，说一事，则纪之五言，陈数首尾，比于马医歌括。及曾国藩自以为功，诵法江西诸家，矜其奇诡。天下骛逐，古诗多诘屈不可诵，近体乃与杯珓谶辞相等。江湖之士艳而称之，以为至美。盖自《商颂》以来，歌诗失纪，未有如今日者也。

这种议论的自然结果应该是一种很激烈的文学革命了。谁知他下文一转便道：

> 物极则变，今宜取近体一切断之（自注：唐以后诗但以参考史事，存之可也。其语则不足诵），古诗断自简文以上，唐有陈（子昂）、张（九龄）、李（白）、杜（甫）之徒，稍稍删取其要，足以继风雅，尽正变矣。

这种极端的复古论，和他的文学史观，实在是互相矛盾的。如果四言诗之势已尽于汉末而五言诗之势已尽于唐初，如果诗之势已尽于宋世，那就如他自己说的“虽才士弗能以为美了”，难道他们还能复兴于今日吗？那“数极而迁”的文学，难道还可以恢复吗？

但他不顾这个矛盾，还想恢复那“数极而迁，虽才士弗能以为美”的诗体。他的韵文（《文录》二，页八六以下）全是复古的文学。内中也有几首可读的，如《东夷诗》的第三四首：

客从海西来，上堂结罗袜，
长跪箸席上，对语忘时日。
仰见玉衡移，握手言离别。
下堂寻革鞮，革鞮忽已失。
回头问主人，主人甫惊绝。
乞君一两靴，便向笼间掇。
笼间何所有？四顾吐长舌。

甲第夫如何？绳蔑相钩带，
虎落穿方空，空小门不大。
按项出门去，恣情逐岩濑。
三步复五步，京市亦迢递。
时复得町畦，云中闻犬吠。
策杖寻其声，耆献方高会。
“陛下千万岁！世世从台隶！”

这种诗的剪裁力确是比黄遵宪的《番客篇》等诗高的多，又加上一种刻画的嘲讽意味，故创造的部分还可以勉强抵销那模仿的部分。此外如《艾如张》，如《董逃歌》，若没有那篇长序，便真是“与杯珓谶辞相等”了。最恶劣的假古董莫如他的《丹橘》与《上留田》诸篇。《丹橘》凡“七章，二章章四句，五章章八句”，我猜想了五年，近来方才敢猜这诗大概是为刘师培作的。我引第五六章作例：

天道无远，谗夫既丧。
何以漱浣？其痍其壮。
越畹望之，度畦乡之。
不见广陵，蓬莱障之。

权之梟矣，不宿乾鹊。
民之罣矣，如狙如玃。
知我之好，匪伊朝夕。
尔虽我刲，我心则怿。

这种诗使我们联想到《易林》，《易林》是汉朝的一种“杯珓谶辞”。其实一千几百年前的“杯珓谶辞”未必就远胜一千几百年后的“杯珓谶辞”。

章炳麟在文学上的成绩与失败，都给我们一个教训。他的成绩使我们知道古文学须有学问与论理做底子，他的失败使我们知道中国文学的改革须向前进，不可回头去；他的失败使我们知道文学“数极而迁，虽才士弗能以为美”，使我们知道那“取千年朽蠹之馀，反之正则”的盛业是永永不可能的了！

八

当日俄战争（1904~1905）以后，中国革命的运动一天一天的增加势力。同时的君主立宪运动也渐渐的成为一种正式的运动。这两党的主张时常发生冲突。《新民丛报》那时已变成君主立宪的机关了，故时时同革命的《民报》做很激烈的笔战。这种笔战在中国的政论文学史上很有一点良好的影响，因为从此以后，梁启超早年提倡出来的那种“情感”的文章，永永不适用了。帖括式的条理不能不让位给法律家的论理了。笔锋的情感不能不让位给纸背的学理了。梁启超自己的文章也不能不变了；《国风》与《庸言》里的梁启超已不是《新民丛报》第一二年的梁启超了。自 1905 年到 1915 年（民国四年），这十年是政论文章的发达时期。这一个时代的代表作家是章士钊。章士钊曾著有一部中国文法书，又曾研究论理学；他的文章的长处在于文法谨严，论理完足。他从桐城派出来，又受了严复的影响不少；他又很崇拜他家太炎，大概也逃不了他的影响。他的文章有章炳麟的谨严与修饰，而没有他的古僻；条理可比梁启超，而没有他的堆砌。他的文章与严复最接近；但他自己能译西洋政论家法理学家的书，故不须模仿严复。严复还是用古文译书，章士钊就有点倾向“欧化”的古文了；但他的欧化，只在把古文变精密了，变繁复了；使古文能勉强直接译西洋书而不消用原意来重做古文；使古文能曲折达繁复的思想而不必用生吞活剥的外国文法。

章士钊的文章，散见各报；但他办《甲寅》时（1914~1915）的文章，更有精采了，故我们只引这个时代的文章来做例。他先著《学理上之联邦论》，中有云：

理有物理，有政理。物理者，绝对者也。而政理只为相对。物理者，通之古今而不惑，放之四海而皆准者也。政理则因时因地容有变迁。二者为境迥殊，不易并论。例如十乌于此，吾见九乌皆黑；馀一乌也，而亦黑之，谓非黑则于物理有远，可也。若十国于此，吾见九国立君；馀一国也，而亦君之，谓非立君则于政理有违，未可也。何也？立君之制，纵宜于九国，而未必即宜于此一国也。或曰，"自培根以来，学者无不采经验论"。此其所指似在物理，而持以侵入政理之域，愚殊未敢苟同。……科学之验，在夫发见真理之通象；政学之验，在夫改良政制之进程；故前者可以定当然于已然之中，后者甚且排已然而别创当然之例。不然，当十五六世纪时，君主专制之威披靡一世，政例所存，罔不然焉；苟如论者所言，是十七世纪后之立宪政治不当萌芽矣。有是理乎？（《甲寅》，一，五）

他的意思要说"联邦之理，果其充满，初不恃例以为护符"。后来有人驳他，说他的方法是极端的演绎法。章士钊作论答他（《联邦论答潘君力山》），中有一段云：

物理之称为绝对，究其极而言之，非能真绝对也。何也？无论何物，人盖不能举其全体现在方来之量之数，一一试验以尽，始定其理之无讹也。必待如是，不特其本身归纳之业直无时而可成，而外籀演绎之事，亦终古无从说起。……是故范为定理，不得不有赖于"希卜梯西"（Hypothesis）焉。希卜梯西者，犹言假定也。凡物之已经试验，历人既多，为时亦久，而可信其理为如是如是者，皆得设为假定。用此假定之理以为演绎，历人既多，为时亦久，而无例焉与之相反，则可谥以绝对之称矣。故"绝对"云者，亦假定之未破者而已，非有他也。（《甲寅》，一，七）

第二次答复（《甲寅》一，一九）又说：

若曰，"吾国无联邦之事例，联邦之法理即为无根"，则吾所应谈之法理，而无其事例者，到处皆是矣；若一切不谈，政治又以何道运行耶？况事例吾国无之，而他国固有。以他国所有者，推知吾国之亦可行，此科学之所以重比较，而法律亦莫逃其例者也。安得以本国之有无自限耶？大凡事例之成，苟其当焉，其法理必已前立；特其法理或位乎逻辑之境而人不即觉，事后始为之说明耳。今吾饱观政例，熟察利害，他人事后始有机会立为法理者，而吾得于事前穷其逻辑之境，尽量出之，恣吾览睹，方自幸之不暇，而又何疑焉？

罗家伦在他的《近代中国文学思想之变迁》一篇（《新潮》，二，五）里，曾说章士钊的文章“可谓集‘逻辑文学’的大成了”。他又说，“政论的文章，到那个时候，趋于最完备的境界。即以文体而论，则其论调既无‘华夷文学’的自大心，又无‘策士文学’的浮泛气；而且文字的组织上又无形中受了西洋文法的影响，所以格外觉得精密。”（页八七三）这个论断是很不错的。我上文引的几段，狠可以说明这种“逻辑文学”的性质。

章士钊同时的政论家——黄远庸、张东荪、李大钊、李剑农、高一涵等——都朝着这个趋向去做，大家不知不觉的造成一种修饰的、谨严的、逻辑的，有时不免掉书袋的政论文学。但是这种文章，在当日实在没有多大的效果。做的人非常卖气力；读的人也须十分用气力，方才读得懂。因此，这种文章的读者仍旧只限于极少数的人。当他们引戴雪、引白芝浩、引哈蒲浩、引蒲徕士，来讨论中国的政治法律的问题的时候，梁士诒、杨度、孙毓筠们早已把宪法踏在脚底下，把人民玩在手心里，把中华民国的国体完全变换过了！洪宪的帝制虽不长久，洪宪的馀毒至今还在，而当日的许多政论机关都烟消云散了。民国五年（1916）以后，国中几乎没有一个政论机关，也没有一个政论家；连那些日报上的时评也都退到纸角上去了，或者竟完全取消了。这种政论文学的忽然消灭，我至今还说不出一个所以然来。但《甲寅》最后一期里有黄远庸写给章士钊的两封信，至少可以代表一个政论大家的最后忏悔。他说：

远本无术学，滥厕士流，虽自问生平并无表见，然即其奔随士夫之后，雷同而附和，所作种种政谈，今无一不为忏悔之材料。盖由见事未明，修省未到，轻谈大事，自命不凡；亡国罪人，亦不能不自居一分也。此后第努力求学，专求自立为人之道，如足下所谓存其在我者，即得为末等人，亦胜于今之一等脚色矣。

愚见以为居今论政，实不知从何处说起。《洪范》九畴亦只能明夷待

> 访。……至根本救济，远意当从提倡新文学入手，综之，当使吾辈思潮如何能与现代思潮相接触，而促其猛省。而其要义须与一般之人，生出交涉。法须以浅近文艺普遍四周。史家以文艺复兴为中世改革之根本，足下当能语其消息盈虚之理也。……（《甲寅》，一，十）

这封信，前半为忏悔，后半为觉悟。当日的政论家苦心苦口，确有很可佩服的地方。但他们的大缺点只在不能“与一般之人生出交涉”。这一句话不但可以批评他们的“白芝浩—戴雪—哈蒲浩—蒲徕士”的内容，也可以批评他们的精心结构的政论古文。黄远庸的聪明先已见到这一点了，所以他悬想将来的根本救济当从提倡新文学下手，要用浅近文艺普遍四周，要与一般的人生出交涉来。章士钊答书还不赞成这种话，他说“必其国政治差良，其度不在水平线下，而后有社会之事可言，文艺其一端也。”黄远庸那年到了美国，不幸被人暗杀了，他的志愿毫无成就；但他这封信究竟可算是中国文学革命的预言。他若在时，他一定是新文学运动的一个同志，正如他同时的许多政论家之中的几个已做新文学运动的同志了。

九

以上七节说的是这五十年的中国古文学。古文学的共同缺点就是不能与一般的人生出交涉。大凡文学有两个主要分子：一是“要有我”，二是“要有人”。有我就是要表现著作人的性情见解，有人就是要与一般的人发生交涉。那无数的模仿派的古文学，既没有我，又没有人，故不值得提起。我们在这七节里提起的一些古文学代表，虽没有人，却还有点我，故还能在文学史上占一个地位。但他们究竟因为不能与一般的人生出交涉来，故仍旧是少数人的贵族文学，仍旧免不了“死文学”或“半死文学”的评判。

现在我们要谈这五十年的“活文学”了。活文学自然要在白话作品里去找。这五十年的白话作品，差不多全是小说。直到近五年内，方才有他类的白话作品出现。我们先说五十年内白话小说，然后讨论近年的新文学。

这五十年内的白话小说出的真不在少数！为讨论的便利起见，我们可以把他们分作南北两组：北方的评话小说，南方的讽刺小说。北方的评话小说可以算是民间的文学，他的性质偏向为人的方面，能使无数平民听了不肯放下，看了不肯放下；但著书的人多半没有什么深刻的见解，也没有什么浓挚的经验。

他们有口才，有技术，但没有学问。他们的小说，确能与一般的人生出交涉了，可惜没有我，所以只能成一种平民的消闲文学。《儿女英雄传》、《七侠五义》、《小五义》、《续小五义》等书，属于这一类。南方的讽刺小说便不同了。他们的著者都是文人，往往是有思想、有经验的文人。他们的小说，在语言的方面，往往不如北方小说那样漂亮活动，这大概是因为南方人学用北部语言做书的困难。但思想见解的方面，南方的几部重要小说都含有讽刺的作用，都可以算是“社会问题的小说”。他们既能为人，又能有我。《官场现形记》、《老残游记》、《二十年目睹之怪现状》、《恨海》、《广陵潮》……都属于这一类（南方也有消闲的小说，如《九尾龟》等）。

我们先说北方的评话小说。评话小说自宋以来，七八百年，没有断绝。有时民间的一种评话遇着了一个文学大家，加上了剪裁修饰，便一跳升做第一流的小说了（如《水浒传》）。但大多数的评话——如《杨家将》、《薛家将》之类——始终不曾脱离很幼稚的时代。明清两朝是小说最发达的时期，内中确有好几部第一流的文学。有了这些好小说做教师，做模范本，所以民间的评话也渐渐的成个样子了，渐渐的可读了。因此，这五十年的评话小说，可以代表评话小说进步最高的时期。当同治末年光绪初年之间，出了一部《儿女英雄传评话》。此书前有雍正十二年和乾隆五十九年的序，都是假托的。雍正年的序内提起《红楼梦》，不知《红楼梦》乃是乾隆中年的作品！故我们据光绪戊寅（1878）马从善的序，定为清宰相勒保之孙文康（字铁仙）做的。文康晚年穷困无聊，作此书消遣。序中说“昨来都门，知先生已归道山”，可知文康死于同治、光绪之际，故我们定此书为近五十年前的作品。《七侠五义》初名《三侠五义》，又名《忠烈侠义传》，今本有俞樾的序，说曾听见潘祖荫称赞此书，“虽近时新出而颇可观”。俞序作于光绪十五年（1889），故定为五十年中的作品。此书原著者为石玉昆，但今本已是俞樾改动的本子，原本已不可见了。石玉昆的事迹不可考，大概是当日的一个评话大家。又有《小五义》一部，刻于光绪十六年（1890）；《续小五义》一部，刻于同年的冬间。此二书据说也都是石玉昆的原稿，从他的门徒处得来的。《续小五义》初刻本，尚有潘祖荫的小序，说他捐俸馀三十金帮助刻板。这也可见当日的一种风气了。《续小五义》之后，近年来又出了无数的续集，此外还有许多“公案”派的评话，但价值更低，我们不谈了。

《儿女英雄传》的著者虽是一个八旗世家，做过道台，放过驻藏大臣，但他究竟是一个迂陋的学究，没有见解，没有学问。这部书可以代表那“儒教化了的”八旗世家的心理。儒家的礼教本是古代贵族的礼教，不配给平民试行的。满洲人入关以后，处处模仿中国文化，故宗室八旗的贵族居然承受了许多繁缛的礼节。我们读《红楼梦》，便可以看见贾府虽是淫乱腐败，但表面上的家庭礼仪却是非常严厉。一个贾政便是儒教的绝好产儿。《儿女英雄传》更迂腐了。书里的安氏父子、何玉凤、张金凤，都是迂气的结晶。何玉凤在能仁寺杀人救人的时节，忽然想起“男女授受不亲”的圣训来了！安老爷在家中捉到强盗的时候，忽然想起“伤人乎？不问马”的圣训来了！至于书中最得意的部分——安老爷劝何玉凤嫁人一段——更是迂不可当的纲常大义。我们可以说，《儿女英雄传》的思想见解是没有价值的。他的价值全在语言的漂亮俏皮，诙谐有味。旗人最会说话：前有《红楼梦》，后有此书，都是绝好的记录。《儿女英雄传》有意模仿评话的口气，插入许多“说书人打岔”的话，有时颇讨厌，但有时很多诙谐的意味。例如能仁寺的凶僧举刀要杀安公子时，忽然一个弹子飞来，他把身一蹲：

> 谁想他的身子蹲得快，那白光来得更快，叶的一声，一个铁弹子正着在左眼上。那东西进了眼睛，敢是不住要站，一直的奔了后脑勺子的脑瓜骨，咯噔的一声，这才站住了……肉人的眼珠子上要着上这等一件东西，大概比揉进一个沙子去利害。只疼得他哎哟一声，往后便倒。噹啷啷，手里的刀子也扔了。
>
> 那时三儿在旁边，正呆呆的望着公子的胸脯子，要看这回刀尖出彩；只听咕咚一声，他师傅跌倒了。吓了一跳，说，“你老人家怎么了？这准是使猛了劲，岔了气了；等我腾出手来扶起你老人家来啵？”才一转身，毛着腰，要把那铜镟子放在地下，好去搀他师傅，这个当儿，又是照前叶的一声，一个弹子从他左耳朵眼儿里打进去，打了个过膛儿，从右耳朵眼儿里钻出来，一直打到东边那个厅柱上，吧挞的一声，打了一寸来深，进去嵌在木头里边。那三儿只叫得一声“我的妈呀！”——镗——把个铜镟子扔了——咕咭——也窝在那里了。那铜镟子里的水泼了一台阶子。那镟子唏啷花啷一阵乱响，便滚下台阶去了。（第六回）

这种描写法，虽然不合事实，却很有诙谐趣味。这种诙谐趣味乃是北方评话小说的一种特别风味。

《七侠五义》也没有什么思想见地。他是学《水浒》的；但《水浒》对于强盗，对于官吏，都有一种大胆的见解；《七侠五义》也恨贪官，也恨强盗，——这是北方中国人的自然感想——但只希望有清官出来用“御铡三刀”和“杏花雨”的苛刑来除掉那些赃官污吏；只希望有侠义的英雄出来，个个投在清官门下做四品护卫或五品护卫，帮着国家除暴安良。这是这些侠义小说和公案小说的公同见解。但《七侠五义》描写人物的技术却是不坏；虽比不上《水浒传》，却也很有点个性的描写。他写白玉堂的气小，蒋平的聪明，欧阳春的镇静，智化的精细，艾虎的活泼，都很有个性的区别。第三十二回至第三十四回写白玉堂结交颜眘敏一节，又痛快，又滑稽，是书中很精彩的文字。书中有时也有很感慨的话，如第八十回写智化假装逃荒的，混入皇城作工的第一天：

> 按名点进，到了御河，大家按挡儿做活。智爷拿了一把铁锹撮的比人多，掷的比人远，而且又快。傍边做活的道，“王第二的，你这活计不是这么做。”智爷道，“怎么？”傍边人道，“俗语说的，‘皇上家的工，慢慢儿的蹭。’你要这么做，还能吃的长吗？”智爷道：“做的慢了，他们给饭吃吗？”傍边人道，“都是一样慢了，他能不给谁吃呢？”智爷道，“既是这样，俺就慢慢的。”

这种好文章，可惜不多见，不然，《七侠五义》真成了第一流的小说了。

《小五义》与《续小五义》有许多不通的回目，中间又有许多不通的诗，大不如《七侠五义》。究竟这种幼稚的本子是石玉昆的原本呢？或者，那干净的《七侠五义》大体代表石玉昆的原本而《小五义》以下是假托的呢？那就不容易决定了。《小五义》以下精彩甚少，只有一个徐良，写的还有趣，我们不举例了。

南方的讽刺小说都是学《儒林外史》的。《儒林外史》初刻于乾隆时，后来虽有翻刻本，但太平天国乱后，这部书的传本渐渐少了。乱平以后，苏州有活字本；《申报》的初年有铅字排本，附有金和的跋语及天目山樵评语。自此以后，《儒林外史》的通行遂多了。但这部书是一种讽刺小说，颇带一点写实主义的技术，既没有神怪的话，又很少英雄儿女的话；况且书里的人物又都是“儒林”中人，谈什么“举业”、“选政”，都不是普通一般人能了解的，因此，第一流小说之中，《儒林外史》的流行最不广，但这部书在文人社会里的魔力可真不少！一来呢，这是一种创体，可以作批评社会的一种绝好工具。二来呢，《儒林外史》用的语言是长江流域的官话，最普通，最适用。三来呢，

《儒林外史》没有布局，全是一段一段的短篇小品连缀起来的，拆开来，每段自成一篇；斗拢来，可长至无穷。这个体裁最容易学，又最方便。因此，这种一段一段没有总结构的小说体就成了近代讽刺小说的普通法式。

我们先说李伯元（常州人，事迹未详）的《官场现形记》。这部书先后共出了六十卷，全是无数不连贯的短篇纪事连缀起来的。全书的体例与方法，最近《儒林外史》。《儒林外史》骂的是儒生，《官场现形记》骂的是官场；《儒林外史》里还有几个好人，《官场现形记》里简直没有一个好官。著者自己说，他那部书是一部做官教科书：

> 前半部是专门指摘他们做官的坏处，好叫他们读了知过必改。后半部方是教导他们做官的法子。如今把这后半部烧了，只剩得前半部；光有这前半部，不像本教科书，倒像部《封神榜》、《西游记》，妖魔鬼怪一齐都有。(第六十卷)

其实当时官场的腐败已到了极点，这种材料遍地皆是，不过等到李伯元方才有这一部穷形尽相的大清官国活动写真出现，替中国制度史留下无数绝好的材料。这部书的初集有光绪癸卯年（1903）茂苑惜秋生的序，痛论官的制度：

> ……选举之法兴则登进之途杂，士废其读，农废其耕，工废其技，商废其业，皆注意于官之一字。盖官者有士农工商之利而无士农工商之劳者也。天下爱之至深者，谋之必善；慕之至切者，求之必工。于是乎有脂韦滑稽者，有夤缘奔竞者，而官之流品已极紊乱。
>
> 限资之例，始于汉代。……开捐纳之先路，导输助之滥觞。所谓衣食足而知荣辱者，直是欺人之谈！……乃至行博弈之道，掷为孤注，操贩鬻之行，居为奇货。其情可想，其理可推矣。沿至于今，变本加厉；凶年饥馑，旱干水溢，皆得援救助之例，邀奖励之恩。而所谓官者乃日出而未有穷，不至充塞宇宙不止！……
>
> 官者，辅天子则不足，压百姓则有馀。……有语其后者，刑罚出之；有诮其旁者，拘击随之。……于是官之气愈张，官之焰愈烈。羊狠狼贪之技，他人所不忍出者，而官出之；蝇营狗苟之行，他人所不屑为者，而官为之。……国衰而官强，国贫而官富；孝弟忠信之旧，败于官之身；礼义廉耻之遗，坏于官之手。而官之所以为人诟病，为人轻亵者，盖非一朝一夕之故，其所由

来者渐矣！……

《官场现形记》的主意只是要人人感觉官是世间最可恶又最下贱的东西。如卷四写黄道台的门房戴升鼻子里哼的冷笑一声，说：

等着罢，我是早把铺盖卷好等着的了。想想做官的人也真是作孽。你瞧他升了官，一个样子；今儿参掉官，又是一个样子。不比我们当家人的，辞了东家，还有西家，一样吃他妈的饭。做官的可只有一个皇帝，逃不到那里去的！

又如卷八陶子尧对着堂子里的娘姨说他的官运，他说：

我们做官的人，说不定今天在这里，明天就在那里，自己是不能作主的。

新嫂嫂说：

难末大人做官格身体，搭子"讨人身体"差勿多哉……堂子里格小姐……卖拨勒人家，或者是押帐，有仔管头，自家做勿动主，才叫做"讨人身体"格。耐笃做官人，自家做勿动主，阿是一样格？

陶子尧道：

你这人真是瞎来来！我们的官是拿银子捐来的，又不是卖身，同你们堂子里一个买进一个卖出，真正天悬地隔。

不过这个区别实在很微细。卷十四写江山船上的一个妓女龙珠对周老爷说：

我十五岁上跟着我娘到过上海一趟，人家都叫我清倌人，我肚里好笑。我想我们的清倌人也同你们老爷们一样。……

去年八月里江山县钱太老爷在江头雇了我们的船，同了太太去上任。听说这钱太老爷在杭州等缺，等了二十几年，穷的了不得，连什么都当了。好容易

> 才熬到去上任。他一共一个太太，两个少爷，九个小姐。大少爷已经三十多岁，还没有娶媳妇。从杭州动身的时候，一家门的行李不上五担，箱子都很轻的。到了今年八月里，预先写信叫我们的船上来接他回杭州。等到上船那一天，红皮衣箱一多就多了五十几只，别的还不算。上任的时候，太太戴的是镀金的簪子；等到走，连那小少爷的奶妈，一个个都是金耳坠子了！钱太老爷走的那一天，还有人送了他好几把万民伞。大家一齐说老爷是清官，不要钱。所以人家才肯送他这些东西。我肚皮里好笑。老爷不要钱，这些箱子是那里来的呢？……瞒得过我吗？做官的人，得了钱，自己还要说是清官，同我们吃了这碗饭一定要说是清倌人，岂不是一样的吗？

周老爷听了他的话，气的一句话也说不出，倒反朝着他笑，歇了半天，才说得一句“你比方的不错”。

李伯元除了《官场现形记》之外，还有一部《文明小史》，也是“《儒林外史》式”的讽刺小说。

吴沃尧，字趼人，是广东南海的佛山人，故自称“我佛山人”。当梁启超在日本创办《新小说》时，吴沃尧的《二十年目睹之怪现状》（以下省称《怪现状》）的第一部分就在《新小说》上发表。那个时候——光绪癸卯甲辰（1903–1904）——大家已渐渐的承认小说的重要，故梁启超办了《新小说》杂志，商务印书馆也办了一个《绣像小说》杂志，不久又有《小说林》出现。文人创作小说也渐渐的多了。《怪现状》、《文明小史》、《老残游记》、《孽海花》……都是这个时代出来的。《怪现状》也是一部讽刺小说，内容也是批评家庭社会的黑幕。但吴沃尧曾经受过西洋小说的影响，故不甘心做那没有结构的杂凑小说。他的小说都有点布局，都有点组织。这是他胜过同时一班作家之处。《怪现状》的体例还是散漫的，还含有无数短篇故事；但全书有个“我”做主人，用这个“我”的事迹做布局纲领，一切短篇故事都变成了“我”二十年中看见或听见的怪现状。即此一端，便与《官场现形记》、《文明小史》不同了。

但《怪现状》还是《儒林外史》的产儿，有许多故事还是勉强穿插进去的。后来吴沃尧做小说的技术进步了，他的《恨海》与《九命奇冤》便都成了有结构、有布局的新体小说。《恨海》写的是婚姻问题。一个广东的京官陈戟临有两个儿子：大的伯和，聘定同居张家的女儿棣华；小的仲蔼，聘定同居王家的女儿娟娟。后来拳匪之乱陈戟临一家被杀；伯和因护送张氏母女出京，中途冲散；仲蔼逃难出京。伯和在路上发了一笔横财，就狂嫖阔赌，吃上了鸦片烟，后来沦落做了叫化子。张家把他访着，领回家养活；伯和不肯戒烟，负气出门，仍病死在一个小烟馆里。棣华为他守了多少年，落得这个下场；伯和死后，棣华就出家做尼姑去了。仲蔼到南方，访寻王家，竟不知下落；他立志不娶，等候娟娟；后来在席上遇见娟娟，原来他已做了妓女了。这两层悲剧的下场，在中国小说里颇不易得。但此书叙事颇简单，描写也不很用气力，也不能算是全德的小说。

《九命奇冤》可算是中国近代的一部全德的小说。他用百馀年前广东一件大命案做布局，始终写此一案，很有精彩。书中也写迷信，也写官吏贪污，也写人情险诈；但这些东西都成了全书的有机部分，全不是勉强拉进来借题骂人的。讽刺小说的短处在于太露，太浅薄；专采骂人材料，不加组织，使人看多了觉得可厌。《九命奇冤》便完全脱去了恶套；他把讽刺的动机压下去，做了附属的材料；然而那些附属的讽刺的材料在那个大情节之中，能使看的人觉得格外真实，格外动人。例如《官场现形记》卷四、卷五写藩台的兄弟三荷包代哥哥卖缺，写的何尝不好？但是看书的人看过了只像看了报纸的一段新闻一样，觉得好笑，并不觉得动人。《九命奇冤》第二十回写黄知县的太太和舅老爷收梁家的贿赂一节，一样是滑稽的写法，但在那八条人命的大案里，这种得贿买放的事便觉得格外动人，格外可恶。

《九命奇冤》受了西洋小说的影响，这是无可疑的。开卷第一回便写凌家强盗攻打梁家，放火杀人。这一段事本应该在第十六回里，著者却从第十六回直提到第一回去，使我们先看了这件烧杀八命的大案，然后从头叙述案子的前因后果。这种倒装的叙述，一定是西洋小说的影响。但这还是小节；最大的影响是在布局的谨严与统一。中国的小说是从“演义”出来的。演义往往用史事做间架，这一朝代的事“演”完了，他的评话也收场了。《三国》、《东周》一类的书是最严格的演义。后来作法进步了。不肯受史事的严格限制，故有杜撰的演义出现。《水浒》便是一例。但这一类的小说，也还是没有布局的；可以插入一段打大名府，也可以插入一段打青州；可以添一段破界牌关，也可以添一段破诛仙阵；可以添一段捉花蝴蝶，也可以再添一段捉白菊花……割去了，仍可成书；拉长了，可至无穷。这是演义体的结构上的缺乏。《儒林外史》虽开一种新体，但仍是没有结构的；从山东汶上县说到南京，从夏总甲说到丁言志；说到杜慎卿，已忘了娄公子；说到凤四老爹，已忘了张铁臂了。后来这一派的小说，也没有一部有结构布置的。所以这一千年的小说里，差不多都是没有布局的。内中比较出色的，如《金瓶梅》、如《红楼梦》，虽然拿一家的历史做布局，不致十分散漫，但结构仍旧是很松的；今年偷一个潘五儿，明年偷一个王六儿；这里开一个菊花诗社，那里开一个秋海棠诗社；今回老太太做生日，下回薛姑娘做生日……翻来覆去，实在有点讨厌。《怪现状》想用《红楼梦》的间架来支配《官场现形记》的材料，故那个主人"我"跑来跑去，到南京就见着听着南京的许多故事，到上海便见着听着上海的许多故事，到广东便见着听着广东的许多故事。其实这都是很松的组织，很勉强的支配，很不自然的布局。《九命奇冤》便不同了。他用中国讽刺小说的技术来写家庭与官场，用中国北方强盗小说的技术来写强盗与强盗的军师，但他又用西洋侦探小说的布局来做一个总结构。繁文一概削尽，枝叶一齐扫光，只剩这一个大命案的起落因果做一个中心题目。有了这个统一的结构，又没有勉强的穿插，故看的人的兴趣自然能自始至终不致厌倦。故《九命奇冤》在技术一方面要算最完备的一部小说了。

和吴沃尧、李伯元同时的，还有一个刘鹗，字铁云，丹徒人，也是一个小说好手。刘鹗精通算学，研究治河的方法，曾任光绪戊子（1888）郑州的河工，又曾在山东巡抚张曜的幕府里，作了治河七策。后来山东巡抚福润保荐他"奇才"，以知府用。他住北京两年，上书请筑津镇铁路，不成；又为山西巡抚与英国人订约开采山西的矿。当时人都叫他做"汉奸"，因为他同外国人往来，能得他们的信用。后来拳匪之乱（1900）联军占据北京，京城居民缺乏粮食，很多饿死的，他就带了钱进京，想设法赈济；那俄国兵占住太仓，太仓多米而欧洲人不吃米；他同俄国人商量，用贱价把太仓的米都粜出来，用贱价粜给北京的居民，救了无数的人。后数年，有大臣参他"私售仓粟"，把他充军到新疆，后来他就死在新疆。二十多年前，河南彰德府附近发见了许多有古文字的龟甲兽骨，刘鹗是研究这种文字最早的一个人，曾印有《铁云藏龟》一书。(以上记刘鹗的事迹，全根据罗振玉的《五十日梦痕录》。我因为外间知道他的人很不多，故摘抄大概于此。)

刘鹗著的《老残游记》与李伯元的《文明小史》同时在《绣像小说》上发表。这部书的主人老残，姓铁，名英，是他自己的托名。书中写的风景经历，也都带着自传的性质。书中的庄抚台，即是张曜，玉贤即是毓贤；论治河的一段也与罗振玉作的传相符。书中写申子平在山中遇着黄龙子、玙姑一段，荒诞可笑，钱玄同说他是"老新党头脑不甚清晰的见解"真是不错。书末把贾家冤死的十三人都从棺材里救活回来，也是无谓之至。但除了这两点之外，这部书确是一部很好的小说。他写玉贤的虐政，写刚弼的刚愎自用，都是很深刻的；大概他的官场经验深，故与李伯元、吴沃尧等全是靠传闻的，自然大不相同了。他写娼妓的问题，能指出这是一个生计的问题，不是一个道德的问题，这种眼光也就很可佩服了。他写史观察（上海施善昌）治河的结果，用极具体的写法，使人知道误信古书的大害（第十三回至十四回）。这是他生平一件最关心的事，故他写的这样真切。

但《老残游记》的最大长处在于描写的技术。第二回写白妞说大鼓书的一大段，读的人大概没有不爱的。我们引一小段作例：

> 王小玉……唱了几句书儿，声音初不甚响；……唱了十数句之后，渐渐的越唱越高；忽然拔了一个尖儿，像一线钢丝抛入天际，听的人不禁暗暗叫绝。那知他于那极高的地方，尚能回环转折：几啭之后，又高一层；接连有三四叠，节节高起。恍如由傲来峰西面攀登泰山的景象；初看傲来峰削壁千仞，以为上与天齐；及至翻到傲来峰，才见扇子崖更在傲来峰上；及至翻到扇子崖，又见南天门更在扇子崖上。愈翻愈险，愈险愈奇。那王小玉唱到极高的三四叠后，陡然一落，又极力骋其千回百折的精神，如一条飞蛇在黄山三十六峰半中腰里盘旋穿插，顷刻之间，周匝数遍。……

这一段虽是很好，但还用了许多譬喻，算不得最高的描写工夫。第十二回写老残在齐河县看黄河里打冰一大段，写的更为出色。最好的是看打冰那天的晚上，老残到堤上闲步：

> 抬起头来，看那南面山上一条白光，映着月色，分外好看。一层一层的山岭，却分辨不清；又有几片白云在那里面，所以分不出是云是山。及至定睛看去，方才看出那是云那是山来。虽然云是白的，山也是白的；云有亮光，山也有亮光；只为月在云上，云在月下，所以云的亮光从背后透过来；那山却不然，山的亮光由月光照到山上，被那山上的雪反射过来，所以光是两样了。然只稍近的地方如此。那山望东去，越望越远，天也是白的，山也是白的，云也是白的，就分辨不出来了。

只有白话的文学里能产生这种绝妙的“白描”美文来。

以上略述这五十年的白话小说。民国成立时，南方的几位小说家都已死了，小说界忽然又寂寞起来。这时代的小说只有李涵秋的《广陵潮》还可读；但他的体裁仍旧是那没有结构的“《儒林外史》式”。至于民国五年出的“黑幕”小说，乃是这一类没有结构的讽刺小说的最下作品，更不值得讨论了。北方评话小说近年来也没有好作品比得《儿女英雄传》或《七侠五义》的。

十

现在我们要说这五六年的文学革命运动了。

中国的古文在二千年前已经成了一种死文字。所以汉武帝时，丞相公孙弘奏称“诏书律令下者……文章尔雅，训辞深厚，恩施甚美；小吏浅闻，不能究宣，无以明布谕下”。那时代的小吏已不能了解那文章尔雅的诏书律令了。但因为政治上的需要，政府不能不提倡这种已死的古文；所以他们想出一个法子来鼓励民间研究古文：凡能“通一艺以上”的，都有官做，“先用诵多者”。这个法子起于汉朝，后来逐渐修改，变成“科举”的制度。这个科举的制度延长了那已死的古文足足二千年的寿命。

但民间的白话文学是压不住的。这二千年之中，贵族的文学尽管得势，平民的文学也在那里不声不响的继续发展。汉魏六朝的“乐府”代表第一时期的白话文学。乐府的真美是遮不住的，所以唐代的诗也很多白话的，大概是受了乐府的影响。中唐的元稹、白居易更是白话诗人了。晚唐的诗人差不多全是白话或近于白话的了。中唐晚唐的禅宗大师用白话讲学说法，白话散文因此成立。唐代的白话诗和禅宗的白话散文代表第二时期的白话文学。但诗句的长短有定，那一律五字或一律七字的句子究竟不适宜于白话，所以诗一变而为词。词句长短不齐，更近说话的自然了。五代的白话词，北宋柳永、欧阳修、黄庭坚的白话词，南宋辛弃疾一派的白话词，代表第三时期的白话文学。诗到唐末，有李商隐一派的妖孽诗出现，北宋杨亿等接着，造为“西昆体”。北宋的大诗人极力倾向解放的方面，但终不能完全脱离这种恶影响。所以江西诗派，一方面有很近白话的诗，一方面又有很坏的古典诗。直到南宋杨万里、陆游、范成大三家出来，白话诗方才又兴盛起来。这些白话诗人也属于这第三时期的白话文学。南宋晚年，诗有严羽的复古派，词有吴文英的古典派，都是背时的反动。然而北方受了契丹、女真、蒙古三大征服的影响，古文学的权威减少了，民间的文学渐渐起来。金元时代的白话小曲——如《阳春白雪》和《太平乐府》两集选载的——和白话杂剧，代表这第四时期的白话文学。明朝的文学又是复古派战胜了；八股之外，诗词的散文都带着复古的色彩，戏剧也变成又长又酸的传奇了。但是白话小说可进步了。白话小说起于宋代，传至元代，还不曾脱离幼稚的时期。到了明朝，小说方才到了成人时期；《水浒传》、《金瓶梅》、《西游记》都出在这个时代。明末的金人瑞竟公然宣言“天下之文章无出《水浒传》右者”，清初的《水浒后传》，乾隆一代的《儒林外史》与《红楼梦》，都是很好的作品。直到这五十年中，小说的发展始终没有间断。明清五百多年的白话小说，代表第五时期的白话文学。

这五个时期的白话文学之中，最重要的是这五百年中的白话小说。这五百年之中，流行最广，势力最大，影响最深的书，并不是《四书》、《五经》，也不是性理的语录，乃是那几部“言之无文行之最远”的《水浒》、《三国》、《西游》、《红楼》。这些小说的流行便是白话的传播；多卖得一部小说，便添得一个白话教员。所以这几百年来，白话的知识与技术都传播的很远，超出平常所谓“官话疆域”之外。试看清朝末年南方作白话小说的人，如李伯元是常州人，吴沃尧是广东人，便可以想见白话传播之远了。但丁（Dante）、鲍高嘉（Boccacio）的文学，规定了意大利的国语；嘉叟（Chaucer）、卫克烈夫（Wycliff）的文学，规定了英吉利的国语；十四五世纪的法兰西文学，规定了法兰西的国语。中国国语的写定与传播两方面的大功臣，我们不能不公推这几部伟大的白话小说了。

中国的国语早已写定了，又早已传播的很远了，又早已产生了许多第一流的活文学了——然而国语还不曾得全国的公认，国语的文学也还不曾得大家的公认，这是因为什么缘故呢？这里面有两个大原因：一是科举没有废止，一是没有一种有意的国语主张。

科举一日不废，古文的尊严一日不倒。在科举制度之下，居然能有那无数的白话作品出现，功名富贵的引诱居然买不动施耐庵、曹雪芹、吴敬梓，政府的权威居然压不住《水浒》、《西游》、《红楼》的产生与流传：这已经是中国文学史上最侥幸又最光荣的事了。但科举的制度究竟能使一般文人钻在那墨卷古文堆里过日子，永远不知道时文古文之外还有什么活的文学。倘使科举制度至今还存在，白话文学的运动决不会有这样容易的胜利。

1904 年以后，科举废止了。但是还没有人出来明明白白的主张白话文学。二十多年以来，有提倡白话报的，有提倡白话书的，有提倡官话字母的，有提倡简字字母的：这些人难道不能称为“有意的主张”吗？这些人可以说是“有意的主张白话”，但不可以说是“有意的主张白话文学”。他们的最大缺点是把社会分作两部分：一边是“他们”，一边是“我们”。一边是应该用白话的“他们”，一边是应该做古文古诗的“我们”。我们不妨仍旧吃肉，但他们下等社会不配吃肉，只好抛块骨头给他们吃去罢。这种态度是不行的。

1916年以来的文学革命运动，方才是有意的主张白话文学。这个运动有两个要点与那些白话报或字母的运动绝不相同。第一，这个运动没有“他们”、“我们”的区别。白话并不单是“开通民智”的工具，白话乃是创造中国文学的唯一工具。白话不是只配抛给狗吃的一块骨头，乃是我们全国人都该赏识的一件好宝贝。第二，这个运动老老实实的攻击古文的权威，认他做“死文学”。从前那些白话报的运动和字母的运动，虽然承认古文难懂，但他们总觉得“我们上等社会的人是不怕难的；吃得苦中苦，方为人上人”。这些“人上人”大发慈悲心，哀念小百姓无知无识，故降格做点通俗文章给他们看。但这些“人上人”自己仍旧应该努力模仿汉魏唐宋的文章。这个文学革命便不同了；他们说，古文死了二千年了，他的不孝子孙瞒住大家，不肯替他发丧举哀；现在我们来替他正式发讣文，报告天下“古文死了！死了两千年了！你们爱举哀的，请举哀罢！爱庆祝的，也请庆祝罢！”

这个“古文死了两千年”的讣文出去之后，起初大家还不相信；不久，就有人纷纷议论了；不久，就有人号啕痛哭了。那号啕痛哭的人，有些哭过一两场，也就止哀了；有些一头哭，一头痛骂那些发讣文的人，怪他们不应该做这种“大伤孝子之心”的恶事；有些从外国奔丧回来，虽然素同死者没有多大交情，但他们听见哭声，也忍不住跟着哭一场，听见骂声，也忍不住跟着骂一场。所以这种哭声骂声至今还不曾完全停止。但是这个死信是不能再瞒的了，倒不如爽爽快快说穿了，叫大家痛痛快快哭几天，不久他们就会“节哀尽礼”的；即使有几个“终身孺慕”的孝子，那究竟是极少数人，也顾不得了。

文学革命的主张，起初只是几个私人的讨论，到民国六年（1917）一月方才正式在杂志上发表。第一篇胡适的《文学改良刍议》还是很和平的讨论。胡适对于文学的态度，始终只是一个历史进化的态度。故他这一篇的要点是：

> 文学者，随时代而变迁者也。一时代有一时代之文学……因时进化，不能自止。唐人不当作商周之诗，宋人不当作相如子云之赋——即令作之，亦必不工。逆天背时，违进化之迹，故不能工也。……
>
> 以今世历史进化的眼光观之，则白话文学之为中国文学之正宗，又为将来文学必用之利器，可断言也。……

后来他的《历史的文学观念论》说的更详细：

> 居今日而言文学改良，当注重“历史的文学观念”。一言以蔽之曰：一时代有一时代之文学。此时代与彼时代之间，虽皆有承前启后之关系，而决不容完全抄袭；其完全抄袭者，决不成为真文学。愚惟深信此理，故以为古人已造古人之文学，今人当造今人之文学。……纵观古今文学变迁之趋势，……白话之文学，自宋以来，虽见屏于古文家，而终一线相承，至今不绝。……岂不以此为吾国文学趋势自然如此，故不可禁遏而日以昌大耶？……吾辈之攻古文家，正以其不明文学之趋势，而强欲作一千年二千年以上之文。此说不破，则白话之文学无有列为文学正宗之一日，而世之文人将犹鄙薄之，以为小道邪径而不肯以全力经营造作之。……夫不以全副精神造文学而望文学之发生，此犹不耕而求获，不食而求饱也，亦终不可得矣。施耐庵、曹雪芹诸人所以能有成者，正赖其有特别毅力，能以全力为之耳。……

胡适自己常说他的历史癖太深，故不配作革命的事业。文学革命的进行，最重要的急先锋是他的朋友陈独秀。陈独秀接着《文学改良刍议》之后，发表了一篇《文学革命论》（六年二月），正式举起“文学革命”的旗子。他说：

> 余甘冒全国学究之敌，高张“文学革命军”大旗，以为吾友之声援。旗上大书吾革命军三大主义：
>
> 曰推倒雕琢的，阿谀的贵族文学；建设平易的，抒情的国民文学。
>
> 曰推倒陈腐的，铺张的古典文学；建设新鲜的，立诚的写实文学。
>
> 曰推倒迂晦的，艰涩的山林文学；建设明了的，通俗的社会文学。

陈独秀的特别性质是他的一往直前的定力。那时胡适还在美洲，曾有信给独秀说：

> 此事之是非，非一朝一夕所能定，亦非一二人所能定。甚愿国中人士能平心静气与吾辈同力研究此问题。讨论既熟，是非自明。吾辈已张革命之旗，虽不容退缩，然亦不敢以吾辈所主张为必是而不容他人之匡正也。（六年四月九日）

可见胡适当时承认文学革命还在讨论的时期。他那时正在用白话作诗词，想用实地试验来证明白话可以作韵文的利器，故自取集名为《尝试集》。他这种态度太和平了。若照他这个态度做去，文学革命至少还须经过十年的讨论与尝试。但陈独秀的勇气恰好补救这个太持重的缺点。独秀答书说：

> 鄙意容纳异议，自由讨论，固为学术发达之原则；独至改良中国文学当以白话为文学正宗之说，其是非甚明，必不容反对者有讨论之馀地；必以吾辈所主张者为绝对之是而不容他人之匡正也。

这种态度，在当日颇引起一般人的反对。但当日若没有陈独秀“必不容反对者有讨论之馀地”的精神，文学革命的运动决不能引起那样大的注意。反对即是注意的表示。

民国六年的《新青年》里有许多讨论文学的通信，内中钱玄同的讨论很多可以补正胡适的主张。民国七年一月，《新青年》重新出版，归北京大学教授陈独秀、钱玄同、沈尹默、李大钊、刘复、胡适六人轮流编辑。这一年的《新青年》（四卷、五卷）完全用白话做文章。七年四月有胡适的《建设的文学革命论》，大旨说：

> 我的“建设新文学论”的唯一宗旨只有十个大字：“国语的文学，文学的国语”。我们所提倡的文学革命只是要替中国创造一种国语的文学。有了国语的文学，方才可以有文学的国语。有了文学的国语，我们的国语方才算得真正国语。

这篇文章名为“建设的”，其实还是破坏的方面最有力。他说：

> 这二千年的文人所做的文学，都是死的，都是用已经死了的语言文字做的，死文字决不能产出活文学。……简单说来，自从《三百篇》到于今，中国的文学凡是有一些儿价值有一些儿生命的，都是白话的，或是近于白话的。……中国若想有活文学，必须用白话，必须用国语，必须做国语的文学。

这就是上文说的替古文发丧举哀了。在“建设的”方面，这篇文章也有一点贡献。他说：

> 若要造国语，先须造国语的文学，有了国语的文学，自然有国语。……真正有功效有势力的国语教科书便是国语的文学，便是国语的小说诗文戏本。国语的小说诗文戏本通行之日，便是中国国语成立之时。……中国将来的新文学用的白话，就是将来中国的标准国语。造将来白话文学的人，就是制定标准国语文学的人。

这篇文章把从前胡适、陈独秀的种种主张都归纳到十个字，其实又只有“国语的文学”五个字。旗帜更明白了，进行也就更顺利了。

这一年的文学革命，在建设的方面，有两件事可记，第一，是白话诗的试验。胡适在美洲做的白话诗还不过是刷洗过的文言诗；这是因为他还不能抛弃那五言七言的格式，故不能尽量表现白话的长处。钱玄同指出这种缺点来，胡适方才放手去做那长短无定的白话诗。同时沈尹默、周作人、刘复等也加入白话诗的试验。这一年的作品虽不很好，但技术上的训练是很重要的。第二，是欧洲新文学的提倡。北欧的 Ibsen，Strindberg，Anderson；东欧的 Dostojevski，Kuprin，Tolstoc；新希腊的 Ephtaliotis；波兰的 Seinkiewicz：这一年之中，介绍了这些人的文学进来。在这一方面，周作人的成绩最好。他用的是直译的方法，严格的尽量保全原文的文法与口气。这种译法，近年来很有人仿效，是国语的欧化的一个起点。

民国七年冬天，陈独秀等又办了一个《每周评论》，也是白话的。同时北京大学的学生傅斯年、罗家伦、汪敬熙等出了一个白话的月刊，叫做《新潮》，英文名字叫做 The Renaissance，本义即是欧洲史上的“文艺复兴时代”。这时候，文学革命的运动已经鼓动了一部分少年人的想象力，故大学学生有这样的响应。《新潮》初出时，精彩充足，确是一支有力的生力军。民国八年开幕时，除了《新青年》、《新潮》、《每周评论》之外，北京的《国民公报》也有好几篇响应的白话文章。从此以后，响应的渐渐的更多了。

但响应的多了，反对的也更猛烈了。大学内部的反对分子也出了一个《国故》，一个《国民》，都是拥护古文学的。校外的反对党竟想利用安福部的武人政客来压制这种新运动。八年二三月间，外间谣言四起，有的说教育部出来干涉了，有的说陈、胡、钱等已被驱逐出京了。这种谣言虽大半不确，但很可以代表反对党心理上的愿望。当时古文家林纾在《新申报》上做了好几篇小说痛骂北京大学的人。内中有一篇《妖梦》，用元绪影北大校长蔡元培，陈恒影陈独秀，胡亥影胡适；那篇小说太龌龊了，我们不愿意引他。还有一篇《荆生》，写田必美（陈）、金心异（钱）、狄莫（胡）三人聚谈于陶然亭，田生大骂孔子，狄生主张白话，忽然隔壁一个“伟丈夫”

> 趆足超过破壁，指三人曰，“汝适何言？……尔乃敢以禽兽之言，乱吾清听！”田生尚欲抗辩，伟丈夫骈二指按其首，脑痛如被锥刺；更以足践狄莫，狄腰痛欲断。金生短视，丈夫取其眼镜掷之，则怕死如蝟，泥首不已。丈夫笑曰，“尔之发狂似李贽，直人间之怪物。今日吾当以香水沐吾手足，不应触尔背天反常禽兽之躯干。尔可鼠窜下山，勿污吾简。……留尔以俟鬼诛。”……

这种话很可以把当时的卫道先生们的心理和盘托出。这篇小说的末尾有林纾的附论，说：

> 如此混浊世界，亦但有田生、狄生足以自豪耳！安有荆生？

这话说的很可怜。当日古文家很盼望有人出来作荆生，但荆生究竟不可多得。他们又想运动安福部的国会出来弹劾教育总长和北京大学校长，后来也失败了。

八年三月间，林纾作书给蔡元培，攻击新文学的运动；蔡元培也作长书答他。这两书很可以代表当日“新旧之争”的两方面，故我们摘抄几节。林书说：

> ……大学为全国师表，五常之所系属。近者谣诼纷集，我公必有所闻。……弟年垂七十；富贵功名，前三十年视若死灰；今笃老，尚抱守残缺，至死不易其操。前年梁任公倡马、班革命之说，弟闻之失笑。任公非劣，何为作此媚世之言？马、班之书，读者几人？将不革而自革，何劳任公费此神力？
>
> 若云死文字有碍生学术，则科学不用古文，古文亦无碍科学。英之迭更累斥希腊、拉丁、罗马之文为死物，而至今仍存者，迭更虽躬负盛名，固不能用私心以蔑古。矧吾国人尚有何人如迭更者耶？……

且天下惟有真学术，真道德，始足独树一帜，使人景从。若尽废古书，行用土语为文字，则都下引车卖浆之徒所操之语，按之皆有文法，……则凡京津之稗贩皆可用为教授矣。若《水浒》、《红楼》皆白话之圣，并足为教科之书，不知《水浒》中辞吻多采岳珂之《金陀萃编》，《红楼》亦不止为一人手笔，作者均博极群书之人。总之，非读破万卷，不能为古文，亦并不能为白话。若化古子之言为白话演说，亦未尝不是。按《说文》“演，长流也”，亦有延之广之之义，法当以短演长，不能以古子之长演为白话之短。……（以下论“新道德”一节，从略。）

今全国父老以子弟托公，愿公留意，以守常为是。……此书上后，可不必示覆；唯静盼好音，为国民端其趋向。……林纾顿首。

蔡元培答书对于“尽废古书，行用土语为文字”一点，提出三个答案。但蔡书的最重要之点并不在驳论——因为原书本不值得一驳——乃在末段的宣言。他说：

至于弟在大学，则有两种主张：

（一）对于学说，仿世界各大学通例，循思想自由原则，取兼容并包主义。……无论有何种学派，苟其言之成理，持之有故，尚不达自然淘汰之运命者，虽彼此相反，悉听其自由发展。

（二）对于教员，以学诣为主；……其在校外之言动，悉听自由，本校从不过问，亦不能代负责任。……

蔡元培自己也主张白话，他曾说：

我们中国文言同拉丁文一样，所以我们不能不改用白话。……虽现在白话的组织不完全，可是我们决不可错了这个趋势。（在北京高等师范国文部演说。）

他又说：

我敢断定白话派一定占优胜。……将来应用文一定全用白话；但美术文或者有一部分仍用文言。（在北京女子高等师范演说。）

林蔡的辩论是八年三月中间的事。过了一个多月，巴黎和会的消息传来，中国的外交完全失败了。于是有“五四”的学生运动，有“六三”的事件，全国的大响应居然逼迫政府罢免了曹汝霖、陆宗舆、章宗祥三人。这时代，各地的学生团体里忽然发生了无数小报纸，形式略仿《每周评论》，内容全用白话。此外又出了许多白话的新杂志。有人估计，这一年（1919）之中，至少出了四百种白话报。内中如上海的《星期评论》，如《建设》，如《解放与改造》（现名《改造》），如《少年中国》，都有很好的贡献。一年以后，日报也渐渐的改了样子了。从前日报的附张往往记载戏子妓女的新闻，现在多改登白话的论文译著小说新诗了。北京的《晨报》副刊，上海《民国日报》的《觉悟》，《时事新报》的《学灯》，在这三年之中，可算是三个最重要的白话文的机关。时势所趋，就使那些政客军人办的报也不能不寻几个学生来包办一个白话的附张了。民国九年以后，国内几个持重的大杂志，如《东方杂志》、《小说月报》……也都渐渐的白话化了。

民国八年的学生运动与新文学运动虽是两件事，但学生运动的影响能使白话的传播遍于全国，这是一大关系；况且“五四”运动以后，国内明白的人渐渐觉悟“思想革新”的重要，所以他们对于新潮流，或采取欢迎的态度，或采取研究的态度，或采取容忍的态度，渐渐的把从前那种仇视的态度减少了，文学革命的运动因此得自由发展，这也是一大关系。因此，民国八年以后，白话文的传播真有“一日千里”之势。白话诗的作者也渐渐的多起来了。民国九年，教育部颁布了一个部令，要国民学校一二年的国文，从九年秋季起，一律改用国语。又令：

> 凡照旧制编辑之国民学校国文教科书，其供第一第二两学年用者，一律作废；第三学年用书，准用至民国十年为止；第四学年用书，准用至民国十一年为止。

依这个次序，须到今年（1922），方才把国民学校的国文完全改成国语。但教育制度是上下连接的；牵动一发，便可摇动全身。第一二年改了国语，初级师范就不能不改了，高等小学也多跟着改了。初级师范改了，高等师范也就不能不改动了。中学校也有许多自愿采用国语文的。教育部这一次的举动虽是根据于民国八年全国教育会的决议，但内中很靠着国语研究会会员的力量。国语研究会是民国五年成立的，内中出力的会员多半是和教育部有关系的。国语文学的运动成熟以后，国语教科书的主张也没有多大阻力了，故国语研究会能于傅岳芬做教育次长代理部务的时代，使教育部做到这样重要的改革。

还有一件事，虽然与文学革命的运动没有多大的关系，却也是应该提及的。民国元年，教育部召集了一个读音统一会，讨论读音统一的问题。读音统一会议定了三十九个“注音字母”。这一副字母，本来不过用来注音，“以代反切之用”的。当初的宗旨，全在统一汉文的读音，并不曾想到白话上去，也不曾有多大的奢望。七年十一月，教育部把这副字母正式颁布了。八年四月，教育部重新颁布注音字母的新次序（吴敬恒定的）。八年九月，《国音字典》出版。这个时候，国语的运动已快成熟了，国语教育的需要已是公认的了，所以当日“代反切之用”的注音字母，到这时候就不知不觉的变成国语运动的一部分了，就变成中华民国的国语字母了。

民国九年十年（1920~1921），白话公然叫做国语了。反对的声浪虽然不曾完全消灭，但始终没有一种“持之有故，言之成理”的反对论。今年（1922）南京出了一种《学衡》杂志，登出几个留学生的反对论，也只能谩骂一场，说不出什么理由来。如梅光迪说的：

> 彼等非思想家，乃诡辩家也。……夫古文与八股何涉？而必并为一谈。吾国文学，汉、魏、六朝则骈体盛行，至唐、宋则古文大昌，宋、元以来又有白话体之小说戏曲。彼等乃谓文学随时代而变迁，以为今人当兴文学革命，废文言而用白话。夫革命者，以新代旧，以此易彼之谓。若古文之递兴，乃文学体裁之增加，实非完全变迁，尤非革命也。诚如彼等所云，则古文之后，当无骈体；白话之后，当无古文。而何以唐、宋以来文学正宗与专门名家皆为作古文或骈体之人？此吾国文学史上事实，岂可否认以圆其私说者乎？……

这种议论真是无的放矢。正为古文之后还有那背时的骈文，白话已兴之后还有那背时的骈文古文，所以有革命的必要。若“古文之后无骈体，白话之后无古文”，那就用不着谁来提倡有意的革命了。又如胡先骕说的：

> 胡君（胡适）……以过去之文字为死文字，现在白话中所用之字为活文字；……而以希腊、拉丁文以比中国古文，以英、德、法文以比中国白话

> (比字上两个以字，皆依原文)。……以不相类之事，相提并论，以图眩世欺人而自圆其说，予诚无法以谅胡君之过矣。希腊、拉丁文之于英、德、法，外国文也。苟非国家完全为人所克服，人民完全与他人所同化（“与”字“所”字皆依原文)。自无不用本国文字以作文学之理。至意大利之用塔斯干方言为（原作之）国语之故，亦由于罗马分崩已久，政治中心已有转移，而塔斯干方言已占重要之位置，而有立为国语之必要也。希腊、拉丁文之于英、德、法文，恰如汉文与日本文之关系。今日人提倡以日本文作文学，其谁能指其非？胡君可谓废弃古文而用白话文，等于日人之废弃汉文而用日本文乎？吾知其不然也。……

其实胡适的答案应该是“正是如此”。中国人用古文作文学，与四百年前欧洲人用拉丁文著书作文，与日本人做汉文，同是一样的错误，同是活人用死文字作文学。至于外国文与非外国文之说，并不成问题。瑞士人、比利时人、美国人，都可以说是用外国文字作本国的文学；但他们用的是活文字，故与用拉丁文不同，与日本人用汉文也不同。

《学衡》的议论，大概是反对文学革命的尾声了。我可以大胆说，文学革命已过了讨论的时期，反对党已破产了。从此以后，完全是新文学的创造时期。

至于这五年以来白话文学的成绩，因为时间过近，我们还不便一一的下评判。但是我们从大势上看来，也可以指出几个要点：第一，白话诗可以算是上了成功的路了。诗体初解放时，工具还不伏手，技术还不精熟，故还免不了过渡时代的缺点。但最近两年的新诗，无论是有韵诗，是无韵诗，或是新兴的“短诗”，都很有许多成熟的作品。我可以预料十年之内的中国诗界定有大放光明的一个时期。第二，短篇小说也渐渐的成立了。这一年多（1921以后）的《小说月报》已成了一个提倡“创作”的小说的重要机关，内中也曾有几篇很好的创作。但成绩最大的却是一位托名“鲁迅”的。他的短篇小说，从四年前的《狂人日记》到最近的《阿Q正传》，虽然不多，差不多没有不好的。第三，白话散文很进步了。长篇议论文的进步，那是显而易见的，可以不论。这几年来，散文方面最可注意的发展乃是周作人等提倡的“小品散文”。这一类的小品，用平淡的谈话，包藏着深刻的意味，有时很像笨拙，其实却是滑稽。这一类的作品的成功，就可彻底打破那“美文不能用白话”的迷信了。第四，戏剧与长篇小说的成绩最坏。戏剧还有人试做；长篇小说不但没有人做，几乎连译本都没有了！这也是很自然的现象。现在试作新文学的人，或是等着稿费买米下锅，或是天天和粉笔黑板做朋友；他们的时间只够做几件零碎的小作品，如诗，如短篇小说。他们的时间不许他们做长篇的创作。这是一个原因。况且我们近来觉悟从前那种没有结构没有组织的小说体——或是《儒林外史》式，或是《水浒》式——已不能使人满意了，所以不知不觉的格外慎重起来。这个慎重的现象，是暂时的，也许是很好的。平心而论，与其多出几集无穷无尽的《官场现形记》一类的小说，倒不如现在这样完全缺货的好了。

以上略述文学革命的历史和新文学的大概。至于详细的举例和详细的评判，我们只好等到《申报》六十周年纪念时再补罢。

一九二二，三，三

收入《胡适文存》二集卷二

评胡适《五十年来中国之文学》

胡先骕

一种运动之价值，初不系于其成败，而一时之风行，亦不足为成功之征。文化史中最有价值者，厥为欧洲之文艺复兴运动。至若卢梭以还之浪漫运动，则虽左右欧洲之思想几二百年，直至于今日，尚未有艾；然卓识之士，咸知其非，以为不但于文学上发生不良之影响，即欧洲文化近年来种种罪恶，咸由此运动而生焉！在吾国唐代，陈子昂之于诗，韩愈之于文，宋代王禹偁、梅圣俞之于诗，尹洙、欧阳修之于文，乃有价值而又成功之运动也。至若明代前后七子之复古运动，则虽风靡一时，侥幸成功，其无价值自若也。近年来欧洲文化渐呈衰象，邪说诐言，不胫而走。自然主义派既以描绘夸张丑恶为能事，颓废派复以沉溺声色相尚，他如绘画中之立体派、未来派、印象派等，莫不竞为荒诞离奇，以惊世骇俗自鸣高尚。一说之兴，徒党必伙，其乖戾艺术与人生之要旨，明眼人自能辨之，宁震眩于其一时之风靡，遂盲从膜拜之哉！抑尤有进者，天下无绝对之是非，而常有非理论所能解释之事实，最佳一例，莫如欧洲新旧教之争。路德之创新教也，由于教皇之苛虐，教士之横暴，教义之虚伪，与夫国家观念之发达，路德以刚毅果敢之姿，创平正通达之教，言人人之所欲言，为人人之所不敢为。无怪乎登高一呼，万众响应，一时英格兰、苏格兰、丹麦、瑞典、普鲁士、萨克孙尼、瑞士与荷兰之一部，皆靡然向风，尽从新教。平心论之，新教崇尚理智，切近人情，远在旧教之上，宜若全欧皆可为其所化矣。孰知乃大谬不然。北欧诸国，反抗旧教愈烈，南欧诸国，爱护旧教愈深；虽旧教之积恶，不得不为之涤除，然其根本，决不使之动摇。后罗药拉（Loyola）起而组织耶稣会（Order of jesus），其宗教之狂热，坚苦之精神，直与新教之路德相颉颃。后且潜入新教诸邦与野蛮民族中以传播其教义，结果则除意大利、西班牙本为旧教之根据地外，法兰西、比利时、巴维利亚、波希米亚、奥大利、波兰、匈牙利复归于旧教；直至今日，虽地域稍有变更，然旧教之势力，终不衰落，而与新教平分欧陆。将谓新教之非欤？则何以解于其能成立，而风靡全欧之半？将谓旧教之非欤？则何以解于其能中兴，且将已失于新教之版图，重归于教皇统治权之下也！可知关于思想与情感之事，一种主张，一种运动，决无统一之可能，而其间亦无绝对之是非可言也！

吾在论及本题之先，不惮详细讨论各种运动之消长优劣者，厥因胡君《五十年来中国之文学》一文之要旨，为桐城文之衰落与语体文之成功故。姑无论语体文之运动，为期仅数年，一时之风行，是否可认为已达成功之域；即果成功矣，此运动是否有价值，尚属另一问题。胡君此文于叙述此五十年中我国文学之沿革，固有独到之处（然其论诗之推崇金和与一笔抹煞五十年之词，皆足以证明其鉴别韵文能力薄弱），至必强诋古文，而夸张语体文，则犹其“内台叫好”之故技与“苦心”耳！今姑置文言文与语体文之争，而先论桐城文之优势。

桐城文之得名，始于方侍郎苞，姚鼐继之而为文益工，故有“天下之文，其在桐城”之誉。方氏所谓古文义法之说，即文之意义与体制是也。方氏诏人为文之要旨，厥为易语之“言有物，言有序”。“物”即义，“序”即法也。“物”与“义”固系于人之学问见识，不可强求者；“序”与“法”则可讨究而知，习练而能。今姑置意义之说，彼研讨为文之法，“较其离合，而量剂其轻重多寡”，宁非为文者所应有之事哉！曾文正之称归熙甫之文曰：“然当时颇崇茁轧之习，假齐、梁之雕琢，号为力追周秦者，往往而有。熙甫一切弃去，不事涂饰，而选言有序，不刻画而足以昭物情，与古作者合符，而后来者取则焉，不可谓不智。”桐城取法归方，其优点正在此耳。梅伯言述管异之语云：“子之文病杂，一篇之中，数体驳见，武其冠，儒其服，非全人也！”可知桐城文所重者，舍意义外，厥为体制之纯洁。“立言之道，义各有当”，“见之真，守之严，其撰述有以入乎人人之心，如规矩准绳不可逾越。”夫如是正为文之极则，恶得以此为桐城病哉！吾常以为桐城文似法国文学。法人之为文也，不为浮诞夸张之语，不为溢美溢恶之评，一字一句，铢两恰称，不逾其分。相传福罗贝尔（Flaubert）之教毛柏桑为文也，尝使之购面包或他物，归则令述其所见，若不称意，则使之更往而视他物，终乃使之用原作之字之半数，以叙所有目见之物。故其文简洁精到，真可悬之国门，千金不能易一字也。安诺德尝谓英国文学如亚洲人之野蛮富丽，虽以最大之散文家巴克（Burke）犹患此病，甚至以秽恶之字句入文，如谓卢梭“弃其与可憎之情人所生之子女”，如“臭尸”或“溲便”之类是，而法人之文，则模拟雅典之文云。又谓英国之批评家与报纸，以党派之精神，为极端之论调，绝不存区别等差之余地，不求以理服人，但为无理之诋諆，至法人有“英国报纸之野蛮”之讥。凡此种种，英人之所短，正桐城文之所无；法人之所长，乃桐城文之所独擅，则桐城文恶可轻诋之哉？

反而观胡君文学革命之主张，其建设的文学革命论，有一主张为“有什么话说什么话，要这么说就这么说”。骤观之，似为“修辞立其诚”之意，细绎之，则殊不然。盖泛滥横绝，绝无制裁之谓也。“有什么话说什么话”，则将不问此话是否应说，是否应于此处说。“要这么说就这么说”，则将不问此话是否合理，是否称题，是否委婉曲折可以动人，是否坚确明辨可以服众。意之所至，“臭尸”、“溲便”之辞，老妪骂街之言，甚至伧夫走卒谑浪笑傲之语，无不可形诸笔墨，宁独如亚洲人之野蛮富丽已哉！此所以胡君及其党徒之攻击与之持异议者，口吻务为轻薄，诋諆务为刻毒，甚且同党反唇相稽（讥），亦毒詈不留余地，如易家钺之骂陈独秀是也。此种之革新运动，即使成功，亦无价值之可言，且见吾国风尚，有近于英人，而尚义法之桐城文，尤为今日对症之药也。

至于文之意义，则系于一时代之学术思想。学术思想不发达，则文亦无所附丽。安德诺之评英国十九世纪初年之诗，以为虽有威至威斯、摆律巳、克次、司各脱之天才，而成就不大者，由于实质不纯之故。至桐城文“通顺清淡”、“无甚精彩”，要为思想缺乏之故。当方、姚之世，处开明专制政体之下，文网极密，一时治朴学者，所殚思极虑者，皆为章句训诂琐细之学；且值承平日久，亦稀悲壮激越、震心荡魄之事，足为文之资料。其时海禁未开，东西文化未接触，无从得外界之刺激与观摩，故虽文体精洁，而不免有空疏之病也。曾文正所以能使桐城中兴者，虽“以雄直之气，宏通之识，发为文章，冠绝今古”，然亦时会使然。太平之乱，蔓延十馀省，绵亘十馀年，东南半壁全陷于贼。湘乡以乡勇起义兵，崛起湖南，转战千里，忠义之士，风起云从，可歌可泣之事，指不胜屈，为文之资料甚佳，无怪乎其文自能出人头地也！故在今日而为古文，其精彩必出方、姚之上。严复、章士钊岂不得已以古文勉求应用哉？正以其能用古文之良好工具，以为传播新学术思想之用，斯有不朽之价值耳。且桐城文学家之文，意义虽不宏富而新颖，然宗旨则极正大。姚姬传《复汪进士辉祖书》云：“夫古人之文，岂第文焉而已。明道义维风俗以诏世者，君子之志，而辞足以尽其志者，君子之文也。”吴南屏《与杨性农书》云：“窃惟古文云者，非其体之殊也，所以为之文者，古人为言之道耳。抑非独言之似于古人而已，乃其见之行事，宜无有不合者焉。”为文之宗旨若此，又何讥焉？又如梅柏言《答朱丹木书》曰："文章之事，莫大于因时。立吾言于此，虽其事之至微，物之甚小，而一时朝野之风俗习尚，皆可因吾言而见之。使为文于唐贞元元和时，读者不知为贞元元和人，不可也。为文于宋嘉祐元祐时，读者不知为嘉祐元祐人，不可也。韩子曰：'惟陈言之务去。'岂独其词之不可袭哉？夫古今之理势，固有大不同者矣；其为运会所推演，而变异日新者，不可穷极也。执古之同以概其异，虽于词无所假者，其文亦已陈矣！"则知桐城文家之胸次，非仅有狭义之"文以载道"观念在。举凡一代之政法风俗，典章文物，皆所以供吾文之驱使者，惟其主旨，则为"明道义维风俗以昭世"耳。为文之道，略尽于斯。故苟桐城文于吾国思想界无大贡献，要由于其时学术思想缺乏、陈旧之故，与文体无与焉。

或又以桐城文规矩谨严，少豪宕感激之气，因以为桐城文病，如胡君所谓"甘心做通顺清谈的文章"是，实则此亦浅识之论。不学之徒，每易为虚声豪气所震眩，上焉者则嗜韩愈、苏轼之诗文，下焉者乃为龚自珍、金和泛滥洋溢之外貌所歆动；但取其文笔之流利剽疾，不察其内蕴之何若。梁启超、黄遵宪之享盛名者，亦此辈"费列斯顿"有以使之然也。至闲适澹静之作，反视若平易无足观，殊不知文有刚柔之别；马可黎之犀利痛快固佳矣，蓝姆之委婉曲折，未尝不佳？姚姬传《复鲁絜非书》云："自诸子以降，其为文无有弗偏者。其得阳与刚之美者，则其文如霆如电，如长风之出谷，如崇山峻崖，如决大川，如奔骐骥；其光也，如杲日如火，如金镠铁；其于人也，如凭高远视；如君而朝万众，如鼓万勇士而战之。其得于阴与柔之美者，则其文如升初日，如清风，如云如霞如烟，如幽林曲涧，如沦如漾，如珠玉之辉，如鸿鹄之鸣而入寥廓；其于人也，漻乎其如叹，邈乎其如有思，暖乎其如喜，愀乎其如悲"，可谓兼知其长矣！欧阳修、曾巩之文，偏于柔者也，陶潜、韦应物之诗，偏于柔者也。偏于刚者易见，偏于柔者难知。韩诗之佳者，不在南山而在秋怀；苏诗之佳者，不在少年驰骤之七古，而在东坡和陶诸诗。盖阅世深，见道笃，精气内敛，不逞才思，自然高妙也。桐城文家除三数人外，为多偏于柔，故外貌枯淡，不易眩人耳目，然"选言有序，不刻画而足以昭物情"，此正其所长，不足为病也！此正安诺德所谓雅典之文也。

吾所以不惮反复讨论桐城文之优劣者，正以胡君此文之前题为古文学无价值，而自诩其语体文也。今姑置文言文与语体文之优劣不论，就桐城文之本身立论，已可见其特具优点矣！严复、林纾之翻译，与夫章士钊之政论之所以有价值者，正能运用古文之方法以为他种著述之用耳。严氏之文之佳处，在其殚思竭虑，一字不苟，“一名之立，旬月踟躇”，故其译笔，信、达、雅三善俱备。吾尝取《群已权界论》、《社会通铨》，与原文对观，见其意无不达，句无剩义，其用心之苦，惟昔日六朝与唐译经诸大师为能及之。以不刊之文，译不刊之书，不但其一人独自擅场，要为从事翻译事业者，永久之模范也。至林纾之译小说，虽苦于不通西文，而助其译事者，文学之造诣亦浅，至每每敝精费神以译二三流之著作。然以古文译长篇小说，实林氏为之创，是在中国文学界中创一新体，Genre 其功之伟，远非时下操觚者所能翘企。虽“能读原书的，自然总觉得这种译法不很满意”，殊不知一种名著，一经翻译，未有不减损风味者。然翻译之佳者，不殊创造，John Florio 之译 Montaigne 文集，是其先例。“林译的小说，往往有他自己的风味”，是即创造，而不仅“有点文学天才”而已也！故其书风行海内，不但供茶馀酒后之娱乐，且为文学之模范，非如“周氏兄弟辛辛苦苦译的这部书，十年之中，只销了二十一册”，至为使胡君辈“觉悟”之先例也。章士钊亦邃于古文，且精于名学，故能“使古文能曲折达繁复的思想，而不必用生吞活剥的外国文法。”故其所为之政论，义理绵密，文辞畅达，远在梁启超报章文体之上，此亦能创 Genre，而为后人所宜效法者。胡君顾而讥之，将谓为文不可谨严修饰而合于论理耶？至此种文章有无效果，另为一事，与文体无涉。章士钊、黄远庸之政论，不能“与一般之人生出交涉”，“当他们引戴雪，引白芝浩，引哈蒲浩，引蒲徕士，来讨论中国的政治法律的问题的时候，梁士诒、杨度、孙毓筠们，早已把宪法踏在脚底下，把人民玩在手心里。”今日胡君与其党徒之社会改革白话文，又何尝能“与一般之人生出交涉”？当胡君辈引马克思、蒲鲁东、克鲁巴金、托尔斯泰、易卜生，以讨论中国社会问题时，彼军阀政客，宁不“把宪法踏在脚底下，把人民玩在手心里”乎？当胡君辈高谈极端之改革论时，彼百分之八十五不识字无政治常识之农民，尚日夜望真命主出世焉！章士钊“必其国政治差良，其度不在水平线下，而后有社会之事可言”之言，究为中肯之论。其政论之无效果，实因人民，（甚而至知识阶级）无政治思想之故，与其文体无与也。

章炳麟自是学者，其文以魏晋为归，然过事雕琢，令人难解。相传某日公祭某人，章氏作祭文，蓝公武诵之，至不能分句读，一时传为笑谈，则已过于炫博矣。其訾唐宋崇魏晋，未必便为不刊之论，惟“豫之以学”一语，颇为一般浅学文人之棒喝。至其论诗颇多失当之语，其谓至唐“五言之势又尽，杜甫以下辟旋以入七言”，乃大谬不然之说。七言与律诗固光大于唐，然五言之势未尝异也。自宋至今，五言古体诗仍为最佳之体裁，不能为五言古诗而能名家者，殆未有也。其谓至宋世“诗势已尽，故其吟咏情性，多在燕乐”，亦非至论。宋之后，元、明、清历年六百余，诗未尝一日废，名家且辈出，共吟咏情性，未尝多在燕乐。词虽盛于两宋，然不能取诗而代之，上自北宋之梅欧，下至南渡与宋末之江湖四灵，其吟咏情性，未尝不在诗。自始至终，诗仍保存其正统也。其论近代之诗，亦未尽当，“覩一器，说一事，则纪之五言，陈敷首尾，比于马医歌括”，此仅可举以訾“考征之士”。近来诗人虽喜宋体，除二三子外，古诗岂皆“多诘屈不可诵”，近体岂皆“与杯珓谶辞相称”耶？盖章氏之学，纯为章句训诂之学，于文学造诣殊浅。迩来在江苏教育会讲学，竟谓元稹之诗，在杜甫上，可见其文学判断能力之高下矣！总而论之，章氏在近代五十年中固为一大学者，惟非文学家，故其作品不佳，而论文之说，尤不足信。胡君以为章氏之“古文学是五十年来的第一作家，殆形质不分，称其学，遂称其文耳！”

至梁启超之文，则纯为报章文字，几不可语夫文学。其“笔锋常带情感”，虽为其文有魔力之原因，亦正其文根本之症结。安诺德之论英国批评家之文，“目的在感动血与官感，而不在感动精神与智慧”，故喜为浮夸空疏豪宕激越之语，以眩人之耳目，以取悦于一般不学无术之“费列斯顿”，其一时之风行以此，其在文学上无永久之价值亦以此。其文学之天才，近于阳刚一流，故不喜法度与剪裁，无怪乎自幼不喜桐城文。至于“杂以俚语韵语及外国语法，纵笔所至不检束”为解放，则真管异之所谓“武其冠，儒其服，非全人也”。故梁氏在文学上之地位，不过为报章文字之先导，其能传诸久远者，尚在其研究学术之著作，而不在其文也。

纵观胡君所论五十年来古文之沿革，舍文言白话之争外，尚互有得失。至于论诗，则愈见其文学造诣之浅薄。近五十年中以诗名家者不下十余人，而胡君独赏金和与黄遵宪，则以二家之诗浅显易解，与其主张相近似故也。实则晚清诗家高出金、黄之上者，不知凡几，胡君不知，或者竟未之见耳。即如太平之乱时，大诗家宁止王闿运与金和？王氏之诗以模拟为目的，胡君訾之，未尝不是。近人李宣龚评骘有清诗人，至列之于末座，可见人心有不期而同者。然即王氏之诗，尚有不可磨灭者在，如《圆明园词》是也。与之同时而又交最密者，尚有湖口高心夔，其诗虽取法汉魏，然非如王氏之徒事模仿，其戛戛独造处，远在王氏之上。胡君乃不言及之，殆不知天壤中尚有《陶堂志微录》也。高心夔江西湖口人，与王闿运同为肃顺门客，肃顺败乃皆坐废。粤寇难作，以家难起兵讨贼，后举进士，摄吴县令，以强项罢去，终老于家。其于古人诗好渊明，故自号陶堂，然为人负奇气，与渊明殊不类。其为诗之法，亦迥异于渊明，“一字未惬，或至十易”。然其诗奇气横溢，不因雕琢而伤气，如其《鄱阳翁》云：

今我刺舟康郎曲，舟前老翁走且哭。蒙袂赤跣劬小男，向之与我涕相续。饶州城南旧姓子，出入辇人被华服。岂知醉饱有时尽，晚遭乱离日枵腹。往年县官沈与李，仓卒教民执弓矟。长男二十视贼轻，两官俱死死亦足。去年始见防东军，三月筑城废耕牧。军中夜嚣昼又哗，往往潜占山村宿。后来将军毕金科，能奔虏卒如豕鹿。饶人亡归再团练，中男白皙时十六。将军马号连钱骢，授儿揃剔刍苜蓿。此马迎阵健如虎，将军雷吼马电逐。昨怒追风景德镇，袒膊千人去不复。将军无身有血食，马后吾儿乌啄肉。命当战死那望生，如此雄师惜摧衄。不然拒壁城东头，辣手谁能拔五岳。蜀黔骑士绝猛激，守戍胡令简书促。郡人已无好肌肤，莫更相惊堕溪谷。此时老翁仰吞声，舌卷入喉眼血瞠。衣敝踵穿不自救，愿客且念怀中婴。乌乎谁知此翁痛，羸老无力操州兵。山云莽莽燐四出，湖上黑波明素旌。大帅一肩系百城，一将柱折东南倾。我入无家出忧国，对翁兀兀伤难平。筐饭劳翁勿涕零，穷途吾属皆偷生。

此诗一字一泪，气度格局，直逼杜工部之《八哀》，安得不谓为“悲哀的或慷慨的好文学”，而贸然武断以为“东南各省受害最深，竟不曾有伟大深厚的文学产生出来”耶？高心夔之诗，写景尤为擅长，如《匡庐山》诗，其最著者也。今举《冷泉亭》一诗以为例，他作将俟作专文以论之

倦旅辟州郭，所适尽安便。晞发石硐午，白云心有或然。松花粉我巾，半蘸清冷渊。阴壑上千磴，疏雨生空烟。樵担鸟外归，稗子树下餐。钟鱼四山响，不离翠微间。孤僧坐未去，月高行饭猿。

如此之佳诗，抹煞勿道，则为好恶拂人之性，若不之知，又何敢执笔以论五十年之文学乎？

当太平之乱时，尚有一诗人，其诗之品格亦在金和之上，而郑孝胥以为似郑珍之《巢经巢诗》者，则长洲江湜弢叔是也。虽其诗止于同治二年，不在近五十年之内，然其精神与郑珍之《巢经巢诗》，皆属于同光以后一时代，而异

乎嘉道之诗，为论近代之诗所不可不知者也。其诗初学昌黎山谷，继则自命得为诗之秘奥，所作横恣踔厉，一泻无余，略似杨诚斋。胡君若知其诗，又将引以为同调矣！在粤乱之时，其颠沛流离，转徙浙闽，略似金和。然其人品与诗品皆在金和之上者，则骨不俗也，其《志哀》各诗略似金和之《痛定篇》，而无其尖刻虚憍之病，而其《静修诗》、《感忆诗》，至诚惨怛，天性独厚，又纯以白描法写之，故为郑孝胥所激赏，而称其可拟郑珍也。兹条《静修诗》于后，以概其余。

昔陷杭城时，生死呼吸间。雨涂走破踵，避贼投无门。尚记横河桥，古庙朱两阍，半开得闯入，一僧寒鸱蹲。示以急艰状，情迫词云云。僧为恻然涕，饭我开小轩。佛庐数椽外，寂寂为荒园。是夜天正黑，两重灯窗昏。园中啸新鬼，什佰啼烦冤。数声独雄厉，知是忠烈魂。昨收缪公尸，遍体丛刀痕。在官受其知，时又参其军。悲来激肝肺，不忍身独存。佛后有伏梁，可悬七尺身。是我毕命处，姓字题于绅。不虞僧早觉，怪我仓皇神。尾至见所为，大呼仍怒嗔。问有父母耶，胡为忘其亲。勿死以有待，乘隙冀脱奔，犹可脱而死，徒死冤难伸。百端开我怀，相守至朝暾。遂同逆三日，幸出城之闉。僧前我则后，徒步同劳辛。道闻杭州复，收悲稍欢欣。僧还我独去，分手鸳湖滨。我归见亲面，先将此事陈。我亲便遥拜，感此僧之仁。曰汝一日生，是僧一日恩。他年莫忘报，屡诫词谆谆。岂知不数月，苏州遂陷沦。在逃哭惨讣，久阻归筑坟，亲恩抱深痛，他恩何足论。荏苒二年来，转徙今到闽，又闻杭州破，饿死十万民，我于万民中，念此僧一人；忆昔于汝饭，见汝彻骨贫。安有围城内，能继饔与飧。早欲裹饭去，千里迷兵尘。昨宵忽梦见，破衲嗟悬鹑。疑汝未即死，窜身在荆榛。古人感一饭，重义如千钧，况于兵火际，救死出险屯。何当远寻汝，相挈同昏晨。终身与供养，如汝奉世尊。惨惨吴越天，扰扰盗贼群。此怀焉能果，负负心空扪。岂惟负汝德，并负亲之言。作诗志悲痛，字向心中镌。汝名曰静修，杭人俗姓秦，书此竢有后，递告子若孙。

其他如《后哀》六首，尤为惨痛入骨，孟郊之后，殆鲜此作，诚悲哀文学之极则也！然即颠沛至此，仍不丧气失志如金和而为“寒极不羞钱癖重”、“畏人常作厕中鼠”等下劣之语，此其人格诗格高出金氏者也。其他之诗佳者亦多，尤以往来途次写景即事之绝句为佳。惜其中年之作过于直率，无《巢经巢诗》

变幻不测之妙，亦鲜新意，故虽极欲摆脱嘉道诗人习气，而仍时落嘉道诗人之窠臼中矣！然其地位，要在金和之上也。

胡君于晚清诗人所推崇者为郑珍与金和，梁任公亦以二人并称，而比金氏于荷马、但丁、莎士比亚、弥尔顿、戞狄尔，吾不知二公之互相因袭欤？抑“英雄所见，大抵相同”欤？实则郑、金之诗，不啻霄壤之别，郑以苏韩为骨，元白为面目，腾踔纵送，不可方物，恰与金氏之泛滥横决，不加剪裁者异趣，鱼目混珠，浅识者方为所欺耳！梁任公与胡君于诗所造甚浅，故不能为此毫厘之辨。甚且主张元白之罗瘿公，亦引郑子尹为同调，而为之翻刻诗集，甚矣乎知诗之不易也！郑、金之优劣，余于评《巢经巢诗》、《秋蟪吟馆诗》两专文中（载本杂志第七、第八两期）已论之綦详，兹不更赘。所欲言者，则胡君所称，正余所诋。胡君以金氏之诗“很像是得力于《儒林外史》”，夫以温柔敦厚为教之诗，乃得力于《儒林外史》，其品格之卑下可想矣。胡君以为“有心人的嘲讽，不是笑骂，乃是痛哭；不是轻薄，乃是恨极无可如何”。吾以为金氏之诗，岂但轻薄，直是刻毒，小雅之刺不如是也，杜甫之新乐府不如是也，白居易之讽刺诗不如是也，郑珍之新乐府不如是也。所以者何？以其无哀矜惨怛之情也，以其悖温柔敦厚之教也。

至光宣之世，以诗名世而不为胡君所称者，亦非少数，如张之洞、陈宝琛、陈三立、郑孝胥、袁昶、梁鼎芬、刘光第、俞明震、赵熙、陈曾寿，皆不朽之作家。张之《广雅堂诗》，俞之《觚庵诗》，余皆作有专文论之（载本志第十四、第十一两期）。至《散原精舍诗》、《梅藏楼诗》之佳，自有公论，无庸为之辩护。独胡君以为郑诗清切，为陈所不及，又系徒观表面，与认郑子尹诗为元白一流，同其谬误者。郑诗出于柳宗元、王安石，虽貌似清切，而骨实遒劲，虽喜用白描，为之殊不易也。陈诗有骨有肉，似尚为郑所不及。尝有一喻，郑诗如长江上游，虽奔湍怪石，力可移山，然时有水清见底之病。至陈诗则如长江下游，烟波浩渺，一望无际，非管窥蠡酌，所能测其涯涘者。胡君乃深致不满，可见其但知诗面，而不知诗骨也。

至上举数家，余尤欲论刘光第。近年来皆尚宋诗，为他体者，多无足称。独刘氏之诗，共烹练处，则得自大谢与柳州，其超忽瓌伟处，则似太白，于众流之外，独树一帜。其境界高处，且为时贤所不及，乃人鲜称之。可见世人多以耳为目，不辨美恶也！刘氏之诗，以写景为上，其《游峨眉》诸诗，直未曾有，而所写之景，庄严惨淡，确为峨眉，而非东南诸山所能拟议。兹仅能略举一二为例，其详尚俟他日专论之也。其《大坪》云：

五岳如冕旒，厥颠恒不颇。兹峰亦有然，表奇壮三峨。凭崖一以眺，碧嶂连城罗。高抚玉女岫，下压金刚坡。舞火踢阴燚，髡条陟阳柯。体直而性峻，攀阻叹何多？道旁有遗衣，疑是虎迹过。风林响暗叶，切切如牙磨。脱险力已疲，实胜气翻和。山谷苍雪链，松顶飞雨靡。初月挂西岭，天山斗扬蛾。何必弹鸣琴，池上睹仙娥。山阿或有人，安处寻薜萝。惟当招云下，听余一高歌。

此种写景之能力，虽阮大铖犹当敛手。又如《华严顶》云：

闻说金刚台外地，夜灯浮上独兹峰。老猿抱子求僧饭，闲客看人打佛钟。下界云霞招杖屦，夕阳红翠动杉松。风吹铎语天中落，似惜尘凡去兴浓。

峨眉奇秀神秘之状，宛然目前。不假雕饰，数语即将读者置之西川大岳之顶，作者想象力之伟大可想矣！至其杂诗，则又李白古风之流亚，忠爱之忱，自然流露。后日所以杀身成仁之壮志，于此已见其端，则又非泛泛之诗人，可得同日而语！

陈曾寿亦后起诗人，视陈三立、郑孝胥为少，而其诗卓然大家，为陈、郑之后一人。陈衍序其诗，谓有“韩之豪，李之婉，王之遒，黄之严”。陈三立甚至谓“此世有仁先，遂使余与太夷之诗或皆不免为伧父”，其推许有如此者。其诗之胜处非数语所能尽者，读者自求于《苍虬阁诗存》可也。

此外尚有铅山胡朝梁，陈三立之弟子，本学海军，中年始学诗。其诗颇似范当世，晚年之作尤佳，虽非一家，亦一名家也。兹略举其《岁暮杂诗》数首，以况一斑，于此殊可见其闲澹自得之趣也。

黄犬汝何来，毋亦为饥驱。瘦骨托馋吻，首尾才尺余。皂妪鞭逐之，忍痛声呜呜。无已听其饿，饿不出庖厨。邻家小花犬，短鼻气象粗。遣僮抱送来，举室争迎呼。喜新益薄故，有食不得俱。黄犬当门卧，终日腹空虚。花犬饱食去，曾不少恋余。物情不可测，爱憎空纷如。

方春买鸡雏，千钱可十数。扑簌地上行，雄雌相奔赴。彼雄啼声低，英气固已具。无河（何）毛羽丰，渐复壮音吐。时时有割烹，葸葸无恐怖。所余犹四雌，入室烦儿驱。客来具鸡黍，忽乃代以鹜。临食知为绐，颇用责仆妪。曰有卵可探，窠必日再顾。主翁岂于此，而不加宠遇。闻言还自责，诚不知世务。雁以能鸣生，庄生得其趣。

证父未为直，誉儿宁非忘。吾家之长男，要为天所贶。一晬濒九死，五岁称佼壮。始能举跬步，约略名物状；毁齿诵书篇，十九能无忘，口授佉卢文，清婉鸟弄吭，每效黉舍儿，出入杂歌唱，客来小垂手，既去巧相况。政赖慰眼前，时复加膝上，公卿亦等闲，愚鲁殊不妨。儿其记吾言，吾不视儿诳。

丈夫爱少子，无乃甚妇人；人间更何物，夺此天伦亲！阿华我娇儿，堕地才三年。顽硕十倍兄，慧利亦过焉！腾腾气食牛，汹汹力追魏。生与北人习，吐语偪清唇。学得卖浆翁，高呼欺四邻。终朝啼声稀，有时闻怒瞋，背人偷书诵，往往绝其编。又好翻墨池，拭之以衣巾。一岁犯此数，戒律徒虚申。母复巧为辞，谓可传青毡。吾家无长物，相守惟一贫。守贫在守拙，早慧宁儿贤。

举俗循汉腊，粗记甲子某。南街买果栗，北市沽鱼酒，东家报礼先，西邻投赠厚。纤悉丰啬间，斟酌施与受。兹事政匪易，付托幸有妇。我但拥书坐，兀兀当窗牖。冷眼看仆妪，奔凑恐失后。欢笑翻倍常，酒食恣饱取。苟活我正同，攘攘端为口。

家常琐事，写来历历如绘，此正诗庐诗之能事，亦正宋诗之能事。浅识者见之，又将引为“我手写我口”之同调矣。实则此种闲澹之辞，正由惨澹经营中得来，为其得于惨澹经营，而不见经营之迹，斯为文艺中之上乘耳！

总观以上所举诸家，可见五十年中以诗名家者甚众，决不止如胡君所推之金和、黄遵宪二人。然胡君一概抹煞，非见之偏，即学之浅；或则见闻之隘故也。黄氏本邃于旧学，其才气横溢，语有足多者，然其创新体诗，实与其时之政治运动有关。盖戊戌变法，实为一种浪漫运动，张文襄《学术》一绝句自注云：“二十年来，都下经学讲公羊，文章讲龚定庵，经济讲王安石，皆余出都以后风气也。”可见当时的风气，务以新奇相尚，康有为孔子改制之说，谭嗣同之《仁学》，梁启超《时务报》、《新民丛报》之论说，《新民丛报》派模仿龚定庵之诗，与黄遵宪之新体诗皆是也。黄之旧学根柢深，才气亦大，故其新体诗之价值，远在谭嗣同、梁启超诸人上。然彼晚年，亦颇自悔，尝语陈三立，“天假以年，必当敛才就范，更有进益”也。要之《人境庐诗》，在文学史上自有其价值，惟是否有永久之价值，则尚属疑问耳。

至于词人，近五十年中亦多可传者，除朱祖谋外，多不学梦窗。胡君乃以为“这五十年的词，都中了梦窗派的毒。很少有价值的”，何胡君敢于作无据之断语也！

晚清词学之盛，肇端于粤西，而以王鹏运为魁率，朱祖谋、郑文焯、况周仪、赵熙，皆闻风兴起者。王、朱二氏校刻宋元人词尤精粹。其为词也，音律韵味，一洗明、清词人之积习，而返于两宋。朱祖谋之叙王氏之《半塘定稿》云：“君天性和易而多忧戚，若别有不堪者。既任京秩，久而得御史，抗疏言事，直声震内外。然卒以不得志去位，其遇厄穷，其才未竟厥施，故郁伊不聊之概一于词陶写之。”其骨格之高，可以想见。至其流别，则“导源碧山，复历稼轩、梦窗，以还于清真之浑化，与周止庵氏说，契若铖芥”者，则岂“中梦窗毒”者。其词高亢凄厉，有稼轩之豪放而无其粗率，无怪近三十年词人，尊之为泰山北斗也。如其《念奴娇·登旸台山绝顶望明陵》云：

登临纵目，对川原绣错，如接襟袖。指点十三陵树影，天寿低迷如阜。一霎沧桑，四山风雨，王气消沉久。涛生金粟，老松疑作龙吼？

惟有沙草微茫，白狼终古，滚滚边墙走！野老也知人世换，尚说山灵阿守。平楚苍凉，乱云合沓，欲酹无多酒。出山回望，夕阳犹恋高岫。

其悲壮激越，虽稼轩复生，莫能相尚也。

与之同时，声名相埒，而非由其所作成者，厥为萍乡文廷式。文之为人豪宕不羁，其与戊戌变法之关系，尽人皆知，毋庸赘述。其《云起轩》词，纯出苏、辛，与王鹏运“导源碧山，复历稼轩、梦窗，以还于清真”者异趣，则尤不可谓为“中梦窗毒”也。其自叙云：“国朝诸家，颇能宏雅，迩来作者虽众，然论韵遵律辄胜前人，而照天腾渊之才，溯古涵今之思，磅礴八极之志，甄综百代之怀，非窘若囚拘者所可语也。”其自负亦甚矣！试一披卷，琳琊满目，而其最为大声鞺鞳者，厥为《八声甘州·送志伯愚侍郎赴乌里雅苏台参赞大臣》一阕，亟录如下，以见一斑：

响惊飚越甲动边声，烽火彻甘泉。有六韬奇策，七擒将略，欲画凌烟。一枕瞢腾短梦，梦醒却欣然。万里安西道，坐啸清边。

策马冻云阴里，谱胡笳一曲，凄断哀弦。看居庸关外，依旧草连天！更回首、淡烟乔木，问神州、今日是何年？还堪慰，男儿四十，不算华颠。

此等声裂金石之作，虽宗梦窗者，亦不能不首肯。虽苏东坡之《赤壁怀古》，辛稼轩之《京口北固亭怀古》，亦不能过之也。胡君乃一笔抹煞，妄耶？轻率耶？从未寓目耶？

至郑文焯之《樵风乐府》，则又与二家有异。其为人孤介高峻，以兰锜贵介，而侨隐吴下。其词澹远处似白石，沉著处似清真，亦不能谓之中梦窗毒也。兹录其《摸鱼儿·金山留云亭饯仲复抚部》一词，以兹比较，即可见其异乎胡君之言矣！

渺吴天觅愁无地，江山如此谁醒？乱云空逐惊涛去，人共一亭幽静。斜月耿，怕重见，青尊中有沧桑影。吟魂自警。对潮打孤城，烟生坏塔，笛雨夜凄哽。

招提境还作东门帐饮，中流同是漂梗。当年击楫英雄老，输与过江渔艇。愁暗省，换满目、胡沙蛮气连天回！苔茵坐冷。任怪石能言，荒波变酒，莫更赋离景。

近代词家之学梦窗者，厥为朱祖谋。然疆村词适得梦窗之长，而无梦窗七宝楼台拆下不成片断之病，其风骨之遒上，清词中当推巨擘。友人王易尝谓有清一代之词人，前有一朱，后有一朱，前朱为竹垞，后朱即强邨，非过誉也。惟耳食者闻其学梦窗，更便谓其中梦窗之毒耳。余另有文论之（载本志第十期），兹不更举。词家后起而超越前人者，复有赵熙，余亦有专论（载本志第四期）。其词脱胎白石，而灵芬弧秀，甚且过之，允称为三百年来作者。蜀人士从之游者，咸能得其髣髴，浸为西川词宗矣！

总观清末四十年诗词之盛，远迈前代，不惟为嘉道时代所不及，且在清初诸名家之上，胡君独取金、黄二家，诚有张茂先我所不解者矣！

至文言白话之争，为胡君学说之根本立足点，共理由之不充足，余已屡屡论之，本无庸更为龂龂之辩；然胡君此文，仍本其“内台叫好”之手段，为强词夺理之宣传，不得不更为剀切详明之最后论断。文学之死活，本不系于文字之体裁，亦不系于应用之范围。彼希腊罗马荷马、苏封克里、柏拉图、西塞罗诸贤之著作，宁以其文字之灭亡，遂变为死文学耶？胡君动辄引但丁以塔斯干方言创造意大利新文学，乔塞以英国方言创英国新文学为先例，以为吾国亦须以现代流行之方言，为文学之媒介，抑知其历史何如乎？第一，须知欧洲各国文字认声，中国文字认形，认声之文字，必因语言之推迁而嬗变；认形之文字，则虽语言逐渐变易，而字体可以不变。故如明字古音读如 Mang，现时京音读如 Ming，南昌读如 Miang，江南一带读如 Min，而明字之形初不变易也。吾国文法又极简单，无欧洲文法种种不自然之规律，因而亦少文法上之变迁，故吾国文字不若欧洲各国文字之易于变易。故宋元人之著作，吾人读之，不异时人之文章，而英国乔塞之诗，已非浅学之英人所能读矣。再则希腊拉丁文之灭亡，纯由于政治之影响与民族之混淆，致使其语言文字益加驳杂而变易愈大。今试论罗马语系各种语言文字造成之顺序。先是顺自然之趋势，拉丁语言亦分雅俗两种。较雅之拉丁，则文人学士达官贵人言之；较俗之拉丁，则屠沽驵侩，贩夫走卒言之。罗马人之在法兰西、西班牙诸地屯驻者，多为服兵役之中下社会，其所说多为俗拉丁语，Veo-ulgar-latin 加之诸邦之土人学拉丁语不能毕肖，每杂以土语，故日久乃由俗拉丁而变为新拉丁，Neo-latin 即法兰西语，西班牙语是也。就意大利一方面言之，在五世纪之末，北方日耳曼民族崛起，罗马王纲解约，异族入主其国，虽不乏抱残守阙之士，然大部分文化日就凋落。彼抱残守阙之士，又复仅知因袭，不能创造，故文学极为不振。而法、德、西班牙诸邦，反以其语言新立，素无古代遗留之文学，而从事于创造。意大利诗人竟因之效法法国，取法语或蒲罗文索方言 Provencal 为诗，在十三世纪之先，无用意大利语之著述，至十三世纪之下半期，但丁始起而用塔司干方言而作其不朽之名作，于此须知但丁之用塔司干方言为诗，与胡君之创白话文，有根本不同者三：（一）欧洲语言，易于变迁，而文字随语言而变迁，故其六七百年间拉丁语之变为意大利语，较吾国同等期间语言文字之变迁为大；（二）意大利为异族所征服，罗马文化灭亡，其时复为黑暗时代，教会教皇之势力弥漫全欧，学术文章，日就衰落。罗马文化之精神，与意大利人民已生隔膜；（三）意大利之诗人，竟用异国语言，或不通行而驳杂不纯之方言为诗，故但丁不得不择一较佳、较纯洁、较近于古拉丁语之方言作诗。佛罗伦斯城在当时以文物称盛，为塔司干尼诸城之冠，加以佛罗伦斯方言为最纯洁、最近古拉丁者，故但丁择用之也。但丁曾用拉丁文作一书，名为 Devlgari Eloquentia

为一论作诗之原理之书，其用拉丁文作此书，实可大注意之事。若以为但丁为主张以俗语作文者，则何以用拉丁文作此书与 De Monarchia 诸书乎？盖但丁以为作哲学科学之文，则以拉丁为佳，而以之作诗，或不能毕达中心之情意，故以流行之语为佳。然流行之语亦有高下之别，但丁乃欲觅一最通行、最纯洁之语为作诗之媒介，此种语，但丁谓之 vulgare illustre。故彼亟称卡瓦甘地 Guido-Cavalcanti 纪安尼 LapGianni 诸人之诗，盖以其用“高洁之俗语”作诗。其他诗人作品虽佳，终不免有伧俗气也。但丁遍察意大利诸方言，即佛罗伦斯方言亦在其内，无有可称为高洁之俗语者。但丁复将俗语分为上中下三种：Opt-imum、Mediocre、humiIe.vulgare。又分诗体为庄重、诙谐、哀挽三种：tra-gic、comic、elegiac。而谓作庄重诗宜用上等俗语，作诙谐诗用中下等俗语，作哀挽诗用下等俗语。上等俗语即“高洁俗语”也，佛罗伦斯方言，不得谓为高洁俗语，然但丁用之者，则以其所作之诗为诙谐诗（神曲本名 Cemmcdia 后人始冠以 Div-ina 一字）故吾知但丁必不以佛罗伦斯方言作庄重诗也。夫佛罗伦斯方言最纯洁而极近似古拉丁文者，但丁尚以为不足作庄重诗，而其作文仍用拉丁文，则胡君不能引但丁为其党徒明矣！且文重理智，诗重感情，重感情则不妨引用俗语，此诗中用俗语较多之故。在欧洲诸国为然，在吾国亦莫不然。小说亦以动感情为要，故多用俗语，正不得以中国欧美诸国之诗与小说多用俗语，便谓一切文体皆宜用俗语也。

至于乔塞之于英国文学，则与但丁微有不同，与中国情形尤异。盎格罗撒克逊本为野蛮之民族，初无文学可言。至十一世纪中，诺曼人征服英国之后，朝廷、贵族、学校、教会以及文学所用者，皆为诺曼法兰西语，盎格罗撒克逊语，则普通人民所说者，初征服之为五十年，无有用英语为文者，诗与散文，皆以诺曼法兰西语为之。自后诺曼人渐与其大陆上祖国绝，而与土著同化，至十三世纪之末，渐成近日英语所自出之各种方言，乔塞与卫克立夫 Wycliff 出，乃用之以作诗文，英语以是以立。是盖草创文学之人，与但丁之以由拉丁递嬗之佛罗伦斯方言为诗者异，与在有数千年不断之文学中，而特创白话文之诸公尤异也。

关于文言白话之争，最足与吾人以教训者，厥为近代之希腊文学。希腊文学之有一伟大历史，与吾国同，其与之异者，则为久受异族之羁勒，文学销沉已久，非若吾国有数千年不断之优美文学耳。在十九世纪初年，希腊国中忽生一文艺复兴运动，终乃引起促成希腊之独立。其时大语言学家高雷士 Ada-mantios 抱极大之爱国热忱，其在各古作者著作之前所作之序文中，时时唤醒国人重视其国故之光荣，同时造成近日希腊通行之文言文。至今希腊有两种文，一即文言文，一即白话文，二者之差别极大。习希腊古文之学者，不难读今日希腊之文言文，而绝不能读其白话文也。近代文言文之兴，由于希腊独立之时，国民皆有爱国之狂热，故作文咸以古时作者为模范，而其古文之优美，使其邃于国学之作者，于不知不觉中，袭用其形式与辞句。至今则文言文沿用已至五十年之久，学校、大学、议会、行政机关与教会，皆用此种文体矣。此种文体之成立，实为高雷士之功。先是在十九世纪初年，希腊本有一种文学的方言，半杂俗语，半为古希腊语。高雷士乃取之为根据，汰去其外国语分子，保存其古代残馀，由古代辞典中取出适当之字，或按希腊语法构造新字，以增加其字数，遂造成今日之通行文言文。今日之散文著作，几全为用此种文体作之者，即小说亦用文言文焉。至白话文则惟诗人用之，然在君士但丁与雅典，先后亦有两派诗人以文言文作诗也。

至吾国之文字，以认形故，不易随语言之推迁而嬗变。虽国家数为异族所征服，然吾国之语言，属单音之中国语系，与入主中国之民族之多音系语言大异。且虽偶用其字与辞必以认形之字译其音，如巴图鲁、戈什哈之类，故文字语言，不受外族之影响。虽以佛学之输入，印度文化影响吾人之思想极大，且使我国文字语言增加无数之名词，如菩萨、罗汉、和尚、比丘、涅槃、圆寂之类，然不能使吾国文字之形状与文法有所改变。彼入主与杂居之民族，但有舍弃其语言文字以同化于吾国，故吾国能保存数千年来文学上不断之习惯与体裁。直至今日，不但非在英、德、法诸国希腊拉丁古文与其本国文并列之比，甚且非意大利文与古拉丁文之比也。质言之，中国文言与白话之别，非古今之别，而雅俗之别也。夫雅俗之辨，何国文字蔑有？希腊文勿论矣，即在英、法、德诸国文人学士之文章，岂贩夫走卒之口语可比耶？就英文论，即以伊略脱 George Eliot 白朗特 Charlotte Bronte 之小说，除谈语外，其叙述描写之文，已非不学之驵侩所能解。至麦雷迪士 George Meredith 之小说，更无论矣。蓝姆之文，虽以娓娓动人著，然亦非有学问者不能解也，若约翰生之文则尤甚焉。即强谓欧洲诸国文与语极近，然何以解于希腊之近代文学？胡君谓死文字不能产生活文学，何以解于新希腊如林之作者？彼新希腊小说家毕克拉士 D.Bikelas 非驰名当世，其短篇小说甚且传译多国耶？彼新希腊初年之文言诗，岂尽无价值耶？胡君谓“中国的古文，在二千年前，已经成了一种死文字”，又谓“死文字决不能产生活文学”，则司马迁之《史记》、杜甫之诗皆死文学。夫《史记》与杜诗，为吾国文学最高之产品。乃谓之死文学，无论不能取信于人，又岂由衷之言哉?

总而观之,胡君死活文学之说,毫无充分之理由。苟必欲创为一种白话文体,如诗外有词,词外有曲,各行其是,亦未尝不可。若徒以似是而非之死活文学之学说,以欺罔世人,自命为正统,无论未必即能达其统一思想界之野心,即使举国盲从,亦未必能持久。五六年之风行,何足为永久成功之表征?何况白话文已有就衰之象耶(如近日出版物中颇有昔日主张白话文者,仍改用文言文。甚至胡君之高弟康白情,亦作文言诗是也。)且一种运动之成败,除作宣传文字外,尚须有出类拔萃之著作以代表之,斯能号召青年,使立于其旗帜之下。故虽写实主义自然主义之末流,不惬于人心,然易卜生、毛柏桑、士敦堡格、陀斯妥夫斯基诸人,尚为大艺术家也。至吾国文学革命运动,虽为时甚暂,然从未产生一种出类拔萃之作品,此无他,无欧洲诸国历代相传文学之风尚,无酝酿创造新文学之环境,复无适当之文学技术上训练,强欲效他人之颦,取他人之某种主义,生吞活剥之,无怪其无所成就也,又岂独无优美之长篇小说已哉!五十年来中国之文学,若以此为归宿,则难乎其为中国之文学已!

原载《学衡》1923年第18期

从鸦片战争到“五四”的社会背景和文学概况

李何林

19世纪中叶正是世界资本主义兴盛发达的时期，它们要向落后国家寻找侵略的市场。于是在1840年左右对中国开始了侵略战争，这就是“第一次鸦片战争”（1840~1850）。接着是“第二次鸦片战争”（即中英、中法之战，1856~1861）、“中法战争”（1884~1885）、“中日战争”（1894）、“义和团八国联军战争”（1900~1901）。以后还有日、俄在中国的战争和英军侵入西藏等等。随着资本主义的军事侵略同时进行的是对中国的经济的、政治的和文化的侵略：因此，中国二三千年的封建经济逐渐瓦解了，慢慢的发生了半殖民地半封建性的软弱的资本主义经济。在这个新的软弱的经济基础上，一部分地主官僚向资产阶级转化并产生了极少数的软弱的民族工商业家；再加上国外华侨资本家的力量，这就是19世纪90年代受资产阶级改良主义思想影响的“维新变法”的阶级基础。辛亥革命则是在资产阶级、小资产阶级知识分子领导之下进行的。这个时期的资产阶级的改良主义和革命思想（虽然是软弱的），在政治社会方面和文化思想方面所进行的斗争，像一条红线似的在牵引着当时社会的发展，贯穿到社会生活的各方面去。

代表中国半殖民地半封建性的软弱的资本主义的资产阶级，在文学方面也只能对封建文学进行改良主义的斗争。譬如在“中日战争”后发生的“诗界革命”（1896~1897），“戊戌变法”后所发生的“新文体”（1898以后），和20世纪开始几年（1902以后）所发生的“小说界革命”，名义上虽然是“革命”，实质上不过是“改良”，也没有产生过像十八九世纪英、法、德、俄等国的资产阶级的革命的浪漫主义的文学；像在政治上没有产生像欧洲的强大的资产阶级的反封建革命（如法兰西大革命），只产生了一次不彻底的辛亥革命一样。

到第一次世界大战期间（1914~1918），中国的资本主义得到了一些发展；资产阶级因而比过去强大一些了，但是无产阶级则相对的更强大。兼之“十月革命一声炮响，给我们送来了马克思列宁主义”（毛主席：《论人民民主专政》），“在俄国革命号召之下，在列宁号召之下”（毛主席：《新民主主义论》)，遂发生了无产阶级领导的新民主主义革命，迥然不同于这以前的资产阶级的旧民主主义革命。新民主主义革命的文学革命也不同于这以前的文学改良。但都已经不属于这一时期了。

这一时期的文学改良运动所以发生的原因，除了上面所说的软弱的资本主义的经济基础和软弱的资产阶级的阶级基础以及宋、元以来市民社会的文学传统影响以外，外国的资产阶级的文化思想的侵入，也起了很大的作用。这种思想的传播，也推动了这一时期的整个资产阶级改良运动的政治社会和文化的各个方面。资产阶级的文学改良运动当然也在这一思想影响之下进行。

这一时期文化思想和文学革命的斗争，基本上不外是封建阶级（贵族地主）的保守主义和资产阶级的改良主义的斗争（在1905年以后虽然有孙中山所代表的革命民主派与梁启超所代表的君主立宪派的斗争，但是孙中山的思想对于文学的影响不大)。在文学方面，既然多少有一些代表资产阶级、小资产阶级及其生活思想感情的文学，当然也就有代表封建地主阶级的生活思想感情的文学。因为它们都有它们的经济基础和阶级基础。而这两种文学也就是这一时期文学的两个主要方面（人民口头创作除外)，不过前者日渐壮大，直至"五四"以后，后者日渐衰微罢了。虽然前者有时也常表现着相当浓厚的封建的生活思想感情，但是同时也表现着软弱的资产阶级和小资产阶级的生活思想感情。

以下拟就一、诗词曲和戏剧；二、小说；三、散文等三方面来简单粗浅的谈一谈这一时期的文学概况。

一　诗词曲和戏剧概况

1. 本时期的诗

甲、封建地主阶级的仿古诗：无论是模仿汉魏六朝诗的王闿运（1832~1916）的"假古董"诗也好，或者是模仿宋诗的"同光体"的主要诗人陈三立（1886年进士)、郑孝胥（1882年解元）和诗评家陈衍（1882年举人）等人的诗也好，或者是会用典、喜对仗、好叠韵并爱作艳体诗的樊增祥（1846~1931）也好；或者是"幼有神童之誉，长有才子之称"，"风流自赏，近于温李者居多"的易顺鼎（1858~1920）也好，虽然他们在模仿古人方面有所不同，内容方面也不完全一样，但是他们同是中国封建经济崩溃时期的没落的地主阶级的诗人，他们在本质上是一样的（当然这一类的诗人还不只他们几个）。

乙、资产阶级的“诗界革命”：资本主义文化输入进来了，政治社会生活方面也增加了一些新的东西，这在文学里面就不能不要求表现。甲午中日战争以后这种装载新内容的新诗歌就出现了：林纾的《闽中新乐府》五十首，如《破蓝衫》、《村先生》、《兴女学》、《百忍堂》、《棠梨花》等，就是他在甲午（1894）以后在福州和友人谈“时务”时所得新见解的新诗歌。而谭嗣同、夏曾佑也在1896~1897两年提倡“诗界革命”，把资本主义文化的新名词（所谓“新学”）放进旧诗里，像梁启超（1873~1929）在《饮冰室诗话》里说的：“复生（谭嗣同字复生）自喜其新学之诗。……当时所谓新诗者，颇喜挦扯新名词以自表异。”这些新名词当时一般人虽然不懂，但总算旧瓶装了新酒了，表示了“新学”在要求表现。当然，“诗界革命”若仅止于堆积一些别人不懂的新名词是不够的，必须要有一些新的生活思想感情。梁启超又说：“过渡时代必有革命，然革命者当革其精神，非革其形式。吾党近好言诗界革命，虽然，若以堆积满纸新名词为革命，是又满洲政府变法维新之类也。能以旧风格含新意境，斯可以举革命之实矣。近世诗人能熔铸新理想以入旧风格者，当推黄公度。”（《饮冰室诗话》）所谓“旧风格”即文言诗的旧形式，所谓“新意境”、“新理想”即是新的生活思想感情，在当时也就是半封建半殖民地社会的薄弱的资产阶级和小资产阶级的爱国主义和朦胧的自由平等的生活思想感情。这时期把这种新的生活思想感情（即新理想、新意境）“熔铸”到文言诗的“旧风格”里面最多最好的是黄遵宪。

黄遵宪（字公度，1848~1905）光绪时举人，做过二十多年外交官，到过日本、英、美和南洋，又曾任湖南按察使，参与戊戌湖南维新运动，几因此得祸。著有《人境庐诗草》十一卷、《日本杂事诗》二卷、《日本国志》四十卷。他是接触资本主义的文化和生活比较多的、“足遍五洲多异想”的一个人，所以他对于诗的见解与他的诗的内容和意境，都既不同于封建地主阶级的仿古诗，也比谭嗣同、夏曾佑“挦扯新名词”的诗来得丰富多彩和清新进步。他主张写“古人未有之物，未辟之境”。他主张“不名一格，不专一体，要不失乎为我之诗”。“诗之外有事，诗之中有人；今之世异于古，今之人亦何必与古人同”？“我手写我口，古岂能拘牵？即今流俗语，我若登简编，五千年后人，惊若古斑斓”。他反对模仿古人，主张写“我之诗”。主张用口语“流俗语”写诗。这已经和1917年“文学革命”时，资产阶级代表胡适的《文学改良刍议》里的主张很相似了（五四时代胡适的文学改良主张，就是这一时期文学改良发展的顶点，是一脉相承的）。他写诗也确是照着他的主张去做，譬如《山歌九首》就是很通俗清新的民歌，现举两首为例：

人人要结后生缘，侬只今生结目前，
一十二时不离别，郎行郎坐总随肩。

一家女儿做新娘，十家女儿看镜光，
街头铜鼓声声打，打着心中只说郎。

其写“古人未有之物，未辟之境”，写新生活、新事物，表现爱国主义的思想感情的诗尤多。如《今别离》四首，分别把“轮船、火车”、“电报”、“照像”、“东西两半球昼夜不相同”这种新生活、新事物写到诗里，而又词意自然，意境清新。《香港感怀》、《羊城感赋》、《大狱四首》、《琉球歌》、《感事三首》、《逐客篇》、《番客篇》、《越南篇》、《冯将军歌》、《悲平壤》、《东沟行》、《哀旅顺》、《哭威海》、《降将军歌》、《马关纪事》、《台湾行》、《度辽将军歌》、《聂将军歌》、《和议成杂感》等诗，或痛恨帝国主义的侵略，或对满清腐败表示愤慨；或同情于华侨的不幸命运，或惋惜“琉球”、“台湾”的沦亡；对降将军或丧师失地的将吏则讽刺痛击，对英勇作战的将领则歌颂表扬。他的这类诗还很多，大都充满了反帝爱国的精神。他从1865年（十八岁）开始写诗起到1905年逝世止，他的诗现实主义地反映了这四十年间重要的历史事实。所以梁启超称他是“诗史”。而也因为他要表现这新的历史的真实或新的生活，他对旧诗的语言和形式就不能不稍稍加以改变，他不避方言俗语，力求浅显平易，“持律不严，选韵尤宽”，用写散文的方法去写诗：这足以表现新的生活内容要求旧的形式的改变，黄遵宪就是当时旧诗形式的改革者，他在一定程度上解放了旧诗。

以新事物、新意境为内容的新派诗，除黄遵宪以外，还有康有为、梁启超、马君武、苏曼殊等人。而马君武所说的“鼓吹新学思潮，标榜爱国主义”，则是这派诗人的共同特点。

康有为（1854~1927）著有《南海先生诗集》十三卷。他早年（戊戌以前）诗如《爱国短歌行》、《爱国歌》等，表现了他的慷慨爱国的情思和豪迈劲健的风格。“及戊戌遭祸，遁迹海外，五洲万国，靡所不到。风俗名胜，托为咏歌”（诗集自序），遂多“避祸忧愤之作”，“大都纪游写忧”，夹述一点他所知道的“列邦政教风俗”。他的旧诗的形式没有很多变化，但他多少也有一些“新学思潮”和“爱国主义”的新内容，不同于旧派诗人。

梁启超（1873~1929）的《饮冰室全集》中收有他所作的诗词。他不以诗鸣于当时，但他好谈诗，著有《饮冰室诗话》。他的诗和他的“新文体”的散文一样，是旧诗经过“解放”的作品：词意奔放，热情豪爽。如他的《举国皆吾敌》：

> “举国皆吾敌，吾能勿悲？吾虽悲而不改吾度兮，吾有所自信而不辞。
>
> 世非混浊兮，不必改革。众安混浊而我独否兮，是我先与众敌。阐哲理指为非圣道兮，倡民权谓曰畔道，积千年旧脑之习惯兮，岂旦暮而可易？先知有责，觉后是任。后者终必觉，但其觉匪今。十年以前之大敌，十年以后皆知音。
>
> 君不见苏革拉底瘐死兮，基督钉架，牺牲一生觉天下？ 以此发心度众生，得大无畏兮自在游行。渺躯独立世界上，挑战四万万群盲。一役战罢复他役，文明无尽兮，竞争无时停； 百年四面楚歌里，寸心炯炯何所撄！”

此外还有仿歌行体的《志未酬》，也表现了新兴资产阶级的勇往直前，不达目的不止的精神。

马君武、苏曼殊虽都写过一些诗，但二人的成绩倒在译诗方面。马君武译诗九十多首，收集在《马君武诗稿》里；其中著名的有拜轮的《哀希腊歌》十六首，贵推（即哥德）的《阿明临海岸哭女诗》八首，虎特的《缝衣歌》十一首，用的是五七言古风歌行体。苏曼殊的父母都是日本人，生于日本江户，生数月父死，母嫁一广东商人苏某。年十一，苏某又去世，十二岁入广州长寿寺为僧。有《苏曼殊全集》行世。所译有拜轮、彭斯、豪易特、师梨（雪莱）、瞿德（哥德）诸人诗。他自言“思维身世，有难言之恫”。《拜轮诗选自序》云：“善哉拜轮！以诗人去国之忧，寄之吟咏；谋人家国，功成不居；虽与日月争光可也。”他的《题拜轮集》诗云：“秋风海上已黄昏，独向遗编吊拜轮！词客飘零君与我，可能异域为招魂？”去国之思，两皆有之；同情共感，则只此一面。拜轮是积极的浪漫主义的革命诗人，苏曼殊的诗和小说里都充满了颓废伤感的情绪，实不可同日语。但马君武、苏曼殊之译诗，实有当时时代社会背景，为新兴资产阶级所需要。

从辛亥革命到“五四”运动期间，写文言诗的人还很多，不再一一叙述。

2. 本时期的词曲和戏剧

本时期虽然也有一些词曲和戏剧作者，但是它的成绩还不如诗歌小说和散文；不过在词曲和戏剧的研究和提倡方面做了一些工作，使它们的价值更为一般人所认识。而这时期，它们和小说之所以都被重视被提倡起来，原因虽然很多，但主要的是不是因为它们和小说原都是市民社会的产物，比较的接近于当时的新生活、新事物的缘故？尤其是其中的戏曲和小说。

本时期词的著名作者有王鹏运、朱祖谋、况周颐、程颂万、文廷式、冯煦、赵熙、谭廷献、蒋春霖等人。此外王国维（1877~1927）也有词（《人间词甲乙稿》），且远胜于以上诸人，但他对词的较大贡献则在他论词的《人间词话》。他提出“境界”二字来论词：

> 词以境界为最上。有境界则自成高格，自有名句。五代北宋之词所以独绝者在此。有造境，有写境，此理想与写实二派之所由分，然二者颇难分别， 因大诗人所造之境必合乎自然，所写之境亦必邻于理想故也。……
>
> 境非独景物也，喜怒哀乐，亦人心中之一境界。故能写真景物，具真感情者谓之有境界，否则谓之无境界。

他主张作品应该“写真景物，具真感情”方好，这是现实主义思想。他说作品里面的“写实”的成分和“理想”的成分不可分，也就是“现实主义”和“浪漫主义”的不可分。他所谓“所造之境必合乎自然，所写之境亦必邻于理想”，就是说：作品里面所表现的对于生活的理想，必须建立在正确的表现生活的基础上，要合乎生活的“自然”，即原来的自然面目；同时，假使正确的表现了生活，一定可以表现出生活的发展前途，因为生活本身就时时在发展着，它本身就有前途，有理想，也就是“必邻于理想”。所以现实主义和浪漫主义是不可分的，而他强调描写“真实”，在真实的表现中自然“邻于理想”。这种见解在当时“五四”和以后都是很难得的。在其他方面他还有很珍贵的见解，然因受时代限制也不免有唯心论的看法，因限于篇幅都不多谈了。

他曾辑有《唐五代二十家词》二十卷。并努力于戏曲研究，编著颇多，其最有价值的为《宋元戏曲史》，自序云：“凡诸材料皆余所搜集；其所说明，亦大抵余之所创获也。世之为此学者自余始。其所贡于此学者亦以此书为多。非吾辈才力过于古人，实以古人未尝为此学故也。”中国戏曲的发展，从此才有一本书加以系统的论述；与鲁迅的《中国小说史略》同为开天辟地的著作。

王鹏运（1849~1904）辑有《四印斋所刻词》，共收南唐以来词十家。朱祖谋（1857~1921）号强邨，辑有《强邨丛书》，收唐、五代、宋、金、元词颇多，校刻亦精，为词之结集较全者。其他搜集翻印词曲的人还很多。吴梅编著的有《顾曲麈谈》、《古今名剧选》、《词馀讲义》（即《曲学通论》）和《南北词简谱》等。

梁启超作《劫灰梦传奇》和《新罗马传奇》，是为着“尽我自己的国民责任”，“把一国的人从睡梦中唤醒来”（《劫灰梦传奇》的《楔子》中语），可惜都没有作完。

林纾作《天妃庙传奇》（叙谢让遣戍事）、《合浦珠传奇》（叙陈伯沄推产还原主事），《蜀鹃啼传奇》（叙义和团起义时杭州吴德绣殉难事），内容上虽然已不像过去大多数传奇叙“恋爱”和“男女间悲欢离合”，形式上也能打破传奇的传统规律（这种内容和形式的变革，主要的是由于新的时代社会的要求），但是由于他的封建思想的限制，其意义似还不如梁启超的两篇未完作品。

昆曲到此时期实已衰落。作品有黄燮清（约1850年前后在世）的《倚晴楼七种曲》，李文瀚（约1836年前后在世）的《银汉槎》等四种，杨恩寿（约1862年前后在世）的《坦园六种》，陈烺（约1875年前后在世）的《玉狮堂十种曲》等等。吴梅作《霜崖三剧》（即《惆怅爨》、《湘真阁》、《无价宝》）和《霜崖散曲》。

昆曲的唱词一般人听不懂，因此戏曲到乾隆末年（即18世纪末）就分为“雅部”和“花部”。雅部多演昆曲和古典戏，花部则演地方戏（花部又称“乱弹”，爱唱什么就唱什么，随着演唱者的嗓子，高调低调都可以混合唱；昆曲的调子则有一定的高低），以京剧和梆子为主，到此时期都已进入宫廷和“上流”社会，产生了一些为统治阶级服务的戏，如《四郎探母》、《八大拿》等。但民间也产生了一些反抗统治阶级的戏，如《打鱼杀家》（“鱼”俗作“渔”，误）、《打严嵩》、《打登州》、《反徐州》等；其反映人民疾苦、社会黑暗和官场腐败的，则有《王小过年》、《打城隍》、《打面缸》等。名演员刘赶三借演《法门寺》讽刺李鸿章外交失败。戊戌政变前后汪笑侬编演过《哭祖庙》、《六军怨》、《党人碑》、《张松献地图》、《桃花扇》，宣传爱国思想。王钟声

1907年在上海成立“春阳社”，演出《黑奴吁天录》、《热血》、《爱国魂》，鼓吹种族革命。京剧名演员谭鑫培、王瑶卿、杨小楼、梅兰芳等，改进了京剧艺术。

辛亥革命前四年，曾孝谷、李息霜、陆镜若、欧阳予倩等在日本成立“春柳社”，是中国最早的话剧团体，先后演出《茶花女》、《黑奴吁天录》、《鸣不平》、《热泪》等，宣传革命与爱国。

讲唱文学（曲艺）：南方有“弹词”，北方有“鼓词”和“子弟书”，刘宝全则为京音大鼓的集大成者。

二　小说概况

这时期的小说，从内容思想上大致也可以分成二类，第一类是反映封建地主阶级思想的，第二类是反映软弱的资产阶级和小资产阶级的改良与“革命”的。它对现实谴责暴露，有一定程度的反封建反帝国主义的作用，但有时仍然不免掺杂着封建思想。

在第一类反映封建地主阶级思想的小说中有1851年刻印的《荡寇志》，亦名《结水浒传》，共七十回，外结子一回，为俞万春（1849年卒）所作，“使山泊首领，非死即诛”，维护封建统治的思想是很显然的。

这一类小说还有鲁迅在《中国小说史略》里所说的“狭邪小说”和“侠义小说及公案”两类。“狭邪小说”中有刻于1852年的《品花宝鉴》六十回，为陈森（道光时人）作。“即以叙乾隆以来北京优伶为专职，而记载之内，时杂猥辞。……至于叙事行文，则似欲以缠绵见长，风雅为主……温情软语，累牍不休”（《中国小说史略》）。男与男爱，故作多情，以肉麻当风流：反映了达官名士颓废淫逸的生活思想感情，而作者对于它的态度是肯定的。

魏子安（1819~1874）1858年序成的《花月痕》五十二回，到光绪中始流行。“其书虽不全写狭邪，顾与伎人特有关涉，隐现全书中，配以名士，亦如佳人才子小说定式。……行文亦惟以缠绵为主，但时复有悲凉哀怨之笔，交错其间；欲于欢笑之时，并见黯然之色。而诗词简启，充塞书中；文饰既繁，情致转晦。……致结末叙韩荷生战绩，忽杂妖异之事，则如情话未央，突来鬼话，尤为通篇芜累矣”（同上书）。鲁迅先生这些话已足以说明它是什么内容和思想。

俞达（卒于1884年）作《青楼梦》六十四回，成书于1878年。“全书以伎女为主题”，作者“中年颇作冶游”，著书则取吴中娼女，以发挥其“游花国，护美人，采芹香，掇巍科，任政事，报亲恩，全友谊，敦琴瑟，抚子女，睦亲邻，谢繁华，求慕道”（第一回）。实未脱才子佳人小说旧套，不过将佳人换为青楼伎女而已。

韩邦庆（1856~1894）字子云，于1892~1894年间写《海上花列传》六十四回：“实写妓家，暴其奸谲”；以过来人现身说法，欲使阅者“按迹寻踪，心通其意，见当前之媚于西子，即可知背后之泼于夜叉，见今日之密于糟糠，即可卜他年之毒于蛇蝎”（第一回）。“其訾倡女之无深情，虽责善于非所，而记载如实，绝少夸张”（《中国小说史略》）。较之上述三书之“摹绘柔情，敷陈艳迹”者固有所不同，但是作者对待不幸妇女的思想和态度，仍属于封建统治阶级的范畴。

其属于“侠义小说及公案”一类者：有《儿女英雄传评话》，本五十三回，今残存四十回，文康作，定稿于道光中。作者欲熔铸儿女英雄及佳人才子于一炉，“遂致性格失常，言动绝异，矫揉之态，触目皆是矣”。结末言男主角安骥以探花及第，作学政，“政声载道，位极人臣，不能尽述”（《中国小说史略》），则本书的内容和思想已很显然。1879年《三侠五义》出现于北京，原名《忠烈侠义传》，一百二十回，石玉昆述。后俞樾改编为《七侠五义》，于1889年序而传之（通行本为一百回）。不久有《小五义》和《续小五义》，皆一百二十四回，序谓与《三侠五义》皆石玉昆原稿，得之其徒。“公案”之著者，1838年有《施公案》九十七回，作者不知。1891年有《彭公案》一百回，为贪梦道人作。其他类似侠义公案小说尚多，通行者有《永庆升平》九十七回，《圣朝鼎盛万年青》七十六回，等等。“凡此流著作，虽意在叙勇侠之士，游行村市，安良除暴，为国立功，而必以一名臣大吏为中枢，以总领一切豪俊”。“大旨在揄扬勇侠，赞美粗豪，然又必不背于忠义”。“《三侠五义》为市井细民写心，乃似较有《水浒》馀韵，然亦仅其外貌，而非精神。……故凡侠义小说中之英雄，在民间每极粗豪，大有绿林结习，而终为一大僚隶卒，供使令奔走以为宠荣，此盖非心悦诚服，乐为臣仆之时不办也”（《中国小说史略》）。从鲁迅先生这些精辟的论断里，已经很明白的可以看出来侠义公案小说基本上宣传的是一种什么思想，而且基本上是对于什么人有利了。虽然，鲁迅先生也说：“《三侠五义》及其续书，绘声状物，甚有平话习气，《儿女英雄传》亦然。……则石玉昆殆亦咸丰时说话人。……是侠义小说之在清，正接宋人话本正脉，固平民文学之历七百馀年而再兴者也。”“至于构设事端，颇伤稚弱；而独于写草野豪杰，辄奕奕有神，间或衬以世态，杂以诙谐，亦每令莽夫分外生色。值世间方饱于妖异之说，脂粉之谈，而此遂以粗豪脱落见长，于说部中露头角也。”（同上书）则似亦有一定程度的人民性。

以上是第一类小说的主要作品的情况。第二类小说主要的是《中国小说史略》里面所论述的“清末之谴责小说”，则都产生在“庚子事变”（1900）之后。资本主义的文化思想和软弱的中国资产阶级初期的民主的和民族的思想感情，不但需要新的诗歌戏曲来表现，也需要新的小说和散文来表现。这就是除“诗界革命”以外，在“戊戌政变”后还产生了“新文体”和“小说界革命”的原因。

近代中国资产阶级鲜明的认识小说的重要性，并强调小说的社会政治作用，开始于梁启超的《译印政治小说序》（1898）和《论小说与群治之关系》（1902）。他在后一篇文章里认为“小说为文学之最上乘”，欲新道德、宗教、政治、风俗、学艺、人心、人格，都“必新小说”，“欲改良群治，必自小说界革命始，欲新民必自新小说始”。“何以故？小说有不可思议之力支配人道故”。他认识小说的害处和益处，他认为一切封建迷信思想大都是小说宣传的，“可爱哉小说，可畏哉小说”。他并不认为小说是无所谓的消遣品，或者像资产阶级在没落时期所宣传的是“为艺术而艺术”的产物。他强调“小说界革命”，要用小说去改革社会政治。他在1902年创刊《新小说》杂志于日本，月出一册，共出两卷，这是当时最早最新的一种文学杂志，在这上面，发表他的《新中国未来记》和吴趼人的《二十年目睹之怪现状》、《九命奇冤》、《电术奇谈》等。所以梁启超可以说是资产阶级的“小说界革命”的首创者，虽然这革命并不彻底，像资产阶级在政治上的革命一样。

但晚清小说之所以发达繁荣（据阿英《晚清小说史》说“至少在一千五百种以上”），梁启超等人之所以要用小说去改革社会政治，实都有他们的社会背景；鲁迅先生说得好：

> 光绪庚子（1900）后，谴责小说之出特盛。……戊戌政变既不成，越二年即庚子岁而有义和团之变，群乃知政府不足与图治，顿有掊击之意矣。其在小说，则揭发伏藏，显其弊恶；而于时政，严加纠弹，或更扩充，并及风俗。虽命意在于匡世，似与讽刺小说同伦，而辞气浮露，笔无藏锋，甚切过甚其辞，以合时人嗜好。则其度量技术之相去亦远矣。故别谓之谴责小说。

以当时资产阶级、小资产阶级的“改良”和“革命”的思想为领导的社会政治运动，不满意于满清的封建腐败的统治，于是群起加以掊击和谴责，利用小说的形式是很适合的。但是反映在当时小说里面的思想则是很复杂的：“有极进步的反对满族统治，反对立宪，主张种族革命的新人，他们在作品里热烈的，感愤的，把革命的种子播向四方”（《晚清小说史》）。这是一种。“又有顾到君权又顾到民权，实际上还是替君权打算的立宪党，在作品里宣传君主立宪的好处”（同上书）。这是一种。有些知识阶级，不保皇也不革命，只从事维新的启蒙运动，如反迷信、反缠足、反吸食鸦片等等，认为只有从这些地方下手，才是真正的救国办法”（同上书）。这和上一种实质上都是改良主义。“有极其顽固的守旧党，拥护皇室，拥护封建的社会，对新的和比较新的人，嘲笑谩骂，无所不至”；“有的却由于一般投机分子胡乱的行为，对一切感到幻灭，政府不好，维新党不好，革命党也不好”（同上书）。这两种的思想实质其实是一种。所以我同意阿英先生的结论：“但几乎是全部作家，除掉那极少数极顽固的而外，是有着共同的地方，即是认为除掉提倡维新事业，如兴办男女学校，创实业，反一切迷信习俗，和反官僚、反帝国主义，实无其他根本救国之道。”（同上书）在晚清小说里虽然也有封建和反封建（和反帝）的思想斗争，但占优势的仍然是反封建反帝的小说。也就是被资产阶级、小资产阶级的“改良”和“革命”思想领导的社会政治运动所影响的小说，虽然它们的作者的政治态度或世界观并不一定是资产阶级的，但是它们的客观效果，是暴露了现实，有利于改良和革命，作者的思想无形之中也多少受了一些资本主义的文化思想的影响。

这些小说里面比较好的，就是鲁迅先生所称述的以下几种“谴责小说”：李宝嘉的《官场现形记》，吴趼人的《二十年目睹之怪现状》，刘鹗的《老残游记》和曾朴的《孽海花》。它们的内容和思想如何，鲁迅先生和阿英先生都有很详细的论述，这里不再说了。

此外，用文言写小说比较著名的，有林纾（1852~1924）的《京华碧血录》、《金陵秋》、《官场新现形记》和苏曼殊的《断鸿零雁记》、《绛纱记》、《焚剑记》、《碎簪记》。二人虽然都曾接触过外国资产阶级的文学作品，但他们小说里面表现的思想感情并不是当时最进步的。林纾的封建思想还比较多，苏曼殊小说里面的颓废感伤情绪则混合着当时中西没落阶级的思想感情，我感觉到他的小说有点“新式的”才子佳人小说的气味。

三 散文概况

软弱的中国资产阶级对封建地主阶级的斗争，不仅利用形象化的诗歌、戏曲和小说，而且也利用抽象的政治论文。这是甲午（1894）、戊戌（1898）以后“时务文”或“新文体”产生和发达的原因。同时封建地主阶级则仍然利用他们的“古文”作为斗争的工具，并且反对“新文体”。

对于这一时期的封建阶级的“古文”和资产阶级的“时务文”或“新文体”只能简单的谈一谈。

这时期的“古文”，就是汉奸曾国藩（1811~1872）所“中兴”的“桐城派”古文。因为曾是湖南湘乡人，所以又称“湘乡派”。张裕钊（1823~1894）、黎庶昌（1837~1897）、薛福成（1818~1894）、吴汝纶（1840~1903）是他的四大弟子；李元度（1821~1889）、郭嵩焘（1818~1891）也是这一派的作者。

表现中国几千年封建社会的主要形式之一——古文，到了鸦片战争以后，随着封建社会的崩溃和新的社会生活的兴起，如果它不有所改变以适应新的生活的表现，则它必定要遭受到没落和死亡的命运。这个时期的“桐城派”的古文，就是这样日趋没落的。陈炳坤先生在《最近三十年中国文学史》中曾说：

> 平心论之：桐城派的文章，“清淡简朴”，“屏弃六朝骈俪之习”，“选言有序，不刻画而足以昭物情”，这是他们的长处。但到了末流，只抱着“宗派”的空招牌，守着“义法”的空架子。既不多读古书，撷取古人的精华，又不随时代而进步，从活泼的时代取得活泼的真理；所以只能做出内容空疏，形式拘束，全无生气的文字来。

“不随时代而进步”，这就是它没落的主要原因。

桐城派的殿军是吴汝纶，他受了一些资本主义的文化思想的影响，“他提倡西学，他提倡译书，他提倡办学堂，他提倡留学外国。他以为此后西学盛行，‘六经’不必尽读，中学浩如烟海之书都当废去。在三十年前（1898~1899）有这种见解，敢说这种话，真不易得！但他却不肯丢弃古文，他以为‘六经’可以不读。而姚选古文（《古文辞类纂》）则万不能废，以此为学堂必用之书。”（《最近三十年中国文学史》）他的这种死抱住古文不放手的思想，与林纾和严复（1853~1921）是一样的。不过林、严把古文运用在翻译外国资本主义社会的文学和科学著作上（其中有极少数是资本主义社会以前的作品），替古文苟延了一个时期的寿命，但是能够读得懂的人是很少的（当然二人的翻译也有它的不小影响）。

至于学魏晋的章炳麟和其他方面的古文作者，在新时代的前面都和桐城派遭受了同一的命运。

到了甲午（1894）戊戌（1898）以后，由于社会政治的激变，由于现实斗争的需要，古文就不得不来一次“解放”了，虽然这以前业已稍稍有所改变。甲午之役失败后，大家要求改革，竞谈“时务”，宣传“维新”；这种文章必须要比较的浅显易懂，条理畅达明晰，方能完成任务；也就是它必须要从当时的八股文、桐城派古文和骈文里面解放出来，另创一种“新文体”。这就是甲午、戊戌以后谭嗣同、梁启超等人的“谈时务”的“新文体”产生和发达的原因。

谭嗣同的《仁学自叙》说：“初当冲决利禄之网罗，次冲决俗学若考据、若词章之网罗；次冲决全球群学之网罗，次冲决君主之网罗；次冲决伦常之网罗；次冲决天之网罗，终将冲决佛法之网罗。然其能冲决，亦自无网罗；真无网罗，乃可言冲决。”他这种向一切封建的学术政治、伦理道德、宗教迷信等等“冲决”的精神，他这种勇往直前的大无畏的战斗的调子，决不是桐城派的古文所能表现的（八股文和骈文更不可能了）。

梁启超怎样解释“新文体”的呢？他在《清代学术概论》中说：

> 为《新民丛报》、《新小说》等诸杂志，畅其旨义，国人竞喜读之；清廷虽严禁，不能遏。每一册出，内地翻刻本辄十数。二十年来学子之思想颇蒙其影响。启超夙不喜桐城派古文，幼年为文，学晚汉魏晋，颇尚矜炼。至是自解放，务为平易畅达，时杂以俚语韵语及外国语法，纵笔所至不检束。学者竞效之，号“新文体”。老辈则痛恨，诋为野狐。然其文条理明晰，笔锋常带情感，对于读者别有一种魔力焉。

“务为平易畅达，时杂以俚语韵语及外国语法，纵笔所至不检束”。“其文条理明晰，笔锋常带情感，对于读者别有一种魔力”。这就是“新文体”的特点。这种特点不仅仅梁启超一个人的文章里面有，谭嗣同的文章里面也有，同时代的“谈时务”的和鼓吹“维新”与“革命”的文言文里面也都多少有一些。孙中山、朱执信等革命民主派的文章，也是这种风格。这是新的生活所要求的新的文章风格，不是梁启超一个人凭空创造出来的。这种新的风格的特点，一直保存和存在到“五四”发生前《新青年》杂志里面的陈独秀、胡适、钱玄同等人的文言文里面。这是软弱的中国资产阶级和小资产阶级的“改良”与“革命”所产生的风格，它当时还只能够就“古文”的形式加以“改良”，予以“解放”，造成一种“新文体”的文言文，还没有力量或不够条件来一次“五四”时代的“文学革命”，创造“五四”时代及其以后的白话散文。这是文艺风格的阶级性的表现。当时软弱的中国资产阶级和小资产阶级在散文方面也只能这样“改良”。

但是对于这种“新文体”，代表封建地主阶级的文人是要加以反对的，就像“五四”时代他们反对白话文一样。譬如严复，他虽然翻译过一些资产阶级的科学（自然和社会）著作，但是一接触到中国的具体的文化政治问题时，他还是封建思想占优势。他说：“大抵任公操笔为文时，其实心救国之意浅，而俗谚所谓出风头之意多。”“嗟呼！任公以笔端搅乱社会，至如此矣，然惜无术再使吾国社会清明。则于救亡本旨又何济耶！”他以后作了拥护袁世凯称帝的“筹安会”的“六君子”之一，不是偶然的。梁启超始终也没有超出他当时代表的软弱的资产阶级的进步性以外（他在政治上主张君主立宪，代表大地主大资产阶级的利益），以后且走上了违反中国人民利益的道路。

毛主席说：“自从1840年的鸦片战争以后，中国一步一步地变成了一个半殖民地半封建的社会。”“帝国主义和中华民族的矛盾，封建主义和人民大众的矛盾，这些就是近代中国社会的主要的矛盾。”（《中国革命和中国共产党》）从鸦片战争到“五四”的“中国资产阶级民主革命的政治指导者是中国的小资产阶级和资产阶级（他们的知识分子）”。在这个时期“中国文化战线上的斗争，是资产阶级的新文化和封建阶级的旧文化的斗争”（《新民主主义论》）。毛主席的这些话，充分地反映在这个时期的文学里面，而且是这个时期文学的特点的最好说明：这个时期文学就是反映了“帝国主义和中华民族的矛盾，封建主义和人民大众的矛盾”。这个时期中国文学战线上的斗争，是资产阶级的新文学和封建阶级的旧文学的斗争。这种斗争表现在文学战线上和表现在政治社会战线上都同样反映了中国资产阶级的软弱性，改良主义是这两条战线上的资产阶级的领导思想和主要内容，反帝反封建和要求民主都不够彻底，因而文学上的成就也是不够大的：这我们从本文的简略的叙述里已经可以看出来了。

原载《新建设》1954年第10期

中国近代文学的社会基础及其特征

陈则光

中国近代史起于1840年中英鸦片战争，迄于1919年五四运动。这八十年间，是中国三千年来封建政治制度开始动摇崩溃及自给自足的自然经济基础逐渐被破坏的时期，也是中国半殖民地半封建社会的形成时期和中国资产阶级所领导的旧民主主义革命时期。它标志着中国从长期的封建社会发展到社会主义社会的一个过渡的历史阶段。

自周秦起至清朝中叶，中国社会发展非常缓慢，一直停留在封建社会阶段。这个社会在政治上是采取闭关自守的封建专制主义，它的政权是建立在小农业和家庭手工业的经济基础之上的。明清以来，并有了纺织业，矿业和商业等资本主义因素萌芽。1840年，英国对中国进行了可耻的鸦片战争，这是帝国主义侵略中国第一声炮响。鸦片战争失败的结果，英国强迫清政府签订第一个不平等条约——南京条约，“在英国的枪炮面前，满清王朝的声威扫地以尽，以天朝为万古不朽的迷信破灭了，与文明世界的那种野蛮而密不通风的隔绝已被侵犯，互相交往的通路打开了。”① “那种隔绝状态既已因英国的媒介而遽遭结束，则随之而来的，必然是分崩离析，这同小心谨慎地藏在密封的棺材内的木乃伊一旦与外界接触必然要发生解体的情形一样。”② 幅员辽阔、人口众多的中国大门既被英国强盗用武力打开，而取得了非法利益，是大大的引发了世界各帝国主义掠夺奴役中国的野心，争先恐后、如狼似虎的向中国寻找市场和殖民地。清朝统治者与各帝国主义交手的过程中，完全暴露了外强中干腐朽无能的本来面貌，它既经不起无法避免的欧风美雨的侵袭，就不得不迅速地走向崩溃瓦解的道路。

1840年鸦片战争以后，接着发生了1857年英法联合侵略的第二次鸦片战争，1884年的中法战争，1894年的中日甲午战争，1904年的德、日、英、美、法、俄、奥、意八国联军的侵略战争；和1914年日本对山东的掠夺。帝国主义通过这些战争和其他强取豪夺的方法，逼迫清政府签订了一系列的不平等条约——北京条约，中法条约，马关条约，辛丑和约等。强占了中国的广大领土，勒索了中国巨大的赔款，取得了无视中国法律的领事裁判权。在中国土地上驻兵，开设银行、工厂、自由旅行传教。控制中国的通商口岸，交通线和海关。并且划分势力范围，进而操纵中国的内政，使得中国形式上虽然维持独立，事实上丝毫不能自主。帝国主义对华的侵略战争给了古老中国以致命的打击，闭关自守已不可能，而固有的经济制度也不得不因外国资本主义的侵入发生变化。

外国资本主义对于中国的社会经济起了很大的分解作用，一方面破坏了中国自给自足的自然经济的基础，破坏了城市手工业和农民的家庭手工业，又一方面则促进了中国城乡商品经济的发展，也就是说：促进了中国资本主义（民族工业）因素的成长。然而帝国主义和中国封建势力是不愿中国资本主义充分发展的，他们勾结起来，对成长中的中国资本主义加以束缚，施加压力。工业的一部分属于帝国主义者，一部分属于中国封建官僚。属于中国民族资本家的一部分则受着两部分的压力和排挤，力量难以壮大，始终不能取得统治地位。同时，封建时代的自给自足的自然经济基础是破坏了，但是，封建剥削制度的根基——地主阶级对农民的剥削，不但依旧保持着，而且同买办资本和高利贷资本的剥削结合在一起，在中国的社会经济生活中占着显然的优势。因此，没落的封建经济体系既没有彻底摧毁，而新兴的资本主义经济体系又未能完全建立，这样就使得中国一步一步的变成了一个半殖民地半封建的社会。

这种特殊的半殖民地半封建的社会形态，促成了中国经济、政治、文化矛盾的日益加深。随着经济、政治矛盾的加深，民族的和经济的矛盾斗争也就更加尖锐复杂了。社会经济结构是随着生产方式改变而改变的。中国由封建社会的生产方式改变为半封建半殖民地的生产方式，也就引起了中国社会阶级结构的变化。这个社会是一个过渡性的社会，它的阶级结构的特点表现在既保存着封建社会末期的地主阶级与农民阶级的阶级关系，同时又出现了资本主义社会的资产阶级与无产阶级的关系。正由于它是半殖民地半封建社会，外国资产阶级居于最高统治地位，其次封建地主阶级仍占有很大势力。从这种复杂的阶级关系中，很清楚的可以看出，帝国主义和中华民族的矛盾，封建主义和人民大众的矛盾，就是近代中国社会的主要矛盾。这种矛盾斗争的结果，便造成日益发展的革命运动。

由于清政府一再为帝国主义所败，丧权辱国，弱点毕露，“竭力以天朝尽善尽美的妄想而自欺”[③]已经不可能了。于是由仇外转而惧外、媚外，终至卖身投靠，对于国内人民则变本加厉的进行着黑暗残酷的统治。亡国危机，迫在眉睫。在这一历史时期，中国人民主要的革命任务，就是对外推翻帝国主义压迫的民族革命和对内推翻封建地主压迫的民主革命。中国人民对于帝国主义和封建暴力的掠夺所给予自己的痛苦，感受是非常深切的，所以“鸦片不曾发生催眠的作用而倒发生了惊醒的作用”。[④] 鸦片战争以后，英雄的中国人民充分表现了中国不甘屈服于帝国主义及其走狗的顽强的反抗精神，连续的爆发了如火如荼的反帝反封建的农民革命运动，资产阶级改良主义运动和资产阶级民主革命运动。如 1841 年广东人民的平英团运动，1845 年广东人民的升平学社的反侵略运动，1850 年南方农民的太平天国革命运动，1898 年资产阶级的变法维新运动，1900 年北方农民的义和团运动，1911 年资产阶级的辛亥革命运动，最后则是 1919 年以无产阶级思想为领导的五四运动。这一连串的革命运动，就是中国资产阶级、小资产阶级、农民阶级、无产阶级的新势力与帝国主义、封建阶级旧势力之间的矛盾斗争的具体表现。

毛泽东同志说：“帝国主义和中国封建主义相结合，把中国变为半殖民地和殖民地的过程，也就是中国人民反抗帝国主义及其走狗的过程。”[⑤] 这里简明扼要的总结了中国近代历史发展的特点。关于中国近代民主革命的性质，也正如毛主席所说的：“中国资产阶级民主主义革命，是属于旧的世界资产阶级民主主义革命的范畴之内的，是属于旧的世界资产阶级民主主义革命的一部分。”[⑥] 所以这一历史时期是中国资产阶级旧民主主义革命时期。

以上是中国近代社会背景的大致情况。中国近代文学就是在这样的社会背景下产生发展的。

任何时代的文化，都是一定社会的政治和经济在观念形态上的反映，文学也是这样的。中国近代文学，是中国近代社会生活在艺术领域内的反映，也就是中国近代革命斗争过程在文化思想战线上的反映，它是为新的资本主义和政治服务的。“这种资本主义经济，对于封建经济来说，它是新经济。同这种资本主义新经济同时发生和发展的新政治力量，就是资产阶级、小资产阶级和无产阶级的政治力量。而在观念形态上作为这种新的经济力量和新的政治力量之反映并为它们服务的东西，就是新文化。没有资本主义经济，没有资产阶级、小资产阶级和无产阶级，没有这些阶级的政治力量，所谓新的观念形态，所谓新文化是无从发生的。”[⑦] 毛泽东同志这一段话，很清楚的说明了中国近代文化（自然包括近代文学）产生的经济基础和阶级关系。当中国从一个闭关自守的封建社会转变成为半殖民地半封建社会的时候，当中国农民起来推翻帝国主义与封建地主阶级的统治遭到失败，而软弱的资产阶级企图以改良主义或革命的方式取得本阶级在政治上的权力的时候，中国的文化思想，自然也就发生显著的变化，与过去的封建时代有着本质上的不同。这首先表现在这种新文化“是旧民主主义性质的文化，属于世界资产阶级的资本主义的文化革命的一部分。”[8]领导这个新文化革命运动的是中国资产阶级，那时他们还有领导作用。在文学方面也就由封建主义的性质转变为资产阶级的民主主义的性质，成为世界资产阶级文学的一部分。

这一时期的文学思想，虽然还没有完全摆脱封建的余毒，但是基本上是以资产阶级的文学思想作为主导的。资产阶级文学思想的形成，与当时一班先进人物的“要救国，只有维新，要维新，只有学外国”[9]的政治见解，以及“新学”、“西学”的西方资产阶级的自然科学和政治学说的输入有着密切的关系。鸦片战争时期前后的作家，龚自珍、魏源、林则徐等，已经初步的有了变法维新，向西方资本主义国家学习的要求。太平天国领袖洪秀全是中国最早向西方国家寻找真理，并从事于革命实践的先进人物。太平天国后期总理全国政事的洪仁玕，则是农民革命队伍中受过西方资本主义思想影响的知识分子，也是在近代中国开始传播资本主义思想的启蒙人物，他在1895年提出了若干革新内政和企图建设资本主义国家的政治纲领——《资政新编》，主张发展工商农矿等各种生产事业，对封建迷信和封建文化思想进行了批判。在文学方面，同样提出了许多革新的意见，强调“文以纪实”[10]的现实主义文学的主张，显然也是受了西方19世纪文艺思潮的影响的。

1857年第二次鸦片战争失败后，一部分受过西方资产阶级教育和资本主义思想影响的上层知识分子冯桂芬、容闳、王韬、薛福成、马建忠等，他们在外国资本主义进一步侵略和太平天国农民革命的教训下，一方面不满意封建统治集团上层当权派的腐败无能，要求改变已经丧失了抵御外侮和统治人民能力的封建官僚政治制度。另一方面，也不完全满意封建的生产方式，要求学习西方资本主义国家的自然科学知识、生产技术和经济制度，希望把一个经济落后的中国改变成一个独立富强的先进国家。于是相继的提出了具有资产阶级观点的改良主义思想，与封建地主阶级顽固的保守思想进行了斗争。接着严复翻译了西方资产阶级思想家的重要著作，如孟德思鸠的《法意》、亚丹斯密的《原富》、穆勒的《名学》、赫胥黎的《天演论》，比较有系统的介绍了西方资产阶级的政治经济学说和达尔文的进化论观点，作为新兴资产阶级要求摆脱民族压迫和进行社会改革的理论根据，在当时传播最广，影响最大。而林纾所翻译的欧美资产阶级文学家的许多作品，对于中国近代文学更起了借鉴的作用。维新派的康有为、梁启超、谭嗣同，革命派的章炳麟、邹容、陈天华、秋瑾，他们不但是资产阶级改良主义运动和民主革命运动的领导者或实践者，而且是以文学作为武器来鼓吹维新或革命的作家。

中国的资产阶级在当时所提倡的民主主义思想、民族主义思想和科学思想，都是以西方的自然科学与社会政治学说为依据的。这些思想，在中国近代文学中得到了充分的反映。中国近代文学之所以不同于封建主义的文学，主要在于它是以资产阶级的世界观来认识、分析、批判现实的；是以西方资本主义的经济、政治、文化制度作为改革中国社会的最高理想的。这种资产阶级的文学思想，便是中国近代文学思想的主流。就当时说来，还是一种比较进步的文学，在革命斗争中，曾经起过积极作用，推动了中国文学历史的发展。

文学思想既从封建主义的束缚中解放出来，又因为民族斗争、阶级斗争日趋激烈和民主革命形势的迫切要求，曾经一度促成文学的繁荣局面。除一向多姿多彩质朴清新，富有反抗性的民间文学——鼓词、弹词、民歌、民谣、传说等，在这一时期获得进一步的发展外，其他各种文学体裁，如诗歌、散文（包括政论、文艺论文、杂文、小品、笔记……）、小说、戏剧（戏曲、京戏、地方戏、话剧……）无论在思想内容或艺术形式上都有明显改进和提高。太平天国所倡导的文学革新，首先为文学界开创了新的气象。戊戌变法前后，资产阶级改良主义者所倡导的诗界革命、小说界革命、文体改良、戏剧改良，在理论上打破了因袭已久的清规戒律，在创作实践上也取得了一定的成绩。尤其是小说，一时被视为“改良社会”、“开通民智”最有效的工具，竞相提倡写作，盛况空前，对于扩大当时文学的社会影响，实起了先锋的作用。这时一班文学作者还注意旧形式的利用，梁启超主编的《新小说》所发表的“杂歌谣”，李伯元主编的《绣像小说》所发表的“时调唱歌”等，大都是利用民间流行的旧形式来反映现实斗争，表达新的内容，也是当时文学战线上从事战斗的有力的艺术武器之一。翻译外国文学作品的风气，此时很盛行，这是因为“自西风东渐以来，一切政治习尚，自顾皆成锢陋，乃不得不舍此短以从彼长，则固以译书为引渡新风之始也。”[11] 自戊戌政变到辛亥革命十年间，仅翻译小说就有六百多部，[12] 这些翻译作品，虽不能说是完璧，但它却带来许多新鲜的东西，帮助中国近代文学的发展。至于文学的题材，则比以前广阔得多了。各次重大的历史事件——帝国主义的侵略战争，农民的革命斗争，以及资产阶级改良主义运动和民主革命运动；各种社会生活——城市、乡村、民间、官场、国内、国外；各种愚昧落后现象——吸食鸦片、缠足、赌钱、嫖妓、风水、命相……都有不少作品反映。各个阶层的人物——帝国主义分子、贵族、官僚、洋奴（西崽、二毛子）、买办、商人、财主（地主阶级）、华侨、知识分子、市民、兵勇、贫苦群众（农民、工人）、革命者……都是作者的描写对象。尤其是对那些奴颜婢膝、贪污腐化的封建官僚，和那些不学无术、寡廉鲜耻的新旧知识分子，有不少作品是描绘得很出色的，作者们给予了他们以辛辣的讽刺。中国的讽刺文学到这个时候有了比较充分的发展。总之，中国近代文学对中国前期的半殖民地半封建社会的面貌，作了相当全面的反映，而反映这个社会的文学体裁，也是多种多样的。不过这种新兴的资产阶级文学运动，还来不及产生像《西厢记》、《水浒传》、《红楼梦》那样伟大的作品，而资产阶级的改良主义运动和民主革命运动很快的就失败了，以致其艺术成就并没有达到应有的高度，甚至有不少作品，尚未完成，便中断了。这是第一个特点。

第二，文学上两条道路的斗争，贯串着中国全部文学历史。近代的文学斗争，由于社会性质的转变，表现得更加激烈。“这时期中国文化战线上的斗争，是资产阶级的新文化和封建阶级的旧文化的斗争”。而“学校与科举之争，新学与旧学之争，西学与中学之争，都带着这种性质。那时的所谓学校、新学、西学，基本上都是资产阶级代表们所需要的自然科学和资产阶级的社会政治学说（那中间还夹杂了许多中国的封建余毒在内）。在当时，这种所谓新学的思想，有同中国封建思想作斗争的革命作用，是替旧时期的中国资产阶级民主革命服务的。”[13] 这种新旧文化的斗争，即中国人民大众（各革命阶级）的新势力和帝国主义封建阶级的旧势力之间的斗争在意识形态上的反映。而新旧文学的斗争，就是西方资本主义的文学思想和中国封建主义的文学思想矛盾斗争的表现。

太平天国反对为封建统治阶级服务的八股文和脱离群众语言的古典文体，提倡使用朴实明晓的文字。反对内容空洞，专门玩弄词藻的诗文，认为文学的主要目的在于真实的反映现实，正确的处理社会政治问题，语文的作用则在真实的表达思想。[14] 这便是向封建阶级的旧文学大胆的进攻。以汉奸曾国藩为首的封建文人目睹旧文学随着封建专制统治的动摇日趋衰落，于是在散文方面企图复兴桐城派古文，在诗歌方面提倡宋诗运动，目的在挽回封建阶级旧文学的厄运。后来梁启超等所创立的新文体，黄遵宪所建立的新派诗，对这种过时了的腐朽的文风和诗风进行了斗争，并取得了胜利。从此封建阶级的旧文学便一天一天的不景气了。清朝统治者对于凡有社会意义的小说、戏剧和民间文学是极端仇视的，动辄以诲淫诲盗之名严厉禁止，甚至将作者、演员、民间艺人处以刑戮。道光、咸丰、同治、光绪诸帝，一再禁毁小说书板，禁止群众演戏听戏，明令取缔弹唱、太平鼓、莲花闹、目莲戏、采茶、过会等民间艺术。1868年（同治七年）江苏巡抚两次查禁淫书，书目中小说传奇共156种，民间小调唱本共110种，其中有《水浒》、《红楼梦》、《西厢》、《牡丹亭》、《今古奇观》、《白蛇传》等古典名著。⑮尽管封建统治者对小说、戏剧、民间文学不断摧残打击，然而小说依然如雨后春笋，成为暴露批判旧社会的有力武器。批评界对《水浒》、《红楼梦》、《西厢》、《牡丹亭》等名著给予了高度的评价，驳斥了诲淫诲盗的谬说。有浓厚生活气息和爱国主义思想的地方戏却代替了为统治阶级所欣赏的昆曲，蓬勃的发展为戏剧艺术中的主要力量。民间文学不但更茁壮的成长着，而且不少作者模仿它的形式来从事战斗。这一切说明了资产阶级的文学，在当时还是一种新兴的文学，在文学斗争中占有一定的优势。可是随着资产阶级的民主革命很快的遭到失败，这种文学没有攀登到应有的顶峰，终于被外国帝国主义的奴化思想和中国封建主义的复古思想的反动同盟打退了。

第三，这一时期的文学为政治服务的要求表现得相当强烈。这种要求，最初出于自发而逐渐成为自觉。中国进步文学具有这样的特点，是中国文学发展史上的一大进步。在帝国主义和中华民族，封建主义和人民大众的矛盾斗争中，要使斗争获得胜利，动员、唤醒、教育广大群众，实为当前的迫切任务，这就使得许多从事政治运动或文学创作的知识分子对文学的作用有了比较正确的理解和认识。梁启超在他的一篇传奇里曾经这样写道："我想歌也无益，哭也无益，笑也无益，骂也无益。你看从前德国路易第十四的时候，那人心风俗不是和中国一样吗？幸亏有一个文人，叫做福绿特尔，做了许多小说戏本，竟把一国的人，从睡梦中唤起来了。想俺一介书生，无权无勇，又无学问可以著书传世，不如把俺眼中所看着那几桩事件，俺心中所想着那片道理，编成一部小小传奇，等那大人先生，儿童走卒，茶前酒后，作一个消遣。总比读那《西厢记》、《牡丹亭》强得些些，这就算我尽我自己面分的国民责任罢了。"⑯梁启超虽然说他写的传奇只是供大人先生、儿童走卒茶前酒后的消遣，但是他懂得了现实主义文学在群众中所起的积极作用，他希望他的作品能够转移人心风俗，把一国的人都从睡梦里唤醒，这就肯定了文学的教育意义。梁启超是当时在文学改良方面开风气之先的一个人，他在1902年创办《新小说》杂志，他宣称创办这个杂志的宗旨，是"务以振国民精神，开国民智识，非前此诲淫诲盗诸作可比。"⑰可见他所要提倡的文学，已不是当时那些毫无社会意义和政治内容的低级东西，而是用以改良社会、教育群众的工具和武器。这是前人不曾提出过的。梁启超的这种看法，正代表了当时一般具有进步思想的知识分子对文学共同的理解和认识。那时期的许多文学论文，特别强调小说戏剧的作用，就是从小说这种艺术形式最能服务于政治这一观点出发的。

由于当时的进步知识分子对文学有了这样的理解和认识，所以文学作品的主题和题材，是很现实的，与当前的改良主义运动和民主革命运动在一定范围内取得了配合。这些作品，一方面暴露和谴责帝国主义侵略的罪恶及封建官僚地主阶级黑暗的统治，另一方面则宣传民主革命或民族革命，标榜爱国主义或科学思想，有丰富的反帝反封建的革命内容，而且这个内容成为中国近代文学作品最主要的特征。鸦片战争时期的作家龚自珍、魏源、林则徐等，在他们的作品里就已经具有了反帝反封建的思想倾向。太平天国诸领袖的散文和诗歌中的反帝反封建思想已很鲜明。中日甲午战争以后，一班资产阶级的政治家和作家开始有意识的把文学作为武器来进行社会斗争和政治斗争，在他们的作品里所表现的反帝反封建的思想则更加突出了。康有为、梁启超、谭嗣同、黄遵宪、章炳麟、秋瑾等的诗文，李伯元、吴趼人、曾朴等的小说，戏剧方面，比较早的《打渔杀家》、《四进士》，稍后小坡山人的《爱国魂》、洪楝园的《警黄钟》、汪笑侬的《哭祖庙》、《党人碑》，春柳社和春阳社所编写的好些话剧剧本，以及其他反映鸦片战争、中法战争、中日战争、庚子事变和暴露封建黑暗统治的许多作品，都以反帝反封建为中心思想。民间文学则继承发扬了固有的反抗传统，反帝反封建的意识更为强烈。但是由于领导这个文学运动的中国资产阶级的软弱性和妥协性，文学战线上的反帝反封建是不彻底的。因此一般文学的思想内容，并没有达到应有的高度，往往瑕瑜互见，艺术成就也就受到了影响。

第四，文学语言方面也发生了变化。开始展开了接近通俗化的文体革新运动，即白话文运动。这个运动的产生，是由于这一时期的文学有了新的思想内容，新的思想内容必然要求新的表现形式。沿用了几千年的文言文体本是封建社会的产物，只能在社会生活比较简单的时代，为少数特权阶级垄断知识、表达思想感情的工具。现在这种文体很明显的不能满足当前的复杂社会生活和各个革命阶级的需要，不能适合资产阶级民主革命的思想内容了，所以有革新的必要。其次是由于一般代表资产阶级改良主义者的知识分子，为要实现他的政治主张，使有意的利用文学作为宣传工具，以便唤起广大的群众来支持他们。可是艰深的文言文是不能帮助他们达到这个目的的。他们为了突破文言文用途的局限性，于是要求革新文体，提倡通俗的白话文。

太平天国就是提倡文学通俗化的。太平天国以后，首先提出这个问题的是黄遵宪，他在 1887 年完成的《日本国志》里说："泰西论者，谓五部洲中以中国文学为最古，学中国文学为最难，亦谓语言文字之不相合也。然中国自虫鱼云鸟，屡变其体，而后为隶书、为草书，余乌知乎他日者不又变一字体为愈趋于简，愈趋于便者乎？……周秦以下，文体渐变，逮夫近世，章疏移檄，告谕批判，明白晓畅，务期达意，其文体绝为古人所无。若小说家言，更有直用方言以笔之于书者，则语言文字几乎复合矣。余又乌知夫他日者不变更一文体适合于今，通行于俗乎！嗟乎欲令天下之农工商贾，妇女幼稚皆通文字之用，其不得不于此求一简易之法哉！"⑱ 黄遵宪在这里指出了文体应"适应于今，通行于俗"，使"天下之农工商贾，妇女幼稚皆能通文字之用"，故文字与语言应该一致。1897 年严复创办的《国闻报》进一步指出："而今世之俗，出于口之语言与载之纸之语言，其语言大不同。若其书之所陈，与口说之语言相近者，则其书易传；若其书与口说之语言相远者，则其书不传。故书传之界之大小，即以其与口说之语言相去之远近为比例。"⑲ 这段话正确说明了文学口语化的重要性。接近口语化的作品，才能流行得广，才能传之久远。

戊戌变法时裘廷梁进而提出了"崇白话而废文言"的主张："使古之为君者崇白话而废文言，则吾黄人之聪明才力无他途以夺之，必且另为有用之学，何至暗没为斯矣。吾不知夫古人之创造文字，将以便天下之人乎？抑将以困天下之人乎？人之通求文字，将驱遣之为我用乎？抑将穷老尽气，受役于文字，以为文字之奴隶乎？……且乎文学之美，非真美也。汉以前书，曰群经、曰诸子、曰传记，其为言也，必先有所以为言者存。今虽以白话代之，质干具存，不损其美，汉后说理记事之书，去其肤浅，删其繁复，可存者百不一二。此外汗牛充栋，效颦以为工，学步以为巧，调朱傅粉以为妍，使以白话译之，外美既多，陋质悉呈，好古之士，将骇然而走耳……故曰辞达而已矣。后人不明斯义，必取古人言语与今不相肖者而摹仿之。于是文与言判然为二。一人之身，而手口异国，实为二千年来文字一大厄。"最后并指出"愚天下之具，莫如文言，智天下之具，莫如白话。"要白话才能"便幼学"，"便贫民"，所以"白话为维新之本"⑳。裘廷梁把反对文言文的理由和提倡白话文的目的，作了这样剀切详明的论述，可说是戊戌变法前后一般资产阶级改良主义者的知识分子的代表意见。陈荣衮亦主张以"人人共晓"的"俗话"为文，㉑ 号召报纸采用白话。㉒ 王照创制官话字母，提倡拼音文字，其用意在促进白话语文的成长，藉以开通民智。梁启超翻译外国文学作品时，深深感到“语言文字分离，为中国文学最不便之一端。”[23]认为“在文字中，则文言不如其俗语。”[24]吴趼人亦强调深奥难懂之文，“不为粗浅趣味之易入也。”[25]曾朴表示了同样的意见：“现在我国民智不开，固然在上的人，教育无方，然也是我国文字太深，且与语言分途的缘故，那里能给言文一致的国度比较呢？兄弟的意思，现在必须另造一种通行文字，给白话一样的方好。”[26]我们从这些文字可以知道当时要求以白话文代替文言文的思想是很普遍的，因而形成了一种运动。五四时期胡适提倡白话文所持的论点，实际上不过掇拾前人的牙慧，并没有什么新的货色。白话文并不是有了他才有的，早他一二十年已经在酝酿发展了。在资产阶级文学改良的要求之下，因而出现了以黄遵宪为代表的“新派诗”，以梁启超为代表的“新文体”。而梁启超倡导“小说界革命”，谭嗣同、夏曾佑等倡导“诗界革命”，影响所及，产生了数以千计的白话小说和为大众所喜爱的通俗的诗歌、弹词以及花部剧本。还有人创办了白话报，编印了白话丛书和白话教科书。但是因为那时的资产阶级的知识分子，多数都是从封建地主阶级转化而来，他们一方面具有中国资产阶级具有的软弱性和妥协性，另一方面又或多或少地保存着地主阶级的落后性和保守性，所以这时期的文体革新运动也是不彻底的。

第五，创作方法方面，除继承了中国古典现实主义和浪漫主义的传统外，并开始受外国文学创作方法的影响。这一时期的进步作家，大都主张文学应该反映现实，强调文学的时代性和真实性；同时也认为文学应该表现理想和愿望，注重文学的想象和虚构。前者是现实主义的，后者是浪漫主义的。中国近代作家既重视现实主义，又重视浪漫主义，是与他们所处的时代有密切关系的。这是一个旧社会濒于死亡而尚未死亡的时代，所以需要真实的暴露现实，严厉的批判现实；这又是一个新社会行将诞生而尚未诞生的时代，所以需要对理想的追求，对未来的憧憬。太平天国主张“文以纪实”。实际上就是提倡现实主义文学。严复、夏曾佑认为文学作品“言日习之事者易传，而言不习之事者不易传。”所谓“日习之事”就是日常现实社会生活，文学作品以日常现实生活为描写对象，自然是属于现实主义的。但他们也意识到仅仅罗列事实，不会取得较大的艺术效果。作者必须根据社会群众的心理愿望，就事实加以必要的想象和虚构，这样才能为读者所欢迎。“若其事为人心所虚构，则善者必昌，不善者必亡，即稍存实事，略作依违，亦必嬉笑怒骂，托迹鬼神，天下之快莫快于斯人同此心，书行自远。故书之言实事者不易传，而言虚事者易传。”“推之张生，双文，梦梅，丽娘，或则依托姓名，或则附会事实，凿空而出，称心而言，更能曲合乎人心者也。”[27] 这里除说明了文学反映现实外，更重要的是在表示愿望。在旧社会里，客观现实与人们的主观愿望是矛盾的，作家就应“稍存实事，略作依违”，以期“更能曲合乎人心。”就其大旨言之，可说是隐约的接触到现实主义和浪漫主义相结合这一创作方法了。

1902年梁启超更明确提出小说有理想和写实两派，他解释理想派小说之所以占有重要地位，是因为“凡人之性，常非以现境界而自满足”，每欲神驰于“身外之身，世界外之世界”，此派小说魅力在于“常导人游于他境界，而变换其常触常变之空气者也”。“写实派”小说则是将作者和人们“所怀抱之想象，所经阅之境界”，“和盘托出，彻底而发露之”，使读者产生共同的感受。很明显，所谓“理想派”就是浪漫主义文学，“写实派”就是现实主义文学。高尔基曾经指出文学里有两个基本流派，即浪漫主义和现实主义[28] 这两个文学派别，中国文学史上向来就存在的。但是把他明确的划分为两个派别而给以比较确切的解释，梁启超实为第一人。自是以后，一般作家都很注意自己的创作方法。林纾认为“凡小说家言，若无征实，则稗官不足以供史料，若一味征实，则自有正史可稽。”[29] 曾朴宣称他的写作“一句假不得，一语谎不得”，[30] 但同样反对把文学作品写成“信史”。《中东大战演义》的作者洪子贰则说：“从来创说者，事贵出乎实，不宜尽出于虚，然实之中虚亦不可无者也。苟事事皆实，则必出于平庸，无以动诙谐者一时之听。苟事事皆虚，则必过于诞妄，无以服稽古者之心。是以余之创说也，虚实而兼用焉。”[31] 这些论调既肯定了现实主义的创作方法是文学中最基本的方法，又肯定了浪漫主义也是文学创作的主要方法之一。因此中国近代文学有现实主义和浪漫主义的作品，也有两者相结合的作品。后者在庚子事变后产生较多，因为资产阶级作家为了描绘他理想中的资产阶级共和国，便很自然的采取这种方法，如旅生的《痴人说梦记》就是这样的作品。

庚子事变后的文学创作，尤其是小说戏剧，在表现形式和艺术技巧方面，都向外国文学吸取过养料，这时期的长篇小说，虽然仍保持章回体的形式，或援用《儒林外史》式的结构，但写作方法，却有了些新的成分，如吴趼人的《九命奇冤》，曾有人指出一开头就是模仿法国鲍福的小说《毒蛇圈》的。[32] 曾朴的《孽海花》，也有人指出不少地方是学习外国小说的。[33] 至于最早的话剧——文明戏的产生，也是与外国戏剧的影响分不开的。

中国近代文学所以有以上的特征，是鸦片战争以来的半殖民地半封建的社会基础，以及在这个社会基础上所产生的资产阶级领导的旧民主主义革命的历史使命所规定的。它既不同于鸦片战争以前的中国封建时期的旧文学，也不同于五四运动以后的新民主主义革命时期的新文学，它是一种具有过渡性质的，从古典文学发展到现代文学的属于资本主义范畴的文学。

原载《中山大学学报》1959年第1、2期合刊

---

① 马克思：《中国和欧洲的革命》，引自《马克思恩格斯论中国》。

② 马克思：《中国和欧洲的革命》，引自《马克思恩格斯论中国》。

③ 马克思：《贸易还是鸦片》。

④ 马克思：《中国事件》，引自《马克思恩格斯论中国》。

⑤ 毛泽东：《中国革命和中国共产党》。

⑥ 毛泽东：《新民主主义论》。

⑦ 毛泽东：《新民主主义论》。

⑧ 毛泽东：《新民主主义论》。

⑨ 毛泽东：《论人民民主专政》。

⑩ 洪仁玕等：《戒浮文巧言谕》。

⑪《中外小说林》：戊申第4期署名为世的《小说风尚之进步以翻译说部为风气之先》。

⑫ 据阿英：《晚清戏曲小说目》翻译之部统计。

⑬ 毛泽东：《新民主主义论》。

⑭ 参阅洪仁玕的《戒浮文巧言谕》和《钦定军次实录》。

⑮ 参阅王晓传辑录的《元明清三代禁毁小说戏曲史料》。

⑯ 梁启超：《劫灰梦传奇》楔子中主人翁杜如晦所说。

⑰ 引自1902《新民丛报》介绍《新小说》杂志出版一文。

⑱ 黄遵宪：《日本国志》第9《学术志》。

⑲ 1897年11月15日《〈国闻报〉本馆附印说部缘起》。

⑳ 裘廷梁：《白话丛书代序》——《论白话为维新之本》。

㉑ 见陈荣衮《俗话说》。

㉒ 见陈荣衮《论报纸宜改用浅说》。

㉓ 梁启超所译《十五小豪杰》第4回按语。

㉔ 梁启超：《论小说与群众之关系》。

㉕ 吴趼人：《月月小说序》。

㉖ 见曾朴《孽海花》第18回。

㉗ 《国闻报》所载本馆附印说部缘起本文未署著者姓名。据阿英《晚清小说史》说是严

复、夏穗卿（曾佑）合撰，姑从之。

㉘ 见高尔基《我是怎样学习写作的》。

㉙ 林纾：《京华碧血录》第32章。

㉚ 曾朴：《孽海花》第21回。

㉛ 见孙次舟重印《孽海花》初稿序。

㉜ 洪子贰：《中东大战演义》前言。

㉝ 见杨世骥《文苑谈往·周桂笙》。

林纾的翻译

钱钟书

汉代文字学者许慎有一节关于翻译的训诂，义蕴颇为丰富。《说文解字》卷六“口”部第二十六字：“囮、译也。从‘口’，‘化’声。率鸟者系生鸟以来之，名曰‘囮’，读若‘口’。”南唐以来，大家都申说“译”就是“传四夷及鸟兽之语”，好比“鸟媒”对“禽鸟”所施的引“诱”，“讹”、“讹”、“化”和“囮”是同一个字（详见《说文解字诂林》28 册 2736~2738 页）。“译”、“诱”、“媒”、“讹”、“化”：这些一脉通连、彼此呼应的意义组成了研究诗歌语言的人所谓“虚涵数意”（plurisignation），把翻译能起的作用、难于避免的毛病、所向往的最高境界，仿佛一一透示出来了。文学翻译的最高标准是“化”。把作品从一国文字转变成为另一国文字，既能不因语文习惯的差歧而露出勉强造作的痕迹，又能完全保存原有的风味，那就算得入于“化境”。17 世纪有人比这种境界为“转世还魂”（transmigration of souls）[①]，躯壳换了一个，而精神姿致依然故我。换句话说，译本对原作应该忠实得以至于读起来不像译本，因为作品在原文里决不会读起来像经过翻译似的[②]。但是，一国文字和另一国文字之间必然有距离，译者的理解和文风跟原作品的内容和形式之间也不会没有距离，而且译者的体会和他自己的表达能力之间还时常有距离。从一种文字出发，积寸累尺地度越这许多距离，安稳到达另一种文字里[③]，这是很艰辛的历程。一路上颠顿风尘、遭遇风险，不免有所遗失或受些损伤。因此，译文总有失真和走样的地方，在意义或口吻上违背或不尽贴合原文。那就是“讹”，西洋谚语所谓“翻译者即反逆者”（Traduttore traditore）。中国古人也说翻译的“翻”等于把绣花纺织品的正面翻过去的“翻”，展露了它的反面：“如翻锦绮，背面俱花，但其花有左右不同耳”[④]。“媒”和“诱”当然说明了翻译在文化交流里所具有的功用。它是个居间者或联络者，介绍大家去认识外国作品，引诱大家去爱好外国作品，仿佛做媒似的，使国与国之间缔结了“文学因缘”[⑤]。

彻底和全部的“化”几乎是不可实现的理想，某些方面、某种程度的“讹”又几乎是不能避免的毛病，于是“媒”或“诱”产生了新的意义。翻译本来是要省人家的事，免得他们去学外文、读原作的，却一变而为导诱一些人去学外文、读原作。它挑动了有些人的好奇心，惹得他们对原作无限向往，仿佛让他们尝到一点儿味道，引起了胃口，可是没有解馋过瘾。他们总觉得读翻译像隔雾赏花，不比读原作那么情景真切。歌德就有过这种看法，他很不礼貌地比翻译家为下流的职业媒人 (Kuppler) ——中国旧名“牵马”，因为他们把原作半露半遮，使读者想象它不知多少美丽，抬高了它的声价[⑥]。要证实那个想像，要揭去那层遮遮掩掩的面纱，以求看得仔细、看个着实，就得设法去读原作。这样说来，好译本的作用是消灭自己；它把我们向原作过渡，而我们读到了原作，马上扔开了译本。勇于自信的翻译家也许认为读了他的译本就无需再读原作，但是一般人能够欣赏货真价实的原作以后，常常薄情地抛弃了翻译家辛勤制造的代用品。倒是坏翻译会发生一种消灭原作的效力。拙劣晦涩的译文无形中替作品拒绝读者；他对译本看不下去，就连原作也不想看了。这类翻译不是居间，而是离间，摧灭了读者进一步和原作直接联系的可能性，扫尽读者的兴趣，同时也破坏原作的名誉。法国 17 世纪德·马露尔神父 (Abbé de Marolles) 的翻译就是一个经典的例证，他所译古罗马诗人《马夏尔 (Martial) 的讽刺小诗集》被时人称为“讽刺马夏尔的小诗集”[⑦]。许多人都能从自己的阅读经验里找出补充的例子。

林纾的翻译所起的“媒”的作用，已经是文学史上公认的事实[⑧]。他对若干读者也一定有过歌德所说的“媒”的影响，引导他们去跟原作发生直接关系。我自己就是读了他的翻译而增加学习外国语文的兴趣的。商务印书馆发行的那两小箱《林译小说丛书》是我十一二岁时的大发现，带领我进了一个新天地，一个在《水浒》、《西游记》、《聊斋志异》以外另辟的世界。我事先也看过梁启超译的《十五小豪杰》、周桂笙译的侦探小说等等，都觉得沉闷乏味[⑨]。接触了林译，我才知道西洋小说会那么迷人。我把林译里哈葛德、欧文、司各德、迭更司的作品津津不厌地阅览。假如我当时学习英文有什么自己意识到的动机，其中之一就是有一天能够舒舒畅畅读遍哈葛德以及旁人的探险小说。四十年前，在我故乡那个县城里，小孩子看电影还是桩稀罕的大事；后来孩子们看野兽片——或逛动物园——所获得的娱乐，我只能向冒险小说里追寻。因为翻来复去的阅读，我也渐渐对林译有了些疑问。我清楚记得这个例。哈葛德《三千年艳尸记》第五章结尾刻意描画鳄鱼和狮子的搏斗；对小孩子说来，这是一个惊心动魄的场面，紧张得使他眼瞪口开、气也不敢透的。林纾译文的下半段是这样：

> 然狮之后爪已及鳄鱼之颈，如人之脱手套，力拔而出之。少须，狮首俯鳄鱼之身作异声，而鳄鱼亦侧其齿，尚陷入狮股，狮腹为鳄所咬亦几裂。如是战斗，为余生平所未睹者。

狮子抓住鳄鱼的脖子，决不会整个爪子像在烂泥里似的，为什么“如人之脱手套”？我无论如何想不明白，家里的大人也解答不来。而且这场恶狠狠的打架怎样了局？谁输谁赢，还是同归于尽？鳄鱼和狮子的死活，比起男女主角的悲欢，是我更关怀的问题。书里并未明白交代，我真觉得心痒难搔，想知道原文是否也照样糊涂了事[⑩]。我开始能读原文，总先找林纾译过的小说来读。后来，我的阅读能力增进了，我也听到舆论指摘林译的误漏百出，就不再而也不屑再看它。它只成为我生命里累积的前尘旧蜕的一部分了。

最近[⑪]，偶尔翻开一本林译小说，出于意外，它居然还没有丧失吸引力。我不但把它看完，并且接二连三，重温了大部分的林译，发现许多都值得重读，尽管漏译误译随处都是。我试找同一原作的后出的——无疑也是比较准确的——译本来读，就觉得宁可读原文。这是一个颇耐玩味的事实。当然，能读原文以后，再来看错误的译本，有时也不失为一种消遣。有人说，译本愈糟糕愈有趣：我们对照着原本，看翻译者如何异想天开，把胡猜乱测来填补理解上的空白，无中生有，指鹿为马，简直像一位“超现实主义”的诗人[⑫]。但是，我对林译的兴味绝非想找些岔子，以资笑柄谈助，而林译里不忠实或“讹”的地方也并不完全由于助手们语文程度低浅、不够理解原文。举一两个例来说明。

《滑稽外史》17章写时装店里女店员的领班那格女士听见顾客说她是“老妪”，险得气破肚子，回到缝纫室里，披头散发，大吵大闹，把满腔妒愤都发泄在年轻貌美的加德身上，她手下的许多女孩子也附和着。林纾译文里有下面的一节：

> 那格……始笑而终哭，哭声似带讴歌。曰：“嗟夫！吾来十五年，楼中咸谓我如名花之鲜妍”——歌时，顿其左足，曰：“嗟夫天！”又顿其右足，曰：“嗟夫天！十五年中未被人轻贱。竟有骚狐奔我前，辱我令我肝肠颤！”

这真是带唱带做的小丑戏，逗得读者都会发笑。我们忙翻开迭更司原文（18章）来看，颇为失望。略仿林纾笔调译出来，大致不过是这样：

> 那格女士先笑而后号咷，嘤然以泣，为状至辛楚动人。疾呼曰：“十五年来，吾为此间楼上下增光匪少。邀天之佑——”言及此，力顿其左足，复力顿其右足，顿且言曰：“吾未尝一日遭辱。今日胡意落此豸计中！厥计盖诡鄙极矣。其行事实玷吾侪，知礼义者无勿耻之。吾厌之贱之，然而吾心伤矣！吾心滋伤矣！”

那段“似带讴歌”的顺口溜是林纾对原文的加工改造，绝不会由于助手的误解或曲解。他一定觉得迭更司的描画还不够淋漓尽致，所以浓浓地渲染一下，增添了人物和情景的可笑。批评家和文学史家承认林纾能表达迭更司的风趣，但从这个例子看来，林纾不仅如此，而往往是捐助自己的“谐谑”为迭更司的幽默加油加酱[13]。不妨从《滑稽外史》里再举一例，见于33章 (迭更司原书34章)：

> 司圭尔先生……顾老而夫曰：“此为吾子小瓦克福……君但观其肥硕，至于莫能容其衣。其肥乃日甚，至于衣缝裂而铜钮断。”乃按其子之首，处处以指戟其身，曰：“此肉也。”又戟之曰：“此亦肉，肉韧而坚。今吾试引其皮，乃附肉不能起。”方司圭尔引皮时，而小瓦克福已大哭，摩其肌曰：“翁乃苦我！”司圭尔先生曰：“彼尚未饱。若饱食者，则力聚而气张，虽有瓦屋，乃不能閟其身。……君试观其泪中乃有牛羊之脂，由食足也。”

这一节的译笔也很生动。不过迭更司只说司圭尔“处处戟其身”，只说那胖小子若吃了午饭，屋子休想关得上门，只说他眼泪里是脂肪 (oiliness)；什么“按其子之首”、“力聚而气张”、“牛羊之脂，由食足也”等等都出于林纾的锦上添花。更值得注意的是，迭更司笔下的小瓦克福只“大哭摩肌”，并没有讲话。“翁乃苦我”这句怨言是林纾凭空穿插进去的，添个波折，使场面平衡；否则司圭尔一个人滔滔独白，他儿子那方面便显得呆板冷落了。换句话说，林纾认为原文美中不足，这里补充一下，那里润饰一下，因而语言更具体、情景更活泼，整个描述笔酣墨饱。不由我们不联想起他崇拜的司马迁在《史记》里对过去记传的润色或增饰[14]。林纾写过不少小说，并且要采用“西人哈葛德”和“迭更司先生”的笔法来写小说[15]；他在翻译的时候，碰见他心目中认为是原作的败笔或弱笔，不免手痒难熬，抢过作者的笔代他去写。从翻译的角度判断，这当然也是“讹”。尽管添改得很好，终变换了本来面目，何况添改处不会一一都妥当。方才引的一节算是改得很好，上面那格女士带哭带唱的一节就有问题。那格确是一个丑角，这场哭吵里也确有做作矫饰的成分。但是，假如她有腔无调地“讴歌”起来，那显然是在做戏，表示她的哭泣压根儿是假妆的，她就制造不成紧张局面了，她的同伙和她的对头不会把她的发脾气当真了，不仅我们读着要笑，那些人当场也忍不住要笑了。李贽评论《琵琶记》里写考试那一出说：“太戏！不像!”又说：“戏则戏矣，倒须似真，若真反不妨似戏也。”[16]林纾的改笔夸张过火，也许不失为插科打诨的游戏文章，可是损害了入情入理的写实，所谓“太戏！不像!”一向大家都知道林译删节原作，似乎没注意它也增补原作。这类增补，在比较用心的前期林译里，尤其在迭更司和欧文的译本里，出现得很多。或则加一个比喻，使描叙愈有风趣，例如《拊掌录》里《睡洞》：

……而笨者读不上口，先生则以夏楚助之，使力跃字沟而过。

原文只仿佛杜甫《漫成》诗所说“读书难字过”，并无“力跃字沟”这个新奇的形象。又或则引申几句议论，使含意更能明白，例如《贼史》2章：

凡遇无名而死之儿，医生则曰：“吾剖腹视之，其中殊无物。”外史氏曰：“儿之死，正以腹中无物耳！有物又焉能死?”

“外史氏曰”那几句在原文是括弧里的附属短句，译成文言只等于：“此言殆信”。作为翻译，这种增补是不足为训的，但从修词学或文章作法的观点来说，它常常可以启发心思。林纾反复说外国小说“处处均得古文义法”，“天下文人之脑力，虽欧亚之隔，亦未有不同者”，又把《左传》、《史记》等和迭更司、森彼得的作品来比拟[17]，并不是在讲空话。他确按照他的了解，在译文里有节制地掺进评点家所谓“顿荡”、“波澜”、“画龙点睛”、“颊上添毫”之笔，使作品更符合“古文义法”[18]。一个能写作或自信能写作的人，从事文学翻译，难保不像林纾那样的手痒；他根据自己的写作标准，要充当原作者的“诤友”，自以为有点铁成金或以石攻玉的义务和权利，把翻译变成借体寄生的、东鳞西爪的写作。在各国翻译史里，尤其在早期，都找得着可和林纾作伴的人[19]。正确认识翻译的性质，严肃执行翻译的任务，能写作的翻译者就会有克己工夫，压制不适当的写作冲动，也许还鄙视林纾的经不起引诱。但是，正像背着家庭负担和社会责任的成年人偶尔羡慕小孩子的放肆率真，某些翻译家有时会暗恨不能像林纾那样大胆放手的，我猜想。

顺便提起一桩小事。上面所引司圭尔的话，“君但观其肥硕，至乎莫能容其衣”，应该是“至于其衣莫能容”或“至莫能容于其衣”。这类颠倒讹脱在林译里相当普遍，看来不能一概归咎予排印的疏忽。林纾“译书”的速度是他引以自豪的，也实在是惊人的[20]。不过，下笔如飞，文不加点有它的代价，除掉造句每每松懈、用字每每冗赘以外，字句的脱漏错误无疑是代价的一部分。就像前引《三千年艳尸记》那一节，“而鳄鱼亦侧其齿，尚陷入狮股”（照原来的断句），也很费解；根据原作推断，大约漏了一个“身”字。“鳄鱼亦侧其身，齿尚陷入狮股。”又像《巴黎茶花女遗事》：“余转觉忿怒马克揶揄之心，逐渐为欢爱之心渐推渐远”，“逐渐”两字显然是衍文；似乎本来想写“逐渐为欢爱之心愈推愈远”，中途变计，而忘掉把全句调整。至于那种常见的不很利落的句型，例如：“然马克家日间谈宴，非[21]；十余人马克不适”[22]；“我之所求于兄者，不过求兄加礼此老”；“吾自思宜作何者，讵即久候于此，因思不如窃马而逃”[23]（重点都是我加的），它已经不能算是衍文，而属于刘知几所谓“省字”和“点烦”的应用范围了（《史通》内篇22《叙事》、外篇6《点烦》）。排印之误不会没有，但有时一定由于原稿字迹的潦草；最特出的例是《洪罕女郎传》的主角Quaritch，名字在全部译本里出现几百次，都作“爪立支”；“爪”字准是“瓜”字，草书形近致误。这里不妨摘录民国元年至六年主编《小说月报》的恽树珏先生给我父亲的一封信，信是民国三年十月二十九日写的，末了讲到林纾说：“近此公有《哀吹录》四篇，售与敝报。弟以其名足震俗，漫为登录[24]。就中杜撰字不少：‘翻筋斗’曰‘翻滚斗’，‘炊烟’曰‘丝烟’。弟不自量，妄为窜易。以我见侯官文字，此为劣矣!”这几句话不仅写出林纾匆忙草率，连稿子上显著的“杜撰字”或别字都没改正，而且无意中流露出编辑者对投稿的名作家常抱的两面态度。

在“讹”这个问题上，大家一向对林纾从宽发落，而严厉责备他的助手。林纾自己早把责任推得干净：“鄙人不审西文，但能笔达；即有讹错，均出不知。”[25]这不等于开脱自己是“不知者无罪”么[26]？假如我前面没有讲错，那末林译的“讹”决不能完全怪助手，而“讹”里最具特色的成分正出于林纾本人的明知故犯。也恰恰是这部分的“讹”起了一些抗腐作用，林译多少因此而免于全被淘汰。试看林纾助手魏易单独翻译的迭更司《二城故事》[27]，它就只有林、魏合作时那种删改的“讹”，却没有合作时那种增改的“讹”。林译也有些地方，看来助手们不至于“讹错”，倒是“笔达”者“信笔行之”，不加思索，没体味出原话里的机锋。《滑稽外史》14章（原书15章）里番尼那封信是历来传诵的。林纾把第一句“笔达”如下，没有加上他惯用的密圈、套圈来表示欣赏和领会：

先生足下：吾父命我以书与君。医生言吾父股必中断，腕不能书，故命我书之。

无端添进一个“腕”字，真是画蛇添足！对能读原文的人说来，迭更司这里的句法（……the doctors considering it doubtful whether he will ever recover the use of his legs which prevents his holding a pen）差不多防止了添进“腕”或“手”字的任何可能性。唐代一个有名的笑话用意很相同[28]，林纾从容一些，准会想起它来，也许就改译为“股必中断，不能作书”或“足胫难复原，不复能执笔”，不但加圈，并且加注了[29]。当然，助手们的外文程度都很平常，事先准备也不一定充分，临时对本口述，又碰上这位应声直书的“笔达”者，不给与迟疑和考虑的间隙。忙中有错，口述者会看错说错，笔达者难保不听错，助手们事后显然也没有校核过林纾的写稿。在那些情况下，不犯“讹错”才真是奇迹。不过，苛责林纾助手们的人很容易忽视翻译这门艺业的特点。我们研究一部文学作品，事实上往往不能够而且不需要一字一句都透彻了解的。有些生字、词句以至无关重要的章节都可以不求甚解；我们一样写得出头头是道的论文，完全不必声明对某字、某句和某节缺乏了解，以表示自己特别诚实。翻译可就不同。原作里没有一个字滑得过去，没有一处困难躲闪得了。一部作品读起来很顺畅容易，到翻译时就会出现疑难，而这种疑难常常并非翻翻字典所能解决。不能解决而回避，那就是任意删节的“讹”；不肯躲避而强解，那又是胡猜乱测的“讹”。翻译者蒙了“反逆者”的恶名，却最不会制造烟幕来掩饰自己的无知和误解。譬如《滑稽外史》原书35章说赤利伯尔弟兄是“German-merchants”，林译34章译为“德国巨商”。我们一般也是那样了解的，除非仔细再想一想。迭更司决不把德国人作为英国社会的救星[30]；同时，在19世纪描述本国生活的英国小说里，异言异服的外国角色只是笑柄[31]，而赤利伯尔的姓氏和举止是道地的英国人。这个平常的称谓在此地有一个不常见的意义：不指“德国巨商”，而指那种和德国贸易的进出口商人[32]。写文章谈论《滑稽外史》

的时候，只要不根据误解来证明迭更司是个德国迷，我们的无知很可能免予暴露；翻译《滑稽外史》时，就不那么安全了。所以，林纾助手的许多“讹错”，都还可以原谅。使我诧异的只是他们所加的注解，那一定经过一番调查研究的。举两个我认为最离奇的例。《黑太子南征录》5 章：“彼马上呼我为‘乌弗黎’（注：法兰西语，犹言工人），且作势，令我辟此双扉。我为之启关，彼则曰：‘懋尔西’（注：系不规则之英语）”[33]。《孝女耐儿传》51 章：“白拉司曰：‘汝大能作雅谑，而又精于动物学，何也？汝殆为第一等之小丑。’英文 Buffoon 滑稽也，Bufon 癞蟆也，白拉司本称圭而伯为‘滑稽’，音吐模糊，遂成‘癞蟆’。”把“开门”（ouvre）和“工人”（ouvrier）混为一字，不去说它；为什么把也是“法兰西语”的“谢谢”（merci）解释为“不规则之英语”呢？不知道布封（Buffon）这个人，不足为奇；为什么硬改了他的本姓（Buffon）去牵合拉丁文和意大利文的“癞蟆”（bufo，bufone），以致法国的动物学大家化为罗马的两栖小动物呢？莎士比亚的《仲夏夜梦》第三幕第一景里写一个角色，遭了魔术的禁咒，变成驴首人身，他的伙伴大为惊讶，说：“天呀！你是经过了翻译了”（Thou art translated）。大约就是那样的翻译！

林纾四十四五岁，在逛石鼓山的船上，开始翻译[34]。他不断译书，直到逝世，共译一百七十余种作品，几乎全是小说。传说他也可能翻译过基督教《圣经》[35]。据我这次不很完备的浏览，他接近三十年的翻译生涯显明地分为两个时期。“癸丑三月”（民国二年）译完的《离恨天》算得前后两期之间的界标。在它以前，林译十之七八都很醒目；在它以后译笔逐渐退步，色彩枯暗，劲头松懈，使读者厌倦。这并非因为后期林译里缺乏出色的原作。分明也有西万提司的《魔侠传》，有孟德斯鸠的《鱼雁抉微》等书。不幸经过林纾六十岁后没精打采的译笔，它们恰像《鱼雁抉微》里所嘲笑的神学著作，仿佛能和安眠药比赛功效[36]。西万提斯的生气勃勃、浩瀚流走的原文和林纾的死气沉沉、支离纠绕的译文，孟德斯鸠的“神笔”[37]和林译的钝笔，成为残酷的对照。说也奇怪，同一个哈葛德的作品，后期译的《铁盒头颅》之类，也比前期所译他的任何一部书读起来沉闷。“老手颓唐”那句话完全可以借评林纾的后期翻译：一个老手或能手不肯或者不能再费心卖力，只依仗积累的一点熟练来搪塞敷衍。前期的翻译使我们想象出一个精神饱满而又集中的林纾，兴高采烈，随时随地准备表演一下他的写作技巧。后期翻译所产生的印象是，一个困倦的老人机械地以疲乏的手指驱使着退了锋的秃笔，要达到“一时千言”的指标。他对所译的作品不再欣赏，也不再感觉兴趣，除非是博取稿费的兴趣。换句话说，这种翻译只是林纾的“造币厂”承应的一项买卖[38]；形式上是把外文作品转变为中文作品，而实质上等于把外国货色转变为中国货币。林纾前后期翻译在态度上的不同，从一点看得出来。他前期的译本绝大多数有自序或旁人序，有跋，有“小引”，有“达旨”，有“例言”，有“译余剩语”，有“短评数则”，有自己和旁人题诗、题词，在译文里还时常附加按语和评语。这种种都对原作的意义或艺术作了阐明或赏析。尽管讲了不少迂腐和幼稚的话，流露的态度是郑重的、热情的。他翻译的东西在他脑子里逗留过，在他感情里沉浸过。他和它们密切无间，甚至感动得暂停那枝落纸如飞的笔，腾出工夫来擦眼泪[39]。在后期译本里，这些点缀品或附属品大大的减削。题诗和题词完全绝迹；卷头语例如《孝友镜》的《译余小识》，评语例如《烟火马》二章里一连串的“可笑!”“可笑极矣!”“令人绝倒!”等等，也极少出现；甚至像《金台春梦录》，以北京为背景，涉及中国风土和掌故，也不能刺激他发表感想。他不像以前那样亲热、隆重地对待他所译的作品，他的整个态度显得随便，竟可以说是冷淡、漠不关心。假如翻译工作是“文学因缘”，那末林纾后期的翻译就颇像他自己所谓“冰雪因缘”了。

林纾是古文家，通常都说他用“古文”来翻译。这个问题似乎需要澄清。“古文”是中国文学史上的术语，自唐以来，尤其在明清两代，有特殊而狭隘的涵义。并非一切文言都算“古文”；同时，在某种条件下，“古文”也不一定跟白话对立。“古文”有两方面。一方面就是林纾所谓“义法”，指“开场”、“伏脉”、“接笋”、“结穴”、“开阖”等等[40]——一句话，叙述和描写的技巧。从这一点说，白话作品完全可能具备“古文家义法”；明代古文家像唐顺之、王慎中之流早把《水浒传》来匹配《史记》[41]。林纾自己也把《石头记》、《水浒》和“史、班”相提并论[42]。不仅如此，他还发现外文作品里也存在“古文义法”。那末，在“义法”方面，外国小说原来就符合“古文”，无需林纾来转化它为“古文”。不过，“古文”还有一个方面——语言。只要看林纾渊源所自的桐城派祖师方苞的教诫，我们就知道“古文”运用语言时受多少清规戒律的束缚。它不但排除白话，并且勾销了大部分的文言。“古文中忌语录中语、魏晋六朝人藻丽俳语、汉赋中板重字法、诗歌中隽语、南北史佻巧语。”[43]后来的桐城派作者更扩大范围，陆续把“注疏”、“尺牍”、“诗话”等的腔吻和语言都添列为违禁品[44]。受了这种步步逼进的限制，古文家战战兢兢地循规守矩，以求保持语言的纯洁，一种消极的、像雪花那样而不像火焰那样的纯洁[45]。从这方面看，林纾译书的文体不是“古文”，至少就不是他自己所谓“古文”。他的译笔违背和破坏了他亲手制定的“古文”规律。譬如他指摘袁宏道《记孤山》说：

> “孤山处士妻梅子鹤，是世间第一种便宜人。”“便宜人”三字亦可入文耶？
>
> ——《畏庐论文》里《十六忌》之八《忌轻儇》

然而我随手一翻，看见《滑稽外史》29章明明写着：

> 惟此三十镑亦非巨，乃令彼人占其便宜，至于极地。

譬如他又说：

> 古文之拼字，与填词之拼字，法同而字异。词眼纤艳，古文则雅炼而庄严耳。
>
> ——《畏庐论文》里《拼字法》

他举“愁罗恨绮”作为填词拚字的例，然而他翻译柯南达利的一种小说，命名恰恰是《恨绮愁罗记》。更明显表示态度的是下面一段议论：

> 糅杂者，杂佛氏之言也。……适译《洪罕女郎传》，遂以《楞严》之旨，掇拾为序言，颇自悔其杂。幸为游戏之作，不留稿。
>
> ——《畏庐论文》里《十六忌》之十四《忌糅杂》

这充分证明林纾认为翻译小说和“古文”是截然两回事，“古文”的清规戒律对译书没有任何裁制权或约束力。其实方苞早批评明末遗老的“古文”有“杂小说”的毛病，其他古文家也都提出“忌小说”的警告[46]。试想，翻译“写生逼肖”的小说而文笔不许“杂小说”那不等于讲话而咬紧自己的舌头么？所以，林纾并没有用“古文”译小说，而且也不可能用“古文”译小说。

林纾译书所用文体是他心目中认为较通俗、较随便、富于弹性的文言。它虽然保留若干“古文”成分，但比“古文”自由得多，在词汇和句法上规矩不严密、收容量很宽大。因此，“古文”里绝不容许的文言“隽语”、“佻巧语”

像“梁上君子”、“五朵云”、“土馒头”，“夜度娘”等形形色色地出现了。口语像“小宝贝”、“爸爸”、“天杀之伯林伯”[47]等也经常掺进去了。流行的外来新名词——林纾自己所谓“一见之字里行间便觉不韵”的“东人新名词”[48]——像“普通”、“程度”、“热度”、“幸福”、“社会”、“个人”、“团体”[49]、“脑筋”、“脑球”、“脑气”、“反动之力”[50]、“梦境甜蜜”、“活泼之精神”等应有尽有了。还沾染当时的译音习气，“马丹”、“密司脱”、“安琪儿”、“苦力”[51]、“俱乐部”[52]之类不用说，甚至毫不必要地来一个“列底”（尊闺门之称也）[53]，或者“此所谓德武忙耳”（犹华言为朋友尽力也）[54]。最使我诧异的是，译文里包含很大的“欧化”成分。好些字法、句法简直不像不懂外文的古文家的“笔达”，却像懂外文而不甚通中文的人的硬译。那种生硬的——毋宁说死硬的——翻译是双重的“反逆”，既损坏原作的表达效果，又背叛了祖国的语文习惯。想不到林纾笔下会有下面的例子。第一类像

> 侍者叩扉曰：“先生密而华德至。”
>
> ——《迦茵小传》5章

把称谓词“密司脱”译意为“先生”，但死扣住原文的次序，位置它在姓名之前[55]。第二类像

> 自念有一丝自主之权，亦断不收伯爵。
>
> ——《巴黎茶花女遗事》，原书5章
>
> 人之识我，恒多谀词，直敝我耳！
>
> ——《块肉余生述》19章

译“spoils me”为“敝我”，译“recu le comte”为“收伯爵”，字面上好像比“使我骄恣”、“接待伯爵”忠实。可惜是懒汉、懦夫或笨伯的忠实，结果产生了两句外国中文，和“他热烈地摇摆（shakes）我的手”、“箱子里没有多余的房间（room）了”、“这东西太亲爱（dear），我买不起”等属于同一范畴。第三类像

> 今此谦退之画师，如是居独立之国度，近已数年矣。
>
> ——《滑稽外史》19章

按照旧日文言的惯例，至少得把“如是”两字移后。“……居独立之国度，如是者已数年。”再举一个较长的例：

> 我……思上帝之心必知我此一副眼泪实由中出，诵经本诸实心，布施由于诚意，且此妇人之死，均余搓其目，着其衣冠，扶之入柩，均我一人之力也。
>
> ——《巴黎茶花女遗事》

“均我”、“均余”的冗赘，“着其衣冠”的语与意反 (原文亦无此句)，都撇开不讲。整个句子完全遵照原文秩序，浩浩荡荡，一路顺次而下，不重新安排组织[56]。在文言语法里，小小一个“思”字无论如何带动不了后面那一大串词句，显得尾大不掉；“知”字虽然地位不那么疏远，也拖拉的东西太长，欠缺一气贯注的力量。译文只好缩短拖累，省去原文里“亦必怜彼妇美貌短命”那个意思。但是，语气还不能贯注到底，我们假如不对原文而加新式标点，就要把“且此妇人之死”另起一句。尽管这样截去后半句，前半句总是接笋不严、包扎欠紧，在文言里不很过得去[57]。这些例子足以表示林纾翻译时，不仅不理会“古文”的限制，而且往往忽视了中国语文的习尚。他这种态度使我们想起《撒克逊劫后英雄略》里那个勇猛善战的“道人”，一换上盔甲，就什么清规都不守了[58]。

在第一部林译小说《巴黎茶花女遗事》里，我们看得出林纾在尝试，在摸索，在摇摆。他认识到，“古文”关于语言的戒律要是不放松 (姑且不说放弃)，小说就翻译不成。为翻译起见，他得借助于文言小说以及笔记的传统文体和当时流行的报章杂志文体。但是，不知道是良心不安，还是积习难除，他一会儿放下、一会儿又摆出“古文”的架子。“古文”惯手的林纾和翻译新手的林纾之间仿佛有拉锯战或跷板游戏；这种此起彼伏的情况清楚地表现在《巴黎茶花女遗事》里。那可以解释为什么它的译笔比其他林译晦涩、生涩、“举止羞涩”；紧跟着的《黑奴吁天录》就比较晓畅明白。古奥的字法、句法在这部译本里随处碰得着。“我为君洁，故愿勿度，非我自为也”就是一例。“女接所欢，媰，而其母下之，遂病”：这个常被引错而传作笑谈的句子也正是“古文”里叙事简练肃括之笔[59]。司马迁还肯用浅显的“有身”或“孕”[60]，林纾却从《说文》所引《尚书》、《梓材》篇挑选了一个斑驳陆离的古字“媰”，就是

《畏庐论文》里所谓“换字法”。另举一个易被忽略的例。小说里报导角色对话，少不得“甲说”、“乙回答说”、“丙也说”那些引冒语。外国小说家常常用些新鲜花样，以免连篇累牍的“你说”、“我说”、“他说”，读来单调；结果可能很纤巧做作，以致受到修词教科书的指摘[61]。中国文言里报道对话也可以来些变化，只写“曰”、“对曰”、“问”、“答”，而不写明是谁。最“古雅”的方式是连“曰”、“问”等字都省掉，像

“……邦无道，穀，耻也。”“克伐怨欲不行焉，可以为仁矣？”曰：“可以为难矣。仁则吾不知也。”

——《论语·宪问》

“……则具体而微。”“敢问所安。”

——《孟子·公孙丑》

这跟外国小说里所用一种方式相同，但在中国文言小说里不经常出现。晋唐小说里像

曰：“金也……”“青衣者谁也？”曰：“钱也……”“白衣者谁也？”曰：“银也……”“汝谁也？”

——《列异传·张奋》

女曰：“非羊也，雨工也。”“何为雨工？”曰：“雷霆之类也。”……君曰：“所杀几何？”曰：“六十万。”“伤稼乎？”曰：“八百里。”

——《柳毅传》

或者《聊斋志异》里像

道士问众：“饮足乎？”曰：“足矣。”“足宜早寝，勿误樵苏。”

——《劳山道士》

都不是常规，而是偶例。《巴黎茶花女遗事》却反复应用这个“古文”里认为最高简的方式：

配曰：“若愿见之乎？吾与尔就之。”余不可。“然则招之来乎？”……曰：“然。”“然则马克之归谁送之？”……曰：“然。”“然则我送君。”……

> 马克曰。“客何名？”配唐曰：“一家实瞠。”马克曰：“识之。”“一亚猛著彭。”马克曰：“未之识也。”……突问曰：“马克车马安在？”配唐曰：“市之矣。”“肩衣安在？”又曰：“市之矣。”“金钻安在？”曰：“典之矣。”……余于是拭泪向翁曰：“翁能信我爱公子乎？”翁曰：“信之。”“翁能信吾情爱不为利生乎？”翁曰：“信之。”“翁能许我，有此善念足以赦吾罪戾乎？”翁曰：“既信且许之。”“然则请翁亲吾额……”

值得注意的是，在以后的林译里，似乎再碰不到这个方式。林译第二部《黑奴吁天录》就不过用“曰”和“对曰”了[52]。

林译除迭更司、欧文以外，前期的那几种哈葛德小说也颇有它们的特色。我发现自己宁可读林纾的译文，不乐意读哈葛德的原文。理由很简单：林纾的中文文笔比哈葛德的英文文笔高明得多。哈葛德的原文笨重、粘滞，对话更呆蠢，一点不醒心娱目。最使人难受的是他的冒险小说里的对话，把古代英语和近代英语杂拌一起。随便举一个短例：“乃以恶声斥洛巴革曰：‘汝何为恶作剧？尔非痫当不如是。’”[53]这是很明快的文言，也是很能表达原文意义的翻译。只有一个缺点：它没有让读者看出那句话在原文里的说法。在原文里，那句话就仿佛中文里这样说：“汝干这种疯狂的把戏，是诚何心？汝一定发了疯矣”[54]。对文学语言稍有感性的人看到这些不伦不类的词句，第一次觉得可笑，第二三次就觉得可厌了。林纾的文笔有它的毛病，但整个说来比哈葛德的轻快干净。翻译者运用“归宿语言”的本领，超过原作者运用“出发语言”的本领，那是翻译史上每每发生的事情[55]。裴德（Walter Pater）就嫌爱伦·坡的短篇小说文笔太粗糙，只肯看波德莱亚翻译的法文本[56]。传说歌德认为纳梵尔（Gérard de Nerval）所译《浮士德》法文本比自己的德文原作来得清楚[57]。惠特曼也不否认弗拉爱里格拉德（F.Freiligrath）用德文翻译的《草叶集》里的诗有可能胜过英文原作[58]。林纾译的哈葛德颇可列入这类事例里。当然，它是最微末的例子。近年来，哈葛德在本国的地位似乎稍稍上升[59]，水涨船高，也许林译可以借光，增添一点儿价值。

传记里说林纾“译书虽对客不辍，惟作文则辍”；文学批评也证实林纾“译书”不像“作文”那样矜持和讲究。也许可以在这里回忆一下有关的文坛旧事。

不是1931年，就是1932年，我有一次和陈衍先生谈话。陈先生知道我懂外文，但不知道我学的专科是外国文学，以为总不外乎理工或政法之类。那一天，他查问明白了，就慨叹说："文学又何必向外国去学呢！咱们中国文学不就很好么？"[70]我不敢跟他理论，只抬出他的朋友来挡一下，说读了林纾的翻译小说，因此对外国文学发生兴趣。陈先生说："这事做颠倒了。琴南若知道了，未必高兴。你读了他的翻译，应该进而学他的古文，怎么反而向往外国起来了？琴南岂不是'为渊驱鱼'么？"他顿一顿，又说："琴南最恼人家恭维他的翻译和画。我送他一副寿联，称赞他的画，碰了他一个钉子。康长素送他一首诗，捧他的翻译，也惹他发脾气。"我记得见过康有为"译才并世数严林"那首诗[71]，当时也没追问下去。事隔七八年，李宣龚先生给我看他保存的师友来信，里面两大本是《林畏庐先生手札》，有一封信说：

……前年吾七十贱辰，石遗送联云："讲席推前辈；画师得大年。"于吾之品行文章不涉一字。来书云："尔不用吾寿文……故吾亦不言尔之好处。"[72]

这就是陈先生讲的那一回事了。另一封信提到严复：

……然几道生时，亦至轻我，至当面诋毁。[73]

我想起康有为的诗，就请问李先生。李先生说，康有为一句话得罪两个人[74]。严复一向瞧不起林纾，看见那首诗，就说康有为胡闹，天下哪里有一个外国字也不认识的"译才"，自己真羞与为伍。至于林纾呢，他不快意的有两点。诗里既然不紧扣图画，都是些题外的话，那末第一应该讲自己的"古文"，为什么倒去讲翻译小说？舍本逐末，这是一[75]。在这首诗里，严复只是个陪客，难道非用"十二侵"韵不可，不能用"十四盐"韵，来一句"译才并世数林严"么？"史思明懂得的道理，安绍山竟不懂！"[76]喧宾夺主，这是二。林纾的情绪，我们不难领会。刘禹锡早在诗里说过："勿谓翻译徒，不为文雅雄"[77]，表示一般人抱着成见，以为翻译家是说不上"文雅"的。林纾原自负为"文雅雄"，没料到康有为只品定他是个翻译家，"译才"和"翻译徒"虽非同等，终是同类。他重视"古文"而轻视翻译，那也并不奇怪，因为"古文"是他的一种创作，一个人总认为创作比翻译更宝贵、更亲切地属于自己。要问两者相差多少，这就看林纾对自己的"古文"评价有多高。他早年自谦不会作诗[78]，晚年要刻诗集，给李先生的信里说："吾诗七律专学东坡、简斋；七绝学白石、石田，参以荆公；五古学韩；其论事之古诗则学杜，唯不长于七古及排律耳。”可见他对于自己的诗也颇得意，还表示门路很正、来头很大。但是，跟着就是下面这一节：

> 石遗已到京，相见握手。流言之入吾耳者，一一化为云烟[79]。遂同往便宜坊食鸭，畅谈至三小时。石遗言吾诗将与吾文并肩，吾又不服，痛争一小时。石遗门外汉，安知文之奥妙？……六百年中，震川外无一人敢当我者。持吾诗相较，特狗吠驴鸣。

杜甫、韩愈、苏轼等真可怜，原来只是“狗吠驴鸣”的榜样！为了抬高自己某一门造诣，不惜把自己另一门造诣那样贬损和糟蹋，我一时还记不起第二个例。虽然林纾在《震川集选》里说翻译《贼史》时“窃效”《书张贞女死事》，料想他给翻译的地位决不会比诗高，可能更低一些。假如有人做一个试验，向他说：“不错！比起先生的古文来，先生的诗的确只是‘狗吠驴鸣’，先生的翻译像更卑微的动物”——譬如“癞蟆”？——“的叫声”，他将怎样反应呢？是欣然引为知己？还是怫然“痛争”，反过来替自己的诗和翻译辩护？这个试验似乎没人做过，也许是无须做的。

原载《文学研究集刊》第1册，人民文学出版社1964年版

---

① 见乔治·萨维尔（George Savile First Marquess of Halifax）致蒙田《散文集》译者考敦（Charles Cotton）书，瑞立（W.Raleigh）编本《全集》，第185页。近代有人也说翻译是“语言里的转世还魂”（une métempsychose linguistique），见《比较文学杂志》（Revue de Littérature comparée）1961年1月至3月号第18页引。

② 因此，列奥巴迪（Leopardi）认为好翻译应具的条件是自相矛盾的。译者矫揉模仿（affetta），对原文亦步亦趋，以求曲达原作者自然流露的风格。详见所著《笔记》（Zibaldone），弗洛拉（F.Flora）编本1册第288~289页。

③ 原作的语言称为“出发的语言”（langue de depart），译本的语言称为“到达的语言”（1angue d’ arrivee），见维耐（J.P.Vinay）与达勃而耐（J.Darbelnet）合著《英法文风格比较》（Stylistique comparée du Francais et de l’Anglais）第10页。徐永煐同志《论翻译的矛盾统一》（《外语教学与研究》1963年第1期）分为“出发语言”和“归宿语言”。

④ 赞宁：《高僧传三集》卷3末总论。《堂·吉诃德》2部62章论翻译，用了相同的比喻："仿佛看见花毯的反面"——泼脱南 (S.Putnam) 英译本第923页。赞宁主要在讲学术著作的翻译，原来形式和风格的保持不像在文学翻译里那么重要；锦绣的反面虽比正面逊色，走样还不厉害，所以他认为过得去。西万提斯是在讲文艺作品的翻译；花毯的反面跟正面就差得很远，所以他认为要不得了。参看爱伦·坡 (E.AIlan Poe) 说翻译的"翻"就是"翻复颠倒" (turned topsy—turvy) 的"翻"，见《书边批识》 (Marginalia)，斯戴德曼 (E.C.Stedman) 与沃德倍利 (G.E.Woodberry) 合编《全集》，7册第212页。

⑤ 苏曼殊《文学因缘》自序里只说起翻译的"讹"，"迁地勿为良" (北新版《全集》1册121页)，并未解释书名，但推想他的用意不外如此。

⑥《慧语集》 (Spruchweisheit)，神寺 (Der Tempel) 出版社版《歌德集》3册333页。

⑦ 狄士瑞立 (I.Disraeli) :《文苑搜奇》 (Curiosities of Literature) 引《梅那日掌故录》(Menagiana)，《张独司 (Chandos) 经典丛书》本1册第350页。圣佩韦有两篇文章讲这位神父，引一封信，说他发愿把古罗马诗家统统译出来，维吉尔等人都没有蒙他开恩饶赦 (pardonner)，戴伦斯等人早晚会断送在他的毒手里 (assassines) ——见《星期一谈文》 (Causeries du Lundi) 迦尼埃 (Garnier) 版14册第136页。彭斯 (Robert Burns) 嘲笑马夏尔诗集的另一种译本，也比之于"谋杀" (murther)，见福格森 (J.De Lancy Ferguson) 编《彭斯书信集》1册第163页。

⑧ 在评述到林纾翻译的文章和书集里，郑振铎先生《中国文学研究》下册《林琴南先生》和寒光《林琴南》都很有参考价值。他们所讲到的，这里不再重复。

⑨ 周桂笙的译笔并不出色，但他谈翻译颇为中肯。吴趼人《新笑史》里《犬车》条记载他的话："凡译西文者，固忌率，亦忌泥。"

⑩ 这部小说的原本是"She"，寒光《林琴南》和朱羲胄《春觉斋著述记》都误淆为"Montezuma' s Daughter"。狮子的爪子把鳄鱼的喉咙撕开 (rip)，像撕裂手套一样，鳄鱼咬住狮子的腰，几乎把它身体咬成两截。结果狮鳄一齐送命 (this duel to the death) .

⑪ 这篇文章是1965年3月写的.

⑫ 普拉兹 (M.Praz)：《翻译家的伟大》 (G–andezza dei traduttori)，见所作论文集《荣誉之家》 (La Casa dell. Fama) 第50、52页。

⑬ 林纾：《庚辛剑腥录》48章邴仲光说，"吾乡有凌蔚庐者，老矣。其人翻英法小说至八十一种……其人好谐谑。"邴仲光这个角色也是林纾的美化的自塑像；他工古文，善绘画，精剑术而且"好谐谑"，甚至和强盗厮杀，还边打边讲笑话，使在场的未婚妻愈加倾倒(34章)。《践卓翁小说》第2辑《窦绿娥》一则说："余笔尖有小鬼，如英人小说所谓拍克者"：拍克即《吟边燕语》里《仙狯》的迫克，是顽皮淘气的典型。但是《畏庐文集》里《冷红生传》只说自己"木强多怒"。

⑭ 例如《孔子世家》写夹谷之会一节根据《谷梁传》定公十年的记载，但是那些生动、具体的细节，像"旍旄羽袚、矛戟剑拨，鼓噪而至"、"举袂而言"、"左右视"等都是司马

迁的增饰。

⑮ 见《庚辛剑腥录》33章、《践卓翁小说》第2辑《洪嫣篁》。前一书所引哈葛德语“使读者眼光随笔而趋”，其实就是“迭更先生”《贼史》17章所谓：“劳读书诸先辈目力随吾笔而飞腾”。

⑯《李卓吾批评琵琶记》第8出。据周亮工《书影》卷1，这部评点出于无锡人叶昼的手笔。钱希言《戏瑕》卷3《赝籍》条所举叶昼伪撰各书，并无《批评琵琶记》；而李贽《续焚书》卷1《与焦弱侯》自言：“水浒传批点得甚快活，西厢、琵琶涂抹改窜得更妙”；袁中道《游居柿录》卷6也记载：“见李龙湖批评西厢、伯喈，极其细密。”不管是谁说的，那几句话简明地提出西洋古典主义文评所谓“似真” (vraisemblance) 的问题。

⑰ 见《黑奴吁天录》例言、《块肉余生述》序、《冰雪因缘》序、《孝女耐儿传》序、《洪罕女郎传》跋、《撒克逊劫后英雄略》序等。《离恨天》的《译余剩语》讲《左传》写楚文王伐随一节最为具体。据《冰雪因缘》序看来，他比直接读外文的助手更能领会原作的笔法：“冲叔初不著意，久久闻余言始觉。”

⑱ 林纾觉得很能控制自己，《块肉余生述》5章有这样一个加注：“外国文法往往抽后来之事预言，放令读者突兀惊怪，此其用笔之不同者也。余所译书，微将前后移易，以便观者。若此节则原书所有，万不能易，故仍其本文。”参看《冰雪因缘》26、29、39、49等章加注：“原书如此。不能不照译之”，“译者亦只好随他而走”。

⑲ 参看马铁阿森（F.O.Matthiessen）《翻译：伊丽沙白时代的一门艺术》（Translation: An Elizabethan Art）第79页起论诺斯 (North)，又第121页起论弗罗利奥 (Florio)，都是散文翻译的例。诗歌翻译里的例子更多，荷马史诗的两个经典译本——蒲柏 (A.Pope) 的和芒梯 (V.Monti) 的——就是介于翻译和创作之间的诗篇；在中国流行过一时的斐茨杰拉尔特 (E. FitzGerald) 的英译本《鲁拜集》也是一个现成的例。赫尔德 (Herder) 的有名的主张，认为译诗就是附和或依仿着原作者来写诗 (mitund nachdichten) ——参看海姆 (R.Haym)《赫尔德评传》，建设 (Aufbau) 出版社1958年重印本2册第201页——也多少把翻译看成依草附木或移花接木的创作。

⑳《十字军英雄记》陈希彭序说他“运笔如风落霓转……所难者，不加窜点，脱手成篇。”陈衍《续闽川文士传》也说：“口述者未毕其词，而纾已书在纸，能限一时许就千言，不窜一字。” (民国27年印行《福建通志》、《文苑传》卷9引) 陈先生这篇文章当时惹起小小是非，参看他的《白话一首哭梦旦》：“我作畏庐传，人疑多刺讥。君谓非圣人，有善必有疵，难在描写处，逼肖有生姿。” (《青鹤》4卷21期)。

㉑《巴黎茶花女遗事》。

㉒《迦茵小传》4章。

㉓《大食故宫余载》、《记帅府之缚游兵》。

㉔ 按指《小说月报》5卷7号。

㉕《西亚利郡主别传》序。

㉖ 这是光绪三十四年说的话。民国三年《荒唐言》跋的口气大变："纾本不能西文，均取朋友所口述者而译，此海内所知。至于谬误之处，咸纾粗心浮意，信笔行之，咎均在己，与朋友无涉也。"助手可能向他抗议过，因此他来一次这样的更正。

㉗《庸言》1卷13号起连载。

㉘《太平广记》卷250《李安期》条（引《朝野佥载》）："看判曰：'书稍弱。'选人对曰：'昨坠马伤足。'安期曰：'损足何废好书。'"

㉙ 就像《大食故宫余载》里《记阿兰白拉宫》节加注："此又类东坡之黄鹤楼诗。"《撒克逊劫后英雄略》35章加注："此语甚类宋儒之言。"或《魔侠传》第4段14章加注："铁弩三千随婿去，正与此同。"

㉚ 参看豪斯（H.House）《迭更司世界》（The Dickens World）第51、169页论迭更司把希望寄托在赤利伯尔这类人物身上。

㉛ 皮尔朋（Max Beerbohm）开过一张表，列举一般认为可笑的人物，有丈母娘、惧内的丈夫等等，其中一项就是："法国人、德国人，意国人……但俄国人不在内。"见克来（N.L. Clay）编《皮尔彭散文选》第94页。

㉜ 见叶斯波生（O.Jespersen）《近代英文法》2册第304页。

㉝ 原书是"The White Company"，《林琴南》和《春觉斋著述记》都误淆为"Sir Nigel"。

㉞《花随人圣庵摭忆》238页："魏季渚（瀚）主马江船政工程处，与畏庐狎，一日告以法国小说甚佳，欲使译之，畏庐谢不能，再三强，乃曰：'须请我游石鼓山乃可。'季渚慨诺，买舟载王子仁同往，强使口授《茶花女》……书出而众哗悦，林亦欣欣……事在光绪丙申、丁酉间。"光绪丙申、丁酉是1896~1897；据阿英同志《关于茶花女遗事》里的考订（《世界文学》1961年10月号），译本出版于1899年。

㉟《辰子说林》7页："上海某教会拟聘琴南试译《圣经》，论价二万元而未定。"

㊱《波斯人书信》第143函末附医生信——德吕克（G.Truc）校注本260~261页。林译143"翰"删去这封附信（《东方杂志》14卷7号）。

㊲《鱼雁抉微》序。《东方杂志》12卷9号。

㊳ 陈衍：《续闽川文士传》："作画译书虽对客不辍，惟作文则辍。其友陈衍尝戏呼其室为'造币厂'，谓动辄得钱也。"参看《玉雪留痕》序。"若著书之家，安有致富之日？……则哈氏黩货之心亦至可笑矣！"

㊴《冰雪因缘》59章评语："畏庐书至此，哭已三次矣！"

㊵《黑奴吁天录》例言、《撒克逊劫后英雄略》序、《块肉余生述》序。

㊶ 李开先：《词谑》，路工编《李开先集》3册第945页。参看周晖《金陵琐事》卷上记李贽语、胡应麟《少室山房笔丛》卷41记"巨公"和"名士"语。其他像袁宏道、王思任等人相类的意见，可看平步青《霞外捃屑》卷7下"古文写生逼肖处最易涉小说家数"条。

㊷《块肉余生述》序、《孝女耐儿传》序。

㊸ 沈廷芳：《隐拙轩文钞》卷 4《方望溪先生传》后附《自记》。方苞所敬畏的朋友李绂《穆堂别稿》卷 44《古文词禁八条》明白而详细地规定了禁用“儒先语录”、“佛老唾余”、“训诂讲章”、“时文评语”、“四六骈语”、“颂扬套语”、“传奇小说”和“市井鄙言”。文学批评史、论桐城派的专著等一向都忽略了这个重要的文献。

㊹ 梅曾亮《柏枧山房文续集》《姚姬传先生尺牍序》：“先生尝语学者，为文不可有注疏、语录及尺牍气”；吴德旋《初月楼古文绪论》第二条：“忌小说，忌语录，忌诗话，忌时文，忌尺牍”。

㊺ 推崇方苞的人也不得不承认他的语言很贫薄——“啬于词”（刘开《孟涂文集》卷 4《与阮芸台宫保论文书》）。

㊻ 方苞语亦见前引沈廷芳文。《初月楼古文绪论》评袁枚“文不如其小说”条自注：“陈令升曰：‘侯朝宗、王于一其文之佳者尚不能出小说家伎俩，岂是名家？’”参看李良年《秋锦山房集》卷 3《论文口号》九首之六。“于一文章在人口，暮年萧瑟转欷歔，琵琶一足荒唐甚，留补齐谐志怪书”；汪琬《钝翁前后类稿》卷 48《跋王于一遗集》。“至于今日，则遂以小说为古文词矣。……亦流为俗学而已矣！夜与武曾论朝宗《马伶传》、于一《汤琵琶传》，不胜叹息。”武曾就是李良年。

㊼《冰雪因缘》15 章，即“天杀的”。

㊽《古文辞类纂选本》序，参看朱羲胄《贞文先生年谱》卷下民国三年讲“古文”源流论“文中杂以新名词”。清末有些人不但认为“古文”不能“杂以新名词”，甚至正式公文里也不赞成用，参看江庸《趋庭随笔》关于张之洞的一条：“凡奏疏公牍有用新名词者，辄以笔抹之，且书其上曰：‘日本名词!’后悟‘名词’两字即新名词。乃改称‘日本土话’……”，又胡思敬《国闻备乘》卷 4。

㊾《玉楼花劫》4 章。

㊿《滑稽外史》27 章、《块肉余生述》12 章又 52 章。

51《块肉余生述》11 章又 37 章。

52《拊掌录》里《李迫大梦》节译意作“朋友小会”，《巴黎茶花女遗事》里的“此时赴会所尚未晚”是译原书 9 章的“Il est temps que j’aille au club”。

53《撒克逊劫后英雄略》5 章，原文“lady”。

54《巴黎茶花女遗事》原书 10 章，原文“Du dévouement”。

55 宗惟惠译《求凤记》楔言、第 3 节、第 8 节里把称谓词译音，又按照汉语习惯，位置在姓名之后。例如“史列门密司”、“克伦密司”，可以和“先生密而华德”配对。

56 原书 26 章：“……mais je pense que le bon Dieu reconnaitra que mes larmes étaient vraies，ma prière fervente,mon aumone sincère，et qu’il aura pitié de celle，quimorte jeune et belle，n’a eu que moi pour lui fermer les yeux et l’ensevelir”。

57 也许该把“上帝之心必知”移后：“自思此一副眼泪实由中出，诵经本诸实心，布施由于诚意，必皆蒙上帝洞鉴”。

(58) 20章："盖我一擐甲，饮酒、立誓、狎妓，节节皆无所讳。"

(59) 原书1章里这一节从"Un jour"至"qu' autrefois"共二百十一字，林纾只用十二个字来译。中国文字的简括并不需要这种翻译作为例证。

(60)《外戚世家》、《五宗世家》、《吕不韦列传》、《春申君列传》、《淮南衡山列传》、《张丞相列传》。

(61) 参看亚而巴拉 (A.Albalat)《不要那样写》(Comment il ne faut pasecrire) 28~29页，浮勒 (H.W.Fowler)《近代英语运用法》(Modern English Usage) 343页《习气》(Mannerism) 条。

(62) 例如9章马利亚等问意里赛、20章亚妃立问托弗收。

(63)《斐洲烟水愁城录》5章。

(64) 原文是"What meanest thou by such mad tricks? Surely thou art mad"。

(65) 参看培慈 (E.S.Bates)《近代翻译》(Modern Translation) 第112页所举例。

(66) 见班生 (A.C.Benson)《裴德评传》第23页。

(67) 梅里安·盖那司德 (E.Merian-Genast)：《法国的和德国的翻译艺术》(Französische und Deutsche übersetzungskunst) 一文里对这个传说有考订和分析，见恩司德 (F.Ernst) 与威斯 (K.Wais) 合编《比较文学史研究问题论丛》(Forschungsprobleme der vergmeichenden Literaturgeschichte) 第2辑第27页。

(68) 德老白尔 (H.Traubel)《和惠特曼在一起》(With Walt Whitman in Camden Town) 一白拉特来 (S.Bradley) 编本4册16页。

(69) 1960年还出版了一大本哈葛德评传。

(70) 好多老辈文人都有这种看法，樊增祥的诗句可为代表："经史外添无限学，欧罗所作是何诗?"(《樊山续集》卷24《九叠前韵书感》)。他们觉得中国科学不如西洋，就把文学作为民族优越感的根据，而且成见相当牢不可破。王闿运的日记里写着："外国小说一箱看完，无所取处，尚不及黄淳耀看《残唐》也"(《湘绮楼日记》民国三年7月24日)。看来其他东方古国里的人也有过类似的态度。贡固 (Edmond de Goncourt) 1887年9月9日日记就记载波斯人说，欧洲人会制钟表，会造各种机器，高明得很，可是试问也有文人么？也有诗人么？——《贡固兄弟日记》，李楷德 (R.Ricatte) 编注足本 (Texte integral) 15册第29页。参看莫烈阿 (J.Morier)《哈杰巴巴在英国》(Hajji Baba in England) 54章，《世界经典丛书》本第335页。

(71)《琴南先生写万木草堂图，题诗见赠，赋谢》："译才并世数严林，百部虞初救世心。喜剩灵光经历劫，谁伤正则日行吟。唐人顽艳多哀感，欧俗风流所入深。多谢郑虔三绝笔，草堂风雨日披寻。"(《庸言》1卷7号) 林纾原作见《畏庐诗存》卷上《康南海书来索画万木草堂图，即题其上》。康有为那首诗是草率应酬之作，对偶不工，章法很乱，第五、六句忽然又讲翻译小说，第七句仿佛前面大讲特讲的翻译又不算什么，不在"三绝"之内；第八句也颇费解。《康南海先生诗集》(景印崔斯哲手写本) 卷12《纳东海亭诗集》没有收这首诗，也许不是漏掉而是删去的。

⑫ 朱義胄：《贞文先生学行记》卷 2 载此联作：“讲席推名辈；画家定大年。”

⑬《畏庐文集》里《送严伯玉至巴黎序》、《尊疑译书图记》以及《洪罕女郎传》跋都很推尊严复。《畏庐诗存》卷上《严几道六十寿，作此奉祝》：“盛年苦相左，晚岁荷推致。”然而据那些信札以及李先生讲的话，严复“晚岁”对林纾并不怎么“推致”。

⑭ 夏敬观：《忍古楼诗》卷 7《赠林畏庐》也说：“同时严几道，抗手极能事。”夏先生告诉我，因为“人微言轻”，没有引起纠纷。

⑮ 据林纾《震川集选》序，康有为对他的“古文”不以为然，说：“足下奈何学桐城?”《方望溪集选》序里所讲“某公斥余”，也是指这件事。

⑯ 史思明作《樱桃子诗》，宁可不押韵，不愿意把宰相的名字放在亲王的名字前面;这是唐代有名的笑话 (《太平广记》卷 495 引《芝田录》、《全唐诗》卷 869《谐谑》1)。安绍山是《文明小史》45 至 46 回里出现的角色，双关康有为的姓和安禄山的姓名；《红礁画桨录》的《译余赘语》称《文明小史》“亦佳绝”。《庚辛剑腥录》9 章里的昆南陔也是影射康有为。

⑰《刘梦得文集》卷 7《送僧方及南谒柳员外》。这个成见并不限于古代中国，1929 年法国小说家兼翻译家拉波 (Valery Larbaud) 在一篇著名的文章《翻译家的庇佑者》 (Le Patron des Traducteurs) 里还说翻译者是文坛上最被忽视和贱视的人，需要起来大声疾呼，卫护他们的“尊严”。见迦利玛 (Gallimard) 版《拉波全集》8 册第 15 页。

⑱ 陈衍：《石遗室诗集》卷 1《长句一首赠林琴南》：“谓将肆力古文词，诗非所长休索和”。

⑲“流言”指多嘴多事的朋友们在彼此间搬弄的是非。

近代诗人述评

汪辟疆

晚清道咸以后，为世局转变一大关捩，史家有断为近代者。本文论诗，标题曰近代诗者，非惟沿史家通例，亦以有清一代诗学，至道咸始极其变；至同光乃极其盛，故本题范畴，断自道光初元，而尤详于同光两朝，在此五十年中，凡诗家不失古法而确能自立者，本文皆得条其流别，论其得失，俾治诗学者得所借镜，亦近代文献得失之林也。

今于未论列近代诗派之先，当不可不知有清二百五十年间之诗学变迁。清代之诗，约可分为三期：曰康雍，其初期也。曰乾嘉，则中期也。曰道咸而后，则近代也。今姑就此三时期论列之。

有清康雍之初，承明代前后七子之后，流风馀韵，至此犹存；观于复社几社诸贤，如陈子龙李雯之伦，罔不奇情盛藻，声律铿锵，当时号为七子中兴。流风所播，乃在明末遗民，旁逮清朝，仍未歇绝，不过稍益以悯时念乱之思，麦秀黍离之感，故读者罔觉为七子余波耳。语其至者，如顾炎武、杜浚、陈恭尹、侯方域、陈维崧、吴兆骞、夏完淳诸家，皆此风会中所孕育者也。其与此派接近而稍大其气体者，则有钱谦益、吴伟业二家，惟钱氏记丑学博，其诗出入于李、杜、韩、白、温、李、苏、陆、元、虞之间，兼以留心内典，名理络绎，辞采瑰玮，故独步一时。吴氏则藻思绮合，实具乐府、古诗、四杰、香山之长，兼有玉谿咏史之体，故世称绝调；与钱氏并称为江左大家，或有以龚鼎孳俪之，适成鼎足，抑其亚也。至所谓一代正宗之王渔洋氏，早年受知谦益，晚岁雄视中原，以诗歌奔走天下士者，垂数十年，后生末学，得其奖借，以诗名家者，不胜缕指，在当时似可蔚为风气矣。然王氏虽曾标举神韵之说，实则植体大历，而略参宋贤，语妙中边，而声趋浮响，非可俪元裕之、虞伯生之于金元也。吴乔比之清秀李于麟，差为近是。故虽主盟一时，而及身则声光俱邈，盖以此耳。其与王氏并推为清初六大家之朱、赵、施、宋、查五家，亦复自成宗派，不相蹈袭。朱竹垞树帜江左，心仪杜陵。赵秋谷敌体新城，语多枯澹。宋荔裳有高、岑之清警，施愚山存古诗之遗音。若查初白氏，则又于诸家宗尚之外，力追苏陆，而于陆尤近；皆与新城王氏，迥然不同。此外吴嘉纪之孤往，田雯之清艳，宋荦之骏快，冯班之绮丽，顾景星之雄赡，余怀之秀逸，吴之振之拗捩，顾图河之骀宕，黎士宏之清拔，亦皆各有独到，不主一宗，皆此时期之弁冕也。盖以时际开创，民物维新，才杰之士，各据藻思，将以鸣其盛世，点缀升平，各有千秋之心，不甘后尘之赴，曹子建所谓："人人握灵蛇之珠，家家抱荆山之玉"者，古今开物成务之交，其情形正复相同也。故此期之诗，众制咸备，风会总杂。此第一期也。

乾嘉之世，为有清一代全盛时期，经学小学，俱臻极盛，而诗独不振。盖以时际升平，辞多愉悦，异时讽诵，了无动人。试观尔时诗家，在朝如沈归愚，在野若袁简斋，非所谓负一时诗坛重望仰之为泰山北斗乎？迄今试翻其遗集，沈则篇章妥帖，涂泽为工，袁则纤语谀辞，小慧自喜；虽一则揭温柔敦厚之旨；一则标诗本性灵之言，探源诗教，宁可厚非；迹其所诣，殊难相副。其它名亚沈袁者，如赵翼、蒋士铨、张问陶、吴嵩梁、彭兆荪、刘嗣琯、吴锡麒、郭麐、舒位诸家，诗非不工，或失之侧媚，或失之粗豪，或以纤巧为工，或以博赡自诩。此又当时诗坛风气也。在此期中，其蹊径别辟门庭较广者：高其倬、梦麟之澄旷；厉鹗、汪仲钖之巉秀；翁方纲、谢启昆之密栗；钱载、黎简之拗折；祝德麟、姚鼐之雅正；皆与尔时诗家宗尚，迥然异趣，而诗名亦不亚赵蒋诸家，惟以托体较高，步趋不易，号召之力，或逊沈、袁。要之此期诗家，其能风靡一时万流奔赴者，类皆辞采有余，意境差少，益以遭逢盛世，歌颂升平，故题材不外应制、游燕、祝贺、赠答、赋物、怀古、题图诸端，既无所用其深湛之思，遂少回荡之妙；极其所诣，但求对仗之工稳，声调之铿锵，辞采之裔丽而已。诗歌必内质与外形并重，方成双美。乾嘉中盛之诗，偏重外形，其不能卓然独立以自辟蹊径者，固世人所同慨也。故此期之诗，芳华典赡，才质并弱。此第二期也。

综此二期之诗，无自成风会之可言，即无真确面目之可识。清诗之有面目可识者，当在近代。所谓第三时期也。虽然，近代诗派自道光以后，迄于光宣，历时既久，而作者弥繁。兹析为道咸与同光二期分论之：

夫文学之转变，罔不与时代为因缘。道咸之世，清道由盛而衰，外则有列强之窥伺，内则有朋党之叠起，诗人善感，颇有瞻乌谁屋之思，小雅念乱之意，变徵之音，于焉交作。且世方多难，忧时之彦，恒致意经世有用之学，思为国家致太平。及此意萧条，行歌甘隐，于是本其所学，一发于诗，而诗之内质外形，皆随时代心境而生变化。故同为山水游宴之诗，在前则极摹山范水之能，在此则有美非吾土之感；同为吊古咏史之作，在前则多摅怀旧之蓄念，在此则皆抑扬有为之言。斯其显著者也。此期诗人之卓然名家者，如龚自珍、魏源、陈沆、程恩泽、邓显鹤、祁寯藻、何绍基、金和、郑珍、莫友芝、江湜诸家，类皆思深虑远，骨力坚苍，每于咏叹之中，时寓忧勤之感。异时讽诵，动移人情。虽由诸家学擅专门，诗本余事，然心境与世运相感召，遂不觉流露于文字间也。其直接影响于同光诸家者，尤以春海、子尹、太初、弢叔四家为著。程郑二氏，学术淹雅，诗则植体韩黄，典瞻排奡，理厚思沈，同光派诗人之宗散原者，多从此入。陈江二家，人情练达，诗则体兼唐宋，清拔澹远，富有理致；同光派诗人之学沧趣者，又多借径。此二派者：发轫于道咸，而大盛同光，逮于今日，流风未沫。此道咸间诗人之荦荦者也。

诗至道咸而遽变，其变也，既与时代为因缘，然同光之初，海宇初平，而西陲之功未竟，大局粗定，而外侮之患方殷。文士诗人，痛定思痛，播诸声诗，非惟难返乾嘉，抑且逾于道咸。忆甲午中日战后，吾乡文道羲学士，尝语先公曰："生人之祸患，实词章之幸福。"其言至痛！然觇诗学风会者，亦可深长思矣。在此五十年中，士之怀才遇与不遇者，发诸歌咏，悯时念乱，旨远辞文，如陈宝琛、张之洞、张佩纶、袁昶、范当世、沈曾植、陈三立诸人之所为者，渊渊乎质有其文，海内承风，蔚为极盛。或有称此时期之诗为同光体者，因诸家为近五十年中之弁冕，其诗流布至广，影响至深，后学踵其宗风，亦能自拔流俗，故当时诗人，推许甚至，实则此不过近代诗之一派，而未可概近代诗之全。此外如黄遵宪、康有为之雄奇骏发；樊增祥、易顺鼎之瑰丽精严；王闿运、章炳麟之高文藻思；李慈铭、梁鼎芬之典雅精切；皆为近代诗之英华，又非同光体所能孕举者也。

或又有称近代诗为宋诗者，曰：此亦但指同光体而言之者也，即指同光，亦殊不类。文学递嬗之迹，必前有所创，而后有所承。善承前人者，非举前人体制而模拟貌袭也，必变化而熔铸之，方足以自成体格。否则为优孟，为伪体。清初诗学承嘉、隆七子之后，人生厌弃之心。吕晚村、吴孟举之伦，固尝标举宋诗号召当世矣！其时作者，如查初白之规模剑南，宋牧仲之嗣响苏轼，徒存面貌，终鲜自得，此学宋而未能变化者也。夫性情无间古今，体格本有新旧；诗文递嬗之交，往往有借径古人，而成就各不相犯。道咸以后，丧乱云朊，诗人吟咏，固亦尝取径宋贤，如宛陵、六一、临川、东坡、山谷、简斋、放翁、诚斋之诗，尤为人所乐道。迹其所诣，取似宋贤，实多不类。其尤显然者，可得言焉：宋诗承三唐之后，力破余地，务为新巧，大家如东坡、临川，亦复时弄狡狯，以求属对之工，使事之巧，如鸭绿鹅黄、青州从事、乌有先生之伦，已肇其端；南宋诸贤，迭相祖述，益趋新巧。近代诸家，虽尝问涂宋人，然使事但求雅切，属对只取浑成。其异一也。诗歌以蕴蓄为极致；汉魏如北海、曹瞒，微伤劲直，然雄厚足以救之。唐如昌黎、香山亦嫌太尽，然韵味足以救之。两宋诗家，力求意境之高，终鲜洄漩之致，才高体大如东坡、山谷、放翁、诚斋，颇有讥其太放太尽之病；临川早年意气自许，诗语惟意所向，不复更为涵蓄，晚年始造深婉不迫之境。则其他诸家，伤于直率，更未能免。近代诗家，虽尝学宋，然力惩刻露，有惘惘不甘之情，故调高而思深，言近而旨远。其异二也。晚唐诗家，极研声律，一篇之内，音节谐美，宋人病其啴缓，救以古调，专事拗捩；其运古入律者，往往古律不分，山谷、师川以力避谐熟之故，间为此体，末流所届，逮于余杭二赵、上饶二泉、江湖末派之伦，钩章棘句，至不可读。则力求生涩之过也。近代诸家，审音辨律，斟酌唐宋之间，具抑扬顿挫之能，有谐鬯不迫之趣。其异三也。其尤有进于是者：诗歌一道，原本性情，似与学术了不相涉。才高意广与夫习闻西方诗歌界义者，尤乐道之。咸主诗关性情，无资于学，然杜陵一老，卓然为百代所宗，彼固尝言："读书破万卷，下笔如有神。"又云："熟精文选理。"昌黎亦言："余事作诗人。"是诗固未尝与学术相离也。两宋诗家，承三唐声律极盛之后，独出手眼，别开面貌，其精思健笔，洵足惊人。然尔时作者，惜多不学，荆公字说，腾笑千古；东坡经学，尤甚牿疏，宛陵但汲流于乐府；后山只丐馥于杜陵；新安泛滥六经百氏，然天纵余事，时落理障，永嘉抗志内圣外王，然经籍熔液，终鲜变化。他如永嘉四灵，江湖末派，敝精力于五言，穷物态于七字，空疏媕陋，更无论矣。近代诗家，承乾嘉学术鼎盛之后，流风未泯，师承所在，学贵专门，偶出绪余，从事吟咏，莫不熔铸经史，贯穷百家。故淹通经学，则有巢经、默深；精研许书，则有禐龕、匹园；擅长史地，则有春海、寐叟；通达治理，则有沧趣、南皮；殚精簿录，则有郘亭、东洲；其专为骚选盛唐，如湘绮、陶堂、白香、越缦、南海、余杭诸家，亦皆学术湛深，牢笼百氏，诗虽与宋殊途，要足与学相俪。则又两宋诸诗家所未逮也。乾嘉经师，固尝尊汉学，而惠、戴、段、王，实不相袭，故不曰汉学，而曰清学。近代诗家，亦尝尊宋派，而郑、何、陈、郑，实不相犯，故不曰宋诗，而曰清诗。有清二百五十年间，使无近代诗家成就卓卓如此，诗坛之寥寂可知。诵晚清百年内之诗，此又应知之一义也。

清诗既以近代为极盛，则近代诗地位之重视可知。道咸之世，虽为清诗转变之一大关捩，然时代较远，姑置勿论。即同光以后，诗人云起，蔚为极盛。吾人欲于最短期间，举此五十年内之有名诗家，逐一论列，非惟遽数之不能终其物，抑且无以统摄之，势必散漫无纪，挂一漏万，欲人之识其派别，明其正变，斯亦难矣。亡已，姑从地域言之。

近代诗家可以地域系者，约可分为六派：

一　湖湘派

二　闽赣派

三　河北派

四　江左派

五　岭南派

六　西蜀派

此六派者，在近代诗中皆确能卓然自立蔚成风气者也。湖湘夙重保守，有旧派之称；然领袖诗坛，庶几无愧。闽赣则瓣香元祐，夺帜湖湘，同光命体，俨居正宗；抑其次也。北派旨趣，略同闽赣，虽取径略殊，实堪伯仲。江左稍变清丽，质有其文，风会转移，亦殊曩哲。岭南振雄奇之遗响；西蜀泻青碧之灵芬，并能本其风土，播诸声诗，驰骋骚坛，允无愧怍！其他诸省部，或以僻处、而声气鲜通，或以诗少、而面目难识，无从诠次，姑附阙如。惟八旗淹雅，皖派坚苍，今以便于叙述之故，入八旗于河北，附皖派于赣闽，亦以同声之和，具审渊源，非仅地域之接壤而已。

或有疑分派之说，最难凭信。昔张为主客，而升堂入室，已极谬悠；方回律髓，而一祖三宗，尤为褊隘。标举不出诸初祖，刀圭贻误于后贤，今论列近代之诗，乃复蹈其故辙，不亦贻讥大雅乎？曰：是亦有辨。夫诗写性情，本无派别，名高百代，各有宗师，必欲守一家之言，衍已坠之绪，任己意为进退，谓它人无是非，则立论未当人心，斯折衷难垂定论。此张、方所由见讥于后世也。若夫民函五常之性，系水土之情，风俗因是而成，声音本之而异，则随地以系人，因人而系派，溯渊源于既往，昭轨辙于方来，庶无尤焉。况正变十五，已肇国风；分壄十二，备存班志。观俗审化，斯析类之尤雅者乎。

一　湖湘派

荆楚地势，在古为南服，在今为中枢。其地襟江带湖，五溪盘互，洞庭云梦，荡漾其间。兼以俗尚鬼神，沙岸丛祠，遍于州郡；人富幽渺之思，文有绵远之韵，非惟宅处是邦者，蔚为高文，即异地侨居，亦多与其山川相发越；观于贾傅之赋鹏鸟，吊湘累，即其证也。李商隐诗云："湘泪浅深滋竹色，楚歌重叠怨兰丛。"又陈师道诗云："九十九岗风俗厚，人人已握灵蛇珠。"细玩此诗，江汉英灵，岂其远而？

荆楚文学，远肇二南，屈宋承风，光照寰宇，楚声流播，至炎汉而弗衰。下逮宋齐，西声歌曲，谱入清商，极少年行乐之情，写水乡离别之苦，远绍风骚，近开唐体，渊源一脉，灼然可寻。故向来湖湘诗人，即以善叙欢情，精晓音律见长，卓然复古，不肯与世推移，有一唱三叹之音，具竟体芳馨之致，即近代之湘楚诗人，举莫能外也。

湖湘派近代诗家，或有目为旧派者；其派以湘潭王闿运为领袖，而杨度、杨叔姬、谭延闿、曾广钧、程颂万、饶智元、陈锐、李希圣、敬安羽翼之。樊增祥，易顺鼎则别子也。王氏为晚近诗坛老宿，得名最盛。平生造诣，乃在心模手追于汉魏六朝，而稍涉初盛。尝云："唐无五言，学五言者汉魏晋宋尽之。"又云:"诗贵以词掩意，使吾志曲隐而自达，非可快意骋词供世人喜怒也。"又云:"宋齐游晏，藻缋山川，齐梁巧思，寓言闺闼，皆言情之作；情不可放，言不可肆，婉而多思，寓情于文，虽理不充，犹可讽诵。近代儒生，深讳绮靡，故风雅之道息焉。"细味斯言，王氏论诗宗趣，不难窥见。其他散见所选八代诗，及湘绮简牍，王志等书者，皆显然与同光派诗家异趣。今所传湘绮楼诗，刻意之作，辞采巨丽，用意精严，真足上掩鲍、谢，下揖阴、何，宜其独步一时，尚友千古矣。惟及身以后，传者无人。王氏亦自云："今人诗莫工于余。余诗尤不可观，以不观古人诗，但观余诗，徒得其杂凑模仿，中愈无主矣。"陈石遗云："湘绮五言古，沈酣于汉、魏六朝者至深，杂之古人集中，直莫能辨，正惟其不能辨，不必其为湘绮之诗也。"虽一为自憙之词，一为致憾之语，然湘绮之得失，即此数语知之矣。与湘绮同时，善为选体诗者，有武岗邓辅纶，五言诗精严不亚湘绮，而和陶尤工，沆瀣一气，笙磬同音，皆一时麟凤也。二杨为王氏弟子，服膺师说，始终弗渝。然叔姬所作，五言为胜，泽古甚深。皙子有用世之志，其诗苍莽之气，则湘绮所谓快意骋词供世人喜怒也。准诸师说，容有差池。谭氏则初守师说，晚乃出入唐宋之间。然面貌终难脱化。曾重伯则承其家学，始终为义山，沈博绝丽，又出入于牧斋、梅村之间。环天室集，艺林传诵，至今弗衰。饶石顽、李亦元并学晚唐，情韵不匮。饶有十国宫词，李有雁影斋诗，而李诗与玉溪生为近；庚子纪事诸篇，皆诗史也。程子大、陈伯弢二家，初为选体。中岁以后，乃不为湘绮所囿，而以苍秀密栗出之，体益坚苍，味益绵远。敬安以释子工诗，理致清远，妙造自然。蚤年作诗，自谓得之顿悟。又时时就商湘绮老人，湘绮亦多窜易，别出手眼，读者罔觉为湘绮笔墨耳。但晚年确能自立，名理纷披；一篇之内，有一二联绝工者，他不称是。其八指头陀集佳句，如："传心一明月，埋骨万梅花。""袖底白生知海色，眉端青压是天痕"等句，至今尚留传人口也。释子工诗，敬安为最。若夫樊易二家，在湖湘为别派，顾诗名反在湘派诸家之上。盖以专学汉、魏、六朝、三唐，至诸家已尽，不得不别辟蹊径，为安身立命之所；转益多师，声光并茂，则二家别有过人者矣。实甫才高而累变其体，初为温李，继为杜韩，为皮陆，为元白，晚乃为任华，横放恣肆，至以诗为戏，要不肯为宋派。晚年曾手定全稿，删剔颇严，所存仅数百篇，皆精当必传之作。樊山胸有智珠，工于隶事，巧于裁对，清新博丽，至老弗衰，迹其所诣，乃在香山义山放翁梅村之间，惟喜摭僻书，旁及稗史，刻画工而性情少，采藻富而真意漓，千章十律，为世诟病。斯又贤智之过也。晚年与易实甫并角两雄。余尝戏拟实甫为黑旋风，樊山为风流双枪将，颇自为不易云。

当湘绮昌言复古之时，湘楚诗人，闻风兴起。其湖外诗人之力追汉、魏、六朝、三唐，与王氏作桴鼓之应者，亦不乏人。而湖口高心夔氏为尤著。稍后则文廷式、李瑞清、章炳麟、刘师培诸家，虽不出于王氏，然其卓然自立，心模手追于六朝三唐之间，又所谓越世高谈自辟户牖者也。陶堂高氏于咸同之际，与湘绮同为肃顺上宾，论文谭艺，深相契合。两权吴县，息影邱园，平生志事，百未逮一，乃尽发之于诗；又以思深忧远，体物写兴，归诸隐秘，高情孤诣，知者甚稀。其诗五古则熔冶陶谢，七古学杜为多，并皆遗貌取神，而生创钩棘，论者反多致憾。实则其情苦，其志隐，不可弭于胸，不可旌于口，暂而寄诸，或远或近，盖穷而后工者也。当时自湘绮、白香而外，实寡其俦。文道希学士以文章气节，负一时清望。长短句得苏辛之遗，诗则知者甚稀，实则力追浣花，有诸将咏古之遗意，缋采模声，几于具体。文氏籍隶萍乡，与湘中文士，往来甚密，故宗派略从同也。观于"五分麻鞋迎道左，收京犹望李西平"之句，泽畔行吟，不忘忠悃，有古贤风烈矣。李梅庵以赣人而久居江左。壬子改步，以布政困处江宁，及所志未遂，乃自托黄冠。为诗颇多，顾深自秘惜，实皆渊源选体，泽古甚深，即偶为绝句，得李东川王少伯之遗，非貌袭也。余杭章氏、仪征刘氏笃守贾、服，旁及文史，著书都讲，卓然宗师。早年同斥客帝，并为当道所嫉，百折不挠，世多知之。诗则出其余事，心仪晋宋，朴茂渊懿，足称雅音，今人不能有也。此数家者，惟陶堂与湘绮，投分至深。文李二家，亦习与湘人游处，皆与湖湘派肸蚃相通者也。至余杭、仪征平生论学，颇不满于湘潭。诗虽同宗汉魏，亦不类王氏之字模句拟，非学术深醇学古而不为古所囿者欤!

二 闽赣派

“云麓烟峦知几层，一湾溪转一湾清；行人只在清湾里，尽日松声杂水声。”此徐玑咏闽中山水者也。“南昌城郭枕江烟，章水悠悠浪拍天。芳草绿遮仙子宅，落花红衬贾人船。”又云：“烟霞尽入新诗卷，郭邑闲开古画图。”此韦庄咏赣中风物者也。闽赣二省，地既密迩，山川阻深，岗峦重叠，亦复相肖。且文化开展，并在唐后，而皆大盛于天水一朝。文士摅怀，有深湛之思，具雄秀之禀，所谓与山川相发者非耶？

闽赣派或有径称为江西派者，亦即石遗室诗话所谓“同光派”也。宋吕居仁尝谱陈师道以下二十五人，为“江西诗派图”。以诸家皆受法山谷，而探源杜甫。或有议其评品失当；且所列二十五人，多荆扬兖豫之产，不皆著籍江西。前人论列甚备，兹不复及。要之吕氏所列诸家，皆思深体峻，不落恒径，其风格固从同也。江西派之称，当即沿此。同光派者，陈石遗、沈子培目近贤学“三元体”者之戏称。三元者唐开元、元和、宋元祐也。此派以学杜甫、韩愈、苏、黄为职志，而稍参以李白、王维、白居易、柳宗元、孟郊、梅尧臣、王安石、陈师道诸家，以其人并生三元前后，共拓疆宇，颇有西方探险家觅殖民地开埠头本领。沈子培诗所谓“开天启疆宇，元和判州郡”，及“勃兴元祐贤，夺嫡西江祖”者，即指此也。近人以同光派称闽赣者，即源于此。此名称之由来也。

闽赣派诗家，实以宋人为借径。姚惜抱氏于乾隆间劝人读山谷集，又尝手批山谷诗；方东树昭昧詹言，亦推重山谷。道咸之际，春海春圃，尤极称之，所作由山谷以窥玉溪昌黎，妥贴排奡，硬语盘空，江西派之诗，乃益为人所注重。其与程、祁二氏同时而和之者有何绍基，而僻处边隅之郑珍、莫友芝，亦宗山谷。郑氏巢经巢诗，理厚思沈，工于变化，几驾程、祁而上，故同光诗人之宗宋人者，辄奉郑氏为不祧之宗。陈石遗诗话云：“道咸以来，何子贞、祁春圃、魏默深、欧阳磵东、郑子尹、莫子偲诸老，始喜言宋诗，何、郑、莫皆出程春海门下，其他诸人，皆私淑江西，洞庭以南，言声韵之学者，稍改故步；而王壬秋则为骚选盛唐如故。都下亦变其宗尚张船山黄仲则之风，潘伯寅、李莼客稍稍为翁覃溪，吾乡林欧斋布政，亦不复为张亨甫而学山谷云云。”则尔时宗尚江西之风可知矣。此派诗家，流衍于同光之际，亦隐分二派。其一派生涩奥衍，自急就章、鼓吹词、铙歌十八曲以下、逮韩愈、孟郊、樊宗师、卢仝、李贺，梅尧臣、黄庭坚、谢翱、杨维桢、王履、倪元璐、黄道周之伦，语必惊人，字忌习见，近代郑子尹巢经巢集为弁冕，莫子偲羽翼之。至义宁陈散原则集此派之大成者也。其一派清苍幽峭，自十九首、苏、李、陶、谢、王、孟、韦、柳以下逮刘昚虚、贾岛、姚合、陈师道、陈与义、陈傅良、赵师秀、徐照、徐玑、翁卷、严羽、元之范椁、揭傒斯、明之锺惺、谭元春、阮大铖之伦，洗炼熔铸，体会深微，出以精思健笔，语不必惊人，字不避习见，及积句成篇，又皆无前人已言之意，已写之景，且皆为人人意中所欲出，近代陈太初简学斋诗为弁冕，魏默深羽翼之。至闽县陈沧趣则集此派之大成者也（采石遗说），闽赣派之渊源各别如是。然散原晚年亦有近于幽峭一派者，实与阮圆海为近。沧趣楼诗中亦有近于奥衍一派者，实与昌黎宛陵为近。同时人之学散原沧趣者，得其一体，皆能自拔流俗，则以源流虽异而声息固相通也。此闽赣派之渊源也。

闽赣派近代诗家，以闽县陈宝琛、郑夜起、陈衍、义宁陈三立为领袖，而沈瑜庆、张元奇、林旭、李宣龚、叶大壮、何振岱、严复、江瀚、夏敬观、杨增荦、华焯、胡思敬、桂念祖、胡朝梁、陈衡恪羽翼之，袁昶、范当世、沈曾植、陈曾寿，则以他籍作桴鼓之应者也。弢庵师傅行辈为最尊，诗名亦最著。光绪初元与张之洞、张佩纶、宝廷、黄体芳诸人，以文章气谊相推重，守正不阿，风节独著。及受谴家居，筑沧趣楼听水二斋，与陈书酬倡往来，无间晨夕，而诗日益工。体虽出于临川，实则兼有杜韩苏黄之胜，平生所作，思深味永，心平气和，令人读之，如饮醇醴。盖修养之功既深，餍心之语斯赴，宗风大启，重若斗山，非无故矣。诗篇甚富，其经散原、节庵点定者，赵世骏尝请以精楷书之行世，弢庵谦退不允。又云：“诗必经数改，始可定稿。”宜其精思健笔，避易千人矣。石遗老人与其兄木庵先生，皆以诗负盛誉。木庵所作，极似杨诚斋。石遗初则服膺宛陵、山谷，戛戛独造，迥不犹人。晚年返闽，乃亟推香山、诚斋，渐趋平澹。其名满中外者，实以交游多天下豪俊；又兼说诗解颐，所撰石遗室诗话，近二十万言，妙绪纷披；近人言诗者，奉为鸿宝，则沾溉正无穷也。日人铃木虎雄撰支那文学，列石遗诗说一章，认为近代诗派中坚，洵非无故。至闽人能诗为诗坛所重者，则有沈涛园、张珍午之骏快，林暾谷、李拔可之简远，叶损轩、何枚生之新隽，严几道、江叔海之典雅，或渊源苏陆，或瓣香黄陈，学古不为古所囿，故能别出手眼，卓然自立，佳句往往在人口。沈子培序涛园诗，所谓同光派中闽才独盛者，即指林沈诸家而言也。此外则王允皙、林长民、陈壄鼎、黄懋谦、沈觐冕、陈声暨诸家，诗工亦深，八闽多才，于兹益信。若林寿图、谢章铤、王毓菁三家，行辈较早，诗亦不尽同光体。则又闽中之旧派也。至陈散原先生，则万口推为今之苏黄也。其诗流布最广，工力最深，散原一集，有井水处，多能诵之。盖散原早年习闻湘绮诗说，心窃慕之。颇欲力争汉魏，归于鲍谢，惟自揣所制，不及湘绮，乃改辙以事韩黄；又以出自弢庵之门，沆瀣相得，戊戌变政，受谴家居，遂壹志为诗；及流寓金陵，诗名益盛，同辈习闻所说，归礼涪皤，偶事篇章，并邀时誉，而后生末学，远近向风者，更无论矣。平生论诗，恶俗恶熟。又尝言："诗必宗江西，靖节、临川、庐陵、诚斋、白石皆可学，不必专下涪翁拜也。"盖散原诗亦经数变，早年专事韩黄，大篇险韵，尽成伟观。辛壬避地海上，又兼有杜陵、宛陵、坡、谷之长，闵乱之怀，写以深语，情景理致，同冶一垆，生新奥折，归诸稳顺，初读但惊奥涩，细味乃觉深醇。晚年佐以清新，近体参以圆海，而思深理厚，尚不失自家面目。此其过人者也。散原诸子皆能诗，而衡恪方恪尤著。师曾诗清刚劲上，有迈往不屑之韵。彦通隽语瑰词，情韵不匮，但沈厚不及师曾耳，似诸斜川，差为近似。至与散原同里，各不相师，而诗名夙著者，则有夏剑丞之学宛陵，杨昀谷之学辋川剑南，华澜石之学韩黄，胡瘦唐之学杜甫，桂伯华之学东坡，皆能本其所学，发为高文，树骨坚苍，吐辞典赡，皆学有余于诗外者也。至于乡人之学散原者，有胡朝梁、曹用晦、王浩，曹、王早逝，知者甚稀，诗庐造诣较深，声气较广，惜书卷不多，未能尽其变化耳。其他乡里后进称诗者，朝成一篇，晚腾杂报，绝不知学，以诗为禽犊者，更无足论矣。若袁昶、范当世、沈曾植、陈曾寿四家者，皆不著籍闽赣，而其诗则确与闽赣派沆瀣一气，实大声宏，并垂天壤。袁氏立朝有声，学术淹雅，生平祧唐抱宋，用事遣辞，力求僻涩，今所传浙西村人集，斗险韵，铸玮辞，一时名辈，为之敛手。范当世以一诸生名闻天下，久居合肥幕中，所交多天下贤俊，而吴挚甫、汤伯述、姚叔节、王晋卿、陈散原，尤多切磋之益；晚岁抑塞无俚，身世之感，家国之痛，悉发于诗，苦语高词，光气外溢，盖东野之穷者也。然天骨开张，盘空硬语，实得诸太白、昌黎、东野、东坡、山谷为多。玩月一篇，陈散原尝叹为"苏黄以来，六百年无此奇矣。"沈曾植夙治西北地理之学，兼精内典，记丑学博，一时无两，偶事吟咏，雅健有理意，顾不自秘，惜弃斥殆尽。自居南皮幕时，与陈石遗相遇武昌，乃始为宛陵山谷之诗，贯穿百氏，奥衍瑰奇，尤喜摭佛藏故实，熔铸篇章，一篇脱手，见者知其宝而不名其器，惟吾友李证刚可作郑笺，即散原亦自叹弗及也。陈曾寿为太初裔孙，蚤年亦为选体，继乃学玉溪，辛亥以后，流寓申江，乃自托黄冠，时有梦断觚棱之感。苍虬阁集，兼有杜陵、玉溪、致光、临川、东坡、遗山、道园之长，盖晚而益工者也。其乡人以善为同光体著者，若周树模、左绍佐、傅嶽棻、谢凤孙、周从煊诸家，并清真健举，不失雅音，又不廑苍虬一集，称江汉英灵也。此四家者，袁沈为浙人，范为苏人，陈则鄂人也。昔吕紫薇作江西诗派图，而陈师道、韩驹、晁冲之，皆以他省人入录，盖以著籍虽异，而宗趣实同，况寐叟与石遗相习，范伯子与散原为娅姻，陈苍虬与散原互相推重，攻错尤多，其渊源肹蚃相通者乎。

当闽赣派主盟同光坛坫之时，海内诗人，以苏黄为职志，而归宿于少陵者，实不乏人，而与赣接壤之皖省为尤著。近代皖派诗家，以桐城吴汝纶行辈为早，吴氏习闻姬传姚氏之说，为诗以山谷为宗。辅以杜韩，故其诗平实稳顺，绝无俗韵。晚年与范当世倡和，益觉清苍。其乡人姚永概、方守彝皆能诗，姚氏简远朴茂，诗如其文，山水之作，工于刻镂。方氏体源山谷，瘦硬澹远，兼而有之。盖桐城文家，多以诗名，姚惜抱曾手批山谷集，宗风大启。此三家者，渊源略同，即拙厚之气，亦无不同。此皖诗之近江西派者也。若吴保初、李世由、杨毓瓒、周达诸家，则又与此异趣。吴北山高怀雅抱，吐语清拔。李晓暾学术淹雅，诗境苍秀。杨瑟君与闽人尝相倡和，气体清隽，略近玉溪。惟周梅泉侨寓申江，与同光派诗人相习，论诗旨趣，亦复相同；清代诗家，最服膺钱箨石、江弢叔，故所作清真健举，富有理致，长篇短语，深醇可味，则与闽赣诗家笙磬同音者也。此皖诗之近闽派者也。至庐江陈诗，寝馈唐贤者至深，托体甚高，吐语深拔，诗不苟作，故篇篇可诵，其诗体兼唐、宋，在皖人为别派，盖冥心孤往，不落时趋者也。因附论皖派，并为揭橥于此云。

三　河北派

河北地势，左环沧海，右拥太行，南襟河济，北枕燕然，所谓势拔地以峥嵘，气摩空而崱屴者也。高屋建瓴，雄视海内，往籍所称，宁间今古。山东齐鲁旧区，海岱雄镇，取附燕云，正复相丽。杜诗云："东逾辽海北滹沱，星象风云喜共和，紫气关临天地阔，黄金台贮俊贤多。"东坡诗云："太行西来万马屯，势压岱嶽争雄尊，飞狐上党天下脊，半掩落日先黄昏。”此二诗，真能写出河北山川雄阔气象也。

直鲁地域，雄秀莽苍之气，过于江左。其人抗爽而豁达，其文壮阔而春容；诗家于古无独成宗派之可言。然魏晋以还，作者云起，雄奇峭拔，气禀幽燕，昌黎所谓“古多慷慨悲歌之士”，文学风会，犹可想见。即就可指数者而言：刘越石、左太冲之清刚劲上，蜚声典午。李翰林、高蜀州之海涵地负，冠冕李唐；北地新城，主明清之坛坫；刘筠天挺，振宋元之正声。宗风不远，斯文献之足征者乎。至任昉刘勰之淹通，李谔刘因之雅正，与夫刘蕡伉直敢言，贾耽跌宕图史。虽与诗派无关，然千载以后，与近代广雅、篑斋之生平，遥遥默契也。

近代河北诗家，以南皮张之洞、丰润张佩伦、胶州柯劭忞三家为领袖，而张祖继、纪钜维、王懿荣、李葆恂、李刚己、王树枏、严修、王守恂羽翼之。若吴观礼、黄绍基，则以与北派诸家师友习处之故受其薰化者也。此派诗家，力崇雅正，瓣香浣花，时时出入于韩苏，自谓得诗家正法眼藏，颇与闽赣派宗趣相近。惟一则直溯杜甫，一则借径涪皤。斯其略异耳。南皮相国，以廷对名动公卿，初居京职，抗疏敢言，中朝侧目。及扬历中外，宏奖风流，尤殷殷以经史世务有用之学，诱导后进，累掌文衡，得士最盛，偶出绪馀，播诸歌咏，淹雅闳博，世推正声；然以力辟险怪生涩之故，颇不满意于同光派之诗。尝云：“诗贵清切，若专事钩棘，则非余所知矣。”又云：“诗家当崇老杜，何必山谷。”又有诗云：“江西魔派不堪吟。”盖指袁爽秋、陈散原辈言之也。平生尤不喜散原诗。尝有“张茂先我所不解”之语，如散原陪南皮武昌登高诗云：“作健逢辰领元老。”张曰：“我乃为伯严所领耶？”殊失其旨。而散原亦不喜广雅诗，尝云：“张诗语语不离节镇，此纱帽气也。”衡情而论：诗贵有我，广雅久居督部，东来温峤，西上陶桓，以及牛渚江波，武昌官柳，正是眼前自家语。散原老人恶俗恶熟，深致讥弹，观感不同，无取害意。至广雅之精探流略，胸罗雅故，余事作诗人，故能才力雄富，士马精妍，比事属辞，归诸雅切，则正与闽赣派诸家异曲同工也。张氏论诗，颇有不易之论。如云：“诗之上乘，自以雄浑超妙为善。”又云：“有理、有情、有事，三者具备，乃能有味；诗至有味，方臻极品。”又云：“作诗必学有余于诗之外，方为真诗。”惜乎今之诗人，不能知也。篑斋张氏于光绪初元，与黄体芳、宝廷、张之洞，号称四谏，直声振天下。又与张之洞、陈宝琛诸人，以文章气节，互相推重。当时目为清流。夙负经世大略，受合肥相国之知，中法马江之役，中枢失驭，遂误戎机，非其罪也。及所学未施，乃尽发诸吟咏。才方富健，用事稳切，似诸广雅，正堪骖靳。惟广雅早膺疆寄，晚值枢垣，虽中更忧患，而勋业烂然。篑斋则自获罪谴戍，遇事触景，动成凄惋，所谓愁苦之音易好也。篑斋与陈弢庵、吴子儁为文章骨肉之交，子儁尝有“学杜当从玉溪入手”之言，篑斋初主其说，浸馈义山者甚至。继以山谷源出于苏，故瓣香独在玉局，谓其天资学力，直合李供奉杜拾遗为一手，而气节过之。徙边镝户，注管以外，辄取坡集读之，其自笑诗所谓“郑学粗通嫌引纬，坡诗细读懒参禅”是也。胶州柯凤荪氏以著新元史，受国际荣誉，世人鲜有知其能诗者。偶事篇章，深厚健举，有杜韩之骨干，蕴坡谷之理致，刻意之作，不后同光派诸大家，盖以胸罗雅故，襟怀高远，及余事为诗，吐语固自不凡也。东鲁诗人，柯为弁冕。此外北方诗家，则有南皮布衣张祖继。诗笔健举，近体尤饶风韵，不愧雅音。谭仲仪称其駊騀动心，非当世文士所能道。李越缦诗所谓“文章贫后健，天地布衣宽”也。河间纪钜维宗法盛唐，屏绝浮响。福山王懿荣，笃耆金石，精于考订，自谓文笔非所长，然所作皆翔实典雅，坚重密栗，专家或有未逮，则学为之干也。义州李葆恂雅好文史，诗不多作，然自能古艳。南宫李刚已，辞气驱迈，植体杜黄，尝得诗法范通州，几于具体。新城王树枬散文得吴冀州之传，而古诗则步趋韩杜，甘陇纪行诸篇，颇与杜公秦州为近。若天津严修、王守恂二家，并有诗名。范孙致力教育，诗非专长，游美诸篇，不失典雅。仁安诗学致力甚深，盖得力于通州为多，其用意之作，亦复健举。诸家虽不与南皮、丰润取径相同，然皆力崇雅正，不入纤秾，所造各有浅深，宗趣要无二致，读其诗者，可取证焉。其有不著籍北方，而其论诗与所作，足为南皮、丰润桴鼓之应者，莫如吴观礼、黄绍基二氏。子儁吴氏，同治初年，以刑曹参湘阴军事，多所擘画，皆天下大计，及入词馆，始与张篑斋相识，感激时会，互为砥砺，平生忠孝大节，一托于诗，本灵均之忠款，得杜公之抗坠，与篑斋沆瀣一气，今所传之圭盦诗录，绝无苟作。盖得性情之正者也。吴氏既深契杜陵，故感事及今乐府尤高，所咏事实，非注莫明。曩侍弢庵座，弢庵尝为言其本事甚悉。今弢庵已逝，恐无人能作郑笺耳。黄仲弢学使，既少承家学，又为广雅入室弟子，工骈体文，兼精于金石书画目录之学。诗不多作，有作亦不自珍惜，散落殆尽。今所传之鲜庵遗稿，吐语蕴藉，卓然雅音。其七言古体诸诗，尤兼有庐陵、眉山、道园之胜，不仅游宜昌三游洞诸篇为石遗所称也。仲弢诗云：“广雅堂深夜漏催，往承玉屑洒蓬莱。”师友渊源，不难推溯。此二家者，吴子儁，仁和人。黄仲弢，瑞安人。并皆浙籍，不隶北省，惟二家诗学典赡雅正，并足为广雅簣斋张目，犹山谷称秦氏昆季；所谓“乃能持一镞，与我箭锋直”也。至广雅弟子樊增祥、顾印愚二家，并有高名，但一为湖湘之别子，一辟蚕丛之正声；当别出之，不以入北派云。

此外有隶旗籍，而久居北方，诗名又为人所具知者，有宝廷、盛昱、杨锺羲、志锐、三多、唐晏诸家，其派虽与二张宗趣不同，然渊源固可述也。偶斋侍郎，以亲贵能诗，历掌文衡，当代名硕，如康咏、吴保初、林纾、陈衍皆出其门下。而广雅弢庵，并以气谊互相推重，世号清流。平生脱略行检，不拘小节，典试闽省，道出桐庐，纳江山船伎，投劾罢官，隐居王城，时往来于盘山香山之间，一锸自携，遇酒便醉，暮年生事，贫乏不能自存，偶斋处之泰然；门生亲故，偶有馈遗，则买花贳酒，招侣携儿，徜徉于妙峰翠微之间，酩酊操觚，极模山范水之能，无攒眉苦吟之语，则以胸怀澹沱，物我俱忘，真诗人襟抱矣。诗篇颇富，门人搜葺之，为偶斋诗草，曲达骀宕，兼而有之。石遗尝称五言近体，近右丞嘉州，余皆香山放翁诚斋，田盘一集，尤极巉刻。余谓偶斋诗格，在河北为别派，和平冲澹，自写天机，于唐宋兼有乡先正邵击壤之长，在熙朝雅颂集则与味和堂太谷山堂为近，语近代旗籍诗人，偶斋高踞一席无愧也。其子寿富，喜与当代名流往还，诗亦闲雅，但少坚苍耳。伯希祭酒，为亲贵中淹雅之彦，雅负时望，尝与杨锺羲共葺八旗文经。伯希下世，杨氏又刻其郁华阁遗集于武昌，盖子勤伯希，以中表而投分最深者也。敬礼定文之请，山阳死友之知，兼而有之。伯希诗兴趣不及偶斋，然以胸罗雅故，身经世变之故，沈郁坚苍，反似胜之。曩在旧京，尝见其手写感事诗卷，精深华妙，展玩累日，盖伯希以清刚劲上之才，抒悯时念乱之愤，寄兴于写物，抒抱以论人，虽蒿目艰虞，持论未衡于世议，然胸怀怛白，寓感每谅于后贤；轶世清才，郁华为最。杨子勤氏以名进士，筮官白下，颇与江左诗人相习；生平尤熟于清代掌故及八旗文献，所著雪桥诗话四十卷，由诗及事，因事而详制度典礼，略于名家，详于山林隐逸，表幽阐微，不减归潜志中州集也。子勤论诗，以雅切为宗，亟推清初之朱、王、叶、沈称为正声，而不甚扬袁、蒋、赵之流，其书非廑有资掌故，亦诗学南针也。所作圣遗诗集，情韵绵远，思深味永之作，实则河北派与江左派之间；又偶斋后别开蹊径者也。志伯愚与盛伯希为文字交，清末，官伊犁将军，以身死之。平生熟于满蒙掌故、西域地理，记诵淹洽，文采斐然，益以久处边陲，吟咏风土，动成凄惋，盖伯愚忧患余生，形诸咏叹，语不必艰深，典不求僻涩，清空一气，每移人情。乙未，在滦阳军次，奉命出关，就军台所见，为廓轩竹枝词百首，尤传诵一时。自题菩萨蛮云：“穷年弄笔污衫袖，东涂西抹无成就，不作断肠声，怕人闻泪倾。侵寻头欲白，沦落长为客，飞絮满边城，杨花应笑人。"诵此词者，犹想见其边城抑塞情怀也。三六桥氏诗法受自樊山，隶事言情，具征深稳。居尝习于满蒙掌故，与志文贞略同，拉杂成咏，自成典则。唐元素身际末造，故国之痛，时见篇章，身世之感，绝类金之元裕之、元之丁鹤年。其诗莽苍诡博，哀愤无端，绵缈之中，归诸简质，宜乎为时人所称也。唐氏晚年为潮阳郑氏刊丛书，自著有两汉三国学案，洛阳伽蓝记钩沈，并皆精审，又不仅诗人而已。凡此皆八旗近代诗人之淹雅者也。兹因论河北诸诗家，并为附论于此。

四 江左派

江左之称，盛于西晋。史记则称江东，初指三吴，继乃及于浙皖。清初江左三家，则举皖而并言之也。今皖派诗人，既附论于闽赣派中，兹不复及云。

江浙皆禹贡扬州之域，所谓天下财赋奥区也。其地形，苏则有南北之殊，而皆滨海贯江，山水平远，湖沼萦洄；浙则山水清幽，邻赣闽者，亦复深秀。张籍诗云："杨柳阊门外，悠悠水岸斜。乘船向山寺，著屐到人家，夜月红柑树，秋风白藕花，江天诗境好，回日莫全赊。"苏舜钦诗云："绿杨白鹭俱自得，近水远山俱有情。"言吴中山水风物者，此二诗足以尽之。白居易诗云："余杭形势天下无，州傍青山县傍湖。"又郑谷诗云："顾渚山边郡，溪将罨画通，远看城郭里，尽在水云中。"此又足征越中山水者也。江浙山水，既以绵远清丽胜，故人物秀美，诗境清新，有一唱三叹之音，无棘句钩章之习。文章得江山之助，其信然欤。

江左诗歌，发源亦远，采莲和歌，备存乐府；子夜读曲，久著吴中。晋宋以来，作者云起，极四时行乐之情，写生死别离之苦，清商载咏，感人心脾，情文兼至，由来旧矣。即论清初陈子龙、吴兆骞、吴伟业、陈维崧之伦，辞采艳发，声律精研，绍乐府清商之遗，承齐梁初唐之体，固已尽才人之能事，存江左之正声矣。浙派在清初，竹垞、西涯，鸣其盛世，雅音独操，沾溉靡尽。樊榭、箨石，稍标骨干，木叶尽脱，石气自清，宗风别启，斯其尤雅者乎。惟吴中叶横山一派，流播较远，存微起废，乃在归愚，登高一呼，诗坛风靡；而袁简斋以浙人为江左寓公，标举性灵，隐与抗行，各分主坛坫，垂数十年，要归于典赡风华，情文备至，固不失江左面目也。但末流所届，沈派则仅存空调，袁派则流于纤巧，浅尝薄植，最易效颦。至道咸而后，风会变迁，江左一派，乃不能坚其壁垒，而稍济以金石流略之学，于清新绵纡之中，存简质清刚之体。此江左派渊源之可溯者也。

江左派诗家著称于近代者，以德清俞樾、上元金和、会稽李慈铭、金坛冯煦为领袖，而翁同龢、陈豪、顾云、段朝端、朱盘铭、周家禄、方尔咸、屠奇、张謇、曹元忠、汪荣宝、吴用威羽翼之。若薛时雨、李士棻、周星誉、星诒、勒深之、王以慜、欧阳述诸家，则以他籍久居江左而同其风会者也。此派诗家，既不侈谈汉魏，亦不滥入宋元，高者自诩初盛，次亦不失长庆，迹其造诣，乃在心模手追钱、刘、温、李之间，故其诗风华典赡，韵味绵远，无所用其深湛之思，自有唱叹之韵，才情备具者，往往喜之，至斗险韵，铸伟辞，巨刃摩天者，则仆病未能也。曲园为同光间老宿，生平学术，经子为专长，绍高邮之坠绪，振抱经之宗风，儒林硕望，与其乡孙籀庼，并辔齐驱，正未卜后先也。诗文并不高，抒写性灵之外，稍济以学术，故不入随园末派。然俞氏以浙人而侨寓吴门，以清职而退居山泽，闭户著书，而声气远播，出门访旧，而遐迩逢迎；拚命著书，及身流布，优游林下，上寿竟跻；似诸随园，几于具体，斯足异耳。金亚匏氏，生际咸同，名非显著，乃摅其悯时念乱之怀，学蔡女焦妻之体；乐府植其干，三唐壮其采，道路传闻，尽归壮烈，寻常目睹，悉纳篇章，无难显之情，极荡抉之妙。初学读之，鲜不惊其瑰玮，按实以求，胥臣蒙马，内质全非，叶公好龙，伪体宜别，浅尝之士，乃以西方诗哲方之，诧为五百年中之奇作，则誉过其实矣。近体平弱，尤难取俪，世有真赏，定喻斯言。李越缦喜谈经学，实非所长，一生学术，乃在乙部，披阅诸史，丹黄满帙；及浮沈郎署，侘傺无俚，月旦朝士，一秉恩怨，惟博闻强记，时流叹服，又以其放言高论，渐失亲昵。但发为诗歌，则又辞旨安详，声希味永，题咏金石书画之作，稍稍同于复初斋，要不失为雅音也。或有推为两当轩后一人，可谓拟于不伦。冯蒿庵与上元顾云齐名，而又出全椒薛慰农门下，夙以词名，而诗歌亦清丽绵远，颇近新城。其运词入诗，凄婉之音，读之有怅惘不甘者，盖与吴下词人郑文焯氏同其宗趣也。蒿庵曩守凤阳，闽诗人陈书尝过郡斋，谭艺甚洽。陈氏诗学诚斋，清新雅健，故与蒿庵沆瀣相得，然冯氏晚年，专事倚声，诗不多作，惟时与沈子培、沈涛园酬答，但二沈为同光派诗家，蒿庵虽有诗简往来，仍不失江左面目也。此四家者，皆以耆宿领袖诗坛，流风所被，遍于江左，惟金亚匏晚出益光，视俞李冯三家，名反居上；实则金氏自乐府诗外；了无异人，五七近体，未必果胜三家也。此外江左诗人，同处风会之中，亦多卓然自立者，语其著者，亦可得言焉。常熟师傅，以一身关乎朝局，戊戌变政，受谴家居，瓶庐一集，绝无怨憝，其题咏书画及乡贤图像，每于小序，备存故实，征文考献，足资取材，则其尤雅者也。仁和陈迈庵，在鄂累宰剧县，书绘专家，其诗高逸夷澹，天趣盎然，晚岁归隐圣湖，杖履徜徉，尤足与其澹定襟怀相发越也。顾石公高隐岙山，吟咏自适，诗无俗韵，自能简远，郑重九与之投分甚深，感逝之作，每移人情，顾诗非其俦匹。淮安段蔗叟，耆年劬学，书卷之气溢于吟咏，椿花阁集，典赡雅健，而与吴涑、李详、梁菼倡和之作弥工，盖笙磬同音也。朱曼君骈文，沈博绝丽，诗亦清刚隽上，与海门周彦升、通州张季直、同佐吴壮武幕，有朝鲜杂诗，工丽不减彦升，其桂之华轩集，时多名作。彦升诗亦以清丽见长，沈博不及桂之华轩，而韵味差绵远，惜其寿恺堂集，存诗太多，如严加删汰，则无懈可击矣。方泽山、地山昆季，淮海俊人，才藻秀出，瑶情绮思，熔铸篇章，似诸定庵，差称具体。泽山题晚翠轩诗集云："纸上犹看秋气满，梦中倘见鬼魂来，是非身后何须说，还取诗篇惜霸才。"正可移赠方氏兄弟也。屠敬山以著蒙兀儿史记有名，兼工骈体文诗歌，其诗才情富艳，确守唐音。张季直以廷对受知，大魁多士，通籍之始，颇有致君尧舜上再使风俗敦之志，所志未行，乃去而善一乡，兴业阜民，备历艰苦，改物登朝，终鲜树立，世人或以此讥之，然其志固可谅也。诗非专至，要无俗韵，则以与当代诗人，联吟接席，习染既深，终谢浮响。吴县曹君直三礼专家，以其余事，步武玉溪，选藻摹声，可乱楮叶，其同里汪衮甫亦笃嗜玉溪，学裕才优，工于变化，深微婉约，韵味旁流，有义山之清真而无其繁缛，晚作尤高，庶几隐秀。仁和吴董卿，早负才名，与当世诗人往还较密，少作清丽自喜，晚稍坚苍，然酬应之篇，出笔太易，要不无诟病耳。江左人文荟萃，兹所诠次，虽未为该备，然迹五十年间江左诗人面目，就所衡论，亦足以窥豹一斑矣。此外诗人不隶籍江浙，而其诗为江左派之附庸者，则有如薛时雨之平易，李士棻之骀宕，周星誉星诒之婉约，勒深之之豪逸，王以慜之清新，欧阳述之整洁；或以地接江左，或以侨寓三吴，或以服官江浙，有接地之欢；或以退隐申江，多联吟之雅；接于目者，既为山水平远之乡，悦于耳者，亦多豪竹哀丝之感，内心之所发，外诱之所触，皆足以熔铸篇章，笙磬同韵，征之往事，验诸方来，参验略可得也。至苏人如范当世、梁菼、李详，浙人如袁昶、沈曾植、吴俊卿、俞明震、王存、诸宗元、朱联沅，则以与闽赣派诗家，攻错较多，或典赡奥衍，或幽峭清苍，则又承同光风尚，与闽赣派沆瀣一气，非江左派所能孕举者也。

五 岭南派

五岭以南，旧为瘴雨蛮烟之地。宋元以后，文物日进，明清之间，外商麇集，货品山积，繁庶侈丽，又逾江左。士生其间，发为文章，有奇丽之观，具坚卓之质，盖山川习俗使然也。张九龄诗云："海郡雄蛮落，津亭壮越台，城隅百雉映，水曲万家开，里树桄榔出，时禽翡翠来，观风犹未尽，早晚使车回。"韩昌黎诗云："不觉离家已五年，仍将衰病入泷船，潮阳未到吾能说，海气昏昏水拍天。"苏东坡诗云："罗浮山下四时春，卢橘杨梅次第新，日啖荔枝三百颗，不妨长作岭南人。"是岭南擅山海之名区，蕴风物之奇丽，即就前人所咏，当可想象得之矣。

岭南诗派，肇自曲江；昌黎、东坡，以流人习处是邦，流风余韵，久播岭表。宋元而后，沾溉靡穷。迄于明清，邝露、陈恭尹、屈大均、梁佩兰、黎遂球诸家，先后继起，沈雄清丽，蔚为正声。迨王士祯告祭南海，推重独漉；屈大均流转江左，终老金陵；岭表诗人，与中原通气矣。乾嘉之间，黎简、冯敏昌、张维屏、宋湘、李黼平诗尤有名，李氏稍后，卓然名家，而简民所造尤深，今所传之四百四峰草堂诗钞，兼昌黎昌谷之长，工于造境，巧于铸辞。鱼山、南山、芷湾、绣子，典赡奥折，学余于诗，高格独标，清音遂远，洪稚存诗云：尚得古贤雄直气，岭南今不逊江南。虽指独漉堂而言，然雄直二字，岭南派诗人当之无愧也。

近代岭南派诗家，以南海朱次琦、康有为、嘉应黄遵宪、蕉岭邱逢甲为领袖，而谭宗浚、潘飞声、丁惠康、梁启超、麦孟华、何藻翔、邓方羽翼之，若夏曾佑、蒋智由、谭嗣同、狄葆贤、吴士鉴，则以它籍与岭外师友相习而同其风会者也。此派诗家，大抵怵于世变，思以经世之学易天下，及余事为诗，亦多咏叹古今，指陈得失，或直溯杜公，得其沉郁之境，或旁参白傅，效其讽谕之体，故比辞属事，非学养者不至，言情托物，亦诗人之本怀，其体以雄浑为归，其用以开济为鹄，此其从同者也。朱九江为岭南晚近大师，行辈较早，平生论学，推本昆山经学即理学之言，而以致用为本，故通达治体，言垂典则，即友朋笺问，文采斐然，简穆蕴藉，绝类卷葹。钱仪吉在岭南，尝称其诗罔弗学，学罔弗工，往往于转捩顿挫处，得古大家神采。盖学以为干，融理入情，不务惊险之思，自有绵远之韵，雅音独操，朱为弁冕。其弟子康长素传其经世之学，又以生际末造，亟思更制，自托西汉经师之说，以公羊学奔走天下，豪俊之士，云附景从，负其海涵地负之才，效巨刃摩天之制，反虚入浑，肆外闳中，惟波澜大而句律疏，铺叙多而性情远，斯足议耳。曩撰光宣诗坛点将录，以南海似戴宗，而惜其未能绝去摹拟。丙寅夏间，南海至江西，询及此事，并语人曰："某平生经史学问，皆哥伦波觅新世界本领，汪君乃谓为摹拟何耶？"或有代为释之者，已而又曰："某经史学可谓前无古人，但作诗却未能忘情杜甫。"盖南海最熟杜诗，全集一千四百四十八首，殆能成诵。其延香老屋诗，而且虽力求新异，然神理结构，实近浣花翁，则未能脱化之说也。黄公度号称识时之彦，历聘远西，于欧美政制学术，并能洞照本原，学裕才高，一时无偶，所撰日本国志、日本杂事诗，有良史之才，备輶轩之采，固已朝野传诵矣。中岁以后，肆力为诗，探源乐府，旁采民谣，无难显之情，含不尽之意。又以习于欧西文学，以长篇叙事，见重艺林，时时效之，叙壮烈则绩影模声，言燕昵则极妍尽态，其运陈入新，不囿于古，不泥于今，故当时有诗体革新之目，曾重伯、梁卓如尤推重之，虽誉违其实，固一时巨手也。邱仙根在岭南诗名最盛，中原人士，鲜有知其人者；当清廷初割台湾，邱氏号召徒党，举义师以抗日军，转战台南北，累挫日人，卒以无援失败，仓皇归粤，乃隐嘉属之镇平山中，即今之蕉岭是也。其身虽隐，然时时未能忘台湾之役，故诗中累及之。观其送颂臣之台湾诗云："涕泪看离棹，河山息战尘，故乡成异域，归客作行人。"盖感怆深矣。今所传之岭云海日楼诗钞，慷慨激昂之作，纸上有声，实以其人富于感情，宗国之痛，一寓于诗，不屑拘拘于绳尺间，而自具苍莽之气。迹其所诣，颇欲兼太白东坡之长，所可惜者，粗豪之习，未尽湔除，益以新词谣谚，拉杂成咏，有泥砂并下之嫌，少渟滀洄漩之致；然非此又不必为仙根之诗也。此四家者，惟朱九江学养兼至，气格深醇，旨远辞文，邈不可及。余皆负睥睨一世之才，抒悯时念乱之愤，益以境遇之艰屯，足迹之广历，偶事歌咏，直有抉天心探地肺之奇，至于摆脱格律，开拓心胸，惟陈言之务去，斯精义以入神，则人境庐诗所谓"我手写我口，古岂能拘牵，五千年后人，惊为古烂斑"者，正三家同其宗趣也。此外岭南诗人肸蚃相通而声名亚于诸家者，亦略可言焉。南海谭叔裕，有其乡人宋芷湾之风格，平生宦迹亦略相似。观其集中效芷湾体及读芷湾诗俱诗，平生向往，略可推测。番禺潘兰史，夙负才名，清丽自喜；欧游以后，格始横奇，罗浮纪游之作，乃益恣肆，清新骀宕，逸趣横生；然利钝并陈，雅郑共奏，未为高流矣。丰顺丁叔雅，为雨生中丞之子，雨生精通流略，富于收藏，叔雅承其家学，淹雅闳通，襟怀澹落，而诗绝无尘俗气；早年所作，有惘惘不甘之情，晚居京国，始变坚苍。叔雅与义宁陈三立、庐江吴保初、浏阳谭嗣同，号清末四公子，并有高名。盖以感怆世变，亟沦新知，先觉之称，庶几无愧。其时梁卓如以南海高弟，雅负时望，以文学革新为天下倡，戊戌变政，乃遁扶桑，日草杂报文字数千言，尊黄遵宪、夏曾佑、蒋智由为诗坛革命三杰，邱菽园氏所谓："日对天地悲飞沈，倾四海水作潮音"也。梁氏虽喜论诗，所作乃伤直率，未能副其所论。壬子返国，乃从赵熙陈衍问诗法，始稍稍敛才就范，然尚不逮叔雅之温润清刚也。麦孺博健举而多感怆，何翙高劲达而崇议论，皆足与新会为伯仲之间，并皆受南海学术感化较深者也。当晚清新学风靡之时，其时有粤人年少工诗，颇不为人所知者，曰顺德邓秋门方，秋门与其兄秋枚，侨寓申江，绮年劬学，有声于时。又曾游简朝亮之门，以用世自期许，方尝独走塞下，览山川形势，发为诗歌，感时抚事，哀怨无端，其诗格在吴梅村杜于皇之间，惊才绝艳，兼与秋笳集为近。卒年才二十有一，今所传之小雅楼诗集，名篇隽句，犹在人口。惟以闽赣派领袖诗坛之故，此派诗颇不为人所重，实则为岭南派之健者也。其兄秋枚，亦能诗，清言霏雪，每移人情，然哀感顽艳，终惭厥弟。凡此皆岭南诗人之可述者也。岭南诗学风气，就上所论，不难寻绎。顾岭南诗学，雄直之外，亦有清苍幽峭近于闽赣派者，如梁鼎芬之幽秀，罗惇曧之骏快，罗惇㬊之简远，黄节之深婉，曾习经之浓至，潘博之清丽，黄孝觉之清警，则以久居京国，与闽赣派诗人投分较深，思深旨远，质有其文，与岭南派风格，迥乎异趣。是又于雄直之外自辟蹊径者也。

当南海以新学奔走天下之时，文则尚连犿而崇实用，诗则弃格调而务权奇，其才高意广者，又喜摭拾西方史实，科学名辞，融铸篇章，矜奇眩异，其造端则远溯定庵，其扩大则近在康梁，其风靡乃及于全国。而仁和夏曾佑、诸暨蒋智由、浏阳谭嗣同、溧阳狄葆贤、仁和吴士鉴诸家，则又承袭康梁诗派而喜为新异者也。夏穗卿学最淹贯，尤长乙部，尝为诸生讲史学，草中史教本，手辟鸿濛，自凿户牖，发凡起例，尤具别裁，后此作者虽多未之或先也。诗则融铸中西哲理，运陈入新，风格不失其旧，思致务极其新，偶出一篇，渊乎味永，平生所作，仅存杂报，惜无人裒葺以餍人望耳。蒋观云氏，蚤年为选报草文，洞见政本，言垂世范，其学以文哲为长，故新会梁氏推崇极至，偶事吟咏，句律精严，思致缜密，其独往独来之气，又颇与太白为近。及居日本闻见益拓，亦喜用新理入诗，居东一集，尤多名作，夏蒋二家，皆以运用新事见长，而又不失旧格，其才思不及人境庐，然理致清超，又入境庐外之别开生面者也。谭复生为戊戌六君子之一，好深湛之思，仁学一书，旨探天人，自诩奇作，梁卓如亟推重之，然三十以前诗文，尝自哀葺之，颜曰旧学，三十以后，则自谓独往独来绝去依傍者也。平情而论，旧作文则步趋桐城，诗则瓣香杜甫，沈鬱顿挫，得杜为多，间效昌谷，亦能奇丽。三十以后，乃喜摭拾西籍名词，入诸韵语，名为开新，实则浮浅生硬，不及蒋夏二家之深醇也。至狄楚青早为杂报文字，又喜以新事入诗，沪滨杂感，清婉可诵。吴䌹斋为识时之俊，喜览译籍，间事篇章，运今入古，差有理致，要皆与康黄笙磬同音者也。岭南诗派，初囿一隅，至黄公度、康长素二氏出，乃益宏大，海内响风，群尚新体，又匪廑蒋夏诸家而已。今论岭南诗家，并为附论于此，亦晚清诗学风会得失之林也。

六　西蜀派

蜀中夙称天府之国，北走秦凤，有铁山剑阁之塞；东下荆襄，有瞿塘滟滪之险；南通六诏；西拒土番；山水襟束，自为藩篱。杜公诗云："嘉陵江色何所似？石黛碧玉相因依。正怜日破浪花出，更复春从沙际归。巴童荡浆欹侧过，水鸡衔鱼来去飞。阆中盛事可肠断，阆州城南天下稀。"东坡诗云："胶西高处望西川，应在孤云落照边。瓦屋寒堆春雪后，峨眉翠扫雨余天。"而白香山"蜀江水碧蜀山青"七字，尤能曲曲传出蜀中山水。

蜀中山水，青碧嵌空，奇秀在骨；灵芬所发，乃在高文。其以词赋见称于汉京者，如相如、扬雄、王褒，李尤无论矣。即以诗论，陈子昂、李白、苏轼、苏辙诸家，皆以蜀人争鸣唐宋，蔚为正声，腾踔一时，衣被百代。顾诸家生长西蜀，周览四方，其诗继往开来，总集众制；又能善出新意，自成一家，巨刃摩天，固不必载蜀山蜀江之青碧而出也。惟宋人如文与可、唐子西、韩子苍，皆为蜀中诗人之著者，其人亦尝游宦四方，而其诗则甚肖蜀中山水。即寓公游客，如少陵、山谷、剑南诸家，其客蜀所作，亦颇与蜀山蜀水之青碧为近。盖山川与文章相发，寓于目者不可弭于胸，其理固不可诬也。

西蜀诗人，两宋为盛，东坡而外；如文与可之清苍，韩子苍之密栗，唐子西之简远，任伯雨之秀逸，并皆结束精悍，戛戛生新，芒焰存澹简之中，神韵寄声律之外，奇秀在骨，固山川闲气使然。然以宋时蜀中诗人与江西派诗家往还之故，薰习既久，故风骨气韵，略同江西。今姑就其师友渊源言之：眉山苏氏出欧阳永叔之门，欧公虽有老夫当避此人出一头地之言，然子瞻终身服膺，始终无间。其祭欧公文，且云："不肖无状，因缘出入受教于门下者，十有六年于兹。”则苏氏倾服至矣。山谷继起，诗语妙天下，然子瞻以词坛老宿，且有效庭坚体之诗。其题山谷诗云：“见鲁直诗，未尝不绝倒。”又云：“读鲁直诗，如见鲁仲连、李太白，不敢复论鄙事。”而山谷内集古风上子瞻二首，且有相依平生气味相似之语。又有诗云：“我诗如曹郐，浅陋不成邦，公如大国楚，吞五湖三江，句法提一律，坚城受我降。”倾服尤至。此苏黄二公互相推重之可考者也。迨山谷以神宗实录事，谪贬涪州，旋移戎州，蜀士多从之游，讲学不倦，凡经指授，下笔皆有可观。是江西诗派之流衍蜀中，史籍具在，尤可征信。即蜀中诗人韩子苍氏，亦尝出宰分宁。晚年侨寓抚州，终老其地。子苍既以诗受知山谷，又与山谷之甥徐师川游处，师川大歇庵诗一章，子苍为手录之，子苍为亚卿作十绝句，师川亦跋之云：“夏木阴阴欲放船，黄鹤啼了落花天，十诗说尽人间事，付与风流葛稚川。”韩徐倡和，尤征沆瀣。吕紫微作江西诗派图，子苍以蜀人入录，韩氏虽深致不满，然陵阳一集，至今具在，黄门法乳，不难寻绎，是又无庸深讳者也。至魏庆之诗人玉屑，乃云曾茶山之学，出于韩子苍，后茶山传其学于陆游，加以研炼，面目略殊，遂为南渡大宗。赵庚夫题茶山集云：“清于月白初三夜，淡似汤烹第二泉，咄咄逼人门弟子，剑南已见一灯传。”三家句律相似，至放翁则加豪矣。据魏氏所言，又知子苍诗法，流衍于江西，而剑南以久寓蜀中，又将江西曾氏之学，间接以授于蜀人，展转流布灼然可寻。他如荆公山谷二家，并以赣人为诗坛盟主，篇章流布，遐迩承风，其为遗集作郑笺者，一为丹棱李壁，一为新津任渊，李任并皆蜀人，他省人之景仰江西者，无此勤劬也。流风未远，轨辙犹存，今蜀中诗人之卓然自立者，并能本山川之灵秀，发轶世之清辞，所谓巉刻苍秀之境，正与文与可、韩子苍、唐子西诸人之所为者，千载后遥遥默契也。

蜀中近代诗家，以富顺刘光第、成都顾印愚、荣县赵熙、中江王乃征为领袖，而王秉恩、杨锐、宋育仁、傅增湘、邓熔、胡琳章、林思进、庞俊羽翼之。此派诗家，体在唐宋之间，格有绵远之韵，清而能腴，质而近绮。张广雅督学川中，以雅正导其先路，王湘绮讲学尊经，以绮靡振其宗风，风声所树，沾溉靡涯，惟蜀中诗派，自有其渊源可寻，广雅、湘绮虽启迪之，蜀人未能尽弃其所学而学之也。裴村比部，博学能文，尤重气节，戊戌以陈宝箴之荐，加四品卿衔，参预新政，八月政变，卒与祸会，士林至今叹悼也。然学术淹雅，粹然儒者。其诗笔健举，迥不犹人，思深力厚之作，不后闽赣派诸家；但奇情壮采，微近定庵，斯其略异者耳。顾印伯既出广雅之门，又在武昌督部幕中最久，南皮宾客，多通方之彦，如梁节庵、易实甫、陈石遗、程子大，篇什流传，倾动一世，惟印伯则循谨简默，退藏如密，同辈夙知其善书法，鲜有知其能诗者，盖所作不轻以示人也。没后，其弟子程康裒缉遗集，世乃知顾氏于书法之外，诗笔冠绝当时，其句律之精严，隶事之雅切，一时名辈，无以易之。顾氏胸次高简，绝类晋人，尝自署所居，曰双玉堪。双玉者，玉溪、玉局也。平生宗尚，略可想见。陈三立云："印伯诗约旨敛气，塞汰常语，一归于新隽密栗，综贯故实，色采丰缛，中藏余味孤韵，别成其体，退之所称能自树立不因循者也。"陈衍诗云："廿年珍秘箧中词，身后幽光发太迟，终肖蜀山深刻处，梁髯偏说晚唐诗。"盖定论也。穆庵诗学其体，而略参后山迈往不屑之韵，似诸其师，几于具体，赵尧生侍御，蚤居京国，文章气节，与江杏邨、胡漱唐、赵芷庵相同，故京国游宴，投分亦深；壬子改物，乃息影蜀中。诗学湛深，对客挥豪，自饶逸致；与石遗、昀谷，倡和尤多。生平虚怀若谷，石遗诗集，类能成诵，不数翁复初之于钱箨石也。反蜀以后，每以诗简问讯故人，情文兼至，读者感泣。石遗叙其诗云："尧生诗，疑若锤凿甚力，而为之则甚乐而易，清奇浓澹，靡不备也。"又云："尧生古体，有似文与可、韩子苍，而甚肖蜀中山水；余虽未至蜀，固可由少陵、玉溪、山谷、剑南之状蜀中山水者知之也。"尧生好游，足迹所至，秦、岱、嵩高、伊阙、以及吴、越平远秀丽之区，然其游峨眉最久，居京师思之不已，宜其所为诗载蜀山蜀江之青碧而出也云云。诗人每与地域山水相发，石遗所言，足资相证。与尧生同时诗人，亦能甚肖蜀中山水者，尚有王病山乃征。王氏在豫藩与先公相得，余尝侍席，知其言论风采，粹然儒者，达于治体，故所至有政声。燕居谈论，于学术流别，剖晰至谛。巡视嵩岳、伊阙，得游草一卷，篇篇可诵。苍秀密栗，韵味旁流，惟深自秘惜，不轻示人，故流布不广。然语蜀中诗人，逼肖蜀山蜀水之青碧者，香宋而外，当推病山。晚岁侨寓申江，鬻医自隐，易名王潜，又自号潜道人云。此四家者，惟裴村比部稍能奇丽，余皆清苍幽峭，字不避习见，语必求惊人，临川所谓成于容易却艰辛者，此类诗是也。综览蜀中近代诗人，咸多此体，语其著者，尚有华阳王雪岑。雪岑精目录校勘之学，收藏甚富，偶事吟咏，自然澹雅。绵竹杨叔峤，说经堂诗，拟古为多，自写性情之作，正复清远。富顺宋芸子，识时之彦，明于中西治术，忧国之言，朝野传诵。其诗多感时抚事之作，蕴藉绵远，不失雅音。江安博沅叔，精金石流略之学，兼好收藏，宋椠明钞，插架万卷，装池题记，罔不精绝；今之陈仲鱼，吴兔床也。校理之余，间事吟咏，综贯故实，尤多逸闻；学有余于诗，故典雅深醇，渊乎味永，若枵然无具徒为寻章摘句读之，鲜不爽然自失矣。成都邓守瑕，久官都下，亲见危亡，草生凝碧，藉泣香红，梦故国之觚棱，摩千年之铜狄，有凄婉之音，极回荡之致。盖其诗植体玉溪，而得力韩渥者也。富顺胡铁华，为香宋弟子，韵味气格，绝类其师。华阳林山腴与尧生倡和，清新俊逸，兼而有之。蚤年与尧生、漱唐、畏庐、石遗，同居宣南，诗酒之会，罔不参预，联吟接席，闻见遂多。反蜀以后徜徉园林，而诗日益工。曾裒缉其诗，刊为清寂堂诗五卷，吴游集一卷，皆能甚肖蜀山蜀水之青碧者也。其乡人蒲殿俊、庞俊、向楚，皆有诗名。而庞俊与山腴，投分尤深，曾序其吴游集。庞氏诗亦清远可诵，盖与山腴笙磬同音者也。蜀中近代诗人，略备于此。他可弗论。

原载《南京大学学报》人文科学版 1962 年第 1 期

龚定庵思想之分析

钱　穆

常州之学，起于庄氏，立于刘、宋，而变于龚、魏，然言夫常州学之精神，则必以龚氏为眉目焉。何者，常州言学，既主微言大义，而通于天道人事，则其归必转而趋于论政，否则何治乎《春秋》，何贵乎《公羊》（左氏主事，《公羊》主义，义贵褒贬进退，西汉《公羊》家，皆以经术通政事也。），亦何异于章句训诂之考索。故以言夫常州学之精神，其极必趋于轻古经而重时政，则定庵其眉目也。

清儒自有明遗老外，即尠谈政治。何者，朝廷于雷霆万钧之力，严压横摧于上，出口差分寸，即得奇祸，习于积威，遂莫敢谈，不徒莫之谈，盖亦莫之思，精神意气，一注于古经籍，本非得已，而习言忘之，即亦不悟其所以然，此乾、嘉经学之所由一趋于训诂考索也。嘉、道以还，清势日陵替，坚冰乍解，根蘖重萌，士大夫乃稍稍发舒为政论焉，而定庵则为开风气之一人。

定庵虽自幼濡染于朴学，而早年持论，颇已著眼于世风时政，今集中有《明良论》四篇，文成于嘉庆十九年甲戌，定庵年二十三。大意谓：

> 士皆有耻，则国家永无耻矣，士不知耻，为国之大耻。历览近代之士，自其……始进之年而耻已存者寡矣。……政要之官，知车马服饰言词捷给而已……清暇之官，知作书法赓诗而已……堂陛之言，则探喜怒以为之节，蒙色笑，获燕闲之赏，则扬扬然以喜，出夸其门生妻子，小不霁则头抢地以出，别求乎可以爱眷之法。……如是而封疆万一立有缓急，则纷纷鸠燕逝而已。伏栋下求俱压焉者尠矣。（洪稚存（亮吉）《卷施阁文》甲集补遗有《廉耻论》，已先定庵言之，可参看。）

盖定庵一家，自其祖匏伯，（敬身字屺怀）父暗斋，（丽正）两世仕宦，定庵年十一，即侍父居京师，至嘉庆十七年壬申，其父简放徽州知府，定庵随侍南行。居京国适踰十载，当时朝廷士大夫风习，定庵虽少年，英才卓荦，固已得其涯略矣。定庵又夙工韵语，为《怀人馆词》，其外王父段茂堂为之序，深奖其词之工，而谓“有害于治经史之性情，为之愈工，去道且愈远。”叮咛教戒，欲其锐意于经史，（《经韵楼集》与《怀人馆词序》亦在嘉庆壬申。）又寄书勉学，嘱问业于程玉田。（《经韵楼集》与《外孙龚自珍札》，事在嘉庆十八年癸酉）而其时定庵学问志趣，似不屑为经生，而颇有取于其乡人实斋章氏文史经世之意也。

嘉庆甲戌，暗斋议修《徽州府志》，延歙汪蛰泉（龙），阳湖洪孟慈（饴孙）诸人为纂修，定庵亦预其甄综人物搜辑掌故之役。有《与徽州府志局纂修诸子书》（见《定菴文集》卷上）大意谓“府志非史，特定省志底本，以储他日之史，君子卑逊之道，直而勿有之义，宜繁不宜简。”其议论俨然似实斋。而尤著者，则在其所为《乙丙之际之箸议》（此等题目亦仿实斋），盖创稿于嘉庆乙亥丙子间，时定庵年二十四五也。

《箸议》大意不取于嫥嫥治古经籍，而有志为昭代治典之探讨，畅见其趣于《箸议》之第六，其言曰：

> 自周而上，一代之治，即一代之学也，一代之学，皆一代王者开之也。……载之文字谓之法，即谓之书，谓之礼。其事谓之史职。以其法载之文字而宣之士民者，谓之太史，谓之卿大夫。天下听从其言语，称为本朝，奉租税焉者谓之民。民之识立法之意者谓之士。士能推阐本朝之法意以相诫语者谓之师儒。王之子孙大宗继为王者谓之后王。后王之世之听言语奉租税者，谓之后王之民。王若宰若大夫若民相与以有成者谓之治，谓之道。若士若师儒，法则先王先冢宰之书以相讲究者谓之学。师儒所谓学有载之文者亦谓之书。是道也，学也，治也，则一而已矣。乃若师儒有能兼通前代之法意，亦相诫语焉，则兼综之能也，博闻之资也。上不必陈于其王……下不必信于其民。陈于王……信于民，则必以诵本朝之法，读本朝之书为率。师儒之替也，源一而流百焉，其书又百其流焉，其言又百其书焉，各守所闻，各欲措之当世之君民，则政教之未失也。虽然，亦皆出于本朝之先王。……后之为师儒不然，重于其君，君所以使民者则不知也，重于其民，民所以事君者则不知也，生不荷耰耡，长不习吏事，故书雅记，十窥三四，昭代功德，瞠目未睹，上不与君处，下不与民处。由是士则别有士之渊薮者，儒则别有儒之林囿者，味王霸之殊统，文质之异尚，其惑也，则且援古以刺今，嚣然有声气矣。是故道德不一，风教不同，王治不究，民隐不上达，国有养士之资，士无报国之日，殆夫殆夫，终必有受其患者。而非士之谓乎！（此文亦

名《治学》)

此其陈义至新颖，而实承袭实斋《文史通义》之说。《通义》初刻，在嘉庆元年，至是适二十年。当时实斋创为六经皆史之论，本以矫并世经学家述古昧今之迷，定庵外王父段氏为东原大弟子，卒于嘉庆二十年乙亥，正其外孙属草《箸议》之年也。学术随风气而变，风气依时代而易，观于此，而实斋所谓学术当以经世，勿趋风气追时尚者，其意良可深玩矣。盖实斋之唱六经皆史，与常州庄氏之所谓“先寻圣微言大义于语言文字之外”者，同为一时之孤经，方其生，声名落漠，而终不能抑塞其后世之大行。至定庵之学，虽相传以常州今文目之，而其最先门径，则端自章氏入。亦以章氏学之与常州，若略其节目，论其大纲，则同为乾、嘉经学之反动，故游其樊而得相通也。

定庵之不满于当时所谓经学者，又见其意于为《江子屏所著书叙》(文成嘉庆二十二年丁丑)。其言曰：

> 三王之道若循环，圣者因其所生据之世而有作。……孔门之道，尊德性，道学问，二大端而已。二端之初，不相非而相用，祈同所归。识其初，又总其归，代不数人，或数代一人，其余则规世运为法。(入)我朝，儒术博矣，然其运实为道问学。……是有文无质也，是因迭起而欲偏绝也。圣人之道，有制度名物以为之迹(表)，有知来(穷理)尽性以为之里，有诂训实事以为之迹，有知来藏往以为之神，谓学尽于是，是圣人有博无约，有文章而无性与天道也。

此其抨弹汉学，大旨与实斋《通义》之说绝类。定庵既为江氏书作序，又附一笺，极论江氏书名之不安。谓：

> 大著曰《国朝汉学师承》记，名目有十不安：……实事求是，千古同之……非汉人所能专。……本朝自有学问，非汉学，有汉人稍开门径而近加邃密者，有汉人未开之门径，谓之汉学，不甚甘心……琐碎饾饤，不可谓非学，不得谓汉学。……汉人与汉人不同，家各一经，经各一师，孰为汉学乎？……若以汉与宋为对峙，尤非大方之言，汉人何尝不谈性道……宋人何尝不谈名物训诂，不足概服宋儒之心……近有一类人，以名物训诂为尽宋人之道，经师收之，人师摈之，不忍深论。以诬汉人，汉人不受。……汉人有

> 一种风气，与经无与而附于经……《大易》、《洪范》，体无完肤……本朝何尝有此恶习。……本朝别有绝特之士，涵泳白文，刱获于经，非汉非宋，亦惟其是。……国初之学与乾隆以来之学不同，国初人即不专立汉学门户，大旨欠区别。（此笺亦在丁丑冬至，即《乙丙箸议》之后一年也）

凡定庵早年深不满于当时所谓汉学者如是。而定庵之学业意趣，乃亦一反当时经学家媚古之习，而留情于当代之治教。于是盱衡世局而首唱变法之论，其意见于《乙丙之际箸议》第七，其言曰：

> 拘一祖之法，惮千夫之议，听其自陊，以俟踵兴之改图……孰若自改革。……天何必不乐一姓。（此文亦名《劝豫》。管同《因寄轩文初集》卷一有《永命篇》，先定庵言之。又安吴包世臣有《说储》，在嘉庆辛酉，已切实为清廷拟新制矣。越后以《公羊》言改制最激者，极于戊戌之变政，然如废八股，开言路，汰冗员诸要端，包氏书亦一一先之也）

然当嘉、道之际，去雍、乾盛世未三十年，一世方酣嬉醉饱，而定庵已忧之，曰“将败，其豫师来姓”，汲汲为一姓劝豫，人其孰信，抑且目为狂。定庵乃深愤懑而见其意于《箸议》之第九。其言曰：

> 吾闻深于《春秋》者，其论史也，曰……世有三等。……皆观其才。才之差，治世为一等，乱世为一等，衰世必为一等。衰世者，文类治世，名类治世，声音笑貌类治世。黑白杂而五色可废也，似治世之太素；宫羽淆而五声可铄也，似治世之希声；道路荒而畔岸隳也，似治世之荡荡便便；人心混混而无口过也，似治世之不议。左无才相，右无才史，阃无才将，庠序无才士，陇无才民，廛无才工，衢无才商，抑巷无才偷，市无才驵，薮泽无才盗。则非但尠君子也，抑小人甚尠。当彼其世也，而才士与才民出，则百不才督之缚之，以至于僇之。僇之非刀非锯……徒僇其心。僇其能忧心，能愤心，能思虑心，能作为心，能有廉耻心，能无渣滓心。……才者自度将见僇，则蚤夜号以求治，求治而不得，誖悍者则蚤夜号以求乱。夫悖且悍，且睊然眮然以思世之一便己，才不可问矣。乡之伦，聒有辞矣。然而起视其世，乱亦竟不远矣！（此文又称《乙丙之际塾议》二）

定庵抱掩世之才，具先睹之识，危言高论，不足以破一世之訑訑。其后三十年而洪、杨难作，定庵所谓“不远”者，乃不幸言中。夫徒法不能以自行，而变法则尤有待于一世之人才，人才则有待于百年之培养，而定庵之世何如者。定庵谓“世之衰征于无才，而无才则原于无培养”。定庵又微见其意于所为《江南生橐笔集叙》，谓“本朝纠处士大夫甚密，纠民甚宽，视前代矫枉而过其正”。（此意管同、异之《拟言风俗书》已畅论之。安吴、包慎伯著《说储》，主罢八股，以明经术策时务应之，又主设给事中，以新进茂才除授，直门下，主封驳诏勅，国有大政大狱下九卿者，国子监祭酒得手教诸生各以意为议呈本师汇择奏之。其书与管文略相先后，管氏谓“清政安静于庙堂学校之间，大臣无权，台谏不争，清议之持无闻于下，而务科第”，包书则正从正面立法以矫其弊也。包氏已大胆为清廷草拟改制书矣，经学家承其后，乃以孔子《春秋》相附会。）

其所谓“纠虔士大夫甚密”者，于定庵集中亦可得其二事。其一为《太仓王中堂（掞）奏疏书后》，其文绝瑰丽，如怨如慕，极动宕之致。谓：

> 圣朝受天大命，以圣传圣，家法相治，不立皇太子，纯皇帝尝申命曰：“万世之孙之朝，有奏请立太子者斩毋赦。”以数大圣人之用心，特识夐然，前后千万岁，不但汉、唐、宋诸朝不足为例，即羲、炎、顼、喾以来统祚之正，气运之隆，岂有伦比。掞区区抱蝼蚁之忠，逞隙穴之窥，于康熙五十六年五十九年六十年奏请册立皇太子疏前后十余上。圣祖始优容，不报，掞疏不止，自撄震怒。然犹扩天地之量，垂日月之鉴，愍其愚忠，怜其耄昏，廷议以远戍上，其子奕清请代父往，竟曲从之。（按：王掞时年八十四。）……恭读圣祖谕曰：“王掞敢将国家最大之事妄行陈奏。”又曰：“王奕清请代父谴戍，伊等既自命为君为国之人，著即前往西陲军前效力。”是故君父之慈臣子，无所不容，教诲委曲，至夫斯极。王氏世世万子孙，宜何如感泣高厚以塞罪过者哉！高宗皇帝临御六十年，如尧勑勤，乃竞竞付託，为百神择主，为先圣择后圣，为兆民择父母。诞以我皇帝（嘉庆）册立皇太子，明年行授受礼，尧坐于上，舜听于下，重光叠照者四年，不徒如前史册太子事，则固出于一人之断，而岂待夫奏请之者。可见至大至深之计，圣明天纵之主，又自能运于一心而成之，固不必区区儒生，抱蝼蚁之忠，隙穴之窥，自命忠孝，始克赞夫景烈与鸿祚也。惟是叀考掞上疏之年，亦恭值仁皇帝勑勤之际，与高宗六十年时，得埒事均，又值废太子理密亲王锁禁后，老

臣衰惫，其愚忠近似于不得已者。意者纯皇帝读《实录》之暇，俛见拨之私忧过计，默思仁皇帝不加罪之故，翻然以泰山而取尘，以东海而受勺，故卒有是至大至深之显休命耶？未可知也。信若是，公虽一时触忤君父，而其言且大用于七八十年之后，为神圣师，公顾不荣也哉！（此文成于丁丑，亦在《乙丙箸议》后一年）

又其一则为《杭大宗逸事状》，其文绝冷隽，如泣如诉，极凄婉之致，谓：

乾隆癸未岁，（按：事在乾隆八年癸亥，此定庵误记也。）杭州杭大宗以翰林保举御史，例试保和殿。大宗下笔为五千言。其一条云："我朝统一久矣，朝廷用人，宜泯满汉之见。"是日旨交刑部，部议拟死，上博询廷臣……意解，赦归里。

乙酉岁纯皇帝南巡，大宗迎驾，召见。问"汝何以为活？"对曰："臣世骏开旧货摊。"上曰："何谓开旧货摊？"对曰："买破铜烂铁陈于地卖之。"上大笑，手书"买卖破铜烂铁"六大字赐之。

癸巳岁，纯皇帝南巡，大宗迎驾。名上，上顾左右曰："杭世骏尚未死么？"大宗返舍，是夕卒。（此文年无考，疑亦在定庵入京前）

以若是之朝廷，士大夫出而仕，奈何开口言政事，更奈何言气节廉耻，又何言人才。定庵既言之于《古史钩沉论》之首篇，曰：

气者耻之外也，耻者气之内也。……积百年之力以震荡摧锄天下之廉耻，既殄既狝既夷，顾乃席虎视之余荫，一旦责有气于臣，不亦莫乎！（本文亦名《觇耻》。又按吴昌绶所为《定庵年谱》引《国朝诗征序》，谓定庵年三十四（乙酉）著《古史菴沉论》七千言，具稾七年未写定，《己亥杂诗注》则系于癸巳岁，盖其时方成。今所存四篇，不足五千言，则删婼多矣。）

定庵又极言之于与人之笺，曰：

缚草为形，实之腐肉，教之拜起，以充满于朝市，风且起，一旦荒忽飞扬，化而为沙泥。（《与人笺》）

嘻！何其言之沉痛而深刻耶？

以若是之世界，若是之人才，又何以言变法。定庵于是又唱为《尊隐》之论，其诗谓“少年尊隐有高文”，是《尊隐》亦早年作也。其文曰：

> 丁此世而有国，而君子适生之。不生王家，不生其元妃嫔嫱之家，不生所世世豢之家。……古先册书，圣智心肝，人功精英，百工魁杰所成。如京师，京师弗受也，非但不受，又裂而磔之。……则反其野矣。……百媚夫不如一猖夫也，百酣民不如一瘁民也，百瘁民不如一之民也。

然定庵实不能为“一之民”，定庵不能隐，终且如京师。

定庵以嘉庆二十二年戊寅中式浙江乡试，即以是年入都。明年会试不售，又明年（庚辰）会试仍不售，仅得为内阁中书，真所谓“京师弗受”矣。然定庵自负其才气，敢为出位之言，是年即为《东南罢番舶议》（已佚，国学扶轮社本龚集注云为其子所匿。又按管同《因寄轩文初集》卷二有《禁用洋货议》，包世臣《说储》亦主之。）及《西域置行省议》。及其晚年，犹津津自道之，曰：

> 五十年中言定谂，苍茫六合此微官。（《己亥杂诗》）

其后合肥李鸿章《黑龙江述略序》亦言之，曰：

> 古今雄伟非常之端，往往榝于书生忧患之所得。龚氏自珍议西域置行省于道光朝，而卒大设施于今日。（此云道光朝误）

则所谓“五十年中言定谂”者固非夸诞，然而定庵终自无奈其为微官何也！定庵则又慨言之曰：

> 东华飞辩少年时，伐鼓撞钟海内知，牍尾但书“臣向校”，头衔不称閟其词。（《己亥杂诗》自注：“在国史馆日，上书总裁论西北塞外部落原流山川形势，订《一统志》之疏漏，初五千言，或曰，非所职也，乃上二千言。”按其事乃在道光元年辛巳，定庵年三十）

其后又三经会试不第，乃稍稍寄媚于经术，又放情于金石，流玩于释典，而终不忘其用世。及道光九年己丑，定庵年三十九，始得会试中式，赐同进士出身，朝考以知县用，自请仍旧中书原班，则自庚辰以来，适十年矣。其廷试对策，祖王荆公《上仁宗皇帝书》，自詠当日事，谓：

> 霜豪掷罢倚天寒，任作淋漓淡墨看。何敢自矜医国手，药方只贩古时丹。（《己亥杂诗》）

其兀傲自喜不欲中绳墨如此。乃又不胜愤懑，激而为吊诡，自以楷法不矩：

> 中礼部试，殿上三试不及格，不入翰林，考军机处，不入直，考差，未尝乘轺车。（《干禄新书·自序》）

乃托言为《干禄新书》，用以嘲世。时已道光十四年，定庵年四十三，其成进士亦六年矣。而定庵终自无奈其为一微官何。（《翼教丛编》叶德辉讥魏默深已试令，有何政绩，龚定庵《干禄新书·序》胸怀猥鄙，何能致用。窃谓魏犹有说，龚氏颇难自解也。）

定庵乃于是而又唱《尊命》之论。其言曰：

> 儒家之言，以天为宗，以命为极，以事父事君为践履。……后之儒者……其于君也，有等夷之心，有吾欲云云之志；曰：吾欲吾君之通古今之故，实欲以自售其学；欲吾君之烛万物之隐，实欲以自通其情；欲君之赏罚予夺，不爽于毫发，实欲以自偿其功。其于君也，欲昭昭曝曝，如贸易者之执券而适于市，亵君嫚君孰甚！……是故若飞若蛰，闷闷默默，应其不可测，如鱼游于川，惟大气之所盘旋，如木之听荣（枯）于四时，蠢蠢傀傀，安其不可知。

此定庵之无聊赖，乃欲设此自逃遁。然定庵不徒不能尊隐，抑亦不能尊命。以定庵之聪明才气，终不能“闷闷默默，应其不可测，蠢蠢傀傀，安其不可知。”而定庵终自无奈其为微官何。因耶闲曹，既不得一伸意，乃于是又激而为《宾宾》之说。其言曰：

> 五行不再当令，一姓不再产圣。兴王兴智矣，其开国同姓魁杰寺耇易尽也。宾也者，异姓之圣智魁杰寿耇也。其言曰：臣之籍，外臣也；燕私之游不从，宫库之藏不问，世及之恩不预，同姓之狱不鞫，北面事人主，而不任叱咄奔走，捍难御侮，而不死私仇。……古者开国之年，异姓未附，据乱而作，故外臣之未可以共天位也，在人主则不暇，在宾则当避（疑）忌。……又易世而太平矣，宾且进与人主之骨肉齿。然而祖宗之兵谋，有不尽欲宾知者矣；燕私之禄，有不尽欲与宾共者矣；宿卫之武勇，有不欲受宾之节制者矣；一姓之家法，有不欲受宾之论议者矣。四者，三代之异姓所深自审也。是故周祚四百，其大政之名氏……皆姬姓也，其异姓之闻人，则史材也。且夫史聃之训曰："知足不辱，知止不殆。"知所以自位，则不辱矣，知所以不论议，则不殆矣；不辱不殆，则不憔悴悲忧矣。孔子曰："非天子不议礼，不制度，不考文，吾从周。"从周，宾法也。又曰："出则事公卿。"事公卿，宾分也。孟轲论卿，贵戚之卿，异异姓之卿；夫异姓之卿，固宾籍也。……《易》曰："穷则变，变则通，通则久。"恃前古之礼乐道艺在也。故失宾也者，生乎本朝，仕乎本朝，上天有不专为其本朝而生是人者在也。……孔子述六经，则本之史也。……若夫其姓宾也，其籍外臣也，其进非世及也，其地非闺闼燕私也，而仆妾色以求容，而俳优狗马行以求禄，小者丧其仪，次者丧其学，大者丧其祖，徒乐厕于仆妾，俳优狗马之伦，孤根之君子，必无取焉。（此篇又名《古史钩沉论》四）

定庵之唱为宾宾之义者如是。则其先所谓六经皆史，士大夫皆当守本朝之法以为本朝之用者，至是乃不得不转而谓生乎本朝仕乎本朝而上天有不专为其本朝生是人者焉。其人则宾，其学则史，其所待乃在后起之新王。此其为说，固断断非章氏初创六经皆史论之所知，亦非定庵早年著议乙丙之际时所能自料者矣。（《古史钩沉论》创始于乙酉，完成于癸巳，在《乙丙箸议》后十年至十七年。）故定庵谓"六经，周史之宗子；诸子，周史之小宗。"（见《古史钩沉论》二。）此皆章氏之绪论，而定庵袭之。定庵又谓"孔子述六经本之史，史也，献也，逸民也，皆于周为宾，乃异名而同实。"则奇思奥旨，别开天地，前人所未敢知。然而其气激，其志愤，其意亦可哀矣！而定庵终亦未能守其宾宾之道，终亦未能"知止足，不憔悴，不悲忧"。道光十八年戊戌冬，林则徐拜钦差大臣赴粤，定庵为文送行（《送钦差大臣侯官林公序》，戊戌十一月。），复申之以手书。则徐复之曰：“陈文之高，非谋识宏远者不能行，而旌旆之南，事势有难言者。”（原书附《定庵集》。）盖定庵不得志于朝廷，欲求一试于疆吏，至是又不售，乃浩然有归志，终不得不折而逃于往者为《尊隐》之高文焉。

定庵又不甘心于终隐，其己亥之弃官而归也，又赋诗以见意，曰：

弃妇丁宁嘱小姑，姑恩莫负百年劬，米盐种种家常话，泪湿红裙未绝裾。

又曰：

亦曾橐笔侍銮坡，午夜天风伴玉珂，欲浣春衣仍护惜，乾清门外露痕多。

是定庵虽弃官去，终不忘朝廷，异乎其所谓隐，又异乎其所谓宾也，且定庵亦若有不甘于其所自谓隐与宾者。而既终不得志于朝廷，于是乃横逸斜出，为红粉知己之想。其诗曰：“风云材略已消磨，甘隶妆台伺眼波。”又曰：“今日不挥间涕泪，渡江只怨别娥眉。”又曰：“别有狂言谢思望，东山妓即是苍生。”又曰：“设想英雄垂暮日，温柔不住住何乡。”可谓咏叹淫佚，情不自禁矣。然定庵又不欲以美人金粉风流放诞终。盖定庵既少受家训，长染时风，又不能忘怀于经生之业。故曰：“六义亲闻鲤对时，及身删定答亲慈。”又曰：“仕幸不成书幸成，乃敢斋袚告孔子。”于是定庵乃仍不失为一当时之经生。而定庵之治经又一如其论政，往往有彷徨歧途莫审适从之概。

定庵虽自幼得其外王父段氏之诱引，而若终不欲拘拘治小学，盖定庵之精神意趣自有不甘同于乾嘉正统之辙迹者。其不乐经生之媚古，不徒见之于乙丙之际之《箸议》，及其中浙江乡试再进京师，犹时时言之。其意可征之于所为《陈硕甫所箸书序》，其言曰：

孔子曰：“吾道一以贯之”。……后世小学废，专有大学，童子入塾，所授即治天下之道，不则穷理尽性幽远之言。六书九数，白首未之闻。其言曰：学者当务精者矩者，凡小学家言不足治，治之为细儒。于是君子有忧之，忧上达之无本，忧逃其难者之非正，不由其始者，终不得究物之命。于是黜空谈之聪明，守钝朴之迂迥。物物而名之（名），不使有遁。其所陈述艰难……有高语大言者，则拱手避谢，极言非所当。……愚瘁之士，寻之有门径，绎之有端绪，盖整齐而比之之力，至苦劳矣。陈硕甫曰：是苦且劳者，有所甚企待于后。后孰当之？则乃所称闻性道与治天下者也。……使黄帝正名，而不以致上世之理，孔子之正名，而终不能以兴礼而齐刑，则六艺为无用，而古之儒之见诟，与诟古之儒者齐类。彼陟颠而弃本，此循本而忘颠，庸愈乎？且吾不能生整齐之（之）后，既省吾力，而重负企待者。于是始以六书九数之术，及条礼家曲节碎文如干事推之，欲遂以通于治天下。……兵部主事姚先生（学塽、镜塘）曰："今天下得十数陈硕甫，分置各行省，授行省学弟子。天下得百十巨弟子，分教小弟子，国家进士，必于是乎取，则至教不踖等，且性与天道之要，或基之闻矣。"中书胡先生（承琪）曰："使硕甫自信所推毕无阂，请从姚先生之言，所推犹有阂，则姑舍是言。整齐益整齐，企待益企待。总之必不为虚待，无岐谬。"是二言者，龚自珍皆闻之，因最录书指意皆识之。（此文年无考，然硕甫以丁丑来京师，定庵以戊寅来京师，文殆作于此时，去其所为《江子屏所著书序》不一二年也。魏默深评此文云，"空谈性理，非学也，乃朴学之士，矫空疏之弊太过，又谓学尽于是，是古有六书九数而无天人性命也。此云天人性命之学从小学入手，小学者实兼《礼经》十七篇，《曲礼》、《内则少仪弟子职》与六书九数而言，此儒者家法，本末体用备具，千古可息争端矣。此文恐是古今一关键"。盖当时议论，不仅不以六书九数尽学问，并不敢以六书九数尽小学矣。戴望为陈硕甫弟子，再从此一转身，渐折入颜、李路上，则此文诚当时一关键也。）

硕甫乃茂堂大弟子，然已不欲以小学自限，乃祈通于治天下，虽同时犹有"整齐益整齐，企待益企待"之论，而定庵则徘徊无所一是，且无宁谓其同情于硕甫也。

定庵既来京之翌年（己卯）遂从学于刘逢禄，习《公羊》、《春秋》。又深爱宋翔凤谓其"万人丛中一握手，使我衣袖三年香"。又称其"朴学奇材张一军"。盖常州之学，固已与乾、嘉朴学诸前辈不同，固自朴而转于奇，定庵所谓朴学而必奇材者，常州《公羊》之学有之。定庵亦以奇自负，既不满于其外王父所治小学之循谨，而欲高谈性天治道，则闻刘、宋之说而喜之。道光壬午（定庵年三十一，从刘学之三年。）乃为《武进庄公神道碑铭》，极推其所为《尚书既见》。其言曰：

辨古籍真伪，为术浅且近者也，且天下学僮尽明之矣，魁硕当复勿言。古籍坠湮十之八，颇藉伪书存者十之二，帝胄天孙，不能旁览杂氏，惟赖幼习五经之简，长以通于治天下。……《大禹谟》废，“人心道心”之旨，“杀不辜宁失不经”之诫亡矣；《太甲》废，“俭德永图”之训坠矣；《仲虺之诰》废，“谓人莫己若”之诫亡矣；《说命》废，“股肱良臣启沃”之谊丧矣；《旅獒》废，“不宝异物贱用物”之诫亡矣；《冏命》废，“左右前后皆正人”之美失矣。今数言幸而存，皆圣人之真言，言尤疴瘵关后世，宜贬须臾之道，以授肄业者。

夫而后阎百诗、惠定宇诸人所毕精力辨于《尚书》古文之真伪者，乃曰其术浅且近，今日魁硕勿言，夫亦曰可以通治道，则已矣。此常州《公羊》之学，所由与乾、嘉朴学考订异趋也。

定庵治经，既务求其通治道，乃曰“琐以耗奇，不如躬行以耗奇之约。”（《铭座诗》）定庵不乐“借琐以耗奇”（五字亦诗语。），乃务益为其大。癸未有《五经大义终始论》，此物此志也。（陈兰甫评此文云：“孔子至圣，但为《易传》，七十子以下至汉之大儒所著者，《礼记》、《春秋传》、《书》、《大传诗传》、《外传》，从无极五经之义以著论者，但观此题，即知其人之无学问，直狂妄而矣！”陈氏论学与龚不同，然若使乾、嘉诸老见之，恐亦首肯此说。）顾治五经大义以求通于治道，而为之朝廷天子者弗受，则其道终绌，定庵不能不有以耗其奇，耗其奇者不能不终以陷于琐，此则非尽定庵之过也。道光丁亥，定庵（年二十六）赋《常州高材篇》，其辞曰：

天下名士有部落，东南无与常匹俦！我生乾隆五十七，晚矣不及瞻前修。外公门下宾客盛，始见臧（在东）顾（子述）来裒裒，奇才我识恽伯子，绝学我识孙季逑，最后乃识掌故赵（味辛），献以十诗赵毕酬。……乾嘉辈行能悉数，数其派别征其尤：《易》家人人本虞氏，毖纬户户知何休，声音文字各突奥，大抵钟鼎工冥搜；学徒不屑谭贾、孔，文体不甚宗韩、欧；人人妙擅小乐府，尔雅哀怨声能遒；近今算学乃大盛，泰西客到攻如仇。常人倘欲问常故，异时就我来谘诹。

凡此所举，惟算学非定庵所习，其他则定庵皆擅其能事，所谓借以耗奇者，其究不得不归于琐，及其琐乃不得不落于小。逮于定庵晚年，而重有《抱小》之论，其言曰：

古之躬仁孝，内行完备，宜以人师祀者，未尝以圣贤自处也，自处学者。未尝以父兄师保自处也，自处子弟。自处子弟，故终身治小学。……孔子曰：入则孝，出则弟，有余力以学文。学文之事，求之也必劬，获之也必创，证之也必广，说之也必涩，不敢病迂也，不敢病琐也。求之不劬则粗，获之不创则剿，证之不广则不信，说之不涩则不中（忠），病其迂与琐也则不成。其为人也。淳古之至，故朴拙之至；朴拙之至，故退让之至；退让之至，故思虑之至；思虑之至，故完密之至；完密之至，故无所苟之至；无所苟之至，故精微之至。小学之事，与仁、爱、孝、弟之行，一以贯之已矣。若夫天命之奥，大道之任，穷理尽性之谋，高明广大之用，不曰不可得闻，则曰俟异日，否则曰：我姑整齐是，姑抱是，以俟来者。自珍谨求之本朝，则有金坛段公七十丧亲，如孺子哀，八十祭先，未尝不哭泣，八十时读书，未尝不危坐，坐卧有尺寸，未尝失之，平生箸书以小学名；高邮王尚书六十五丧亲，如孺子哀，平生箸书以小学名。（此文著作年无考，然谓王尚书六十五丧亲，则至早在道光壬辰后也）

定庵言当时小学家者如此，可谓精美矣。定庵自谓年十二，外祖父金坛段先生，即授以许氏部目，是其浸润于小学家之庭训至深且久，宜其言之精美若是也。定庵之举浙江乡试，高邮王引之伯申，实为其座主，所谓王尚书是也。尚书既卒，而定庵为之铭墓表（王伯申卒在道光十四年甲午，定庵墓表铭作于十五年乙未。），自述平日所闻于尚书者，曰：

吾之学，于百家未暇治，独治经。（伯申季子寿同《观其自养斋烬余录》有《拟复龚定庵书》，谓“先人于秦诸子《史记》、《汉书》皆有校正，其说皆在《读书杂志》中，至《广雅疏证》末卷，则直著文简公名，何阁下曰先君有言，吾于百家不暇治，独治经邪？”）吾治经，于大道不敢承，独好小学。夫三代之语言与今之语言；如燕、越之相语。皆治小学，吾为之舌人焉。其大归用小学说经用小学校经而已矣。……又曰：吾之学未尝外求师，本于吾父之训。所著书谓之《经义述闻》，述闻者，乃述所闻于兵备公也。（寿同书云：“先君著《经义述闻》，名述闻者，善则归亲之义，其中凡先光禄说十之三，先文简公说十之七。其书阁下亦既读之矣，今不别其辞，而浑举曰述闻于兵备，则先君《述闻》一书，不仅录写之劳乎？又阁下独举《述闻》而遗《释词》，窃恐后之读《定庵文集》者，就文以考先人之书，必曰《释词》。非王文简公著也。”按定庵此文，实为对其理想中小学家之风度为一种极好之描写，观于寿同之缕辨，益见龚文剪裁有深趣也。）……又曰：吾著书不熹放其辞。自珍受而读之，每一事，就本事说之，栗然不止，不溢一言，如公言。公之色，孺子色，与人言，未尝有所高论异谭。年近七十，为礼部尚书，兵备公犹在，比丁忧服阕，再补工部尚书而公旋卒矣，公终身皆其为子之年。（此文语意与《抱小篇》相足，知《抱小篇》亦略同时也。）

定庵之善言当时小学家风格与意度者，乃又若不禁深寓其爱慕之意焉，故曰：“六义亲闻鲤对时，及身删定答亲慈”，亦有意乎其人也。然则定庵之为学，其先主治史通今，其卒不免于治经媚古，其治经也，其先主大义通治道，其卒又不免耗于琐而抱其小焉。自浙东之六经皆史，一转而为常州《公羊》之大义微言，又自常州之大义微言，再折而卒深契乎金坛高邮之小学训诂，此则定庵之学也。

以定庵之才，遇定庵之时，而遂以成其为定庵之学。定庵之诗又有之，曰：

九州生气恃风雷，万马齐瘖究可哀，我劝天公重抖擞，不拘一格降人材。

若定庵可谓不拘一格之人才矣。然定庵似不能善自用其才，既奔进四溢而无所于止，乃颓然自放而有《宥情》之说，而又不能以宥情终，定庵乃益彷徨无所宁。故《己亥杂诗》三百一十五首，而终之曰：

吟罢江山气不灵，万千种话一灯青，忽然阁笔无言说，重礼天台七卷经。

则定庵亦于是乎卒矣。（定庵以暴疾终，其己亥出都，以一车自载，一车载文集百卷，不携眷属兼从，仓皇可疑。《杂诗》谓“我马玄黄盼日曛，关河不窘故将军”，又曰“生还重喜酹金、焦”。其年十月北上迎眷，谓陈硕甫为予规画北行事，明白屏利，足征良友之爱。自驻任邱县，遣一仆入都，儿子书来乞稍稍北，乃进次雄县，又请，乃又进次固安（均见《杂诗自注》），自必有甚不得已者，后人对定庵传说，非尽无因。王国维《人间词话》有云：“读《会真记》者，恶张生之薄幸而恕其奸非，读《水浒传》者，怒宋江之横暴而责其深险，此人之所同也。故艳词可作，唯万不可作儇薄语。定庵诗云：偶赋凌云偶倦飞，偶然间慕遂初衣，偶逢锦瑟佳人问，便说寻春为汝归。其人之凉薄无行，跃然纸墨间，又何必考厥平生而后知其邪僻哉”。则又为深一层之责备。大抵定庵性格，热中傲物，偏岩奇诞，又兼之以轻狂。定庵谓“起而视其世，乱亦竟不还”，定庵亦可为此时期一象征人物也。）

定庵自言，“江铁君，沅，是予学佛第一导师。”铁君乃江艮庭之孙，艮庭师事惠定宇，亦小学名家，铁君既传其家学，又师事彭尺木学佛，定庵有《知归子讚》，即尺木，而定庵自号怀归子，识其慕尺木也。定庵自谓“一事平生无齮龁，但开风气不为师”。然余观定庵之学，博杂多方，而皆有所承，亦非能开风气，定庵特沿袭乾、嘉以来全盛之学风，而不免露其萧索破败之意象者也。

定庵有《己亥六月重过扬州记》，谓：

> 天地有四时，莫病于酷暑，而莫善于初秋，澄汰其繁缛淫蒸，而与之为萧疏澹荡，冷然瑟然，而不遽使人有苍莽寥泬之悲者，初秋也。今扬州，其初秋也欤？

瓶水冷而知天寒，扬州一地之盛衰，可以观国运。（扬州盛衰，可参看阮元《揅经室再续集》卷三《扬州画舫录》二跋，第一跋在道光十四年，第二跋在道光十九年，即己亥也。）当定庵之世，固是一初秋之世也。

定庵卒年林则徐广东事败，不十年洪、杨乱起，定庵所谓“莫善于初秋”者，其境乃不可久。湘乡曾氏削平大难，欲以忠诚倡一世，而晚境忧讥畏谗，惴惴不可终日，异性之宾，虽掬忠诚以献其主，其主疑忌弗敢受也，故湘乡之倡导忠诚，亦及身而歇，无救于一姓之必复。自是而《公羊》之学附会于变法，而有南海康氏，然亦空以其徒膏斧钺，身则奔亡海外，仅全要领，犹且昌言保王，识出定庵《宾宾》下远甚。而定庵治《春秋》，知有变法，乃不知有夷夏，其《五经大义终始答问》乃谓宋、明山林偏僻士，多言夷夏之防，比附《春秋》，不知《春秋》者也。定庵又言尊史，乃知有乾、嘉，不知有顺、康，故止于言《宾宾》而不敢言革命。然则定庵之所讥“百年之力以震荡摧锄天下之廉耻，既殄既狝既夷”者，正彼之所以得夷踞于宾之上而安为其主者也。向使圣情之列祖列宗，亦效《三代》神圣，不忍弃才臣智士而厚豢驽羸（亦《乙丙塾议第二》篇中语)，则何以使定庵生初秋之世，酷热已消，衰象已见，方治《春秋》，而犹不敢游思及于夷夏，顾惟以《宾宾》、《尊命》之说自慰藉哉。然而定庵犹知倡《宾宾》之说，要已为一代奇才矣。《定庵集》高论尚多有，然如《平均》篇则本之唐大园（唐甄《潜书》极行于吴，定庵必见之。又许周生有《礼论》三篇，亦发不平召乱之义。定庵《乙丙之际箸议》第十九，论西北水利，许周生《答丁子复书》已言之。（《鉴止水斋集》卷十）定庵文字往往有来历也)，《公私篇》则颇似洪北江（《意言·真伪篇》，定庵熟常州文献，又交其子，亦必见之)，散而无统，不足成一家之言矣，此故不备论。

原载《国学季刊》1935年第5卷第3号

龚自珍简论

季镇淮

一　生平和思想

近代思想家、文学家龚自珍（1792~1841）字尔玉，又字璱人。更名易简，字伯定；又更名巩祚，号定盦，又号羽琌民。浙江仁和（今杭州市）人。清乾隆五十七年（1792）生于府东城马坡巷一个世代的官僚文士家庭。伯祖父名敬身，字屺怀，号匏伯，乾隆三十四年（1769）进士，官至迤南兵备道，著有《桂隐山房遗稿》。亲祖父名禔身，字深甫，号吟臞，乾隆三十四年会试中正榜，官至内阁中书军机处行走，著有《吟臞山房诗》。父名丽正，字赐谷，又字赐泉，号暗斋。嘉庆元年（1706）进士，官至江南苏松太兵备道，署江苏按察使，著有《国语注补》、《三礼图考》、《两汉书质疑》、《楚辞名物考》诸书。母名训，字叔斋，贵州玉屏县知县、著名小学家段玉裁之女，著有《绿华吟榭诗草》。龚自珍幼年好读《梅村集》、《方百川遗文》和宋左彝《学古集》，“三者皆于慈母帐外灯前诵之。吴诗出口授”（《三别好诗序》）。在优越的家庭教育下，龚自珍从八岁至少青时代，不断地开展了广泛的学习研究，搜辑科名掌故；以经说字、以字说经；考古今官制；为目录学、金石学；等等。这些都是当时风行一世的乾嘉之学的基础科目。同时，在文学上，也显示了创作的才华。十三岁，作《知觉辨》，“是文集之托始”。十五岁，诗集编年，十九岁，倚声填词。到二十一岁，段玉裁为他的词集作序说：“所业诗文甚伙，间有治经史之作，风发云逝，有不可一世之概。尤喜为长短句，其曰《怀人馆词》者三卷，其曰《红禅词》者又二卷，造意造言，几如韩李之于文章，银盌盛雪，明月藏鹭，中有异境。……自珍以弱冠能之，则其才之绝异，与其性情之沈逸，居可知矣”（《经韵楼集》卷九《怀人馆词序》）。这可以说是二十以前学习的概括总结，也说明他早年即已文采斐然。为老辈所称赞、器重。

但在科举和仕途的阶梯上，龚自珍是始终不得意的。嘉庆十五年（1810），龚自珍年十九，应顺天乡试，由监生中式副榜第二十八名。二十三年（1818）

二十七，又应浙江乡试，始中举，主考官为著名汉学家高邮王引之。从次年起应会试，五次都落选，直到道光九年（1829），第六次应会试，始中进士，年三十八。嘉庆二十五年（1820）他开始入仕，为内阁中书，后历宗人府主事（道光十五年，1835），礼部主事祠祭司行走，又补主客司主事（道光十七年，1837），都很卑微，困厄下僚。四十八岁，辞官南归（道光十九年，1839）。五十岁，暴卒于丹阳云阳书院（道光二十一年，1841），时为鸦片战争第二年。

龚自珍生活的时代，是统一的封建国家面临没落崩溃，走向半封建半殖民地的历史新阶段。一方面是外国资本主义侵略势力不断加深，早在道光三年（1823），龚自珍已指出"粤东互市，有大西洋，近惟英夷，实乃巨诈，拒之则叩关，狎之则蠹国"之严重的民族危机（《阮尚书年谱第一序》）；另一方面是国内阶级矛盾日益尖锐，更早在嘉庆二十五年，他已指出"自京师始，概乎四方，大抵富户变贫户，贫户变饿户"。农民起义前呼后应，"各省大局，岌岌乎皆不可以支月日"（《西域置行省议》）。龚自珍从青年时起，即还在所谓太平盛世，就深刻地意识到这个前所未有的时代。他对封建国家新的严重的危机，具有一种特殊的敏感性。"秋气不惊堂内燕，夕阳还恋路旁鸦"（《逆旅题壁，次周伯恬韵》）。梁启超说："举国方沉酣太平，而彼辈若不胜其忧危，恒相与指天画地，规天下大计"（《清代学术概论》）。他对时代的危机，不只是敏锐地感觉它，而且也积极地建议挽救它；他肯定未来时代的必然变化，并寄以热情的幻想和希望。

龚自珍处在过渡时代的开始阶段，他的思想发展，有一个艰苦、复杂和曲折的过程。由于家庭教养和社会学术风气的影响，他最初接受的自然是以戴（震）、段（玉裁）、二王（念孙、引之）为代表的正统派考据学。他从童年到少年时代，即开始研究文字、训诂、金石、目录、校雠，以及官制、掌故等等，都是受乾嘉以来普遍兴盛的正统派经史小学的考据学的影响。但龚自珍能冲出考据学的樊篱，不为家学和时代学风所囿，在现实社会运动主要是农民起义的启发下，以他特有的敏锐的眼光，观察现实，研究现实，对腐朽黑暗的现实政治和社会进行了深刻的揭露和批判。这就是嘉庆后期他二十三至二十四五岁时所作《明良论》（四篇）、《乙丙之际箸议》（今有十一篇）等政论文。也就在这时前后，他发出了改革现状的呼声，具体提出改良经济制度的主张，这就是《平均篇》。他看到了贫富不均所造成的社会败坏现象及其危险的后果："小不相齐，渐至大不相齐，大不相齐，即至丧天下。"因此，他以为统治者"贵乎操其本源，与随其时而剂调之"。这就是"挹彼注兹"，平均贫富。这篇政论文的主旨，实际就是主张均田。后来他看到均田制是办不到的，又作《农宗篇》。主张按宗法分田，大宗百亩，小宗、群宗二十五亩，还有闲民，不分田，为佃农。这个农宗制度的理想，是“以中下齐民，不以上齐民”，显然旨在打击大地主，建立以中小地主为基础的封建统治，从而缓和日益尖锐的阶级矛盾和阶级斗争。但他在《农宗答问第一》及《农宗答问第四》中则又为大地主张目。这里不难看出他思想的深度和局限。龚自珍思想的敏锐性，不仅表现在对腐朽的封建统治的揭露、批判和建议改革，而且还表现在对未来时代的巨大变化的肯定，这就是在《尊隐》中所表达的隐晦曲折的思想。在这篇“高文”里，我们看到龚自珍对农民起义大胆地想象和热情地颂扬。

龚自珍到中年（三十）前后，在学术思想上也发生了较大的变化。他从对正统派考据学严厉地批判到坚决抛弃考据学，接受《春秋》公羊学派的影响，从刘逢禄学习，所谓“从君烧尽虫鱼学，甘作东京卖饼家”（《杂诗已卯自春徂夏在京师作得十有四首》）。但他的态度又是比较客观的。他批判考据学，也肯定它的有用的部分，对今文经学杂以谶纬五行的“恶习”，同样加以批判。肯定有用的今文经学，就意味着一切学术要有用，要为现实政治服务，即经世致用。从此他更自觉地使学术研究密切地与现实政治社会问题相联系，使学术研究不成为故纸资料的空谈，而能实际有用。从此他研究的课题更为广泛，“为天地东西南北之学”，即地理学，而特别致力于当代的典章制度和边疆民族地理，撰《蒙古图志》一书，成者十之五六，对现实政治社会问题也提出了积极的建议，如《西域置行省议》和《东西罢番舶议》。这些建议是嘉庆末年提出的，对抵抗外国资本主义侵略和巩固西北边疆是有重大的现实意义和历史意义的。随着生活经验和历史知识的增长以及政治、学术思想的逐渐成熟，他继续提出了几组重要的论文：《壬癸之际胎观》（九篇）、《五经大义终始论》及《问答》（九篇）和《古史钩沉论》（四篇）。在这些论文里饱含哲学思想，探讨了天地万物以及社会文化的起源和发展问题，并把经史、百家、小学、舆地以及当代的典章制度的研究，完全统一起来，形成一个完整的历史体系或概念。他说：“周之世官，大者史。史之外无有言语焉；史之外无人伦品目焉。史存而周存，史亡而周亡。”（《古史钩沉论二》）这里有前辈章学诚“六经皆史”观点的影响，但比章说更扩大、通达、完整，更有科学性和战斗性。他把古代的一切历史文化的功罪完全归结到史官，并以当代史官的历史家自任。他认为史官之所以可尊，在于史官能站得高，从全面着眼，作客观的、公正的现实政治社会的批判。这实际上是要使历史和现实政治社会问题即“当今之务”

联系起来，应用《春秋》公羊学派变的观点、发展的观点，在“尊史”的口号下，对腐朽的现实政治社会作全面的批判。这就是他在《尊隐》里所尊“横天地之隐”的具体化。这种历史家批判的态度，始终没有使他离开现实，与庸俗官僚同流合污，在许多问题上，他不断地提出批判和建议。道光九年（1899）殿试《对策》中，他肯定经史的作用，“不研乎经，不知经术之为本源也；不讨乎史，不知史事之为鉴也”。更指出经史之用必以现实问题为依据，“不通乎当世之务，不知经史之施于今日之孰缓、孰亟、孰可行、孰不可行也。”对现实问题，特别关切西北边疆和东南海防，“臣尤愿皇上眷怀风俗，益奠南国苍生；砥砺搢绅，益诫西北将帅：则我国家万年有道之长，实基此矣。”同年十二月，有《上大学士书》，建议改革内阁制度。道光十二年（1832）夏，又有手陈“当今急务八条”于大学士蒙古富俊，全文不存，其中有“汰冗滥一条”（见《己亥杂诗》自注）。可见他对腐朽的官僚机构和庸俗官僚的深恶痛绝。道光十八年（1838），林则徐奉命到广东海口查禁鸦片，他作了《送钦差大臣侯官林公序》，向林则徐“献三种决定义，三种旁义，三种答难义，一种归墟义”。主张严禁鸦片，坚决抵抗英国侵略者；主张和外国作有益的通商，严格禁止奢侈品的输入；并驳斥了僚吏、幕客、游客、商估、绅士等等各式投降派的有害论调。在中英鸦片战争发生后，江苏巡抚梁章钜驻防上海，他在丹阳云阳书院于暴死前数日写信给梁“论时事，并约即日解馆来访，稍助筹笔”(梁章钜《师友集》卷六《仁和龚定庵主事》条)，表示希望参加梁章钜的幕府，共同抵抗英国侵略者。

从龚自珍早年的社会批判论和改良论，到中年以后以批判的历史家自任，继续不断地关心现实政治社会的重大问题，可以看到他的从自发到自觉的进步思想斗争过程。这是主要的一方面。另一方面，也可以看到，他既以历史家自处，看到一切故纸文物的有用，随着仕途的失意，也就自然地以“蒐罗文献”自慰。“狂胪文献耗中年，亦是今生后起缘”（《猛忆》）；“坐耗苍茫想，全凭琐屑谋”（《撰羽玲山馆金石墨本记成，弁端二十字》。这就是他中年以后所以感慨日深的缘故。他的思想复杂而矛盾，烦恼和痛苦，使他不得不“发大心”，寄幻想于佛教，以求超世间的解脱。但龚自珍又决不是虔诚的佛教徒。《与江居士笺》可以窥见他对佛教持保留态度，因为他无法排除外缘的干扰。龚自珍的思想就其主导方面说，虽然他的批判不彻底，改良的目标不明确，但他的政治思想和态度始终是积极的，他看到清王朝的现实统治为“衰世”，为“日之将夕”，确信未来时代的巨大变化，并寄以极大的热情和希望，也是始终一贯的。他是在中国封建社会开始发生重大变化的前夕，一个主张改革腐朽现状和抵抗外国资本主义侵略、近代资产阶级改良主义启蒙思想家。

二 文学创作

龚自珍的文学创作，表现了前所未有的新特点，开创了近代文学的新篇章。

龚自珍认为文学和一切学术一样，也必须有用。他在祭祀陆宣公的乐歌第四章中说："……曰圣之的，以有用为主。炎炎陆公，三代之才。求政事在斯，求言语在斯，求文学之美，岂不在斯？"（《同年生吴侍御杰疏请唐陆宣公从祀瞽宗……》）他把一切文章与政事统一起来，文章必须有用。诗文都不例外。他认为诗和史的使用一样，都在对社会历史进行批评。在龚自珍思想中，不仅认为文和史有源流的关系，而且认为诗和史也是有联系的。他认为《六经》是周史的宗子，作为《六经》之一的诗是史官采集和编订起来的，而且"诗人之指，有瞽献曲之义，本群史之支流"（《乙丙之际塾议第十七》）。因此，他既认为选诗和作史的目的，皆在于"乐取其人而胪之，而高下之"，则诗人作诗也必然和史官作史的目的一样，都是为了社会历史批评。"贵人相讯劳相护，莫作人间清议看"（《杂诗，已卯自春徂夏在京师作，得十有四首》）；"安得上言依汉制，诗成侍史佐评论"（《夜直》）：他把自已的诗看成"清议"或"评论"的一种形式，显然他把诗和史、诗人与史官在社会作用的基础上统一起来了。他们的职责皆在于对社会历史进行批评。关于怎样作诗，他认为也和作史一样，应利用一切历史资料（《送徐铁孙序》）。至于为什么要作诗或进行一切文学创作活动，他认为由于"处境"即现实生活所引起，不得不然。他说："顾彀语言，简文字，省中年之心力，处境迭至，如风吹水，万态皆有，皆成文章，水何容拒之哉？"（《与江居士笺》）

龚自珍的诗和他的先进的思想是统一的。他真正打破清中叶以来诗坛的模山范水的沉寂局面。他的诗绝少单纯地描写自然景物，而总是着眼于现实政治社会形势，发抒感慨，纵横议论。他的诗饱含着社会历史内容，是一个历史家或政论家的诗。

"万恨未萌芽，千诗正珠玉"（《丙戌秋日……》）。龚自珍还在少儿时代就作了很多诗。但不为人们所了解和注意。"蚤年撄心疾，诗境无人知。幽想杂奇悟，灵香何郁伊"（《戒诗五章》）！十五岁开始诗编年，到四十七岁，他的诗集，曾有二十七卷之多。他和一般作者大抵悔其少作不同。“文侯端冕听高歌，少作精严故不磨”；“少年哀乐过于人，歌泣无端字字真”（《己亥杂诗》）：他是很珍惜他的少作的。可惜在二十七卷之内那些“精严”而“字字真”的少作，都已失传。嘉庆二十三年（1817），他二十六岁的时候，曾以诗文各一册，——文集名《佇泣亭文》，请教“吴中尊宿”王芑孙，不久王芑孙复书说：“……至于诗中伤时之语，骂坐之言，涉目皆是，此大不可也。”（《定庵年谱外纪》）这一册诗是二十六岁以前之作，所谓“伤时”、“骂坐”，实际是对现实政治社会和庸俗官僚文士的揭露和批判。这种诗是惊人的，不合时宜的，一般文士当然以为“大不可”。龚自珍自幼好作诗，能作诗，却又不断地戒诗。嘉庆二十五年（1820）的秋天，他开始戒诗，次年夏因考军机章京未被录取，赋《小游仙》十五首，遂又破戒。这就是两卷《破戒草》的由来。道光七年（1827）十月编完《破戒草》后，又发誓戒诗。但后来又破戒。为什么要戒诗，他曾有诗说明。道光七年作的一首“戒诗昔有诗，庚辰诗语繁”云云，可见他的戒诗正是由于他的诗不能为腐朽庸俗社会所容忍的缘故。

今存的六百多首诗，绝大部分是他中年以后的作品。其中重要的一部分，仍是“伤时”、“骂坐”。道光五年（1825）的一首《咏史》七律是这类诗的代表作。题目是《咏史》，实际反映的是现实政治社会问题。诗云：“金粉东南十五州，万重恩怨属名流，牢盆狎客操全算，团扇才人踞上游。避席畏闻文字狱，著书都为稻粱谋。田横五百人安在，难道归来尽列侯？”它深刻有力地揭露了清王朝上层统治阶级的丑恶面貌，以及在残酷文字狱的威胁下，官僚士流社会的无穷纠纷和庸俗无理想的苟安状态；末二句怀念田横抗汉，则流露了反清情绪，这是一篇清代史论或政论的概括。又如道光六年（1826）的一首七律《释言四首之一》：“东华环顾愧群贤，悔著新书近十年。木有文章曾是病，虫多言语不能天。略耽掌故非勋济，敢侈心期在简编。守默守雌容努力，毋劳上相损宵眠”。可见当时诗人处境困难，与庸俗官僚文士尖锐对立，所受诽谤甚多，惟有不言语，不著书，努力“守默守雌”，以求“庸福”。这是对当权的封建官僚的讽刺和愤慨。晚年在著名的《己亥杂诗》中，诗人不仅指出外国资本主义势力对中国的侵略和危害，统治阶级的昏庸堕落，而且也看到了人民的苦难，表示了深切的同情和内疚：如“只筹一缆十夫多”、“不论盐铁不筹河”等，反映了当时社会的主要矛盾，具有深刻的现实意义和历史意义。

但就现存作品看，龚自珍写的更多的诗，是一种具有复杂的思想内容的抒情诗，表现了诗人深沉的忧郁感、孤独感和自豪感，如道光三年（1823）的

《夜坐》七律二首，道光六年（1826）的《秋心三首》七律等。在“抛却湖山一笛秋，人间无地署无愁”（《梦中作四截句》）的现实环境下，诗人除了抒发感慨，纵横议论之外，回忆值得留恋的快乐的过去，幻想现实之外美妙的境界和世界，乃成为诗人思想中一种必然的发展和出路。因此，在诗人的许多作品中表现了重重矛盾。作于道光元年（1821）的《能令公多年行》一首七言古诗相当集中地表现了诗人思想中的矛盾。“一箫一剑平生意，负尽狂名十五年”（《漫感》）；“少年击剑更吹箫。剑气箫心一例消”（《己亥杂诗》）：“剑”和“箫”或“剑气”和“箫心”，正是反映诗人思想中矛盾的概念。这里有逃向虚空的消极因素，更多的积极意义在于诗人对无可奈何的现实社会环境的极端厌恶的否定，而确信前所未有的、巨大时代变化必然到来，希望“风雷”的爆发，以扫荡一切的迅急气势，打破那令人窒息、一片死气沉沉的局面，这就是《己亥杂诗》中“少年尊隐有高文”、“九州生气恃风雷”二首的积极内容。

龚自珍诗的特点首先是政治思想和艺术概括的统一。他的许多诗既是抒情，又是议论，但不涉事实，议论亦不具体，而只是把现实的普遍现象提到社会历史的高度，提出问题，发抒感慨，表示态度和愿望。他的许多诗是和他的政治观点分不开的，即以政论作诗。但他并不主张诗的议论化、散文化。他的诗作实践证明了这一点。

第二，丰富奇异的想象，构成生动有力的形象。诗中所见：“月怒”、“花影怒”、“太行怒”、“太行飞”、“爪怒”、“灵气怒”等等，都是由于着想奇异，使习见的景物变得虎虎有生气，动人耳目，唤起不寻常的想象。又如《西郊落花歌》描写落花，使引起伤感的衰败的景物，变为无比壮丽的景象，更高出寻常的想象之外。“落红不是无情物，化作春泥更护花”，则从衰败中看出新生。“天命虽秋肃，其人春气腴”，从没落的时代中，也看到新生的一面。

第三，形式多样，风格多样。诗人自觉地运用古典诗歌多种传统形式，“自周迄近之体，皆用之；自杂三四言，至杂八九言，皆用之”（《跋破戒草》）。实际他写得多的还是五七言“古体诗”，七言的“近体诗”，而以七言绝句为大宗。一般趋向是不受格律的束缚，自由运用，冲口而出。这也以七言绝句表现得最突出。作于道光十九年（1838）的《己亥杂诗》三百十五首，独创性地运用了七言绝句的形式，内容无所不包，诗人的旅途见闻，以及生平经历和思想感情的发展变化，历历如绘，因而成为一种有机的自叙诗的形式。它们可以作为一首诗读。作者这种充分的、富于创造性的运用，自然地使七言绝句成为一种最轻巧、最简单、最集中的描写事物、表达思想感情的形式。复杂深刻的思想内容，多种多样的语言形式，是龚诗风格多样化的基础。“从来才大人，面貌不专一”（《题王子梅盗诗图》），诗人是以风格多样化自勉和自许的。他的古体诗，五言凝练，七言奔放；近体诗、七言律诗含蓄稳当，绝句则通脱自然。

第四，龚诗的语言，清奇多彩，不拘一格，有瑰丽，也有朴实；有古奥，也有平易；有生僻，也有通俗。一般自然清丽，沉着老练，有杜韩的影响。有些篇章由于用典过繁或过生，或含蓄曲折太甚，不免带来艰深晦涩的缺点。

龚自珍先进的思想是他许多优秀诗篇的灵魂。思想的深刻性和艺术的独创性，使龚诗别开生面，开创了诗的一个新的历史时代，不同于唐宋诗，实开近代诗的新风貌。龚诗在当时欣赏的人不多，它的影响始大于晚清，主要由于它的突出的思想性和政治性，使抒情与思想政治内容结合。在艺术上而又能不落于以文字、学问、议论为诗。这就是龚诗的不可多得之处。

龚自珍文在当时比诗有名，也更遭到一般文士的非议。目为禁忌，不敢逼视。除几组学术论文外，重要的一部分是不同形式的政论文。有些“以经术作政论”，“往往引公羊义讥切时政，诋排专制”（梁启超《清代学术概论》）。这些文章都是用《春秋》公羊学派的观点与现实的政治联系，引古喻今，以古为用。如《乙丙之际箸议七》、《乙丙之际箸议九》和《尊隐》等，都是公羊“三世说”的运用。有些则是直接对清王朝腐朽统治的揭露和批判，如《明良论》以及各种积极建议的篇章和《平均篇》、《西域置行省议》、《对策》、《送钦差大臣侯官林公序》等。另一类是讽刺性的寓言小品。如《捕蜮》、《病梅馆记》等。还有许多记叙文，记人、记事、记名胜、记地方，如《杭大宗逸事状》、《书金伶》、《王昙墓志铭》、《书居庸关》、《己亥六月重过扬州记》等。内容不同，都富有现实意义。龚文的表现方法也很特殊，有的直率，有的奇诡，有的散行中有骈偶，一般很简单，而简括中又有铺叙夸张。语言瑰丽，有的古奥，甚至偏僻、生硬、晦涩。龚文区别于唐宋和“桐城派”的“古文”，而是上承先秦两汉“古文”的一个独特的发展，开创了“古文”或散文的新风气。

龚自珍的词也很著名。谭献认为龚词“绵丽沈扬，意欲合周辛而一之，奇作也”（《复堂日记》二）。实际他在创作态度上与诗文不同。他的词没有摆脱传统词的影响。强调词的言情本性。他也写了一些抒发感慨怀抱的词。如《鹊踏枝》（过人家废园作）抒发孤独而自豪的感情；《凤凰台上忆吹箫》（丙甲三日……）写与庸俗文士的矛盾和理想不能实现的感慨；《浪淘沙》（书愿）写愿望，略同《能令公少年行》；《百字令》（投袁大琴南）写与袁琴南儿时同上家学的情景；《湘月》（壬申夏泛舟西湖……）写思想上剑态和箫心的矛盾，有志于作为，又思退隐，留恋山水，这些词是他抒情诗的补充，也有自己的特点和一定的意义。不过大部分还是消闲之作，抒写缠绵之情，成就远逊于诗。其根本原因在于对词的认识没有突破传统观念，留连缠绵之情，缺乏现实内容，晚年他发现自己词的缺点："不能古雅不幽灵，气体难跻作者庭；悔杀流传遗下女，自障纨扇过旗亭"（《己亥杂诗》)。他所谓气体，就是风格，主要就是从缺乏现实社会内容这一点批评了自己的词。

三　本集和研究资料

龚集传世版本甚多，最初《定庵文集》三卷、《余集》一卷，附《少作》一卷，道光三年自刻本。《己亥杂诗》亦有道光十九年自刻本。龚自珍卒后第二年，魏源所辑《定盦文录》十二卷，又考证、杂著、诗词十二卷（《定盦文录叙》)，无刻本。后有《定庵文集》三卷，《续集》四卷，《定盦文集补》，同治七年吴煦刻本。谭献《复堂日记》二（阅《定庵文集》七卷毕）条。述此本由来甚详，可参看。今有上海商务印书馆《万有文库》排印《定盦文集》四册，涵芬楼影印《定盦文集》三册，均吴煦本。光绪以来至清末，龚集影响大增，传本益多，有光绪十二年朱之榛《定盦文集补编》四卷单行本，宣统二年有邓实校刊《定盦集外未刻诗》，见《风雨楼丛书》，亦有单行本。以"全集"名者，有光绪二十三年万本书堂刻本《龚定盦全集》；有宣统元年国学扶轮社排印本《精刊龚定盦全集》；有宣统元年邃汉斋校订，时中华书局排印本《校订定庵全集》十卷；有宣统二年扫叶山房石印本《定庵全集》等。民国以后，有1935年上海襟霞阁本《龚定庵全集》；有1935年王文濡编校、国学整理社本《龚定盦全集》；有1937年夏同蓝编世界书局本《龚定盦全集类编》等。解放以后，有1959年王佩诤校中华书局上海编辑所本《龚自珍全集》。后来居上，中华本最为完备。但搜罗未遍，集外仍有佚文。此本"基本上参照邃汉斋校订本编例，分为十一辑"。

龚自珍生平及其著作的研究，有年谱、传记：清黄守恒《定盦年谱稿本》及程秉钊《定盦先生年谱》、钩稽事实，均属简单草创，吴昌绶《定盦先生年谱》及张祖廉《定庵先生年谱外记》记录较详。它们互相补充，可资研究参考。传记则有《清史稿》卷四八六文苑《龚巩祚传》、《清史列传》卷七九文苑四《龚自珍传》等。龚自珍作品在清代有诸家评点，略见国家扶轮社本及王文濡本附录，注释则未有所闻。民国以来，注释本亦不多见。1936 年上海北新书局出版、陶立龄注《龚自珍文选》（有注）；上海文明书局出版、江剑霞音注《龚自珍文》。解放后，注释龚自珍作品渐多，以诗注为最多，文次之，词又次之。诗注始见于 1963 年人民文学出版社《近代诗选》。其后诗选本续有增加，以近出刘逸生《己亥杂诗注》及《龚自珍诗选》贡献最大，材料丰富，创获独多，足资参考。又郭延礼《龚自珍诗选》成绩亦可观。论述：晚清评论大抵片段札记，或褒或贬。民元以来，始有专著，但亦不多见。1940 年商务印书馆出版的朱勤杰《龚定盦研究》，分题论述。解放前、后，思想史中、文学史中均有章节论述：如侯外庐著《中国早期启蒙思想史》；又侯外庐主编《中国近代哲学史》。见于文学史者，如游国恩等主编《中国文学史》、社会科学院文学研究所编《中国文学史》均有专章论述，唯对龚氏的历史地位看法不同。前者置之于近代文学之首，后者置之于封建文学之末，可以参看。

原载《北京大学学报》（哲学社会科学版）1985 年第 1 期

读郑珍的《巢经巢诗》

——谈五七言诗体的运用问题

缪 钺

近一年中，全国展开新诗发展道路问题的讨论。关于诗的形式，有些同志认为新民歌中多用五七言体，可见五七言是二千年来中国诗歌的民族传统形式，是广大人民所爱好的，以后新诗的形式，也应以五七言为主；又有些同志认为五七言有相当大的局限性，因为今日词汇多是双字，许多新名词甚至于是四个字的，而五七言收尾是用单字，描写新事物，表达新情思，将很不方便。我现在不打算全面讨论这个问题，只想提供一点参考意见。

我国古典诗人对于五七言诗体的运用，并不是一成不变的，也是随时代而变化发展的。譬如韩愈、孟郊诗中有许多句法，即所谓“横空盘硬语”者，是六朝诗中所未有的。宋人诗的句法更多变化，更多散文化。五七言诗的形式是有局限性的，不但在今日如此，即便对于古人来说，用五七言诗抒情达意，总不如散文来得方便，毫无拘束。但是诗是要求有一定的形式的，并且要具有韵律，谐调音节，精练语言，不能同散文一样。自来杰出的诗人，都能因难见巧，虽然用五七言的形式，但是尽量打破局限，推陈出新，将繁复变化的语言熔炼于五字或七字句中，从这里正可以看出诗人的天才与功力。

远的不说，清代后期诗人郑珍在运用五七言诗体方面就颇有新的贡献，值得我们注意。我想在这篇短文中作一点简单的论述。

郑珍（1806~1864），字子尹，贵州遵义人。道光十七年（1837）中举人，数次会试，不第，只在本省做过几任教官。他承继乾嘉以来的学风，研治经学小学，造诣很深，著述颇多。又精熟于乡邦文献，所修《遵义府志》很有名。他又工诗文，善书画，在文学艺术方面也卓有成就。

郑珍的《巢经巢诗》，就其内容的思想感情而论，有应当肯定的，也有应当批判、否定的。郑珍虽然也是地主阶级士大夫，但是因为他家境比较贫寒，生平只中了举人，做过教官，比较接近下层，了解民生疾苦，所以他的诗中对于当时政治的腐败、官吏的贪暴，有所揭发谴责，同时也描写了人民的疾苦而寄与同情。又颇注重农耕与养蚕等生产事业，并且极善于描写贵州的山水，这些都是应适当肯定的。但是郑珍终究是地主阶级的士大夫，要维持封建统治，所以他对于咸丰年间石达开率领太平起义军路过贵州所进行的革命战争以及贵州各少数民族的起义，都采取敌视态度，加以诅咒，这些反动的思想又是应当批判、否定的。不过，在郑珍全部诗中，还是具有进步性的作品占的比重大，应当是主要的。就艺术性而论，郑珍的诗也有其独特的造诣。他学习了韩愈、孟郊的盘曲瘦劲，白居易的平淡自然，苏轼的机趣横溢，加以浑融创造，成为他自己的风格。

本文不准备全面评论郑珍的诗，只是就他诗中运用五七言形式的创造能力与精炼语言的艺术谈一谈。

郑珍的诗不大用典故与辞采，多是白描，有时候大量的用口语白话，但是都经过提炼熔铸，使人读起来，感觉到清峭遒劲，生动有力。下边举《遵义山蚕至黎平歌赠子何》一诗为例：

大利天开亦因人，胡六秀才名长新。
作文不动主司听，作事乃与君相亲。
当年读我《樗茧谱》，心知足法黎平民。
自恨家无樗树林，又乏财力先椎轮。
逢人即讲利且易，金帛满山那苦贫？
事既少见多所怪，谱复棘口难俗论。
疑者自疑笑者笑，生也不顾逾津津。
黑洞宋氏亦深计，种橡于今及三世。
有钱能致遵义蚕，无术能行谱中事。
胡生大喜得凭借，牵合遵人负种至。
八千蛾走一千里，上巳和风与清霁。
胡生滕种宋氏迓，男妇争观奔且蹶。
入林下担发荆筐，茶树杉林皆失气。
羊鸣豕哭哄一村，五牝作犒牡供祭。
蚕师善祷纷拄地，宛窳西陵鉴诚挚。
使尔茧如瓮与盎，使尔蚕无斑与缢。
使尔遵人无厉疫，教使黎人似遵义。

胡生此时六国苏，手执牛耳纵指呼。
十年谈纸一朝见，不信此中天意无。
昨日归来夜过语，快听使我张髯须。
货恶弃地不必已，衣食在人何异吾。
男儿不食四海俎，桐乡岂无朱啬夫。
昔我与妇论蚕事，本期博利弥黔区。
黎播相望几江水，岂料生能行我书。
书行我到两无意，事会天定非人图。
看生此举必获愿，已说蚕花香四敷。
不须快拟栾公社，谱到他年刍狗刍。

遵义生长一种野蚕，吃槲树的叶子，所结的茧可以抽丝供纺织之用。郑珍很重视这种野生的槲蚕，曾作《樗茧谱》，叙述培养槲蚕的方法，希望人们注意，加以利用。黎平胡长新读了《樗茧谱》，热心推广介绍，使黎平人饲养槲蚕。道光二十五年（1844），郑珍作古州训导，会见胡长新，谈起此事，所以作这首诗赠送他。郑珍留心生产事业，想利用野生的槲蚕，发展纺织，提高贵州人民生活水平，所谓“货恶弃地不必已，衣食在人何异吾”、“昔我与妇论蚕事，本期博利弥黔区”，表现了一定的进步思想。这首诗的作法，夹叙、夹写、夹议，描述情事，曲折尽致。为了表达的方便，诗中用了许多散文的句法，打破了一般七言诗句的格式，如“胡六秀才名长新”，又如“自恨家无槲树林，又乏财力先椎轮”，又如“事既少见多所怪”，又如“八千蛾走一千里”，又如“使尔遵人无厉疫，教使黎人似遵义”等等。这种句子如果多了，将会使读者感觉枯燥，似乎是押韵之文，而不像诗了。郑珍又想法加以调剂，譬如“八千蛾走一千里”，很像一句散文，但是下边紧接一句“上巳和风与清霁”。意象清美，极有诗意，就调剂过来了。声调也有关系。这首诗中押平韵的句子许多是三平调（在七言古诗中，也有声调配合的种种规律，但是不同于律诗。譬如在押平韵的句子中，往往第四字用仄声，以下三个字都用平声，这种句子叫做“三平调”，可以参看赵执信《声调谱》）。音节扬起而响亮，便不同于散文。所以这首诗中尽管用了许多类似散文的句子，而我们通首读起来，觉得它的声调韵味仍是一首相当好的七言古诗。

下边再举郑珍一篇写贵州山水的诗。在西南各省中，蜀中山水，自古以来有许多诗人描写过，所以很出名。贵州比较偏远，古代中原诗人到过那里的不多，而本省所出的诗人也不多，所以贵州山水清奇险峻的特点，没有能充分的在古典诗歌中反映出来。郑珍在这方面的贡献是很大的，他几乎是第一个写贵州山水诗最多而又较好的人。凡是游历过贵州山水而又读过郑珍诗的人，都会感觉到他的诗刻划入微，也够得上是“诗中有画”。我们现在欣赏一下《自毛口宿花堌》这首诗：

> 盘江在枕下，伸脚欲踏河塘堠。晓闻花堌子规啼，暮踏花堌日已瘦。问君道近行何迟，道果非远我非迟，君试亲行当自知。此道如读昌黎之文少陵诗，眼著一句见一句，未来都非夷所思。云术相连到忽断，初到眼前行转远。当年止求径路通，闷杀行人渠不管。忽思怒马驱中州，一目千里恣所游。安得便弛道挺挺，大柳行边饭葱饼，荒山惜此江湖影。

这首诗运思新颖。郑珍把在山水间行路时的新境叠出，比做读韩文杜诗时所感觉到的变化无方。通首纯用白描，宛如口语。“此道如读昌黎之文少陵诗，眼著一句见一句，未来都非夷所思。”打破寻常七言诗的句法（一般七言诗的句法都是上四下三，而“未来都非夷所思”句收尾用四个字；是很特别的，韩愈诗中偶有此种句法），就像散文一样，但是细读起来，又是诗而不是散文。最末后，“荒山惜此江湖影”，用一个浑融凝练的单句煞住，很有力量。

郑珍善于提炼语言，往往寥寥几句，写景叙事，极为生动。随便举两个例子，写景的如：

> 绿荷扶夏出，嫩立如婴儿。春风欲舍去，尽日抱之吹。
>
> ——《春尽日》

这四句诗描写春末夏初，新荷出水，设喻新颖，句法清峭。“扶夏出”的“扶”字用得很好。叙事的如：

> 舍沙宿良乡，自此昼夜驰。四更清风店，街闭苦重饥，灯担来豆乳，投客长铜匙。柳根快数碗，味绝今尚思。
>
> ——《愁苦又一岁赠郘亭》

这是郑珍描写他在道光十八年（1838）会试不第与莫友芝一同回贵州，过了良乡，半夜里走到清风店吃豆浆的情形。一个挑灯担着担子卖豆浆的人来了，郑珍用“灯担来豆乳”五个字就写出来，非常简练峭拔。坐在柳树根旁愉快的吃了几碗豆浆，他用“柳根快数碗”五个字表达出来，“快”字的用法很好。

郑珍善于将日常口语凝练为诗句，尽量使句法多所变化，不受传统拘束，可以状难写之景，达难显之情，在他所作的五古与七古中，这种例子很多。就是在律诗中，虽然有声律的拘束，也表现了这一特点。譬如《柏容检诗稿见与》一首：

> 颇不思存稿，其如劳者歌！古人安可到，儿辈或从阿。闻昔有佳处，得之无意多。更为丁敬礼，一一看如何。

这首诗虽然也完全遵守了五律中调平仄用对偶的规矩，但是一气旋折，清空如话。又如《南阳道中》：

> 先车雨过尘方少，未夏村明望不遮。林脚天光如野水，麦头风焰度晴沙。春当上巳犹无燕，池近南都渐有花。昼睡十分今减半，为留双眼对芳华。

这首诗都是本色语，毫无藻饰，也不用典故，但是写景抒情，风神韵味很美，“林脚”二句，写出了春末夏初在黄河流域平原的景象。

举例到此为止。郑珍作诗，在学习古人而又独创新境这一点上，是很下过工夫的。他的《论诗示诸生时代者将至》一诗中说：

> 我诚不能诗，而颇知诗意。言必是我言，字是古人字。……从来立言人，绝非随俗士。君看入品花，枝干必先异。又看蜂酿蜜，万蕊同一味。

可以看出他的主张与倾向。

原载1960年3月13月《光明日报》

王韬和他的文学事业

陈汝衡

晚清是中国近代史上最动荡的一个时代，帝国主义者凭着它们的船坚炮利，纷纷到远东来寻觅市场，进行经济的和政治的侵略。首先是英帝国主义者打开了中国大门，强迫清政府订立了丧权辱国的南京条约，从此古老的中华帝国就长期处在外国侵略者残酷的压迫和剥削之下而喘息不宁。与此同时，帝国主义者也把它们资本主义国家社会制度介绍给中国人民，这就使得落后的中国人不但震惊于它们的物质文明，也震惊于它们强有力的政治机构和资本主义体系的各种学术思想。因此国内的有识之士，就觉得事事不如人。我们要有自己的工商业和强大的海陆军，我们要改良社会制度，我们要创办学校，我们要留学外洋，否则就国将不国。这样，一种新兴的改良主义思想就渐渐抬头，终至爆发了以康、梁为首的戊戌变法的维新运动。

改良主义的变法自强思想，忧国爱民的情绪，经常反映在当时进步文人诗文著作里，天南遁叟王韬就是这行列里一个显著的人物。

我们知道，这些热心于改良主义的人，不一定仅仅满足于自己关于西方文明的一点粗浅的知识，他们要探源溯本，要进一步研究外国为何富强，以及怎样才可扭转祖国江河日下的局势。因此对于他们所知所见的外国的一切，也就是可惊可愕和可羡的一切，他们必然的要用文字叙述出来，用诗歌描绘出来。他们所遗留下的日记、游记、笔记、信札、诗文集、记事诗等，里面有着时代的声音，在今天说来，都是可贵的遗产。虽然他们中间尽管是瑕瑜互见，或是所报道的并不一定正确，但在祖国新文化启蒙时期，这些诗文起着一定的改良主义作用，起着教导祖国知识分子积极向上的作用。魏源的《海国图志》如此，黄遵宪的《日本杂事诗》、《人境庐诗草》如此，王韬不少诗文笔记也是如此。

一

说起天南遁叟王韬（1828~1897），凡是稍稍留心晚清历史和掌故的人大家都熟悉他的名字。说他是“洪杨状元”显然是一种附会的无稽之谈；说他曾上书太平天国，这倒是实有其事（实际上他并非上书太平天国的忠王，而是上书给逢天义刘某，当时总理苏福省即今江苏省民务的长官。参阅谢兴尧《太平天国史事论丛》内《王韬上书太平天国事迹考》一文）。他原名王畹，字利宾，号兰卿，江苏苏州甫里（甪直镇）人。他在科举考试中很早便进学，做秀才，但在赴南京乡试失败后，便辗转到上海外国人开办的“墨海印书局”工作，这就使他有机会接触西方资本主义的物质文明。他在书局里已开始著书译书。太平天国苏州军事失败后，军官发现他的计陈攻取上海的原禀，因而受到清政府的通缉，但他已于事前遁往上海，并因有西人的斡旋，始终不曾把他引渡。不久即乘船赴香港，由英人理雅各聘请佐译中国经书，这时他才改名韬，字紫铨，号仲弢，别号天南遁叟。1876年冬（同治六年丁卯）应理雅各之招，前赴英国，住在苏格兰的杜拉村。在英时曾在牛津大学讲学一次①。1870年从英国返香港，道经法国巴黎，往访法国著名汉学家儒莲氏（见后）。自1873年起他任香港《循环日报》的主笔，发表了许多政论，都是有关当时外交时事以及中国处境的。他的变法维新思想，也经常借报纸竭力宣扬。1879年往游日本，留居百余日，与日本文士及驻日中国使馆中人诗酒往还。1884年王韬由香港移居上海，居“淞北寄庐”，次年创办“弢园书局”，用木刻活字印书。由于这个书局，不但王韬自己的著作可以大量印行，和他同时友人的著作，他也印出了许多。1886年上海格致书院中西董事公推他为掌院。他在沪继续著作，刊行了《经学辑存》和《西学辑存》（《西学源流考》六种的总称）等书，对于改良主义思想及西方科学知识，做了有力的宣传。他在1893年和革命领袖孙中山先生见面，并函介孙于李鸿章幕友罗丰禄②。他死在1897年，享年七十岁。

他是多产的作家，一个著作等身的学者。如把他的著作列举起来，可以制成不下四五十种的长表，里面包含经学、政论、历史著述、科学介绍、小说笔记、诗文、尺牍等，真可谓洋洋大观。

他实在是当时著名的政论家。从他的《弢园文录外编》和遗留下来的许多尺牍里，看出他对于中外关系及帝国主义者的狰狞面目，无不洞若观火，立言切要。这些都是富有建设性的文章，不是虚空谬妄的议论，这已经足够给与王韬以晚清进步作家的称号了。但因为这些近人已多论列，本文自可略而不谈。现在只就他生平文学事业里（包括著作和翻译）一些重要事项，简叙在下面。

首先要说的，就是王韬早在清咸丰三年（1853年）间墨海书局佣书时代，已和英人艾约瑟同译《格致西学提要》（见《西学原始考》跋），开始介绍西洋自然科学。而1853年乃是洪秀全取下南京定为天京的一年，王韬这时便有志译书，岂但远在后来的严复、林纾等译述外国名著之先，便是后来译印科技图书最负盛名的“江南制造局”这时候还没有出现呢！王韬一生除掉陆续翻译和撰述有关科学等书外，其中具有文学、史学价值的译著，要推《普法战纪》(原为十四卷，后增订为二十卷)。这是他和一广东新会人张宗良（芝轩）合作的。据序称：“大抵取资于日报者十之三，为张君芝轩所口译者十之四五，网罗搜采得自他处者十之二三。”普法战争原是欧洲资本主义国家争夺霸权的一场恶战，王韬受着历史的局限性，不可能要求他从历史唯物主义的立场去阐明战争的原因和分析两国胜败的关键所在，他所陈述的依然是中国封建旧史学家和西方资产阶级历史学家老一套的看法。虽然如此，此书因材料的丰富，文字的整饬，叙述的生动，论断的谨严，仍不失为一本可供参考的好书。国人研究西洋史已有数十年的历史，但叙述一次外国战争，首尾了然、文笔生动的好书，究有几本呢？在《普法战纪》中，王韬译出了法国著名的“马赛革命歌”(系1792年炮兵军官鲁实棣厘士作)。这歌是资产阶级革命的号角，广大民众不堪暴君压迫因而掀起的一种反抗之声。它不但词文华茂，而且音韵铿锵，早就谱为西方乐曲中著名歌曲了。王韬的译文是这样的：

法国荣光自民著，爰举义旗宏建树，母号妻啼家不完，泪尽词穷何处诉。吁！王虐政，猛于虎，乌合爪牙广招募，岂能复睹太平年，四出搜罗困奸蠹。奋勇兴师一世豪，报仇宝剑已离鞘，进兵须结同心誓，不胜捐躯义并高。

维今暴风已四播，孱王相继民悲咤，荒郊犬吠战声哀，四野苍凉城阙破。恶物安能著眼中，募兵来往同相佐，祸流远近恶贯盈，罪参在上何从赦。奋勇兴师一世豪，报仇宝剑已离鞘，进兵须结同心誓，不胜捐躯义并高。

维王泰侈弗可说，贪婪不足为残贼，揽权怙势溪壑张，如纳象躯入鼠穴。驱使我民若马牛，瞻仰我王逾日月，维人含灵齿发俦，讵可鞭笞日摧缺。奋勇兴师一世豪，报仇宝剑已离鞘，进兵须结同心誓，不胜捐躯义并高。

我民秉政贵自主，相联肢体结心膂，脱身束缚在斯时，奋发英灵振威武。天下久已厌乱离，诈伪相承徒自苦，自主刀锋正犀利，安得智驱而术取。奋勇兴师一世豪，报仇宝剑已离鞘，进兵须结同心誓，不胜捐躯义并高。

王韬的译诗虽不能比美原文，但这诗实在是祖国人译外国诗最早的一首，是开始的尝试，有它的历史意义。苏曼殊和马君武翻译英国诗人拜伦的《哀希腊》诗，已在王韬之后数十年了。

王韬对于译书是具有浓厚兴趣的。他知道这是灌输新知、沟通中外国情和交流文化少不了的一件大事。对于西方近代的自然科学知识，轻重工业生产的知识，新式枪炮和军事知识，这些都是中国人要亟亟向外学习的。此外并体会到在外国记载里，尽有许多宝贵的历史地理资料，对于研究中外交通史，尤其元代疆域、蒙古西征等，也是极有帮助；而外国的天文历算等科学，并可以帮助解决中国经书上一向认为复杂难解决的问题，如春秋中朔闰日食等。王韬在这时已经认识到中西文化交流对于学术研究所起的作用，他的眼光远大，的确是远过并世文人之上。他写给法国儒莲学士的信（《弢园尺牍》卷七），有这样的话：

侧闻阁下虽足迹未至中土，而在国中译习我邦之语言文字将四十年……始见阁下所译有腊顶字（按即拉丁文）《孟子》，想作于少时，造诣未至。其后又有《灰阑记》、《赵氏孤儿记》、《白蛇精记》，则皆曲院小说，罔足深究。嗣复见所译《太上感应篇》、《桑蚕辑要》、《老子道德经》、《景德镇陶录》，钩疑抉要，襞绩条分，骎骎乎登大雅之堂，述作之林矣。癸甲以来，知阁下潜心内典，考索禅宗，所译如《大慈恩寺三藏大法师传》、《大唐西域记》，精深详博，殆罕比伦，于书中所载诸地，咸能细参梵语，证以近今地名，明其沿革，凡此盛业，岂今之缁流衲子所能道其万一哉？……

蒙尝谓前朝幅员之广，莫元代若，而史官之阙略疏谬，亦以元代为最。中国笃志之士，未尝不思起而为之，而参之他书，纪载寥寥，无可考证，至其疆域所暨，尤多茫昧。……韬亦有志而未逮，若得阁下采择西国名书，裒集元事，巨细弗遗，邮筒寄示，俾韬得成《元代疆域考》。更次第其事实，仿厉鹗《辽史拾遗》之例为《元史拾遗》。匡谬纠讹，删繁去复，书成当列尊名，此千古之快事，不朽之宏业也。阁下岂有意哉？……

春秋中有难以意解者，一为朔闰，一为日食，必朔闰不惑，而后所推日食始可合古。顾群儒聚讼，莫息其喙，不独论置闰昔不同，即言日食者亦各异，非得西国之精于天算者，参较中西日月而一一厘正之，以折其中，不能解此纷纠也。不佞实于阁下厚期之矣！

儒莲（Stanislas Julien，1797–1873）是法国著名的汉学家，生平虽未到过中国，而于中国文学语言用力很勤，体会很多，算是19世纪上半叶欧人中研究中国学问的一颗明星。除掉王韬信中所举他译的中国书籍外，他也译过中国小说数种，如明人所撰号称《三才子》的《玉娇梨》、《四才子》的《平山冷燕》等。在信里王韬有志利用外国记载中的资料，写成《元史拾遗》等著述，这是很有意义的一个希望。我们知道，明初宋濂等所修的《元史》是极其草率简陋并谬误百出的。清代虽有不少学者喜欢研究元史，但元代许多历史地理情况，因为资料的缺乏，他们不可能作出可靠的考订。直到洪钧的《元史译文证补》问世，才算弥补了一些缺陷。至于运用外国天文算学知识，以解决中国经书上有关日食天象等问题，多少年来已由中外的天文学家做了不少研究工作了。

二

现在谈到王韬的文艺作品，就我们目前所知所见的，就有下列这些名目：

《瀛壖杂志》六卷　　《蘅华馆诗录》五卷
《淞隐漫录》十二卷　　《瓮牖馀谈》八卷
《遁窟谰言》十二卷　　《扶桑游记》三卷
《海陬冶游录》七卷　　《花国剧谈》二卷
《漫游随录图记》六卷　　《淞滨琐话》十二卷
《眉珠庵词钞》四卷　　《老饕赘语》八卷
《三恨录》三卷　　《歇浦芳丛志》四卷

其中绝大多数系属小说笔记之类。笔记中如《瓮牖馀谈》，其中一部分叙述太平天国诸领袖生平，保存了许多有用的资料。表面上王韬指他们为“贼”、为“匪”、为“粤逆”，实际上却就他见闻所及，或是亲身接触过的太平人物，为他们写出可信的传记，备异日修史之资。他的用心是很艰苦的。另一部分则是介绍西方科技的成就和工业生产的情形，他所述的都是实际观察所得，不同于过去文人凿空想象之谈，因此它不失为有意义有价值的书。此外他有几种笔记，乃系铺张艳迹、叙述妓女行踪的作品，如《海陬冶游录》、《花国剧谈》

之类，因为王韬自己本是花天酒地的人，而挟妓侑酒也是当时士大夫的风气。他为要仿效《板桥杂记》、《秦淮画舫录》一类章台名著，因此他也写了一些谈妓女的专书。自己也刊行过《艳史丛抄》问世。这些书和笔记除掉对于研究娼妓文学和社会风俗史的人有用外，我们自可存而不论。

值得我们提的，乃是王韬所创作的许多《聊斋》体短篇文言的小说，如《淞隐漫录》、《淞滨琐话》、《漫游随录》之类，这些本是随着当时报纸印赠的文艺读物，算是报纸的一种副刊。当时名画家吴友如等并为王韬的小说点缀为工致图画《点石斋画报》，后来书贾们并把王韬的《淞隐漫录》改名为《后聊斋志异》大量出版，可见当时他的文名之重。这些短篇小说因为限于印刷篇幅，经常保持一定的长短。论故事内容则多谈封建社会男女的悲欢离合和才子佳人的艳遇，文章秾艳有余，风格不足，它们的思想性、艺术性是远不及《聊斋》的。不过以全盘而论，它们造成了晚清一种记叙文的类型，点缀社会新闻和眼前情景，有时也颇有韵味。下面摘录《淞隐漫录》的一节，系描写西洋跳舞，饶有文艺趣味，为王韬以前的作家所无法写出的。

翌日偕生（按指作者）往游埃丁濮喇（按即爱丁堡），乃昔年苏格兰之京都也。素以华丽著名，所产女子娟秀绝伦。是夕，适有丹神盛集，远近毕至，而生亦预焉。丹神者，西国语男女相聚舞蹈之名，或谓即苗俗跳月遗风，海东日本诸国尤为巨观。先选幼男稚女百余人，或多至一二百人，皆系婴年龆齿，殊色妙容者，少约十二三岁，长或十五六岁，各以年相若者为偶。其舞蹈之法，有步伐，有节次，各具名目，有女师为教导，历数月始臻纯熟。集时，诸女盛妆而至，男女亦皆饰貌修容，彼此争妍竞媚、斗胜夸奇。其始也，乍离乍合，忽前忽却，将进旋退，欲即复止，若近若远，时散时整。或男招女，或女招男，或男就女，而女若避之，或女近男，而男若离之。其合也，抱纤腰，扶香肩，成对分行，布列四方，盘旋宛转，行止疾徐，无不各尽其妙。诸女手中皆携一花球，红白相间，芬芳远闻。其衣尽以香罗轻绢，悉袒上肩。舞时霓裳羽衣，飘飘欲仙，几疑散花妙女自天上而来人间也。舞法变化莫测，或如鱼贯，或如蝉联，或参差如雁行，或分歧如燕剪，或错落如行星经天，或疏密如围棋布局，或为圆围，或为方阵，或骤进若排墙，或倏分若峙鼎。至于面背内外，方向倏忽不定。时而男围女圈，则女圈各散，从男围中出；时而女围男圈，则男圈各散，从女围中出。有时纯用女子作胡旋舞，左右各系白绢一幅，其长丈余，恍如蝶之张翅，翩翩然有凌霄之意。诸女足蹑素履，舞时离地轻举，浑如千瓣白莲花摇动池面。更佐以乐音灯影，光怪陆离，不可逼视。生抚掌称奇，叹为观止（《淞隐漫录》卷八《海外壮游》）。

王韬用轻灵生动的笔调，将西洋跳舞（当时译为“丹神”，按即dance）描绘得惟妙惟肖。它的行列的错综变化，舞艺的精湛纯熟，舞女的婀娜多姿，无不活跃纸上，使读者如临其境、如见其形，实在是一篇很优美的记叙文。至于王韬的诗收在他的《蘅华馆诗录》里的只有六卷，约六百余首。许多都是他直抒胸臆之作，不拘拘于形式之美。锻炼未纯，自不够称为大家。王韬在《自序》里说：“余不能诗，而诗亦不尽与古合，正惟不与古合，而我之心情乃足以自见。”这倒是实在的话。在他的古体诗中，的确也不乏写得好的。下面一首《赠日本长冈侯护美时方奉使荷兰》诗，不但音节铿锵，字里行间颇有警告日本不要自矜强盛、有侵略邻国的企图。这对于当时日本正对清王朝伸展它的帝国主义魔掌，实在是当头的棒喝。这诗的内容也是可取的。

我见君时在日东，樱花初落犹余红，君见我时在岭南，荔子方熟才回甘，愧我未成三窟兔，羡君已驾五花骖。持节南来恣眺览，登临不尽苍茫感，道经香海偶停帆，杯酒淋漓见肝胆。荷兰久已驻崎阳，二百年前有约章，君今奉使修旧好，雍容槃敦增辉光。泰西学术固无匹，舍短取长在今日，此行阅历壮奇怀，万里山川入诗笔。临岐我欲增君言，中东异地原同源，点画文字师羲颉，推崇道德尊岐轩。维新以来始变法，献颂中兴夸盛业，仿效不徒袭皮毛，富强岂止恃戈甲。惟君识力迈等伦，深知驭远在睦邻，亚洲与国我为大，如指资臂齿联唇。君闻我言意慷慨，洗盏更酌起相酬，饮酣一石亦不醉，对烛举觞添别意。再拜送君君勿忘，梅开尚待诗筒寄。（《蘅华馆诗录》卷六）

因为王韬曾经游历过日本及英、法诸邦，熟悉当时中外情势，而且多年办报，长期居住上海、香港，文章声望很高，自己不免带有中国文人夸大习染。他刻的印章，就自称“日东诗祖”、“欧西经师”、“天南遁叟”、“淞北逸民”，连贯了东南西北四处地方，可谓自负已极。虽然他对西方国家的知识（资本主义社会），远出于当时谈洋务的官僚和买办阶级之上，他的学养和才华就连高级官僚如曾国藩、李鸿章辈未尝不知道，但是他们总觉得王韬心怀叵测，是个不利于清室的人。因此王韬尽管在太平天国失败以后，竭力自剖，说他是“被谤”，是个“忠君爱国”的人，希图仍为清政府录用，一展生平抱负。可是他怀才不遇，始终以一个报人和著作家的身份在社会上活动，不能踏进官场，去实现他的改良主义的梦想。

综合王韬一生，一方面表现自己遁迹沉埋，好像是很清高；一方面并不忘情政治，想借助他的政论和著作耸动名公巨卿的视听。实际上他内心矛盾重重，是很痛苦的。所求未遂，就只好生活于花天酒地之中，写了许多有关娼妓和无聊的作品。对于当时腐败透顶的清政府，只想从改良主义的立场上，挽回它的命运，他不感觉革命的需要，他自己也不需要什么革命。这都是他的落后的一面。话虽如此，王韬究竟是个通达时势、博学多才、著作等身的人，给他一个晚清文学家的称号，他是当之而无愧的。他的诗文充满了热忱和生命的活力，其中时代的声音呼之欲出。如把他和同时代的那些专心致志写作桐城派古文或同光体诗的文人诗人相比，后者显然比王韬大为落后了。

原载《文学遗产》1982年第1期

---

①王韬《漫游随录》自序：“余初至英，讲学于恶斯佛大学院（按即牛津大学 Oxford University），院中士子峨冠博带，皆有雍容揖让之风。余为陈道有异同同异之辨，而言至道终必归于大同，士子群击节叹赏，以为闻所未闻。是书卷二《伦敦小憩》详叙其事。”

②据《上海研究资料》之《王韬事迹考略》：“光绪十九年癸巳，孙中山先生来沪，由陆皓东介绍与王韬相见。韬一见总理，惊为奇才，并为函介于李鸿章幕友罗丰禄。”

近代中国民族诗人黄公度

葛贤宁

诗界千载靡靡风，兵魂销尽国魂空。
集中什九从军乐，亘古男儿一放翁。
辜负胸中十万兵，百无聊赖以诗名。
谁怜爱国千行泪，说到胡尘意不平。

——梁启超：《读陆放翁集》

一

近代中国，处于一个剧变的时代，自海禁开放，英、美诸帝国主义，挟其黄金黑铁之势力，对这落后的古国，作猛烈之攻击，猥琐淫污的封建社会，一遇新兴资本主义侵入，便立即冰消瓦解，呈紊乱之象。同时农村经济，敌不过外来的工业经济；家族主义敌不过外来的民治主义；诗云子曰，敌不过外来的声光化电；静的文明，敌不过外来的动的文明。一切一切，都如摧枯拉朽，由动摇而趋衰落，由衰落而向下沉沦。尤其是历史上几个大惨败，如1840年的鸦片战争，1883~1885年的中法战争；1894年的中日战争，1900年义和团之乱，联军打破北京等，给予民族以莫大的创伤和打击，遗留下万劫不复的患害。神州沉陆，杀机四起。一方面中华民族摸索彷徨于昏黑的暗夜，在寻求出路。一方面帝国主义的势力和世界潮流从四面八方向中国侵进冲激。水深火热，风雨飘摇，可谓危险已极了！渐至近年，国难尤多，东北四省之失陷，“一·二八”吴淞和闸北之炮火，是不啻替这古老的中国敲了最后的丧钟。同时也给民族最后的警告，使努力翻身作新民族新国家之建设。否则，中国的前途，怕只有令人悲观了。

诗人的感觉是最灵敏最锐利的，他们的精神常能浸淫于时代的潮流，以全个民族的痛苦为痛苦，以拯民于水火为职志。若遭遇国破家亡，山河零落之惨，尤多感慨悲歌之作，大声疾呼，作挽危救亡之创举。如波兰的独立运动，有不少的诗人和画家参与政治上和军事上的斗争。匈牙利大诗人裴多飞·山陀尔，则为杀敌战场，死于哥萨克人的矛尖的。杜甫的沉吟天宝，陆游的矢志恢复中原，古今不少的伟大诗人，都为了民族的不幸而流着悲愤的血和泪；而他们的精神，他们的诗篇，亦与彼复兴之民族永相伴结，而垂不朽。

翻开中国的近代史，是一幅悲惨的民族衰落史。反映在文学里的，也充满悲惨的色彩和悽厉的呼声。

拍碎双玉斗，慷慨一何多！满腔都是血泪，无处著悲歌。三百年来王气，满目山河依旧。人事竟如何？百户尚牛酒，四塞已干戈。

千金剑，万言策，两蹉跎。醉中呵壁自语，醒后一滂沱。不恨年华去也，祇恐少年心思，强半为消磨。愿替众生病，稽首礼维摩。

——《水调歌头》

神州万里风泱泱，昆仑东南海为疆。岳岭回环江河长，中开天府万宝藏。地兼三带寒暑凉。以花为国丝为裳，百品杂陈饮馔良，地大物博冠万方。

我祖黄帝传百世，一姓四五垓兄弟。族谱历史五千载，地大文明无我逮。全国语言同一致，成功一统垂文治。四裔入贡怀威恩，用我文化服我制。亚洲犹尊主人位，今为万国竞争时。惟我广土众民霸国资。遍鉴万国无似之。我人齐心发愤可突飞，速成学艺与汽机。民兵千万选健儿。大造铁舰游天地，舞破大地黄龙旗。

——《爱国短歌行》

前一首词是梁启超作的，后一首歌行是康有为作的。一则热情磅礴，愿替众生病，稽首礼维摩。一则愿我人齐心发愤，研练科学，征服世界，作黄龙旗之舞。他们的愿望，他们的希冀，他们的野心和狂热，都是被压迫民族一种图谋富强的表现。类于此的爱国诗人爱国诗歌，在中国近代文学中是数见不鲜的，其中尤以黄公度为最伟大。如光芒万丈之慧星，照耀于东亚黑暗之天空。其宝贵的诗篇，都为诗人血泪所凝集，而永远值得歌咏怀念者。其英伟博大之精神，虽古之杜叟陆九，波兰复兴之诸艺人，亦无以过之。如今回首东北，不胜山河破碎之感，而环顾国内文坛，士气销沉已极，词章陷于淫靡，仿佛民族的感情是麻痹了，民族的呼声是嘶哑了。令人悲观之后复继之以悲观。偶瞻念二十年前久已病故的伟大诗人，心中不禁油然发生无限景慕之念，午夜悲怆，爰作此文以示纪念。

二 黄公度的生平

黄公度讳遵宪，1848 年生于广东之梅县。曾祖讳学诗，祖际讳升，父讳鸿藻，官广西知府。三岁即就塾读书，《拜曾祖母（李太夫人）墓》诗："三岁甫学步，送儿上学堂，知儿故畏怯，戒师莫严庄。"十岁学为诗，塾师以梅州神童蔡蒙吉"一路春鸠啼落花"句命题。先生有"春从何处去？鸠亦尽情啼"句。师大惊，次日令赋"一览众山小"，先生破题云："天下犹为小，何论眼底山！"因是乡里甚推异之。

1859 年太平天国军破嘉应州（即梅县）。时先生年方十二。1865 年，嘉应州再破，先生全家三十余口，避乱潮州，发军退始返。迭经变乱，先生家业乃大落。冬，先生妹适张氏。其《送女弟》诗有"吾家本富饶，频岁遭离乱。累叶积珠翠，历劫无一遗"句。可知兵乱影响先生家业很大。1867 年，先生二十岁。家中数遭变乱，财用枯竭，遂奋然有用世之意。《遊丰湖》："……我生二十年，初受尘垢污。家计竭中干，俗状作先驱。飞鸟求枝栖，三匝方绕树。大海泛浮萍，归根定何处？"《二十初度》："堕地添丁日，时平万户春。我生遂多事，臣壮不如人。离乱艰难际，穷愁现在身。摩挲腰下剑，龙性那能驯！"离乱之思，倔强之态，跃然纸止。

1870 年，这位少年诗人初次跑到香港去，看到许多虬须碧眼的异族在香港经营商业，建造楼台，他深深感到西洋资本主义的势力的雄浑，而慨于卧榻之侧，竟容他人鼾睡，作《感怀》十首，以抒郁悃。秋，至广州乡试，中秋识友人罗文仲于场屋中，偕梁诗五登明远楼看月。是年先生叔父鸞藻中举人。1873 年，先生年二十六岁。重至潮州，有追和友人罗少珊登明远楼看月诗及《羊城感赋》六首。乡试既毕，将入都应廷试了。其《出门》云："无穷离合悲欢事，从此东西南北人。"《寄四弟》云；"贡士亲署名，行作万里游……今年槐花黄，挂帆来广州。……秋风亦已过，别恨终悠悠。欲归不得归，飘蓬迹沉浮……"《将应廷试感怀》[①] 有"辙乱旗翻屡败车，行吟憔悴比三闾"。"齐东燕北走舟车，三载南云望倚闾，宦学无成便归去，父兄有命敢行诸……""宪也少年时，谓芥拾青紫。五岳填心胸，往往矜爪觜。三战复三北，马齿加长矣！破剑破后衣，年年来侮耻。下争鸡鹜食，担囊走千里，时时发狂疾，痛洒忧天泪。群书杂然陈，所志非所事。柄凿殊方圆，如何可尝试！"[②] 这时期先生之心情异常感伤的，一方面离乡背井，不免有许多留恋，二方面屡试屡北，生命感到无限的落拓，辞旨凄怆，令人一掬同情之泪。

从二十六岁到二十九岁，都是寓居京师的生活，与胡晓岑、赖雲芝诸人相过从。谈诗论文，乐趣盎然，然忘旅邸之闲愁。1876年以拔贡生中式，顺天乡试中举人。

这时东邻日本，自变法以后，国势臻臻日上。曾国藩、李鸿章均奏请派员驻扎，俾随时侦其动静。这年冬天，遂特简何如璋为钦使，候选知府张时桂为副，往使日本。是为我国简使驻东之始。第二年春天，副使张时桂至京都，以日本萨摩兵乱，行期展迟。10月19日何如璋等拜折具报出洋日期，并保奏先生充参赞官。将往日本，先生造半身像，题诗遍赠友人。10月23日何、张两使及先生，并正理事范丞明、副理事余瓗及编译随员随役等三十余人登海安轮放洋。我们的大诗人，从此便过着异邦的生活，由日本而美利坚，由美利坚而新嘉坡，而英吉利，征途仆仆，很少安息的闲裕了，直到暮年，才告老回家，以终天年。而十余年的使臣生涯，影响先生的思想、文章、诗篇，实深且巨，假如先生终身守在国内，也许思想不会那样前进，对于世界潮流而漠然无感，做一个庸庸碌碌的文人。更不会产生出具有现代精神的诗篇出来，也未可知呢！古人说读万卷书走万里路，诗人黄公度才算实行到了的。

1877年，11月，舟泊神户，夜四鼓，有斜簪颓髻，衣裳褴褛者迳入舟，即伏地痛哭。先生知为硫球人，又操土音，不解所谓。时复摇手，虑有倭人闻之。俄而探怀取出一纸，乃国王密勅，内言“今日阻贡，行且废藩，终 必亡国”，令其求救于使臣者也。宪深受感动，劝慰令去。后二年，日本果灭流球，易其地为冲绳县。何使与总署及北洋文牍，殆十万余言，皆力主强硬手段。策日本当日国势，谓我若强时，彼必我屈。洞若观火，纤悉周备，十九为出先生之手。而政府终不能用。可为一叹，曾作有《流球歌》载集中。

1879年夏，著《日本杂事诗》出版，凡二卷，一百五十四首。王韬序他的诗：“叙述风土，纪载方言，错综事迹，感慨古今。或一时但纪一事，或数事合为一诗。奇搜山海以外，事系秦、汉而还。仙岛神州，多编日记，殊方异俗，成人歌谣。”可知公度到日本后，对于异邦的景物，多么感到深切的趣味，日本的风景本来是以优美著名，又兼中国历史上对于所谓蓬莱仙岛，更有许多缥缈幽妙的玄想，尤易启发诗人怀古之幽思的。公度本具有活泼轻灵的精神，在大自然的幻美与怀古的心情二重煎迫之下，自容易从事吟咏，过着诗人的生活了！

公度在日本不独做一个吟咏景物的诗人，同时也为东邻的文化所醉。初抵日时，彼邦民权之说正盛，他起初颇为惊怪，既而取卢梭、孟德斯鸠之说读之，心志为之一变，知太平世舍民主莫求。抵日二年，便学习日文，读日文书籍，与日之士大夫游。复发凡起例，创为《日本国志》一书，朝夕从事编辑。是年，何如璋致书总理衙门，唱主持朝鲜外交之议，谓：“中国当于朝鲜设驻札办事大臣。”而李鸿章谓：“若密为维持保护，尚觉进退裕如，倘显然代谋，在朝鲜未必尽听我言。而各国或将唯我是问；他日势成骑虎，深恐弹丸未易脱手”，云云。公度上书译署，请将朝鲜废为郡县，以绝后患；不从。又请遣专使主持其外交，廷议又以朝鲜政事向系自主尼之。后十余年，朝鲜终亡于日人之手，公度有志未展，遗恨无穷，后来只有在诗中去发泄他的抑郁悲怆之感。

在日本前后凡六年。奉命调任美旧金山总领事馆，于正月离日，二月抵美。曾有诗留别日本友人及《海行杂感》十四首。抵美后，印象甚坏。第一，为美人设禁止华工之例，拒绝华人入境。《逐客篇》开首云：“呜呼民何辜，值此国运剥！轩顼五千年，到今种极弱。鬼域实难测，魑魅乃不若。岂谓人非人，竟作异类虐，茫茫六合内，何处足可托？”其义愤填胸，悲怆苦恼之情是可以想象得出的。第二，见美国官之贪诈，政治之秽浊，工党之横肆，每举总统则两党相争。大凡扰乱，小亦行刺。对于民主政治，又感觉到大大的失望。以为文明大国尚且如此，其他未开化的，更可推知了！

1885 年，自美国归，直到 1890 年。这五年中间，完全过着恬静的田园生活。吟诗著书，极力避免人事的纷扰。皇皇四十卷的《日本国志》，便在这几年完成。而有各的《拜曾祖母李太夫人墓》诗，也是这期间产生的。1890 年，赴英国总领事任，自香港登舟，《感怀》诗中有“久客暂归增别苦，同舟虽敌亦情亲”句。彼时先生已过中年，渐以奔波为苦了。过安南西贡时，有《感怀》诗五首。抵锡兰岛，观碗伽山卧佛像，佛金身，高三丈。因作《(锡兰岛)卧佛》诗，达二千余言。梁任公推为震旦有诗以来所未有。六月抵伦敦。轮车半生，此次至英，已不如使日时之感兴味。《重雾》一首中云：“碌碌成何事？有船吾欲东。百忧增况瘁，独坐屡书空。……”是年所作《送友》[③]诗及《岁墓怀人诗》，颇多哀苦之语。自本年起，始着手整集诗稿。而抵英后，对于英之君主立宪政体，极端赞许，以为我国政体，必当法英。此种思想，实为后来在湘举办各种新政之动机。

1891 年，由英再调新加坡使任。过法国，曾登巴黎铁塔，于 9 月 11 日夜度苏彝士河，舟泊波斯时，夕遇大雨，先生均有诗以纪之。冬，到新加坡总领事任。到1894年，这三年中间，完全在南洋使任上的。曾著《新加坡杂诗》、《养疴杂诗》、《以莲菊桃杂供一瓶作歌》诸什。这期间，他的身体很是羸弱，大半在养病中把时光消磨过去。

1894年，是一个悲痛的年头，历史上的“甲午战争”便是这一年内发生。彼时朝鲜有内乱，清遣兵援，与日军遇，遂开战。6月驻朝鲜使臣袁世凯告急电至。北洋大臣李鸿章奉廷寄速筹备战。旋日本袭我海军于丰岛。聂士成败绩走平壤。7月，谕与日本宣战，平壤战败。城陷。海军提督丁汝昌与倭舰战于大东沟，败。9月，鸭绿江战败，九连、安东陷。10月，大连湾陷，旅顺炮台失守。12月，敌军攻我舟山岛，并陷山东荣城县。1895年，我国海陆军既败，日人要我开租界于苏、杭。政府以交涉属南洋大臣。公度已于前一年11月卸任归，彼时受檄刘忠诚，适当其冲。日领事珍田氏，为日本有名之外交家，与公度会议。公度以苏、杭内地，与畴昔沿江沿海之口岸有别。乃草新约，刻意收回治外法权。珍田竟无如之何。草约既成，议达日本政府，日政府怒珍田之辱命，乃撤回。而抗严议于我政府。清廷终于屈服。而公度所拟之草约遂废置！3月，和议成。割台湾及澎湖列岛与日本，时公度客于鄂，某日方与客登黄鹤楼，闻台湾溃弃之报，遂兴尽而返。北京则有康有为、梁启超等联合公车三千人上书，陈述时局，请变新法，而强学会之组织，则为7月间事。历3月，即为官厅封禁。

1896年，公度在沪，愤学会之停散，谋再振之。以书招梁启超至上海，始与启超订交。与汪穰卿三人，日夜谋议办报事。公度自捐一千元，本年内《时务报》即出版，数月中，一切馆务，公度无不与闻。是年9月，以总理衙门征召离沪赴京。召见时，上言“泰西政治何以胜中国”？公度答：“泰西之强，悉由变法。在伦敦闻父老言，百年以前，尚不如中华。”上初甚惊讶，旋笑颔之。公度乃以道员带卿衔授出使大臣，驻德。时德人方图胶州，惧公度折其机芽，乃设词以撼我政府，卒不果行。

1897年，公度以盐法道拜署湖南按察使。甲午战后，执政知非维新不足以自存。乃擢用新党，诏告天下，定国是，变法度。当时各省奉行诏书最有力的，莫过于湖南巡抚陈宝箴。而助其成功者，则为公度先生。公度既至湘，与陈公戮力殚精，从事新政的建设。其中最主要为设立保卫局。是年十月，陈宝箴筹办时务学堂，梁启超来湘，和公度及熊秉三、江标等就学堂讲席。时谭嗣同亦归湘治乡治。群谋大聚豪杰于湖南，并力经营为诸省之倡。于是若内河小轮，商办矿务，湘、粤铁路，时务学堂，武备学堂，南学会等，皆次第举办。

会中每七日一演说，巡抚学政率官吏咸临及，公度与谭、梁等轮流演说中外大势，政治原理，行政学等。其目的在激发保教爱国之热心，以养成地方自治之能力为归依。此外公度又锐意整顿裁判监狱之事，删淫刑之俗例，定作工之罚规，湘民甚感其德。

1898年，公度在湖南按察使任。2月，上命枢臣进《日本国志》，继再索一部。夏，以久病，解按察使任，养疴上海，适驻日公使裕庚期满，日政府预先以先生使日请于清廷。乃以三品京堂拜出使日本大臣。8月，孝钦后复政，幽德宗，杀六君子——所谓戊戌政变——新政俱废，康、梁逃走，公度出使日本大臣职亦革去。惟公度因病亟，乞归，已奉旨谕允许了。有奏称康、梁尚匿公度处，有旨命两江总督查看。上海道蔡钧，张大其事，派兵二百名擎枪围守寓宅。外人不知为所犯何事，疑论纷纷，徧海内外。知交探问，消息不通。两日后之夜，始得旨放归。9月，启程返广东，此后乃家居不复出。草草半生，先生已是年过五十的人了！

1899年，家居著有《己亥杂诗》、《续怀人诗》等共约百首。自从政治上活动失败过后，心志颇恬淡间适，再无昔时的狂热了。《(己亥）杂诗》云：

我是东西南北人，平生自号风波民；百年过半洲游四，留得家园五十春。

梦回小坐泪潸然，已误流光五十年。但有去来无现在，无穷生灭看香烟。

天下英雄聊种菜，山中高士爱锄瓜。无心我却如云懒，偶尔栽花偶看花。

相约儿童放学时，小孩（孙）拍手看翁嬉。平生两事轰轰乐，爆竹声腾鹞子飞。

诗人老去，壮士暮年，与蜩螗日非的国是，俱一样值得伤心人齐声痛哭的呀！

自此以后，一直到1905年他临死的一年，都在故乡田园中消磨他的时光，中间曾经拳匪之乱，又重新激发起悲愤的情绪，做了许多抒写抑郁的诗歌。梁启超主编的《新民丛报》上，曾有他署“东海公”、“水苍雁红馆主人”、“法时尚任斋主人”等名之论学笺。其中论政治之秩序，颇与今之训政时期宪政时期之理论相符合。诗人哲人大都是时代的预言家，于公度之文章思想上益征不诬。

1905年，公度五十八岁。先一年即在故里卧病，是年，病转剧，然尚在病榻手作论学书近万言。正月致书友人狄平子，有“自顾弱质残躯，不堪为世用矣！负此盛世，感我知交！”等语。2月24日，我们这位一代的大诗人，便在他的故乡梅县逝世了！

公度在近代文学中之成就，可以远颃李、杜，而其精神思想，则又过之。盖中国近代，处于大危难的时代，民族尝受到莫大的苦恼和悲哀，而公度所喊叫的正是全民族要喊叫的一种迫切的呼声。所流的泪也是全民族所要流的悲泪。又因为海禁开放，见闻广阔，旧时代之人生观、社会观、宇宙观到此都不得不大大的变更。在所有中国诗人中，公度可以说与我们最切近的，而中国诗中境界的阔大，思想的深远，也可以说公度为达于极度，说他前无古人，并不是夸张的言辞。下面就他的诗歌，略略论列一下。

三 黄公度之作品

（上）爱国诗歌

翻开《人境庐诗草》来，最触目动心的是那些爱国诗歌。他没有陶渊明恬静幽适隐于自然的雅致，也没有李太白醉于酒色的颓废的欢情。他是具有良心的文学家，所以他的作品中多包藏着民族的苦患与艰难、不幸的血和泪。

他最初写的爱国诗歌，是《香港感怀》十首。香港是1840年鸦片战争失败割让与英的。他初至香港，抚今追昔，不胜感慨。而新都市之一切都为外人所经营，异族势力的表现，最使人痛心！其第十首：

遣使初求地，高皇全盛时。六州谁铸错？一恸失燕脂，凿空蚕丛辟。嘘云蜃气奇。山头风猎猎，犹自误龙旗。

共忧民怀国之情，霍然可见，彼时公度才二十三岁。

流球，旧本中国属地。鸦片战争后，各国皆承认流球为独立国。而日本明治政府成立后，蓄意侵略，竟定下续行统治流球之方针。同治十一年，借口册封流球王，宣布流球归于日本。人境庐诗中之《流球歌》，便叙述流球国家将亡的一个老臣哭诉于中华使臣事。“旌麾莫睹汉官仪，簪缨未改秦衣服。”本是华人之支族，如今却沦于异族之手。“几人脱险作逋逃，几次流离呼伯叔。

北辰太远天不闻，东海虽枯国难复。”其亡国之惨痛，有非人类所能忍受者。不知我们读了，作何感想！

……吁嗟五大洲，种族纷各各。攘外斥夷戎，交恶詈乌索。今非大同世，祇挟智勇角。芒碭红番地，知汝重开拓。飞鹰依天立，半球悉在握。华人虽后至，岂不容一勺。天地忽跼蹐，人鬼共咀嚼。皇华与大皇，第供异族谑。不如黑奴蠢，随处安浑噩……倾倒四海水，此耻难洗濯。……茫茫向禹迹，何时版图廓？

这是为美人禁止华工所作之《逐客篇》中之一节。全诗很长。其中一方面作正义的呼吁，一方面又感到“今非大同世，祇挟智勇角”，“捷足先得”，“弱肉强食”，才是世界所流行的公例呢。苦闷抑郁之后，复作“版图几时廓”之悬想。环境逼迫他使他心中起了复兴民族的观念。

因为公度是爱国诗人，所以他常常崇拜民族的英雄，对于为国捐躯的烈士、节士，怀着无限的景仰。在日本使馆时曾作有《近世爱国志士歌》十二首，《赤穗四十七义士歌》，赞颂日本的爱国志士，以激励国人。《冯将军歌》则歌咏冯子材在广西督府破法军事。“得如将军十数人，制挺能挞虎狼秦。能兴灭国柔强邻，呜呼安得如将军！”

甲午战争起来了，中国一败涂地，割地赔款，损失极巨。公度所受的刺激太深了，他几乎要陷入悲愤疯狂的境地。《赠梁任父同年》：“寸寸山河寸寸金，瓜离分裂力谁任。杜鹃再拜忧天泪，精卫无穷填海心！”恰恰道出他一副爱国爱民族的热心肠来。甲午败绩，歌咏特多。如《悲平壤》，咏左宝贵败死平壤事。《东沟行》纪甲午八月十七日海军在东沟败绩。《哀旅顺》、《哭威海》，纪东沟败后，旅顺、威海之陷。差不多每失一地，都喊出哀呼，作出哀歌，他本是以济民救国为己任的，眼看锦绣山河沦于敌人之手，他怎能不感到剧烈的伤痛呢？台湾失陷后，他竟忍不住酸痛大声疾呼了！

城头逢逢擂大鼓，苍天苍天泪如雨，倭人竟割台湾去！当初版图入天府，天威远及日出处。我高我曾我祖父，艾杀蓬蒿来此土。糖霜茗雪千亿树，岁课金钱无万数。天胡弃我天何怒，取我脂膏供仇肤……

噫哦吁！悲乎哉！汝全台！昨何忠勇今何怯？万事反翻随转睫，平时战守无预备，曰“忠”曰“义”何所恃！

他对于台湾人始终不能抵抗，竟由悲伤而激愤了！失土之民既责其不能死守，同时对于战北之将帅复痛诋其不和和懦怯。《降将军歌》写丁汝昌退刘公岛，因情势蹙迫，竟举降旗，后复仰药而死事。

……两军雨泣咸惊疑，已降复死死为谁？可怜将军归骨时，白幡飘扬丹旐垂。中一‘丁’字悬高桅，回视龙旗无孑遗。海波索索悲风悲，悲复悲！噫！噫！噫！……

《度辽将军歌》咏吴大澂事，甲午之战，不独丁汝昌是一个辱国丧师的罪魁，同时还有吴大澂一个可耻可笑的人物。相传吴好金石，中东事起，吴适购得汉印一枚。其文曰"度辽将军"，吴大喜，以为万里封侯兆也。遂请缨出关。

吴大澂是个怎样的人物呢？

岁朝大会召诸将，铜炉银烛围红毯，酒酣举白再行酒，拔刀亲割生彘肩，自言平生习枪法，练目练臂十五年。

他又怎样的自夸和骄傲：

淮河县帅巾帼耳，萧娘吕姥殊可怜，看余上马快杀贼，左盘右辟谁当前？鸭绿之江碧蹄馆，坐令万里销烽烟。座中黄曾大手笔，为我勒碑铭燕然。……待彼三战三北余，试我七纵七擒计！

这样的英雄，我们多么需要！可是：

两军相接战甫交，纷纷鸟散空营逃！弃冠脱剑无人惜，只幸腰间印未失。……

燕云北望忧愤多，时出汉印三摩挲，忽忆辽东浪死歌，印兮印兮奈尔何！

将帅固然懦怯无用，至于当时的执政者，上自天子，下至公卿庶僚也是同样的昏聩糊涂。《马关纪事》："既遣和戎使，翻贻骄倨书。"军事上失败了，外交方面又没有相当的手腕。这将怎样立国于世界上呢？诗人除悲伤流涕之外，再无所希望了！

《书愤》一诗是甲午之战失败后做的。

一自珠崖弃，纷纷各效尤。瓜分惟客听，薪尽向予求。
秦楚纵横日，幽燕十六州。未闻南北海，处处扼咽喉！
弱肉供强食，人人虎口危。无边画瓯脱，有地尽华离。
争问三分鼎，横张十字旗。波兰与天竺，后患更谁知？

《友离》云：

举鼎膑先绝，支离笑此身；穷途竟何世，余事且诗人。
技悔屠龙拙，时惊欢蜡新，剖胸倾热血，恐化大千尘。

国事不可为，只是以余事作诗抒解郁闷罢了。但他的心，他的热血，都蕴育着民族的艰辛。他是多么伟大的呀！

过后便接着他政治活动的失败。六君子被难死了，康梁逃走了，他也几乎罹祸。《纪事》中“十七史从何处说，百年债看后来偿。”他预言将来他们政治主张，一定能得到最后胜利。可是午夜沉沉，悲郁莫名。《放归》、《感事》诸诗，都是当时所发的牢骚。咏《雁》一首，尤极凄凉之致。

汝亦惊弦者，来归过我庐。可能沧海外，代寄故人书？
四面犹张网，孤飞未定居？匆匆还不暇，他莫向何如。

戊戌政变后三年，京师即有义和团之乱。拳匪本为无赖之徒，啸聚成群，横行乡间，诡言有神附身，枪刀不能入。端王信之，倚以排外。美其名曰“义和团”。因此匪有所持，猖獗日盛，蔓及鲁、晋、燕各省。所至毁教堂，杀教士，致酿成巨祸。《初闻京师义和团事感赋》：

无端桴鼓扰京师，犹记昌陵鼎盛时。今日皇天传角道，非徒赤子弄潢池。冠缨且教官人战，繍踞还充司隶仪，昼夜金吾曾不禁，未知盗首定何谁！

九百虞初小说流，神施鬼没诩兵谋。明知篝火均狐党，翻使衣冠习狗偷。养盗原由十常侍，诘奸惟赖外诸侯。竹筐麻瓣书“团”字，痛哭谁陈恤纬忧？

博带峨冠对旧臣，三年缄口讳维新，侭将儿戏尘羹事，付与尸居木偶人。诏述政行皆铁案，党人狱起又黄巾。即今马赵来宣抚，犹信投戈是义民。

拳匪之无赖，朝廷之昏庸，公度早知要罹灾祸。但“三年缄口讳维新”的人，又有什么方法去阻止他们、唤醒他们呢？《寄怀邱仲阏》有“哀弦怕听家山破，醇酒还愁来日难”，“朝朝曳杖看山去，看到斜阳莫倚阑”诸句。《感事又寄邱仲阏》有“石破莫惊天压已，陆沉可行地埋忧？”苦郁悲愤之情，霍然纸上！《述闻》第二首：

皇京一片变烟埃，二百年来第一回。荆棘铜驼心上泪，觚稜金爵劫余灰。螟蛉蜾裸终谁抚，猿鹤沙虫总可哀，只望木兰乃出狩，銮舆无恙贼中来。

第六首是：

禹迹芒芒画九州，到今沧海尽横流。合纵敢拒三天下，雪耻将寻九世仇。世事可如骑虎背？功名偏赏烂羊头。是谁画落谁传诏，一纸明贻万国羞！

眼看国事陵夷，不可收拾。使人生棘荆铜驼之预感。第七首复痛责在朝君臣之误国：

揖盗开门终自误，虐臣衅鼓果何心？当时变政翻新案，早使忧臣泪满襟！

良策善政不能用，复痛心于戊戌之政变之贻误无穷也。《再述》五首同为忧伤国事之作。还有《七月二十一日外国联军入犯京师》、《闻车驾西狩感赋》、《有以守社稷为言者口号示之》诸诗，俱为当时之感怀。后来光绪发罪己诏书，心中的悲愤稍为平复。《谕剿义和团感赋》中的“伏剑直臣犹未瞑，料应喜见中兴时”，更稍露喜色了。《久旱雨霁邱仲阏过访饮人境庐》叠韵十六首，大半都写他这种悲喜交并的胸怀。《天津纪乱》十二首，《京乱补述》六首，给拳匪之乱在中国近代史上一幅纤细臻备的素描。《群公》四首暗诋当日庇匪之王侯及诸大臣。《聂将军歌》则纪当时爱国英雄聂士成奋勇杀敌而终为权奸所害的故事，读了使人联想起精忠爱国的岳武穆来，而悲惨之结局亦仿佛似之。本诗甚长，可作拳匪之乱史诗读，如今钞在下面。

聂将军，名高天下闻，虬髯虎眉面色紫，河素将士无人不爱君。燕南忽报妖民起，白昼横刀走都市，欲杀一龙二虎三百羊，是何鼠子乃敢尔！将军令解大小团，公然张拳出相抵。空拳冒刃口喃喃，炮声一到骈头死。忽来总督文，戒汝贪功勋；复传亲王令，责汝何暴横；明晨太后诏，不许无理闹；夕得相公书，问讯事何如？皆言此团忠义民，志灭蕃鬼扶清人。复言神拳砍不死，自天下降天之神。国人争道天魔舞，将军墨墨泪如雨，呼天欲诉天不闻，此身未知死谁手，又复死何所。大沽昨报炮台失，诏令前军作前敌。不闻他军来，但见聂字军旗入复出。雷声肱肱起，起处无处觅，一炮空中来，敌人到案不能食；一炮足底轰，敌人绕床不得息，朝飞弹雨红，暮捲枪云黑。白马横冲刀雪色，周旋进退来夹击。黄龙旗下有此军，西人东人惊动色。敌军方诧督战谁，中旨翻疑战不力。此时众团民，方与将军仇。阿师黄马褂，车前鸣八驺；大兄翠雀翎，衣冠如沐猴。亦有红灯照，巾帼裸兜鍪。昨日拜赐金，满车高瓯窭，京中大官来，神前同叩头，懿旨五六行，许我为同仇。奖我兴甲兵，劝我修戈矛。将军顾轻我，将军知此不？军中流言各哗噪，“作官不如作贼好！”诸将窃语心胆寒，“从贼容易从军难”。人人趋叩将军辕，“不愿操兵愿打拳”！将军气涌遍传檄，“从此杀敌先杀贼”。将军日午战罢归，红尘一骑乘风驰，跪称“将军出战时，闯门众多偻罗儿。排墙击案拖旌旗，嘈嘈杂杂纷指挥。将军之母将军妻，芒龙绳缚兼鞭笞。驱迫泥行如犬鸡，此时生死未可知，恐遭毒手不可迟。将军将军宜急追”！将军追贼正驰电，道旁一军路横贯。齐声大呼聂军反，火光已射将军面，将军左足方中箭，将军右臂几化弹。是兵是贼纷莫辨，黄尘滚滚酣野战。将军麾军方寸乱，将军部曲已云散。将军仰天泪数行，“众狂仇我谓我在，十年训练求自强，联珠之炮后门枪。秃襟小袖毵毵装。蕃身汉心庸何伤？执此诬我谗口张，通天之罪死难偿。我何面目见我皇，外有虎豹内豺狼！謷謷犬吠牙强梁，一身从敌何可当？今日除死无可望，非战之罪乃天亡”！天苍苍，野茫茫。八里台，作战场。赤日行空飞沙黄，今日披发归太荒。左右搀扶出裹疮，一弹掠肩血滂滂，一弹洞胸胸流肠。将军危坐死不僵。白衣素冠黑裲裆，几人泣送将军丧。从此津城无人防！将军母，年八十，白发萧骚何处泣？将军妻，是封君，其存其殁家莫闻；麻衣草履色憔悴，路人道是将军子。欲将马革裹父尸，万骨如山积战垒！

这真是“出师未捷身先死，常使英雄泪满襟”了！以如是忠贞如是勇敢之军人，竟遭奸贼陷害，怎不令天下男儿短气。

《病中纪梦述寄梁任父》是大诗人最后的绝唱。第一首述梦中看见梁任父被人狙杀，自己提着自己的头颅。急然鸡声把他惊醒了，才知任父还在海外未归。真耶梦耶？

……君头依我壁，满壁红模糊。起起拭眼前，噫吁瓜分图！

壁上模糊的并不是任父的血，倒是一幅瓜分图呀？第二首述生在此古国内，举国重科举，他少年做着飞黄腾达的梦，谁知这时“东海波腾沸”，世界情势大大改变了。

人言廿世纪，无复容帝制，举世趋大同，度势必有至，怀刺久磨灭，惜哉吾老矣！日去不可追，河清究难俟。倘见德化成，愿缓须臾死。

他急切盼望大同世界快快实现，但他怎能看到呢？第三首述梦见梁任父归自美利坚。又渴慕到俄罗斯去。

我惭加富尔，子慕马志尼，与子平生愿，终难偿所期！何时睡君榻，同话梦境迷，即今不识路，梦亦徒相思。

一对以复兴民族为职志的英雄，以理想之不能实现，遥遥远隔数万里外，竟作友谊的悲怆的系念。

关于公度的爱国诗歌，集中甚多，不胜枚举。

（下）异邦纪游诗及其他

在近代文人中，以公度的生涯为最壮阔。《己亥杂诗》有“百年过半周游四”之句，三十以后的时光，大半在国外生活。异邦的名山大川、奇景异物往往收罗到他的心胸笔下，而发为雄奇瑰丽的诗篇，为中国旧时代放一异彩，而开新文学之先河。其留日时作纪游诗甚多。如《不忍池晚游诗》中“鸡背斜阳闪闪红，桃花人面薄纱笼；银鞍并坐妮妮语，马下嘶风人食风。山光湖色一例奇，莫将西子笑东施。即今隔海同明月，我亦高吟三笠辞。”俱清新可诵。《游箱根》、《大阪》诸诗，或为写景怀古。《樱花歌》则为歌咏日本最著名的樱花节情况。开首：

鸽金宝鞍装盘陀，螺钿漆盒携叵罗。繖张胡蝶衣哆啰。此呼“奥姑”彼“檀那”。一花一树来婆婆，坐者行者口吟哦。攀者折者手援莎，来者去者肩相摩。墨江泼绿水微波，万花掩映江之沱。倾城看花奈花何，人人同唱樱花歌。

描写如画，情景活现。能使人移情忘我。《都踊歌》最著名的，日本西京民间风俗，七月十五日夜至晦日，每夜亘索街上，悬灯数百，儿女艳装靓服为队，舞蹈达旦，名曰“都踊”，所唱皆男女猥亵之词。其风俗犹唐之《合生歌》，其音节则汉之《董逃行》也。

长袖飘飘兮，髻峨峨，荷荷，
裙系束兮，带斜拖，荷荷，
分行逐队兮，舞傞傞，荷荷，
往复还兮，如掷梭，荷荷，
回黄转绿兮，同挼莎，荷荷。
中有人兮，通微波，荷荷，
贻我钗鸾兮，馈我翠螺，荷荷，
呼我娃娃兮，我哥哥，荷荷。
柳梢月兮，镜新磨，荷荷，
鸡眠猫睡兮，犬不呵，荷荷，
待来不来兮，欢奈何，荷荷？
一绳隔兮，阻银河，荷荷，
双灯照兮，晕红涡，荷荷。
千人万人兮，妾心无他，荷荷，
君不知兮，弃则那，荷荷！
今日夫妇兮，他日公婆，荷荷。

百千万亿化身菩萨兮，受此花，荷荷！
三千三百三十二座大神兮，听我歌，荷荷！
天长地久兮，无差讹，荷荷！

奉命为美国三富兰西士果总领事后，即离开那风光明媚的岛国，前往新大陆去了。《海行杂感》十四首，皆为往美利坚舟中所作。《八月十五夜太平洋舟中望月作歌》，写他年年漂泊的情怀，“异时汗漫安所抵？搔首我欲向苍穹”，地球不是太大，自身不是太渺小了吗？几年后，他从国内启淀赴英吉利使馆，又作了不少的纪游诗。《过安南西贡有感》诗五首。其中最脍炙人口的为《锡兰岛卧佛》，开始叙汉唐以来威德远被，郑和出使南洋，收功尤广，及明中叶以后，那些附庸便不来朝贡了。“咸归西道主，尽拔汉赤帜。”所以有“日夕兴亡泪，多于海水滴”的话。次述抵克加山看见卧佛描绘佛像的庄严巨大。次述佛教的兴起及其广被流传，佛教的流入东方佛化了中日。谁知他的本国印度，却被“西域贾”，不持寸铁把佛的降生地劫夺去了。于是“佛力遂扫地”，遂使诗人“感叹摧肝胸”了！再次述佛不独不能庇国，抑且不能庇教，耶教自西方兴起蔑视一切“竟使佛德威，灯灭树倾倒”。二千年来佛像，却遭受今日的末劫，末述世界立教之皇，惟有佛能大仁。将来普渡众生，佛德无量。目前世界则为有强权无公理的时代，希腊、埃及古文化之邦，大都沦亡。中国居亚细亚的中央，外患日逼，强邻四侵。天若佑助中国将使中国复兴，鞭驱群夷，使天下共仰才好。但“明王久不作”，只有“四顾心茫然”而已。本篇长二千余言，为集中最长最优秀之作。其较逊于《卧佛》（《锡兰岛卧佛》）诗者，为途经法兰西时所作之《登巴黎铁塔》。此外尚有《新加坡杂诗》、《番客篇》、《养疴杂诗》等，俱为描画异邦景物之什。

讲到他的杂诗，普通抒情诗，第一个使人想起他那篇《拜曾祖母李太夫人墓》来，是如他所说：“以单行之神，运排偶之体”作标准做成的，虽然用的是旧格律而能弹出新声来，不能不叹服他创作的天才了，本诗惜太长，不便具引。《今别离》是拿新酒装进旧皮囊的，《以莲菊桃杂供一瓶作歌》，奇思妙想，不可言喻。以莲花喻仙，菊花喻佛，桃花喻魔，想象已属瑰丽，而生物轮回，人花相化合，尤能渗透物理悟彻造化，这不仅是妙语解颐的。《奇女》三章，于轻倩婉转中复苍凉缠绵之致，故殊动人。

其所作《感怀》诸诗，大半可借以窥见诗人生平之人生观、社会观、宇宙观及文学上之诸见解。《山歌》亦为后人所称道。

四 结论

先说黄公度在近代文学上的贡献。

《饮冰室诗话》："近世诗人，能镕铸新理想以入旧风格者，当推黄公度。"

郑振铎的《文学大纲》："在古旧的诗体中而能注以新鲜生命者，惟遵宪是一个成功的作者。"

胡适的《近五十年来中国文学》论晚清诗界革命："……他们朋友之中，确有几个人在诗界上放一点新光彩，黄遵宪、康有为两个人的成绩最大。"他又赞颂他在那样的时代能够采用方言土白入诗，且具有新诗革命的动机。

陈三立读了《今别离》，推为千秋绝作。梁启超更要"以是因缘，以是功德，冀生诗界天国"。可见他们尊崇的程度如何了。

大约将《人境庐诗草》总括起来说。他在近代文学上的贡献：第一，是采用方言土语入诗，赋与诗歌以新的生命。早年所作《杂感》，多发挥古今言文隔绝之弊，而提出不避流俗的主张。《山歌》九首便是绝好的例子。第二，他能运用新思想新材料入诗，所谓以"古人未有之物，未辟之境"来作他的新诗。《今别离》、《以莲菊桃杂供一瓶作歌》及异邦纪游诸诗均是。第三，他能实行"我手写我口"，不为旧有的格律所束缚所限制是他极大胆的地方。第四，中国从前没有写异域景物的诗人，有之则自公度始。以异邦的景物来扩大中国诗歌的领土，这功绩是不小的。第五，是中国自有诗以来第一个有世界观念的诗人，这固然一方面由于他的游踪广阔，见闻繁赜，同时他敏于感受的精神，也容易吸收到时代的思潮。非廉俗之诗人所可追及。

他是近代复兴民族最伟大的诗人，他的诗篇给予同时代及后来的青年人许多教训，许多指示。我们纪念他，如同纪念我们过去时代民族的惨痛一样。我们仰慕他，因为他是民族的英雄，民族的先知，他的精神是全民族的，与他的诗篇将永垂不朽。

原载《新中华》1934年第2卷第7期

---

①此诗题应为《将应顺天试仍用前韵呈霭人樵野丈》，而《将应廷试感怀》为另一诗题。

②引号内"宪也少年时"至"如何可尝试"为《述怀再呈霭人樵野丈》中诗句。

③诗题为《送承伯纯厚吏部东归》。《送友》非诗题。（原文无注，此注为我所加——编者）

论黄遵宪的新派诗

质　灵

我国自鸦片战争后，帝国主义的经济势力从沿海的都市慢慢伸展到乡村，使我国自给自足的农业社会开始崩溃起来，数千年来的传统文化也因而发生动摇，但士大夫阶级深受着它的熏陶，还不肯承认后来者居上。直到甲午战争，被新进的岛国日本打败了，在士大夫中间，才有一种新的觉醒，从物质文明的模仿进而至于政治的改造和外来学术文化的吸收，戊戌变法便是在这种要求下发生的，和政治的动向相适应，我国的诗界也试探着打破旧的规范，以新事物新意境为内容，“镕铸新理想以入旧风格”，“鼓吹新思潮，标榜爱国主义”，于是有夏曾佑一倡“诗界革命”，而谭嗣同、康有为、梁启超、邱逢甲、黄遵宪等都做起“新派诗”来了。本文的范围，只想对黄遵宪的“新派诗”加以评述，因为他在这方面的成就比较大些，单从他的诗作，也就可以看出“诗界革命”对于中国现代诗学的贡献来。

黄遵宪字公度（1848~1905），嘉应（今梅县）人，官至湖南按察使，尝出使日英美诸国。当戊戌变法时，他也曾参与湖南的新政，诗集有《人境庐诗草》十一卷，《日本杂事诗》二卷，在他早年的诗中，已露出革新的倾向，他二十多岁的时候，就有“我手写我口”的主张，这离甲午之后夏曾佑提倡“诗界革命”还有三十年，因此引起了钱萼孙的异议，他说：“黄先生自序其诗，谓自群经三史，逮于周秦诸子之书，许郑诸家之注，凡事名物名切于今者，皆采取而假借之，故其诗奥衍精赡，几可谓无一字无来历，今悉为拈出，从知先生《杂感诗》所谓‘我手写我口’者，实不过少年兴到之语，诗流论先生诗，喜标举此语以为一生宗旨所在，所见浅矣！”（说见《人境庐诗草笺注》发凡）

这恐怕是指着胡适之先生的《五十年来中国之文学》而言的，胡先生在这篇文章里面，确实说过黄遵宪“能赏识民间白话文学的好处”，并且“能实行他的我手写我口，古岂能拘牵的主张”。黄遵宪作诗的方面本家极广，胡先生何以特别注重这一点？或许是因为在新文学运动的怒潮之下，积极的主观的成分要多一点，而钱萼孙是反对新文学的人，于是连黄氏的这种主张也要不满了。他在《梦苕庵诗话》里竟说：

> 公度《杂感诗》云："我手写吾口，古岂能拘牵？即今流俗语，吾若登简编，五千年后人，惊为古烂斑。"此公度二十馀岁时所作，非定论也。今人每喜揭此数语以厚诬公度，公度诗正以使事用典擅长，《锡兰岛卧佛》诗煌煌数千言，经史释典，澜翻笔底，近体感事之作，无一首不使事精当，其以流俗语人诗者，殊不多见也。

对文学有所主张，是时代的思潮使然，并非完全是个人天才的发挥，文学若没有向某一方面发展的趋势，任凭你的天才怎样卓越，也很难转移时代的风气，而俊秀的作者可能在传统的风尚中看出文学发展的趋向来，便有计划或无计划地提出了文学的主张，这样主张或贯串他的全部，或贯串着某一部份，那能今天提出来明天就否认了，或是以儿戏的态度随便提出，因此，黄氏早年所说的"我手写我口"和三十年后的"诗界革命"是互相衔接的，这都是晚清诗界求新的一种表现，假若黄氏努力的主要目标在"使事用典"，有什么理由使他参加"诗界革命"，以"使事用典"为定论，这实在是有些"厚诬公度"呢。

黄遵宪对于"诗界革命"的主张，在《人境庐诗草》的自序里说得很明白，现在把它节录在下面：

> 士生古人之后，古人之诗号专门名家者，无虑百数十家。欲弃去古人之糟粕，而不为古人所束缚，诚戛戛乎其难。虽然，仆尝以为诗之外有事，诗之中有人，今之也异于古，今之人亦何必与古人同，尝于胸中设一诗境：一曰复古人比兴之体，一曰以单行之神运排偶之体；一曰取离骚乐府之神理而不袭其貌，一曰用古文家伸缩离合之法以入诗。其取材也：自群经三史，逮于周秦诸子之书，许郑诸家之注，凡事名物名切于今者，皆采取而假借之，其述事也，举今日之官书会典，方言俗谚，以及古人未有之物，未辟之境，耳目所历，皆笔而书之，其炼格也：自曹、鲍、陶、谢、李、杜、韩、苏讫于晚近小家，不名一格，不专一体，要不失乎为我之诗。诚如是，未必遽跻古人，其亦足以自立矣。然余固有志焉而未能逮也。诗之有曰：虽不能至，心向往之。聊书于此，以俟他日。

这是光绪十七年（1891）六月他在伦敦使署里写就的，离他说“我手写我口”，快要三十年了，但他的主张始终未变，序中“要不失乎为我之诗”，“诗之外有事，诗之中有人，今之世异于古，今之人亦何必与古人同！”正是那种主张的发扬。梁启超在己亥（1899）《夏威夷游记》中所说的“诗界革命”不可不备之三长：“第一要新意境，第二要新语句，而又须以古人之风格入之”。当然又赶不上黄氏所言具体而详尽，他这篇自序，一方面是说明了他作诗的方法和旨趣，一方面又代表着“诗界革命”所达到的成果，现在把他的诗分类（梁启超所定类名）例举如下，顺便再对自序中主要的几点略加说明。

（一）性情之作——在这一类里，古近体诗都有，并且数量也很多，而以古体为擅长，他的《拜曾祖母李太夫人墓》可称为代表作，全诗太长，今只录其一段：

春秋多佳日，亲戚尽团聚。双手擎掌珠，百口百称誉。我家七十人，诸子爱渠祖，诸妇爱渠娘，诸孙爱渠父。因裙便惜带，将缣难比素，老人性偏爱，不顾人笑侮。邻里向我笑，老人爱不差。果然好相貌，艳艳如莲花。诸母背我骂，健犊行破车，上树不停脚，偷芋信手爬，昨日探鹊巢，一跌败两牙，噀血喷满壁，盘礴画龙蛇，兄妹昵我言，向婆乞金钱；直倾紫荷囊，滚地金铃园。爹娘附我耳，劝婆要加餐；金盘脍鲤鱼，果为儿下咽。伯叔牵我手，心知不相干；故故摩儿顶，要图老人欢。

读过《人境庐诗草》的人差不多都称赞他这首诗能实行“我手写我口”的主张。语句极为自然，情感也很真挚，一种亲子之爱洋溢在字里行间。这种情感是人人皆具的，是地道的中国味，中国文学表现这种情感的非常之多，而且还都是佳作，因为在写这种东西的时候，只要把真情实感传达出来就够了，用不着修饰推敲，所以容易做到“我手写我口”的程度，但自欧美的文明传到中国以后，中国人的思想精神固然受到它的影响，而在情感方面，有时也不得不起着新的变化，黄遵宪的《今别离》便是表现新情感的。《今别离》共四首：一首咏轮船火车；一首咏电报；一首咏相片；一首咏昼夜相反之东西半球，中间全用情思贯串着。今举《咏电报》诗如下：

朝寄平安语，暮寄相思字，驰书迅已极，云是君所寄。既非君手书，又无君默记，虽署花字名，知谁箝缗尾。寻常并坐语，未遽悉心事，况经三四译，岂能达人意？只有斑斑墨，颇似临行泪。门前两行树，离离到天际；中央亦有丝，有丝两头系。如何君寄书，断续不时至？每日百须臾，书到时有几？一息不相间，使我容颜悴，安得如电光，一闪至君旁。

这种新材料新情感，是随着现代文明而来的，黄氏把它纳入诗中造成了“古人未有之物，未辟之境”，在诗法上，也可以说是合于他的“取离骚乐府之神理而不袭其貌”，若从情感的真切与否来看，自然赶不上《拜曾祖母李太夫人墓》，但因为它是“古人未有之物，未辟之境”，而又产生于诗界极欲求新的时候，所以陈三立推为千年绝作，梁启超也说“吾以是因缘，以是功德，冀生诗界天国”。

（二）纪事之作——钱萼孙在《〈人境庐诗草〉笺注序》中说：

盖先生之世，一危急存亡之世也；而先生之诗，一亡国之诗史也，同光以来，历甲午、庚子之变，朝市沧桑，边关烽火，凡可歌可泣可痛可哭可流涕可长太息者，举以纳诸诗，于是先生之诗，阳开阴阖，鬼出电入，若天龙八部，千灵万怪；挟风雨水火雷霆而下上，盖真能牢笼百变，拓诗界疆域而广之……

这便是指着他的纪事之作而言的，他这一类的作品，确实是叙写中华民族受帝国主义侵略的惨痛的史诗。诗体大半是长篇五古或七古，诗法则“用古文家伸缩离合之法以入诗”，就是用作文章的法子来作诗，属于这一类的作品有：《美国留学生感赋》、《流求歌》、《越南歌》、《逐客篇》、《冯将军歌》、《番客篇》、《悲平壤》、《东沟行》、《哀旅顺》、《哭威海》、《降将军歌》、《台湾行》、《度辽将军歌》、《聂将军歌》等篇，其中有的歌颂中国将士的忠勇，有的讽刺守土将官的临阵投敌，有的便替亡国的人民哀歌长叹，他在作这些诗之前，“必先搜集材料，然后下笔”，生活的史实经过他那忧民治国的心肠所孕育出来的诗篇，使人读后，精神倍觉振作，爱国的情绪也越加浓厚，今举一首歌颂冯子材的《冯将军歌》：

冯将军英名天下闻。将军少小能杀贼，一出旌旗云变色；江南十载战功高，黄褂色映花翎飘。中原荡清更无事，每日摩挲腰下刀。何物岛夷横割地，更索黄金要岁币。北门管钥赖将军，虎节重臣亲拜疏。将军剑光初出匣，将军谤书忽盈箧，将军卤莽不好谋，小敌虽勇大敌怯。将军气涌高于山，看我长驱出玉关，平生蓄养敢死士，不斩楼兰今不还。手执蛇矛长丈八，谈笑欲吸匈奴血，左右横排断后刀，有进无退退则杀。奋挺大呼从如云，同拚一死随将军；将军报国期死君，我辈忍孤将军恩，将军威严若天神，将军有命敢不遵，负将军者诛及身。将军一叱人马惊，从而往者五千人，五千人马排墙进，绵绵延延相击应，轰雷巨炮欲发声，既戟交胸刀在颈。敌军披靡鼓声死，万头窜窜纷如蚁，十荡十决无当前，一日横驰三百里。吁嗟乎！马江一败军心慑。龙州拓地贼氛压，闪闪龙旗天上翻，道咸以来无此捷，得如将军十数人，制挺能挞虎狼秦，能兴灭国柔强邻。呜呼安得如将军！

诗中“奋梃大呼从如云”以下七句，连用“将军”二字，是《史记》、《汉书》文章笔法用于诗的好例子。此外，如《赤穗四十七义士歌》中有一段，倘若除掉韵脚，简直就同古文一样。这是黄遵宪在“诗界革命”的最大成就，推究他的诗所以作到这个地步的原因，固然是他那种忧时感事的悲愤情绪，想冲破呆板的格律，需要自由地表现。但除此以外，恐怕还受了桐城派曾国藩的一点影响。

曾国藩虽然未曾拿作通顺的古文的法子来作诗，但在他的诗里，却有一贯之气，这自然是无意中受了他的文气的影响，黄遵宪诗“诗笔韩黄万丈光，湘乡相国故堂堂。”正说明了湘乡的诗是出自韩昌黎、黄山谷。曾国藩在《大潜山房诗题语》中曾说：“山谷学杜公七律，专以单行之气运于偶句之中，东坡学太白，则以长古之气运于律句之中，樊川七律，亦有一种单行票姚之气，余尝请小杜苏黄皆豪士而有侠客之风者，省三所为七律，亦往往以单行之气，差于牧之为近，盖得之天者多，若能就斯涂而益辟之，参以山谷之崛强，而去其生涩，虽不是以悦时目，然固诗中不可不历之境也。”今举曾国藩诗一首，以证明他也采取“以单行之气运于偶句之中”这种方法。

《送梅伯言归金陵》三首之一云：

文笔昌黎百世师，桐城诸老实宗之，方姚以后无孤诣，嘉道之间又一奇。碧海鳌呿鲸掣候，青山花放水流时，两般妙境知音寡，他日曹溪付与谁。

而黄遵宪《酬曾重伯编修》三首之一云：

废君一月官书力，读我连篇新派诗，风雅不亡由善作，光丰之后益矜奇。文章巨蟹横行日，世变群龙见首时，手撷芙蓉策虬驷，出门惘惘更寻谁。

把这两首诗加以比较，就知道黄遵宪那“以单行之神运排偶之体”的由来了，但他决不至此而止，他还要以古文家行文之气运于长古之中。因为他受了曾国藩的暗示，所以在这方面表现了他的特长，开辟了诗界的新境，曾国藩充其量也不过做到“以单行之神运排偶之体”罢了。

（三）说理之作——黄氏借诗发议论的地方，并没有什么特色，至于诗中纳入新哲理及科学知识的作品，有《以莲菊桃杂供一瓶作歌》，极为梁启超所欣赏，他说这首诗“半取佛理，又参以西人植物学化学生理学诸说，实足为诗界开一新壁垒，女娲炼石补天处，石破天惊逗秋雨，吾读此诗，真有此感”。全诗颇长，今另举《己亥杂诗》一首为例：

移桃接李尽成春，果硕花浓树愈新，难怪球西新辟地，白人换尽旧红人。

黄氏把新理西事镕铸在自己的诗中，一点不觉生硬。比起夏曾佑、谭嗣同他们专搬弄新名词来，的确进了一步，在诗界内容贫乏的时候，突然添了这许多新材料，给诗界开拓了一种新境地，本是极可喜的一件事，但因科学知识和诗并没有不解的因缘，以科学知识入诗，诗中便减少了情感的成分，以致后来的人渐渐对它不大爱好了。

（四）绮艳之作——属于这一类的以《山歌》、《都踊歌》为代表，山歌如：

买梨莫买蜂蛟梨，心中有病没人知，因为分梨更亲切，谁知亲切转伤离？

催人出门鸡乱啼，送人离别水东西，挽水西流想无法，从今不养五更鸡。

一家女儿做新娘，十家女儿看镜光，街头铜鼓声声打，打着中心只说“郎”。

“分离”、“亲切”、“伤离”、“郎”，都是双关语，是民歌的一个特征，古乐府中也有不少这样的语句，他自序云："土俗好为歌，男女赠答，颇有'子夜'、'读曲'遗意，采其能笔于书者，得数首。"他写这样的诗歌，一则是受了古乐府的影响，同时还必须有一种赏识民间文学的能力，爱好民间文学的兴趣，那么这种创作才能和他的"我手写我口"、"取乐府歌行之神理入诗"、"述事不避方言俗谚"的理论相符合，他的《都踊歌》写得更加出色，歌曰：

长袖飘飘兮，髻峨峨，荷荷，
裙紧束兮，带斜拖，荷荷，
分行逐队兮，午傞傞，荷荷，
往复还兮，如掷梭，荷荷，
回黄转绿兮，同挼莎，荷荷。
中有人兮，通微波，荷荷，
贻我钗鸾兮，馈我翠螺，荷荷，
呼我娃娃兮，我哥哥，荷荷。
柳梢月兮，镜新磨，荷荷，
鸡眠猫睡兮，犬不呵，荷荷，
待来不来兮，欢奈何，荷荷？
一绳隔兮，阻银河，荷荷，
双灯照兮，晕红涡，荷荷。
千人万人兮，妾心无他，荷荷，
君不知兮，弃则那，荷荷！
今日夫妇兮，他日公婆，荷荷。
百千万亿化身菩萨兮，受此花，荷荷！
三千三百三十二座大神兮，听我歌，荷荷！
天长地久兮，无差讹，荷荷！

他自序云："西京旧俗，七月十五日至晦日，每夜亘索街上，悬灯数百，儿女艳妆靓服为队，舞蹈达旦，名曰都踊，所唱皆男女猥亵之词，有歌以为之节者，谓之音头，译而录之，其风俗犹之唐人《合生歌》，其音节则汉人《董逃行》也。"

《都踊歌》是以乐府歌行和嘉应山歌的神理来写日本西京的风俗的，每一句尾声"荷荷"，为有音无义之感叹辞，正和古乐府《有所思》中之"妃呼狶"

相像，嘉应山歌中也有这种无词之声，《己亥杂诗》中有一首：“一声声道妹相思，夜月哀猿和竹枝，欢是团圆悲是别，总应断肠妃呼豨。”他自注云：“土人旧有山歌，多男女相思之词，常系獠蛋遗俗，今松口松源各乡尚相沿不改，每一词毕，辄间以无辞之声，正如妃呼豨，甚哀厉而长。”《都踊歌》的辞尾“荷荷”，不但可以传达出和美哀怨的情思，且能表现出日本的舞容，它同“长袖飘飘兮髻峨峨”的舞女是多么调和啊！像这种地方，我们就不能不佩服作者的创造力了。

从以上所列举的例，我们可以看出黄遵宪的新派诗是个什么样子，同时也代表着晚清“诗界革命”对中国现代诗学的建树，他们努力的目标是“镕铸新理想以入旧风格”。事实上旧风格和新理想是冲突的。“形式上的束缚，使精神不能自由发展，使良好的内容不能充分表现，若能有一种新内容和新精神，不能不先打破那些束缚精神的枷锁镣铐。”（胡适之语）梁启超后来也看出形式和内容的冲突来了，他说，“欧洲之意境语句，甚繁富而玮异，得之可以陵轹千古，涵盖一切，今尚未有其人也。时彦中能为诗人之诗而锐意欲造新国者，莫如黄公度，其集中《今别离》四首，又吴太夫人寿诗等，皆纯以欧洲意境行之，然新语句尚少，盖因新语句与古风格常相背驰，公度重风格者，故避免之也。”（《夏威夷游记》）

尽管“诗界革命”没有达到他们预期的目的，然而这种求新的精神却一直影响到民国以来的新诗运动，他们开垦新诗界的经验被新文学运动的健将们接受了，尤其是黄遵宪做新派诗的几种方法，都随着时代加以发扬光大。他的“采纳方言俗谚”，系持偶而为之态度，到新文学运动的时候，就变成一种坚决有力的主张——“不避俗字俗语”，以白话代替文言；“用古文家伸缩离合之法以入诗”，也一跃而为“作诗如作文”，诗从此散文化了；至于“我手写我口”的精神，在黄遵宪的诗里表现得还不很清楚，原因是当时的社会还不许有“我”存在，思想情感都受着束缚，不允许随便发抒，直到新文化运动发生之后，几千年来丢掉了的“我”，在新文化中找到了，然后才能作到“言之有物”，然后才能作到“不摹仿古人”，因此，“我”的情感才能在诗中“无关阑的泛滥”，“我”的思想，才能在诗中野马似地奔腾。这才真正实现“我手写我口”的理想了。

原载《国文月刊》1945 年第 35 期

晚清诗人黄遵宪

王　瑶

一

鸦片战争以后，在帝国主义者侵略中国的过程中，中国社会逐渐陷入了半殖民地半封建的命运，同时也自然开始了中国人民的反帝反封建的运动；一部近代史可以说就是帝国主义勾结中国统治者逐步侵略和中国人民民主革命运动的斗争史。这种斗争自然也反映在文化战线上，因此在晚清的许多文学作品里，无论是诗文或小说，比之过去封建社会的文学来就都带有了显明的不同的性质；而且在表现的形式上也都有了一定程度的改革。虽然在今天看来，因为作者大部分还都是封建士大夫出身的人，因此那些作品里所反映的中国人民的要求是很不够的，作者的思想多半仍带有相当浓厚的改良主义色彩。但那本来是一个旧民主主义革命的时代，作者们受着更多的历史条件的限制；那些文学形式上的“改革”自然也是失败了，正像旧民主主义革命的不能成功是一样的。但从历史的意义看来，不只那些作品的内容反映了中国人民对于帝国主义者的仇恨以及要求中国进步的爱国精神，而且晚清的文学改良运动也正是五四新文化运动的前驱，证明了“此路不通”也正是促使中国人民另外找真理的动力。由这些作品的阅读，我们可以体会到在帝国主义者的侵略过程中，中国人民是怎样表现了他们的愤怒的反抗和高度的爱国热忱的。

诗是过去文人表现自己情感最常用的文学形式，因此在知识分子中发生的影响也最大；当晚清一些落后文人正沈溺于模仿宋诗，形成所谓“同光体”的风气时，另一型的“新派诗”也出现了，而且有许多人喜欢读它，这就是黄遵宪的诗。他自称他的诗是“新派诗”（见《酬曾重伯编修诗》），这不只是指他在语言文字上的某一程度的解放，更重要的是他写了许多在传统诗篇里面所没有的内容，而诗体的解放正是为了要适应这些新的内容的表现。梁启超称他为“诗史”，从他的诗里的确是可以显明地看出中国近代史的面貌，特别是帝国主义者侵略中国的经过和诗人自己的爱国精神的。

黄遵宪（1848~1905），字公度，广东嘉应州（今梅县）人。著有《人境庐诗草》十一卷及《日本杂事诗》二卷。现在《人境庐诗草》中最早的诗是作于1865年，他十八岁的时候。那时正是太平天国革命刚刚失败，帝国主义势力加紧侵入的时候；广东是接触新思想比较早的地方，他十八岁时的诗中就说："世儒诵诗书，往往矜爪嘴，昂头道皇古，抵掌说平治。……古人岂我欺，今昔奈势异，儒生不出门，勿论当世事。识时贵知今，通情贵阅世。"（感怀）他认识了今昔势异，不满意当时一般士大夫的迂阔的论调，要求"知今"和"阅世"；对于当时提倡考据和义理的汉学和宋学，他都认为于事无补；"区区汉宋学，乌足尊圣哲？毕生事钻仰，所虑吾才竭"（同上）。尤其对当时的以八股文取士的考试制度，更为不满。他说：

> 吁嗟制艺兴，今亦五百载，世儒习其然，老死不知悔。精力疲丹铅，虚荣逐冠盖。劳劳数行中，鼎鼎百年内。束发受书始，即已缚杻械，英雄尽入彀，帝王心始快。岂知流寇乱，翻出耰锄辈。（杂感）

他比康有为梁启超的出生时代都早，写这诗时他只有二十一岁（1868年），但已经认识到统治者以制艺取士的用意和农民是推翻统治者的主要力量，不能不说是晚清孕有民主思想比较早的一人，因此他诗中的爱国思想和反帝情绪也就特别浓厚。譬如他到香港，就感到"虎穴人雄据"（香港感怀）；对于鸦片战争的结果，他认为"纷纷和战都非策"，"聚铁虽坚奈错何"，而对当时抗敌死亡的关天培将军，却盛赞他的富有将略（羊城感赋）。写英法联军入京烧圆明园，清廷订立屈辱和约的诗说："骊山烽火成焦土，牛耳牲盘捧载书"（和钟西耘庶常津门感怀诗），对帝国主义的残暴和满清统治者的驯从也寄予了很深的愤慨。1875年写的诗中他感到帝国主义者"今年问周鼎，明年索赵璧，恫疑与虚喝，悉索无不力"，而愿"荷戈当一兵，吾亦从杀贼"！他"时时发狂疾，痛洒忧天泪"，觉得"到此法不变，终难兴英贤"（述怀再呈霭人樵野丈）；沉痛有力地表现了反帝爱国与民主革命的要求。同年英国翻译官马嘉礼在云南被杀，满清官吏藉此诬杀了很多夷族人民，所谓"马嘉礼案"；他感到"惟诬化外人"，"国耻诚难雪"（大狱四首）。这时他二十八岁。

1876年清朝任何汝璋为首任出使日本大臣，命他为日使馆参赞，偕同赴日。前两年他就说："平生揽辔澄清志，足迹殊难出里间，万一铅刀堪小试，可容韫椟便藏诸？"（将应顺天试仍用前韵呈霭人樵野丈）；据他弟弟黄遵庚说，何汝璋和黄家是世交，这次是他自己请求相从的（见钱萼孙撰《黄公度年谱》光绪二年下注）；从此就开始了他二十年的外交僚属生涯。当时日本正是明治维新以后，国势由衰转盛，这对他思想上的影响很大。他盛赞日本的维新志士，说：“有志之士，而仆后起，踵趾相接，视死如归。死于刀锯，死于囹圄，死于逃遁，死于牵连，死于刺杀者，盖不可胜数。卒以成中兴之业，维新之功，可谓盛矣。”（近世爱国志士歌序），后来他自己说这时他“取卢梭孟德斯鸠之说读之，心志为之一变，知太平世必在民主也”（新民丛报壬寅《论学笺》）。于是采访日本国情政治等，成日本杂事诗（七绝）二卷。又努力学习日文，发凡起例，草《日本国志》一书；后来戊戌政变前梁启超作的《后叙》说：“以吾所读日本国志者，其于日本之政事人民土地及维新变法之由，若入其闺闼而数其米盐，别白黑而诵昭穆也。其言，十数年前其于今日之事，若烛照而数计也。”当时国人还并不觉得日本的可畏，他书中已说“日本维新之效成则且霸，而首先受其冲者为吾中国”。后日本谋夺我琉球，他为何汝璋致书总理各国事务衙门，提请防弥，说琉球如亡，“不出数年，闽海先受其祸”（钱谱光绪五年下）。后日人灭琉球，他作《流求歌》，沉痛地写出了琉球人民的痛苦。他看出日本接着一定还要侵略朝鲜，因此上书陈利害，主张“乖彼谋未定，先发制之”，但满清廷议不采纳（见梁启超《嘉应黄先生墓志铭》）。他是很早就认识到日本帝国主义者的野心的。

1882年他调为美国旧金山总领事，那时美国正酝酿排斥华工，梁启超《嘉应黄先生墓志铭》说：“先生既以先事御之之谋告其上而不用，乃尽其力所能及以为捍卫”。据最近司徒美堂先生作的《我痛恨美帝》一书中说，他是中国历来驻美外交官中唯一做过一些保护华侨工作的人。清史稿本传记载一事说：“美吏尝藉口卫生，逮华侨满狱，遵宪径诣狱中，令从者度其容积曰：此处卫生顾右于侨居耶？美吏谢，遽释之。”这当然并不能根本阻遏美帝虐待华侨的事实，他感到非常愤慨，在长诗《逐客篇》中说：

> 呜呼民何辜，值此国运剥！轩顼五千年，到今国极弱。鬼蜮实难测，魑魅乃不若；岂谓人非人，竟作异类虐。……从此悬厉禁，多方设扃钥。不持入关繻，一来便受缚。但是黄面人，无罪亦箠掠！……倒倾四海水，此耻难洗濯！他邦互效尤，无地容漂泊。远步想章亥，近功陋卫霍，芒芒问禹迹，何时版图廓？

诗中描写了旅美侨胞的辛勤劳作的情形，但得到的却是“但是黄面人，无罪亦箠掠”，能不令人感到“倒倾四海水，此耻难洗濯”吗？在《纪事》一诗中他记载美国选举总统时的情形说：“乌知举总统，所见乃怪事。怒挥同室戈，愤争传国玺，大则酿祸乱，小亦成击刺，寻常瓜蔓抄，逮捕遍官吏，至公反成私，大利亦生弊。”对美国政治所标榜的民主也给予了直感而深刻的揭发。1884年中法战争，冯子材大破法军于镇南关外，他作《冯将军歌》，对冯子材七十衰龄，犹能赤膊大刀独当前阵的勇敢，唱出了热烈的歌颂。诗中说：“何物岛夷横割地，更索黄金要岁币……得如将军十数人，制梃能挞虎狼秦，能兴灭国柔强邻，呜呼安得如将军！”另外又写了长诗《越南篇》，对越南的终于沦敌寄托了很深的感喟。

1890年他任驻英使馆参赞，至伦敦。据他自己后来说，到英国后就感到中国的政体应效法英国（新民丛报壬寅《论学笺》），在思想上又有了一点变化。这年作的《感事三首》中说：

> 堂堂大国称支那，文物久冠亚细亚。……鄂罗英法联翩起，四邻逼处环相向，着鞭空让他人先，卧榻一任旁侧睡！古今事变奇到此，彼己不知宁勿耻？持被入直刺刺语不休，劝君一骋四方志。

诗中显明地表示了爱国精神和民主革命的要求。次年由伦敦调任新加坡总领事，作长诗《番客篇》，写出了南洋华侨的辛苦劳作和爱国情绪；他们在外到处受人欺凌，回国又得不到政府的保护，结果“番汉两弃却”；结尾说：

> 近来出洋众，更如水赴壑。南洋数十岛，到处便插脚。他人殖民地，日见版图廓，华民三百万，反为丛驱雀。螟蛉不抚子，犬羊且无鞟，比闻欧澳美，日将黄种虐。向来寄生民，注藉今各各。周官说保富，番地应设学。谁能招岛民，回来就城郭！群携妻子归，共唱太平乐。

我们今天所实行的侨务政策，可以说正是诗人多少年前梦想的光景的实现。

1894年中日甲午之战起，中国陆军败于平壤，海军败于大东沟。日本占旅顺，寇威海；海军提督丁汝昌降敌，旋又自杀；最后订立了屈辱的马关条约。他对这次事件非常愤慨，有《悲平壤》、《东沟行》、《哀旅顺》、《哭威海》、

《降将军歌》、《马关纪事》、《台湾行》、《度辽将军歌》诸诗，都表现了高度的爱国热忱和反帝精神，对满清官吏的昏庸无能也给予了无情的讥刺。《悲平壤》说清将叶志超“一夕狂驰三百里，敌军便渡鸭绿水”。《东沟行》说“人言船坚不如疾，有器无人终委敌”。《哀旅顺》和《哭威海》中都形容了地势是如何的天险，而竟然“一朝瓦解成劫灰”，“万钧炮，弃则那”。他感慨说：

> 噫吁哉！海陆军！人力合，我力分。如蠖屈，不得伸。……四援绝，莫能救；即能救，谁死守？炮未毁，人之咎。船幸存，付谁某？十重甲，颜何厚？

《降将军歌》有力地讥刺了无耻的投敌将领丁汝昌，说他“有炮百尊枪千枝，亦有弹药如山齐”，但一定要“乃为生命求恩慈”。《度辽将军歌》借着一颗“汉印”作线索，辛辣地嘲讽了一个愚昧怯弱，未战而全师败绩的官僚吴大澂。在《马关纪事》中他慨叹“括地难偿债”，说“瓜分倘乘敝，更益后来忧”。而意义表现得最明显有力的是歌咏台湾人民抗日的《台湾行》：

> 城头逢逢雷大鼓，苍天苍天泪如雨！倭人竟割台湾去，当初版图入天府。……眈眈无厌彼硕鼠，民则何辜罹此苦！亡秦者谁三户楚，何况闽粤百万户！成败利钝非所睹，人人效死誓死拒。万众一心谁敢侮，一声拔剑起击柱。今日之事无他语，有不从者手刃汝！

从这里，我们可以看出台湾人民反帝的光荣传统，也表现出诗人自己的热烈的爱国精神。以后接着的是满清政府纷纷割地赔款的屈辱外交，殖民地化的程度愈来愈深了，他在《书愤》一诗中说：“一自珠崖弃（胶州），纷纷各效尤。瓜分惟客听，薪尽向予求。秦楚纵横日，幽燕十六州。未闻南北海，处处扼咽喉！”此后他对满清统治者的幻想就开始逐渐破灭了。但对中国的前途并不悲观，他希望“弟兄同御侮”（马关纪事五），终有一日能够“马蹄蹴踏西江水，相约扶桑濯足来”（送文芸阁学士）。

1896年他在上海识梁启超，因捐钱办时务报（旬刊），鼓吹君主立宪，这是中国最早的杂志。开头数月他对一切事务都亲自参加，曾对报社同人说：“吾辈办此事，当作为众人之事，不可作为一人之事，乃易有成。”（见梁启超《创办时务报原委记》）这年他曾代表南洋大臣刘坤一与日本领事珍田议商马关条约中的苏州杭州两处租界事；他答应自营市政，与外旅方便，但坚决不允治外法权。事已成议，日本政府不满，撤回珍田而直接与清廷交涉，结果清廷仍然屈从了。次年他任湖南按察使，与陈宝箴等办时务学堂，厉行“新政”，谭嗣同梁启超等都去参加，有很多的改良设施。第二年戊戌政变起，几被株连，此后就没有再出仕了。《感事》说：“可怜时俊才无几，瓜蔓抄来摘更稀”，就是咏戊戌死难诸人的。

庚子事变时他写的关于义和团和八国联军入侵的诗很多，如“谁人秉国竞养盗，坐引强敌侵畿疆”（南汉修慧寺千佛塔歌）等句，对满清政权的幻想已差不多完全破灭了。但对英勇抗敌而牺牲的将领聂士成却写了《聂将军歌》来歌咏他的壮烈事迹：“敌军方疑督战谁，中旨翻疑战不力”，对满清统治者的昏庸误国是极端愤慨的。辛丑和约订后，他说“坐视陆沉谁任责”，又说“毕世难偿债筑台”（和议成杂感），沉痛地写出了他的不满和悲愤。

《人境庐诗草》中最后的诗是《病中纪梦述寄梁任公（启超）》，1904 年写的。所谓“梦”实际是抒写他的政治理想；其中说：“孰能张网罗，尽杀革命徒；汝辈主立宪，宁非愚欲迂。”又说：

> 人言廿世纪，无复容帝制；举世趋大同，度势有必至。怀刺久磨灭，惜哉吾老矣！日去不可追，河清究难俟。倘见德化成，愿缓须臾死。

这时梁启超远在日本，而黄遵宪已经将君主立宪的思想完全否定了。同盟会成立于 1905 年，国内革命运动正炽，他已经看到“无复容帝制”的趋向，可惜这年春他就因病逝世了。死前与弟书说：“生平怀抱，一事无成，惟古今体诗能自立耳；然亦无用之物，到此已无望矣。”（黄遵楷《人境庐诗草》跋）这和他以前所说的“穷途今何世，余事且诗人”（支离）的意思是相合的，他的诗原是为了要表达他的政治怀抱的。

二

随着表现新的内容的要求，晚清曾有过一度所谓“诗界革命”的运动。梁启超饮冰室诗话说：“当时所谓新诗者，颇喜挦扯新名词以自表异。丙申丁酉间（1896~1897）吾党数子皆好作此体。提倡之者为夏穗卿（曾佑），而复生（谭嗣同）亦綦嗜之。”这些诗中充满了新的典故和翻译名词的字样，结果自然是失败了的。但在这个运动的三十年前，1868 年黄公度就有过更澈底的主张

(《杂感》诗)，而且他是以创作实践来坚持了四十年的，就是梁启超他们也承认他的诗是最成功的新派诗。《杂感》诗中说：

> 俗儒好尊古，日日故纸研。六经字所无，不敢入诗篇。古人弃糟粕，见之口流涎；沿习甘剽盗，妄造丛罪愆。黄土同抟人，今古何愚贤？即今忽已古，断自何代前？……我手写我口，古岂能拘牵！即今流俗语，我若登简编，五千年后人，惊为古烂斑。

他在《人境庐诗草》自序里也说："今之世异于古，今之人亦何必与古人同"，主张"不名一格，不专一体，要不失乎为我之诗"。因此他的诗相当散文化，持律不严，选韵尤其宽，异声通押的例子很多。古诗写得比近体好，尤其是五古。方言俗谚也不避讳，可以说是将传统的诗体相当地解放了一些；而这种诗形的解放正是为了要适应他所要表现的启蒙的民主主义的内容。梁启超饮冰室诗话说："近世诗人能熔铸新理想以入旧风格者，当推黄公度。"在没有彻底打破旧诗的形式以前，要想熔铸新理想，是定会有"我手写我口，古岂能拘牵"的要求的。因此他的诗不只和"同光体"派的"鹦鹉名士"（梁启超语）们根本不同，而且也不同于徒以运用新名词为贵的夏曾佑诸人。他诗中的新名词并不多，就因为他怕破坏了诗的表现力量；他要在不彻底突破旧诗形式的范围内仍然写成一首好诗，这自然会使所写的内容受到一定的限制；所以梁启超《夏威夷游记》说："时彦中能为诗人之诗而锐意欲造新国者，莫如黄公度。其集中今别离四首，又吴太夫人寿诗等，皆纯以欧洲意境行之。然新语句尚少，盖因新语句与古风格常相背驰，公度重风格者，故避免之也。"但晚清热心"诗界革命"的诸人，把诗写得根本不是诗了，连梁启超自己后来也放弃了这一运动；而一些作"宋诗"的人又只在形式字句的模仿上用功夫；因此从诗的艺术成就上讲，黄公度的诗在诗形的某一程度的解放下容纳进一定的民主主义的内容，使诗还能发生艺术的作用，还能使"海内折柬相追，欲读其诗而知其人者，迄无虚岁"（黄遵楷跋），在当时也是最成功的。我们完全可以认为他是旧民主主义革命时代的代表诗人。

这也并不仅只指上面所引的那些反帝爱国的诗，虽然那的确是他诗集中最重要的部分；但思想是连贯的，写别的题材的诗也同样表现出他的特点来。譬如《今别离》四首分咏轮船、火车、电报、相片及东西两半球昼夜相反，但仍赋予了新的情感；《以莲菊桃杂供一瓶作歌》咏新理新事，读来都并不感到生硬。又如写爱情的绮艳之辞，也和旧文人的《忆内》、《寄内》或猥亵之词不同，他采取了民间文学的优点，所写的爱情也是健康的。如《山歌》第五首：

邻家带得书信归，书中何字侬不知，等侬亲口问渠去，问他比侬谁瘦肥。

他又有《出军歌》二十四首，集中未收，见梁氏《饮冰室诗话》。歌分出军、军中、还军各八首，每首的最后一字连起来读是“鼓勇同行，敢战必胜，死战向前，纵横莫抗，旋师定约，张我国权”二十四字。梁启超评论说：“读此诗而不起舞者，必非男子。”现在我们读起来都感到气魄雄伟，充满了爱国的热情。在他集中不只歌咏时事的诗，无论那一方面的题材，差不多都是古人“未有之物，未辟之境”，贯串着他的新的思想；而且正因为如此，诗也就波澜壮阔，境界扩大，成就超过了当时一般的诗人。他在《寒夜独坐卧虹榭》末首中说：“蜡余忽梦大同时，酒醒衾寒自叹衰；与我周旋最亲我，关门还读自家诗。”他的政治理想不能实现，忧国忧时之情就都表现在诗里了。

就他的思想说，当然还存有许多保守的改良的色彩。例如对于满清统治者，就存着许多幻想，直到戊戌政变后才逐渐消除；早年主张模仿日本明治维新，后主张变法必师英国，都和他不想根本推翻满清的思想有关系。但抱有民主主义的思想是很显然的，戊戌前一年他在湖南南学会的演讲词中说，“人必能群而后能为人”，“国以合而后能为国”；又说周前“封建之世，世爵世禄世官，即至愚不道，如所谓生于深宫之中，长于妇人之手，骄淫昏昧，至于不辨菽麦，亦腼然肆于民上，而举国受治焉；此宜其倾覆矣”。这显然是指当时的政治情势说的。又竭力鼓吹“地方自治”，说官吏“入坐堂皇，出则呵道”，“吾民之疾病祸难，困苦颠连，问其所以。瞠目不能答”，“乃举吾之身家性命田园庐墓，委之于宴会之生客，逆旅之过客，而名之为官者，则乌乎其可哉”(《钱谱》光绪二十三年下注引)！在当时这是极激烈的意见，反映了启蒙期的民主革命的政治要求。又如辛丑和约后他说曾国藩“事事皆不可师，而今而后，苟学其人，非特误国，且不得成名”。说曾国藩忘记了洪杨之徒“为赤子为吾民也”。这时他已主张“中国之进步，必先以民族主义，继以立宪政体，可断言也”。说满清统治者“俾一切士大夫习为奴隶而后心安，其文字之祸，诽谤之禁，穷古所未有”（皆见新民丛报壬寅《论学笺》)。他由事实的教训中，已坚决主张推翻满清了。总之，从《人境庐诗草》存诗的1865年起，他就已初步地具有了民主主义的思想，这是比康有为梁启超诸人都要早的；而且四十年来，他的思想总在不断地向前进步，这也是超过康梁诸人的。因此他的思想的局限性，主要是受了历史条件的限制；他没有可能超出软弱的旧民主主义革命的范围。

此外他也受到了他的阶级出身的限制，所以对事情的主张不够坚强，常带有温情的妥协倾向。譬如满清以制艺取士的考试制度，他是从来就反对的，诗中咏此的很多；但他自己还是应试了，说是“暂垂鹏翼扶摇势，一学蝇头世俗书”（将应廷试感怀）。而且还解嘲说：“孔孟生今日，必就有司试；岂能无斧柯，皇皇行仁义”，这种妥协倾向主要是由他的出身决定的，他想到了“抡才国所重，得第亲亦喜”（述怀再呈霭人樵野丈）。因此他集中述及国内政情的诗就比较温和，最有力量的都是记载外祸的反帝爱国的诗；而这些诗才正是反映了当时全国人民的反帝要求的。他一生没有做过掌权的大官，四十年中，只在僚属的职务内随时考察各国情况，努力想使中国进步，表现了启蒙期的民主革命的历史要求，但帝国主义的侵略和中国殖民地化的程度却愈来愈严重了，这是一个悲剧，而这悲剧正是旧民主主义革命的必然结果。但从他的作品里，我们仍然可以体会到中国人民是经过怎样摸索的道路，来求中国的进步和抵抗帝国主义者的侵略的。

1951年3月25日

原载《人民文学》1951年第4卷第2期

梁任公先生

郑振铎

一

梁先生在文坛上活动了三十余年，从不曾有一天间断过。他所亲炙的弟子当然不在少数；而由他而始“粗识文字”，粗知世界大势以及一般学问上的常识的人，当然更是不少。梁先生今年还只五十六岁，正是壮年的时代；有的人因为他在文坛上活动的时候很久，便以为他已是一位属于过去时代的老将了，其实他却仍是一位活泼泼的足轻力健，紧跟着时间走的壮汉呢。不幸这位壮汉却于今年正月十九日逝去了！这个不幸的消息，使我惆怅了许久！我们真想不到这位壮汉会中途而永息的，我不想作什么应时的文字，然而对于梁任公先生，我却不能不写几句话——虽然写的人一定很不少——我对于他实在印象太深了。

他在文艺上，鼓荡了一支像生力军似的散文作家，将所谓恹恹无生气的桐城文坛打得个粉碎。他在政治上，也造成了一种风气，引导了一大群的人同走。他在学问上，也有了很大的成绩；他的成绩未必由于深湛的研究，却是因为他的将学问通俗化了、普通化了。他在新闻界上也创造了不少的模式；至少他还是中国近代最好的、最伟大的一位新闻记者。许多学者，其影响都是很短促的，廖平过去了，康有为过去了，章太炎过去了，然而梁任公先生的影响，我们则相信他尚未至十分的过去——虽然已经绵延了三十余年。许多学者、文艺家，其影响与势力往往是狭窄的，限于一部分的人，一方面的社会，或某一个地方的，然而梁任公先生的影响与势力，却是普遍的，无远不届的，无地不深入的，无人不受到的——虽然有人未免要讳言之。

对于与近三十年来的政治、文艺、学术界有那么深切关系，而又有那么普遍、深切的影响与势力的梁任公先生，还不该有比较详细的研究么？

二

说到一个人的生平，他自己的话，当然是最可靠的。在冠于第一次出版的，即当梁任公先生三十岁那一年出版的《饮冰室文集》之前，有他的一篇《三十自述》。在这一篇自述里，已将他自己的一个很重要的活动时期，即三十岁以前，办《时务报》，时务学堂，公车上书，戊戌政变，刊行《新民丛报》、《新小说》的一个时期的事迹叙述得颇为详细了。本文仅就之而作一番的简洁复述而已。三十以后的事迹也多半采用他自己的叙述。又他的《清代学术概论》也略有叙述到他自己的地方。

梁任公先生名启超，字卓如，别署饮冰室主人，任公是他的号。父名宝瑛，字莲涧，母氏赵。他为中国极南部的一个岛民，即广东新会的熊子乡。熊子乡是正当西江入海之冲的一个岛。他生于同治十二年癸酉正月二十六日，正是中国受外患最危急的一个时代；也正是西欧的科学、文艺以排山倒海之势输入中国的时代；一切旧的东西，自日常用品以至社会政治的组织，自圣经旧典以至思想、生活，都渐渐的崩解了，被破坏了，代之而起的是一种崭新的外来的东西。梁氏恰恰生于这一个伟大的时代，为这一个伟大时代的主角之一。梁氏四五岁时，"就王父及母膝下授四子书，诗经。夜则就睡王父榻，日与言古豪杰哲人嘉言懿行，而尤喜举亡宋亡明困难之事，津津道之。六岁后，就父读，受中国略史。五经卒业。八岁学为文。九岁能缀千言。十二岁应试学院，补博士弟子员。日治帖括……顾颇喜词章。王父母时授以唐人诗，嗜之过于八股。……父慈而严，督课之外，使之成作。言语举动稍不谨，辄呵斥不少假借。常训之曰：'汝自视乃如常儿乎？'……十三岁始知有段王训诂之学，大好之。"十五岁，母死。其时肄业于广东省城的学海堂。学海堂是阮元在广东时所设立的。他沉酣于乾嘉时代的"训诂词章"的空气中，乃决舍帖括而有意训诂辞章。十七岁，梁氏举于乡。第二年，他的父亲偕他一同赴京会试。李端棻以他的妹子许字给他。下第归，过上海，从坊间购得《瀛环志略》读之，乃知有所谓世界。这一年的秋天，他和陈千秋同去拜谒康有为。这是梁氏与康氏的第一次的会面，也即是使梁氏的生活与思想起了一个大变动的一次重要的会面。梁氏在《三十自述》里曾有一段话：

于是乃因通甫（即千秋）修弟子礼，事南海先生。时余以少年科第，且于时流所推重之训诂词章学，颇有所知，辄沾沾自喜。先生乃以大海潮音，作狮子吼，取其所挟持之数百年无用旧学，更端驳诘，悉学而摧陷廓清之。自辰入见，及戌始退。冷水浇背，当头一棒.一旦尽失其故垒，惘惘然不知所从事。且惊且喜，且怨且艾，且疑且惧，与通甫联床，竟夕不能寐。明日再谒，请为学方针。先生乃教以陆王心学，而并及史学之梗概。自是决然舍去旧学，自退出学海堂，而间日请业南海之门。生平知有学自兹始。

第二年，康有为开始讲学于广东省城长兴里的万木草堂。康氏讲述中国数千年来学术源流、历史、政治、沿革得失，取万国以比例推断之。梁氏与诸同学日劄记其讲义。他自己说，他“一生学问之得力，皆在此年”（《三十自述》）。康氏著《新学伪经考》时，他从事校勘。著《孔子改制考》时，他从事分纂。这一年十月，梁氏入北平，与李氏结婚。第二年，他的祖父病卒。自此，学于万木草堂中凡三年。然梁氏虽服膺康氏，却也并不十分赞同他的主张。“治伪经考，时复不慊于其师之武断，后遂置不复道；其师好引纬书，以神秘性说孔子，启超亦不为然。”（《清代学术概论》第138页）

甲午，梁氏年二十二，复入北平，“于京国所谓名士者多所往还”（《自述》）。“而其讲学最契之友，曰：夏曾佑、谭嗣同。曾佑方治龚（自珍）刘（逢禄）今文学，每发一义，辄相视莫逆。……嗣同方治王夫之之学，喜谈名理，谈经济，及交启超，亦盛言大同，运动尤烈。而启超之学，受夏、谭影响亦至巨。”（《清代学术概论》第139页）本年六月，中日战事起，梁氏惋愤时局，时有所言，却不见有什么人听信他。他因此益读译书，研究算学史地，明年，和议成。他代表广东公车百九十人，上书陈时局。康有为也联合公车三千人，上书请变法。梁氏亦从其后奔走。这一次可以说是梁氏第一次的政治运动。七月，北平创立强学会，梁氏被委为会中书记员。不三月，强学会被封。第二年，黄遵宪在上海办《时务报》，以书招梁氏南下。他便住在上海，专任《时务报》的撰述之役。他的报馆生活实开始于此时。著《变法通议》，以淹贯流畅，若有电力足以吸住人的文字，婉曲的表达出当时人人所欲言而迄未能言或未能畅言的政论。这一篇文字的影响，当然是极大。像那样不守家法，非桐城，亦非六朝，信笔取之而又舒卷自如，雄辩惊人的崭新的文笔，在当时文坛上，耳目实为之一新。丁酉十月，陈宝箴、江标，聘他到湖南，就时务学堂讲席。这时，黄遵宪恰官湖南按察使，谭嗣同亦归湘助乡治。湖南人才称极盛。

不久，德国割据胶州湾事起，这更给他们以新的刺激。时务学堂学生仅四十人；而于这四十人中，在后来政治上有影响的却很不少。助教唐才常为第一次起义于汉口而不成的主动者。学生蔡锷则为起师云南推覆袁氏帝制的一位最重要的主角。在那时，梁氏每日在讲堂四小时，夜则批答诸生劄记，每条或至千言，往往彻夜不寐。所言皆当时一派之民权论，又多言清代故实，胪举失政，盛倡革命；其论学术则自荀卿以下汉、唐、宋、明、清学者掊击无完肤。及年假，学生各回故乡，出劄记示亲友。全湘大哗。反动的势力便一时蜂起。叶德辉著《翼教丛编》，张之洞著《劝学篇》，皆系对于梁氏及康氏、谭氏诸人的言论加以掊击的。当时的康、梁，谈者几视之与"洪水猛兽"同科。

明年戊戌，梁氏年二十六。春天病几死，出就医上海。病愈，更入北平。时康有为方开保国会，梁氏多所赞画奔走。四月，以徐致靖之荐，被召见，命办大学堂译书局事务。"时朝廷锐意变法，百度更新。南海先生深受主知，言听谏行。复生（谭嗣同）、暾谷（林旭）、叔峤（杨锐）、裴村（刘光第），以京师参预新政。"（《三十自述》）梁氏亦在其中有所尽力。在这个时候，又遇到一个极大的反动；康氏诸行新政者，以德宗为护法主；旧势力却投到西太后那里去。双方怒目而视，如箭在弦上，一触即发。恰巧有一个御史，胪举梁氏劄记批语数十条指斥清室鼓吹民权的，具摺揭参。于是，卒兴大狱。谭林等六君子于八月被杀。德宗被幽禁。康有为以英人的仗义出险。梁氏亦设法乘日本岛兵舰而东。梁氏的第一期政治生活遂告了一段落。以后便入了一个以著述为主的时期了。他的影响也以这个第一期的著述时代或《清议报》、《新民丛报》时代为最大。十月，与横滨商人，创刊《清议报》，仍以其沛沛浩浩若有电力的热烘烘的文字鼓荡着，或可以说是主宰着当时的舆论界。自此，居日本一年，"稍能读东文，思想为之一变"。盖因东籍的介绍，对于近代古代的欧洲思想与政治，很觉得了然，而对于中国的学术历史，也突然的另感到了一种与前全异的新的研究方法。以后发表于《新民丛报》中的许多学术论文，皆可以说是受了东籍的感应力的产品。己亥冬天，美洲的中国维新会招他去游历，道过夏威夷岛，因治疫故，航路不通，留居在那里半年。庚子六月，正欲赴美，而义和团运动已大起，北方纷扰不堪。梁氏便又进入了著述的时代了，这个时代便是《新民丛报》的时代。于《新民丛报》外，复创刊《新小说》。"述其所学所怀抱者，以质于当世达人志士，冀以为中国国民遒铎之一助。"（《三十自述》）这个时代，自壬寅（1902年）至辛亥（1911年），几历十年，中间惟丙午（1906年）及己酉（1909年）二年所作绝少。其余几年则所写著作极为丰富，实可谓名副其实的大量生产者。在这个时代，他的影响与势力最大。一方面结束了三十以前的作品，集为《饮冰室文集》，一方面则更从事于新方面的努力与工作。除了少数的应时的时事评论及著《开明专制论》等等，力与当时的持共和论者相搏战之外，他的这几年来的成绩，可分为六个方面。

第一方面是鼓吹宣传“新民”之必要，欲从国民性格上加以根本的改革，以为政治改革的入手。他知道没有良好的国民，任何形式的政体都是空的，任何样子的改革，也都是没有好结果的。于是他便舍弃了枝枝节节的“变法论”、“保皇论”，而从事于《新民丛报》的努力，所谓《新民丛报》，即表示这个刊物是注重在讲述“新民之道”的。他在这个报上，一开头便著部《新民说》，说明：“国也者，积民而成。国之有民，犹身之有四肢五脏，筋脉血轮也。未有四肢已断，五脏已瘵，筋脉已伤，血轮已涸，而身犹能存者，则亦未有民愚陋怯弱，涣散混浊，而国犹能立者。故欲其身之长生久视，则摄生之术不可不明；欲其国之安富尊荣，则新民之道不可不讲。”以后便逐渐的讨论到“公德”、“国家思想”、“进取冒险”、“权利思想”、“自治”、“自由”、“进步”、“自尊”’、“合群”、“生利分利”、“毅力”、“义务思想”、“私德”、“民气”等，很有几点是切中了我们的古旧民族的根性病的。他如大教主似的，坐在大讲座上，以狮子吼，作唤愚、启蒙的训讲。庚戌年（1910年）创刊《国风报》时，他又依样的以说国风冠于首，说明“国风之善恶，则国命之与替所攸系也”，而思以文字之力，改变几千年来怯懦因循的国风。

第二方面是介绍西方的哲学、经济学等等的学说；所介绍的有霍布士、斯片挪莎、卢梭、培根、笛卡儿、达尔文、孟德斯鸠、边沁、康德诸人。他的根据当然不是原著，而是日本人的重述、节述或译文。然因了他的文笔的流畅明达，国内大多数人之略略能够知道培根、笛卡儿、孟德斯鸠、卢梭诸人的学说一脔的，却不是由于严复几个翻译原作者，而是由于再三重译或重述的梁任公先生。这原因有一大半是因为梁氏文章的明白易晓，叙述又简易无难解之处，也有一小半因为梁氏的著作流传的范围极广。我常常觉得很可怪：中国懂得欧西文字的人及明白欧西学说的专门家都不算少，然而除了严复、马建忠等寥寥可数的几位之外，其他的人每都无声无息过去了，一点也没有什么表现；反是几位不十分懂得西文或专门学问的人如林琴南、梁任公他们，倒有许许多多的成绩，真未免有点太放弃自己的责任了；林梁诸人之视他们真是如巨人之视婴儿了！即使林梁他们有什么隔膜错误的地方，我们还忍去责备他们么？而林梁之中，林氏的工作虽较梁氏多，梁氏的影响似乎较他为更大。

第三方面，是运用全新的见解与方法以整理中国的旧思想与学说。这样的见解与方法并不是梁氏所自创的，其得力处仍在日本人的著作。然梁氏得之，却能运用自如，加之以他的迷人的叙述力，大气包举的融化力，很有根柢的旧学基础，于是他的文章便与一班仅仅以转述或稗贩外国学说以论中国事物的人大异。他的这些论学的文字，是粘着的，不枯涩的，不艰深的；一般人都能懂得，却并不是没有内容，似若浅显袒露，却又是十分的华泽精深。他的文字的电力，即在这些论学的文章上，仍不曾消失了分毫。这一方面重要的著作是：《论中国学术思想变迁之大势》、《子墨子学说》、《中国法理学发达史论》、《国文语原解》、《中国古代币材考》等。在其中，《论中国学术思想变迁之大势》一作尤为重要；在梁氏以前，从没有过这样的一部著作发见过。它是这样简明扼要的将中国几千年来的学术加以叙述、估价、研究；可以说是第一部的中国学术史（第二部的至今仍未有人敢于着手呢），也可以说是第一部的将中国的学术思想有系统的整理出来的书，虽有人说它是肤浅，是转贩他人之作，然作者的魄力与雄心已是十分的可敬了。此作共分七部分：一，总论；二，胚胎时代；三，全盛时代；四，儒学统一时代；五，老学时代；六，佛学时代；七，近世之学术。梁氏在十余年之后，更欲成中国学术史的大著，为深一层的探讨，惜仅成一部分——《清代学术概论》——而止。今梁氏已亡矣，这部伟大著作是永没有告成的希望了。

第四方面，是研究政治上经济上的各种实际的问题。在这个时候，梁氏的政论，已不仅是宣传鼓吹自己的主张，或攻击、推翻古旧的制度而已，这样的时代，即著《变法通议》的时代，已经过去了，他现在是要讨论实际上的种种问题以供所谓“建设时代”的参考了。所以他一方面介绍各国的实例，一方面讨论本国的当前问题。在这些问题中，关于政治的，以宪法问题为中心，关于经济的，以货币、国债问题为中心。这些问题，都是那个时代的举国人民所要着眼的问题。关于前者，他著有《论政府与人民之权限》（壬寅）、《外官制私议》（庚戌）、《立宪法议》（庚子）、《论立法权》（壬寅）、《责任内阁释义》（辛亥）、《政浅说》（庚戌）、《中国国会制度私议》（庚戌）及《各国宪法异同论》（己亥）诸作。关于后者，他著有《中国国债史》（甲辰）、《中国货币问题》（甲辰）、《外资输入问题》（甲辰）、《改盐法议》（庚戌）、《币制条议》（庚戌）、《外债平议》（庚戌）诸作。

第五方面是对于历史著作的努力。梁氏的事业，除了政论家外，便始终是一位历史家。他的对于中国学术思想的研究也完全是站在历史家的立场上的。

他一方面攻击旧式历史的秕缪可笑，将历来所谓“史学”上所最聚讼的问题，如“正统”，如“书法”等等，皆一切推翻之，抹煞之，以为不成问题。他以为：所谓历史，不是一姓史、个人史，也不仅仅是铺叙故事的点鬼簿、地理志而已；历史乃是活泼泼的，乃是“叙述人群进化之现象，而求得其公理例者也”，乃是供“今世之人，鉴之裁之，以为世界之用也”。在这一方面，他著有《新史学》（壬寅）、《中国史叙论》（辛丑）等。他又在第二方面，写出许多的史书、史传来，以示新的历史，所谓“使今世之人，鉴之裁之”的历史的模式。这一方面的著作有《中国专制政治进化史论》（壬寅）、《历史上中国民族之考察）、《南海康先生传》（辛丑）、《李鸿章》（辛丑）、《张博望班定远合传》（壬寅）、《赵武灵王传》、《袁崇焕传》（甲辰）、《中国殖民八大伟人传》（甲辰）、《郑和传》（辛丑）、《管子传》（辛亥）、《王荆公传》、《匈牙利爱国者噶苏士传》（壬寅）、《意大利建国三杰传》、《雅典小史》、《朝鲜亡国史略》（甲辰）等等，都是火辣辣的文字，有光有热，有声有色的；决不是什么平铺直叙的寻常史传而已。

第六方面是对于文学的创作。梁氏在这十年中，不仅努力于作品著论，即对于纯文艺，也十分的努力。他既发刊《新小说》，登载时人之作品，如我佛山人的《痛史》、《二十年目睹之怪现状》、《九命奇冤》，以及苏曼殊诸人的翻译等等。他自己也有所作，如《新中国未来记》、《世界末日记》（此为翻译）、《十五小豪杰》（此亦为翻译）等；又作传奇数种，如《劫灰梦传奇》、《新罗马传奇》、《侠情记传奇》，虽皆未成，却已传诵一时。他的诗词也以在这个时间所作者为特多。又有诗话一册，亦作于此时。他对于小说的势力是深切的认识的，所以他在《论小说与群治之关系》一文中，说起：

> 欲新一国之民，不能不先新一国之小说。故欲新道德，必新小说；欲新宗教，必新小说；欲新政治，必新小说；欲新风俗，必新小说；欲新学艺，必新小说；乃至欲新人心，欲新人格，必新小说。何以故？小说有不可思议之力支配人道故。

小说之支配人道，有四种力，一是熏，“熏也者，如入云烟中而为其烘，如近墨朱处而为其所染”。二是浸，“浸也者，入而与之俱化者也”。三是刺，“刺也者，能入于一刹那顷，忽起异感而不能自制者也”。四是提，“前三者之力，自外而灌之使入，提之力自内而脱之使出。”他既明白小说的感化力如此的伟大，所以决意便于《新民丛报》之外复创刊《新小说》，然《新小说》刊行半年之后，梁氏的著作却已不甚见。大约他努力的方面后来又转变了。

这十年，居日本的十年，可以说是梁氏影响与势力最大的时代；也可以说是他最勤于发表的时代。我们看民国十四年（乙丑）出版的第四次编订的《饮冰室文集》里，这十年的作品，竟占了一半有强。《新民丛报》与《新小说》创刊的第二年（1903），梁氏曾应美洲华侨之招，又作北美洲之游。这一次却不曾中途折回。他到了北美合众国之后，随笔记所见闻，对于“美国政治上，历史上，社会上种种事实，时或加以论断”，结果便成了《新大陆游记》一书。

在这一个时期内，还有一件事足记的，便是从戊戌以后，他与康有为所走的路已渐渐的分歧，然在表面上还是合作的。到了他在《新民丛报》上发表了一篇《保教非所以尊孔论》后，便显然的与康氏背道而驰了。他自己说：“启超自三十以后，已绝口不谈‘伪经’，亦不甚谈‘改制’；而其师康有为大倡设孔教会，定国教祀天配孔诸议，国中附和不乏，启超不谓然，屡起而驳之。”（《清代学术概论》第243页）世人往往以康梁并称，实则梁氏很早便已与康氏不能同调了。他们两个人的性情是如此的不同；康氏是执著的，不肯稍变其主张，梁氏则为一个流动性的人，往往“不惜以今日之我，难昔日之我”，不肯故步自封而不向前走去。

辛亥（1911）十月，革命军起于武昌，很快的便蔓延到江南各省。南京也随武昌而被革命军所占领。梁氏在这个时候，便由日本经奉天而复回中国。这时离他出国期已经是十四年了。因为情势的混沌，他曾住在大连以观变。南北统一以后，袁世凯就临时大总统任，以司法次长召之。梁氏却不肯赴召。这时，国民党与“进步党”（民元时代名共和党）的对峙情形已成。袁氏极力的牵合进步党，进步党也倚袁氏以为重。梁氏因与进步党关系的密切，便也不得不与袁氏连（联）合。他到了北平与袁氏会见。会见的结果，却使他由纯粹的一位政治家一变而为实际的政治家。自此以后，他便过着很不自然的政治家生活，竟有七年之久。这七年的政治生活时代是他的生活最不安定的时代，也是他的著述力最消退、文字出产量最减少的时代。这个时代，又可分为三期。

第一期是与袁世凯合作的时代。癸丑（1913）熊希龄组织内阁，以梁氏为司法总长；这是戊戌以后，他第一次的踏上政治舞台。这一次的内阁，即所谓“名流内阁”者是。然熊氏竟无所表见，不久竟倒。梁氏亦随之而去，这一次的登台，在梁氏可以说是一点的成绩也没有。然他却并不灰心，也并未以袁世凯为不足合作的人。他始终要立在维持现状的局面之下，欲有所作为，欲有所表见，欲有所救益。这时，最困难的问题便是财政问题。梁氏在前几年已有好几篇关于财政及币制的文章发表（这时他的文章多发表在《庸言报》上），这时更锐然欲有以自见，著《银行制度之建设》等文，发表他的主张。进步党的《中华民国宪法》（草案）也出于他的手笔。袁世凯因此特设一个币制局，以他为总裁（1914），俾他能够实行他的主张。然梁氏就任总裁之后，却又遇到了种种的未之前遇的困难；他的主张一点也不能施行。实际问题与理论竟是这样的不能调合。结果，仅获得《余之币制金融政策》一篇空文，而不得不辞职以去。自此，他对于袁氏方渐渐的绝望了，对于政治生涯也决然的生了厌恶，舍弃之心。他写了一篇很沉痛的宣言，即：《吾今后所以报国者》，极恳挚的说明，他自己是很不适宜于实际的政治活动的。他说："夫社会以分劳相济为宜，而能力以用其所长为贵。吾立于政治当局，吾自审虽蚤作夜思，鞠躬尽瘁，吾所能自效于国家者有几。夫一年来之效既可睹矣。吾以此心力，转而用诸他方面，安见其所自效于国家者，不有以加于今日！他更决绝的说道："故吾自今以往，除学问上或与二三朋辈结合讨论外，一切政治团体之关系，皆当中止。乃至生平最敬仰之师长，最亲习之友生，亦惟以道义相切劘，学艺相商榷。至其政治上之言论行动，吾决不愿有所与闻。更不能负丝毫之连带责任。非孤僻也，人各有其见地。各有其所以自信者。虽以骨肉之亲，或不能苟同也。"他这样的痛切的悔恨着过去的政治生涯，应该再度的入于"著述时代"了。然而正在这个时候，一个大变动的时代却恰恰与他当面。欧战在这时候发生了；继之而中日交涉勃起，日本欲乘机在中国获得意外的权利；继之而帝制运动突兴，袁世凯也竟欲乘机改元洪宪，改国号中华帝国，而自为第一代的中华帝国的皇帝。种种大事变紧迫而来，使他那么一位敏于感觉的人，不得不立刻兴起而谋所以应付之。于是他便又入于第二期的政治生涯。

第二期是"护国战役"时代。他对于欧战，曾著有《欧洲大战史论》一册；后主编《大中华》月刊，便又著《欧战蠡测》一文。更重大的事件，中日交涉，使他与时人一样的受了极大的刺激。他接连在《大中华》上写著极锋利极沉痛的评论，如《中日最近交涉平议》、《解决悬案耶新要求耶》、《外交轨道外之外交》、《交涉乎命令乎》、《示威耶挑战耶》诸作。及这次交涉结束之后，他又作《痛定罪言》、《伤心之言》二文。他不曾作过什么悲苦的文字，然而这次他却再也忍不住了！他说道："吾固深感厌世说之无益于群治，恒思作壮语留余望以稍苏国民已死之气。而吾乃时时为外境界所激刺，所压迫，几于不能自举其躯。呜呼！吾非伤心之言而复何言哉！"（《伤心之言》）

更重大的事件——帝制运动，又使他受了极大的刺激。他对于这次的刺激，却不仅仅以言论而竟以实际行动来应付它了。帝制问题其内里的主动当然是袁世凯，然表面上则发动于古德诺的一篇论文及筹安会的劝进。这是乙卯(1915) 七月间的事。梁氏便立刻著《异哉所谓国体问题者》一文，发表于《大中华》。梁氏在十年前，原是君主立宪论的主持者，然对于这次的政体变更，却期期以为不可。他的理由在《异哉所谓国体问题者》里说得又透彻，又严肃，又光明，又讥诮。他以为自辛亥八月以来，未及四年而政局已变更了无数次，“使全国民彷徨迷惑，莫知所从”。作帝制论者何苦又“无风鼓浪，兴妖作怪，徒淆民视听，而诒国家以无穷之戚”，并为袁氏及筹安会诸人打算利害，以为此种举动是与“元首”以不利的。当时他亦“不敢望此文之发生效力。不过因举国正气销亡，对于此大事无一人敢发正论，则人心将死尽，故不顾利害死生，为全国人代宣其心中所欲言之隐耳”（以上引文皆录《盾鼻集》)。他的此文草成未印时，袁氏已有所闻，曾托人以二十万元贿之。梁氏拒之，且录此文寄袁氏。未几，袁氏又遣人以危辞胁喝他，说：“君亡命已十余年，此种况味亦既饱尝，何必更自苦。”梁氏笑道：“余诚老于亡命之经验家也。余宁乐此，不愿苟活于此浊恶空气中也。”来的人语塞而退。这时，梁氏尚住在天津。他的从前的学生蔡锷，革命后曾任云南都督，这时则在北平。于是梁、蔡二氏便密计谋实际上的反抗行动。在天津定好后此的种种军事计划、决议：云南于袁氏下令称帝后即独立。二人并相约：“事之不济，吾侪死之，决不亡命。若其济也，吾侪引退，决不在朝。”他们便相继秘密南下。蔡氏径赴云南，梁氏则留居上海。这一年十二月，云南宣布独立，进攻四川。广西将军陆荣廷则约梁氏赴桂，同谋举义事。他说道：“君朝至，我夕即举义。”许多人皆劝梁氏不要冒险前去，然他却不顾一切的应召而去。丙辰（1916）三月，梁氏由安南偷渡到桂，时海防及其附近一带铁路，袁政府的侦探四布。梁氏避匿山中，十日不乘火车，而间道行入镇南关。至则广西已独立。不久，广东亦被迫而独立。然广东局面不定，梁氏冒险去游说龙济光，几乎遇害。两广局面一定，他便复到上海，从事于别一方面的活动，这时才知道他的父亲宝瑛，已于他间道入广西时病殁了。这时，情形已大为转变。浙江、陕西、湖南、四川诸省皆已独立；南京的冯国璋也联合长江各省谋反抗，正在这个时候，袁世凯忽然病死。于是这次的“护国战争”便告了结束。黎元洪继任大总统，段祺瑞组织内阁，梁氏则实践初出时的“决不在朝”的宣言，并不担任政务。然不久，却又有一个大变动发生，又将梁氏牵入旋涡，使他再度第三期的政治生涯。

第三期是“复辟战役”时代。当欧战正酣时，中国严守中立，不表示左右袒的态度，虽日本在山东占领了好几个地方，以攻青岛，我们也只是如在日俄战争时代一样的置之不见不闻。到了后来，德国厉行潜水艇海上封锁政策，美国首先提出抗议。中国的抗议也继之而提出。德国方面却置之不理。于是中国便进一步而与德、奥绝交，协约国极力劝诱中国也加入战国。梁氏承认这是一个绝好的机会，可以增高中国在国际上的地位，并可以收回种种已失的权利，便极力的鼓吹对于德、奥宣战。他在大战的初期，著《欧洲大战史论》及《欧战蠡测》之时，虽预测德国的必胜，然在这个时候，他已渐渐的瞧透德、奥兵力衰竭的情形了。在这个时候，黎元洪与段祺瑞已表示出明显的政争情态。实际上是总统与总理的权限之争，表面上却借了参战问题，做政争的工具，段氏主张参战，黎氏则反对参战。梁氏因段氏的主张与他自己的相投合，便自然的倾向到段氏一方面去。不幸这次的政争愈演愈烈；参战问题始终不能解决，而内政问题却因黎氏的决然免去段职之故而引起了一段意外的波澜。

段氏免职之后，继之而有督军团的会议，而有各省脱离中央的宣告，而有张勋统兵五千入于北京，任调停之举。这个“调停军”的内幕，却将黎、段两方都蒙蔽了。原来，张勋此来，系受了康有为诸人的怂恿，有拥宣统复辟之意。黎氏固不及觉察，即段氏也不甚明白。直至张勋到了天津，复辟的空气十分浓厚。他们才十分的惊惶。于是梁氏与熊希龄急急的欲谋补救，宣统复辟于六年七月初成事实。梁氏乃极力的游说段祺瑞，要他就近起来反抗。马厂誓师的壮举，一半是梁氏所怂恿的。梁氏自己也于七月一日发表了一篇反对复辟的通电，持着极显白的反抗态度。他陈说变更国体的利害，十分的恳切动人，较他的《异战所谓国体问题者》一文尤为直捷痛切。他说：“苟非各界各派之人，咸有觉悟，洗心革面，则虽变更国体，而于政治之改良何与者。若曰建帝号则政自肃，则清季政象何若，我国民应未健忘。今日蔽罪共和，过去罪将焉蔽。况前此承守成余荫，虽委裘犹可苟安，今则师悍士狡，挟天子以令诸侯。谓此而可以善政，则莽卓之朝，应成郅治。似斯持论，毋乃欺天！”这些话，都足以直攻复辟论者的中心而使之受伤致命的。梁氏又说：“启超一介书生，手无寸铁，舍口诛笔伐外，何能为役。且明知樊笼之下，言出祸随，徒以义之所在，不能有所惮而安于缄默。抑天下固多风骨之士，必安见不有闻吾言而兴者也。”然这事不必望之于他人，他自己便已投笔而兴了，他自己已不徒实行着口诛笔伐，而且躬与于 “讨伐”之役了。这时，他与康有为已立于正面的敌对地位。自戊戌以后，梁氏与康氏便已貌合神离，为了孔教问题，也曾明显的争斗过。而这次却第二次为了政治问题而破脸了。梁氏自己相信他始终是一位政论家，不适宜于做政治上的实际活动。他非到于万不得已的时候，决不肯放下政论家的面目而从事于政治家的活动。这一次，与护法战役之时相同，都是使他忍不住不出来活动的。他带着满腔的义愤，与段祺瑞会见于天津；他说动了段氏，举兵入北平。在这时，似乎也只有段氏一个人比较的可以信托。其他的督军军人们都是首鼠两端的。段氏的崛起，使张勋减少了不少的随从。段氏便很快的得到了成功，扑灭了以张勋、康有为为中心的清帝复辟运动。张、康等皆逃入使馆区域。梁氏在政治上的成功这是第二次。他对于共和政体的拥护，这也是第二次。

段氏复任总理，黎氏退职，由副总统冯国璋就大总统任。段氏即复在位，对德、奥宣战，便于那一年的八月十四日实行。梁氏这次并不会于功成后高蹈而去。他做了段内阁的财政总长（1917）。他很想发展他的关于财政上的抱负，然而在当时的局面之下却不容他有什么主张可以见之实施。不久，他便去职。经过这一次的打击之后，他的七年来的政治生涯便真的告了一个终结。自此以后，他便永不会再度过实际上的政治生活。自此以后，即自戊午（1918）冬直到他的死。便入于他的第二期的著述时代。

第二期的著述时代绵亘了十一年之久。这个时代，开始他的欧游。1918年欧战告终，和会开始。抱世界和平的希望的人很多，梁氏也是其一。他既倦于政治生涯，便决意要到欧洲去考察战后的情形。他于民国七年十二月由上海乘轮动身。他自己说："我们出游目的，第一件是自己求一点学问，而且看看这空前绝后的历史戏怎样收场，拓一拓眼界。第二件也因为正做正义人道的外交梦。以为这次和会，真是要把全世界不合理的国际关系根本改造立个永久和平的基础，想拿私人资格将我们的冤苦，向世界舆论伸诉伸诉，也算尽一二分国民责任。"（《梁任公近著》第一辑卷上七十三页）在船上，他本着第二个目的，曾作两三篇文章，为中国鼓吹，其中有一篇是《世界和平与中国》，表示中国国民对于和平会议的希望。后来译印英法文，散布了好几千本。他在欧洲，到过伦敦、巴黎，到过西欧战场，到过意大利、瑞士，还到过为欧战导火线之一的亚尔萨士、洛林两州。这一次的旅行，经过了一年多。民国九年春天归国，他自己曾说起对于此行的失望，第一是外交完全失望了，他的出国的第二个目的，最重大的目的，已不能圆满达到；第二是他"自己学问，匆匆过了整年，一点没有长进"。在这一年中，真的，他除了未完篇的《欧游心影录》

之外，别的东西一点也没有写；而到了回国以后所著作，所讲述的仍是十几年前《新民丛报》时代，或第一期的著述时代所注意、所探究的东西，一点也没有什么新的东西产生。此可见他所自述的一年以来“一点没有长进”，并不是很谦虚的话。

然他回国以后所讲述、所著作的东西，题材虽未轶出十几年前《新民丛报》时代所探讨的，在内容上与文字、体裁上却已有了很大的不同了：第一，他如今所研究的较前深入，较前专门；已入于谨慎的细针密缝的专门学者的著作时期，而非复如从前那么样的粗枝大叶，一往无前的少年气盛的态度了。所以《中国学术思想变迁大势》的一篇长文，在当时可以二三个月的时间写成之者，如今则不能不慎重的从事；经过了好几年的工夫，还只成了《清代学术概论》的一部（即《中国学术史》第五种），《中国佛教史》（学术史第三种）则已半成而又弃去。他自己虽说“欲以一年内成此五部”（《清代学术概论第二自序》），然其他几部却始终不曾出现。其他著作也均有这样的谨慎态度。第二，他的文字已归于恬淡平易，不复如前之浩浩莽莽，有排山倒海的气势，窒人呼吸的电感力了。读《新民丛报》的文字，我们至今还要感到一种兴奋，读近年来的梁氏文字，则如读一般的醇正的论学文字，其所重在内容而不在辞章。第三，他的文章体裁也与从前有了一个很大的变化；从前他是用最浅显流畅的文言文，自创一格的政论式的文言文，来写他的一切著作的，在这个时代，他却用当代流行的国语文，来写他的著作了。此可见梁氏始终是一位脚力轻健的壮汉，始终能随了时代而走的。

但很有些人却说梁任公此后文字的不能动人，完全是因为他抛弃了他所自创的风格而去采用了不适宜于他应用的国语文之故。这当然是一种很可笑的无根的见解。以梁氏近七八年来的态度与见解，而欲其更波翻云涌的写出前十七八年的《新民丛报》时代的论文，怎么还会可能的呢？且第二期的著述时代的作品也不尽是以国语文写成的。溪水之自山谷陡降也，气势雄健，一往无前，波跳浪涌，水声雷轰，一切山石悬岩，皆只足助其壮威，而不足以阻其前进，及其流到了平原之地，则声息流平，舒徐婉曲，再也不会有从前那么样的怒叫奔腾了。这便是年龄，便是时代，便是他本人的著作态度，使梁氏的文字日就舒徐婉曲的，并没有什么别样的理由。

他从欧洲归后，至民国十一年双十节前，所著述的约有一百万字。他自己曾在《梁任公近著》第一辑的序上统计过。“已印布者，有《清代学术概论》约五万言，《墨子学案》约六万言，《墨经校释》约四万言，《中国历史研究法》约十万言，《大乘起信论考证》约三万言。又三次所辑讲演集约共十余万言。其余未成或待改之稿有《中国韵文里头所表示的情感》约五万言，《国文教学法》约三万言，《孔子学案》约四万言，又《国学小史稿》，及《中国佛教史稿》全部弃却者各约四万言，其余曾经登载各日报及杂志之文，约三十余万言。辄辑为此论，都合不满百万言，两年有半之精神，尽在是矣。”

此时以后的著作，则有《陶渊明》（单行）、《戴东原先生传》、《戴东原哲学》、《人生观与科学》、《近代学风之地理的分布》、《说方志》、《国学入门书要目及其读法》等等。尚有《中国文化史》的未定稿一篇、《社会组织篇》亦已印行。

综观这个“第二著述时代”的梁氏的著作，其研究的中心有四。第一，是对于佛教的研究。这是他将十几年前的《中国学术思想变迁大势》中，关于佛教的一部分放大了的。他的《中国佛教史》虽未完成，然已有好几篇很可观的论文告毕的了，如在庚申（1920）所写的《佛教之初输入》、《千五百年前之中国留学生》、《佛教与西域》、《印度史迹与佛教之关系》、《佛典之翻译》、《翻译文学与佛典》等皆是；其所着意乃在于“佛教的输入”史一部分。在这部分上，他的研究确是很深邃的，其材料也大都是他辛苦收集得来的。与前十几年之稗贩日本人的研究结果的文字完全不同。第二年（1921），他在南京东南大学讲演，同时又到支那内学院，研究佛教经典。《大乘起信论考证》即作于是年。壬戌（1923），又写了一篇《印度与中国文化之亲属的关系》，可以说是研究佛教的余波。

第二，是对于先秦诸子的研究。这也是将中国学术思想变迁中关于先秦思想的一部分放大了的。然其研究的面目，与前也已十分的不同。庚申（1920）年写成的有《老子哲学》、《墨子年代考》、《墨经校释》等，第二年（辛酉）又写成《墨子学案》一书。梁氏对于墨子本来研究得很深。从前有过一部《墨学微》出版。这一次的研究，则“与少作全异其内容”。《先秦政治思想史》则出版于壬戌年。

第三，是对于清代学术思想的研究。这也是将《中国学术思想变迁》一文中，关于清代学术的一部分加以放大的。在这一方面，他自己说：“余今日之根本观念，与十八年前无大异同，惟局部的观察，今视昔似较为精密。且当时多有为而发之言，其结论往往流于偏至；——故今全行改作，采旧文者什一二而已。”（《清代学术概论自序》）《清代学术概论》出版于庚申，是他对于清代学术的有系统的一篇长论，但多泛论，没有什么深刻的研究的结果。独有对于康有为及他自己今文运动的批评，却是很足以耐人寻味的。此外对于戴东原的研究也是他的一个专心研究的题目。《戴东原先生传》、《戴东原哲学》、《戴东原著述纂校书目考》（皆作于癸亥）都是他研究的结果。又有《明清之交中国思想界及其代表人物》（甲子）及《颜李学派与现代教育思潮》（癸亥）亦可归入这一类。

第四，是对于历史的研究。这又是将十几年前他所作的新史学等文放大的。关于这一方面，所作有《近代学风之地理的分布》（甲子）、《中国历史上民族之研究）（壬戌）、《历史统计学》（壬戌）、《中国历史研究法》（壬戌）、《说方志》（甲子）等。《中国历史研究法》是他的《中国文化史稿》的第一篇。他的《中国文化史》，其规模较他的《中国学术史》为尤大。除此作外，尚成有一部《社会组织篇》，惟未公开发表。

这些都是与他十几年前的研究很有密切的关系的。所以我们可以说第二期著述时代的梁任公作品，都不过是第一期著述时代的研究的加深与放大而已。但也有一部分轶出于这个范围之外：一是几篇关于人生观与科学（癸亥）的论文；二是几篇对于中国诗歌的研究，如《屈原研究》、《情圣杜甫》、《陶渊明》、《中国韵文里头所表现的情感》（皆作于壬戌）等等。他的关于时事论文，这时所作很少。真可以说是实践他前几年在《吾今后所以报国者》一文中所说的“吾自今以往，不愿更多为政谭。非厌倦也，难之，故慎之也。政潭且不愿多作，则政体更何有”而未能实践的话。

他在卒前的二三年，虽仍在清华学校讲学不辍，然长篇巨著的发表已绝少。最后的几年，可以说是他生平最消沉的时代。这一半是因为他的夫人李氏在民国十六年得病而死，他心里很不高兴，一半也因为他自己有病，虽曾到北平的一国医院里割去过一只内肾，而病仍未痊愈，最后还是因此病死去。他自己说：

> 我今年受环境的酷待，情绪十分无聊。我的夫人从灯节起，卧病半年，到中秋日，奄然化去。他的病极人间未有之痛苦，自初发时，医生便已宣告不治。半年以来，耳所触的只有病人的呻吟，目所接的只有儿女的涕泪。丧事初了，爱子远行，中间还夹着群盗相噬，变乱如麻，风雪蔽天，生人道尽。块然独坐，几不知人间何世。哎，哀乐之感，凡在有情，其谁能免。平日意态活泼兴会淋漓的我，这会嗒然气尽了。（《痛苦中的一点小玩意儿》）

以后几年，他的意绪似还未十分的恢复。但他究竟是位强者，虽在这种“嗒然气尽”的环境，仍还努力的工作着。他在病中还讲学，还看书。临死前的数月，专以词曲自遣。拟撰一部《辛稼轩年谱》。在医院中还托人去搜觅关于辛稼轩的材料。忽得《信州府志》等书数种，便狂喜携书出院，仍继续他的《辛稼轩年谱》的工作。然他的病躯已不能再支持下去了。今年一月十九日，梁氏便卒于北平医院里。《辛稼轩年谱》成了他的未完工的一部最后著作。

三

每个人都有自知之明；然真能深知灼见他自己的病根与缺点与好处之所在的，却不很多；每个人都能够于某一个时候，坦白披露他自己的病根，他自己的缺点，他自己的好处；然真能将自己的病根与缺点与好处分析得很正确，很明白，而昭示大众，一无隐讳的，却更不多。梁任公先生便是一位真能深知灼见他自己的病根与缺点与好处的，便是一位真能将他自己的病根与缺点与好处分析得很正确，很明白，而昭示大众，一无隐讳的。世人对于梁任公先生毁誉不一；然有谁人曾将梁任公骂得比他自己所骂的更透彻更中的的么？有谁人曾将梁任公恭维得比他自己所恭维的更得体、更恰当的么？一部传记的最好材料是传中人物的自己的记载，同此，一篇批评的最好材料，也便是被批评者对于他自己的批评。这句话，在别一方面或未能完全适合，然论到梁任公，却是再恰当也没有的了。

梁任公最为人所恭维的——或者可以说，最为人所诟病的——一点是“善变”。无论在学问上，在政治活动上，在文学的作风上都是如此。他在很早的时候曾著一篇《善变之豪杰》（见《饮冰室自由书》），其中有几句话道：“语曰，君子之过也，如日月之食焉，人皆见之，及其更也，人皆仰之。大丈夫行事磊磊落落，行吾心之所志，必求至而后已焉。若夫其方法，随时与境而变，又随吾脑之发达而变，百变不离其宗。”他又有句常常自诵的名语，是“不惜以今日之吾与昨日之吾宣战”。我们看他，在政治上则初而保皇，继而与袁世凯合作，继而又反抗袁氏，为拥护共和政体而战，继而又反抗张勋，反抗清室的复辟；由保皇而至于反对复辟，恰恰是一个敌面，然而梁氏在六七年间，主张却已不同至此。这难道便是如许多人所诟病于他的“反复无常”么？我们看他，在学问上则初而沉浸于词章训诂，继而从事于今文运动，说伪经，谈改制，继而又反对康有为氏的保教尊孔的主张，继而又从事于介绍的工作，继而又从事于旧有学说的整理；由主张孔子改制而至于反对孔教，又恰恰是一对面，然而梁氏却不惜于十多年间一反其本来的见解。这不又是世人所讥诮他的“心无定见”么？然而我们当明白他，他之所以“屡变”者，无不有他的最强固的理由，最透彻的见解，最不得已的苦衷。他如顽执不变，便早已落伍了，退化了，与一切的遗老遗少同科了；他如不变，则他对于中国的贡献与成绩也许要等于零了。他的最伟大处，最足以表示他的光明磊落的人格处便是他的“善变”，他的“屡变”。他的“变”，并不是变他的宗旨，变他的目的；他的宗旨，他的目的是并未变动的；他所变者不过方法而已，不过“随时与境而变”，又随他“脑识之发达而变”其方法而已。他的宗旨，他的目的便是爱国。“其方法虽变，然其所以爱国者未尝变也。”凡有利于国的事，凡有益于国民的思想，他便不惜“屡变”，而躬自为之，躬自倡导着。惟其爱的是国，所以他生平“最爱和平惮破坏”（《盾鼻集·在军中敬告国人》）。所以他在辛亥时代则怕因变更国体之故而引起剧战，在民国元二年之交，则又“惧邦本之屡摇，忧民力之徒耗”而不惜与袁世凯合作。惟其爱的是国，所以他不忍国体屡更，授野心家以机会，所以他两次为共和而战，护国体，即所以护国家。惟其爱的是国，所以他竭力的说明保国与保教的不同，而力与他自己前几年的主张相战。他在《保教非所以尊孔论》的前面，有过一段小引：

> 此篇与著者数年前之论相反对，所谓我操我矛以伐我者也。今是非不敢自默。其为思想之进步乎，抑退步乎？吾欲以读者思想之进退决之。

以梁氏思想与主张之屡变而致此讥诮的，我也不知道他们的思想到底是“进步乎，抑退步乎”？

梁氏是一位感觉最灵敏的人，是一位感情最丰富的人，所以四周环境里一有显著的变动，他便起而迎之，起而感应之。这又是他的“善变”的原因之一。例如，一件极小的事，前几年的“人生观与科学”的论战，他的朋辈有一部分加入，他便也不由自主的而卷入这个争论的漩涡中。前几年有几个人在开列着国学书目，在研究着墨子、戴东原、屈原、印度哲学，他便也立刻的引起了他所久已放弃了的研究这些题目的兴致。

梁氏又是一位极能服善的人，他并不谬执他自己的成见，他可以完全抛弃了他自己的主张，而改从别人的。这大约又是他的“善变”的原因之一。他本治戴、段、王考证，及见康有为，则“尽弃所学而学焉”。到了日本之后，他见到日本人的著作，则又倾向于他们而竭力的去汲引了他们过来。当他中年以后，国语文的采用，成了必然的趋势。虽然一般顽执者竭全力以反对之，他却立刻便采用国语文以写他的文章，一点也不吝惜的舍去了他的政论式（或策论的，或《新民丛报》式的），已成为一大派别的文体。这可见他的精神是如何的博大，他的见解如何的不粘着。

梁氏还有一个好处或缺点——大多数人却以为这是他的最可诟病之缺点——便是“急于用世”。换一句话，说得不好听一点，便是“热中”。他在未受到政治上的种种大刺激之前，始终是一位政治家，虽然他晓得自己的短处，说是不适宜于做政治活动。然后在七年十二月之前，那一个时候不在做着政治的活动，不在过着政治家的生涯。戊戌不说，民元二年不必说，民五、六、七年不必说，即在留居日本的时候，办《清议报》，办《新民丛报》，办《国风报》，还不都在做着政治活动么？到澳洲，到美洲，到菲律宾，还不都在做着政治活动么？即民七的到欧洲去，还不带有一点政治的意味么？《新民丛报》时代，论学之作虽多，然其全力仍注意在政治上。他自己有一段话最足以表现他的政治生涯的里面：

> 吾二十年来之生涯，皆政治生涯也。吾自距今一年前，虽未尝一日立乎人之本朝。然与中国政治关系，殆未尝一日断。吾喜摇笔弄舌，有所论议。国人不知其不肖，往往有乐倾听之者。吾问学既谫薄，不能发为有系统的理想，为国民学术辟一蹊径。吾更事又浅，且去国久，而与实际之社会阂隔，更不能参稽引申，以供凡百社会事业之资料。惟好攘臂扼腕以谭政治。政治谭以外，虽非无言论，然匣剑帷灯，意固有所属。凡归于政治而已。吾亦尝欲藉言论以造成一种人物。然所欲造成者，则吾理想中之政治人物也。（《吾今后所以报国者》）

惟其对于政治这样的“热中”，所以他一有机会，便想出来做一点事，为国家做一点事。政治上的活动人物，有两种不同之型式，一种是革命者，一种是改良者。革命者有他的政纲，有他的主义，他是要彻底改革的，他是要彻底建设的。改良者则不然，他不见得有具体的政纲，不见得有一成不变的主义，他不想破坏现状，他没有打倒了一个旧的，创出一个新的之雄心，他只欲在现状之下，使他尽量的改良，尽量的做一点好事。非万不得已，他决不肯去推翻已成的势力。因为他相信有所凭藉而做事，每是牺牲最少而成功最易的。梁任公便彻头彻尾是这样的一位改良派的政治家。传说中的伊尹，五就桀，五就汤，古传中的孔子，一日不得其君，则惶惶然若不可终日，皆是这个型式中的人物。梁氏既是一位改良者，所以他在辛亥革命成功以前便反对革命而主张君主立宪；在袁世凯未露逆谋之前，便始终以为他还是可以与之为善的，在段祺瑞最无忌惮的时代，便也未觉得他是绝望了的。总之，他是竭力欲出来做一点好事的。现状的能否根本推倒原是很渺茫的，所以还是就现状之下，而力谋补助，力求改良，力求做一点好事，即仅仅是一点也是好的。像这样的“热中”下去，当然未免有“不择人而友”之议。然而他的心却是热烈的，却是光明的，却是为国的；即在与最不堪为伍的人为伍着时，我们也还该原谅他几分。比之一事不做的处士，贪污坏事的官吏，其善不肖为何如。何况梁氏也曾两次的放下了他的改良者的面目，为正义自由，为国体人格而战，已足一洗其政治上的温情主义者或容忍主义者之耻呢！

四

在学术上，梁氏对于他自己的成就也有很正确的分剖与批判。他的话是那样的坦白可喜，竟使我们无从再赞一辞：

> 启超之在思想界，其破坏力不小，而建设则未有闻。晚清思想界之粗率浅薄，启超与有罪焉。启超常称佛说，谓：“未能自度，而先度人，是为菩萨发心。”故其生平著作极多，皆随有所见，随即发表。彼尝言：“我读到性本善，则教人以‘人之初’而已”；殊不思“性相近”以下尚未读通，恐并“人之初”一句亦不能解；以此教人，安见其不为误人。启超平素主张，谓须将世界学说为无限制的尽量输入。斯固然矣，然必所输入者为该思想之本来面目，又必具其条理本末，始能供国人切实研究之资；此其事非多数人专门分担不能。启超务广而荒，每一学稍涉其樊，便加论列；故其所述著，多模糊影响笼统之谈，甚者纯然错误，及其自发现而自谋矫正，则已前后矛盾矣。平心论之，以二十年前思想界之闭塞委靡，非用此种卤莽疏阔手段，不能烈山泽以辟新局，就此点论，梁启超可谓新思想界之陈涉。……启超与康有为有最相反之一点，有为太有成见，启超太无成见，其应事也有然，其治学也亦有然。有为常言：“吾学三十岁已成，此后不复有进，亦不必求进。”启超不然，常自觉其学未成，且忧其不成，数十年日在旁皇求索中。

> 故有为之学，在今日可以论定；启超之学则未能论定。然启超以太无成见之故，往往徇物而夺其所守；其创造力不逮有为，殆可断言矣。启超“学问欲”极炽，其所嗜之种类亦繁杂，每治一业，则沉溺焉，集中精力，尽抛其他；历若干时日，移于他业，则又抛其前所治者。以集中精力故，故常有所得，以移时而抛故，故入焉而不深。彼尝有诗《题其女令娴艺蘅馆日记》云：“吾学病爱博，是用浅且芜，尤病在无恒，有获旋失诸。百凡可效我，此二无我如。”可谓有自知之明。　（《清代学术概论》第147~149页）

他因为“爱博”，所以不能专，不能深入，因为他“每一学稍涉其樊，便加论列”；所以“浅且芜”的弊，也免不了。然而他究竟是中国“新思想界之陈涉”，虽未必有精湛不磨的成功，然他的筚路蓝楼，以开荒荆的功绩已经不少了。且他还不仅仅为一个陈涉而已，他的气势的阔大，规模的弘博，却竟有点像李世民与忽必烈，虽未及建国立业，其气势与规模已足以骇人了。他在政治上虽是一位温情主义的改良论者，野心一点也不大，然在学术上，他却是一位虎视眈眈的野心家。他不动手则已，一动手便有极大的格局放在那里；不管这个格局能否计划得成功。他喜于将某一件事物、某一国学术作一个通盘的打算，上下古今的大规模的研究着，永不肯安于小就，做一种狭窄专门的精密工作。例如，他要论中国的学术，便写了一篇《中国学术思想变迁大势》；要论中国的民族，便写了一篇《历史上中国民族之观察》；要对于“国学”有所讲述，便动手去写一篇《国学小史》，要对于中国民族的文化有所探究，便又动手去写《中国文化》。这些都是极浩瀚的工作，然而他却一往无前的做去；绝不问这个工作究竟有无成功的可能。他的《中国学术史》，据他的计划要分为五部分：其一，先秦学术；其二，两汉六朝经学及魏晋玄学；其三，隋唐佛学；其四，宋明理学；其五，则为清学。他的《国学小史》为民九在清华学校的课外讲演；五十次的讲述，讲义草稿盈尺。我们未见此稿，不知内容究竟如何，然即就其论墨子的一部分（已印行，即《墨子学案》）而观之，已可想见其全书内容的如何弘博了。最可骇人的还有他的《中国文化史》的计划；他为了要写此书，特地先写了一篇极长的叙论印行，名为《中国历史研究法》。在他的已成的《中国文化史》本文的一小部分《社会组织》篇上，我们又见到他的《中国文化史》的全部计划。这个文化史，范围极为广大，凡分三部，二十九篇，上自叙述历史事实的朝代篇，下至研究图书的印刷、编纂、收藏的载籍篇，凡关于中国的一切事物，几无不被包括在内。现在且钞录其全目于下。

第一部：

朝代篇（神话及史阙时代，宗周及春秋，战国及秦，两汉，三国南北朝，隋唐及五代，宋辽）

种族篇上（汉族之成分，南蛮诸族）

种族篇下（北狄诸族，东胡诸族，西羌诸族）

地理篇（中原，秦陇，幽并，江淮，扬越，梁益，辽海，漠北，西域，卫藏）

政制篇上（周之封建，秦之郡县，汉之郡国及州牧，三国南北之郡县及诸镇，唐之郡县及藩镇，唐之藩属统治法，宋之郡县及诸使，元之行省及封建，明清之行省及封建，清之藩属统治法，民国之国宪及省宪）

政制篇下（政枢机关之制度及事实上之沿革，政务部之沿革，监察机关之沿革，清末及民国之议会，司法机关，政务旁落之变象）

舆论及政党篇（历代舆论势力消长概观，汉之党锢，宋之王安石及司马光，明之东林复社，清末及民国以来所谓政党）

法律篇（古代法律蠡测，自战国讫清中叶法典编纂之沿革，汉律、唐律，明清律例及会典，近二十年制律事业）

军政篇（兵制沿革，兵器沿革，战术沿革，历代大战比较观，清末民国军事概说，海军）

军政篇（力役及物贡，租税，专卖，公债，支出分配，财政机关）

教育篇（官学及科举，私人讲学，唐宋以来之书院，现代之学校及学术团体）

交通篇（古代路政，自汉讫清季驿递沿革，现代铁路，历代河渠，海运之今昔，现代邮电）

国际关系篇（历代之国际及理藩，明以前之欧亚关系，唐以后之中日关系，明中叶以来之中荷、中葡关系，清初以来之中俄关系，清中叶以来之中英、中法关系，清末以来之中美关系）

第二部：

社会组织篇（母系，婚姻及家族，宗法及族制，阶级，乡治，都市）

饮食篇（猎牧耕三时代，肉食，粒食，副食，烹饪，麻醉品，米盐茶酒烟之特别处理）

服饰篇（蚕丝，卉服，皮服，装饰，历代章服变迁概观）

宅居篇（有史以前之三种宅居，上古宫室蠡测，中古宫居蠡测，西域交通

与建筑之影响：室内陈设，城垒，井渠）

考工篇（石铜铁器三时代，漆工，陶工，冶铸，织染车，舟，文房用品，机械，现代式之工业）

通商篇（古代商业概观，战国秦汉间商业，汉迄唐之对外商业，唐代商业，宋辽金元明间商业，恰克图条约以后之对外商业，南京条约以后之对外商业，近代国内商业概观）

货币篇（金属货币以前之交易媒介品，历代图法沿革，金银，纸币，最近改革币制之经过，银行）

农事及田制篇 （农产物之今昔观，农作技术之今昔视，荒政，屯垦，井田均田之兴废，佃作制度杂观，森林）

第三部：

言语文字篇（单音语系之历史的嬗变，古今方言概观，六书之孳乳，文字形体之蜕变，秦汉以后新造字，声与韵字母，汉族以外之文字，近代之新字母运动）

宗教礼俗篇（古今之迷信，阴阳家言及谶纬家言，道教之兴起及传播，佛教信仰之史的观察，摩尼教，犹太教之输入，回教之输入，基督教之输入及传播，历代祀典及淫祀，丧礼及葬礼，时令与体俗）

学术思想篇上（古代学术思想之绍述机关，思想渊源，儒家经典之成立，战国时诸子之勃兴，西汉时儒墨道名法阴阳六家之废兴及蜕变，西汉经学，南北朝隋唐经学，佛典之翻译，佛学之宗派，儒道之诤辩与会通，宋元理学之勃兴，程朱与陆王，清代之汉学与宋学，晚清以来学术思想之趋势）

学术思想篇下（史学，考古学，医学，历算学，其他之自然科学）

文学篇（散文，诗骚及乐府，词，曲本，小说）

美术篇（绘画，书法，雕塑，建筑，刺绣）

音乐篇（乐律，古代音乐蠡测，汉后四夷乐之输入，唐之雅乐清乐燕乐，唐宋间乐调之变化，元明间之南北曲，乐器，乐舞，戏剧）

载籍篇（古代书籍之传写装潢，石经，书籍印刷术之发明及进步，活字板，汉以来历代官家藏书，明以来私家藏书，类书之编纂，丛书之辑印，目录学，制图，拓帖）

中国文化史究竟是不是这样的编著方法，我们且不去管他；即我们仅见此目，已知他的著书的胆力之足以“吞全牛”了。但因为他的规模过于弘伟之故，所以他的著作，往往是不能全部告成的，中国文化史固已成了“广陵散”，即比较规模较小的中国学术史也因了此故而迄不能成功。这当然是很可悼惜的事，在这一方面，我们不禁要想起了著通志的郑樵的野心正与梁氏不相上下；他的通志，恰好是中国文化史的一个绝妙的对照。然而郑樵却成功了；梁氏则半因爱博无恒，半因“屡为无聊的政治活动所牵率，耗其精而荒其业”，终于成了一个未能成功的郑夹漈！我们在此，不仅为梁氏惜，也要为中国学术界惜。这部大著作假如告成，即使有了千万则的缺漏以及一切的芜浅，对于中国读者也是极有益的，他所要做到的至少是将专门的学问通俗化了，是将不易整理就绪的材料排比得有条理了。这样的一部书，即在今日或明日专门学者如林的时代也不会全失去他的读者的。

五

最后，我们还应该提到他在文学上的成功。我在上文已经说起过，他是一位最好的新闻记者。日报上的时论未必可存，新闻记者的文章，够得上文学史的齿及的也很不多见。然而最好的新闻记者，却往往同时是一位上等的文学者：像爱迭生（Addison），像麦考莱（Macavlay），像威尔斯（H.G.Wells）诸人都是这样。梁任公先生当然也是这样少数的新闻记者中的一位。梁氏在他的《饮冰室文集》第一次出版时，曾有一序，很谦抑的说起像他那样的时论是不足存的。他说道：“吾辈之为文，岂其欲藏之名山，俟诸百世之后也，应于时势，发其胸中所欲言。然时势逝而不留者也，转瞬之间悉为刍狗。况今日天下大局，日接日急，如转巨石于危崖，变异之速，匪翼可喻。今日一年之变率，视前此一世纪犹或过之，故今之为文，只能以被之报章，供一岁数月之遒铎而已。过其时则以复瓿焉可也。”然他虽是这样的自谦，他的散文却很有可存的价值，时代过去了，他所讨论的问题已不成问题了。然而他的《变法通议》诸作至今读之，似还有一种动人的魔力。这便是他的散文可存的一个要证。他在《清代学术概论》上对于他自己的文字，也有一段很公平的批判：

> 启超夙不喜桐城派古文，幼年为文，学晚汉魏晋，颇尚矜炼；至是自解放，务为平易畅达，时杂以俚语韵语及外国语法，纵笔所至不检束，学者竞效之，号新文体。老辈则痛恨，诋为野狐。然其文条理明晰，笔锋常带情感，对于读者别有一种魔力焉。（第142页）

他的散文，平心论之，当然不是晶莹无疵的珠玉，当然不是最高贵的美文，却另自有他的价值。最大价值，在于他能以他的“平易畅达，时杂以俚语韵语及外国语法”的作风，打倒了所谓恹恹无生气的桐城派的古文、六朝体的古文，使一般的少年们都能肆笔自如，畅所欲言，而不再受已僵死的散文套式与格调的拘束；可以说是前几年的文体改革的先导。在这一方面，他的功绩是可以与他的在近来学术界上所造的成绩同科的。黄遵宪在诗歌方面，曾做着这种同样的解放的工作，然梁氏的影响似为更大，这因散文的势力较诗歌为更大之故。至于他的散文的本身，却是时有芜句累语的；他的魔力足以迷惑少年人，一过了少年期，却未免要觉得他的文有些浅率。他批评龚自珍的文说：“初读定庵文集，若受电然。稍进乃厌其浅薄。”这种考语，许多批评者也曾给过梁氏他自己。

梁氏所作，以散文为主，诗歌不很多；连词、曲、传奇总计之，尚不及一册。他根本上不是一位诗人。然他的诗歌也自具有一种矫俊不屈之姿，也自具有一种奔放浩莽、波涛翻涌的气势，与他的散文有同调。他喜欢放翁的诗、稼轩的词，而他的诗词也实际的很受他们的影响。姑举一首《志未酬》为例：

> 志未酬，志未酬；问君之志几时酬？志亦无尽量，酬亦无尽时。世界进步靡有止期。吾之希望亦靡有止期，众生苦恼不断如乱丝，吾之悲悯亦不断如乱丝。登高山复有高山，出瀛海更有瀛海。任龙腾虎跃以度此百年兮，所成就其能几许。虽成少许，不敢自轻，不有少许兮，多许奚自生。但望前途之宏廓而寥远兮，其孰能无感于余情。吁嗟乎，男儿志兮天下事，但有进兮不有止。吾志已酬便无志。

本文以此诗为结束，并不是偶然的，“男儿志兮天下事，但有进兮不有止”，这两句诗已足够批评梁氏的一生了。

1929年2月作于上海

原载《小说月报》1929年20卷2号

诗僧曼殊

——尚留微命作诗赠

——有怀末句

丁　丁

一

禅心一任蛾眉妒，佛说原来怨是亲。雨笠烟蓑归去也，与人无爱亦无嗔！

这是曼殊《寄调筝人》三首中之一。

凡是一篇文字，能感动读者，使读者忘怀了自己，以作者的情感与思想为依归那才是完美的文学作品；换句话说，就是读者读到完美的文学作品时，茫灭了自己，只有对作者底情感与思想，在同音度的节奏上绝对同情的共鸣。我每读曼殊大师的诗，便被他那样魔力的制驭，使我忘却了自己，飘飘然就是“此志常落拓”的“芒鞋破钵无人识”的“无端狂笑无端哭，纵有欢肠已似冰”的微命诗僧一般。

一时是“华岩瀑布高千尺，未及卿卿爱我情。”一时是“忏尽情禅空色相，琵琶湖畔枕经眠！”而毕竟“袈裟点点疑樱瓣，半是脂痕半泪痕。”只得“还君一钵无情泪，恨不相逢未鬄时。”想到狂放的曼殊大师，我便想起了法国文豪莫泊桑（Guy de MauPassant）在他的长篇小说《一生》的最后昭示我们的话：“人的生活不会象他想像的那样好，也不会像他想象的那么坏。”而同时想到西欧“以诗人去国之忧，寄之吟咏，谋人家国。功成不居，与日月争光”的与大师类似运命的拜伦（Byron）来，他俩是世界文坛上奇异的花，一朵是开在东亚，一朵是开在西欧，他俩的诗，好比月下夜莺在花丛中低唱般地清悠，好比深夜子规在空谷里寂啼般地沉哀；所以大师会扶病在拜伦集上题起这么一首诗来：

秋风海上已黄昏，独向遗编吊拜伦。词客飘零君与我，可能异域为招魂。

1927年秋，我为了多种深重刺激的关系，对现世倦厌到极点，一方因为受大师的影响，所以极想跳出这混浊的尘圈，步大师后尘，那时朋友曾投消息到各报，像《时事新报》、《民国日报》等都有很长的记载，也曾见到不相识的同情者在报上登招归的文字，《幻洲》上有讽刺的文字，《文化战线》上有辩护的文字，所有关心我的人，我都很诚意的感谢，但为了那时我极度的消极，所以一概置之不问；后来终于在几方面的牵连和理智的强有力的教训中，克制了情感的冲泛，依归在多层压迫之下挣扎，认为暴风雨的现时代中，在这光明社会到来的前夜，我们不应该逃避，应该深入这罪恶社会的底层，作创造光明社会的抗争，所以直到现在，我还在困难中找生路，到目前，成万成千的劳苦同胞遭受惨害的血底激荡中，从大师联想到拜伦，而愤慨我没有能力写出像拜伦的《哀希腊歌》（*TheIsles of Greese*）那样的文字来感动我同胞全上为全民族生存斗争的火线，拜伦曾说："人是为自由而战的，自己不需要时，当为别人而战。"现在，我们是要为自己的解放，自己的自由而战呀！大师是适逢清末鼎革时期，所以在不多的几首译诗中，没有遗忘哀希腊这样民族争生存上有力的文字。

浪漫的文学家，不会绝对是社会的工具，尤其是放荡不羁的大师，"身世有难言之恫"的大师，所以悲哀还是笼罩了他的一生，他只得唱出：

人间花草太匆匆，春未残时花已空。自是神仙沦小谪，不须惆怅忆芳容。

我也不禁叹出怪特的象征诗人（William Blake）的话了："Oh Rose Thou ane Sick !"

二

曼殊大师是1884年生于日本，1918年5月2日卒于上海，享年35。

从大师逝世后到现在，人们为了他写的各种文字，我们见到的已经很多了，但是各人所见到的，所感到的，所讲到的不同，所以我这篇文字不算是多赘的，我是很钦仰大师的，我写出这篇讲到多方面的文字，我认为是必要的。

大师虽然是逝世了，但是大师的朋友现在存着的还不少，然而，这使人很诧异的，大师的身世是有了不同样的述说。

“父广州产，商于日本，娶日本女而得子谷。”这是章太炎底《曼殊遗画弁言》里的话。“父某，商于倭，因赘焉。生玄瑛，挈之返国。”这是柳亚子底《苏玄瑛传》里的话。过去，大家都认定大师是华父日母，是日母再嫁华父而生，没有人有过异议，就是杨鸿烈在《苏曼殊传》里，一方面他虽说：“曼殊的身世，在他作的那本《断鸿零雁记》里，才可知道这书是他自已的写照，这本书虽是小说体裁，而自来文学家如曹雪芹之于《红楼梦》，英人笛根士（Charles Dickens）之于《块肉余生记》（*David Copperfield*）法人都德（AlPhonse Daudet）之于《小物件》（*Le Petit Chose*）都是作者的自传。”似乎想到大师是纯日本血统，可是，他没有能找到其他的真凭实据吧？小说不就是纪实，事实到了小说里会成了可以变动，可以增减的小说材料的缘故吧？所以，他另一方面仍引用了章柳二氏的话，而他自己没有什么结论判语，直到1926年9月柳氏写了《苏玄瑛传》。他才正式作了翻案，肯定的说大师纯日本的血统，所谓《香山苏某》者，不过是大师的“假父”而已，他说：“苏玄瑛，字子谷，小字三郎，始名宗之助，其先日本人也。王父忠郎，父宗郎，不详其姓，母河合氏，以中华民国纪元前，二十八年甲申，生玄瑛于江户。玄瑛生数月而父殁，母子茕茕靡所依，会粤人香山苏某商于日本，因归焉。”他所根据的，是除了《断鸿零雁记》以外，还有日本僧飞锡的《潮音跋》；有的人以为柳氏的于曼殊的身世有了新的发现，而也有人是否认的，在南京《新民报》的两周纪念增刊上有署名张慧剑的一文为《苏曼殊的国籍问题》（国籍是不成问题的，只是血统的怀疑）。他说：“柳氏第一次替曼殊做传，连他幼年，剃度的地方和死时的岁数都弄不清楚，及为人指摘，乃蟠然而作《新传》，他第一次能凭个人的武断而做《苏玄瑛传》，到第二次仍出于武断地做一篇《苏曼殊新传》又何尝不是可能？柳氏个人，对于曼殊，纯粹是日本血统一层。可以说是全然没有考证。”以我看来，柳氏《新传》确是不可考的，因为他所根据的，在我看来不是作为事实的根据，可以分开来说。

第一，他所根据的《断鸿零雁记》，我上面已经说过“小说不就是纪实，事实到了小说里会可以变动，可以增减的小说材料的”。我们看记中第二章的邂逅潮儿，与潮儿的行径，完全是“无巧不成书”的小说体裁，及第五章里的雪梅的遣婢送信遗金，十足是“儿女情长”，“公子落难，小姐赠金”的旧小说的写法，而十五章以后，都是“佳人薄命，才子伤神”的口吻，我们读过那文字的，谁都会这样相信；所以我以为《断鸿零雁记》只是影射，至多是小说化了的曼殊故事，而不能就据此说是大师的纯事实，正好比歌德（Goethe）之于《少年维特之烦恼》一般。

第二，柳氏所根据的《潮音跋》而人疑心《潮音跋》是大师自己写的，考《潮音跋》与《断鸿零雁记》差不多是同时的作品，所以疑心大师在同一的情感激荡下写起来，他为了传统思想关系回护他母亲的再嫁，恐《断鸿零雁记》尚不足见信于人，因此要托名别人写起这《潮音跋》来，所以记与跋的文字便相仿佛，如出一人手，而柳氏在《新传》上说："跋为玄瑛手书见畀者"，在柳氏是认为"宜无刺谬"，但在我看来，为了大师"手书"而正足以起疑，何况，柳氏在《苏玄瑛新传的考证》上自己也不敢肯定是否真有飞锡其人作此文，他说："《潮音跋》疑为玄瑛自撰而嫁名飞锡者，今为行文便利计，仍不没飞锡之名。"而另外没有材料可考核飞锡之有无，所以这篇跋与那篇记一样的不可据为事实。

第三，柳氏或解章氏的《曼殊遗画弁言》里的"得"字作根据，则纯然不可靠，他在新传考证上说："章太炎《曼殊遗画弁言》云：'父广州产，商于日本，娶日本女而得子谷。'得字按古训固可作生字解，然亦可作获字解。章氏与玄瑛交颇深；或微闻其事，而不欲明言，故托于生训，以寄微词欤。又云：'广中重宗法，族人以子谷异类，群摈斥之。'盖所谓异类者，非特国籍之异，抑亦血胤有殊矣。宜跋语以为'遭逢身世，有难言之恫'也。"就在柳氏的这段话里，我们看出他言辞闪烁，"按古训"与"然亦可"和"非特"与"抑可"等的模棱两可之不足信。

第四，张氏说："曼殊是一个特别富于感情的人，他作文章，常常偏重感情，抹煞事实，总观他的一生，只有母爱深深地牢筑在他的心头，这种情绪，在文字里不时流露出来，至于他生身的父亲粤商苏某，却被他隔膜得十分厉害，这原因不外（1）苏某去世太早；（2）苏某是一个纯粹的商人，没有留给他什么深刻的纪念。父亲的印象，在曼殊既这样的模糊，同时他对于他母亲的再嫁很想在文字上加以回护，一种感情的冲动，他便撇开了中国父亲，在《断鸿零雁记》与《潮音跋》上自述为'日父所生而托养于父执苏某'的了，用这一种写法，他母亲再嫁一层，可以巧妙地掩护过一去，曼殊最初的苦心，未始不是如此。"我以为这也是一个理由，而在大师和他父亲隔膜的原因上，还可加一条，是因为他遭族人之摈斥，而连带到对他没有多少印象的父亲也无好感。

从上面几点可以确定柳氏翻案的不准确，而该维持华父日母的原案了。

三

曼殊大师好似逃不出诗人的惯例，不幸短命死了，所以他遗留下来的文字不多，尤其是他性格放浪而散失的不少，然而，就在他不多的作品里，我们可以认识他天才的丰富与泛滥了！我们欣赏大师的作品，可以分诗歌、散文、翻译与美术四方面，现在约略的一说。

“诗者，志之所之也，在心为志，发言为诗。冲（情）动于中，而形于言，言之不足，故嗟叹之，嗟叹之不足，故歌咏之。……”这是诗序的话，诗本来是抒情之作，真情的流露，才是诗，但到后来，诗就受了痛创，一者为了被人假用，一者为了人们不识诗之主旨，而追逐于声韵的技巧之末，于是好诗就难得多见。但是，大师的诗却能摆脱一切病的约束，而任情放浪，归还了诗本有的价值，所以读大师的诗者，无不啧啧称道，如黄沛功在《燕子龛诗序》上说：“不知者谓其诗哀艳淫冶，放荡不羁，岂贫纳所宜有，其知者以为寄托绵邈，情致迂回，纯祖香草美人遗意，疑屈子后身也。”冯印雪说：“文情并丽，踵武楚骚，得香草美人之意，读其诗，如聆鱼山梵品，雷威琴渊，冷飘渺匆可捉，殆天才也。”王德锺在《燕子龛遗诗序》上说：“所为诗蒨丽绵眇，其神则蹇裳湘渚，幽幽兰馨，其韵则文外云璈，如往而复，极其神化之境，盖如羚羊挂角而弗可迹也。旷观海内，清艳明儁之才，若曼殊者，殊未有匹焉。”柳亚子也说：“君好为小诗，多绮语，有如昔人所谓却扇一顾，倾城无色者。”诚然，大师的诗，无人不击节叹赏的，像：

白水青山未尽思，人间天上两霏微。轻风细雨红泥寺，不见僧归见燕归。

又：

狂歌走马遍天涯，斗酒黄鸡处士家。逢君别有伤心在，且看寒梅未落花。

又：

偷尝天女唇中露，几度临风拭泪痕。日日思卿令人老，孤窗无那正黄昏。

章太炎说：“亡友苏玄瑛子谷，盖老氏所谓婴儿者也。”我们读大师的诗，可见他清悠的诗境，洒脱的胸怀，崇高的品格，而那奔放的真情，天才毕露，不得不令人一唱三叹而拜倒芒鞋脚下的。

大师的诗，都是绝诗，而绝诗是诗中情绪最紧凑的，因为短诗是用最经济的艺术手腕，抒写情流中最精致的一阶段，我们读大师《东居杂诗十九首》及《无题》等更为确信：所以大师虽没有长篇的诗贡献出来，但他这些短诗，像 Omar Rhyyem 的《鲁拜集》一样，如玲珑的宝玉，已经足为我们文库宝藏里的极品了。

田汉曾有一篇《苏曼殊与可怜的侣离雁》，他说：“想起苏曼殊的生涯性格虽和那 Pauvre Lelian（可怜的侣离雁）多少不同，而两人同一工诗，同一能画，同一身世有难言之恫，同一为天涯飘泊之人，同一营颓废之生；同一逐寻常之死，两人者若亦有什么‘文学姻缘’者。……随读曼殊大师的诗……读来读去之间，仿佛雨意满窗，骚魂满座，因忆‘可怜的侣离雁的无言之曲’的中间，有一篇‘都冷雨的诗日’……岂必同是他们这样绝代悲人，才能同作这样绝代伤心的愁句吗？”可见大师作品的感人深之一斑。

大师的诗，一部分是人的本色底情感之流露，而一部分是披了袈裟的和尚面孔，但一样地有着攫得读者心响的魔力。

四

曼殊大师的散文，有小说和杂文二种，他的文章，都清隽卓绝，不傍诗人门户，他的文笔的流畅，句度的宛妙，文体的异美，梁任公在他的《翻译文学与佛典》一文里说大师都是从印度文得来的，这却不是臆断的话。

大师的小说，现在可见的有《断鸿零雁记》、《绛纱记》、《非梦记》、《焚剑记》、《碎簪记》、《天涯红泪记》等六篇，《天涯红泪记》是不全的，只是二章；《绛纱记》发表时有章士钊和陈独秀作的序，《碎簪记》上也有陈独秀的后序，胡环琛在《记断鸿零雁》一文中说：“故人苏曼殊，出入于僧俗之间，能诗能画，尤善作小说，其小说多自写身世，如《绛纱记》，《焚剑记》皆是也，而《断鸿零雁》尤著。”本来，小说家所取的材料，类都是他经验得来，不论是自身直接经验的，或是旁的间接经验的，把事情穿上了小说的艺术之衣而写起来，所以文学作品是有着 Background 的。胡氏的话，因此也可信的。而《绛纱记》，在章氏的序里比莎士比亚（Shakes Peare）的罗密禾为貌，在陈氏的序里，又以王尔德（Oscar Wilde）的荷乐美为比，对于爱之崇阐，为美他美妙的手腕，诚令读者为之颠倒，但胡氏偏偏说："《绛纱记》所记全是兽性的肉欲。"虽然爱与欲是人生天赋之本性，人类的嗣续，世界之存在，全持这有着神秘之魔力的"爱与欲"，好比西欧很多批评家说"莫泊桑的作品是专在人间找寻兽性"一样的不足诟病，不会损失他作品的价值，而胡氏的这句批评，在我总认为太欠确当的。

曼殊大师说："拜伦犹中土李白，天才也；莎士比亚犹中土杜甫，仙才也；雪梨犹中土李贺，鬼才也。"而看大师"出入于僧俗之间"，行为放诞，真情狂浪，我无以名之，名之曰"怪才"，现在一般论过大师作品的人，也都承认他在中国最近文坛上确立的地位，但胡适不知是和大师没有"文学姻缘"的缘故吧？他在《五十年来中国之文学》里没有位置提到曼殊，真令人诧异，而胡氏在《答钱玄同书》里说："《焚剑记》真是篇胡说，其书尚不可比《聊斋志异》之百一，有何价值可言耶？"此语更令人不解，因为《焚剑记》虽然有的地方情节太突兀一点，辞藻不及《断鸿零雁记》等腻婉，但针砭处亦颇有价值，如其中有一段：

> 眉兰为阿兰言曰："吾记得幼时，居外家，亦遭水患，吾随外大父，止于屋背。同村有贫富二人，亦息树间，经八日有半，富人食物将尽，贫者只余熟山薯二，此其平时饲猪之物，富人探囊，出一金锭示贫者曰，若以薯子分我，我即与汝此金。贫者以一薯易金，久之，复出一锭，向贫者言如前。贫者实饥，而心未决。富人曰：子何不思之甚？昨夕天边发红光，明后日水必退。子得金何事不办？贫者心动，竟从之。富人留薯不食，又半日，贫者饥甚，垂死，富人视之契然。讫贫者气绝，富人徐将所予二金锭取还，推其尸水中。入夜，水果退。吾外祖见富人恶，取楯击其头，富人不顾，但双手坚掩其袋，恐楯中其金锭也。"

我们看这段事简讽深的文字，不是颇能发人深省吗？所以虽然这篇小说不是上乘的作品，但胡氏的评语未免苛刻过甚了。

在大师的几篇小说中，当然以《断鸿零雁记》为最上乘，已经由梁社乾译成英文，名 The Lone Swan 由商务印书馆出版，许多学校里采为英文教本的，至于其中的优点，可不用我逐点提出，读者自可领略。

曼殊大师的散文著述，除了小说以外，有梵文典和潮音，因为大师天赋聪敏，肯用功夫，所以精于一般人所不能理会的梵文，而梵文典章太炎在序上说：“夫求大义者，虑弗能离训诂，内典之有翻译名义，犹儒书之有说文尔雅也，唐人说悉昙者，多至百余家，今皆晦甚不可见。始湛然著辅行传，已多支离，及宋世法云选翻译名义集，讹舛甚多，余每恨裴公不为斯录，而令疏粗者皮传为之也。广州曼珠比丘既忧之，乃述梵文典八卷，余既睹其谛且密也。私谓内典所论，四无碍解，故非一涂，于言音展转训释总持自在，斯名词无碍解，则文法句度是也。往者震旦所释，多局于文身名身，而句身无专书，欲知梵语，则不可不寻文法。”于此可见该书之价值，可惜潮音等现在都只有其书名，而不能见到其书了。至于大师的散文，除《岭海幽光录》与《燕子龛随笔》以外，序跋，杂文，书札亦多散失，这真很可惜的。大师在《岭海幽光录》的起首说：“吾粤滨海之南，亡国之际，人心尚己，苦节艰贞，发扬馨烈，雄才瑰意，智勇过人，余每于残籍见之，随即抄录，古德幽光，宁容沉晦？奈何今也有志之士，门户龉龁，狺狺嗷嗷，长妇奼女，皆竞侈邪，思之能勿涔涔堕泪哉？船山有言，末俗相率而为伪者。盖有习气而无性气也。吾亦欲与古人可诵之诗，可读之书，相为浃洽而潜迻具其气，自有其本心之日昧者，是无可以悔矣。”则可见其谈微言中，内含价值的一斑了。

五

“夫文章构造，各自含英，有如吾粤木棉素馨，迁地弗为良。况歌诗之美，在乎节族长短之间，虑非译意所能尽也。”翻译诚然是一件难事，尤其是抒情的诗歌，一有忽略，就会失之毫厘，差之千里的，所以要译诗，除非译者自己是诗人，才能有把握；而且，要译者与作者的性格相类同，才能译得恳切。“尝谓诗歌之美，在乎气体，然其情思幼眇，抑亦十分同感，如衲旧译频频赤墙靡，冬日，答美人赠束发璘带诗数章，可为证己。”我们可以说，译诗等于自己创作，译者把作者的情绪融合在自己的血流里，再用不同样的文字传述出来，才能不失其原有的价值；如果单单换了一种文字写出，那等于换了一件衣裳，换了一个躯壳而没有把魂灵移植过来，是毫无价值的。曼殊大师在翻译方面，给了我们很好的供献，尤其是他的译诗，因为他本身是一个诗人的缘故，而且他译的诗与他性格及遭遇雷同的 SheLLey 与 Byron 的诗美均妙，看他与高天梅信中推崇他两人的话：“衲尝谓拜伦足以贯灵均太白；师梨足以合义山长吉；而莎士比亚、弥尔顿、田尼孙，以及美之郎弗劳诸子，只可与杜甫争高下，此其所以为国家诗人，非所语于灵界诗翁也。”大师译过哥德（Goethe）彭斯（Burns）胡易德（Howitt）陀尔哆（Toru Dutt）及拜伦、席莱等六人的诗，一共也只有二十首，而拜伦的占了一半，我们把他的译诗和原文对照一看，那“词气凑泊”，就可以相信大师自己的话：“按文切理，语无增饰；陈义悱恻，事辞相称。”是不错的了。拜伦的《哀希腊》，有马君武译过，胡适也译过，其他的诗，也有很多人译过，我记得从前的《小说月报》上，有赵景琛等译的（*To a lady*）等。大师除了译诗以外，还编了两本英文译的我国古诗集子，一本是《英汉三昧集》，一本是《文学因缘》，像李白的《春日醉起言志》、《子夜吴歌》，杜甫的《佳人行》，班固的《怨歌行》，王昌龄的《闺怨》，文天祥的《正气歌》，以及《葬花词》和《行行重行行》等都收集在里面，而这里面的诗，有的是指出了某某人译的，有的却没有指出译者的名字，不知大师无从知道译者的名字，或是出自大师自己的手？那可也无从知道了；而大师在东西洋诗坛的构通这点功绩上，是无可淹湮的了。此外，大师还译有小说《惨社会》与《娑罗海滨遁迹记》，《惨社会》是法国文豪嚣俄（Victof Hugo）的作品，柳亚子说：“译时曾经过陈独秀的润饰，故署名是苏子谷，陈由已同译，由已是独秀的别号。”杨鸿烈说：“据钱玄同先生告诉我的话，这本书是曼殊和陈独秀先生合译法文雨果的原著。”但我们终可见到那是大师的大工程，而杨鸿烈又说：“只是第二部分恐怕曼殊或是独秀先生增加改变原文的地方，一定不在少数。”这恕我不懂法文，只可让懂法文的人去对照原本知道的了，不过我们读这译文，的确也有使我们可相信杨氏的话的，至于《遁迹记》，大师自己说：“此印度人笔记，自英文重逐者，盖其人怀亡国之悲，托诸神话，所谓盗戴赤帽，怒发巨铳者，指白种人言之。”而柳亚子说：“瞿沙以印度人著书，不应反引拜伦诗句，很觉矛盾。曼殊好弄玄虚，或者此书竟是自撰，而托名重译，也未可知。”不过这虽可成为一个疑问的，但于作品本身的价值是没有关系的，所以我们姑置之不问。

六

“一日余方在斋中下笔作画，用宣愁绪。既绘怒涛激石状，复次画远海波纹，已而作一沙鸥斜身坠寒烟而没。忽微闻叩钚声，继知吾妹，推扉言曰：‘阿兄胡不出外游玩？’余即回顾，忽尔见静子作斜红绕脸之妆，携余妹之手，伫立门外，见余即鞠躬与余为礼。余遂言曰：‘请阿妹进斋中小坐，今吾画已竟，无他事也。’余言既毕，余妹强牵静子，迳至余侧。静子注观余案上之画，少选，莞尔顾余言曰：‘三郎幸恕唐突。昔董原写江南山，李唐写中州山，李思训写海外山，米元晖写南徐山，马远、夏圭写钱塘山，黄山久写海虞山，赵吴兴写雪苕山，今吾三郎得毋写厓山耶？一胡使人见则翛然如置身清古之域，此诚决心洞目之观。’言已，将画还余，余受之，言曰：‘吾画笔久废，今兴至作此，不图阿姊称誉过当，徒令人增惭惕耳。’静子复微哂言曰：‘三郎，余非作客气之言也，试思今之画者，但贵形似，取悦市侩，实则宁达画之理趣哉？昔人谓画水能终夜有声，余观三郎此画，果证得其言不谬。三郎此幅，较诸近代名手，固有瓦砾明珠之别，又岂待余之多言也。’”这是《断鸿零雁记》第十四章里的一段。曼殊大师除了诗文以外，还擅长绘事，在那段话里，可以见到他造诣的一般（斑），虽然，我是应得在这里声明的，我对于绘画是十足的门外汉，没有去批评的可能，所以这里是只能引别人的话来作旁观的介绍。过去，大师的画，有其女弟子何震为之辑集，曾有章太炎和佛来遮（Fieteher）作序，蔡守作跋，就是大师的母亲河合氏，也曾亲为之序，听说现在柳亚子要把各家所藏大师的画搜集起来制印，那末大师的画不久可供给我们普遍的欣赏了，这里再看何震的一段话：“古人谓境能役心，而不知心能造境，境由心而生，心之用无穷，则所造之境亦无极，如绘画一端，古代皆为写象为工，后世始有白描山水，以传神擅长。其所以易写象为传神者，则写象属于惟物而传神近于惟心，画而出于白描，此即境由心造之证也。吾师于惟心之旨，既窥其深，析理之余，兼精绘事，而所作之画，则大抵以心造境，于神韵为尤长，举是而推，则三界万物，均由意识构造而成：彼画中之景，特意识所构之境，见之缣素者耳。此画学与惟心论相表里者也。”

七

早岁耽经见性真，江山故宅独怆神。担经忽作图南计，白马投荒第二人。

这是当曼殊大师到印度去时刘三赠他的一首诗。

以天赋奇资的大师，能博通梵文，然而梵文典与潮音只有书名，这是多末可惜的事。

在现在，普通都知道，和尚是吃素的，不该近女色的，然而，受足三戒的大师却不厌于鸡片黄鱼，徵逐于梨园歌榭，我想，这决不能因此而谪毁大师的，而且可见大师的天真，大师抱着难言之恫，以情求道，不会假仁假义的作伪，而只如疯如狂的放肆，所谓迹秽而道絜。

佛教已流成了迷信，一般人专拜木偶，而和尚却以佛门是衣食之资，是贩卖之具，所以识者都不齿了的，而大师，他则不然，他可以说是一个佛门的革命论者，虽然他没有实际的行动，但他所表白的，简直是马丁·路德之于基督教，看他答玛德利庄湘处士书与《断鸿零雁记》第二十三章上载着同样的文字。

此无益于政教，而适为人鄙夷耳。应赴之说，古未之闻，昔白起为秦将，坑长平降卒四十万。至梁武帝时，志公智者，提斯悲惨之事，用惊独夫好杀之心，并示所以济拔之方，武帝遂集天下高僧，建水陆道场七昼夜，一时名僧，咸赴其请，应赴之法，自此始，余尝考诸内典，昔佛在世，为法施生，以法教化四生。人间天上，莫不以五时八教，次第调停而成熟之，诸弟子亦各分化十方，恢弘其道，迨佛灭后，阿难等结集三藏，流通法宝，至汉明帝时，佛法始入震旦。唐宋以后，渐人浇漓，取为衣食之资，将作贩卖之具。嗟夫，异哉！自既未度，焉能度人？譬如下井救人，二俱陷溺。且施者，与而不取之谓，今我以法与人，人以财与我，是谓贸易，云何称施？况本无法与人，徒资口给耶？纵有虔诚之功，不赎贪求之过；若复苟且将事，以希利养，是谓盗施主物，又谓之负债用。律有明文，呵责非细……志公本是菩萨化身，能以园音利物，唐持梵呗，已无补秋毫，矧在今日凡僧，更何益之有？云栖广作忏法，蔓延至今，徒误正修，以资利养，流毒沙门，其祸至烈。至于禅宗本无忏法，而今亦相率崇效，非宜深戒者乎？顾我与子，俱是正信之人，既皈依佛，但广说其四谛八正道；岂人天小果有漏之因，同日语哉！

看这话是多么透彻，现时流俗的僧侣，看了能不愧煞！

八

以天赋特厚的曼殊大师，虽然他兼长其他的艺事，但却是一个诗人，他的诗可以代表他，所以特标题为“诗僧曼殊”。

诗是以抒情为主的文学，所以情感率真的狂泛人，才能写出极品的诗歌来，而情感率真的狂泛的人，他的行为一定是放诞的，浪漫不羁的。以大家所熟知的，也就是大师所推崇的人来看，西欧的拜伦与席来，我国的李白是。那三人的浪漫，尤其太白狂放故事，为大家所了然的。而大师，他的行为正也是出乎常人意想之外的奇突；所以，人家说太白是谪仙，我敢说大师是谪神。

大师逝世还不久，他所来往的所谓“当世贤豪”大多还健在，我们看他们所记述的大师底率真放诞的故事。

> 不能作佛事，复还俗，稍与士大夫游的犹时时着沙门衣，子谷善艺事，尤工绘画，而不解人事，至不辨稻麦期候，啗饭辄四五盂，亦不知为稻也。数也贫困，从人乞贷，得银数版即治食，食已银亦尽。尝在日本，一日饭冰五六斤，比晚不能动，人以为死，视之犹有气。明日，复饮冰如故。（章太炎：《曼殊遗画弁言》）

> 性善啖，得钱即治食，钱尽则坚卧不起。尝以所镶金牙敲下，易糖食之，号曰糖僧。少时父为聘女，及壮贫甚，衣裳物色在僧俗间，聘女与绝，欲再娶，人无与者，尝入倡家哭之。美利坚有肥女，重四百斤，胫大如瓮，子谷视之，问曰：“求偶安得肥重与君等者?”女曰：“吾固欲瘦人”，子谷曰：“吾体瘦，为君偶如何?”……一日，余赴友人酒食之约，路遇子谷，余问曰：“君何往?”子谷曰：“赴友饮。”问：“何处。”曰：“不知”，问：“何人招?”亦曰：“不知。”子谷复问余：“何往?”余曰：“亦赴友饮。”子谷曰：“然则同行耳。”至即啖，亦不问主人，实则余友并未招子谷，招子谷者另有人也。（胡朴安：《曼殊文选序》）

> 君工愁善病，顾健饮啖，日食摩尔登糖三袋，谓是茶花女酷嗜之物，余尝以苧头饼三十枚饷之，一夕都尽，明日腹痛不能起。又嗜吕宋雪茄烟，偶囊中金尽，无所得资，则碎所饰义齿金质者，持以易烟。……往还书问，好以粉红笺作蝇头细楷。（柳亚子：《燕子龛遗诗序》）

> 一日从友人处得纸币十数张，与之所至，即自诣小南门购兰布袈裟，不问其价，即付以二十元，店夥将再启齿，欲告以所付者过，而曼殊已披衣出门十数武。所余之币，于途中飘落，归来问其取数十元，换得何物，则惟举旧袈裟一件，雪茄烟数包见示耳。……晨起，问其食汤包否？彼不答他去，

人不为异，而曼殊已买得一笼，食其大半，腹胀难受，则又三日不能起床矣。曼殊得钱，必邀人作青楼之游，为琼花之宴，至则对其所招之妓，瞪目凝视，曾无一言，食时，则又合十顶礼，毫不顾其座后尚有十七八妙龄女，人多为其不欢而散，越数日，复得钱，又问人以前之雏妓之名，意盖有恋恋者。人为引之其处，而曼殊仍如前此之态，终于不言而回。……每于清风明月之夜，振衣而起，匆卒间作画。既成，即揭友人之帐而授之。人则仅受之可耳；若感其盛意，见于言词，语未出口，而曼殊已将画分为两半矣。（马仲殊：《曼殊大师轶事》）

适箧中有缣素，出索大师诗，于是写此帧，未及完，已亭午进膳。大师欲得生鳆（即俗称之鲍鱼），遣下女出市，大师啖之不足，更市之再，尽三器；余大恐禁弗与。急煮咖啡，多入糖饮之，促完画幅，是夕夜分，大师急呼曰：不好，速为我秉火，腹疼不可止，欲如厕。遂挟之往，暴泄几弗及登，发笼授药，次日惫不能兴，休二日始行。（费公道：《题曼殊大师译苏格兰人疑之颖颖赤墙靡诗画幅》）

曼殊之状貌跋迹，令人叵测，辛亥夏，从南溟万里航海，访察寒琼于广州，须长盈尺，寒琼竟莫能识，及聆其声音，始知之。信宿忽又北去，浃旬在沪渎，以与马小进合影邮寄，又复一翩翩少年也。每在沪上，与名士选色征歌无虚夕。座中偶有妓道身世之苦，即就囊中所有予之，虽千金不吝，亦不计傍观疑其挥霍也。或匝月兀坐斗室，不发一言，饥则饮清水食蒸栗而已。刘申叔云：尝游西湖韬光寺，见寺后丛树错楚，数像破屋中一僧面壁趺坐，破衲尘埋，藉茅为榻，累砖代枕，若经年不出者，怪而入视，乃三日前住上海洋楼，衣服丽都，以鹅毳为枕，鹅绒作被之曼殊也。时或经年莫知其踪迹，中外朋侪，交函相讯，寻消问息，而卒不知伊在何处。（《记曼殊上人》，作者佚名）

“曼殊一生，事多类此，人谓其浪漫，实真活佛也。”我们看了上面许多轶事，并审其一切，很可以相信这几句话了。

荡兀的大师，大家知道他“苏玄瑛，字子谷，曼殊”。而他平时的署名，却有好多，特搜录之如下：

苏湜，苏文惠；博经；元；雪蝶；阿难；三郎；心印；英；行行、糖僧；

燕影；阿瑛；泪香；王昌；宋玉；孝穆；弘；燕；昙弘；昙鸾；林惠连。

九

现在的社会，可以说诈欺骗取，虚伪作假，卖空买空，污浊卑劣到极点的了。而现社会上的人，可以说有二类，一类是洞察这社会的，他们把现社会罪恶秽迹看得明明白白，非常透彻的；一类是不察这社会的，他们昏昏沉沉，以为社会就是这么样的，以为诈欺骗取是做人应有的手段，虚伪作假是人类本有的面仪，卖空买空是社会上不变的惯例，于是茫茫然的，也仅仅于诈欺骗取，虚伪作假，买空卖空，惟恐己不及人；惟恐落诸人后，醉生梦死而已。在前一类人里，也有二种不同，一种是洞察了这社会罪恶的缘故，便厌世消极，时作出尘之想，于是随遇而安，苦乐不计，与世无争，把生命听之于自然；一种是因为发觉了这社会的卑劣，便积极努力，想把这社会革进，造成人类的乐园的。

曼殊大师，可以说是洞察社会而出世的，看柳亚子的苏玄瑛传上说："会前大总统孙文，玄瑛乡人也，时方亡命嵎夷，期复清社，海内才智之士，鳞萃幅凑，人人愿从玄瑛游，自以为相见晚，玄瑛翱翔其间，若壮光之于南阳故人焉。及南游建国，诸公皆乘时得位，争欲致玄瑛，玄瑛冥鸿物外，足未尝一履其门，时论高之。"大师虽然痛恨社会之黑暗，同情被压迫者之痛苦，感时感事，热情激发，像："歌拜伦哀希腊之篇，歌已哭，哭复歌，抗音与湖水相应。"（见《潮音跋》）然而，他是只有消极。又像不上进的留学生，大多卑鄙龌龊，无益于社会，所以大师曾说："多一留学生，即多一卖国贼，女子留学，不如学髦儿戏。"然而他讽刺以外不能有所积极的建树了。

几十年来，世界革命现象的显露，尤其是十数年来的革命潮流的狂飙突进，一般人类的革命情绪在高涨。而我们中国，在列强帝国主义及国内军阀官僚的黑暗政治多层压迫之下，格外急切地需要革命；所以一般先觉者，因独见那黑暗而叹惜的，也会叹惜变成怒吼，因洞察污浊而消极的，也会消极变成积极，遏制个人主义的浪漫性，而站到纪律的为社会底斗争的前线。所以，以曼殊大师生长的年代，为了身世有难言之恫而早年出家，以及传统思想的劣根性深深地范缚，因之成了一个消极的放荡的所谓名士，不能积极的为人类社会革进的战士，虽然是可予以相当的原谅，但无庸讳言，这也就是大师的一个绝大的缺点。

生存在现实的社会里，而不能积极从事社会的事业，这是曼殊大师的遗憾；不过他以天赋独厚的颖才，而在艺术上的成就，这价值我们是可以承认而钦崇的了。

十

从上面几节文字里，我们可以得到认识诗僧曼殊大师的一个概念，我们知道了大师的天才，我们可以读他的作品去欣赏；然而，我们要明瞭，大师是处在这时代大变动的前夜的，所以我们可鉴领他艺术的美妙，但不要被他传染那消极的浪漫的思想；我们更要认识，时代到了现在，我们每个人都应该踏着历史的车轮，深入劳苦群众的阵营里，做创造新社会的勇士，从事新社会的建设，共同努力，以期人类幸福的乐园早日实现。

原载《作家》，1942 年第 2 卷第 4 期

章太炎的文章论

周振甫

清代末年，主张君主立宪的保皇党颇得一班士大夫的崇信。当时起而和保皇党作理论上的斗争，排斥康有为拥护满清皇室的歪曲理论，竭力宣传民族主义的，就是章太炎。同时，对于三百年来的汉字，能够继承它最成功的研究，把它更推进一步，对于文字音韵训诂方面的研究，有最高的成就的，就是章太炎。研究佛家慈氏世亲的著作，用佛家剖析名相的精密的论理学，来看中国从先秦到宋、明的哲学，更看清中国哲学的利病和流变的，也是章太炎。所以他自己说："秦汉以来，依违于彼是之间，局促于一曲之内，盖未尝睹是也。"（《菿汉微言》）梁任公在政论上和他是处于敌对的地位，到后来著《清代学术概论》也很推崇他，认为清代朴学得太炎做结束的人物，实在是很光荣的。太炎在中国学术史上的地位已成定论，我们不预备再说多余的话。现在且来讨论他对于文章的议论。

太炎的文章论有一个特色，就是他站在朴学家的立场上讲的。他用研究朴学的精神来看文章。不从这一个立场来看，我们也许无法了解他的议论了。正因为他是站在朴学家的立场上讲的，所以不无偏至的议论，但也有独到见解，为我人所当宝贵的。

一　论文章的含义

朴学家论学问，大部从文字训诂入手。太炎的论文章，也是这样。他站在研究文字学的立场来讨论文章的含义，说："文是错画，章是乐竟"。故说："命其形质曰文，状其华美曰彣。指其起止曰章，道其素 绚曰彰。"这是就文字学的见地，认为有形质而自成首尾的都叫文章。不必要讲求文字的结构音节情韵辞藻等等，那些是彣彰的事，不限于文章的事。（以上引文据《国故论衡·文学总略》）

可是把文章区分为文学的和非文学的，用来作选文的标准的，要推昭明太子的文选。他在序文里说明，像周孔老庄等以立意为宗的诸子不选，像仲连却秦，留侯发难等史籍的记载也不选，明明是把子史的文章认为是非文学的。另外专选文学的文章。对于这一个见解，显然和太炎的解说相冲突，所以太炎驳他道，像贾谊的《过秦论》和魏文帝的《典论》，一同列在诸子里，为什么要入选？又昭明选文的标准，是“沈思翰藻”，就是既有内容，又有文采，太炎说：“沈思孰若庄周荀卿，翰藻孰若吕氏淮南。”（同上）这两个驳论是有理由的。一是指出昭明的自相矛盾，一则显出在子史中并不是没有文学的文章。子史就其全书看，自然不是文学，但就其中一篇一节看，并不是没有文学的文章。史汉的传记文学不必说了，即诸子中的文章，也尽有富于文学性的。所以昭明的分别，实在不是最好的分法。

在晋代以后，对于文章的看法又有文笔的分别。据《文心雕龙》说，大致以有韵的为文，无韵的为笔。到了清代，阮芸台又把文章分为文和笔两类。他以为孔子解释《易经》的文言，多用对偶，是属于骈俪文，所以认为只有骈俪的文章方可称文。其余的只可称笔。这个界说更为偏狭。所以太炎驳道：即是有韵为文，无韵为笔，那么，骈文也是笔不是文了。这是自相矛盾，关于这一点，芸台也有解释，他认为有韵为文的韵，不限于韵脚的韵，兼指文字中间音节的谐和。所以并不矛盾。太炎又驳道：“文辞之用，各有体要。彖象为占繇，占繇故为韵语。文言系辞为述赞，述赞故为俪辞。序卦释卦为目录笺疏，目录笺疏故为散录。诸事待综会待条牒然后明者，虽欲为俪无由。犹耳目不可只，而胸腹不可双，各任其事。”（同上）这是从文章的体例和性质方面，判别何者可以用骈偶，何者只可用散行。同是解释《易经》的文章，因为内容的性质不同，便分出用对偶和散行的差别。所以一定要指对偶的文章为文，其余的不是文，也是讲不通的。

到了西洋的文学理论传入中国后，于是文章的分别又起，大率以启发思想为主的为学术，以动人情感为主的为文学。这一个分别和太炎的见解不合，所以太炎也加以驳斥。他说：“史志之论，记大傀异事则有感，记经典宪则无感，既不可齐一矣。持论本乎名家，辨章然否，言称其志，未足以动人。过秦之论，辞有枝叶，其感人颇深挚。然其为论一也，不得以感人者为文辞，不感者为学说。就言有韵，其不感人者亦多矣。若荀卿《成相》一篇，其足以感人安在？乃若原本山川，极命草木，或写都会城郭游射郊祀之状，若相如有《子虚》，扬雄有《甘泉》、《羽猎》、《长杨》、《河东》，左思有《三都》，郭璞木华有《江海》：奥博翔实，极赋家之能事矣，其亦动人哀乐未也？又学说者，非一往不可感人。凡感于文言者，在其得我心。是故饮食移味，居处缊愉者，闻劳人之歌，心犹怕然。大愚不灵，无所愤悱者，睹眇论则以为恒言也。身有疾痛，闻幼眇之音，则感慨随之矣。心有疑滞，睹辨析之论，则悦怿随之矣。故以文辞学说为分者，得其大，审察之则不当。”（同上）

这一段议论，我们是不能完全同意的。就史传说，的确有动人感情和不能动人感情的分别。因此有传记文学这一名称，用来称能动人感情这一部分的文章。所以在同一史传中，不妨有文学的和非文学的文章并存着。也好比诸子虽以思想为主，也不妨内中有一部分文章是有文学性的。至于议论文批评事理，目的在使人有正确的认识，不在感动。即使在一篇议论文中，有一小段有使人感动的力量，这一小段既不能从全文中分离出来，独立成一篇完整的文章，自不能和传记的可以从史书中分离出来，单独成文的相提并论。所以议论文终究不是使人感的，也不好算文学。至于汉赋，就它的源流说，是本于纵横家。纵横家用话语打动人心，使人信服，不得不故意夸大列国强弱的形势，所以游说时，往往说到国境东西南北四至的险要，甲兵士卒车马的多寡，市集田野商货物产的富庶，凡此种种，并不是要使听者有所知，目的是要把这种夸大的话来打动他，或则使他畏惧，或则使他歆动，来信从自己的话。所以目的是使人感而不是使人知的。汉赋源于纵横家的游说，它的最终鹄的也是使人感而不是使人知的。所以汉朝文士献给皇帝的赋，都说用讽谏，使人主感悟。故就它的效用说，是使人感的，也是文学。至于有许多赋，铺叙的文字用得太多，反而使人把主旨忽略了。这是汉赋的流弊，我们不能据这一点来说汉赋是不在使人感的。至于学术文章，虽足以解人疑滞，使人得到了悟后的悦乐，可是它的主旨是使人知而不是使人感的，所以是学术文而不是文学。好比《诗经》虽可以使人多识鸟兽草木之名，可是它终究是使人感而不是使人知的，所以是文学而不是学说。太炎说得对，“以文辞学说分者，得其大齐。”我们对于文学和非文学的辨别，正当重者在大齐，不当重在细节的。

其实太炎并不是不了解文学和非文学的分别，只因他站在文字学的见地上讲，便定出有形质有起讫的为文章，有辞藻有情韵的为彣彰。那末上面的辨驳，实际上不过因了名词的差别罢了。其实昭明的所谓文，阮芸台的所谓文，我们的所谓文学作品，约略相当于太炎的所谓彣彰。不过昭明和阮芸台的议论，如太炎所指出，也是不无可议的。

太炎既从文字学的见地上来解释文章，因此说：“文之代言者，必有兴会神味。文之不代言者，则不必有兴会神味。故论文学者，不得以感情为主。今分无句读文为图画表谱簿录算草四科，而有句读文则分有韵无韵。有韵文者，赋颂哀诔箴铭占繇古今体诗词曲。无韵文者，学说历史公牍典章杂文小说也。”太炎的所谓文章，其范围这样广大，这是以有形质而自成起讫为文章的定义，加以推论后所得到的结果。其实文字的意义，每每跟着时代转变，要是对于每一个名词，都这样推求它最初的本义来加以解释，那一定是扞格难通的。所以我们说，太炎的文章论不无偏至了。

二　论文章的规律

太炎把文章分为有句读文和无句读文两类。就有句读文说，他以为“一切文辞，体裁各异：以激发感情为要者，箴铭哀诔诗赋词曲杂文小说是也。以浚发思想为要者，学说是也。以确尽事状为要者，历史是也。以比类知原为要者，典章是也。以便俗致用为要者，公牍是也。以本隐之显为要者，占繇是也。”文章的体裁既有这许多分别，那末相应而起的写作规律，照理也应该各有差别。可是太炎却说：“凡有句读文，以典章为最善。”所以要把典章疏证的写作规律，用于一切无韵的文章，除了小说以外。他认为典章疏证这一类文章，“文皆质实而远浮华，辞尚直截而无蕴藉”，是最好的文章。“书志之要，必在训辞翔雅。疏证之要，必在条理分明。”用书志疏证的体例来写一切文章，则“叙事尚其直叙，不尚其比况。若云‘血流漂杵’，或云‘积干曳甲，与熊耳山齐’，其文虽工，而为缅规改错矣。凡议论者尚其明示，而不尚其代名。若云‘颜渊虽笃学，附骥尾而行益显。’或云‘足历王庭，垂饵虎口。’其文虽工，而为雕刻曼辞矣。乃若叠韵双声，连字连义。用为形容者，惟于韵文为宜。无韵之文，亦非所适。所以者何？韵文以声调节奏为本，故形容不患其多。无韵之文，便与此异。乃如举地称官，皆从时制，虽当异族秉政，而亦无可诡更，所谓‘名从主人’也。夫解文者，以典章疏证之法，施之历史公牍，复以施之杂文，此其所以安置妥帖也。不解文者，以小说之法施之杂文，复以施之历史公牍，此其所以骫骳不妥也。”（以上引文见《国故论衡·文学论略》）

太炎要用书志疏证质直而有条理的文体来写一切无韵的文章，反对比况形容，反对用表象的辞语，因为那足以破坏文章的真实性。故又说：像近世的公牍文字，“案一事也，不云‘纤悉毕呈’，而云‘水落石出’。排一难也，不云‘祸胎可绝’，而云‘釜底抽薪’。表象既多，鄙倍斯甚。夫言苛则曰：‘吹毛求疵’，喻猛则曰‘鹰击毛鸷’，迁固雅材，有其病矣。”（见《检论·订文附

录·正名杂义》）

又叙事的文章不可把猜测的话当做实事。可是做叙事文的，往往有这个弊病。像汉高祖困于平城，用陈平计，使阏氏解困。究竟用的是什么计策，后人都不知道。只有桓谭加以猜测，认为汉有美女，推说要进献单于，来离间阏氏，使她解围。这不过是猜测的话。可是等到应邵解释《汉书》，便把它当做实事了。从前唐人说庄周的学问本于田子方，这也是推测的话。到了章实斋，便说田子方是庄周师了。宋人推求子思的学术，把他上属曾参。到了阮芸台，便说子思是“师曾迪孟”了。这是把推测的话当做实事的弊病。或说，像淮南王推说禨祥，说“枕户橉而卧，鬼神履其首者，以为户牖者，风气之所从往来。而风气者，阴阳相捔者也，离者必病，故托鬼神以伸诫之也。”这也是一种推测，但太炎认为前者是史实，后者是习俗，史实不可以推测为实事，习俗的禁忌不妨用推理的方法来加以说明，两者是不同的。（见《太炎文录·征信论上》）

叙事议论的文章，又不可用一定的理论来做公式，把事实去迁就它。太炎说：“夫因果者，两端之论耳。无缘则因不能独生。因虽一，其缘众多，故有同因而异果者，有异因而同果者。愚者执其两端，忘其旁起，以断成事，因以起其类例。成事或与类例异，则颠倒而组裂之。是乃殆以终身，弊之至也。凡物不欲絓，丝絓于金柅则不解，马絓于曼荊则不驰。夫言亦有絓，絓于成型，以物曲视人事，其去经世之风亦远矣！”（《太炎文录·征信论下》）这些话，真好像在对现在的人说的。把一种理论做根据，加以公式化，无论叙事立论，都是这一套。并有故意割裂事实来迁就公式的。这是现代一部分人作文的大病，不想在数十年前，太炎早已看到了。可惜当时没有人注意他这种名贵的议论，用来当做作文的大戒，致使到了现在，还有待于发动肃正文风的运动。

又叙述史事不当著重评论。太炎说：“往者干宝始为晋纪总论，其言挥绰，而还与事态应。然大端不过数首。及孙盛袁宏习凿齿范晔之伦，吹毛求疵，事议而物辨之，固无当夫举措之异、利病之分。比若弈棋，胜负者非一区之势也。疏附牵掣于旁者，其子固多。史之所记，尽于一区，其旁子不具见。时既久远，而更欲求举措之意、利病之势，犹断棋一区以定弈法，唫口弊舌，犹将无益也。”（《太炎文录·征信论下》）

至于议论文，必当以学问为基础。太炎说：“夫持论之难，不在出入风议，臧否人群，独持理议礼为据。出入风议，臧否人群，文士所优为也。持理议礼，非擅其学莫能至。自唐以降，缀文者在彼不在此，观其流势，洋洋纚纚，即实不过数语。又其持论不本名家，外方陷敌，内则亦以自偾。宋又愈不及唐，济以哗溃。”这是说议论文一方面要有学术做根基；一方面要有论理学做工具，那末所发的议论，既不是没有根据，又不至于自相矛盾了。

照这样看，太炎的论文章，有一个特点，就是站在朴学家的立场上讲的。朴学的精神，是崇尚质实，贵重证据，要有条理，反对空论，反对夸饰。这些，都和太炎论文的主旨相合。太炎又说到文章的根本道：“文生于名，名生于形。形之所限者分，名之所稽者理。分理明察，谓之知文。小学既废，则单篇摦落，玄言曰微。故俪语华靡，不揣其本而肇其末。人自以为卿云，家相誉以潘陆，何品藻之容易乎！”（《太炎文录·与邓实书》）这更是站在小学上说的。认为有了一切事物才有名称，有了名称才有文字。要求文字恰好密合于事物，不过分，也不及，一定要专研小学。对于事物的看法，要有清楚的界限，对于名称的运用，要有缜密的考量，这些都非研究小学不可。所以太炎的文章论，用小学来建立基础，贯彻以朴学家的治学精神的。

太炎既欲用书志疏证的写作法来写一切无韵的文章，但他却又说：“一切文辞体裁各异，故其工拙亦因之而异”，岂不自相矛盾。关于这点，太炎解释道：“前者所说，以工拙言也（指体裁各异工拙不同）。今者所说，以雅俗言也（指用书志疏证体来写文章）。工拙系乎才调，雅俗存乎轨则。轨则之不知，虽有才调而无足贵。是故俗而工者，无宁雅而拙也。雅有消极积极之分。消极之雅，清而无物，欧、曾、方、姚之文是也。积极之雅，闳而能肆，扬、班、张、韩之文是也。”（见《文学论略》）讲到这里，太炎又提出了雅俗问题。

太炎又说：“徒论辞气，太上则雅，其次犹贵俗耳。俗者谓土地所生习，婚姻丧纪旧所行也，非猥鄙之谓。李斯云‘随俗雅化’，夫以俗为缦白，雅乃继起以施章采，故文质不相畔。世有辞言袭常，而不善故训，不綦文理，不致隆高者，然亦自友纪。窕儇侧媚之辞薄之，则必在绳之外矣。是能俗者也。先梁杂记则随俗而善，文尽雅。陈已稍替。及南北混合，其质大浇，故有常语尽雅，毕才技以造瑰辞，犹几不及俗者，唐世颜师古许敬宗之伦是也。致文则雅，燕闲短语，有所记述题署，且下于俗数等，近世阮元李兆洛之伦是也。”是太炎的所谓俗，就是质直的辞语，恰好能表达所要说的事物的，所谓雅，就是把这些辞语组织成有规律的文章。这是就无韵的文章说的。至于韵文，那末以俗为缦白，雅为饰以章采。所以他说公牍也有雅俗。“所谓雅者，谓其文能合格。公牍既以便俗，则上准格令，下适时语，无屈奇之称号，无表象之言词，斯为雅矣。或用军门观察守令丞倅以代本名，斯所谓屈奇之称号也。或用

‘水落石出’‘剜肉补疮’以代本义，斯所谓表象之言词也。此弊不除，此公牍所以不雅也。”（见同上）照这样说，所谓雅俗，依旧重在文章的质实条贯，依旧是站在朴学的立场上说的。这是太炎文论的特色，所以我们说他有独到的见解，就是指这方面说的。

三 论文章的流变和刚柔

关于文章的源流和变化，太炎采取希腊的文学流变说，认为先有韵文，后有笔语。再就韵文说，先有史诗，次乐诗，后舞诗。就笔语说，先有历史哲学，后演说。太炎根据这个流变说，来解释中国文学的发展。说：“南周誓诰，语多磔格。帝典荡荡，乃反易知。由彼直录其语，而此乃裁成有韵之史者也。”（《检论·订文附录·正名杂义》）把《尚书》中的尧典比附希腊的史诗，未免有些牵强。故加以补充，认为古代当先有韵文，“其体废于史官，其业存于矇瞽”，是给史官破坏了，才做成像典典那样“言多有韵，而文句参差。”但歌诗仍给矇瞽保存下来，《诗经》中的大雅小雅，就接着起来了。又说纵横家的游说变而为赋，那是本于章实斋《诗教篇》的说法。又把纵横家和名家这两派的文章，认做源于演说，比较管老孔墨等哲学著作为后起。用以符合希腊的文学流变说，总不免有些牵强的。

太炎又着眼于时世的盛衰来论文章，认为世乱则文辞盛，学说衰；世治则学说盛，文辞衰。他的理由是：“知谀辞之不令，则碑表符命不作。明直言之无忌，则变雅楚辞不兴。”（《正名杂义》）说时世兴盛，文辞衰落，其实也不尽然。一个民族正当发扬光大的时候，也许有和这个伟大时代相应的伟大作品产生。碑表符命不足以代表一代的文学，再说，时世衰落，学说跟着衰落，那也不尽然。先秦诸子就是最明显的例子。但是时代的盛衰，在文章中间可以反映出来，那是可信的。太炎曾就这方面说：

> 西京强盛，其文应之，故雄丽而刚劲。东京国力少衰，而文辞亦视昔为弱，然朴茂之气尚存，所谓壮美也。三国既分，国力乍挫，讫江左而益弱，其文安雅清妍，所谓优美也。唐世国威复振，兵力远届，其文应之。始自燕许，终有韩吕刘柳之伦，其语瑰玮，其气壮驵，则与两京相依。逮宋积弱而欧曾之文应之，其意气实与江左相似，不在文章奇偶之间也。明世外强而中干，弱不至如江左两宋，强亦不能如汉唐。七子应之，欲法秦汉而终有绝膑

之患。元清以外夷入主，兵力亦盛，而客主异势，故夏人为文犹优美而非壮美。曾国藩独异是，则以身为戎首，不藉主威，气矜之隆，其文亦壮美矣。其或文不适时，虽美而不足以成风会。陆敬舆生唐代而为优美之文。宋公序子京兄弟生宋代而为壮美之文，当时无一从其步武者，此其故不愈明乎？是故文辞刚柔，因世盛衰，虽才美之士，亡以自外。（《菿汉微言》）

四　论古今文章的利病

太炎论文章的刚柔，是就反映时代的盛衰说的。论文章的利病，是就雅俗工拙说的。他认为造辞能和所欲表达的意念相合，是能够尽俗。再加以精练，便是雅了。故雅是文章的最高境界。最坏的是所用的文辞，不能够和所欲表达的意念相合，用表象的话来代替，使意念模糊不清，这是“异俗”。再加以不调和的文饰，便成“诡雅”，所以最坏的是“诡雅异俗”。尽俗好比能够保持一种纯洁的质素，尽雅好比在纯洁的质素上加上最合适的文采。异俗好比不纯洁的质素，诡雅是加上不调和的色彩，所以更见其丑恶了。太炎用这个标准来看历代的文章，认为魏晋的文章最好。他说：

今人为俪语者，以汪容甫为善。然犹未窥晋人之美。彼其修辞安雅，则异于唐。持论精审，则异于汉。起止自在，无首尾呼应之式，则异于宋以后之制科策论。而气息调利，意度冲速，又无迫窄蹇吃之病，斯信美也。今之作者，局促若斯，曾足以仿佛耶！（《菿汉微言》）

魏晋之文，大体皆卑于汉。独持论仿佛晚周。气体虽异，要其守己有度，伐人有序，和理在中，孚尹旁达，可以为百世师矣！（《国故论衡·论式》）

从文章的修辞持论结构音节风格各方面，都推魏晋的文章为最好。太炎尝说，文章以持论议礼为最难，因为这两者是不可空说，一定要有实学的。魏晋人对于这两种文章，都做得非常好。太炎申说它的理由道：“老庄形名之学逮魏复作”，所以像“钟会、袁准、傅玄，皆有家言，时时见他书援引，视荀悦、徐幹则胜。”再就学术文说，“王弼易例，鲁胜墨序，裴頠崇有，性与天道，布在文章。贾董卑卑，于是谢不敏焉。”至于议礼文章，因为“经术已不行于王路。丧祭尚在，冠昏朝觐犹弗能替旧常，故议礼之文亦独至。”像“陈寿、

贺循、孙毓、范宣、汪蔡谟、徐野人、雷次宗者，盖二戴闻人所不能上。”(《论式》)

太炎除极推重魏晋外，还说：“晚周之论，内发膏肓，外见文彩，其语不可增损。”（《论式》）此外则对汉文即表不满。认为汉人议论像贾谊已嫌太繁。更有同辞赋合流的，愈陷于繁琐。扬子云又因缺乏名学的素养，不够精微。《盐铁论》则双方辩论的话，不能针锋相对，或甲说此，乙说彼，或牵引小事，并且不够严正，董仲舒多附会的话。王充的《论衡》又病文体散杂，不好诵读。所以不及魏晋。又论北朝和唐宋以下的文章，说：

> 北朝更丧乱久，文章衰息，浸已绌于江左。会江左文体亦变。徐陵通聘，而王褒、庾信北陷。北人承其蜚色，其质素丑，外自文以妖冶，貌益不衷。陵夷至于唐世，常文蒙杂而短书媟慢。中间亦数改化，稍稍复古以有韩、吕、刘、柳。自任虽夸，顾其意其诚薄齐梁耶！有所歆于徐庾，而深悼北人之效法者，失其轶丽，而只党莽不就报章。欲因素功以为绚乎，自知虽规陆机，摹傅亮，终已不能得其什一，故便旋以趋彼耳。北方流势本臃肿也，削而砻之，大分不出后汉，碑诔尤近。造辞审句，犹兼晋宋赋颂之流。宋世能似续者，其言稍约，亦独祁光诸子。吴蜀六士志不师古，乃自以当时决科献书之文为体，是岂可并哉！曩尝与足下言，仆重汪中，未尝薄姚鼐、张惠言。姚张所法，上不过唐宋，然视吴蜀六士为谨。并世所见，王闿运能尽雅。其次，吴汝纶以下，有桐城马其昶为能尽俗。下流所仰，乃在严复林纾之徒。复辞虽饬，气体比于制举，若将所谓曳行作姿者也。纾视复又弥下，辞无涓选，精采杂汙，而更浸润唐人小说之风。夫欲物其体势，视若蔽尘，笑若龋齿，行若曲肩，自以为妍，而只益其丑也，若然者，既不能雅，又不能俗，则复不得比于吴蜀六士矣。（《与友人论文书》）

又著校文士以论清代文章，盛推戴东原，说“勾股割圜记吐言成典，近古之所未有。”说黄元同“密栗醇厚，庶几贾孔之遗章。”只有俞荫甫“文窳滥，不称其学。”以上是就朴学家说的。就文士说，认曾涤生、张廉卿“上攀班固、韩愈之输。”姚姬传、梅伯言“规法宋人而能止节淫滥。”恽子居近于纵横，吴挚甫载其清静。最推重汪容甫、李申耆，说他们“文质相扶，辞气异于通俗。上法东汉，下亦旁皇晋宋之间，可谓彬彬者矣。”最攻击魏默深、龚定庵，说默深“持论或中时弊，而往往近于怪迂。”说定庵“文辞侧媚，佻达无骨体。”

综观太炎对于历代文章的批判，仍旧站在朴学家的立场。朴学重实证，所以轻视吴蜀六士欧阳三苏曾王的文章，因为他们不免空疏不学。朴学家立说，除了搜罗证据外，还注意综合分析的研究，这些都有赖于理论学的帮助。所以批评汉代的议论文，对于名理方面的修养还嫌不够。又因站在朴学家的立场上，故主张用书志疏证体来应用到各种文体上去。文章注重条贯，反对做作。所以对于桐城文并不反对，因为桐城文比较谨严，可以止节淫滥。最反对龚魏，反对他们的故意做作，文章不免陷于奇怪。至于说严又陵的文章，虽则谨饬，可是有八股文气息，那更是一针见血之谈。现在，我们再引《论式》中几句扼要的评论，来结束本文：

> 夫雅而不核，近于诵数，汉人之短也。廉而不节，近于殭钳，肆而不制，近于流荡，清而不根，近于草野，唐宋之过也。有其利无其病者莫若魏晋。

原载《国文月刊》1946年第49期

章太炎文学简论

任访秋

一

章炳麟（1867~1936）字枚叔，浙江余杭人。后因仰慕清初学者顾炎武的为人，改名绛，别号太炎。他所处的时代，正是中国社会逐步地由封建社会沦为半封建半殖民地社会的时代，同时也正是中国人民为推翻封建统治与帝国主义压迫，一次又一次地进行革命运动的时代。这种客观形势，深深地影响了他的思想同行动。

太炎幼年从他外祖父朱左卿读书的时候，就听到了关于明末清初的大学者王船山、顾炎武两人关于民族思想的言论，因而就种下了排满思想的根。后来他又读了《明季稗史》十七种，因而这种思想就更加蓬勃的发展起来。（《狱中答新闻报》、《民国光复》均见汤志钧《章太炎政论选集》）

1892 年从德清俞樾问学，但他并非埋头治学，倒是非常关心当时社会政治的发展情况。1895 年就开始了政治活动，戊戌前参加过康有为发起的“强学会”和梁启超举办的《时务报》编辑工作。由于梁的介绍，才知道当时革命家孙中山的为人。正由于他和康梁等人有一定的关系，所以当戊戌变法失败后，他也在被清廷拘捕之列，于是不得不逃往台湾。

太炎后来从台湾回国后，曾去看望他的老师俞樾，想不到会遭到俞的申斥，说他“背父母陵墓不孝，讼言索虏之祸，毒敷诸夏，与人书指斥乘舆不忠。不忠，不孝，非人类也，小子鸣鼓而攻之可也。”于是他写了《谢本师》，坚决同他那坚持封建主义师道的老师俞樾决裂了。

不过在戊戌变法前，他在政治主张上同康梁的改良主义还是一致的，从他 1897 年写的《变法箴言》，以及称清廷为“客帝”，都是很好的说明。至他同康梁稍有不同的，是他看到变法也不是轻而易举可以实现的，不能托之空言，必须见诸实际行动。倘若在实行中遇到阻力，必须赴汤火，冒白刃以行之。同时他也很看不惯康门弟子，把康捧得神乎其神，一到不同意他们的意见的，就痛加诋諆甚至饱以老拳。因此他抨击他们，说他们是“狂悖恣肆，造言不经。”（《致谭献书》）这就说明在当时他同康梁在思想同作风上，已有着不小的分歧。

戊戌变法的失败，特别又经过庚子事变，使他深刻地认识到清政府不过是帝国主义的奴才，如果不推翻清朝的统治，“欲士之爱国，民之敌忾，不可得也。浸微浸削，亦终于欧美之陪奈而已矣。”（《訄书》《客帝匡谬》）不久，他去日本，因得与孙中山相识。1903 年，在上海爱国学社任教，为邹容的《革命军》作序，昌言革命，并为文驳斥康有为在《与南北美诸华商书》中提倡保皇，攻击革命的谬论，发表于《苏报》（《驳康有为论革命书》）因而被捕入狱。

1906 年太炎由上海出狱后，即东渡赴日。这时他所领导的光复会，已于前一年与孙中山领导的兴中会和黄兴领导的华兴会联合，改组为同盟会，发刊《民报》。他抵日后，就担任了该报的笔政。当时在东京的中国人士，从事政治活动的特别多，但最主要的有两大派：第一，改良派，以康梁为首，创办了《新民丛报》，宣传君主立宪，后来干脆堕落为保皇党。他们的言论在当时产生了极其恶劣的反动作用。第二，革命派，主要是孙中山领导的同盟会，是与改良派针锋相对的革命组织。他们以《民报》为主要阵地，树立了鲜明的民主革命的大旗，发表了一整套民主革命的纲领，同改良派进行了一场尖锐的关于国体问题，实际也就是革命的方向与路线问题的激烈斗争。而太炎实是当时斗争中冲锋陷阵的猛将。这一斗争，前后持续了长达数年之久，最后革命派终于取得了伟大的胜利，粉碎了立宪派改良主义的幻想，给辛亥革命的胜利，打下了思想理论的基础。

1912 年清王朝垮台，民国建立。不久大军阀大官僚袁世凯篡夺了革命胜利的果实，盗窃了国柄。太炎最初曾被任为东三省筹边使，但他很快地就看穿了袁世凯的帝制阴谋，毫不畏惧地对他进行揭发，大骂他为“包藏祸心”，于是遂被幽禁。在这个期间，他对袁抱着坚持斗争到底的必死决心，1914 年他曾给他的女婿龚未生书，嘱以身后之事。1915 年又撰《终制》一文，以为旦暮绝气，欲依刘基墓旁片地以葬。不久，袁氏垮台，他才恢复自由。

由于中国革命不断发展，太炎则停留在旧民主主义思想基础上，未能随时代而前进，所以在中国共产党领导的新民主主义革命蓬勃发展的时期，他就成了逆历史潮流而动的人物。他不仅反对白话文，而且对中国共产党领导的人民革命事业，也进行过盲目的诽谤。这都说明他的思想的停滞和阶级局限性。晚年定居苏州，创立“章氏国学讲习所”，成为一个闭门讲学的国学大师。正如鲁迅所说的，“先生遂身衣学术的华衮，粹然成为儒家。”（《关于太炎先生二三事》）1936年6月，卒于苏州，著有《章氏丛书》及《续编》等。

二

章太炎在晚清是一位学者而兼革命家，不是单纯从事文学创作的。但他对文学有他独到的看法，并且他的看法在当时还具有相当的影响。他的论文作品最早有《文学论略》，后来在《国故论衡》卷中里有七篇（里边的《文学总略》系《文学略论》的修改本），此外还有与人论文的书信等。

他给文学下的定义，是从文字学以及中国文体演变的角度出发的，因此，他既不同意韩柳以来古文家竞为散体，美其名曰“古文辞”，因而排斥骈俪诸家，不欲登之文苑。同时更驳斥选派文人如阮元辈，强调“文笔”之分，认为文必须以骈俪为主的荒谬说法。所以他提出研究文学当以文字为主，不当以彣彰为主。他的定义是“以有文字著于竹帛，故称之文。论其法式，谓之文学。”（《文学略论》）意思是凡有文字著于竹帛的，都叫做文。研究讨论它的法则和样式的，叫做文学。在这样的理解下，他把文学分为有句读文与无句读文两大类，又可分为有韵文与无韵文两大类。有韵文中又分赋颂、哀诔、箴铭、占繇、古今体诗、词曲六类。就他的论点来看似乎是也能持之有故，言之成理。但他不晓得学术是发展的，随着社会的发展，各种学科都越分越细。按他的见解，文学同文献几乎毫无分别了，更不必说它与历史哲学以及科学之间的区别了。很显然，他这种论点是不能成立的。因而后来同意他的人很少。就在当时，他的学生鲁迅就曾批评过这种看法。鲁迅曾对许寿棠讲：“先生诠释文学范围过于宽泛，把有句读的和无句读的悉数归入文学，其实文字和文学固当有分别的。《江赋》、《海赋》之类，辞虽奥博，而其文学价值就很难说。”（许寿裳《亡友鲁迅印象记》七）

至于他对诗文的见解，大体根据各种文体的特点，而指出在写作时应注意的地方。即如他认为一般的叙事、议论一类文章，在表现方法与词汇运用上，不应当同于小说同诗歌。他说：“除小说外，凡叙事者尚其直叙，不尚其比况。若云‘血流漂杵’或云‘积戈甲与熊耳山齐’，其文虽工，而为偭规改错矣。凡议论者，尚其明示，而不尚其代名。若云‘颜渊，虽笃学，附骥尾而行益显。’或云：‘足历王庭，垂饵虎口’。其文虽工，而为雕刻曼辞矣。乃若叠韵双声，连字连义，用为形容者，惟于韵文为宜。无韵之文，亦非所适。所以为何。韵文以声调节奏为本，故形容不患其多。……无韵之文，便与此异。前世作者用之符命，是为合格。其他诸篇，傥见则可，过多则不适矣。……夫解文者以典章学说之法，施之历史公牍，复以施之杂文，此所以安置妥贴也。不解文者，以小说之法施之杂文，复以施之历史公牍，此所以骫骳不安也。”(同上)

由此可见，太炎是主张用平实的叙事说理的方法，来写历史公牍同杂文一类的文章，而反对用小说那种铺张扬厉言过其实的修辞方法，来写杂文以及历史和公牍。因此，他对《尚书》中的《武成》，同《史记》中的《伯夷列传》中某些辞句，也加以诋訾。

其次，太炎论文还提出了“雅俗”的标准。他说：“或曰：子前言一切文辞，体裁各异，其工拙亦因之而异。今乃欲以书志疏证之法施之于一切文辞，不自相刺谬耶？答曰：前者所说，以工言长也。今者所说，以雅俗言也。工拙者，系乎才调。雅俗者，存乎轨则。轨则之不知，虽有才调，而无足贵。是故俗而工者，无宁雅而拙也。雅有消极积极之分，消极之雅，清而无物，欧曾方姚之文是也。积极之雅，闳而能肆，杨班张韩之文是也。虽然俗而工者，无宁雅而拙。故方姚之才虽驽，犹足以傲今人也。”（同上）从这一段话中，可知太炎所谓“雅俗”的区别，在于文章是否合乎他所说的“轨则”，合的为“雅”，否则为“俗”。

至于他所提出的“雅”有两个标准：一是“轨则”。他说：“先求训诂，句分字析，而后敢造词也。先辨体裁，引绳切墨而后敢放言也。”这是从文字的训诂入手，然后遣词造句。从辨别体裁入手，然后再进行发挥。这是合乎“轨则”的基本之点。

二是便俗致用。他说：“或曰：‘子谓不辨雅俗，则工拙可以不论，前者已云便俗致用为要者，公牍是也。彼公牍者，复何雅之足言乎？’答曰：‘所谓雅者，谓其文能合格。公牍既以便俗，则上准格令，下适时语，无屈奇之称号，无表象之言辞，斯为雅矣。《汉书·艺文志》曰：‘书者古之号令，号令于众，其言不立具，则听受施行者弗晓。古文读应尔雅，故解古今语而可知也。是则古之公牍以用古语为雅，今之公牍以用今语为雅。或用军门、观察、守令、丞倅，以代本名，斯所谓屈奇之称号也。或言‘水落石出’，‘剜肉补疮’以代本义，斯所谓表象之言词也。其余批判之文，多用四六，昔在宋世，已有《龙筋凤髓》之书，近世宰官，相率崇效，以文掩事，猥渎万端，此弊不除，此公牍所以不雅也。公牍之文，与所谓高文典册者，其积极之雅不同，其

消极之雅则一，要在质直而矣。”（同上）

从这一段里，可以看出“便俗致用”之要，在老老实实地叙事说理，让看的人容易理解，这就是“雅”。至于那些引用古时官名以代时制，用一些陈词滥调与浮夸的语句来表现事理，既不切合实际，反令读者莫名其妙，这就是不雅，也就是庸俗。

此外他还用这样的标准，来衡量小说。他认为小说亦有雅俗之别，如《史记》之《滑稽传》，《汉书》之《东方朔传》，邯郸淳之《笑林》，刘义庆之《世说》，以及《搜神记》、《幽明录》之类，无淫污流漫之文，是在小说犹不失为雅。相反的，那些“惟怀婚姻，自诩风流”廉耻道丧，以及那些以古艳相矜，以明媚自喜，则无不沦入恶道。最后他说：“故知小说自有雅俗，非有俗无雅也。”（同上）

以上这些看法，基本上是正确的。即如他提出质直的标准，主张叙事说理要老老实实，不炫奇，不浮夸，以及命笔之前先辨体裁，引绳切墨，然后再放言遣词，这在今天还是值得我们借鉴的。但是也有值得商榷的，即如他提出先求训诂，句分字析，而后敢遣词，这个要求就有点太高。倘若不是从事文字学研究的，怕很难作到这个地步。那么按照这个要求，写作者只有搁笔了。太炎因为是小学家，所以常常用这个标准来衡量别人的文章，因之能被他看上眼的作家和作品，是屈指可数的。另外他还抨击小说中写男女爱情的作品，说是“惟怀婚姻，自诩风流”，“流入恶道”等，这种观点还是由于他受正统的儒家思想影响的结果。

至于太炎所提出的雅的标准，从理论上似乎还能自圆其说，但在实践上，根据他的要求，其结果往往形成艰深古奥的文风，令人读不断，看不懂。这同他所提的“雅”的另一标准，所谓“便俗致用”产生了明显的矛盾。不过这种矛盾，太炎自己也并非没有感觉到。他在给邹容写的《革命军序》中，讲到当时宣传革命的文章时，说邹容写成了《革命军》后，给他看，说；“欲以立懦夫，定民志，故辞多恣肆，无所回避，然得无恶其不文耶?”这里说明邹容认为自己的文章，笔锋尖刻露骨，毫无顾忌，因而深怕太炎嫌自己的文章不够文雅。可是太炎根据洪杨失败的历史教训，深深感到为了革命的胜利，对理论的宣传，是非常重要的。而宣传革命理论，就不应该用那种温文尔雅的文章。他谈到他们所处的时代，同洪杨那个时候已有所不同。但真正决心从事革命的，为数还不多。但就这些人所发表的“文墨议论”来看，大抵“务为蕴藉，不欲以跳踉搏跃言之。”意思是他们的文章总是偏重于含蓄，不想搞所谓奔走呼号，大喊大叫。接着又说：“虽余亦不免是也。”显然他认为蕴藉尔雅的文章，是不能适应客观的战斗要求的，因而对自己所写的这方面的文章，也作了自我批评。

下边他对邹容的文章，从宣传革命的角度上作了肯定，认为对于甘心为敌人效命的汉民族士大夫，让他们读后，会惭愧觉悟。对于文化水平不高的屠沽负贩之徒，由于它的径直易知，也能受到教育。最后归结到，要不是不文，怎能会收到这样的效果。这段话很可以作为他对文章要能作到“便俗致用”的主张，在道理上最好的阐发。

太炎的见解后来又有进一步地发展，他在《与人论文书》（《章氏丛书·文录二》）中，除“雅”以外，又提出“俗”的标准。他说：“徒论辞气，大上则雅，其次犹贵俗耳。俗者，谓土地所生习，婚姻丧祭旧所行也，非猥鄙之谓。孙卿云：‘有雅儒者，有俗儒者。’李斯云：‘随俗雅化。’夫以俗为缦白，雅乃继起以施章采，故文质不相畔。世有辞言袭常，而不善故训，不綦文理，不致隆高者，然亦自有友纪，窕僈侧媚之辞。薄之，则必在绳墨之外矣，是能俗者也。”这里所说的“俗”不是“庸俗”的“俗”，乃是指的适于日常生活中需要的文章，不过是极其朴质，没有作进一步的加工。在这样文章的素质上，作进一步的艺术加工，就成功为“雅”的文章了。

他以这为标准，来评论古代作者，他推许魏晋名理之文，认为“其守己有度，伐人有序，和理在中，孚尹旁达，可以为百世师矣。”（《国故论衡》、《论式》）他肯定唐代的韩、吕、刘、柳，而薄宋代的欧、曾、王、苏等。前者他认为“纵材薄不能攀姬汉，其愈隋唐末流猥文固远”。而后者则“志不师古，乃自以当时决科献书之文为体。”（《文录》、《与人论文书》）对清代文人，重汪中，不薄姚鼐张惠言。由于“姚张所法，上不过唐宋，然视吴蜀六士为谨。……要之文能循俗，后生以是为法，犹有坛宇，不下堕于猥言醜辞，兹所以无废也。”（同上）至于并世作者，他认为“王闿运能尽雅，其次吴汝纶以下桐城马其昶为能尽俗。”他所鄙薄的，乃是严复同林纾。严的文章有故意做作的倾向，他比之为“曳行所姿”，至于林纾，他说他“辞无涓选，精采杂污，而更浸润唐人小说之风，自以为妍，而只益其丑。”（同上）

在诗赋方面，他的见解有以下几点值得注意。

一、诗赋的作用。他说：“盖诗赋者所以颂善丑之德，泄哀乐之情。故温雅以广文，兴谕以尽意。”（《辨诗》）从前者来说，是要歌颂美的，暴露丑的。从后者来说，是发抒作者哀乐的感情。因之在写作上要用比兴和讽谕的方法，这是上承汉儒的见解，而加以综合。

二、诗体代变。他说："语曰：'在心为志，发言为诗，此则吟咏性情，古今所同，而声律调度异焉。魏文侯听今乐则不知倦，古乐则卧。故知数极而迁，虽才士弗能以为美。"所谓"数极而迁"，就是指四言之变为五言，又变为七言，再变而为长短句来说的。下边他就谈到"四言之势尽矣"，"至是时五言之势又尽"等。这个论点，也是本于顾宁人同焦理堂之说，不过又从作品上给以证明与阐发。

三、诗歌创作本乎性情，不关学问。他说："古者学诗，有大司乐瞽宗之化。在汉，则主情性。往者《大风》之歌，《拔山》之曲，高祖项王非常习艺文也，其言为文，儒者所不能举。苏李之徒，结发为诸吏骑士，未更讽诵，诗亦为天下宗。及陆机、鲍照、江淹之伦拟以为式，终能莫至。由是言之，性情之用长，而问学之助薄也。"（《同上》）这种见解与宋人严羽《沧浪诗话》中说的"诗有别材，非关书也。诗有别趣，非关理也"的论点也有近似之处。

四、反对创作用典故。他说："诗又与议奏异状，无取数典。钟嵘所以起例，虽杜甫愧之矣。"在这样认识上，他抨击宋诗，他说："讫于宋世，小说杂传禅家方技之言，莫不征引。夫以孙许高言庄氏，杂以三世之辞，犹云：'风骚体尽'，况乎辞无友纪，弥以加厉者哉。宋时诗势已尽，故其吟咏情性，多在燕乐。"

在抨击宋诗之余，接着对晚清宗法江西诗派的作者，又大加诋訾。他说："及曾国藩自以为功，诵法江西诸家，矜其奇诡，天下骛逐，古诗多诘诎不可诵，近体乃与杯珓谶辞相等。江湖之士艳而称之，以为至美。盖自商颂以来，歌诗失纪，未有如今日者也。"

太炎根据他这种文体代变的观点，对于诗歌总认为后人不及前人。他说："物极则变，今宜取近体一切断之。古诗断自简文以上。唐有陈、张、李、杜之徒，稍稍取其要足以继风雅，尽正变。观王粲之《从军》，而后知杜甫卑茶也；观潘岳之《悼亡》，而后知元稹凡俗也。观郭璞之《游仙》，而后知李贺诡诞也。观《庐江府吏》、《雁门太守》叙事诸篇，而后知白居易鄙倍也。淡而不厌者陶潜，则王维可废也。矜而不崽者谢灵运，则韩愈可绝也。要之本情性，限辞语，则诗盛。远情性，憙杂书，则诗衰。"从艺术的标准来看，这个看法自然是正确的。但要从反映生活来看，这种观点就未免有点太狭隘了。

太炎的文学观，总的说来，主张把作品内容放在第一位，对散文主张"必先预之以学"，对诗歌主张"颂善丑之德，泄哀乐之情"，这都是无可非议的。

在形式上，他提出“雅”与“俗”的标准，提出文章要遵循一定的规矩，因而对那些敢于打破旧的格套的作家是痛诋的，对那些通俗的作品，是鄙视的。即如他由于痛恶维新派，特别是梁启超，因而对维新派受影响较深的龚自珍也加以攻击。他论及龚氏时说：“若其文辞侧媚，自以取法晚周诸子，然佻达无骨体，视晚唐皮陆且弗逮，以校近世犹不如唐甄《潜书》近实。后生信其诳燿，以为巨子，诚以舒纵易效，又多淫丽之词，中其所嗜，故少年靡然乡风。自自珍之文贵，则文学涂地垂尽，将汉种灭亡之妖邪！孔子云：‘觚不觚，觚哉！觚哉！”（《文录》卷一《说林下》）至对白居易诗的批评已见前引。像这样见解，不能不说是由于正统的文学观对他的局限。

正由于他这种狭隘的正统文学观，所以他早年有不少宣传革命的文章，由于古雅，许多人读不断，读不懂，因而大大削弱了它的战斗效果，他的诗歌也同样是如此。

三

章太炎在晚清，正如鲁迅所说：“是有学问的革命家。”他在学术上，虽然继承了乾嘉以来所谓戴、段、二王皖派的正统，但他从早年到中年，誓志革命，1902 年后，特别在他主持《民报》笔政的时候，发表了许多具有强烈战斗性的文章。就是他早年出版的学术论著《訄书》，也决非一般为学术而学术的著述，而是富有极其深刻的政治性与革命性的战斗作品。鲁迅在太炎逝世后纪念他的文章中，追忆他在日本留学时期对太炎文章的热爱道：“1906 年出狱，到了东京，不久就主持《民报》。我爱看这《民报》，但并非为了先生的文笔古奥，索解为难，或说佛法，谈‘俱分进化’，是为了他和主张保皇的梁启超斗争，和‘XX’的XXX斗争，和‘以《红楼梦》为成佛之要道的’XXX斗争，真是所向披靡，令人神往。”（《关于太炎先生二三事》）

太炎的文章有他独特的风格，在晚清的散文方面，的确是独树一帜的。下面拟把他的文章分为杂文与述学文两类来探讨一下。

太炎在《文学略论》（见《国粹学报》第九、十、十一期）中，把一般散文均称为“杂文”，里边包括符命、论说、对策、杂记、述序、书札等六类。太炎杂文在当时影响最大的，即论说文，也就是属于政治斗争的作品。另外，还有比较短篇的属于书序一类的。现在可以举出《驳康有为论革命书》和《张苍水集序》略加评述。

驳斥康有为的文章，在当时来说乃是革命路线与改良路线第一次的尖锐斗争。戊戌变法失败后，康梁逃往日本。康因受载湉知遇，并且期望他有朝一日能够复辟，自己仍将被重用，所以就力倡立宪保皇之说，来与当时已经蓬勃高涨的革命思潮相对抗。1903年，康有为曾发表《与南北美洲诸华商书》，长达万余言，内容不外①说明满汉民族同出一本，不应存民族界限。②满清政府建立后，政治措施比明代开明。③载湉是一位贤明的皇帝，一定可以实行立宪。④革命不但要流血，而且容易召致瓜分。⑤中国民智未开，即令革命，决不能建立共和政体，只能令中国社会越发糟下去，等等。

太炎当时就针对他这种荒谬反动的论点，一一加以驳斥，并且指出康氏所以如此歌颂清室，卫护清室，原因不外是为他个人将来的功名利禄打算的卑鄙意图。这篇文章虽是驳斥康的改良主义路线的，但却揭露并抨击了清王朝政治的腐败与对汉族残酷的压迫，并大力宣传了革命胜利的可能，鼓舞了革命者的斗志，因而为清廷所深恶痛绝，必欲置之死地而为快。

这篇文章最精采的是对清廷残酷统治汉人的揭露。在赋税上，实行一条鞭法后，名为永不加赋，而耗羡平余，犹在正供之外。至于玄烨弘历数次南巡，强勒报效，数若恒沙，已居尧舜之美名，而使佞幸小人间接以行其聚敛，其酷有甚于加税开矿者。至于对待汉族，廷杖虽除，诗案史祸，较着廷杖毒螯百倍。接着用康氏的话来反击康氏道："至于近世戊戌之变，长素所身受，而犹谓满洲政治为大地万国所未有。呜呼！此诚大地万国所未有矣！"

其次，是对载湉自私无能的揭露。文中说："载湉小丑，未辨菽麦。戊戌百日之政，其迹则公，其心只为保其权位"。接着分析他当时的处境，以及清廷顽固势力的强大，结论是："彼其为私则不欲变法矣，彼其为公，则不能变法矣。"说明康氏仍把立宪变法寄托在载湉的身上，纯粹是梦想，是绝对不可能实现的。

继此之后，文中着重论立宪与革命二者的难易问题。他认为革命犹易，立宪尤难。二者比较起来，则无宁取其稍难而差易者。至于下边驳斥康氏的"人心公理未明不能革命"的论点，更其精辟。文中说："人心之智慧，自竞争而后发生。今日之民智，不必待它事以开之，而但恃革命以开之。且勿举华拿二圣，而举明末之李自成。李自成者，迫于饥寒，揭竿而起，固无革命观念，尚非今日广西会党之侪也。然自声势稍增，而革命之念起。革命之念起，而剿兵救民，赈饥济困之事兴。岂李自成生而有是志哉，竞争既久，知此事之不可已也。虽然，在李自成之世，则赈饥济困为不可已。在今之世，则合众共和为不可已。是故以赈饥济困结人心者，事成之后，或为枭雄。以合众共和结人心者，事成之后，必为民主。民主之兴，实由时事迫之，而亦由竞争以生此智慧者也。征之今日义和团初起时，惟言‘扶清灭洋’，而景廷宾之师，则知‘扫清灭洋’矣。今日广西会党，则知不必开衅于西人，而先以扑灭满洲，剿除官吏为能事矣。唐才常初起时，深信英人，密约漏情，乃卒为其所卖。今日广西会党，则知己为主体，而西人为客体矣。人心进化，孟晋不已，以名号言，以方略言，经一竞争，必有胜于前者。今之广西会党，其成败虽不可知，要之继此而起者，必视广西会党为尤胜，可预言也。然则公理之未明，即以革命明之。旧俗之俱在，即以革命去之。革命非天雄大黄之猛剂，而实补泻兼备之良药矣。”

前边太炎认为革命比立宪较易，同时又说明就是真正的立宪，也不是不流血可以达到的。这就充分说明了反动阶级，是决不会退出历史舞台的，必须用革命的手段，来摧垮它才行。至于革命本身，就是团结群众，提高群众觉悟的唯一有效手段。太炎这一段话，一方面说明革命者必须通过革命斗争的实践，才能得出经验教训。总结过去的经验教训，就会一步步的提高。这个看法，是完全正确的。正由于太炎在当时就立场说，是人民的立场，革命的立场。就观点说，是进化论的观点，唯物论的观点。就整个政治倾向说，是民族主义，民主主义的。他所代表的是新生事物的力量，他的方向是符合历史发展规律的，所以，他的话辞严义正，能完全立于不败之地。

正由于太炎当时是站在真理的一边，正义的一边，因而对康有为的谬论，能驳斥得体无完肤。他在文中善于以康氏之矛，来攻康氏之盾，使对方无辞以对。即如康氏为了反对革命，因而牵强附会，泯灭汉满界限。这时太炎就康氏所谓“三世”之说，来驳康氏道：“今满洲者其为归化汉人乎？其为陵制汉人乎？……若言同种，则非使满人为汉种，乃适使汉人为满种也。长素固言大同公理，非今日即可全行。然则今日固为民族主义之时代，而可溷淆满汉以同薰莸于一器哉。时方‘据乱’，而言‘大同’，何自悖其‘三世’之说也！”像这样以康氏的理论，来反驳康氏主张的地方，文中不一而足。

这篇文章因理论明确，文笔犀利，所以具有极大的战斗作用。后来有人曾把它与邹容的《革命军》合刊称为《章邹合刻》，清王朝之立志追捕太炎，必欲得而甘心，并不是没有原因的。

太炎另外还有不少富于激情，而又具有强烈战斗性的杂文，当时感动了不少青年读者，对革命起了巨大的鼓舞作用与推动作用。如《中华亡国二百四十二年纪念会书》、《张苍水集后序》、《南疆逸史序》、《国粹学报祝词》、《〈民报〉纪念会祝词》等。即如《张苍水集后序》，前边叙述这部集子的发现与整理的经过，接着论述张苍水率师抗拒清兵的情况，结尾抒发了个人对这位先烈的景仰与追怀，并表示了自己同清王朝势不两立的决心。的确是能激励人心的。即如末段，“乃夫提师数千，出入江海，一呼南畿，数郡皆蒲伏至。江淮鲁卫诸豪，悉诣军门受约束。群虏詟栗丧气而不敢动。若公者，非独超跃史何诸将相，虽宋之文李犹愧之矣。余生后于公二百四十岁，公所挞伐者益衰，然戎夏之辨，九世之仇，爱类之念，犹湮郁于中国。雅人有言，‘我不见兮言从之迈’，欲自杀以从古人也。余不得遭公为执牧圉，犹得是编丛杂书数札，庶几明所向往。有读公书而犹忍与彼虏终古者，非人也！”据许寿裳讲：“青年时代的鲁迅，就是爱读这篇文章的，可知他当时影响之大”。（《亡友鲁迅印象记》）

下边，我们谈一下太炎的述学文章。这方面的代表作是《訄书》（后来经过修改易名《检论》）同《国故论衡》等。前者共分九卷，由六十四篇短文集起来的。后者分三卷，包括二十七篇论文。从这两部书中，首先可以看出太炎学术的博大精深。不论是中国历代盛衰兴亡的原因，学术思想的演变，典章制度的因革，都能观其会通，就个人所处的时代，与个人的观点，而提出意见，因而有着极其精辟的论断，而达到“学以致用”，以及“古为今用”的目的。尽管有不少观点，从今天看来是有问题的，是有其阶级的时代的局限的，但在当时来说，是产生了巨大的积极影响的。其次在小学上，更有其卓越的创见，使中国文字学在前人基础上有着更进一步的提高。现仅就《检论》中的《案唐》同《清儒》二文，来看太炎述学文的特点。

《案唐》是一篇论唐代学风的文章。文中首先对唐代用科目来代替前代门阀世胄的制度，作了肯定。认为这样，出身低微的人只要有才能的，都会有施展的机会。但接着指出唐代的学风，一般习于夸肆，而忘礼让。从言论上看，好像很了不起，就是汉代的贾晁也不在话下，可是试一考察他们的操行，就连楼护陈遵都赶不上。追溯这种风气的作俑者，乃是源于王勃。他假造了一些史事，来抬高他先人王通的声价，借以抬高自己的地位。流风所被，后来文士韩、吕、柳、刘、李翱、皇甫湜之流，都受到他的影响。像韩愈，远远比不上杨雄，然竟大言不惭的以孟轲荀卿自比。从他的品质看来，是色厉内荏，内冒没而外言仁义，这完全是受到王勃《中说》的影响。

其次，王勃虚构史事，增其先德。而韩愈等公然受金誉墓，这又是受王勃的影响。此外太炎把唐代比于魏晋江左，认为就像七国与十二诸侯。从风俗人才上和学术思想上作了对比，而驳斥了宋人王应麟的“《世说》清浮，《中说》闳实，天下治乱系之”的看法，为皮相之见。

综观全文，对唐代学风，有评论，有阐述，有考证，最后证实了自己的新看法，纠正了前人的谬论。从文章结构上看，开始的“尽唐一代学士，皆王勃之化也”这句话为全文的主题。下边先就制行上论述王勃，接着提出了“浮泽盛故虑宪衰，矜夸行故廉让废，其败俗与科目相依而加劲轶焉。终唐之士，如韩愈、吕温、柳宗元、刘禹锡、李翱、皇甫湜之伦，皆勃之徒也，其辞章觭耦不与焉”的论断。

再后边，又从文章作风上提出“公取宠赂，盛为碑铭，穷极虚誉，以诬来史，此又勃之化也。”这都在证明他开始所提出的论点。结尾又论述从文章上看，韩柳古文与王勃的骈俪似乎是不同的，但是从其精神实质上看，实际也还是一致的。也都说明了太炎述学文章结构是严谨的，而逻辑性也是很强的。

其次是《清儒》。太炎是继承清代皖派学术的一位朴学大师，同时又深受浙东学派的影响，另外同常州公羊学派立于对立的地位，进行斗争的主将。所以他对清代学术源流，以及各派的得失，都有着极明晰与透辟的见解。从全文来看，它具有以下几个特点。

（1）条理明晰。文中首先论述了清代学术产生的时代背景及其原因，其次论述清初几位朴学的开山大师；接着又论述吴、皖、浙东、桐城、常州今文，以及清末的汉宋调和派。最后评述朴学在整理经学上的总成绩。

（2）高度概括。对有清一代二百多年的学术发展，仅仅用四千多字，作了全面的论述，而且说明其源流特点，并评论其得失，没有高度的概括能力，是决作不到的。

（3）文字的简练，论断的准确。即如论朴学产生的原因，仅仅用极短的几句话作了说明，即“清室理学之言竭而无余华，多忌，故歌诗文史楛，愚民，故经世先王之志衰、家有智慧，大凑于说经，亦以纾死。”每句话都包含着极其丰富的内容。像这样的简练，真达到了惊人的程度。又如他比较吴皖两派在学风上的不同，也只用了几句话，“凡戴学数家，分析条理，皆参密严瑮，上溯古义，而断以已之律令，与苏州诸学殊矣。”这又是多么简要准确。至于清儒与汉儒在学风上的同异，讲的又极概括，他说：“大氐清世经儒，自今文而外，大体与汉儒绝异。不以经术明治乱，故短于风议。不以阴阳断人事，故长于求是。短长虽异，要之皆微其通雅。”

(4) 具有一定的战斗性。太炎写《訄书》的时候，正当他开始进行排满运动的时候，所以虽是述学的文章，但篇篇都渗透着他的民族思想与民主思想。即如《清儒》中，论朴学产生的原因，从“多忌”“愚民”以及“纾死”等句中，就深刻地揭露了清廷对汉族知识分子的残酷压迫。《案唐》产生时间较晚，这时他正与保皇派进行斗争。篇末有一段话，即“当清之世，学苦其质不苦的文矣。末流矫以驰说，操行至汙，乃更以后圣涣号，此复返循王勃《中说》之涂。故仲长子曰：‘变而不如前，易而多所败者，亦不可不复也。复又弥戾，以王礼导奸人。”，这就针对以康有为为头子的保皇派的作风，认为是复返王勃《中说》之涂，而给以抨击。所以太炎的述学文并非客观主义的，而是有其立场、观点，具有一定的战斗意义的作品。

太炎散文，已如上述。至于诗歌，在诗论方面已见前论。创作方面，篇数虽然有限，但却有自己的独特风格，与并世作者显然有所不同。先就内容来看，由于他是一个革命家，所以他的篇篇诗作都反映了现实的阶级斗争。他对诗的作用曾提出“颂善丑之德，泄哀乐之情。”后来在《韵文集自序》中谈到他创作的动机与目的道：“余生残清之季，逃窜东隅，躬执大象，幸而有功，余烈未殄，复遭姗议，险阻艰难，备尝之矣。既壹郁无与语，时假声均以寄悲愤。躬自移录，不敢比于古人。采之夜诵，抑可以见世盛衰。”这就说明他的作品，不仅是他个人思想感情的发抒，而且也是当时的时代记录。

太炎早年，因反对清廷被捕入狱后，写的《狱中赠邹容》、《狱中闻沈禹希见杀》等篇，像前一首的“临命须掺手，乾坤只两头。”后一首中的“中阴当待我，南北几新坟。”既表现了革命者不怕杀头的英雄气概，同时也揭露了清廷镇压革命者的暴行。而这些诗对当时读者曾发生过深刻的影响，广泛地播下了革命的火种。

“颂善丑之德”方面，在为赞扬孙中山而写的《〈孙逸仙〉题辞》中，一面把孙比作农民起义的领袖刘邦，来推翻索虏的残酷统治，另方面又把他看作继郑成功、洪秀全之后的汉民族中抗清革命的群众领袖。

又如《魏武帝颂》。太炎在辛亥革命后为什么忽然想起来歌颂曹操呢？原因由于当时在窃国大盗袁世凯篡夺了人民革命果实之后，一时颇有一些人把他比作曹操，这当然有点比拟不伦。太炎为了纠正这种错误看法，即既不了解曹操，同时也不认识袁世凯。篇中赞美了曹操在军事政治上建树的丰功伟绩，以及在生活作风上的廉洁耿介。这种对曹操的正面歌颂，恰恰是从反面对袁的丑行，进行了对比，而加以讥讽。特别在篇末点出了主题，即“夫唯其锋之锐，故不狐媚以弭戎警。其气之刚，故不宠赂以要大政。桓文以一匡纪功，尧舜以耿介称圣，苟拟人之失伦，胡厚颜而无赪”。指出这种不伦不类的比拟，那么当之者难道就厚颜无耻到一点也不觉得脸红吗！

在揭露批评方面，如《梁园客》之于梁鼎芬，《咏南海康氏》之于康有为，都是辛辣的讽刺之笔，画出了看风转舵的老官僚和誓死保皇的立宪派人物的可耻嘴脸。

《艾如张》写出了在张之洞那里遭到打击的惨痛教训，深悔这次江汉之行是错误的，从而看到改良政治的无望和反动势力的嚣张，从而产生了进一步从事革命的思想。太炎的政治理想，正是从现实中屡屡遭逢挫折，而逐步向前发展的。他没有因碰壁而灰心丧气，恰恰相反，越受挫折，越使他对前进的道路认识越清，而革命的意志更加坚决。

综观太炎诗的内容，主要有这几方面：①反映他在早年由于关心国家民族的命运，与人民的疾苦等问题，而寻找救国救民的道路。由最初的参加维新变法运动，最后坚决走向革命的历程。②他从国家民族的利益，同革命的前途出发，对他所接触的人物，有的给以赞颂，有的给以暴露，表现出自己强烈的爱憎。③在革命的道路上遭到敌人的逮捕，在死亡的边缘上，表现出革命者视死如归，坚贞不屈的英雄气概。所以他的诗篇正如他自己所说的一则是寄托个人悲愤的产物，再则可以通过这些作品，看出这个时期历史发展的进程。

太炎诗在形式上绝大部分是五言，原因是他非常称道建安、正始、太康、直到永嘉这几个时期的著名作者。他说：“独风有异，愤懑而不得舒，其辞从之，无取一通之书，数言之训。及其流风所扇，极乎王粲、曹植、阮籍、左思、刘琨、郭璞诸家，其气可以抗浮云，其诚可以比金石。终之，上念国政，下悲小己，与十五国风同流。”（《辨诗》）所以他的诗风，正是继承了魏晋作者的流风。“上念国政，下悲小己”，发抒自己愤懑的作品。

在表现方法上，基本采用了比兴的手法，即如他的《杂感》二首之二中的“谁教两犬竞呀呀，貂尾方山总一家。恨少舞阳屠狗侣，扫除群吠在潼华。”这篇诗指出清王朝的统治者，就是在联军入侵，仓皇逃到西安时，还在进行着权利之争。“貂尾”、“方山”指满族与汉族的官僚，他们之间的斗争只不过是统治者内部强狗与弱狗，饱狗与饿狗之间的斗争，是说不上谁是谁非的。作者深叹没有像早年曾经干过屠狗行业的舞阳侯樊哙，来把这群在国破家亡时仍然为着私利而狺狺斗争不息的丑类，在潼关华阴一带彻底把他们消灭干净。从这里表现了作者对那班对外屈膝投降、对内残酷镇压的反动派，在感情上的确达到深恶痛绝的地步。

但也有直抒胸怀，热情磅礴的作品，就是前边已经引过的《狱中赠邹容》、《狱中闻沈希禹见杀》，完全是从胸中自然流露的语言，一点也不加雕饰，但却感人至深，无怪乎鲁迅早年读过，直到晚年还是记忆犹新啊！

四

章太炎是我国近代学术上继往开来的一位大师，而兼革命家。他的桃李满天下，所以他的思想言论影响是极其深远的。单就文学而论，“五四”前夕的文学革命，与太炎就有着密切的关系。

先就这次文学革命的思想内容来看，是彻底地反帝反封。而在反封方面，最主要的是“打倒孔家店”。而这种反孔教思想，从学术批判来看，追溯上去，应该说是导源于太炎。太炎在1906年所发表的《诸子学略说》，彻底地把几千年来披在孔子身上的一层神圣不可侵犯的庄严外罩，给剥去了，露出了他的本来面目。我们试一读“五四”前《新青年》中发表的吴虞同陈独秀等人反孔文章的论点，不少是本于太炎的。不过又根据当时新的形势，作了进一步的阐发罢了。

在新文学的创作上，鲁迅的《狂人日记》，是对当时反孔教，同反封建家族制度起过发聋振聩作用的一声春雷。而这篇作品的思想，同样渊源于太炎。直到三十年代，鲁迅在历史小说《出关》中，在描述孔丘与老聃的关系方面，据他自己讲，也还是受了太炎《诸子学略说》的影响。（《〈出关〉的“关”》）

其次革命派对当时统治文坛的古文学，所谓桐城派，以及选派的攻击来说，钱玄同提出了“桐城谬种”与“选学妖孽”（《寄胡适之》）的口号。这两个口号的提出，也应该说是受到太炎的启发。因为太炎在散文上推尊魏晋名理之文，而菲薄骈俪同古文。他在《论式》中说：“然今法六代者，下视唐宋。慕唐宋者，亦以六代为靡。夫李翱韩愈局促儒言之间，未能自遂。权得与、吕温及宋司马光辈，略能推论成败而已。欧阳修、曾巩好为大言，汗漫无以应敌。斯持论最短者也。若乃苏氏父子，则佞人之戋戋者。凡立论欲本名家，不欲其本纵横。儒言不胜，而取给于气，游猕怒特，蹂稼践蔬，卒之数篇之中自为错忤，古之人无有也。法晋宋者知其病徵，宜思有以相过，而专务温藉，词无芒刺。甲者讥乙，则曰郑声。乙者讥甲，又云常语。持论既莫之胜，何怪人之多言乎！”太炎对骈文同古文是这样的评论，特别是对晚清曾风靡一时的林纾同严复的古文，太炎都曾给以严酷的诋訾。那么，他的弟子钱玄同在提倡文学革命时，标出“谬种”同“妖孽”的口号，当然不是偶然的。

至于钱玄同之主张用白话代替文言，其根源也渊源于太炎。他曾说：“章先生于1908年著了一部《新方言》，他说：‘考中国各地方言，多与古语相合。那么古代的话，就是现代的话。现代所谓古文，倒不是真古。不如把古语代替所谓古文，反能古今一体，言文一致’。这在现在看，虽然觉得他的话不能通行，然而我得了这古今一体，言文一致之说，便绝不敢轻视现在的白话，从此便种下了后来提倡白话之根。民国元年（1912）1月，章先生在浙江省教育会上演说，他曾说过：‘教育部对于小学校删除读经，固然很对。但外国语、修身亦应删去。历史宜注重，将来语言统一以后，小学教科书不妨用白话来编’。我对于白话文的主张，实在植根于那个时候，大都是受章先生的影响。”（《文化与教育》二十七期熊梦飞《记录玄同先生关于语文问题谈话》）

由此可见，太炎文学观的影响之大。当然太炎对文学的看法有不少错误之处，如对文学含义，定得那样广泛，对打破旧的形式格律束缚的龚自珍、梁启超等人散文的攻击，都是不够客观，不够实事求是的。特别在“五四”以后反对白话文学，在三十年代提出“你们说文言难，白话更难。现在的口头语有许多是古语，非深通小学就不知道现在口头语的某音，就是古代的某音，不知就是古代的某字，就要写错”。这种理论在当时就曾遭到鲁迅的批评。（《名人与名言》）所以对太炎文学观，我们也必须有分别的给以批判与继承。

1978年9月15日改写

原载《开封师范学院学报》社会科学版1979年第1期

近代女革命诗人秋瑾

肖善因

一

廿世纪初至辛亥革命，是中国资产阶级旧民主主义革命蓬勃发展和空前高涨的时期。这时，一些进步的知识分子纷纷参加革命，寻求国家民族与个人的出路，组织革命团体，宣传资产阶级民主革命的思想，积极从事革命活动。秋瑾就是其中最突出的代表者之一。

秋瑾（1875~1907）的一生是异常短促的。这位出自仕宦家庭的名门闺秀，虽然在少年时代便富有正义感，并且又很有才学。然而她真正意识到封建家庭的束缚和国家民族的危亡，企图向西方学习，寻求救国救民的真理，则是当她十八岁（1893）到了北京以后的事。这和她在北京接触了较多的新书新报，受了资产阶级民主思想的影响，以及目睹清廷腐败等有密切的关联。而几年之内，甲午战争，百日维新，庚子事变：一连串重大政治事件的接连发生，又不能不给秋瑾以较大的刺激，使她终于在1904年突破了封建家庭的罗网，只身奔赴日本，并且于1905年参加了光复会，走上了革命的道路。不幸的是，这位决心献身革命、热情澎湃的女革命志士，刚踏上革命的路途不久，便因起义事发被捕，1907年6月在绍兴古轩亭就义。秋瑾从一个官僚地主家庭出身的妇女，发展成为一个坚强的民主革命战士，成为当时“先进的中国人”之一，中间经历的时间是非常短促的：从她日本之行算起，到她1907年的就义，也只不过三四年的光景。这也反映着近代中国社会在廿世纪初有了多么急剧的变化。秋瑾的就义，充分体现了中国人民反抗民族压迫、封建压迫的英勇牺牲精神，她的革命品格给予后人以积极影响，这是我们应给她以一定历史地位的重要原因。

二

秋瑾首先是一个有着旺盛的革命斗志和火一般炽烈感情的革命活动家，她的创作和她的经历，特别是和她后期的革命活动有着紧密的联系。虽然，她的作品由于生前“随手散弃”，遇难后家人的“夤夜焚毁”，已无法得其全貌，然而从《秋瑾集》（1960年中华书局编）所搜集的作品中，我们仍然可从它所表现的革命内容和积极浪漫主义风格得到启发和鼓舞。

秋瑾的作品所以给人以强烈的感染力量，是因为在那些以抒写个人情怀为主的诗词中，洋溢着诗人炽烈的爱国主义思想感情。应该看到，这种思想感情并不是一开始就很鲜明、饱满的。如果以她1904年日本之行作为界线，对她的作品作一些分析的话，我们就会觉得，诗人早期的创作和她参加革命活动后的创作有着显著的差别。前期作品现在我们能读到的主要是诗词，内容大多数是抒写离愁别恨、吟花咏月之作，在艺术风格上也是近于纤弱低沉的。这和她还处于封建家庭的藩篱中，而未完全突破封建思想的束缚有关。然而，由于秋瑾从小便具有热情而倔强的性格，对于封建压力从来没有屈服过，而且有男女平等的要求和朦胧的爱国意识，因此，早期的作品中也还有为数不多然而却很可贵的部分，对于这些，是应该加以珍视的。

封建家庭所给予少女时代秋瑾精神上的压力，以及对于这种压力的反抗，是前期作品反映的基本矛盾。秋瑾从小就生活在令人窒息的封建家庭里，父亲重男轻女的封建观念，周围女友的不幸遭遇，给她以很大的刺激，使她产生了对现实生活的不满，并且很早就有要求妇女解放的愿望。在《精卫石》弹词中，就反映了秋瑾早年的生活和思想面貌。

诗人所处的封建家庭环境是异常污浊的，与湘乡王廷钧婚后，“所夫固纨袴子，至是不相能”。因此，诗人在早期作品中便流露出了鄙视世俗和孤高傲世的感情。她以燕子作比喻，来讽刺当时趋炎附势的人们：“飞向花间两翅翔，燕儿何用苦奔忙？谢王不是无茅屋，偏处卢家玳瑁梁”！（《咏燕》）她也鄙视以金钱来笼络人的时俗：“蓟州城筑燕王台，招士以财亦可哀：多少贤才成底事，黄金便可广招徕？”（《黄金台怀古》）这里显然是在以古寓今，表现了对当时社会人和人之间庸俗关系的不满。面对着这样的现实，诗人便正面地喊出“世俗惟趋世，人谁是赏音？”（《咏琴志感》）“室因地僻知音少”（《秋日独坐》）这样的调子，这里虽不免有点孤独之感，但却表达了诗人不愿与世浮沉、洁身自好的愿望。再从《独对次清明韵》一诗更可以得到印证：

……喜散奁资夸任侠，好吟词赋作书痴。浊流纵处身原洁，合把前生拟水芝。

秋瑾，当她还无力去反抗黑暗现实时，就不得不把自己美好的愿望，或寄情于花木，或寄托于古代理想人物的身上。她同情“忠直反遭忤”的屈原（《吊屈原》），颂扬“鼎足当年花木兰”的女英雄（《题芝龛记》），在其他篇的诗词中，诗人也对王昭君、谢道韫等表示景仰。”这类作品，如同其早期作品中不少吟咏花月之作一样，都反映她理想的一种寄托。在当时都是有一定进步意义的。

秋瑾居住北京的生活，以及庚子事变的南归见闻，使她眼界有所开阔，思想也有了变化，因而她早期稍后的创作，在一定程度上突破了原来较狭窄的感情。她在《喜雨漫赋》的绝句中写着：

渊龙酣睡谁驱起，飞向青天作怒波。四野农民皆额首，名亭直欲继东坡。

在这里，诗人与久旱逢甘雨的农民同欢乐，这在早期的秋瑾是难能可贵的。

此外在前期作品中，也初步显示了她的爱国思想。在一首大约写于甲午战后的《杞人忧》七绝中便有所表现：

幽燕烽火几时收，闻道中洋战未休，漆室空怀忧国恨，难将巾帼易兜鍪。

对于时局的关怀，对于国家危亡的忧恨，跃然纸上，当然她此时的“难将巾帼易兜鍪”的悲愤心情和她后期激昂慷慨的调子也还是有所差别的。

三

1904年的夏天，秋瑾经过长时期的思想斗争，决心投身于争取民族解放和妇女解放的事业。在当时，她认为妇女要求得解放就“非自立不可；欲自立，非求学艺不可，非合群不可……非游学日本不可”（《致湖南第一女学堂书》）。于是不顾丈夫的阻难及家庭的牵累，只身东渡日本，并且在陶成章、蔡元培、徐锡麟等人的引导下，先后加入了“光复会”、“同盟会”等革命团体，从此走上了革命的道路，并终于成为一位激进的革命活动家。所以属于她后期创作也都是为了宣传革命，打击敌人、鼓舞斗志而作的。这就决定了她后期作品的革命内容及强烈的感人力量。

在后期作品中，使我们感受至深的，是她那种对祖国命运的深切关怀，对清朝统治者媚外辱国，对内则残酷压迫的憎恶，以及她献身革命的强烈的意愿。总之，强烈的爱国主义思想感情，是她后期作品的基调。

东渡日本后，虽然在地理上远离祖国，然而诗人时刻关怀着祖国的命运。她要求在国内的好友常写信给她："引领尺书从速降，还将时局诉毛锥"(《寄友书题后》)，使她能经常了解时局的变化。她也预感到帝国主义有瓜分中国的阴谋，时刻为祖国民族的前途而忧心忡忡。所谓"瓜分惨祸依眉睫，呼告徒劳费齿牙，祖国陆沉人有责，天涯飘泊我无家"（《感时》)。甚至在梦中也常以拯救祖国为已任："祖国河山频入梦，中原名士孰挥戈?"诗人这种以国家民族的兴亡为重的感情，在《感事》、《日人石井君索和即用原韵》等诗中，表现得更为深切。

和早期作品不同的是，诗人对祖国命运的深切关怀，已经不是一般的忧时伤事之作，而是和她献身革命的决心，以及和民族解放、民主革命的理想结合在一起。从她喊出了"拚将十万头颅血，须把乾坤力挽回"的呼声来看，不仅早期那种纤弱低沉的调子，已经不复存在，而且表明她舍身报国的决心是何等的坚定！在一首赠给蒋鹿珊的诗中，诗人的思想就更加明确："协力同心驱满奴"，"光复祖业休徘徊"；而且表示："他年独立旗飞处，我愿为君击柝来"。蒋鹿珊是当时同盟会在浙江负责军务的革命者，秋瑾当时也组织起义，从这首诗里更可见到诗人坚强的信念和决心。

揭露临近崩溃的清王朝的黑暗腐败，鼓舞人们的革命斗志，是诗人后期爱国主义思想在作品中表现的又一内容。在一篇题为《同胞者》的歌中，诗人对清廷"地方虐政猛如虎""暴政四播逞奸蠹""鞭笞同胞同犬马"的罪行，进行了强烈的抨击；并且三呼"我今必必必兴师，扫荡毒雾见青天"，充满了战斗气息。在《吊吴烈士樾》、《宝刀歌》、《宝剑歌》、《如此江山》等诗词中，都闪烁着强烈的斗争锋芒，显示出对于清朝反动统治者刻骨的仇恨。而在另外一些组织起义军时所发表的檄文、文告中，就更提出推翻清廷的目标。推翻清廷，当然是革命的，但是，我们也要看到，诗人对于清廷的指摘，主要是从反抗种族压迫出发，还未涉及封建剥削制度的本身，这也是她对封建统治者的本质认识不足的表现。

积极从事妇女解放的启蒙活动，是秋瑾后期革命活动的重要组成部分，因此宣传妇女解放，主张男女平等的民主思想，便成为她后期作品的另一个重要内容。她热心劝导她的女友和学生不要沉溺于吟诗作句、拘系于闺阁狭窄天地中，希望她们能把个人的命运和革命活动联系起来，所谓："我欲期君为女杰，莫抛心力苦吟诗"（《赠女弟子徐小淑和韵》），"时局如斯危已甚，闺装愿尔换吴钩"（《柬徐寄尘》）。而在她自己筹办的《中国女报》上先后所写的《发刊词》、《敬告姐妹们》、《勉女权歌》等作品中更洋溢着主张妇女解放的热情。《精卫石》是秋瑾未完稿的一部弹词，现存稿不足六回。作品通过仕宦家庭出身的少女黄鞠瑞对封建家庭和黑暗社会的斗争经历，表现了当时的进步妇女反抗民族压迫、反抗礼教压迫特别是争取妇女解放的思想感情。我们从女主人公黄鞠瑞的身上，似乎见到了秋瑾自己的影子。正如郭沫若同志所说："秋瑾不仅为民族解放运动，并为妇女解放运动，树立了一个先觉者的典型。（《秋瑾史迹序》）

四

秋瑾的作品，就其内容来说，大体可以分为两类：一类是以批判当时黑暗现实为主的作品（如《同胞苦》、《申江题壁》、《如此江山》等等），表示了诗人对残暴的清廷统治和尚未觉醒的世俗的愤慨；然而这部分作品的数量不多，批判得也不够深刻。另一类作品（主要是诗和词）则是通过个人感情的抒发来反映时代精神。这类作品，有时显得高亢激昂，有时又似乎有些凄凉悲切。但是，它的基调是富有积极浪漫主义精神，这当然又和诗人所处的时代有关。这是近代中国社会急剧变化的时代，也是一个新社会行将诞生而尚未诞生的时代。那时候的许多资产阶级革命作家，如章太炎、邹容，陈天华等，都在自己不同文学样式的作品中，采用了浪漫主义创作方法、表现了对理想的追求和对未来的憧憬。秋瑾当然也不例外。何况，秋瑾的出身和经历，她早期所受的封建家庭的精神束缚，以及后来毅然冲破封建家庭的枷锁，只身飘泊异国从事革命活动的壮举，这本来就很具有浪漫主义的气质呢。

文学史上许多杰出的浪漫主义诗人，都是以抒发自我激情、抒写理想见长的。这种特点在秋瑾的大部分诗词创作中，得到了再次的印证。应该说，献身革命的激情和诗人要求民族解放民主革命的理想的抒写，是秋瑾作品浪漫主义精神的主要标志。虽然她所表现的理想在今天看来还有许多值得批判的成分，譬如对于个人奋斗的欣赏，对于西方资产阶级的自由民主的向往等等；然而诗人的爱国热忱和强烈的革命激情，在当时却有强烈的鼓舞人心的作用。比起在她以前出现的许多改良主义作家的所谓理想，又前进了一步，是反映了当时进步力量的要求的，因而我们应该给予它一定的历史地位。

秋瑾作品中关于理想和激情的抒写，有正面的自我表白，像在《柬徐寄尘》，《寄徐寄尘》、《鹧鸪天》等诗词中所写的那样。然而，更多的则是采取较为曲折的、间接的方式来表达，譬如《失题》（登天骑白龙……）一诗，作者以夸张的笔调，颂扬了叱咤风云的项羽和威震昆阳的刘秀，并且突出了他们年青有为的气魄和创业兴邦的壮志。很显然，诗人在这些历史人物身上寄托了理想，有以项羽、刘秀自诩的意思。在另一首题为《秋风曲》的七古中，作者一开始便描绘了一幅萧瑟悲泣的秋天的图景，而在这个画面上，展示了“塞外秋高马正肥，将军怒索黄金甲。金甲披来战胡狗，胡奴百万回头走。将军大笑呼汉儿，痛饮黄龙自由酒”这简直是动人心魄的杀敌报国的人物的浮雕。这一篇尽作者渲染之能事的幻想世界的抒情之作，很显然也曲折地反映了诗人的激情和理想。

秋瑾这样一些具有浪漫主义精神的作品，往往有着咄咄逼人的气势和雄浑激壮的风格，文如其人，我们从中见到了诗人的自我形象：

> 不惜千金买宝刀，貂裘换酒也堪豪。一腔热血勤珍重，洒去犹能化碧涛。

这种洒热血化碧涛的风格，是借助于夸张和想象的手法表现出来的。诗人总是善于以雄伟的形象来比喻自己的内心活动或写景状物。如写她自己的心情：“诗心鲸背雪，归思马头云”（《失题》），形容别人演讲的鼓动作用是：“诲人思涌粲花舌，化作钱塘十丈涛”（《赠蒋鹿珊》），比喻剑术的精湛是“山中猛虎闻应遁，海上长鲸见亦惊。”在诗人的笔下，自然景色也呈为壮观。《轮船纪事》一诗中，诗人以飞鸟喻行舟，以毒龙比远山孤峦。山水同色，银涛壁立，构成一幅雄伟的自然图景。这里，显示了诗人想象的才能。

随着内容的变化，形式、语言乃至整个风格也发生了明显的变化，这是研究秋瑾后期创作时所必须看到的一点。这种变化就表现为日趋通俗、平易近人、选择了接近大众的形式。比如秋瑾创办《中国女报》时写的诗文，表达民主思想、争取妇女解放的弹词《精卫石》，都采用的通俗文学形式，少数诗亦有通俗化趋势。

五

秋瑾是近代资产阶级民主革命时期的女革命家，也是一位杰出的浪漫主义诗人。她就义以后，立刻引起了社会进步人士的反响，出现过不少歌颂秋瑾英勇就义事迹、抨击清廷腐败的作品。“五四”以后，我们也见到了不少以她的事迹为素材的作品。鲁迅1919年发表的短篇小说《药》，其中的革命者夏瑜的形象，便含有对秋瑾的某些影射。而在三十年代出现的夏衍的最初发表的两个剧本之一的《秋瑾传》（一名《自由魂》）中，秋瑾的形象，对于人民反对日寇侵略、反对国民党反动派的卖国投降，更起过鼓舞斗志的作用。今天来看，我们不仅可以从秋瑾及其作品中，汲取革命精神，同时也可以从其失败的悲剧中吸取教训。

原载《文学遗产》增刊第12辑，中华书局，1963年2月第1版

台湾诗人丘仓海评传

梁国冠

叙　　论

台湾见割五十年后，抗战胜利，复归祖国怀抱。吾人欣慰之余，辄不禁忆及当年台湾见割之惨史，更不禁忆及当年立台湾为民主国之首倡人丘仓海。

仓海以一书生，当风雨震撼之会，而首倡民主，开亚洲共和政体之先河。其魄力，其眼光，诚超人一等；而其政治思想，爱国热忱，尤非恒力所能及。邹鲁《岭云海日楼诗钞序》云：

> 与台湾相终始者，吾得两人焉：其一郑成功，其一吾师丘仓海先生。两人者所处之时与土地不同，而其为英雄则一也。

吾读仓海诗，想见其为人：从功业方面论之，足称民族英雄；从文学方面论之，足称爱国诗人；从其内渡后之志事论之，则不愧为教育大家。遭时不遇，狷洁自守，未能展其抱负十分之一。而其故国之思，身世之感，国事民生之谋虑，皆借诗以寄生意，其辞隐，其义显，其志可哀，而其亮节高风，尤足为吾人景仰也。卒之日，遗言葬须向南，曰："吾不忘台湾也！"今台湾光复，而隐忧未已；仓海有知，其能瞑目乎？太史公诗屈原曰：

> 其志洁，故其称物芳；其行廉，故死而不容自疏。濯淖污泥之中，蝉蜕于浊秽，不获世之滋垢，皭然泥而不滓者也。

吾今欲移以评仓海矣。

身　　世

仓海初名逢甲，以逢甲子年生也。字仙根，号蛰仙，又号仲阏；以慕秦时壮士仓海君之为人，后改名仓海；其诗文又别署南武山人。原籍广东梅州员山，即今蕉岭县文福乡。曾祖仕俊，以郑氏辟台，始迁居台湾彰化县。父龙章，硕德耆儒，学者称潜斋先生。母陈氏，精明仁厚。兄弟十人，姊妹四人，成人者九人。仓海行二。长兄先甲，曾佐台湾义军。三弟树甲，廪生，有文武才，乙未抗倭有功。有子七人，女二人。

仓海幼负大志于书无所不读。躯体魁梧，见者疑为武人。自四岁至二十三岁，均由潜斋先生亲自教读。仓海《题崧甫弟遗像》：

少为失母雏，出入相扶将。以父为之师，读书同一堂。

“读书同一堂”句下有注云：予与弟皆未更他师。仓海幼慧，六岁能属对吟诗，七岁能文。十四岁应童子试，受知于台抚兼学使丁日昌，补弟子员。赴试时，沿途尚须潜斋先生背负。试古学全台第一。丁中丞以仓海年最幼，送卷最早，特命赋全台竹枝词百首，日未晚，已成。丁中丞以大器许之，赠“东宁才子郎”一方。二十六岁，赴北京会试，中式八十一名进士，殿试赐二甲进士出身，授兵部主事。顾仓海无意仕途，引见后，即告假归里省亲。翌年庚寅，主讲台中府衡文书院，台南府罗山书院，嘉义县崇文书院，兼任全台通志采访师。光绪二十年（甲午）因朝鲜东学党之乱，中日宣战，我海陆军先后失败。乙未，中日和约成，台湾见割，举国哗然，而台人尤愤慨。仓海联台绅函电力争，不报。遂倡立台湾为民主国，举唐景崧为大总统，仓海任义军大将军。是年夏，台北陷；其秋，台中台南相继陷。仓海遂离台内渡，回广东镇平祖籍（即蕉岭），卜居于淡定村。丁酉，主讲韩山书院；戊戌，主讲朝阳东山书院；均以有用之学课士。己亥冬，创办东文书堂于潮州，聘日人熊泽为教授，欲使学者窥维新学术也。庚子，应粤政府派往南洋调查侨民，兼事联络，历英、法、荷等属。辛丑，成立岭南同文学堂于汕头，自任监督。此后在镇平、上杭、嘉应、兴宁等邑，为同宗或异族筹办族学甚多。丙午夏，受两广总督聘为两广学务处视学，兼广州府中学堂监督。戊申，被举为广东教育总会长，兼受聘为两广学务公所讲绅。己酉，粤咨议局成立，被举为议长，又受聘为两广总督公署议累，及两广方言学堂监督。辛亥革命，清帝逊位，被举为组织中央政府粤代表。及南京临时中央政府成立，任参议院参议员，而仓海病矣。其冬南归。民国元年春，卒于家，春秋四十有九。

学养·出处

仓海学宗儒家，好治史，并研究西洋学术。盖以中学为体，西学为用，与当时一般世大夫见解略同。其谈教育，谈政治，虽融化中西思想，而要以儒术为本。故仓海在粤则“心关国粹谋兴学”；游南洋则“椰子林中说圣经”。对于韩昌黎之辟佛，朱晦菴之倡道学，亦有心焉向往之表示。《韩祠歌同夏季平作》：

谁欤主者韩侍郎，辟佛不得来南方……推公遗教道益张，讲院前辟环书廊。后羽以楼奉文昌，祀朱子兼周程张。……相与谒公神慨慷，誓继公者回澜狂。

《说潮》：

道学倡东南，维潮亦兴起。卓哉郑与郭，学为晦翁喜。……晦翁生南渡，志锐雪国耻。登朝曾几日，侃侃议国是；斯岂腐儒能，何乃丛众毁？宋亡于道学，妄者尚集矢。安知翁之徒，磊落多国士。斥责未能用，炎精乃不祀。统在道自尊，人心终不死……平生愧失学，用晦契微首。何当揭拙窝，吾从子朱子。

仓海学行，殆近于“狂者进取”一派，即所谓儒而侠者一派。《漫遣》有云：“千秋儒侠知多少”，又自号仓海，表示慕秦时侠士仓海君之为人，足见其志矣。此一方面固源出于孔孟之教，一方面则受其祖若父之影响。胡适《说儒》：

我颇疑心孔子受了那几百年来封建社会中武士风气的影响，所以把那柔懦的儒和杀身成仁的武士，合并在一块，造成了一种新的“儒行”。

孔子云：

己欲立而立人，己欲达而达人。

曾子云：

> 士不可以不弘毅，任重而道远。

仓海所谓“儒侠”，盖即胡适所谓“新的儒行”，即孔曾所云“立人达人”、“任重道远”结晶而成之人格。《仓海先生丘公逢甲年谱》云：

> 祖字祥公，乡居锄强扶弱，有任侠风。父龙章公，德行纯厚，戴万生之乱，与学祥公冒万险，弃家财，救粤壮丁二千人于刀斧之下。

仓海幼受庭训，受其祖若父之影响特大。故热肠侠骨，寓同情心，富正义感，自少即以天下为己任，热心于用世及救世，有“余我其谁，匪异人任”之概；志度高远，瓣香武侯文山，每以自况：“平生心醉文丞相”，“霖雨苍生卧龙起。”而景慕前修，浩然有千秋之想。观其《东山酒楼放歌》：“自有此山数游者，昌黎文山皆吾传。彼皆身取千古去，乃畀我任今日愁。”《得弟诗》：“每饭未曾忘行帛，敢将科第当功名！”《游罗浮》：“救世仗吾儒，儒言亦卑卑。”枚伯以长句《题浮游草次韵答之》：“丈夫不作神仙，亦当作豪杰，莫但留名万古将诗传。”《棉雪歌》：“英雄心性由来热，待竟苍生衣被功。”足见其抱负之远大，抑亦足见其儒侠气概。其守台御倭，兴学育才，皆为施展其平生之抱负。乃真赏殆绝，宿志莫伸：“平生媚灶苦不工，坐行三十弥困穷！”“平生稷契空相许，茧足荒山素愿违。”宜其欲“自焚用世书”也。

顾仓海虽热心于用世救世，而对于出处大节，却丝毫不苟。盖仓海学宗儒家，儒家重气节，《论语》：“用之则行，舍之则藏。”衣（亦）云：“邦无道，富与贵焉，耻也。”《孟子》：“富贵不能淫，贫贱不能移，威武不能屈，此之谓大丈夫。”皆重气节，重视出处之道。仓海既服膺儒教，而又自少心高必（志）大，敝屣利禄。“拔地气不挠，参天节何劲！”故一掇巍科，授兵事主事，即告假归里；内渡后，大吏闻其贤，屡招之，亦均婉谢不肯出；宁尽瘁于教育。此作矫情，亦作钓誉，而实有隐衷在：盖第一，目睹政治腐败，已熟知清廷无能为；第二，未遇知己，度不能展自己之抱负；第三，当时权奸秉政，正“小人道长，君子道消”之会，故羞与庸流伍，尸位素餐。章太炎云：“综观十余年之人物（指戊戌政变后）……而下者或苟贱不廉，与市侩伍，所志不出交游声之间。”宜仓海不屑厕身其间也。观其杂诗四首《答郑生》：

饕鸱甘腐鼠，仰视嚇鹓雏。鹓饥有竹实，彼鹗安得知？

又云：

百禽中有鹤，自是禽中仙。胡为俯求食，而受鸡鹜嗔？凤皇帝百禽，尔鹤尔臣邻。高飞就凤凰，孰能为鹤先？凤凰方渴睡，训狐摄厥权。燕蝠且笑之，尔鹤何能前？

又云：

鸡鶋集鲁门，不乐钟鼓养。鹦鹉虽人言，常有陇山想。桑扈啄场粟，得食自俯仰。岂愿为燕雀，处君高堂上？笼禽厚予食，虽饱神不王。谢安向东山，不慕为晋相。马援困浪泊，乃悔为汉将。将相岂不佳？达者非所望！中原昔龙战，三顾起葛亮。尽瘁五丈原，躬耕失高尚。圣人去行道，固不计得丧。蜚鸿已贻辱，衰凤复腾谤。归对山梁雉，时哉发叹怅。

其“官之不肯，禄之不受”之意见，已于此透切发挥。清廷昏愦，慈禧听政，正“似狐摄厥”。有志之士，当然“不乐钟鼓养”，而羞与“饕鸱甘腐鼠”者为伍。宁“各抱古愁观世界，自携新史数人才”耳。故仓海虽见义勇为，富于用世与救世热忱，而始终持狷介之操。“淡极名心宜在野，生成傲骨不依人。”（《野菊》）“失时未贬文章价，人市难逃隐逸名。”（《家芝田市菊数盆见赠聊赋拙什以质芝田》）此咏，亦“夫子自道”也。

仓海愤时势之不可为，感身世之不遇，郁伊无聊，乃寄情于醇酒美人及诗歌。如《秋怀次前韵》：

青骨钟山蒋子文，白头郎署杜司勋。英雄潦倒耽声色；神女荒唐送雨云。弹指顿成新世界，化身曾现大将军。年来学得观空法，谢绝人天百不闻。

又如《饮香江酒楼即席作序》：

将之南洋，道出香海。二月八夕，友人邀饮于酒家之楼，群花侑觞，微歌竟夕。嗟乎，车雷夜走，是华夷杂遝之场；花雨春霏，极文酒雍容之乐。龙蛇起陆，倚剑问天；莺燕眠人，持觞酹地。际兹盛集，难已情言。首唱四章，以先诸子。

又如《戏为张叟题麻姑进酒图》：

不须成佛不生（升）天，纳纳乾坤任放颠，解识妇人醇酒趣，英雄退步便神仙。

足见仓海当年愁郁之心情。既“历劫多情在”，惟有“妇人醇酒足此生”耳。仓海之“妇人醇酒”，实为“英雄退步”之逋逃薮；即其“东山丝行”，“倚剑题诗”，亦为“英雄退步”之逋逃薮；与一般士大夫徒纵情于声色征逐者不同。

斜日江声走急滩，残棋别墅局方难。后堂那有闲丝行，陶写东山老谢安！

——《东山感秋词次康步崖中翰题壁韵》

风雅都从变后奇，古来词客惯哀词。可怜倒海倾何泪，独立苍茫但詠诗。

——《重晤梁辑五光禄话旧》

万山难阻水奔驰，地陷东南出百夷。不信狂澜回不得，西风倚剑独题诗。

——《观澜亭题壁》

倡立台湾民主国

清之季世，列强以经济侵略为先锋，军事侵略为后盾，促使中国旧社会之生产组织，渐趋崩溃，而中国传统之“关闭主义”，亦被侵略炮声粉碎。加以政治腐败，官吏贪肆，更加深经济危铁（机）及社会矛盾之程度。因而中华民族之排满革命运动，不断发生。太平天国之兴起，即汉族革命运动之具体表现。清廷鉴于外侮一波未平，一波又起，由骄外而惧外，又有见于民众革命运动，前仆后继，深恐统治权之丧失。而其对内患之恐惧，尤甚于外忧。故一般皇族重臣，大都抱“宁赠友邦不与家奴”之成见，对于国家领土、主权，不甚爱惜。因此，对于作战及外交，无一次不失败，无一次不丧权辱国。琉球安南之丧失，暹罗、缅甸之被并，以及朝鲜之承认独立，台湾辽东半岛之见割，皆作为清廷“宁赠友邦不与家奴”政策之牺牲品。宜乎清季革命运动，如火之燃，如潮之涌而不可遏止也。

清廷之居心，一般士大夫之庸朽无能，仓海当早已洞悉。故甲午中日之战一起，仓海即戚然忧曰：“天下从此多事矣！吾台久为日人所垂涎，宁能倖儿?”乃请于台抚唐景崧，愿编以台人备战守，许之。仓海号台于众曰：

> 吾台孤悬海外，去朝廷远，不啻瓯脱。朝廷之爱吾台，曷若吾台民之自爱，官兵又不尽足恃。脱一旦变生不测。朝廷宁复能顾吾台？惟吾台人自为战，家自为守耳。

盖早知清廷之必弃台也。奔走呼号，捐资召募。兄弟子侄成年者，均命入伍。全台壮丁编册有一百六十余营，特别编练者三十二营。初称团练，后改称义军。光绪二十一年（乙未）正月，北洋师熸舰降。三月，中日和约成，割台湾辽东半岛畀日本。台人闻变，群情激昂。仓海联诸绅电奏力争：

> 割地议和，全台震骇。自闻变以来，台人概输饷械，无负列圣海仁厚泽。二百年养人心，正士气，正为今日之用，何忍一朝弃之？全台非澎湖之比。臣桑梓之地，义与存之，愿与抚臣誓死守御。若战而不胜，待臣等死，再言割地。

不报。惟饬撤回守官。仓海长太息曰：

> 余固知必有今日也！然台湾乃台人所有，匪得任人私相授受！清廷虽弃我，我岂可自弃耶？

仓海此言，至为沉痛。乃首倡台湾自主之说，号召国中，登高一呼，全台皆应。群推仓海草宪法。于是建台湾为民主国，开议院，定官制，举唐景崧为总统，建元永清，檄告中外。关于当年台湾民主国之中央组织，盖有下列三说：

唐景崧为总统，刘永福为副总统或帮办，仓海为义军大将军，此一说也。唐景崧为总统，仓海为副总统兼义军大将军，此又一说也。章太炎云："有俞明震者，堂佐唐景崧称副总统于台湾，世人称其忠义，康有为亦相引为重。"此又一说也。据仓海年谱及丘瑞甲先生仓海行状皆（以）仓海为义军大将军，未提及任副总统。而仓海《有感书赠义军旧书记》亦云："拜将坛高卓义旗，五洲睽目属雄师。当时力保危台意，只有军前壮士知。"又林髦云郎中《寄题蠓墩忠蹟诗册追忆旧事次韻遥答》有注云："时予总统全台各路义军"。又《题崧甫弟遗像》："题图者谁，为乃兄义师故帅虞曹郎。"则当以第一说为近是。

亚洲之有民主政体出现，当以台湾民主国为首次，在此以前，殆未前闻。而仓海首倡之，其识力，其眼光，其政治思恕，诚超人一等。仓海能为此划时代之创举，其思想根源，固出于儒教，抑亦受西洋文化之影响。孟子云："民为贵，君为轻。"又云："闻诛一夫纣矣，未闻弑君也。"黄梨洲《原君》："然则为天下之大害者，君而已矣。向使无君；人各得自私也，人各得自利也。"此已有推翻君主制度之暗示。而《礼运·大同篇》："天下为公，选贤与能。"实为我们学人关于民主政治之具体思想。仓海学宗儒家，又目睹清室政治腐败，其对于我国固有之民主思想，当服膺已久。仓海年谱云："自公童年，边警日急；中法事变，台岛直当其冲，尤感国家民族之患。由是益留心中外事故，西方文化，慨然有维新之志。"则其对于舶来之民主学说，亦当宿有研究。故一闻割台之讯，即以建民主政体为号召。制度初创，容未尽善，顾军书旁午，咄嗟力办，固不能执此苛求也。

台湾自至（治）后，积极作战守之准备：唐景崧守台北，仓海守台中，刘永福守台南。乙未五月中，日军陷台北，乘胜南侵，直达新行县。义军力抗，血战二十余昼夜，弹尽援绝，死伤过半，不支。仓海欲据山死守，与台共存亡。部将谢颂臣谏曰："台虽亡，能强祖国，犹可图恢复，不如内渡也。"仓海遂布告各地义军自由抗战，黯然离台内渡：

> 宰相有权能割地，孤臣无力可回天。扁舟去作子鸱夷，回首河川意黯然！

亦可哀矣！谢颂臣者名道隆，台湾廪生，任义军壮字营统带，台湾陷后，常往来于粤台之间。仓海《重送颂臣》：

论交本世好，古谊吾所式。结发论文字，二十载忘形迹。海氛忽东来，义愤不可抑。出君箧中符，时艰共戮力。书生忽戎装，誓保台南北。当时好意气，灭虏期可刻。何期汉公卿，师古多让德。忽行割地议，志士气为塞。刺血三上书，呼天不得直。北垣遽中乱，满地清兵贼，此间非死所，能不变计亟！亲在谋所安，况乃虏烽迫。乾坤已中变，万怪竟荒惑。人情易翻复，交旧成鬼域。君亦挈家来，航海期不忒。得君意中慰，归粤途始即。卜居家再迁，山中事稼穑。与君此偕隐，山水况（奇）特。君言暂归视，尚有旧庐室。来如潮有期，信在期不失。

此即叙当年抗战及内渡之经过。

台事失败后，国人多非议之。仓海《题凌孟征天空海阔簃诗钞并答所问台湾事》：“牙旗猎猎卷东风，旧事真如一梦中。自有千秋诗史在，任人成败论英雄！”其愤慨之情可想。考当年台事失败之因素，盖有多端。仓海应变才略，或非所长，而环境限制，雄有圣智，实难为力。其致败之主要因素，首为军备脆弱。连横《台湾通史·军备志》：

于是台湾之兵，计有一万二千六百七十名，然积弊渐深，军律废弛，兵骄将惰，为害闾阎。一旦有事，溃败四出，而祸不可收拾矣。

此述雍正十一年之军备情形。适割台前夜，军队数量稍增，而素质且加坏焉，刘永福于光绪二十年八月抵台，曾上书总理衙门：

福越南劲旅，实有数万。入关之初，只准带来一百人，此皆练选于平时者也。到粤以来，频遭裁撤。今仅存三百人。奉旨渡台，始募潮勇千名，分为二营。乌合之众，台卒成军，以之言战，何能御侮？

足见当年军队之素质，并未改进。全台统计虽有土客新旧凡三百数十营，每营三百六十人，而纪律败坏，饷械支绌，唐景崧所部将士，尤为骄肆。当时较可恃者，惟仓海所部义兵；顾仓卒召集，准备未充。姚锡光《东方兵事纪略台湾篇》有云：

以台绅主事丘逢甲率土勇守彰化、新行，兵将新，人和地利皆失，固窳陋不任战。

抑台湾孤悬海外，海军又不可缺。连横《台湾通史·唐景崧、刘永福篇》云：

> 台为海中孤岛，凭恃天险，一旦援绝，坐困愁城。非有海军之力，不足以言图存也。且台自友濂变事后，节省经费，诸多废弛，一旦事亟，设备为难；虽以孙吴之台兵，尚不能守，况于战乎？

军队数量既不敷分配，质素又每况愈下，奚足以言战守？唐景崧虽号知兵，顾优柔寡断，乏御将才。杜文魁之跋扈而不能制，刘永福之忠勇而不能协调（初景崧与永福共事于越南，意见不同，怨仇日深。既为台抚，遂自守台北，移永福军于台南。仓海以全台形势，集于台北，无永福佐之，恐守之不易。乃急诣二人调停意见，思阻永福军使勿行。焦唇敝舌，继之以泣。景崧坚持不为动，二军遂分）。因循不决，戎机坐误。加以外无国际之奥援（命陈季同介法人求各国承认自主，皆不答），内无本国之资助（乞饷乞兵于沿海各省督抚，无有应）。饷弹不继，奸宄潜滋。而清廷迭令台湾军民内渡，更足以影响人心，影响士气。仓海处此困境，危疑震撼，徒恃满腔热血，号召忠义，统脆弱之师，御方张之寇，胜负之数，无待蓍龟。而犹不顾一切，以如火热情，如奔涛勇气，投袂而起，猛着先鞭，一时苍头特起，执戈制梃，效命军前，以与敌周旋。事虽未成，已足以惊天地而泣鬼神，日人平山氏且比之为郑延平。然则，台事之败，固不足为仓海咎也。国人犹非议之，而台人连横著《台湾通史》对仓海亦有微词，其《丘逢甲列传》云：

> 当足（是）时，义军特起，所部或数百人数千人，各建旗鼓，拮抗一方，而逢甲任团练使，总其事。率所部驻台北，号称二万，月结饷糈十万两。十三日，日军迫狮球岭，景崧未战而走，文武多逃。逢甲亦挟款以去，或言近十万云。

又云：

> 逢甲既去，居于嘉应。自号仓海君，慨然有报秦之志。观其为诗，辞多激越，似不忍以书生老也。成败论人，吾所不喜，独惜其为吴兴、徐骧所笑

耳！（按：吴汤兴、徐骧皆义军首领，日军攻台中时，皆力战死。）

宜仓海之愤慨无既也。

仓海内渡后，故国山河，时劳梦寐：

极目风涛怆梦思，故山追递雁书迟。渡江名士成伧父，归国降人谤义师。老泪纵横周甫策；雄心消耗稼轩词。月明海上劳相忆，凄绝天涯共此时。

——《答台中友人》

沈郁雄心苦未灰，他年卷土倘重来。愁人断句悲青坂，战地残枪卧绿台。梦里国仇渐越报，眼前儿戏感吴呆。故知块垒浇难尽，且为看花借酒杯。

——《春感次许蕴伯大令韵》

亲友如相问，吾庐榜“念台”。全输非定局，已溺有燃灰。弃地原非策，呼天倘见哀。十年如未死，卷土定重来。

——《送颂臣之台湾》

回首前尘，有不胜其怆念者矣。碧血已埋，赤心未死，“地老天荒留此誓，义旗东指战云寒。”顾死灰终不能燃，弃地终不能复，而郁郁以终。放翁晚年《示儿》：“一死元知万事空，但悲不见九州同。王师北定中原日，家祭无望告乃翁。”放翁终身不忘中原，仓海终身不忘台湾，苦心孤愤，后光辉映矣。

政治观·社会观

仓海富同情心，富正义感，而热心于用世救世，故对于国计民生，无时不关心，无时不研究，并随时发表意见，时当清之季世，内忧外侮，纷至沓来，而朝野上下，依然燕巢凤幕，醉梦酣嬉。清廷之骄奢淫纵如故，士大夫之贪肆无耻如故。政治大权，渐落于贵族宦官之手：亲王奕劻以庸才而握重权，李莲英以宦官而炙手可热，卖官鬻爵，贿赂公行。贤俊类为洁身之谋，奸佞纷作连茹之庆。因而政府之腐败无能，更充分暴露。“钩党重翻十常侍。”“鸡犬登天各自才。”“禁卫全军归吕禄，中原重镇付朱滔。”以如此之士大夫，安能应付风雨飘摇之局面？

> 公卿今何为，所能惟行成，蹙国日百里，甘作城下盟。法弊不解变，残局空支撑。何必用周礼，乃能误仓生！高位无令才，令才贱簪缨。令才不高位，空与世网撄！
>
> ——《挈斋世丈以西园述怀诗见示为赋五古四章》

仓海于此，不禁慨乎言之。

> 名士刘景升，世家袁公路；把酒论英雄，彼哉何足数！
>
> ——《答敬南见赠次原韵》

人才如此，政治可知，国家之命运犹可知。拳匪乱后，清廷曾下诏变法：

> 深念近数十年，积弊相仍，因循粉饰，以致酿成大衅。现在变和（法），一切政事，尤须切实整顿，以期渐致富强……中国之弱，在于习气太深，文法太密，庸俗之吏多，豪杰之士少。文法者庸人借为藏身之固，而胥吏恃为牟利之符。公私以文牍相往来，而毫无实际，人才以资格相限制，而日见消磨。误国家者在一私字，祸天下者在一例字。

则政治之积弊，人才之零落，清廷固自知之矣。乃欲变法而无决心，欲立宪而无诚意，因循贻误，驯至鱼烂。此皆由于亲贵弄权，士夫腐陋，纵欲改革，难望成功也。

内政不修，外患踵至。列强之经济侵略，与军事侵略，连环夹攻。中日战争后，康梁变法，旋踵失败，慈禧复垂帘听政。不久又有义和团之乱，致八国联军入京。国土日丧，国权日削，国民日困。仓海固深恶义和团，比之张角，而归咎于清廷昏愦无能，以及“肉食者鄙”，以“邪台邪”：

> 我今内治方无人，何力能俾外误折？官惟露布夸贼平，功状张皇某某列。
>
> ——《戊申广州五月五日作》
>
> 自从象数嗟中衰，中分净土参耶回；竟假天堂地狱地，乘虚与佛争东

来。东来明星张国焰，炮雨枪云铁飞舰。天经嗱罢万灵噤，海旗飐处千官谄。与之抗者谈真空，白莲万朵关魔风。谁云此獠有佛性，妖腾怪踔巾何红！此亦当今一张角，满地黄花乱曾作。国成谁秉邪台邪，聚铁群惊铸如错！

——《南汉敬州修慧寺铁塔歌》

四千年中中国史，咄咄怪事宁有此？与君不见一年耳，去年此时事方始。谓之曰战仍互市，曰和而既攻其使。同一国民民教异，昨日义民今日匪；同一国臣南北异，或而矫旨或抗旨。惟俄德法英日美，其军更联意奥比，以其枪炮御弓矢。民间尚自传胜仗，岂料神兵竟难恃！守城何人无张许，收京何人无郭李。此时中国论人才，但得秦桧亦可喜！拒割地议反赖商，保定皇罪乃杀士。纷纷揭党互生死，言新言旧徒为尔。西来日月犹双悬，北去山河枉万里。仪鸾殿卓诸国旗，博物院陈列朝玺。留都扈跸方争功，迁都返跸相訾訾。伺人怒喜为怒喜，不知国仇况国耻！

——《述哀答伯瑶》

人才零落，“守城何人无张许，收京何人无郭李”，而求一秦桧亦不可得。“拒割地议反赖商”，“伺人怒喜为怒喜”，可为痛哭之事，孰有甚于此者？外交既节节失败，门户开放，主权丧失，而列强之经济侵略，愈益猛进。于此，仓海尤慨乎言之。如《波罗谒南海神庙诗所怀未尽复次前韵》：

方今万国旗，各画国所珍：凶禽与悍兽，戢戢何侁侁！国旗所到处，互市争金银。

又如《题兰史罗浮纪游图》：

迩来仙人所治地益窄，堑山跨海来群胡。各思圈地逞势力，此邦多宝尤觊觎。

由于列强之经济侵略，我工商业日益凋敝，国计民生日益穷困。考其原因，盖由于（一）朝臣疆吏，思想浅陋，不明经济原理，不知应付新环境之方法，墨守成规，阻挠建设。同治间，英人赫德堂递局外旁观论于总署大臣，主张中国矫正虚饬（饰），实事求是。外国有轮船、火车、工织机器、邮电、军火、兵法，中国宜早兴办。一般士大夫不仅不赞同，反加以恶意解释。戊戌变法，曾诏设农工商总局，亦不旋踵而罢。（二）海关大权操诸外人，洋货税轻，土货税重，以致入口日多，出口日少。（三）本国商人资本缺少，又无类似商会之组织，以维持或保护其利益。因此，国力渐趋于穷匮，经济渐陷于绝境。对此，仓海在《汕头海关歌寄伯瑶》中痛陈其因果：

风雷驱鳄出海地，通商海开远人至。黄沙幻作锦绣场，白日腾上金银气。峨峨新旧两海关，旧关尚属旗官治。新关主者伊何人？短衣戴笠胡羊鼻。新关税赢旧关绌，关吏持筹岁能记。新关岁入余百万。中朝取之偿国债。日日洋轮出入口，江头旧船十九废。土货税重洋货船，此法已难相抵制。况持岁价两相较，出口货为十之二。入口岁赢两千万，曷怪民财日穷匮！惟潮出口糖大宗，颇闻近亦鲜溢利。西人嗜糖嗜其白，贱买赤砂改机制。年来仿制土货多，各口华商商务坠。如何我不制洋货，老生抵死仇机器！……中朝屡诏言保商，惜无人陈保工议。我工我商皆可怜，强弱岂非随国势！

此不独汕头为然，全国通商口岸莫不皆然。我工商业不振兴，固不足以塞流扈，不足以救贫乏，抑亦不足以扩军备。例如当年海军之创办，以船炮不能自制，向外订购，需款甚巨。后虽设厂造船，设局造炮，亦以规模狭小，任用非人，未有昭著成绩。重以主持者无能，军事人才缺乏，遂每战辄败，不足以言战守。仓海曾指出其症结：

大东沟中炮声死，旅顺口外逃舟驶，刘公岛上降旛起，中人痛哭东人喜。旁有西人竞訾訾，中国海军竟如此！衙门主者伊何人？万死何辞对天子？坐縻二十三行省万万之金钱，经营惨淡三十年……一东人耳且不敌，何况西人高掌远跖纷来前！我不能工召洋匠，我不能军募洋将。衙门沉沉不可望，若有人分坐武怅（帐）。……战守无能地能让，百万冤魂海中葬！购船购炮仍粉粉（纷纷），再拚一掷振海军。故将逃降出新将，得相从者皆风云……噫吁乎书生结舌慎勿言，衙门主者方市权。

——《海军衙门歌同温慕柳同年作》

由于内忧外患之纷乘，疮痍满目，民不聊生。仓海蒿目时艰，时于诗中写其感慨，写其意见，写其“民饥已饥民溺已溺”之怀抱。如《次韵晓仓淮徐海水荒奉檄劝赈之作》：

诏书哀痛与民谋，重起书生借箸筹……百万残黎待甦命，此行不为赋诗留。

又如《晓仓惠香米兼以诗贶（觊）赋此为谢》：

另思亦无他，思起民疮痍。愿得足谷翁，慷慨能好施：舢舻运葛斛，陆续淮河湄。米豆腐亦香，饥者食易为。去岁已告灾，计令且及期。颇闻被灾处，草木无根皮。不知饥民况，能再支许时！念此不能餐，北望挥涕洟！作诗用报君，勉哉速驱驰！

又如《三饶述怀》：

承平岁已久，生齿益繁殖。吏治寝不休，宽假恣奸慝。……年荒益华贵，菜茹当肉食。道上逢老农，喘汗有饥色。谁为富教谋，用奏循良绩，为尔祝坻京，为尔去螟螣。

足见仓海无时不关心民瘼，无时不欲解人民于倒悬。顾济世有心，用武无地，惟以诗寄意："大江北去是黄河，饥旱频年菜色多，泪尽伯鸾心尚热，西风自唱五噫歌。"

仓海深恶赌博，认为贻害社会，莫赌为甚。故任广东咨议局议长时，首倡禁赌，而当时政府却赖开赌筹饷。"何止诛求在市租？上供只求急军需。相公南下纾筹策，报国居然仗赌徒。"对此，仓海益不胜愤慨也。

根据仓海之学养观之，其政治思想，盖源出儒家，而参以西洋文化。故虽严夷夏之防，却欲进世界于大同。大同思想，固根据《礼运·大同篇》，抑亦涵有西方民主政治及社会主义之思想在内。"至竟大同终有日，不妨卖饼说公羊。"又"世逢运会将大同，天教此起文明度。"足见仓海思想之一斑。以台湾民主国之往事律之，仓海之政治思想，当比同时一般士夫为急进。顾其所取实行政治理想之途径，则倾于温和之改良主义。仓海归粤十余年，大部分时间致力于教育，"畀养人才培国脉"，徐图革新。又赞同康梁之维新运动。即其当年倡建台湾民主国，亦顺时势之自然，而非出诸流血之革命。《洁斋世丈以西园述怀诗见示为赋五古四章》有云：

> 乱萌虽已兆，何忍吾君弃？河山况如故，力在收破碎。九州不可知，犹冀一方治。内乱吾不与，外患吾不避。用敢告司阶，斯诏合经义。

足证仓海初不欲推翻清室，仍期望当局翻然改图，从事革新，抑亦足证仓海倾于改良主义。

吾尝疑仓海之政治思想，受康梁之影响颇大。年谱有云：

> 此次南行，（按指光绪二十六年）曾与保皇会、兴汉会诸志士接洽，在港与康有为、梁启超诸先生合摄持刀并立小照。

是则仓海与康梁之交谊固笃，而其政治见解，与康梁亦复相近。故仓海不惟赞同康梁之变法运动，并痛惜康梁之变法失败。年谱云：

> 公自内渡，亟思培本荣枝，效日维新立宪。故对于光绪帝极为期许，对于慈禧干政，极为厌恶，与康梁维新大同诸说表同情。是岁（戊戌）闻变法失败，德宗被囚，甚为伤感。

康南海《共和平议叙》：

> 吾二十七岁，著《大同书》，创议行大同者……

而仓海亦云：

> 运会值大同，一统兼华夷。

康南海云：

> 孔子倡“大一统”之说，孟子发“定于一”之论，盖目睹争地以战，杀人盈野，故倡统一以救之。

又云：

今中国人也，于自有之教主如孔子者而又不尊信之。则是绝教化也。

而仓海亦云：

大九州当大一统，书生原有觉民权。待将宣圣麟书笔，遍布王春海外天。

除旧居然又布新，溶溶四海一家春。皇威万里行儒教，八表同风拜圣人。

——《元旦试笔》

寰球自合大一统，圣教终行大九州……南车重译人宗孔，东愬同声会抑欧。

——《次韵答陶生》

二人持论大致相同，则仓海曾受康南海之影响，殆无疑义。

顾仓海初期固倾于改良主义，而后期则渐倾于革命运动，以求彻底革新。年谱云：

公与留日之保皇、同盟会诸子，年来均有联络。但以清廷日觉颟颟颓废，终无振作希望，故自此（按指光绪三十一年）渐倾向排满革命。

盖自戊戌政变后，仓海认为康梁变法失败，不啻宣告改良主义失败。知持改良主义，必难实现自己之政治理想。换言之，即欲救中国，非从事革命，彻底革新不可。仓海之所以倾于革命，固由于对清廷已完全绝望，抑亦受革命党人之影响颇大。其《戊申广州五月五日作》：

年来民穷盗益多，群盗如毛不可栉。……民言官苛迫民变，官言革命党为孽。彼哉革命党曷言？下言政酷上种别，假大复仇作桀揭。……年来招兵兵益多，东征西防未容撤。饥困兵言月饷少，罗掘官言库储绌。嗟哉民变犹可说，只忧兵变不可说！

此对革命党表面似有微词，其实表示左袒。

世无仓海君，谁发诛秦意？一击天下惊，奋起就虎气！

——《答敬南见赠次原韵》

鼓吹革命之意，已显露于字里行间。仓海既倾于排满革命，故对革命党人，调护备至；对于革命运动，亦多方赞翊。且与革命巨子赵声等深相结纳。邹鲁《岭云海日楼诗钞序》：

> 时革命之说已盛，莘莘学子，人人思有所树立，以雪民族之耻。先生赞颂而调护之者无不至。忌者至以先生列于党魁，登诸报章，形诸公牍，甚而入之奏简；先生夷然不稍动……其后鲁以奔走国事，为清吏所劫持，先生则卵羽（翼）之。

仓海《澳门有赠》：

> 海上我来寻大侠，如君何让古朱家！北胡南越英雄在，落日萧萧广柳车。

此殆赠革命党人之作。

顾仓海虽倾于革命，却未参加实际行动。年谱云：

> 是年中国革命同盟会，推公为岭东盟主。连年新党如“保皇”、“革命”，旧党如袁世凯等，均派人极力拉公作幕中主干。推公重实际作事，不惊虚声，于各党有利于国家民族之计划，则赠助之，而不骤从同其形式。

推其不参助实际行动之原因，盖仓海个性强，有洁癖，其气质内仍留有士大夫传统习气，狷介孤高，不肯苟同；抑以革命党人分子复杂，不欲贸然厕身其间也。

诗　篇

仓海八岁能诗，读作日不辍，积各体诗达万首。顾乙未以前之篇什，因经战乱，已与台湾俱亡。今所见《岭云海日楼诗钞》，仅得千余首，皆内渡后之作。至所为文稿，随手散佚，略无留存。丘复《仓海先生墓志铭》：

君之诗文，久雄视海内。然君雅不欲以诗文人传，故所为文，皆不缮稿；诗则旧岁始辑内渡后所作，编为《岭云海日楼诗稿》。

其诗以七绝七律占多数，七古次之，其他又次之。以性质论，忧乱伤时之篇什，占总数四分之一，师友唱酬及游览名胜者次之，其他又次之。而其中叙当代史实之作，确能图绘出时代景象，讴吟出时代心理，不仅在文学上有价值，即在史料上亦有极大价值。如上文已举例之《汕头海关歌寄伯瑶》、《戊申广州五月五日作》等，皆情感丰富，寓意深刻，可称史诗。篇什不多，弥足珍贵。

仓海志在“兼善”，富同情心，故常注视社会之最下层，常以诗篇写社会百相，暴露下层社会之实况及情绪。如《黄田山行》：

黄田山下寒飙肃，白发老妪当道哭。问妪何事何愁蹙？妪言：“有儿昨伐木，遇虎于山饱虎腹。兹山往昔安樵牧，年来有虎伤人畜……犬豕未能餍所欲，近村噬人今五六。谈者色变谁能逐？空（山）辗转穷无告，残年自悲成老独！”嗟哉妪悲良足悲，惜尔不遇陈公网鳄时！

又如《述灾》：

三江势俱涨，有地皆水占。平乡水过屋，高市水入店。桑田尽成海……有稻不得敛，灾民露天宿，屢(屡）徒常倚担。生者鹄面立，死者鱼腹殓。天心风仁爱，仍使民昏垫。

此为当年社会最真实之影片。其一腔悲天悯人之怀流露于字里行间。殆与少陵之《石壕吏》，香山之《道州民》、《杜陵叟》等篇相类似。此类作品，可称写实诗。

以仓海之救世热肠，而半生坎坷，一筹莫展。其故国之思，郁伊无聊之气，尽托于诗。宜其诗，类皆悲凉激越，尤其诵怀感遇之作，有天风海涛，独立苍茫之慨。如《古诗》：

富贵果何物，遭者罔不诎。靦然衣冠徒，奔走愧行乞。平生干镆锋，安能顿使屈！乾坤值震荡，眼底鲜英物。不恨见越公，恨不遇红拂！知己得美人，散此万古郁。

神鱼砀失水，跛鳖相瑕疵，威凤无相巢，笼雀揄揶之。按剑遭不平，慷然生古悲。……岂非无意干，飘风当坠枝。偶然出游戏，播弄随纤儿。手抚铁如意，一笑力支颐。

仓海少学诗于其父潜斋先生，嗣师事唐景崧，时有唱酬。其诗宗主为谁？尚待研究。据江瑔《丘仓海传》：

所为词章，凌厉雄迈，不愧古之作者。尤善诗，恒寝馈于李杜、苏、黄诸家，去其皮而得其骨。

顾仓海论诗，对于诗界标榜宗派，颇有微词，不表赞同。观其《论诗次铁庐韵》：

北派南宗各自夸，可能流响脱淫哇？诗中果有真王在，四海何妨共一家？

则其诗似不欲有所专主。然就其诗观之，盖亦必有所宗仰。“杜陵乐府老更成”（《次韵答伯瑶》）“生平我愧杜工部。”（《与高啸桐同客广州》）“芭蕉雪里共摩写，绝妙能诗王右丞。”（《论诗次铁庐韵》）“仓海尘生锦瑟年，明珠泪尽月当天。人间传遍西崑体，谁解春心托杜鹃。”（《东山感春诗次己亥感秋韵》）“于时我正从韩公，捕逐八荒两翅疾。乾坤雷琅摆光焰，专莲（□）府少陵律。”（《东山谒韩祠毕得子华长句次韵句答》）“文章光焰磨蝎避，耿耿奎宿方行天。”（《白鹤峰访东坡故居》）是则少陵、青莲、昌黎、王右丞、东坡以及西崑体，皆仓海所崇拜，而尤倾心于放翁，每以自况。“吾生似放翁，筑室思山陬。（《神龟祠》）放翁以“心太平”三字额其庵，而仓海亦以“心太平”三字名其草庐：“昔者陆放翁，庵额‘心太平’。自云此三语，取自黄庭经。放翁振奇人，平生喜谈兵，上书论北伐，策马尝西征……吾生于放翁，所遭百不同；同者惟此心，天或哀吾穷。”（《以摄影心太平草庐图移写纸本》）观此，足见其诗瓣香之所在矣。仓海诗除宗主上述诸人外，殆亦受同时诗人之影响。仓海归粤后，先后与易实甫、陈伯严、陈宝琛、康南海、黄公度诸诗人游，造诣益深，诗格益高，而受南海、公度之影响尤大。南海之诗，揉杂经语、诸子语、史语、旁及外国佛语、耶教语以及声光化电诸科学语，而出之以狂荡豪逸之气，返虚入浑，积健为雄。而公度亦喜摭用西事及新名词入诗。仓海诗格既规模前人，然其所作，举凡佛语、道家语、俚语、西洋史事，以至声光化电诸科学语，皆熔化采用，有意于造成梁任公所谓“以旧风格含新意境”之境界。此殆受南海、公度之影响不少。

大抵仓海之诗，初期多近于少陵、东坡，七古七律尤近少陵，间有似昌黎者。后期多近东坡、放翁，间近山谷，七绝尤逼近放翁。如拟杜《诸将》、《秋兴》、《秋怀》等，皆有意学杜；《韩祠歌同夏季平作》，尤酷似东坡《潮州韩文公庙碑》之诗词。又其诗（一）善于熔化俗语入诗；（二）善次韵叠韵，如《次易实甫观察即席韵》竞叠至二十四次；（三）好议论；（四）主气格，七古尤大气磅礴，纵横变化，不可方物。“无以释穷愁，将诗慰食息。岭南论流派，独得古雄直。”此指出岭南诗派之特点，亦即自道其诗之特点。凡此习尚，多为东坡诗派之习尚，盖其寝馈于东坡者深矣。顾仓海诗古律多雄豪激越，而七绝多清丽婉适，有风致；体睡物诗尤深秀。如《寒入》：

寒入重襟睡不浓，寺楼初打五更钟。开门忽觉前山雪，白遍东南四五峰。

又如《席上作》：

儿女英雄海上缘，东风吹散化春烟。相逢欲洒青衫泪，已割蓬莱十四年。

又如《华首》：

古台僧种万株松，斸茯烹芝作佛供。满地绿云凉不动，雨花桥畔一声钟。

又如《忆上杭旧游》：

春田漠漠草萋萋，油菜花开烟草齐。鬼谷祠边春市散，淡云微雨过蓝溪。

此类诗余尤喜读，以其清新刻露，逼近放翁也。

仓海诗长固不少，短亦颇多。其短处约有下列几点：（一）粗直；（二）冗滑；（三）肤廓；（四）草率；（五）以文为诗，如《日蚀》诗后段：

> 大九州成大一统，万法并灭宗素王。四天下皆共一日，永无薄蚀无灾伤。不然测日有辩口，魔法复幻来西方……彼乃有帝解造日，将惑黄种归亚当。谁与觉者解厥惑，力拒魔说毋遗殃……

此类诗议论居半，有类散文，而偏重于寓意。惟其过重写意，故辞句有时欠修，诗料杂沓而欠剪裁，不免流于粗直冗率。抑其诗（尤其七律）有时偏重格调，亦不免失之肤廓，有明七子之弊。故其所作富情感，善讽谕，直抒胸臆，气壮而志奋，格严而声正，不失为当代一名家也。

后　记

此文草成后，才子书坊购得《前台湾民主国义军大将军仓海先生丘公逢甲诗选》一册，民国二十四年（按：即 1935 年）五月商务版，系仓海经子琮所选辑。本书录诗一百五十题，都三百首，后附以传、状、年谱、岵怀录等。《岵怀录》系丘瑞撰，其中有云：

> 窃意乙未事变后，讥先父者，或称其挟巨饷逃，或称其不死台事。挟饷之谣，实由叛将吕某为倭捏倡之，而怀族籍之偏见者和之。惟先父生平衣食简朴，后身家世清贫，潮梅人士多知之，无待辩释。即不死之真意，粤人身见其兴学革命之热忱者，自当知其苦心。

又述仓海之嗜好：

> 喜花木，凡远归必携数种归植园庭。性嗜茶，小盏泥壶若潮漳人士。四十以后习旱烟，用四尺长粗之墨竹烟杆吸之，并之代杖。不嗜酒，不好声色，故屡有欲以女色诱陷者，均得免祸。

琮字念台，抗战时，曾间关至曲江谒余汉谋将军，商东江游击队事。琮富爱国热忱，有乃父风。顾不修边幅，质朴如村农。近台湾省政府改组，中枢以民政厅长相委，闻曾屡辞不就云。

原载《读书通讯》1947 年第 143 期

关于伪《石达开遗诗》

阿　英

一

司空雨的《读诗小记》（7月13日《人民日报》）里，有一篇谈到《伪石达开答曾国藩诗》，说"已经考定"其实是高吹万先生自己作的了"。

这有必要加以订正。

伪石达开答曾国藩诗，虽收在南社诗人高天梅伪作的《石达开遗诗》集子里，其实并非他所作。这五首诗初见于壬寅年（1902）《新民丛报》梁启超《饮冰室诗话》中，据说就是梁启超自己写的。

原来戊戌政变（1898）以后，梁启超亡命日本，初期有一个阶段，他和孙中山先生接近，思想上曾有变化；这些诗可能就是那个时期作的。

高天梅伪《石达开遗诗》，写在梁启超伪作发表后四年（1906），凡十七题共二十五首，除梁启超一题五首外，都是高天梅一晚写定的，地点在蔡元培主办的上海爱国女学宿舍内。加上叙、跋付印，估计是因为梁启超伪作已为人深信，也被收了进去。

在伪《石达开遗诗》里，除收了梁启超伪作外，高天梅自己还补了一首："支撑天柱费辛艰，垓下雌雄决一韩。试看欃枪天上扫，夜深惨澹斗牛寒"。但这是在五首之外，并另安了个题目："再答国藩一首"。

当时也住在爱国女学，曾目击高天梅写这些诗，可能还参加了意见，并知道梁启超伪作的，有现在北京的柳亚子先生。后来，我访得这本《遗诗》，柳先生曾把这情况告诉我，他为此写了两篇短文，罗尔纲先生已经引用。

伪《石达开遗诗》是高天梅所作，确是"已经考定"，但不包括梁启超伪作五首在内。

二

我想谈谈伪《石达开遗诗》的内容。

这本伪作，全题《太平天国翼王石达开遗诗》，封面简题《石达开遗诗》，署“残山剩水楼主人刊”，封面亦“主人”自题。全书并叙、跋、目录共六页。印一千册。伪叙称：访求太平天国遗书四十余年，始得此帙。谓书为哭广所藏，哭广“得诸湘中故人刘君某某之手，而刘君某某又得诸其家之佣工，盖佣工之王父为翼王帏幄中参谋，故主帅之诗篇，虽一吟一咏，彼皆得而笔录之”。并说：“哭广本笃诚君子，其言盖可信也。”又故作玄虚，说“诗历年已久，书页烂漫，字画有不能忆识，余不敢妄为填补，宁缺之以仍其旧。”作这样一些说法，以期读者不疑。

伪诗集和梁启超伪作一样，充满着伤感。但其间某些首，确实写得很好。也可说是符合或接近当时石达开心情。我曾把读时的印象告诉亚子先生，说比高天梅用自己署名的诗好。亚子先生复信说：“天梅造的石诗，比他自己的好，我也同意”（1940年11月19日）。这里，举出《我伤朝内祸》一首为例：

> 我伤朝内祸，嗟哉中心悲。忆昔诸豪流，并逐奏鹿驰。三户必亡秦，秦运朝露危。相与建大策，用以张四维。日月丽中天，重光会有时。天意讵易测，人事真难知。一朝杯酒间，自刃集殿帏。老父身何辜，谁料了乱离。城中少行人，鸡犬无安栖。泪泪血中洛，宫禁失光辉。浮云黑惨澹，酸风向雨吹。已矣复何言，去去将安归。

诗里所表现的，一般地说，是符合当时情况和石达开可能发生的心情。而题《道路》的另一首：“对影意凄凄，尘埃眼欲迷。荒江魑魅啸，古木杜鹃啼。□□山无语，孤行日渐西。飞鸿无伴侣，道路自栖栖”。又很像是向四川进发途中石达开在情绪上可能有的感受。还有一首《马上口占》，更深刻地刻划了石达开当时回军的胸怀：

> 苍天意茫茫，群生何太苦！大江横我前，临流曷能渡。
> 惜哉无舟揖，浮云西北顾。到耳多哭声，中原白日暮。

像这些诗，很可能有人提出：这种伤感情绪，只是小资产阶级有，作为革命家的石达开不会有。我的意见，不会有当然最理想，有也是现实。因为人并不是像被概念化了的那么简单。太平天国发生了那样沉痛的惨剧，石达开伤今感往，能说他至少在刹那间，在内心深处，不可能发生这样情感上的变化吗？国将破，家已毁，他能毫无感受吗？他可以咬紧牙关，他可以加强战斗，但他能一点也不哀痛或悲愤吗？自然，如果说这是石达开的基本情绪，那却是值得考虑的。在这一方面，伪诗集是有缺点的。

不过，这只是评衡高天梅揣摩石达开这一人物及其环境是否恰当，不是要证明这些伪作就真是石达开的诗。

署作“哭广”的跋文，说伪作遗诗：“慷慨激烈，喷血而出，余子不能望其项背”，事实上，虽没有达到这样完满的境界，但胸怀、气魄和石达开是有很大相称的。

这也就是伪作《石达开遗诗》所以为人传诵的原因。

三

从伪《石达开遗诗》内容里，不难意识到，这本书的写作，是为着“鼓吹革命”。

这是当时革命者采用的宣传方式的一种，这种苦心孤诣的艺术创造，正强烈地反映出当时革命文艺工作者的智慧和高度爱国主义热情。

“当此胡尘滚滚，神州陆沉……尚有捍戎祸，解倒悬，如石翼王其人应运而生者乎？”哭广跋文最后这几句话，正表明了革命者的态度、立场和要求。

因为不推翻清室，实行革命，是没有可能改变当时中国。“荒凉唐日月，黯淡汉旌旗”（《极目》）情况的。

原载 1956 年 9 月 4 日《北京日报》

南社在中国文学上的地位

徐蔚南

一

近代的文学显然划分成为两类：一类是意志的文学，一类是无意志的文学。前者是与人生发生密切的关系，后者乃企图悠游于物外。一个激昂慷慨地积极战斗，一个冷笑热嘲地（甚至畏首畏尾地）消极防御。一个跟着时代的意志而生长，一个迷恋往昔的灰烬而退婴。一个要求改造社会，一个只是玩物丧志。一个是时代的创造者。一个是过去的沉淀物。一言以蔽之：一个是革命的，一个是不革命的，甚至反革命的。清末文学界的情势，恰好说明这两类文学划分得清清楚楚。

当晚清之时，一般文人学士醉心于模拟宋代的诗词，以晦涩为高远，以雕琢为技巧，对于现实的世界，永不敢睁目正视，只想把文学来当做避难所。所谓文学无非委靡不振的模制品，文坛已为黑夜所包围。然而当此之时，忽地里一个彗星突然出现于东南的一角，姑苏台前，虎丘山上，光芒万丈地划破了沉沉的黑夜，那就是南社生龙活虎般的登场。

晚清政治的黑暗与腐败，实则一般文人谁都感觉到的，可怜缺少了意志，不敢有所作为，于是只得腐心于宋代诗词的模造，而以文学为避难所了。南社的创造者虽则也只是文人，然而具有意志的，他们有意识地要打破满清的黑暗政治，他们大胆地要干革命的事业。他们虽则也只是文人，然而知道笔并不弱于剑的，他们就用文学来推翻满清的黑暗政治，就用文学来号召革命的同志。于是 1909 年的冬天，南社就在欢呼与痛哭的交混声中产生了！南社的产生地是苏州虎丘张东阳祠。张东阳是明季奉监国鲁王抵抗满清的一个殉义的勇士。南社是从勇士的怀里产生的，南社是勇士般地生长了。他们的气概是勃然的，精力是弥漫的。他们作品的内容就是他们的意志，一篇文、一篇诗、一首词，甚至一首短札，都是热烘烘地表现了他们的意志。

二

柳亚子先生宣言："南社已成为历史上的名词了"，现在且就南社的历史作一简单的回溯。

南社的发起人是陈巢南、高天梅、柳亚子三人。以年岁而论，陈最长，高次之，柳则最年少。就籍贯而言，陈柳同是江苏吴江，高则为江苏金山。然而年岁何足论！籍贯何足论！只要思想意志统一就好了，他们三个人都是同盟会的会员，他们的意志是统一于中山先生革命理论之下的。在统一的意志之下，他们于是有组织文学团体的企图。

1907 年间，陈、高、柳等已有结社的动机，而他们的作品也早表示了他们的意气。

"慷慨苏菲亚，艰难布鲁东。佳人真绝世，余子亦英雄。忧患平生事，文章感慨中。相逢拼一醉，莫放酒杯空！"

这是柳氏 1907 年冬与同志酒楼小叙，即席所赋的一首诗。这首诗正可作为他们意志的代表，同时也可作为文坛上爆发出意志文学的第一朵火花。旧式诗中弥漫着新意志的精力，真合所谓旧囊新酒的一句话，将当时模造品的空虚无力一扫而空。

迨至 1909 年冬，时机成熟，南社于是正式成立于苏州虎丘。参加者凡十九人，而其中十四人却都是中国同盟会会员。所以南社的成立，等于中国同盟会成立一个革命宣传部。他们登高一呼，四山响应。不仅一般文人的情感，被他们的意志所征服，就是一般青年，只要是爱好文艺而"蒿目时艰"的都踊跃地参加南社了。南社于是专家辈出，如胡朴安、黄侃的小学研究，吴梅的戏曲，黄滨虹的画史研究及其字画，戴季陶、陈布雷、邵元冲、陈匪石等政治社会问题研究。又有科学家如马君武的工业，胡先骕的生物，任鸿隽的化学。女子方面如张昭汉、徐自华、吕碧城等也卓然成名家。济济多士，南社极一时之盛！

南社是成功了！南社之所以成功，老实说，全在他们意志的统一。因为无意志的文学，总只是旧时代的沉淀物，一旦意志文学出现，势所必然将无意志的文学淘汰，而由意志的文学独一支配着时代的缘故。南社是靠意志统一而成功：支配了行将爆发革命的时代，统制（治）了大江南北的文坛，辛亥革命告成，报馆记者大都为南社社员，他们方期革命文学有所建设，不图袁氏盗国，南社社员于是又一致奋起，口诛笔伐，与二次革命的枪炮声，同时而作。二次革命牺牲了不少英才，南社也损失了不少的柱石，陈英士，宁太一即其代表。

时势逆转，全部政权落入于北洋军阀之手，于严重的压迫下，属于革命集团的南社顿然失去了活跃的机会。南社乃渐即自起分化：意志统一的归在一起，意志动摇的又归在一起。前者还是勇猛地跟着时代意志，而向前迈进，后者则投降、背叛、倒戈了。无情的时代使南社在1917年后不得不中途停顿了，同时却也为南社完成了"清党"的工作。意志统一的南社社员，尤其柳亚子先生，还是努力工作，而且深入到民间去了。记得1923年时，柳先生在其故乡黎里镇发刊《新黎里报》，宣传革命，我在盛泽镇，响应了他，出版《新盛泽》。接着，《新同里》、《新平望》、《新吴江》等等报纸都出现了。虽则只在吴江一县，却也干得热烘烘地。我们新字号的报纸，意志完全一致的，一律鼓吹国民革命与新文化运动。《新黎里报》且一度为南京军阀所查封。同年国庆日，停顿中的南社终于也加上新字为记，而正式成立了新南社。是日到会的有汪精卫、张溥泉、于右任等四十余人，公举柳亚子为社长，而新南社的宣言则由叶楚伧的笔下写出。他说："南社的发起，在民族气节提倡的时代，新南社的孵化，在世界潮流引纳的时代，南社里的一部分人断不愿为时代落伍者，那一点，新南社孵化中应该向国民高呼声明的。"

南社是应和同盟会而起的文学研究机关，同盟会经几度改革以后，已有民众化的倾向，新南社当然要沿袭原来的使命，追随着时代，与民众相见。"南社在民元之前，惟一使命是提倡民族气节。因为要提倡民族气节，不知不觉形成了中国文学的交换机关。新南社是蜕化文学交换而蕲求进步到国学整理和思想介绍的。……"

新南社成立后，接着就出版《新南社社刊》，由邵力子先生主编。可惜其后一方面因环境的关系，一方面因社员侧重于政治的活动，社务于是在1924年10月10日以后就停顿了。新南社的年岁虽暂，但其影响却不少，就是南社是跟时代走的，南社过去了，新南社却来了！南社文学始终是意志文学！

三

习惯于相轻的文人，能意志一致而结成如南社这么一个大文学团体，实在是空前的。胡适之泛滥地咒骂南社，这是他提倡白话文腔时故意抹杀一切的花炮，实际他也许没有看清楚南社是意志文学的团体，南社是跟着时代意志前进的，否则他也许不会放出那么的花炮了。现在南社中人，有的意志与思想也许超过胡适之数倍或数十倍了。还有许多人，只看见南社文学的热情慷慨。以为南社文学只是浪漫主义。岂知南社文学是以意志统一的啊！其热烈慷慨只是像轮船行动时所燃烧的煤罢了。所以将南社文学看作浪漫主义的文学，实在没有真切认清南社的真正面目。

南社在中国文学史上必然地要获得地位，而且是极崇高的地位，其所以能如此者，也无非因为南社不是玩物表示，退婴保守的沉淀物，而是创造时代，积极作战的意志文学的缘故而已。

“南社的发起人是高天梅、陈巢南，柳亚子三人。高天梅死了。陈巢南死了。我柳亚子没有死，敬祝诸位一杯！”这是 1936 年 2 月 7 日南社纪念会第二次盛大的聚餐会时，柳先生所吐出的悲壮热烈的言语。他说完话，立刻举起酒杯来，一饮而尽。听了他的说话，看着他的举动，在座的会员，没有一个不为之感动的！尤其是柳亚子没有死一句话，简直像利剑一般，直刺着人心。柳先生的话虽简而有力，表明了他个人的意志与气概，同时也代表了南社的意志与气概。“柳亚子没有死！”“南社没有死！”并且因为意志的力量，南社将永久不朽，而占据中国文学史上最光荣的一页！

（附注）第一节第三段的文字，并无一句描写，却是史实，请参考柳亚子《庞檗子遗集序》。

录载《南社诗集》第 1 集，中学生书局，1936 年版

戏曲的更新

杨世骥

杂剧传奇是以曲为中心的。从宋代的戏文、傀儡话本、影戏话本等演变为金、元的杂剧、传奇，怎样会有曲的成分产生，今日因为文不足征，已成了无法解答的问题。从清末的杂剧、传奇进步到今日的话剧，又怎样渐次摆脱了曲的成分，使我们的戏剧和欧、美的戏剧合流为一，这其间却有显明的线索可寻。

从传统的杂剧、传奇到话剧，虽然只有三四十年的时间，但它发展的经过，并不如一般人想象的简单，我们如果不愿抹杀那段史实，我们可以说，戏曲的更新其历程是这样的：

衰落期的杂剧传奇 ⟶ 解放期的杂剧传奇 ⟶ 新戏 ⟶ 改良新戏 ⟶ 话剧

戏曲的衰落并不自清末开始，乾、嘉两朝已经很少可观的作家了。道、咸以后，黄燮清、许善长、杨恩寿、张蓟云、陈烺、范元亨、黄振、李文瀚、刘清韵、张预，继踵而出，就戏曲的量上来说，未尝不可媲美前人，但是他们有同一的缺憾，就是着重曲律，忽略了戏剧本身的价值和内容：在题材方面，他们每喜挦扯历史上的英雄美人，义夫贞女的故事，不是失之千篇一律，就是失之枯索；在结构方面，他们每喜步趋前人之作，而模仿徐渭的《四声猿》，李渔的《十种曲》，尤为一时的风气。既无新声之可言，见地又多迂腐。致使杂剧传奇度入了无可挽回的厄运。及至光、宣之际，因为时代的剧烈变动，戏剧的内容体例，也不得不发生很大的蜕化。在当时作家之中犹能默守成规，一字一句，引宫按节，欲求声调律协者，恐怕只有李慈铭、吴梅两人了。

李慈铭是极爱好戏剧的人，我们只要翻开他晚年的日记，听戏（昆曲）几乎是他唯一的嗜好。他作有《越缦堂乐府外集》二卷（上海蒋瑞藻刊本），计收《蓬莱驿》、《星秋梦》传奇二种。《蓬莱驿》系取材唐人小说所载支纯甫、施弄珠事，谱武林女郎施弄珠，幼年跟随父亲在浙东经商，和支纯甫订了婚约。当纯甫到长安应考去后，由于邻人仇壬妄构事端，她的父亲将她嫁给当地一个流氓，不到一年，赀财荡尽，她也被卖入教坊为娼。这时她的父亲回籍省墓，路上遇了匪徒，又不知存亡。她只好愁苦地度着非人的生活。有一天，她病了，单独乘船往暨阳就医，当她经过蓬莱驿的时候，看见岸上簇拥着一大堆人马到来，她心中十分纳罕：

〔宜春令〕（旦）人烟密，竹树疏，甚心情恋着舟行画图（前面雉堞迷茫，已是越州迎恩门了。）高城何处砌斜阳，不隔愁来路。（呀，这是蓬莱驿，为何恁般喧闹，你看：）他簇牙门，临水旌旗，拥头踏迎风笳鼓，踌躇，富贵英雄是何官府？

她询问船夫，才知道是新观察到任。原来这新观察不是别人，正是她从前的未婚夫支纯甫。结果他们团圆了。这是金元以来传奇中最习见的情节。《星秋梦》的故事，则尤为简单，谱莫峤会见了他死去的恋人柳珠，在静寂寂的夜里，两人携手追忆着过去的生活，不料一声鸡唱，柳珠悄然别去，莫峤只好独自一人在伤楚着：

〔川拨掉〕看这月栖粱，露通帘，听听这乱虫声幽草边，分明是烛影现婵娟，分明是烛影现婵娟，分明是烛影现婵娟，只余一缕秋风紫玉烟。空为伊长恨天，空为伊死挂牵。

〔前腔〕看这枕和衾泪荧然，想是玉人儿灯下弹（方才梦中之语说是后会有期），果然了结下再生缘，果然了结下再生缘，便教世世昙花也胜仙。空为伊长恨天，空为伊死挂牵。

此剧虽富诗意，而表现的方式仍是陈腐不堪的。

吴梅是杂剧、传奇这一体例的结束人物，也是最后一位谨守着曲律的作家。他在 1899 年（光绪己亥）就开始写剧，民国以后仍努力不辍。他所作杂剧计有《暖香楼》、《无价宝》、《惆怅爨》、《轩亭秋》等。《暖香楼》一出（载《小说林》，有《奢摩他室曲丛》本），系取材《板桥杂记》所载姜垓事，谱姜垓浪迹金陵，和秦淮名妓李十娘相恋，住在暖香楼中，三月不出，他的友人孙临，方以智四处找寻他，好容易打听到了他的踪迹，想去访他，又怕他闭门谢客，便佯装为盗，闯入楼中，欲劫十娘去。他大惊，连忙出来乞怜求救，仔细一看，还是友人和他开顽笑！这是一出有趣的喜剧，前面写姜、李的会合，极绮丽，在作者很是自负，以为“非独寄艳情，亦且状故国丧乱之态”：

〔梁州新郎〕（旦）花儿低压，人儿偎倚，如此良辰有几！赏心乐事，何妨烂醉如泥。（便是奴家得遇官人，好不侥幸也。）承你知疼着热，体贴温存，百样相怜惜。真个是两情和合也，莫轻离，畅好把湖上的风华细品题。（生）（只是今日早起，未免有些骄性子儿！）（旦）（谁叫你早起来！）（各笑介）（合）春色好，春风利，人生艳福非容易，论恩爱，我和你！

然而在今日看来，只不出才子佳人的窠臼而已，我以为尚不及末尾写那两个恶作剧的友人，较为传神：

〔三学士〕（末）只怕俺笔花儿描不出你风流意，还只怕瘦词华唐突名姬。（只单叙了今夜的事罢，）俺这里打扮的瞒神吓鬼乔模样，你那里急搀的荡地惊天没转移，这就是一段烟花真佐使，（但有一件得罪你了）则这半夜儿工夫毕竟是耽误你。

此剧后来又经过他一再删改，易名《湘真阁》刊行（《霜崖三剧》本），字数较原作减少得多了，譬如上面所引的〔三学士〕便改成为：“怕老去江南才尽矣，瘦词华唐突吴姬，（只当叙了今夜的事罢，）俺瞒神吓鬼乔模样，急的你荡地惊天没转移，这就是一段烟花真妙谛。（只有一事，得罪你了。）（生）（是甚么?）（末、老生）这半夜儿工夫毕竟耽误你!”就曲律言，实较原作更稳健了。《无价宝》一出（《霜崖三剧》本）系为祝秉纲属题黄丕烈旧藏鱼玄机诗思图而作。里面所谓“女郎诗少人千古，喜得图书尚有儿孙护；似这等无价的奇珍，可不是世上无!”（尾声）不过演述藏书家故实而已，并无戏剧的意味。《惆怅爨》凡五折，是以四件事合成的一出杂剧，这也是很显明地仿效《四声猿》的。里面计《香山老出放杨枝妓》一折，《湖州守乾作风月司》二折，《高子勉题情国香曲》一折，《陆务观寄怨钗凤词》一折。首尾二折，据《自序》云乃因不满于桂馥《后四声猿》之《放杨枝》、《题园壁》而重作者。就中《杨枝妓》一折内容，谱白居易在六十八岁的时候，患了半身不遂，他的侍儿樊素（一名杨枝）却还是十六岁的小姑娘。居易恐怕耽误了她的青春，欲将她遣出，并把一匹骏马赠她作纪念。樊素却依依故主，不忍遽去，那时马也在栏前嘶嘶地悲鸣着，居易不禁黯然：

〔快活三〕（末）非是俺逞挡查胡乱施，作弄的老太傅没参差，又不是虞姬骓马四面楚歌时，搅下这天大来伤心事！

写居易的心理是很恰当的。最后樊素还是终身伴着居易了。《轩亭秋》楔子一出（(载《小说林》)，这是吴梅杂剧中较有新意的一种，可惜未完，不能看出全剧的原委，其内容仅写到秋瑾在日本学成回国，她的友人为她送行而止。里面像秋瑾所说："几曾料戊戌年之黑狱，烈轰轰逼出几个断头郎官；庚子年之红灯，闹穰穰又惊坏了九重的蒙尘天子。俺仔细想来，好端端一个世界，竟到了这般地步，毕竟被这些糊突男儿搅坏了。偏偏俺女孩儿家，不争的什么，却整日价文绣牺牲，做那土木般蠢儿郎的供养"云云。大约作者欲以同情的态度，来表彰秋瑾革命的史绩，当是无疑的。但他在化名"洒蜇楼"的评语中又极力称道自己能够避免"新少年门面语"，足见他对于此剧的写作技术仍是未敢有所更张的。

吴梅除了上述的杂剧外，所作传奇则有《血花霏》、《风洞山》、《东海记》、《双泪碑）等。《血花霏》一名《长弘血》，据《霜崖三剧自序》，此剧凡十二出，谱的是戊戌七君子殉难事。当时因恐触犯时讳，故未刊行。《风洞山》二十四出（载《小说林》，有单行本），系取材瞿锡元《庚寅始安事略》中的故事，叙女郎于绀珠钟情于她的未婚夫王开宇，只以遍地干戈，不曾完娶，后来她的父亲要把她嫁与赵印选之子，赵为瞿式耜的部将，煊赫一时，绀珠不从，及至清军攻陷桂林，式耜殉难，印选降敌，绀珠为印选所虏，竟在风洞山下自尽。适值开宇葬母山下，发现了她的尸首，大恸。剧中写开宇一边哭着，一边料理她的后事：

〔满园春〕（生）生时节，艳晶晶，死时节，冷清清，红颜自古多薄命，坟台下，坟台下，和泪铭旌，也好千年后流播姓和名！（众抬旦下）（生）（咳，天哪？直恁磨煞人也！）折磨他一生，折磨咱一生，拆散因缘，拆散因缘，风孱雨僽，太右里一样飘零，（猛念介）：（我想盛衰之理，气数使然，莫说一个人儿，跳不出生死圈套，就是国家之事，也不免盛衰的罗网。）

(长叹介) (我才悟出人间悲欢离合也!)

〔前腔〕〔换头〕战场空，情场散，下场头好梦初醒。止不过石火电光留幻影。婚姻事，兴亡事，只剩得夕阳古树凄凉景，归根儿哀乐总无凭。问前朝兴废，问南朝兴废，望遍河山，望遍河山，烟云惨淡，早则是换了情形!

是极为凄隽动人的。但它的情调仍是一种信仰定命的悲剧情调。至于吴梅的《东海记》七出（载《春声杂志》），谱孝女殉姑事；《双泪碑》四出（载《小说月报》第七卷），谱汪柳依恋爱事，都是民国以后的作品了。

李慈铭和吴梅是旧的戏曲的最后代表，但是他们的努力，已经无法挽救戏曲的衰落了。这时候，一方面因为乱弹的纷起，昆腔在舞台上早就失去了原有的地位；一方面因为内忧外患的紧迫，使观众们感到需要有一种新的戏曲产生。然而这时欧美戏剧尚未输入中国，六七百年以来杂剧、传奇的体例自然不易完全废弃，惟最先能够做到的，便是把戏曲的意义抬高了，把摄取题材的范围扩大了，把曲律的束缚放松了，把历来脚色组合的习惯打破了。至于新的戏曲实质上究竟是什么？关于这，天僇生《剧场之教育》（载《月月小说》）一文中曾有过详尽的发挥，他说："古人之於戏剧，非仅借以怡耳而怿目也，将以资劝惩，动观感。迁流既久，愈变而愈失其真。昔以所为杂剧，寖假而为京调矣，寖假而为西皮二黄矣，寖假而为弋阳梆子矣，於古人名作，其下者读之而不之解，其上者则以是为娱悦之具，无敢公然张大之者。於是戏剧一途，乃为雅士所不道也。……昔者法之败於德也，法人设剧场於巴黎，演德兵入都时之惨状，观者感泣而法以复兴；美之与英战也，摄英人暴状於影戏，随到传观，而美以独立。演剧之效如此，是以西人於演剧者，则敬之重之；於撰剧者，更敬之重之。自十五、六世纪以来，若英之蒿来庵、法之莫礼蔼，那锡来诸人，其所著曲本，上而王公，下而妇孺，无不人手一编。而诸人者，亦往往现身说法，自行登场，一出未终，声流全国。夫西人之重视戏剧也如此，而吾国则如彼。如此一端，可以睹强弱之由矣。吾以为今日欲救吾国，当以输入国家思想为第一义；欲输入国家思想，当以广兴教育为第一义。然教育兴矣，其效力所及者，仅在中上社会，而下等社会无闻焉。欲无老无幼，无上无下，人人能有同家思想而受其感化力者，舍戏剧末由。盖戏剧者，学校之辅助品也。"所谓新的戏曲，乃是一种以灌輸国家思想为前提的教育工具，这或为当时共同的信念罢。我们不可忽略这一段粗浅的解说，这恐怕是解放期的唯一的戏剧理论了。

最早有意提倡新的戏曲的人为梁启超。启超有《劫灰梦》、《新罗马》、《侠情记》传奇三种。虽然都是未完之作，但给以后来的影响极大。他的《劫灰梦》传奇（载《新民丛报》）写于1902（光绪壬寅）年，仅成楔子一出。谱的是庚子以后国内情势。他在此剧中假借那主人公杜撰的口气说：“你看从前法国路易第十四的时候，那人心风俗，不是到了中国今日一样吗？幸亏有一个文人，叫做福禄特尔，做了许多戏本，竟把一国的人，从睡梦中唤了起来。想俺一介书生，无权无勇，又无学问，可以著书传世。不如把俺眼中所看着那几桩事情，俺心中所想着那几片道理，编成一部小小传奇，等那大人先生儿童走卒，茶前酒后，作一消遣，总比读那《西厢记》、《牡丹亭》强得些些，就算尽我自己一份的国民责任罢了。”他写作戏曲的动机，完全在这几句话中表白了。他的《新罗马》传奇（载《新民丛报》）是根据所作《意大利建国三杰传》的事实谱为戏曲的，仅及第六出而止，其中演马尼他一出，则另以《侠情记》的题目发表（载《新小说》），此剧就内容结构而言，在当时都是很大胆的尝试。我们知道金、元以来的戏曲一向都是以本国的故事为题材的，而此剧“熔铸西史，捉紫髯碧眼儿，被以优孟衣冠”在当时自然是第一次的发现；而传奇的习惯凡第一出必须以剧中的重要脚色——正生、正旦登场，此剧的正生为三杰之首的玛志尼，然第一出叙维也纳列强会议，显示意大利环境的险恶，第二、三两出叙意大利的党争，直到第四出玛志尼方始露面，作者如此处置殆系一种有意的改革（见扪虱谈虎客评注），而传奇旧有的体式从此遂不为人所重视了。

跟随梁启超之后，产生新的戏曲颇多，在今日可惜无法知道那些作者真实姓氏。这里我们只好作一次简略的叙述：

军国民有《爱国女儿》传奇一出（载《新民丛报》），从梁启超的跋语中知道作者是当时一位“忧国热肠”的留东学生。他“精娴音律，拟著曲界革命军十种，专以宣扬爱国心为主”。此剧即为十种之一。叙的是爱国女儿谢锦琴约友赏花事。这位主人公一登场，其装扮便是“辫发西装”，已经不同凡响了；而她的言论，也很足表现当时一个激进的新女性。像她说：“更说甚谢女班姬阴教，早知道无才是德，还只怕诗思文妖。五言八句便称豪，鸳鸯两字都颠倒。秋思画阁，塞外衣刀，春情铜道，楼上筝箫，纵千种聪明，也只合坚守中郎灶”（〔四门泥〕）。沉痛地道破了中国妇女的命运，是极有反抗意义的。而全剧的宗旨乃在说明男女同样皆有爱国的责任，并无什么情节。

玉瑟斋主人，有《血海花》传奇一出（载《新民丛报》），作者曾以同一笔署写有《回天绮谈》小说一篇（载《新小说》）。此剧亦未完，内容系谱罗兰夫人玛利侬事，其最值得注意的，就是表达罗兰夫人的反对专制的言论，慷慨激昂，如说：“我法国自路易十四以来，政府专横，国事日坏，专制的君权，已膨胀到极点，平民的自由，直褫剥到尽头。积威所劫，百炼都柔；士气不扬，全军皆墨；嫠忧宗国，同怀漆室之悲；泣类楚囚，同下新亭之泪。你看二千五百余万国民，个个皆婢膝奴颜，驯服那专制政体之下，我玛利侬虽是女儿，亦有国民责任，难道跟着他们醉生梦死，偷息在这黑暗世界不成！”无所忌惮地发挥着反对专制的思想，这在当日满清黑暗政治之下，是极有煽动力量的。至于其中曲词，任意增减句格，穿插冗长说白，在音律方面是完全不合的。

春梦生有《学海潮》传奇二出（载《新民丛报》），内容谱古巴学生运动事，未完。作者开始从反面写古巴政论家加但农阻挠革命的行动，颇为谐谑，我们只看加但农登台时的空场白：“填胸八股臭文章，制造专门奴隶场，杀人如草那见血，只凭信口雌黄”。就知道那是怎样一个人物，而欲衬托出怎样一个场面。可惜此剧並未发展到它的主题，便没有下文了。

祈黄楼主人有《警黄钟》、《悬岙猿》传奇二种。《警黄钟》凡十出（载《新小说》），谱黄封国抵御胡封、元封两国事。所谓“黄封”者，黄蜂也，“胡封”者，胡蜂也，“元封”者，黑蜂也。作者之意以为“生物之中，团体之坚，惟蜂为最。”故假借谐声，以蜂为喻，策励国人“自强以御侮，团结以立国”。其内容首叙黄封国公主琼英目睹时局艰危，外侮频仍，但是无法亲理国政，幽居深宫，终日以眼泪洗面。这时黄封、元封两国同时侵入东山西山等处，国民四面受敌，应接不暇，那些守旧大臣，一味主张和议，致使边地丧失殆尽，更引得其他强国的窥伺，今日要求租借花山，明日要求赔偿花蜜，不可遏止。幸得琼英奋发图强，整饬内政，及至取得军权，便诏命左副元帅谢瑶芳，右付元帅苏蕴香，出师抗战，结果是国土都收复了，通敌的顽固大臣被杀死了，国民也知道爱国了。全剧遂终止于下面的一曲：

〔黄龙醉太平〕休疑，愿尔百姓群黎，从此黄种同胞，结成团体。竞争时势，优劣分明，胜败如斯须记。食租衣税报君恩，休昧此天经地义。若问那外交国际，不过是内修政治，外御诸夷！

颇像一篇童活，而剧中人物似皆有所影射，那位“幽居深宫，未亲国政”的琼英也许就是德宗的化身罢。此剧就思想来看并无若何特色，然剧中说白往往长于曲辞，又因旦脚过多，乃有花旦、武旦的名目，这在旧的传奇体式上都是未曾前见的事，这时候戏曲的里面实际混杂着皮黄的成分了。《悬岙猿》凡五出(载《月月小说》)，谱明季遗臣兵部尚书张煌言在江浙一带孤军抗敌，失败后，散军悬岙，不谈世事，却被旧日部将诱至杭州，多番说降。当他离开悬岙的时候，家中所畜双猿，知他一去难返，乃投入水中而死，及至他到得杭州，终于从容就义。此剧蕴蓄着深厚的种族思想，其情调实较吴梅的《风洞山》一剧尤为显著。譬如里面写那些伪军将领对煌言说："阁部差矣！识时务者为俊杰，大明亡国已二十一年了，要从那里救起？阁部即欲速死，於明朝国家，有何益处？"煌言却答道："你不闻文文山对元使臣之言？父母疾病即知不起，岂有不下药之理呢？吾若有二心，岂待今日，请即回报，幸勿多言！"煌言回答得那么干净，他为了民族国家，视死如归，然而伪军们却不让他马上就死，伪军们对付同胞的手段是："如怕死，我偏劝主帅杀了他；不怕死，我偏劝主帅活了他，一反一覆，一纵一擒，你看利害不利害！"但是这种利害的手段施在煌言的身上竟丝毫不为所动，他终于壮烈地殉国了。当他临刑的前一刻，伪军们也不禁为之泣下，百姓都来瞻拜他：

(众）请问爷爷，假如明朝大臣都像爷爷，想决不至如此！（生）（叹介）你不见：

〔刮地风〕三案推翻柄窃操，忏大珰杀尽贤豪。明为矿税阴为盗。吸竭了百姓脂膏！那毛文龙汗马功劳，那史阁部洒泪沾袍，挽不住沧海澜，崦嵫日，重图再造。拚一个、好头颅，赠宝刀，那还有万千年宗社坚牢！

这里赅括了明亡原因，也描画出一个民族英雄惨痛的史实。

蒋鹿山谱有《冥闹》传奇一出（载《新小说》)，那等于一部有趣的中国妇女缠足史。内容谱许多没脚妇女的鬼魂，到阎王那里告状，她们"一告张献忠狠心，不该把脚儿一齐砍断，一告李后主作俑，不该把脚儿无故来缠！"全剧的宗旨，在提倡放足，所以那些鬼魂开始就申诉缠足的痛苦："好好的一双白足，生成柔嫩软咍咍，精致致肤圆六寸，光滑滑底薄重抬。前秦汉，后隋唐，都一样靴鞋履舄无区别；南蛮夷，北戎狄，却也是天足游行自去来。但听说女主织，男主耕，治分内外。常言道，夫则负，妇则古，出入追陪。最好的，古人言：妻子好合。谁料得，到后世，异想天开。把女人，当成了，玩物看待。

涂了脂，抹了粉，有许多琐细调排。更把他，两脚儿，缠了又缠，裹了又裹，害得他，女孩子，立也不稳，步也难开。皮厚了，生下脂，就把那快刀来割。狠如狼，猛如虎，不管他哭哭哀哀。”（〔混江龙〕）于是阎王发问缠足的风俗究由何人而起，鬼魂便把那罪恶都推在南唐李后主的身上，阎王又问张献忠为何要把妇女小脚砍下作蜡烛点，鬼魂回答是缠了小脚，便须暴殄天物，故恼怒了张献忠。阎王又问既经张献忠那番杀戮，妇女应知警惕了，为何到现在还要缠足？鬼魂却说：“呆也，没个人将此事分头演说，只道是遭劫数碧血同埋。做官的，多鄙夫，不晓得煌煌示禁，读书的，少豪杰，也只是碌碌追随。（况张献忠所杀只是四川一省，不曾遍及天下）故而江、淮、闽、浙诸都会，依然小脚弓鞋遍市街！”（〔混江龙〕）于是阎王判决：

张献忠砍断妇女的足，其意欲留后人作榜样，原是一番好心，且乱世将要再临，缠足妇女以后愈加痛苦，正应知所警惕；而李后主则罪无可逭，同时把李后主从无间地狱里传了出来，要他设法挽回罪过。李后主乃献上一计，便是下界文人须广为著书立说，普劝世人，都不缠足。结果是朝廷放足的旨意下来，鬼魂也投生去了。此剧最足以显示启蒙初期的戏曲的真实面貌，其技术是粗糙的，其情绪是炙热的，至于里面的曲词则完全是乱弹的一体了。

南荃外史有《叹老》传奇一出（载《新小说》，连上述二种曾合刊单行本），谱一个名叫陈腐的老人，感叹着自己的老境，这位老人，大约就是当时中国旧派人物的代表罢。他说他是“四肢如废，无独立之精神，五官不灵，乏自由之思想”。因此觉得自己落伍了，不能在那个竞争的时代生存了，他一方面赞美着欧美国民的进步，一方面又回顾到自己的衰颓：

〔四门泥〕谁似我这样冬烘头脑，鄙我是东方病叟，又笑我是幼稚苗条。拥拳愁学美人腰，枯杨愧对如花貌。天荒地老，心儿苦熬，海枯石烂，魂儿黯消，哭神州，我只索重望扶桑晓。

这是针对着庚子前后中国国势而发的。最后，他希望有一班少年起来，自立图存。他又勉励那些少年：“（自指眇目介）你休像我梦梦天视常昏眊，（自指跛足介）你休像我摇摇国步时颠倒，（自指枴杖介）你须知勉强支持的不算坚牢，（四顾彷徨介）你须知求人保护也作不得泰山靠”（〔北江梅令〕）。说明了中国国民所应努力的方向。

惜秋、卿士、旅生、遁庐四人合著有《维新梦》传奇十六出（载《绣像小说》)，内容谱徐自立是一个富于爱国思想的官吏，他有志维新，受过许多挫折，无奈朝野酣嬉，臣民泄沓，国事败坏达于极点。他看见那些做官的，是“握金章，悬紫绶，一例唯唯否否。全不管参辰卯酉，只盼到腰缠万贯上扬州。”（〔喜秋风〕）那些读书的是：“守陈编，珍敝帚，老死绳枢瓮牖。也不识天高地厚，只盼到轩云翥雾凤池头。”（〔喜秋风〕）那些做工的是：“运灵心，施妙手，一样摧枯拉朽。那里有输攻墨守，不过是回檀绣枕细雕镂。”（〔喜秋风〕）那些经商的是：“辟财源，开利薮，为甚纷纷牛后，叹生平关河奔走，锥刀而外复何求！”（〔喜秋风〕）无一人为国家打算，无一人能改进本身的职责，也无一人同情于他，因此他非常气愤，每每借酒浇愁，喝得醉醺醺地。有一天，朝廷忽然改由外山王主政，外山王素来主用新党，尤契重他的为人，先则授他为巡环都尉，考察兴革利弊，旋复付以全权，要他不顾一切阻力，力行新政。于是他在几年之内，改革官制、废除八股、建筑铁路、开采矿产、训练新军、讲求外交，最后又宣布立宪，使中国进步为一个富强的工业发达的国家。那时候：

〔锁南枝〕驱妖鳄，剪长鲸，又何虑潢池盗弄兵，足伸败绩羞，堪泄同仇愤，早天半落欃枪，那时间平似砥、清如镜！

那时候：

〔西地锦〕令彼收回治外，从吾政重中央，关津榷税要衡量，并有强权抵抗！

那时候：

〔尾声〕从今后，除却了野蛮思想，更放出文明气象，何难使五洲鳞介奉冠裳！

内忧外患没有了，不平等条约取消了，国际地位也增高了，正当他庆幸自己成功的时候，忽然有人唤他，他惊了醒来，竟是南柯一梦。在我们戏曲的园地里，数人合写一剧是习见不鲜的，像元代著名的《黄粱梦》，便是出自马致远、李时中、花李郎、红字李二四人之手。此剧规模弘伟，为新的戏曲中仅见者，也许是集体创作的缘故罢。剧中写徐自立兴办的事业，都是那时中国当务之急，而里面所拟想的种种境界，也都是今日中国在争取着的或逐渐实现了的。而全剧以梦为结，可谓十分得体。因为在当时腐败政治之下，要有那样一个开明的“外山王”，自然是不可能的，维新云云，无非做梦罢了。此剧虽不曾有提倡民主和仇满之类的色彩，而它的意义已超过那些维新党人的立场不止一箭之远了。

《维新梦》作者之中的遁庐，另有《童子军》传奇二十四出，未完（载《绣像小说》）。内容叙英勇的少年葛天常纠合了一般年龄相仿佛的“小豪杰”，想要组织童子军。于是延聘一位落魄志士吴自强为师，操练刀剑。适值县府提拿犯案的棍匪李雄，马快把自强诬作棍匪，拆散了他们的伙。自强逃往江阴，天常亦跟踪而至，他们既无法再组织童子军，只好彼此勉励要成就一番事业。后来自强投入新军，颇建了一些功劳；天常因读了一部“浙西名士”臧泰虚（似系指章太炎）在狱中做的“发史”，有志革命，于是剪除辫发，径往日本入“将练学堂”肄业。他在“比赛会”上，各种“武艺”成绩超群，颇雪了中国人的“病夫”之耻。故事发展到这里，就中断了。以后作者打算怎样写，很难推测，大约作者的原意是要提倡尚武精神，而着重讽刺当时的政治。譬如在“寻师”（第八出）一出里，天常看见了自强，问他为何不带宝剑，自强说：“兄弟，你还提起那宝剑么？原来江南一带，只有斯斯文文寻章摘句的秀才，并没磊磊落落带刀佩剑的男子。俺那日到了金山渡口，遇着几个没来由的警察兵，看俺带了此剑，一把拦住说俺是个革命党，把俺那宝剑平空摘下，扬长而去……这个还算俺的造化，因为俺身上的衣裳典卖尽了，没甚甜头，没有捉送官里去，当革命党一般儿治罪！”同时作者又似有意要把天常写成一个革命的人物，但却并不十分显明。全剧甚为冗长，倘使除去了其中的曲词，我们与其说它是一部戏曲，不如说它是一部小说。

玉桥有《云萍影》传奇二出（载《绣像小说》）是新的戏曲中一部最幼稚的作品。此剧主旨，是写一对“新学青年”，而结果写成了两个极可笑的人物。其情节甚为简单：男青年歪挨克，很读了一些“新学书籍”，他经常是西装革履，手里拿着一对望远镜。他只想做卢骚。他所往返的也都是一些“文明朋友”。这时候就有女青年华格斯，和他极谈得来。这天他又去访她研究新学，她便拿出几册新出的丛报，彼此观摩着，背诵着新的名词，最后共读着其中所载衮父的诗，故事就中止了。奇怪的是：《绣像小说》中的作品对于这种形式主义的人物大都是一贯地讽刺着的，而此剧则完全是以同情的态度写出的。

啸庐有《轩亭血》传奇四出（载《小说林》，有小万柳堂刊本），此剧题目与吴梅的《轩亭秋》只有一字之差，谱的也是秋瑾的故事，惟布局甚为新异。先是秋瑾的灵魂，同了许多历史上的女英雄，到上海阳春社去看上演她自己的戏，随后述说她一生的经过。其中表现秋瑾争取女权，从事种族革命的思想，比较吴梅大胆多了。而对于秋瑾的一举一动，都能很紧凑地把握住，同时牵涉到秋瑾的思想上去，实为《轩亭秋》一剧所不可及。譬如里面叙秋瑾在花园中看见一个蛛丝网，她急忙将它拂去，叹道："平等自由天贶，那容彼此相妨。许暂回翔，反施束缚，势力圈儿圈上。他只知张网罗凉血，却不道锄强遇热肠，还他清净场。"（〔破齐阵〕）接连她又独白着："我因蛛丝网花，我却添了无限牢骚，而因将蛛丝挑去，我又平白地生出许多希望，唉！这希望谈何容易！"借题发挥，笔大如椽，心细如发，把这位志士的心愿表白无遗了。尤其值得注意的，此剧和《轩亭秋》有一绝大的不同之处，就是作者引用了过多的新名词，有的简直是生吞活剥地装置上去的，这从上面所录的〔破齐阵〕便可看到，这也正是解放期戏曲的共同的特色。

出现在梁启超《劫灰梦》之后的新的戏曲，其作者今日为我们所熟知者，尚有林纾和吴沃尧也值得提及。林纾有《天妃庙》、《合浦珠》、《蜀鹃啼》传奇三种（商务刊本）。《天妃庙》凡十出，谱谢让蒙冤遣戍事。《合浦珠》凡十二出，谱义士陈伯沄得财不昧仍以归还原主的事。《蜀鹃啼》凡二十出，谱庚子拳乱，西安县令吴德绣抗檄杀戮教士教民、后为团匪惨杀的事。其中就题材言，以《蜀鹃啼》最有新意，因为它所写的既是一个动荡的时代，而里面的主人公又是一个反抗拳匪的有识之士，所以能够把那个时代的混乱情形翔实地记载下来。像里面写吴德绣咒诅拳匪的一段："他多大工夫敢灭除（此句系指拳匪灭除教士教民而言），全胡闹，恣跳踉。只有包头赤布日焚香，扇妖氛，观者如墙。听师兄主张，听师兄主张。瞧他画灵符，毁了洋房，寄妻儿何方？寄妻儿何方？那个悯穷黎冤状，那个说团民混帐！好江山误了端、刚，好江山误了端、刚！居然看皇涂荐诅，颠倒朝章。这贼心肠，佥邪放，肆意猖狂。铁布衫，红灯照，一一挂头颅市上！"（〔叨多令〕）都是针触着时代的症结的。就体式言，旧的传奇不能无"旦"，而林纾的这三种传奇都没有一个旦角，且音乖律违的地方极多，我们可知它也是改途易辙的作品了。

吴沃尧有《曾芳四传奇》四出（载《月月小说》，有群学社单印本）谱流氓曾芳四诱骗女学生邓七妹，卒罹法网事。这大约是根据当时的一段社会新闻编成戏曲的，里面写流氓曾芳四的行径很是着力，如叙曾芳四初次看见邓七妹到麦永年私塾去上学，他便胡乱地想着："这蒙塾分明在，那娇娘何处来？

(或者麦永年这厮不庄重）莫不是俏相如挑逗那琴心会？（或者是麦永年的女儿）莫不是老伏生遗下那传经派？（或者是这塾里的女学生）莫不是杜丽娘特向那寒儒拜？（叹介）咳，若非那可憎玉貌照人寒，俺待要将身闯入书斋内!”(〔寄生草〕）是极尽形容一个“白相朋友”的心理的。我们看惯了插科打诨的丑角，但像这样一个工于思虑的洋场化的丑角尚不曾多睹。仪农山人评此剧云：“诗如玄奘大禅师，要守定他的戒律，曲如孙悟空，只要弄得精明”。其意似在称赞作者笔调的生动，而此剧之不合规律也就可以概见了。此剧并无什么宗旨可言。然戏曲与当前的社会发生联系，却以此剧为嚆矢。民国初年上海曾经一度风行所谓“社会新剧”（文明戏)，报纸上的桃色新闻不出数日就搬上了舞台，这也许是吴氏种下的恶果之一罢。

解放期的戏曲数量决不止此。我们从上面的叙述，当可知道清末的戏曲究竟是怎样一个趋向：第一，这时候的作者知音解律的已经很少了，他们有意无意地使戏曲改变了传统的体式，戏与曲的分家，在这里也露出了显明的端倪。第二，旧的戏曲一向是搬演历史上的英雄儿女或仙佛妖魅之类的故事的，一般作者为了写剧而写剧，于他们所处的时代漠不相关，虽亦有抒发作者的思想的，也无非是一贯的文士不得志的牢骚而已。这时候的戏曲即使同样地搬演着历史上的故事，却另有其题外的旨趣，进焉者甚至把戏曲当做一种政治宣传的武器了。因此戏曲的社会的意义往往超过文学的或音乐的意义。第三，在这样的情形之下，在这短期间的涵演之中，由于现实生活的繁复，新事新理的增进，诚有所谓“曲子缚不住”者。反之曲的部分自然地成了一种赘瘤。不及等待戏曲体式完全消灭，同时乃有“新剧”名目产生出来。

从杂剧传奇中脱颖而出的新戏，仍是散文和韵文组合成的；不过其韵文的部分，已由固定的曲套变为自由的唱词了。那些唱词或为七言的，或为三、三言与四言的，也有不规则的三言五言七言相错杂的，这种唱词很明显地渗入了二黄和各地杂曲的血液，而粤曲的过场，弹词的开篇，乃至滩簧一类的东西，尤为当时作者所乐于利用。有的且注明唱词的板段和使用乐器的方法。至于剧小脚色的活动，仍用陈腐的“离位作关门介”“小生扮邹烈士学生服扶病介”“陈天华各鬼披发拱手迎接介”之类的字样表示着。大约这时西洋戏剧的面貌还不曾为一般作者知道，因此受着自然的趋向而产生的新戏，实际上等于一种杂烩的东西。

然而戏与曲的关系从此被割断了，这不可不说是空前的一种创造。

这利原始形态的新戏，在今日犹能从几个旧杂志上翻阅到的，其数量并不很多，这里且仍以作者为序略述如次：

新广东武生有《黄萧养回头》一出（载《新小说》，有广智书局单行本）叙革命志士黄萧养参与救国运动的经过，此剧以黄帝命黄萧养的灵魂投生为始，以中国进入“富强之邦”为止。里面的情节，至为庞杂，但有一点颇值得注意，就是作者站在种族主义的立场，最先提出了反帝和排满的意义。像下面的一段唱词：

> 更可恼，恼夷人，从中觊觎。知吾侪，惯压制，无力撑持。因此故，用蛮威，强邀政府。据铁道，增口岸，任他施为。焚庐舍，掠财产，妻孥受辱。平坟墓，墟城市，遍地横尸。居外洋，作客商，并无保障。为己利，厌恶我，如同枭鸱。增苛例，逐华人，到埠登岸。伪除疫，擅焚掠、商店民赀。愁看看，四万万、神明后裔。更惨过，那印度、那波兰、那埃及、犹太、土耳其的无国颠危！

这是就中国国外局势而言。又像下面的一段：

> 悲声叹，叹神州，无辜汉裔。为异族，主中原，荼毒惨闻：愚民智，废学堂，查封报馆。伪抡才，笼络他，策论、诗文。锄民气，杀新党，严禁国会。坑儒生，拿立谈，更甚强秦。削民权，又何曾，宪法发布。行私政，用残刑，钳掣群伦。掠民财，充国计，多方讹诈。滥抽捐，真好比，狼噬鹰瞵欧。看英美，那国民，优游舒畅，为什么，我同胞，为奴隶、为牛马、为奴、为隶、为牛、为马——就苦海沈沦？

这是就中国国内局势而言。作者大约为当时一位极前进的人物。他的中心思想，无非要“倡民权，唱独立，杀尽国仇”。像这类激烈的言论在任何杂剧传奇中是不曾见过的。唯有这种原始形态的作品，能够粗犷地宣达出来，此剧的组织完全近乎粤曲，有些说白和唱词甚至是用广东土语写出的。

体式与《黄萧养回头》略同，大抵胚胎于粤曲而蜕化尚未成热的新剧，更有《黄大仙报梦》、《维新梦》（未上台台上人作）、《团匪魁》、《易水饯荊卿》（春梦生作）《班定远平西域》（曼殊室主人作）诸种。（均载《新小说》，《维新梦》、《团匪魁》、《班定远》，有广智书局单行本）。我们读了《黄大仙报梦》中的一段独白，就可概见其余：

(黄大仙白)：中国若然变法自强，失之东隅，收之桑榆，尚未为晚，但是你看现在的情形呀！

(唱)：醉钧天，歌和舞，太平粉饰。黑沉沉，铜臭气，暮夜苞苴。如堂前，燕贺厦，结巢危幕。如釜底，鱼吹浪，游戏荷池。

(白)：此时何时？还来举国如醉如痴，怎生得了呢？（叹介）哎！这班顽固党，未曾读过西国历史，难道连近日新闻纸都不看么？

(唱)：（起帮子快板）曾见千年犹太枯鱼泣，曾见赛维宫里血溅衣；曾见翠华西幸诏罪己，曾见群盗如毛弄潢池。汉田横有五百敢死士，南越王赵陀崛起寒微。莫谓秦国无人，容你卧榻睡，可知道郑成功在台湾，驱逐外夷。鲁阳挥戈回落日，回落日，回落日，呀呀呀，如此锦瑟年华，千万不可徒自伤悲。

其中的唱词可以代表不规则的一种。这类的剧本，多半是以当时国事为题材的，大约因为作者都是广东人的缘故，他们虽然有意要写作新戏，而其形式终于没有越出粤曲的范围。

讴歌变俗人有“经国美谈”一剧。凡十八出（载《绣像小说》，有商务单行本）。此剧是以《清议报》所刊翻译小说《经国美谈》改编的，叙古希腊的斯波多是一个强悍的城邦，频年扩张势力，去侵占阿善、齐武两邦的国土。开战以前，斯波多王曾在神庙求得一卦，卦谓斯波多如不杀害阿善王，即可征服两国，不料事为阿善王所知，心想牺牲一个人的生命，便可拯救两国的危亡，遂决意乔装间谍，径赴敌营，斯波多王误把他杀了。阿善原是一个民心涣散的国家，人民因为国王被杀，至是一致团结御侮，这时齐武的志士巴比陀，见阿善能够自立图强，也就联络同志，呼吁救亡，并与阿善订立军事同盟，战败了斯波多。剧中节目极为繁冗，登场的脚色颇多，说白唱词虽然杂乱无序，但无疑是新戏的一种进步。像巴比陀演说救亡的一段：

(小生巴比陀跃上台介)（白）：小子乃齐武国一个亡命，名叫巴比陀便是，为的是国步艰难，奸党乱政，遭了千古未有之奇祸，意欲向诸君陈说一番，不知诸君可容垂听？

(众拍手介)（白）：有话只管讲来！

(小生白)：如此诸君听讲！（唱）巴比陀有言来相问，要问你热心诸会民，齐武、阿善本亲近，坏我长城那帮人？

(众白)：斯波多！

(小生唱)：强干阿善朝内政，专制手段压平民，提起这人当共愤，叫你宪法不能行。

(众白)：提起斯波多王真令人可恨也！

(小生唱)：并吞六国秦无道，肆行蚕食太欺人，阿善属地今休问，问你如今存不存？

(众白)：斯波多真正是我国的仇敌，岂能忘怀于他！

(小生白)：据此看来，斯波多是诸君的国仇了，现在他国（指斯波多）又肆鲸吞的念头，干预齐武的内政，助我奸党，覆我政权，把他前日对于阿善的残暴手段，转加于我齐武，然则斯波多，是阿善往日的国仇，又是齐武今日的国仇，就是小生与诸君公共的国仇了！

(众拍手介）（白）是！是！

看了今日进步的话剧，一定要感到这些说白和唱词的幼稚，然而我们设想必须经过丑恶的幼虫和蛹的时代，方能蜕化出美丽的蝴蝶，则可为之释然了。

弃疾有《测字先生》一出（载《绣像小说》)，标明为“单出新戏”。这恐怕是最早的独幕喜剧了。其内容叙某酒楼上一位老者在那里独酌，另外有一青年在旁边请测字先生测字，他问的是想以不正当的手段去追求一位姑娘，看看能否成功。测字先生告诉他，不但无法成功，而且要挨一记耳光。说过，测字先生便溜走了。他还兀自不相信，孰知那位老者出其不意，打了他一记巴掌。原来他所倾恋的姑娘，正是那老者的女儿！测字先生是素来认识的。这时他才相信测字的灵验。

虱穹有《算命先生》一出，（载《绣像小说》)，亦标明“单出新戏”。此剧却是从正面揭发迷信之无据的。叙一个没有知识的妇女，她的丈夫出外经商，十二年没有音讯，便请了一位算命先生来卜算丈夫的流年。她和她的婆婆聚精会神地倾听着。算命先生以诚恳的态度，慢吞吞地告诉她：“论伤官格局，中年发不了财香，朱雀元武两凶星，悬在头儿上，早又是披麻星，不肯分毫让，命悠悠赴了黄粱！命悠悠赴了黄粱：叹人生最苦是经商，吃尽了万苦千辛，未享荣华，已赴无常！”（〔四季相思调〕）她听了，骇极而哭，这当儿，偏巧她的丈夫回来了。

月行窗有《女豪侠》四出，未完（载《月月小说》)，叙秦良玉马文龙缔婚的事。这位秦良玉却不是明代喜着男装的步兵统领，而是清末的一位时代女性了。剧中讨论妇女问题的地方颇多，首要的便是秦良玉对于三从四德这一教条的痛驳，譬如她说："大凡一个人，生在世间，无论男女，都须有个独立性质。我们中国，是专讲服从主义的。男子的服从男子，还是暗地服从，女子的服从男子，竟是明明的服从。你看呢，开口便是三从，若说在家从父呢，那时年龄既小，知识又少，要他的父养育他，那是不得不从的，这句话倒还说得去。及至嫁了丈夫，夫妻是个敌体，是个平等，怎好说是从夫？至于儿子是自己所生，儿子还要仗母教呢，怎好说是从子？"这是就三从而言。同样她对于四德也有极透彻的见解。她的结论是有了三从四德，"所以把中国的女子，一个个却弄成了奴婢性格！"作者的思想在当时可算得很开明的。此剧与前述诸剧所不同的，就是通体没有唱词，但也偶一引用诗词，那些诗词都很富谐趣，像嘲谑朝臣的一首："大事全然不问，只知门户相争，营谋述转与高升，春梦昏沉未醒。日日羽书告警，大家束手惟听，犹言圣主有威灵，不久自然安定。"又嘲谑边将的一首："看是威风凛凛，居然权统三军，扣粮吃额是他能，营内欢呼痛饮。若说出兵临阵，未曾打仗先奔，其中还有倒戈人，暗地竟通降信。"虽然指明季而言，却正是清末的景状。作者大约蓄意这样去讽刺时局的。

天宝宫人有《义侠记》、《孽海花》两种（均载《月月小说》，有群学社单行本）。《义侠记》八出，是根据日本尾崎德太郎小说《黑奴报恩书》改编的，叙黑人海君为其主西查复仇事。里面暴露黑人受虐待的痛若，颇有暗示国人努力自强之意，这种崭新的题材，在中国剧坛上还是第一次发现。此剧所有唱词，都是以滩簧的形式写出的。如下面的一段，作者又似有意构结着悲剧的情绪：

(杂扮黑奴男女十人手执酒瓶同上)（众白）：众家兄弟请了，众家姊妹请了，你看一轮残日，已落海底，那一轮清洁光明的月光，渐渐的升上来了。这海风悠悠，吹在面上，好不清爽。这海波滔滔，鼓荡胸中，好不激烈。俺们兄弟姊妹，今日工事完毕，各带一瓶白兰地，就在沙滩之上，饮酒散闷。（分坐地上饮酒介）（贴丑旦白）：这样闷酒，吃的不畅快，不如将俺领袖海君编的新歌曲，唱和起来，岂不更加有趣！（同拍手介）（大家起身跳舞介）（唱）一更一点月东升，好不光明，咿呀呀嗬咿，好不光明！风来吹满一天云，遮住清明，咿呀呀嗬咿，最惨是国民！二更二点月渐高，敬告同胞，国亡家破没下梢，性命难逃，咿呀呀嗬咿，好不凄嘈！三更三点月当中，困死英雄，咿呀呀嗬咿，困死英雄，磨拳擦掌逞威风，跳出牢笼，咿呀呀嗬咿，杀尽毒虫！四更四点月偏西，预备须齐，咿呀呀嗬咿，预备须齐。刀枪剑戟两边分，旗帜鲜明！咿呀呀嗬咿，炮火齐鸣！五更五点天已光，大战一场，咿呀呀嗬咿，大战一场，仇人杀了干净光，方快心肠，咿呀呀嗬咿，黑人有荣光！（众笑介）（白）好不快乐，好不快乐，夜已深了，可以早早归房安寝！没误礼拜日的会期！（众笑下介）

然而终以滩簧一类的曲调只宜于滑稽笑谑，且作者的技巧过于低劣，因此悲剧的情绪并未能充分地发挥出来。又《孽海花》十出，是根据曾朴《孽海花》小说前十回改编的。情节与小说完全无异。就小说来看，里面写臧仑樵（张佩纶）的一部分，并不如何精彩，而剧中却把臧仑樵的故事敷陈得极为动人。起先是臧仑樵做着穷京官，他自负才高，终日只想参劾别人，一显自己的声名，剧中这样讽刺地介绍着他——这正是当时所谓“清流”的真面目：

（净扮臧仑樵便服上）苦心未必天终负，辣手何恤人不堪！（坐介）下官姓臧名佑培，字仑樵。直隶丰润县人氏。少年科第，长列词曹，交乏指囷之知，时有仰屋之叹。昨闻闽督纳贿卖缺，贵抚侵吞饷项，还有那赫赫有名的许鸿荃（李鸿章），骄奢罔上，阿附外夷，同僚惮他声势，缄默不言。是俺臧仑樵备员台谏，趁这言路宏开，不免胪奏一本，皇上如其见准，参倒许相，也显得俺不畏强圉，就是触犯参革，也落得个鲠直声名，轰震天下。（起身磨墨铺纸吹笔介）（唱）臧仑樵，坐书房，心中烦闷。饥肠鸣，愤气满，可恼疆臣。有何能，拥旌旄，分疆列士？有何能，食厚禄，禄位高升？羞同僚，甘缄默，葫芦聚嘴，辜皇恩，溺臣职，不顾声名。许鸿荃，占北洋，大权揽定，贿政府，私外交，欺蔽朝廷。各督抚，踞要疆，贪酷成性，卖差缺，扣军饷，暮夜馈金。论政事，他一情，置诸不问，一心心，肆狼毒，剥削生灵。臧仑樵，备员在，谏台之列。岂能够，徇世情，辜负皇恩！磨香墨，润宝管，行行写定，要参去，贪污吏，显我无情。

一方面点染当时吏治的淆混，一方面显示臧仑樵的才高气傲。这时候，忽然讨米账的来了，使这位穷京官弄得不可开交，幸值金雯青来访，方才替他解了危。于是他便和金雯青评论当世的人物，两人一唱一和着：

（金）兄弟自到京都，大人先生见的却也不少，倒底谁是第一流人物，

> 今日无事，何妨戏为评论？（臧）那也不能一概而论，不如分门别类，比较差可。（唱）论书法，龚常熟，当今独步。（金）考金石，证考据，八瀛先生。（臧）讲诗赋，好文章，李氏伯仲。（金）后起秀，瑞安黄，忆莪长沙。（臧）旗人中，还算得，宝亭冠首。（金）陆荸如、何珏斋，冠冕堂皇。（臧）地理学，推雯青，无人可比。（金）黎石农，究纬度，测绘无双。（臧）庄寿香，学问博，大刀阔斧。（金）经世才，让仑樵，众望所孚。

雯青推誉他的经世之才，那是极得他的欢心的，果然他参过几本之后，适值滇边告紧，朝廷放他督师马关，一般与他有来往的京官，都为他额手称庆，而他的战绩却出人意料之外：

> （臧占城上唱）旌旗招展龙蛇影，要退敌人十万兵。站立城楼看得准，兵如潮水往上腾。一霎时黑烟如云起，雷声大炮堕边城。（法兵放炮攻城介）（杀下）（臧赤身足走介）（唱）一时兵败如山倒，杀的俺盔甲一齐抛，一着棋走错全盘左，书生用武误六韬。背地里只把傅相怨，他不该授我计一条。练兵训将全无靠，外交和款计为高。今日里失却马关道，有何面目对当朝。赤身露体往前跑，去见傅相说根苗。（内场喊介）炮声不绝耳边叫，法人得胜志气骄，无奈何夹入在难民道，（杂扮逃难介）头顶铜盆找路逃。（戴铜盆逃下介）

经过几个波澜，以后又演出他的恋爱故事，他居然又做了他所痛恨的许鸿荃的乘龙快婿了！在所有的新戏之中，剧情未见如此繁复而有条理者。而小说中关于革命党的故事，此剧亦曾照样地搬演了出来。自然那是不够力量的，但就作者的编剧艺术而论，在当时实为较高明的。

我佛山人有《邬烈士殉路》十出（载《月月小说》，未完，后有群学社单行本。）标明为时事新戏。叙苏杭甬铁路最初原由我国官商兴建，后因经费不继，经外部侍郎邹嘉来、汪大燮向英人借款修筑，以让出一部分路权为交换条件，这时铁路公司驾驶员邬钢正在病中，闻讯印发传单于各站同人，力言“路款万不可借，款一借路即亡，路亡浙亡，浙江亡即中国亡”云云。及至中英双方签押告成，邬钢竟愤恨呕血而死。越十二日，又有铁路工程师汤绪以“亲自监造之路被外部夺送外人”，亦以绝食身殒；同时又有斐迪学堂教员范雄冠，因学堂为教会所立，自拒款之议起，校长宣布全堂教员宜守中立，雄冠独谓“路款可逼借，吾宁死不忍见之”，气填胸臆，骤呼腹痛而绝。卒至引动群众公愤，开会集款，虽如挑夫、饼师、娼妓、乞丐，犹相率节衣缩食，捐助路款，卒使政府罢行前议，保持了国家的主权。此剧以邬钢为主人公，亦间及汤、范二烈士生平事绩，其中描写外人的阴谋，政府官吏的昏聩，群众力量的伟大，喷薄而出，语无余蕴。如邬烈士咒骂邹、汪卖国行为的一段：

（小生扮邬烈士学生服扶病介）昨日里，闻警报，勒借外债。（杂扮同学四人同上）（邬吐介）好一似，刀割肉，箭把胸穿。这才是，国将亡，妖孽作怪。遭不幸，我江浙，又出了卖国奸谗。邹嘉来、汪大燮，初登贵显，全不顾，公利益，维持主权。恋高爵，贪渔利，嗟来大燮，不流芳，偏要想，遗臭万年！巧政府，惯用出，狡狯手段，江浙事，故播弄，江浙人担。蠢邹、汪，病愚痴，学庸识浅，舞台上，作傀儡，甘任人牵。顺上官，媚外人，主持一见，设强词，挟廷旨，剥夺民权！霹雳声，天下响，人人丧胆，人人丧胆！（哭介）眼看着，江浙地，不能保全！

使我们读了，当知最早的新戏虽然是那么幼稚，而都是抱着一种目的去写作的。

以上所引诸例，我们若严格地加以分析，虽然形式上受着二黄和其他地方戏曲的影响甚大，但它的内容却是从解放期的杂剧传奇演变而来的。当时上海南洋公学、民立中学、文友社、沪学会、春柳社演出的，就是这类的新戏。民立中学学生文友社创办者的汪优游，尤为努力新戏运动的一人。我曾见过汪优游自编的《天演鉴》一剧，里面的唱词正和《邬烈士殉路》相同，可惜此书现已无法觅得了。

在这个时候，西洋戏剧的真实面目始渐次为中国剧坛所明瞭。据朱双云《新戏史》内篇分年记载：“光绪已亥（1902）十一月，上海基督教约翰书院创始演剧，徐汇公学踵而效之，然所演皆欧西故事，所操皆英法语言，苟非谙熟蟹行文字者，则相对茫然，莫名其妙。”这是当时西洋戏剧搬上中国舞台之始。然而当时却是原本的演出，约翰书院所演剧名今已无从考知。徐汇公学演出的是《脱难记》，浴血生《小说丛话》曾有这样一段记载：

泰西各国大学生徒每有编剧自演者，诚以此事握转移社会习俗之关键也。吾国素贱蓄优伶，盖目为执业中之下下者，数年间风气骤变，亦稍知其非。上海徐汇公学，法教士所建，肄业法文之良塾也。去岁编法剧《脱难记》，令生徒演之，余往观焉，声情激越，听者动容。按《脱难记》者，一千七百九十年法国大革命，市朝腾沸，当时诸大臣被获就戮不可数计，侯爵佛尔维哀（Masguis Qe'Veiess）谋避英国，尝艰越劫，率以身免，此即述其颠连困苦入危出险之历史也。全剧非单词只字所可毕译，惟其目录仍撰中文别纸刊布，计五出揭之如左：

第一出：露忠胆力救无辜。

第二出：谋逃难泄露天机。

第三出：害忠良天地不仁。

第四出：逃关口奋不顾身。

第五出：劫监囚报施不爽。

大约这个时候不好以怎样的形式去翻译西洋剧戏，所以仅让它以原本演出，或者就原文加以编改，但就《脱难记》一剧的中文出目看来，则犹是新剧所惯有的出目。然而从此西洋戏剧的体式渐次为中国剧坛所知，并且渐次将中国旧有戏剧的体式侵蚀扫荡以致取而代之了。

由于西洋戏剧的贯注，经过一个短期间，始有“改良新戏”的产生，所谓“改良”者最显著的便是把唱词词废去了，并且增用布景了。大约因为脚色的活动比较文雅，不必借用俚俗的唱来表达剧情（或者是针对二黄戏而言，剧中没有鼓乐的繁响）。因此又名曰“文明戏”。1910（宣统庚戌）年，卓呆，（想即鸳鸯蝴蝶派文人徐傅霖）编译英国迈依林的《遗嘱》、《故乡》二剧（均载《小说月报》第一卷），当是改良新戏的嚆矢。（马君武翻译西洋剧本尚在其后）以后写作这类剧本者日益增多，且曾一度风行于上海及内地的舞台，那些职业的伶人，为了演出的方便，往往不用剧本，仅须编排一张说白次序的幕表，便可随意演出，致使中国的戏剧运动暂时停滞在一个极恶劣的境遇里。

今日中国戏剧（话剧）的突飞猛进，殆为不可否认的事实，我们回顾到先驱者们的努力，当益知所以奋勉。

原载《新中华》（复刊）2卷4～6期1994年4～6月出版

后收入《文苑谈往》第1集，中华书局，1945

二十年来之新剧变迁史

鸿　年

诸君知中国新剧发源于何时代乎？新剧发源之时代，盖已二十余年。当圣约翰书院每年耶稣圣诞时，校中学生将泰西故事编演成剧，服式系用西装，道白亦纯操英语，年年旧规，习以为常。迨至今日，仍未废止。是虽为一种新剧，而确与今日流行之新剧不同，不能指为文明新剧之鼻祖。

中国式之新剧，如今日所演者，其发源之地，则为徐家汇之南洋公学。时为前清庚子年。是年年终考试早毕，而离放假之日有一星期，适中院二班生徒多戏迷者，乃就校舍中所悬粉板大书特书其向日所读新闻报戏广告之戏目。因之有人提议，不如即在校内演习，诸生均极赞成。即于是晚演六君子（《戊戌政变纪事》）。当时并无后台化装之室，更无预定脚本，即今日新剧所谓幕表者。同校他班诸生来参观者，均赞美不置。自此一演之后，遂兴致勃勃，即于次晚又将小说《经国美谈》排演。当时排演情形，殊属可笑。一面将小说阅看，一面即付演习。事虽草率，而大致不错。故再接再厉，又连演一晚。至第三晚参观者更众，即教员亦均列席。同校生来者均预购洋烛，持赠演员，以助膏火。演员乃取洋烛尽燃，室内通明如白昼焉。

至第四晚，演员以无脚本，将停演矣。适有一教员，将拳匪乱事始末编排成戏，嘱诸生演习。诸生不敢重违教员之命，故均鼓舞精神，作第四次之演习。其时，有某生者，神经过敏，以为如演拳匪纪事内中须用刀枪，乃往徐家汇巡防局，向巡官借用。巡官陈某，系一忠厚长者，向有陈木头之浑号。见有学生来借局前所备刀械，殊为疑沮，即向某生盘诘，某生托之校中总办，以为面子较大，必能借到也。陈巡官意涉犹豫，即向某生言少停饬人送校。少顷，陈巡官果以局前所置刀械送校，附书致该校总办，并交号房。号房不知就里，贸然持函及械径送总办住宅（即在校内西南隅）。总办见函，莫明其妙，即饬校监查询，方知二班校舍将大演拳匪戏也。本拟从严处分，后知该脚本出自教员，不能全怪学生，遂谕：只准演戏，不准用械，以防危险。所借刀枪当即饬人持还局员。是晚拳匪戏亦遂草草从事，非复前日风发飙举兴会矣。

南洋公学二班生任家璧因事转学至育材学校（即南洋中学），至翌年孔子圣诞日，任君发起演剧，因是素人演剧之风，遂日盛行。

当时与南洋中学并立者厥惟民立中学校，校生亦皆选事者。闻邻校演剧，不免见猎心喜，起而效尤，于孔子诞日举行。该校运动家王蕙生、汪仲贤均为杰出演员，意亦天授也。汪仲贤出学之后，即从任天知周游各埠，遂以演剧为业，未几而又兼习旧剧，收受包银，则竟置身歌舞矣。

素人演剧之风，当时不过学生逢场作戏，且必孔子诞日，或开游艺会时，乃一演之。某年，汪仲贤昆季仲梅、仲山与陈君等数人，就新年余暇，亦效学生所为，假城内昼锦牌坊陈宅前厅搭台开演新剧。是日为元宵节，天适微雨，而观者冒雨立于庭除，不厌不倦，直至演完而散。此即新剧魔力之一斑。所以养成今日之盛况者也。

越二年，朱云甫、汪仲贤、瞿保年等又因新年年假，发起组织开明会，假座小东门内仁和里为剧场，开演之日，极一时之盛。其时适有画家金应谷与开明社诸演员反对，另组益友社以相抵制。入会者多商界中人，新剧之流毒传于商界者，即自此君作俑。组织就绪乃借张园安皑第为剧场，照章缴纳租费，即以会员所纳入会费充之。惟会费人仅一元，仅仅五六十人，以五六十元抵赁费，不敷尚巨。不得已乃假助赈名义，收取看资，每券定价壹元。幸是日为新正第二星期，游客麇集，竟得券资数百元。除去开支，悉数移充赈款。演场中另有会员，手持捐簿，向座客募捐。曾忆有名妓蓝桥别墅者，亦捐助十元。此为素人演剧售资之第一声。而后，此演义务戏加入卖花、卖烟，临时劝募种种办法，亦系滥觞于此也。

王钟声来沪创办新剧团体固为新剧之鼻祖。惜其人愚而自用，好为人师，将所招集演员均呼为学生，并居然命其新剧团体为通鉴学校而自为之长。

钟声善交际，小有才而未尝学问。上海绅界中人均与联络。已故绅士沈仲礼先生与之更亲善，尝为筹款，并竭力鼓吹。是时新剧演员限于学界中人，不若今日之演新剧者，不论何等样人，均得滥竽充数。故当时新剧演员，颇为世人所重视，而社会教育之头衔即为彼等所利用矣。

钟声练习新剧既竟，初演于 ADC 即博物院路之外国戏园。开演之日，大受沪人士欢迎。尤以《黑奴吁天录》及《迦茵小传》二剧最为沪人士所称颂焉。

钟声既在 ADC 开演新剧，继以 ADC 剧场赁价太巨，不能久赁，乃改假沪西愚园为剧场。凡一月余。当时亦备各种布景。惜因台小不能布置完善。此后沪人始知布景为演剧之必要。迨新舞台开幕，即尤效之。钟声虽非创办新剧之人，然上海各舞台之有布景，则实钟声开始作俑者。

当钟声组织通鉴学校开演新剧之时，有西医王培元君，在靳骖其间颇为出力，且不时加入串演。迨至新舞台第一开幕，王君遂与夏氏昆季有连，且为新舞台排演第一、二本《新茶花》，异常发达。一言蔽之，上海各舞台由老式戏院而蝉蜕变化，以及今日新剧排演出产如是之多，及布景种种之发明，无不滥觞于通鉴学校。若是二王（钟声、培元）之有造于戏剧，宁浅鲜哉！

钟声第一次来沪组织通鉴学校，开演新剧，是为上海新剧第一次有价值之组织，且与旧剧上之变化亦有关系（即如上节所述）。但第一次之试验昙花一现，不久亦归失败，而声消迹灭矣。

此后城内城隍庙内老同志（即每日在邑庙豫园茶馆内吃板茶者）如朱云甫、王蕙荪辈之开明派（即在仁和里演剧之开明学会）与画师金应谷等所组织之益友派，因朝夕相见于茶馆，早已化干戈为玉帛，彼此早有跃跃欲动之势。拟再现身于舞台，但苦无相当之机会。嗣见某省水灾，遂不惜借助赈之名，大过其戏瘾。当时朱云甫、汪仲贤及任公等遂假茶馆开临时会议，一致赞成以朱云甫国之略有根底，被推掌理主任一切文牍事宜。任公善交际，公推管理外交事务。继由汪仲贤规定名称，称曰“一社”，殆以一心一德为宗旨耳。但此临时发起之团体，能力薄弱，一演之后即行消灭，又如迎神赛会中之一日大老官然。“一社”命名之意，盖亦做一日是一日之消极主张耳。

“一社”内部招集社员之法颇为奇特，至今思之犹觉可笑。法用数寸长之白纸，上书某日假某处开会一叙，某某君鉴等字样，该项纸条即由交际员任公按户分送，其状似发报丧条，又似党人散放票布然。任公号召力颇强，数日间竟集合数十人焉。

其时有林瘦鹤者，善用小尺板唱小热昏凋，当开明学会演剧时，颇为观者称颂。有林步青等二之称。及“一社”成立，林亦任公夹袋中人物，自然亦在罗致之中。遂由朱（云甫）、任（任公）二人诣林劝驾，请伊加入，讵林颇沈吟，迟至数日后方允，想当时三顾茅庐，敦迫卧龙先生出山，亦不过如是矣。

“一社”排演之剧凡二：一为《豫让刺智伯》故事，系用锣鼓加唱，其外一剧乃时事新剧，取名《新九件衣》。《豫让刺智伯》剧中饰智伯者为俞阿戆，躯干肥硕，平时能哼几句京剧，而性颇骙。剧中词句经人教授至一星期后尚不能完全记忆。但肯用功，甚至废寝忘食，往往独自一人对镜高唱。及登台日竟因心慌意乱将四句摇板仅唱三句，而最后一句竟百思不得，支吾良久，依然唱不成声。全堂哗然，敬以倒彩，至于不能终场而逃。盖是日所演新剧确与现社会流行者不同。系带唱之改良新剧。即为朱云甫所极端主张者。至于《新九件衣》亦似今日舞台中所演之改良新剧。而不分幕则又与今所演者大同小异之显明点也。

"一社"演剧地点系假座石路天仙茶园，由交际主任任公前往接洽。任公本系外行，不谙借座办法，既无进身之阶，又不知谈判时措辞云何。乃于该园夜戏开锣时徘徊探伺，招一案目名炳如者至间壁普庆里内，告以借座之由，并托伊向前台接洽，询问代价。炳如当即允诺，约以翌日仍在原处听信。翌日前去，炳如回说日戏借座代价至少一百九十元，其索价虽昂，然较丹桂已减三分之一。复经全体议决，借用天仙为临时剧场。但向戏园借座例须先付定银，其时所收会费仅每人一元，会员五六十人即完全收足亦仅敷会中开支，不难移作包戏之用。后由炳如独力担任代负完全责任，惟有交换条件与任公面订，订明演剧之日，茶资及手巾小账每客增取一角以酬负责之劳，经济所限，虽欲不勉强承认，不得也。

当时借座演剧，打野鸡之风究不若今日之盛，而素人演剧亦视为罕见。物稀为贵，是日虽系日演，而门售之票甚旺，不仅限于情销硬摊一途。计是日卖座约略四百元以外，除净开支，悉数移充赈款，确未中饱。盖当时发起者虽不能说已饥已溺，一本天良，然其倾向不外过戏瘾出风头而止，态度了然，确未曾有拜金主义丝毫羼入其间也。

"一社"演剧以后，团友即四散。盖此种团体，均系临时组织，万无持久之理。其间有沈景麟、陆申鳞二君，见"一社"之结果甚佳，亦复技痒，欲另立一临时团体，以过戏瘾。乃往朱云甫、任公二人恳求请加入。朱任二人许之，朱君为之题名"仁社"，沈景麟君家道丰富，所有会中开支，悉由伊个人负担，会员入会，免缴会费，但以能演剧者为限。其办法又与"一社"稍有不同焉。

"仁社"亦曾假座石路天仙演剧。所排之新剧为上海故事《小镜子》（即刘丽川红头造反），系朱云甫所编辑，然非纯粹之新剧，因中加唱句及打武等，盖系旧剧派之新剧也。朱君只能编戏，而不能指导，复请在戏园扎灯彩之朱某来社，教唱句打武等艺。能演社员均派重要角色，不能演者，悉派为红头团员，其中不乏世家子弟及商界阔人，一旦使其扮演红头团员，心多不快，故练习之时，相率逃去。云甫性本暴燥，见此种临时脱逃情形，益愤，乃向饰小红头者曰："尔等所派脚色之地位，不过等旧剧中之跑龙套耳。尔等现在具龙套资格，已经如此大搭架子，将来如何？如再不服从教导命令，当一并斥逐也。”言未讫，众怒不可复抑，大噪。内有黠者，竟潜往厕所，欲拾粪以飨云甫。幸云甫觉察，迅速先行逃逸，否则，竟欲饱享木樨香味。

任公为“仁社”担任交际事宜，如租借戏馆，及上海各绅商处接洽，故商董沈君缦云竟被伊拉拢入社，并为“仁社”销券。虽沈缦云之热心，然亦具见任公交际之手段也。

“仁社”成立以后，所难者朱云甫与任公二人性皆暴躁，且均好名。云甫貌似诚实，而见任公热心办事，处处存妒忌之心。所以朱、任二人，日必噪闹一次。朱发脾气之时，必掷笔而走，以不干为要挟。沈陆二君，深知云甫性情，待其发作时，即以柔软手段待之，甚至打恭作揖，向之陪罪。任公见云甫发作，有时亦将发怒，沈、陆二君亦以待朱之法待之。“仁社”自开办日始，至演剧日止，前后不过十余日，而朱任二人无日不在舌战中，沈、陆二人劝解调停如近日之公府专使，疲于奔命矣。

任公又为“仁社”聘请票友皖南野鹤、润身草庐加入客串，其时票友登台客串不甚多见，即票友亦无如今日之多，当时皖南野鹤、润身草庐二人为票友中声名最著（皖南野鹤即鲍鹤林，为棉纱商人。润身草庐即杨润身，为珠宝商。二人以后均失业，改习新剧，即于此时种因）。任公之意无非为销票发达起见，能多售一票，即多一赈款，本是好意，而云甫又为之大不满意，屡次反对，并用种种手段破坏之。因券上已印戏目，欲保全信用，故未拆散场子。迨演剧之日，结果尚佳。当时素人演剧不易多见，兼系慈善性质，销票甚易。除开支外，尚得数百元，沈、陆二君，将之悉数助人赈款焉。

承“仁社”之后，有“余时学会”者，为洋行执业者之公余俱乐部。会内游艺器具毕备，会友约数十人，大半在租界上具一部分势力。其中有林（春生，滩簧大家林步青之亲生子）、梁（秉钧、粤人）二君，时方少年，交游广阔，禀性亦慷慨好义，对于剧学研究有同好。及闻邻省水灾为患，遂在会内提议演剧助赈，全体赞成。共商进行手续。但会员虽有数十人而能演剧者不过半数，故遂邀请非会员加入客串，“仁社”之任公首膺其选，该会首邀此君者，因其时任公在新剧界及能演剧之素人团体中势力第一（著者按：任公常在城隍庙内吃板茶，对于演剧兴致非常之佳，如有人招致，不向慈善抑公益性质，莫不立应，从未闻拒却之一日。新剧首创家王钟声、春柳社健将陆镜若等皆与之交好。钟声在张园开演，镜若在谋得利开演时代，倘剧中需人众多，一时不敷支配，则必往与任公商量。任公非但己身加入，即为拉拢他人。齐谚指与剧人往来者曰戏头伯伯，任公盖新剧界上之戏头伯伯也)。果也任公加入“余时学会”不久，即为代招林瘦鹤、曹微笑（皆当时名角）等十余人，共同客串，演剧人材遂不愁阙乏。该会又聘殷鸣岗君主理剧务，编排《爱国精神》一剧，有说有唱、有文有武，且用锣鼓以叶音节，绝似现在流行之新剧化的本戏然（即《狸猫换太子》等)。练习一月有余，临演又各自留意，颇具异彩。见者咸曰非但演者有精神，即脚本结构，亦具匠心。事闻于夏月珊、潘月樵，即以此剧情节，改编为二本《新茶花》者，亦可见是次之价值也。该会会友富家子弟居多，各个人为增面子关系，兜销戏券莫不出全力。及至假石路天仙茶园开演之日，上下客满，座无隙地，后至者并立足之地而无之。除开支外，盈近二千元，亦均移助赈款。临时新剧团体开演义务戏盛况，以此次为最。盖因该会多上流子弟故耳。外人方冀该会有重演之日，殊不知该会中人悉持趁早收篷，宁阙毋滥之旨，经此一演，好在成绩甚佳，从此永不再演，谈者惜之。及后新剧家之人格自轻自贱，堕落至此地步，则人又尽叹该会中人有先见之明，不则虽不至同恶共济地步，然难免为人作一例相视焉。

自此以后，亦不时开演新剧，但最初时，尚假助赈助学等名义，偶一为之。其后如有人请新剧家往夜花园作卖野人头之引子，新剧家因欲过其戏瘾，亦愿为打野鸡之发起人效力。幸彼时新剧家尚顾全体面，未尝索取酬金。不过对于来邀者事前须在番菜馆请客一次，再于演剧之日，包马车三四辆，迎送演员。然发起人之负担，已较前为重大，如包夜花园打野鸡者，交游不广，无力销券，则即有蚀老本之虞。当时戏头伯伯仍为任公，因任公对于新剧，非常热中，且欲在戏台上出风头以过其戏瘾；故愿为人奔走。虽贴车资，亦所甘心。任公以茶馆为临时之机关，其同志平日常在茶馆聚会，有邀之者，若往彼等日常所到之茶馆，即可面订一切矣。

起先开演新剧，虽只演一二日，而亦大铺张而特铺张，必定一名称为某社某会，当任公为戏头伯伯时，在夜花园演剧，不知若干次。有时经人邀往南翔等处，亦不知若干次。从未定有某剧社之名称。故在新剧史上，殊无记载之必要。然任公在新剧界上，以前颇有声誉，以后运动出发，往杭嘉湖一带演剧，至今新剧家能在内地演剧，盖食任公之赐也。任公于新剧界上，不无微功。新剧以后能逐渐发达，此时适为过渡时代。欲知新剧之变迁者，亦不能忽视之也。

当夜花园半义务演剧时代，尚有一段趣史，颇足令人发噱者。一日某君邀往徐家汇留园演剧，其性质亦属野鸡。任公为之邀集演员，多系临时乌合，并无行头班底。一切服装，多由演员自备。而旦角行头，均托人向妓院设法商借。当时妓界如笑春楼、花元春、金美凤、花再芳等，素好胡调，故皆乐为帮忙。尤以笑春楼为最起劲，借给衣服独多。花再芳则为戏头伯伯任公梳头（当时陈镜花尚未发明用假发头套，时在有清末年，演员尚蓄发辫，饰旦角者，将辫发打开，再加皮子梳成发髻。）正在梳妆间，其母矮子阿宝，探知花再芳为人梳头，亦欲至扮演处一观闹热。而阿宝两目素有疾，昏夜不良于行，至扮演处附近地方，俯首见地上微有光芒，误为玻璃，信步前行，误堕池内。阿宝骇极，大呼救命。经人救起，然已满身皆水，宛如落汤鸡矣。既至扮演处，花再芳亦大惊，戏头伯伯亟将借来之女衣，与阿宝更换。惟女裤则未多备，无奈以演员卸下之男裤易之。是役也，阿宝虽未受伤，然已饱受虚惊矣.

王钟声挟其三四艺徒来沪，假张园开演新剧。特就跑冰场之地址，大加经营，建造舞台，添置布景，装设电灯，颇费精力。其时钟声确携一二千金作为筹备费用，但此款自何而来，则竟无知者。各事筹备妥贴，约春柳社陆镜若、陆露沙等加入。复嫌演员不足，又与戏头伯伯任公商量。任公乃率其同侣林瘦鹤、曹微笑等十余人前去帮忙。钟声自以排演之剧，如《猛回头》等脚本，均系世界名剧，而所约之会员，又系有学问之优秀分子，与前所设立之新剧团，较为高尚。故名该社为文艺新剧场，以示区别也。开演之始，沪人受广告之魔力，卖座颇盛。惜张园在上海西隅，较为荒僻，又在晚上开演，多嫌路远。卖座遂日见衰落。凡演一月左右，卒以前台租费暨电灯等开支甚大，出入不能相抵，不能维持而停演。

当文艺新剧场开演新剧时，有饰兵士贺客之演员叶某，向来好勇斗狠，且好多事。平时常握拳在路傍铁制电杆上猛击，以为习武。一日散场，时适遇大雨，座客暨演员以雇车不便，尚未散尽。而该园雇用之印度巡捕，为讨好园主起见，不问场内有人与否，立即将电灯熄灭。为雨阻留者大哗，上前向印人诘问。印人见来人众多，来势凶猛，意将不利于己，遂即取所持之木棍，向众人乱击。众人益怒，欲上前夺印人之棍而痛殴之。印人大恐，即拟逃去。内有一人乃顺手取一木凳，遥掷之。印人大怒，亦取一凳还击，适中叶某头颅，血流如注，即踣地不省人事。于是大动公愤，将印人擒获，扭送捕房究办。叶某虽无性命之忧，然在医院养伤十余日，始克复原。究以出血太多，身体大受损伤矣。

钟声创设文艺新剧场，既将携来之开办费尽行蚀去，又负极大损失。其结果只能将布景等押去。正在无法了理之时，不知如何又与任天知相遇。天知复怂恿钟声再假他处开演，或可收之桑榆。天知愿与钟声合办，经济与剧务共负责任。钟声为其所惑，遂向大新街春桂茶园假座数天，再演新剧。天知其时取名藤堂调梅，高悬戏牌于正中，自居台柱。第一日所排之剧《为祖国》，不意登台第一日以设备未妥，即遭失败。天知既不能露脸，反恐钟声向之索钱，当即连夜逃去。其时天知亦正穷极无聊，身无半文，难以远走，乃一人行至西乡。且行且思，第一朝登台，即遭失败，非特无利可获，反落许多债主。遂由思念而发怒，由怒而怨，行至荒僻之处，单身只影，愈思愈苦，穷迫之时，不免英雄气短，遂将其裤带解下，系在树上，正拟上吊，忽来一人，睹此惨状，遂上前将天知解下，询其故。天知告之，实以为穷困所迫，不得已而出此下策。行人闻其言，颇加怜惜，遂赠天知数金而去。天知寻短见而不死，照迷信家言，亦命不该绝耳。

宣统末年，天知又在窘乡。寄寓于三马路上海旅馆。及年终时，忽在新闻报上登一小广告，招请演剧员。为爱演新剧者如汪仲贤、王蕙生、任公等所见，当即前去接洽。天知尽罗致之，天知既得汪、王等演员，即托人往南京接洽戏馆，至年终时，方始成行。天知偕汪、王等同往，惟任公则为家庭所阻未去。抵宁之后，顾无为本系站岗巡警，为天知花言巧语，诱以重金，即辞去巡警职务，改演新剧。天知又招得演员数十人，遂在宁开幕。其时有钱逢辛者，亦为天知襄理编剧事务。钱著手即排《恨海》一剧，颇为宁人所赞许，自此即日盛一日。但宁地天晴尚可，如遇天雨，则卖座寥寥，惟有停演之一法。时在正月，春雨连绵，十日之中竟将停演其半，天知蒙此极大影响，甚至有时连伙食之钱亦无所出。优游（即汪仲贤）、幻身（即王蕙生）目睹天知困难，乃各将所带之皮衣付质，以作团员伙食之费。如觅得烛头，已快乐非常，竟不肯多燃，有紧要事，偶一燃点。其种种困难情形，有非笔墨所尽能形容者。天知一手谛造进化团，颇费经营，实在不易也。其结果，虽进化团天知派曾风行一时，惟种因者未曾得其果，而人竟借此而收其效，不能不为天知惜也。新剧得有今日一日，有无数新剧家竟依此生活，天知创造之艰难，及优游、幻身从天知同甘苦，凡系新剧家不可不知也。

任天知创“进化团”于南京乍试新声，即蜚盛誉。盖进化团之演员，人材济济。如汪优游、王幻身、顾无为、陈大悲、王无恐、肖天呆辈，均为新剧界中之健者。而所排演各戏，亦均出色当行，其中尤以《恨海》一剧，最为脍炙人口。未几又往芜湖演月余，该地为通商口岸，更非南京可比，营业大盛。“进化团”三字遂名震大江南北矣。继而又拟往汉口开演，汉口当道疑其为革命党也，乃不之许。

“进化团”之新剧，风头之健，无以复加。其时黄楚九君适将组织新新舞台，闻“进化团”之名，乃使人观之。果然名不虚传。于是遂与天知订立合同，招致全班来沪，加入新新舞台，开演新剧。惟该台组织情形，系新旧剧合演，新剧每晚演一压轴，其前乃演旧剧也。

天知受新新舞台之聘，即率其社友来沪，因该台建筑一时不能竣工，而后台所需布景道具等，又须从早预备，乃假小花园宝和里为临时筹备所，如筹备时欲购置布景道具等物，不论需钱若干，仅由天知书一字条，款即立付。因黄楚九君人极漂亮，对于金钱从不斤斤计较。况天知既为筹备员予以全权，要钱当然照给。但天知老而好色，其先与前台职员来往，出入于长三妓院，无非叫条子吃酒碰和等事。而天知固醉翁之意不在酒者，既难达到最后目的，不如改换嫖法，效作贾大夫，则目的得以速达。天知其时手头颇为宽裕，一掷千金，毫无吝色。继与某雉妓爱情甚浓，不久即出千金为之赎身，另筑金屋藏之。天知对于该妓，唯命是听，未几，该妓之母与弟等均迎养在家，敬妓之母一如其母，见面之时且拜跪如见尊长焉。人皆窃笑其为瘟生。而天知尚自视为有情人也。天知沉湎于色，置园务于不顾。如前台或团友有以剧务来商议者，天知辄匿而不见，为色所迷，至于此极，兹可笑也。

当新新舞台未开幕之先，有徐半梅、陆镜若等组织“社会教育团”，假南京路谋得利为剧场。该场构造有似 ADC，而容积仅及其半。座位与门票均刊有号码，备西人演剧团或艺术家开演戏剧或音乐会等用。以前华人未曾假过此场，此实为破题儿第一遭也。租费较廉，以租一日 ADC 之费可租谋得利数日。半梅向来熟悉剧界情形，故能知有谋得利之小剧场。否则，即老上海亦不能知之也。半梅、镜若之外，又有王汉强、王家民及戏头伯伯任公、瘦鹤等加入，第一日开演《猛回头》，系徐半梅自日本剧本改编者，颇蒙观者欢迎。半梅系有名之教育家及小说家，对于报界又极熟悉，当未演之先，上海大小报屡为该团宣传，故于临演之日，卖座极佳。其时贵俊卿在丹桂第一台为后台经理，亦有开演新剧之意，当该团演剧之日，贵伶亦来参观。其意乃来选择人才，以备聘请加入第一台也。迨该团开演以后，贵伶物色半梅、曼翁、任公、惠仁、家民五人。贵伶愿给半梅、曼翁每月包银一百五十元，任公一百元，家民、惠仁合一百元。他人均无异议，惟曼翁须照原议加一倍方可允许。贵伶难之，遂未成事实。

其时，贵俊卿果有提倡新剧之决心，嗣后为新剧家王幻身所知，乃毛遂自荐，托人前往介绍。贵伶知幻身亦系“进化团”中之优秀分子，今见王君自愿搭班，遂即录用。每月给以一百元之包银。此为新剧家投入旧剧界之第一人。嗣后有钱化佛进大舞台，汪优游、沈冰血、查天影等进新舞台，皆在数年以后矣。化佛、优游、冰血等改入旧剧界，均相安无事，惟幻身则不能久在旧剧界安身，结果仍脱离旧剧而进新剧界。盖旧剧界之伶人，素来轻视新剧家，视为羊毛（即外行之意），不时倾轧。如新剧家欲在旧剧界混口饭吃，惟有多吃饭少开口，百事不管。即有轻侮行为，则笑骂由他。化佛等能知此中秘诀，故至今尚能在旧剧界也。谋得利剧场虽小，然规模确与西式剧场相仿，井井有条，且租价甚廉，"社会教育团"首先假座该地演剧，仅数日之久，不知以后效尤者接踵而起。当新剧中兴，郑正秋组织新民社，其开演地点亦假该处，卖座甚佳。故谋得利剧场，在新剧史上颇有纪载之价值，称之为新剧发祥之地点亦可也。当"社会教育团"开演之际，旦角所用头套，悉由半梅将西人之假头套租来，改成中国妇女之髻，用以套在头上。但头套终嫌不便，租价又昂。其时适陈镜花在沪，渠在"进化团"专饰旦角，善於化妆，及梳妇女之髻。嗣为半梅所悉，请来帮忙。楚材晋用，每次酬以一元之车资。陈君得此意外之钱，非常愉快。不知以后竟以此为业。王幻身之兄小老爷及曹微笑均起而效尤之，居然亦在新剧界中，为一种附属之事业。每日取资一元二元不等。如开往小码头演剧，营业不佳，演员并吃大饼钱不能分得，而所定梳头之资则缺一不可，照例须先提出。如再不敷时，当由领班者设法筹措，即当去行李亦不怜惜也。否则即将携其梳头家具起身与团员告别矣。

原载《戏杂志》尝试号、创始号、第三号至第五号、
第七号至第九号，1922年4月至1923年12月

包公传说

赵景深

包拯是一个半神的人物。我在1927年出版的《童话概要》上说：

> 中国包拯有吸收传说的能力。其实梦游地府，只有神仙能做，倘世上真有神仙的话；现在将神的事拿来加在人的身上便成了传说。传说好像蒲公英的种子，撒在什么地方，就在什么地方生根；又好像飘浮不定的航船，飘到什么地方，便在什么地方抛锚。

换言之，包公的传说都不是他的事情，而是后人附会上去的。只因包公名声大，一切审案子的故事便都加到包公的头上去了。本文的目的，便是要把别人的故事与包公的比较对勘，借以证明包公有吸收传说和故事的能力。在《宋史》上包公只有“割牛舌”这一件事情：

> 包拯副枢，初知扬州天长县时，有诉盗割牛舌者。拯密谕令归，屠其牛而鬻之；遂有告其私杀牛者。拯诘之曰：“何为割某家牛舌而又告之？”其人惊服。　（原见《宋史》卷三百十六）

就是这一件事也还有大同小异的：

> 和尝知秀州嘉兴县。有村民告牛为盗所杀，和令亟归勿言告官，但召同村解之，徧以肉馈知识，或有怨则倍与。民知其言。明日有持肉告民私杀牛者。和即收讯，果其所杀。

这里所谓和就是钱和，宋神宗时人，他的哥哥勰也曾做过开封府。钱和的事只比包拯迟三四十年；究竟是谁为“原来的”，已经很不容易断定了。因为，故事的年代虽是钱和较迟，记录的年代却是钱和较早。钱和的事见光绪壬午年刊本。《折狱龟鉴》卷七面四，而这《折狱龟鉴》却是宋郑克所编的；至于《宋史》，不过是元托克托等所撰的罢了。

一 元曲中的包待制

到了元朝，包公的故事竟大大的流行起来。现行的《元曲选》（一名《元人百种曲》）中。竟有十一篇是包公的故事，占全记十分之一强。贺昌群的《元曲概论》以为《元曲选》中有八种：

（一）关汉卿《包待制三勘蝴蝶梦》 （第十九册）

（二）关汉卿《包待制智斩鲁斋郎》 （第二十五册）

（三）郑廷玉《包待制智勘后庭花》 （第二十八册）

（四）武汉臣《包待制智赚生金阁》 （第四十八册）

（五）李行道《包公制智赚灰栏记》 （第三十二册）

（六）曾 瑞《才子佳人误元宵》 （第三十六册）

（七）无名氏《叮叮当当盆儿鬼》 （第三十九册）

（八）无名氏《金水桥陈琳抱妆盒》 （第四十一册）

其实还有三种，被他漏了。（又，“叮叮当当”应作“玎玎珰珰”，第三种“包待制”应作“包龙图”，最后一种并未提到包公。）这三种是：

（九）无名氏《包待制陈州粜米》 （第二册）

（十）无名氏《神奴儿大闹开封府》 （第十七册）

（十一）无名氏《包龙图智赚合同文字》 （第十三册）

此外还该加上《元刊古今杂剧》中的：

（十二）无名氏《鲠直张千替杀妻》

大约现存的元曲中，包公故事只此十二种了。此外不传的元曲，《元曲概论》以为有三种：

（十三）江泽民《糊突包待制》

（十四）萧德祥《包待制三勘蝴蝶梦》

（十五）张鸣善《包待制判断烟花鬼》

其实，在上举的以外，还可以得到两种：

（十六）无名氏《风雪包待制》

（十七）无名氏《包待制双勘丁》

《陈州粜米》的出现稍迟，约在《鲁斋郎》和《蝴蝶梦》以后。因为《陈州粜米》剧中，第二折包拯自唱道：

曾把个鲁斋郎斩市曹
曾把个葛监军下狱囚（页二二）

葛监军不知是否即指葛彪，惟葛彪是被王氏子打死的，并未被包拯下狱。葛彪自称“我是个权豪势要之家”，与《陈州粜米》中包拯所说“我和那权豪每结下些山海似的冤仇”相吻合，最后题目有“葛皇亲”字样，不曾提起他是监军。但关于包公的元曲，此外再没有别的姓葛的“权豪”了。

在这十二个现存的剧本中最可注意的是《灰栏记》，我已经写了一篇《所罗门与包拯》，举出印度、西藏、希腊、罗马、犹太等处相同的故事，惜未举出我国比元曲更古的故事。现在我找到了：

前汉时颍川有富室兄弟同居，其妇俱怀妊。长妇胎伤匿之。弟妇生男，夺为己子，论争三年不决。郡守黄霸使人抱儿子庭中，乃令娣姒竞取之。既而长妇持之甚猛；弟妇恐有所伤，情极凄怆。霸乃叱长妇曰：“汝贪家财，固欲得儿，宁虑或有所伤乎？此事审矣。”即还弟妇儿，长妇乃服罪。（应劭《风俗通》）

这是后汉的记载。到了元朝，黄霸就变成包公了。明人的《包公案》不曾采取这件事。

《合同文字》也是验真情一类的，十分相似的还找不到，在诡称儿子已死狱中这一点上，便有下面的记载：

一农人生子，家贫，甫生而鬻于富厚之无子者，雇乳母以养之。迨成人，貌极清秀。教以读书，文颇通顺。其生父爱慕其子，欲令还家。……硬向富者赎之。富者曰：“子乃断卖，难言赎也。”……贫者谋于讼师，曰：“例载异姓归宗，子可控之于官，当断还于汝也，可不必以银赎之。”作词以控。富者诉子以亲生，非由买来．官问之，不能决。……因命原差将其父子分三处以管之，勿令共亲戚探望。至五日，官又传差进，而谕曰：“二汝二老前，伪

> 说子有病，次日又说病重；视二老之情形，密禀于我。"差领命而往，告于二老，贫者泪下；富者持银与差，使代延医以治之。差禀于官，又渝："明日传知子死，再视其情形，密来禀之。"黎明，差告二老："尔子于五更死矣。"贫者痛哭不已，富者口第叹气，差令其筹棺殓之。富者曰："彼认此子而讦讼，当令彼收殓埋葬。"差又禀官。官即坐堂审讯，曰："子之真伪，已知之矣。"命原差一一质之，富者俯首无辞。(《折狱奇闻》面一〇六)

影响到明朝，便是《拍案惊奇》的第三十三回《张员外义抚螟蛉子 包龙图智赚合同文》。

《抱妆盒》变成《包公案》里的《桑林镇》，《盆儿鬼》变成《包公案》里的《乌盆子》；《盆儿鬼》与《乌盆子》的异同，《曲海总目提要》卷四比勘甚详，谨为表列于后：

盆儿鬼	乌盆子
汴梁人杨从善子国用	扬州人李浩
问卜于贾半仙谓百日内有灾嘱避千里之外	至定州买卖不言问卜事
国用辞家为商三月后 归途中宿客店 店主盆罐赵与其妻劫杀之 移入瓦窑烧为瓦盆	浩将抵家醉不能行卧路旁 贼丁千丁万夺其金百两又恐其醒而诉 官遂击死入窑烧化
开封府老役张懒古向赵索瓦器 赵即以此盆与之	云王老不言开封役
瓦盆不语因门神阻止	因无衣服遮羞

京剧中的《乌盆记）倒受的是元曲的影响，索盆者亦为张 懒古（一作张别古）。瓦盆不语，却有两次，"门神阻止"和"因无衣服遮盖"却都用到了。无名氏的《断乌盆》则是受了《乌盆子》的影响。

《留鞋记》影响到后来的梆子腔《卖胭脂》，惟只有元曲的第一折，以下的大都不演下去。

《生金阁》叙的是庞衙内，贺昌群误为高衙内（见《元曲概论》面一四五）。此剧前半影响了《包公案》中的《狮儿巷》。《生金阁》 前半的本事是：

郭成，世为农家。成习儒，家有老亲，妻曰李幼奴。成得恶梦， 卜之。日者曰："宜避千里外。"成方欲应举，遂束装。……将至汴，天大雪，成与幼奴憩于酒店。有庞衙内者，权豪也。雪中出猎，亦饮于店。成见其声势赫奕，知为要人，出生金阁献之，以求得官。庞许之。成喜，率其妻拜谢。庞遂拉至家，设酒款待，欲夺其妻。成不从。禁之后院，而令一老妪劝幼奴。……令家人杀成。（据《曲海总目提要》卷二）

《狮儿巷》说的是：

一秀才姓袁名文正，幼习举业，妻张氏，貌美而贤。秀才要去赴试，贤妻收拾同行。不曾几日，行到东京城。次日袁秀才梳洗饮罢，携妻入城玩景。忽一声喝道，马上坐着曹国舅二皇亲。国舅马上看见张氏貌美，便动了情，着军牌请那袁秀才到府中相待。袁秀才闻是国舅有请，哪里敢推，便同妻子来到曹府内。国舅亲自出迎，密令左右，用麻绳绞死袁秀才。又命使女向张氏道知丈夫已死，且劝她为夫人。 （节）

《狮儿巷》又影响到无名氏的戏剧《雪香园》。

《后庭花》影响到后来沈璟的《桃符记》。

从上面所说的看来，可知元曲影响到《包公案》的只有《生金阁》、《盆儿鬼》、《抱妆盒》这三种。《文艺辞典续编》说："到了明代，把这等（指《元曲选》中的十一种，漏《抱妆盒》）关于包拯的故事集拢来就成功了《龙图公案》。"这是由于不曾细察之故而误。

二 明包公案

《包公案》据《文艺辞典续编》面八八二说是"包含故事六十三种。"其实只有六十二种。无论如何，不会是单数的，因为《包公案》虽每则一事，其篇目却都是相对的，例如"偷鞋"对"烘衣"，"牙簪插地"对"绣履埋泥"都是。惟"金鲤"系以二字对三字的"玉面猫"，稍觉破例，也许"玉面猫"原来是作"玉猫"吧？

《包公案》坊本甚多，大多缺少几则。以广益书局的铅印洋装本为最清楚，然亦缺少《斗粟三升米》(对《聿姓走东边》、《地窟》、《蜘蛛食卷》(对《铜钱插壁》)这四篇。石印小字本有缺少《红衣妇》和《木印》这两篇的。中原书局的连环图画本较完全。惟擅改篇名(如《桑林镇》改名《狸猫换太子》,《白塔巷》改名《双谋亲夫》等),颠倒次序,都是不应该的。原书两篇为一组,不仅题目相对,就是内容或性质也是很相近的。例如,奸案放在一起,盗案又放在一起等等。(据《中国通俗小说书目》,明万卷楼有百回本,又有六十六回本。)

《包公案》的《玉面猫》是受了《西游记》六耳猕猴故事的影响,又影响到《七侠五义》和京剧《双包案》。

《白塔巷》就是后来京剧的《双钉记》,这也是有来源的:

> 张咏尚书镇蜀日,因出过委巷,闻人哭,惧而不哀,亟使讯之。云夫暴卒,乃付吏穷治。吏往熟视,略不见其要害。而妻教吏搜顶髻,当有验。及往视之,果有大钉陷于脑中。吏喜。辄矜妻能,悉以告咏。咏使呼出,厚加赏劳,问所知之由,令并鞫其事。盖尝夫,亦用此谋。发棺视尸。其钉尚在,遂与哭妇俱刑于市。(《折狱龟鉴》卷五页九)

《白塔巷》所叙几乎完全相似:

> 包公回到白塔巷前口经过,闻有妇人哭丈夫声,似悲似喜,并无哀痛之情,问是阿英,便差人去唤阿英来。阿英供道:“夫主刘十二,因气疾身死。”仵作陈尚查无伤痕。其妻阿扬道:“曾看死人鼻中否?闻有人曾将铁钉插放入鼻中,坏了性命,何不看视此处?”尚再看验一次,刘十二鼻中果有铁钉两个,俱从脑发中插入,遂取钉来呈知。包公遂判阿英谋害亲夫,押赴市曹处断。包公问陈尚:“谁人教你如此检验?”尚道:“小人妻室教我。”包公便差人去唤阿扬前来给赏。包公问:“前夫得何病身死?”阿扬失色对道:“他染疯癫而死。”包公便差王亮押阿扬去坟所,检验鼻中,有无缘故。亮取棺开验,果有两钉在鼻中。包公遂将阿扬押赴市曹处斩。(节)

《妓饰无异》则是受了《吉安老吏》的影响:

> 吉安州富豪娶妇。有盗乘人冗杂入妇室,潜伏床下,伺夜行窃。不意明

烛达旦者三夕，饥甚，奔出。执以问官。盗曰；“吾非盗也，医也。妇人癖疾，令我相随，常为用药耳。”宰诘问再三，盗言妇家事甚详，盖潜伏时所闻枕席语也。宰信之，逮妇供证，富家恳免，不从。谋之老吏，吏白宰，曰：“彼妇初归，不论胜负，辱莫大焉。盗潜入突出，必不识妇。若以他妇出对盗，若执之，可见其诬矣。”宰曰：“善。”选一妓盛服舆至。盗呼曰：“汝邀我治病，乃执我为盗耶?”宰大笑，盗遂伏罪。（《折狱奇闻》面九）

《妓饰无异》后半完全与此相同：

在城有江佐极富，其子荣新娶。李强乘人乱杂时，入新妇房中，躲入床下，夜深行盗，被人捉获。次日迳解包衙。包公审之。李强道：“彼妇有癖疾，令我相随，常为之用药耳。”包公遂心生一计，遣军牌寻个美妓进衙，令之美饰穿著与江家媳妇无异。次日取出李来证。那李贼呼妇小名道：“你邀我治病，反执我为盗?”包公遂问决处罪。（节）

其间除了两三处小地方不同外，大概是相同的。

《木印》和《卖皂靴》的一部分是受了《周新异政》的影响。此文前半说：

周新按察浙江。将到时，道上蝇蚋迎马首而聚。使之迹之，得一暴尸。惟小木布记在，取之。及之任，令人市布，屡不佳，别市之。得印志者，鞫布主，即劫布商贼也。（《折狱奇闻》面一六九，本《双槐岁钞》卷三）

《木印》叙述较详。周新当然改了包公，浙江改丁河南横坑，偷布贼有了李三的名字。买布有了二十匹的数目。《木印》是放大了的《周新异政》的摄影。《周新异政》后半说：

一日视事，忽旋风吹异叶至前，左右言城中无此木，独一古寺有之，去城差远。新悟曰：“此必寺僧杀人埋其下也。冤魂告我矣。”发之，得妇尸，僧即款服。（《折狱奇闻》面一六九）

《卖皂靴》前半叙述较详。城是济南府，寺是白鹤寺，妇尸是十八九岁年纪。

后半还叙女魂托梦，卖靴探得实情等。有一段写得较好，为《包公案》所比较不易见到者：

> 包公正决事间，忽阶前起一阵风，尘埃荡起，日色苍黄。堂下侍立公吏，一时间开不得眼。怪风过后，了无动静。惟包公案上，吹落一树叶，大如手掌，正不知是何树叶。包公提起，视之良久，乃遍视左右，问："此叶亦有名否?"内有公人柳卒者认得，近前覆道："城中各处无此树，亦不知何名。离城二十五里，有所白鹤寺，山门里有此树二株，高若参天，条干茂盛。此叶是白鹤寺所吹来的。"包公说道："汝可说得不错么?"柳卒道："小人居住在寺旁，朝夕见之，如何认差!"

又《折狱奇闻·剪舌》篇有云：

> 见门中一兔伏焉，心异之，既而悟曰："门中有兔，乃冤也。"

说的是刘夔（字隐园）的事情。包公案中的《兔戴帽》也是这样几句：

> 包公隐几而卧，忽见一兔，头戴帽子，奔走案前，既觉，心中思想到："兔戴帽乃是冤字!"

《批画轴》是将《喻世明言》里的《滕大尹鬼断家私》来改编的，影响到戏曲便是《长生像》。《曲海总目提要》说："作者易滕尹为包拯，以龙图名重，用以耸动人耳目云。"不知"易滕尹为包拯"，在明朝《包公案》中即已如此，不必等到无名氏了。

《味遗嘱》是民间故事，以前我在《少年杂志》上看见有人重述过同样的故事，惜现在不能指出其他的出处。

《石狮子》也是民间故事，钟敬文在《中国的水灾传说》一文里解释甚详。他指出《石狮子》是与《王大傻的故事》（《瓜王》）和叶镜铭所记的富阳民间故事相似的。

《桑林镇》就是"狸猫换太子"的故事，也是一个民间故事。钟敬文说："所谓'狸猫换太子'的，其实却是流播于东西洋（尤其是东洋的印度、波斯等国）各地的民间故事。"这话是很有见地的。这个故事在麦荀劳克的《小说的童年》第十三章中是称作季子系（*The Youngest Son*）中的第六式忌妒的姊姊式（*Jealous Sisters Cycle*）的。现在节译该段于后：

> 西西利的故事说：一个国王的儿子窃听三姊妹谈天。长女说："我如嫁给王子，将用四小块面包疗全军之饥。"次女说："我如嫁给王子，将以一杯酒解彼等之渴。"幼女说："我如嫁给王子，将给他生下二儿，一子手执金苹果，一女额上有金星。"王子便娶幼女。王子出外时，幼女果得二女，如其所愿。她那忌妒的两个姊姊写信给王子，说她生了一狗一猫。王子命淹死二儿，二儿遂被抛入海中。幸遇救，复见母，二姊便被治罪。相似的有卡塔拉泥（Catalani），德意志、提罗尔（Tyrol）、意大利、佐治亚（Georgia）、阿尔巴尼亚（Albania）、阿乏尔（Avar）以及亚剌伯等处；在四个故事中，王子娶了三姊妹，两个姊姊都不能守他的约言。此外，布勒通（Breton）、匈牙利和塞尔维亚的故事中，长姊、次姊都愿嫁给国王的仆人。意大利，阿美尼亚、威斯特发里亚（westphalia）、巴斯克（Basgue）以及冰岛的故事都不说幼女愿生子的事，后来却生子了。通常幼女打出宫外，被人唾弃，因为她生了猫狗。爱沙尼亚的故事，王子只娶幼女一人，通常长次二姊的结局都很可怕。有时女主人公不是受姊姊的虐待，却是受朋友、母后等的虐待。在东方、玛拉加、巴苏陀兰（Basutoland）等处，虐待女主人公的却是别的妻子。（面三五九~三六〇）

此段所说，狸猫换太子竟有二十处的传说。虐待女主人公的是刘娘娘，也就是巴苏陀兰等处的"别的妻子。"那婆子在桑林镇受苦，也就是"打出宫外，被唾弃"；换猫狗就是狸猫换太子。

书中"僧衣染血"、"两人争伞"、"苍蝇告状"等故事，皆已经有人历历指出其来源了（见钱静方氏《小说丛考》卷上）。"僧衣染血"指的是《杀假僧》，所谓"向敏中所断之案"，原见司马光《涑水纪闻》。这两个故事的确太相像了。照例，《包公案》中多了一些穿插，使情节更为复杂，但大致的轮廓是相同的。《杀假僧》说的是孙宽与董仁的妻子杨氏私通，一同逃走。刚出门外。孙宽便见财起意，杀死杨氏，弃尸井中。《涑水纪闻》却只说"有盗入其家，携一妇人并囊衣逾墙出……而逾墙妇人已为人所杀，尸在井中。"并没有通奸的事情。《杀假僧》是真的杀了一个该死的人来冒充僧人，《涑水纪闻》则是口头骗骗人，并不曾真杀。今将《涑水纪闻》一节录后：

向敏中丞相判西京。有僧暮过村舍求宿，主人不许。求寝于门外车厢中，许之。是夜有盗入其家，携一妇人并囊衣逾墙出。僧不寐，适见之。自念："不为主人所纳而强求宿，明日必以此事疑我而执诣县矣。"因亡去。夜走荒草中，忽堕眢井，而逾墙妇人已为人所杀，尸在井中，血污僧衣。主人踪迹捕获送官，不堪掠治，遂自诬。云与妇人奸。诱以俱亡，恐败露，因杀之，投尸井中，不觉失足亦堕于井。赃与刀在井旁，不知何人持去。狱成皆以为然。敏中独以赃仗不获，疑之。诘问数四，僧但云前生负此人命，无可言者。固问之，乃以实对。于是密遣吏访其贼，食于村店。有妪闻其自府中来，不知其吏也，问曰："僧某狱如何?"吏绐之曰："昨日已笞死于市矣。"妪叹息曰："今若获贼如何?"吏曰："府已误决此狱，虽获贼不敢问也。"妪曰："然则言之无害。彼妇人乃此村少年某甲所杀也。"吏问其人安在。妪指示其舍。吏往捕，并获其赃，僧始得释。一府咸以为神。

影响到《拍案惊奇》便是第三十六回《东廊僧怠招魔　黑衣盗奸生杀》。"两人争伞"似乎《包公案》中不载，为钱静方所误记。他所引的薛宣事原见应邵的《风俗通》。"苍蝇告状"即指《木印》和《白塔巷》。

鲁迅的《小说旧闻钞》引《茶香室三钞》，据明郑仲夔《耳新》所说，有捕落帽风一事，云为小说家所本，故鲁迅将此条例入《包公案》中。蒋瑞藻的《小说考证》卷九也说到捕落帽风。似乎《包公案》并无捕落帽风事。《万花楼》第四十七回有《落帽风无凭混捉》一段，后来便紧接遇见太后的事情。京剧《断太后》也是如此演的。下面一段倒像是《偷鞋》和《烘衣》的缩写。

妇曰："渠（指张青峰）本非吾夫。吾夫病，请渠调治。渠见妾姿容，投毒致夫死，复谋娶妾。一日，渠酒后自吐真情，妾即欲寻死。因念无人伸冤，偷生至此。今遇天台，冤伸有日。"

《偷鞋》和《烘衣》都说的是和尚还俗，设法使所爱之人与其夫离异，再设法娶之。醉后自吐真情。《偷鞋》中的兰娘自缢而死，《烘衣》中的秀娘过了几天去告官。《烘衣》是比较更近于周季侯所审的案件的。

《借衣》与《喻世明言》中的《陈御史巧勘金钗钿》几乎完全相似，只是人名更换了：

	判者	夫	妻	假夫	夫父	妻父
借　衣	包拯	沈猷	赵阿娇	王倍	良谟	士俊
金钗钿	陈濂	鲁学曾	顾阿秀	梁尚宾	廉宪	(佥事)

陈濂是宁波府鄞县人，明成化年间官至副都御史。

与《借衣》相似的还有《锁匙》、《包袱》以及《龙骑龙背试梅花》。不过后三篇与前一篇倘若仔细分别，却有不同的地方。因为这四篇虽然都是女家之父嫌贫爱富因而赖婚的故事，《借衣》却是母亲当面赠物的，此外三篇则是女儿自己嘱婢私下赠物给公子的，虽然这四篇都有冒充丈夫的事。与这三篇相同的有《钗钏记》（明月榭主人著）和《许公异政录》。《钗钏记》前半的本事是：

真州皇甫吟奉母张氏，居州学之旁，贫而善文。其父曾与富民史直议姻。直嫌吟窭，欲以女改字枢密魏相国。女知父意，私遣婢芸香约吟至后园赠物，使即行聘。芸香至吟家，不值，以情告吟母。吟归始知，与友韩时忠讲书，漏言于时忠。时忠怵以利害，阻吟勿往。昏夜伪作吟，抵史园内。碧桃、芸香皆本未识吟，遂与钗钏等物赠之。

后来碧桃因疑吟诳钗不来议婚，便自投于河。《许公异政录》冒充情人的是刘江、刘海二人，他们是男主人公的“师之子”。

江海密计设酒贺珍，醉之于学舍。兄弟如期诣柳氏。鸾英倚闉门而望。时天将暮，便以付之。而小婢识非阎生，曰：“此刘氏子也。”鸾英亦觉其异，骂之。江海恐事泄，遂杀鸾英及婢而去。

《钗钏记》的审案者是李若水，《许公异政录》的审案者是明正德时官吏部尚书的灵宝人许进。《锁匙》赠饰的纠纷又有不同：

琼玉与丹桂约朝栋至园，赠以金镯银钗，往来情密。有贼祝圣八者，偶入女室，杀婢而去。会朝栋母病，以金镯换银，士龙即控于官，言朝栋通奸杀婢。

这故事里没有冒充的事情，却拿窃贼的巧合来替代。《包袱》和《龙骑龙背试梅花》都与《许公异政录》相似，冒充者被窥破，便杀了婢女秋香或雪梅。

《金鲤》影响了无名氏的《鱼篮记》。

三 关于包公的传奇

据《曲海总目提要》所说，除元曲以外，关于包公的传奇约有下列八种：

（一）《桃符记》（卷十三页十）

（二）《四奇观》（卷二十五页十七）

（三）《长生像》（卷二十七页四）

（四）《雪香园》（词三十二页二十）

（五）《琼林宴》（卷三十五页十九）

（六）《断乌盆》（卷三十六页一）

（七）《鱼篮记》（卷四十页九）

（八）《双蝴蝶》（卷四十六页三）

除去二、五、八这三种外，前面大都提到过。《四奇观》是在《包公案》、《三侠五义》等书以外的酒、色、财、气四个案子。《琼林宴》和《双蝴蝶》都与《三侠五义》中范仲禹一事相同，这两个剧本的内容谨为比较其相同点于后：（见下表）

琼林宴	双蝴蝶
延安范仲虞字舜臣妻陆玉贞子锦	滕仲文字可闻庠名斐江左安庆人妻葛氏子继京
汴京开科仲虞卖驴作费全家赴汴访妇弟陆荣	当时大比仲文欲入京应试乃典卖所居挈室赴京
仲虞行至中途忽遇虎衔锦去荣方樵见虎衔人打虎救锦还始知为甥也	虎衔子继京去遇卖糖人唐老击锣虎惧而逸继京堕地唐负归养之
仲虞适他往惟玉贞在太尉葛登云见玉贞美强之归家欲逼为妾玉贞不从乃羁葛府中	有葛登云者国戚也猎于山前葛氏悦其貌劫之归强逼谋欢葛以死拒之
仲虞闻妻在葛府乃造登云往索登云抵言无以好待之	仲文知己妻被劫愤奔至其门痛詈登云佯款之斋中
而夜遣人打杀仲虞	而夜命仆杀之
用大箱盛之投诸旷野仲虞幸不死从箱中出疯狂不省人事	置空箱中舁弃荒野樵夫见而开视因得逸去
登云女艳珠启后门纵玉贞	登云女颜珠急往救葛氏挈归绣闼

此后便是雪冤、团圆，细小节目有许多地方是不同的。

京剧的包公故事，据郑振铎《中国戏曲的选本》所统计，则有以下十四种：《乌盆计》（一名《奇冤报》）、《乌盆计》上本、《探阴山》（一名《闹五殿》、《柳林池》（一名《三官堂》）、《铡美案》、《铡包勉》、《双包案》、《打銮驾》、《五花洞》、《琼林宴》（一名《打棍出箱》）、《黑驴告状》（《琼林宴》后本）、《断太后》、《打龙袍》、《狸猫换太子》。大部分在前面已经说过了。元曲有《勘龙衣》，不知是否《打龙袍》的前身。

现在将前面所说，列表于后，以清眉目：

笔记小说	元　曲	明包公案	曲海著录	京　戏
风俗通	灰阑记			
折狱奇闻	合同文字	（拍案惊奇）		
	抱妆盒 勘龙衣	桑林镇	（七侠五义）	断太后 打龙袍 狸猫换太子
	盆儿鬼	乌盆子	断乌盆	乌盆记上本 乌盆记
	留鞋记 生金阁	狮儿巷	袁文正还魂记 雪香园	（卖胭脂）
	后庭花		桃符记	
	（西游记）	玉面猫	（七侠五义）	双包案
折狱龟鉴		白塔巷		双钉记
折狱奇闻		妓饰无异		
益都耆旧传	（折狱奇闻）	木印 卖皂鞋		
折狱奇闻		兔戴帽		
	（喻世明言）	批画轴	长生像	
民间故事		昧遗嘱		
民间故事		石狮子		
涑水纪闻		杀假僧	（拍案惊奇）	
	（耳新）	偷鞋 烘衣 借衣	（万花楼） （喻世明言）	
		锁匙 包袱 龙骑龙背试 梅花	（钗钏记） （许公异政录）	
		金鲤	鱼篮记	
		（七侠五义）	琼林宴 双蝴蝶	琼林宴 黑驴告状

表中有括弧号的表示“本非此类”。例如《拍案惊奇》不在《包公案》以内，《七侠五义》也不在《曲海》所著录的。《卖胭脂》是梆子腔。越剧有《紫玉壶》，是据《万花楼》而编的，不曾列入表内。

三“言”二“拍”对于《包公案》一定有很大影响，可惜我还无缘看到三“言”和《拍案惊奇》二集（初集即通行石印本的《续今古奇观》），否则这篇文字要写得更长了。即就《宋明通俗小说流传表》看来，已可看到《警世通言》中的一篇《三现身包龙图断冤》了。《喻世明言》中的《简帖僧巧骗皇甫妻》恐怕是《偷鞋》和《烘衣》的来源吧。

前面常提到《折狱龟鉴》和《折狱奇闻》，这两部书和《小朋友民间故事》上册有一部分是采取《太平广记》卷一百七十一和卷一百七十二《精察类》的，也列一个表在如下：

《折狱龟鉴》不写出处者大半都是从《太平广记》来的。《折狱奇闻》的题目只有一个人名者大半也都是从《太平广记》来的。诸书误蒋恒为蒋常，又误严遵为庄遵，宋郑克的书中已是如此，不知何故。恒和常，庄和严，本可连用，大约是因了避讳的缘故吧？

来　　源	太平广记	折狱龟鉴	折狱奇闻	民间故事
益都耆旧传	严　遵	五:九		
国史异纂	李　杰	五:一	面五三	篇一〇
纪　闻	苏无名	七:八	面五〇	篇一八
剧谈录	袁　滋	一:一四		
酉阳杂俎	韩　滉	五:九	面六三	
朝野佥载	蒋　恒	一:一一		篇三七
	王　璥	三:一八		
	裴子云	七:二	面四八	
	郭正一	七:二〇		
	张楚金	三:五		
	董行成	七:九	面五六	
	张松寿		面六二	
唐阙史	崔　碣		面六九	
	赵和	七:二	面七三	
桂苑丛谈	李德裕	三:八		篇八
玉堂闲话	刘崇龟	一:一四	面七二	篇五
	杀妻者	二:二	面七五	
北梦琐言	许宗裔	二:四		
	刘宗遇		面八四	

看了这一篇文章，我们很容易明白包拯就是钱和、黄霸、张咏、周新、刘夔、滕大尹、向敏中、李若水、许进等人，不过是一个吸收传说的人罢了。

1933 年 5 月 10 日

原载《青年界》第 3 卷第 5 期

1933 年 7 月 5 日出版

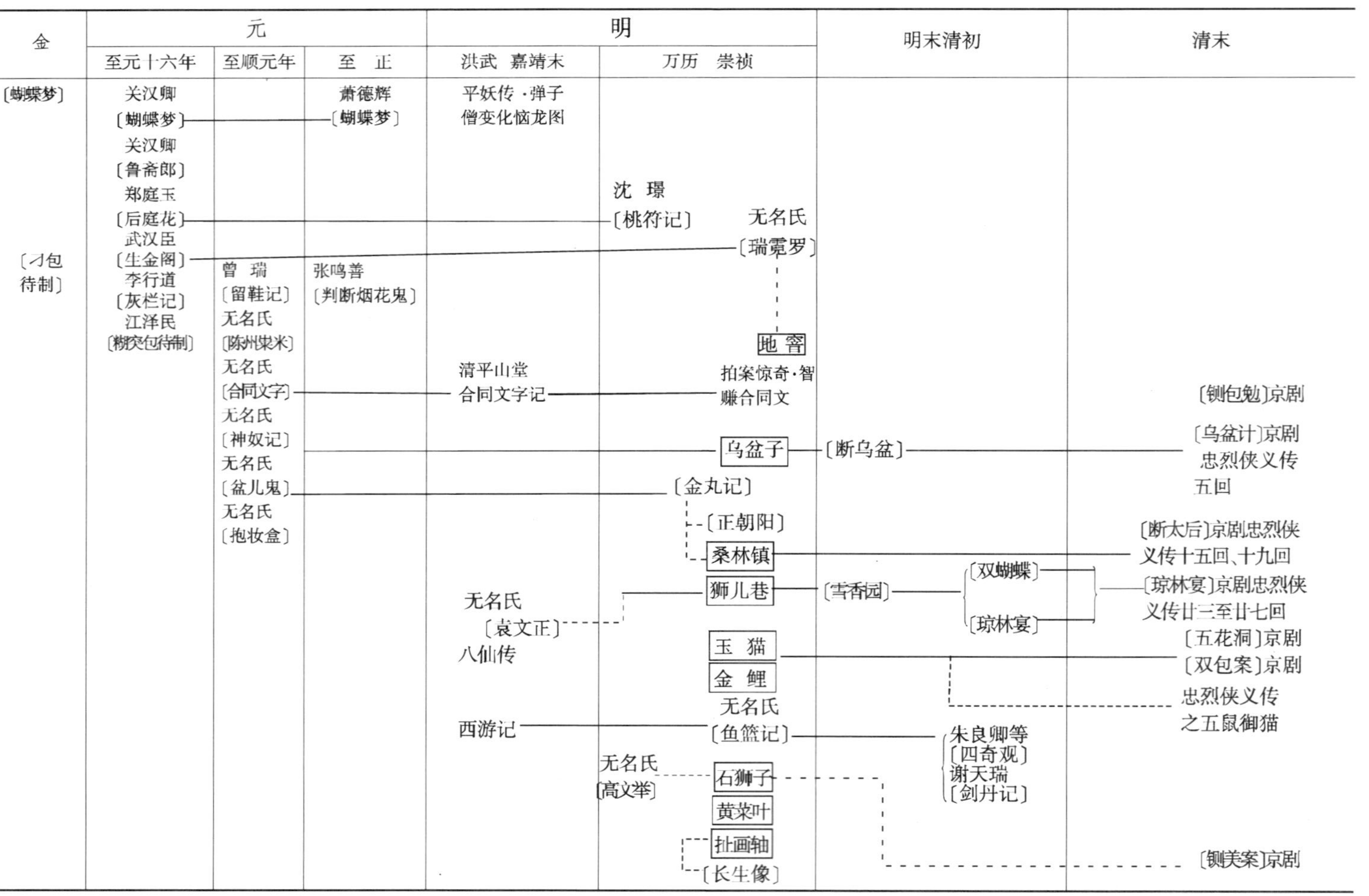
金
元
至元十六年
至顺元年
至正
明
洪武 嘉靖末
万历 崇祯
明末清初
清末
〔蝴蝶梦〕
〔刁包待制〕
关汉卿〔蝴蝶梦〕
关汉卿〔鲁斋郎〕
郑廷玉〔后庭花〕
武汉臣〔生金阁〕
李行道〔灰栏记〕
江泽民〔糊突包待制〕
曾瑞〔留鞋记〕
无名氏〔陈州粜米〕
无名氏〔合同文字〕
无名氏〔神奴记〕
无名氏〔盆儿鬼〕
无名氏〔抱妆盒〕
萧德辉〔蝴蝶梦〕
张鸣善〔判断烟花鬼〕
平妖传·弹子僧变化恼龙图
清平山堂合同文字记
无名氏〔袁文正〕
八仙传
西游记
沈璟〔桃符记〕
无名氏〔瑞霓罗〕
地窨
拍案惊奇·智赚合同文
乌盆子
〔金丸记〕
〔正朝阳〕
桑林镇
狮儿巷
玉猫
金鲤
无名氏〔鱼篮记〕
无名氏〔高文举〕
石狮子
黄菜叶
扯画轴
〔长生像〕
〔断乌盆〕
〔雪香园〕
〔双蝴蝶〕
〔琼林宴〕
朱良卿等〔四奇观〕
谢天瑞〔剑丹记〕
〔铡包勉〕京剧
〔乌盆计〕京剧
忠烈侠义传五回
〔断太后〕京剧忠烈侠义传十五回、十九回
〔琼林宴〕京剧忠烈侠义传廿三至廿七回
〔五花洞〕京剧
〔双包案〕京剧
忠烈侠义传之五鼠御猫
〔铡美案〕京剧

欧阳予倩和红楼戏

曲六乙

早在清光绪年间，京门“遥吟俯唱”票房的名票陈子芬等，就开始排演过《黛玉葬花》、《摔玉》等戏；这大约是把《红楼梦》搬上京剧舞台的创始。民国初年以后，梅兰芳陆续排演了《黛玉葬花》、《千金一笑》和《俊袭人》。荀慧生排演过由陈墨香编写的《红楼二尤》、《晴雯》、《平儿》、《香菱》。刘玉琴演出过由清逸居士编写的《太虚幻境》。但排演最多的是欧阳予倩，计有：《鸳鸯剑》、《宝蟾送酒》、《馒头庵》，《大闹宁国府》，《摔玉请罪》、《鸳鸯剪发》、《晴雯补裘》、《黛玉葬花》、《黛玉焚稿》等九出。朱琴心排演的《王熙凤》、《摔玉负荆》；雪艳琴演出的《黛玉归天》，以及荀慧生的《红楼二尤》，或据欧阳本改编，或承受其影响。

把《红楼梦》这部古典名著，通过舞台形象介绍给京剧观众，欧阳予倩和梅兰芳是功效卓著的两位艺术家。从这个意义来理解“南欧北梅”，就会感到更为亲近些。还应当指出，欧阳予倩的红楼戏，多为己出，可算得上编、演红楼戏的能手巧匠，因此有人赠他这样的诗：“文采风流孰可伦，子丹身世是佳人，郢中白雪容能称，梦里红楼汝欲神。”①

欧阳予倩的第一出红楼戏是《鸳鸯剑》，这是作者于1913年编写的话剧。戏是敷衍尤三姐的故事。当时，作者正在长沙组织文社。社员们看到他饰演话剧《不如归》的乳娘很成功，便认为他是最擅长老太太一类角色。其实他的戏路很宽，举凡贵妇、小姐、泼妇、妓女、使女……都演得惟肖惟妙。在《鸳鸯剑》中他饰演尤三姐这个泼辣爽朗、爱憎分明、见棱见角的女孩子，就很得心应手。她对贾琏之流的蔑视、奚落，对柳湘莲爱情的坚定、贞烈，以及为人处事的倔强和斩钉截铁的个性，都有相应的刻划。这个戏一时成为支撑摇摇欲坠的文社的重要剧目；后来作者又把它改为京剧。

《晴雯补裘》作于1917年，是同张冥飞合编的。主角晴雯是个在个性上不同于尤三姐而又有些相似的贾府丫环。她被姊妹们讥为“爆炭”，这是说她性情暴躁，嘴皮子尖苛，从不饶人。补裘的剧情是根据小说第五十二回“勇晴雯病补孔雀裘”敷衍的。贾母把珍贵的孔雀裘送给宝玉御寒，宝玉不慎，烧了一个洞，多少裁缝束手无策，病中的晴雯勇敢地接受了这个“任务”。当她连夜缀补告成之时，便气恹恹地倒在床上了。剧本写出宝玉无事一身忙的特性，更描绘出晴雯对宝玉内心疼爱和表面讥讽的微妙心理状态。她既是性如烈火，又是柔情如水，补裘时唱：“一行行一点点花遭泪溅，一丝丝一缕缕线把愁牵。”“猛然见旧襟血花点点，我的天哪，怕只怕裘能补人寿难延。”②她的巧手补得了裘，补不了愁，更补不了生命和青春。作者在结尾用警语点出了主题。

《宝蟾送酒》和《馒头庵》是演次最多、影响较为广泛的戏，也是作者独具风采的看家戏。

《宝瞻送酒》是作者九出红楼戏中仅有的一出戏谑、谐趣的短戏。我们知道，在二十到四十年代里，作者写出了不少优秀的讽刺喜剧：《泼妇》、《屏风后》、《买卖》、《越打越肥》（以上话剧）和《言论自由》（默剧），显示了作者在喜剧创作方面的才能。而早于这些作品的京剧《宝蟾送酒》，在风格方面与它们是相似的。或许可以说，《宝蟾送酒》是作者在喜剧领域里的初次尝试。

《宝蟾送酒》缘起于《夏金桂》，后者是冯叔鸾拟在春柳剧场演出的本子，当时欧阳予倩饰演宝蟾。他觉得全剧没多大的意思，便取送酒一段编成一出小戏，归类为“普通的笑剧”或叫“轻喜歌剧”。

《宝蟾送酒》取材自小说第九回“送果品小郎惊叵测”和第十四回“纵淫心宝蟾工设计”：薛蟠犯案入狱，妻夏金桂命丫环宝蟾送果品给堂叔兄弟薛蝌，意在诱他上钩。宝蟾百般挑逗，见他不为所动，自讨无趣而归。在小说里，宝蟾是个不干净的使女，不但为金桂引线，也还想为自己穿针，是个否定人物。到了戏里，便变成一个无拘无束，天真烂漫的机灵丫头。她自己没什么不干净的念头，许多行动都出于调皮和淘气。薛蝌用烛光送她出门，她吹灭了烛火，道声“明日见”，一回身又端端正正坐在床上，故意开些玩笑。末了又说：“你当你是个圣人，我看你是个傻子，都是那个甚么叫孔夫子的害了你。害死了你们活该，害死了我们可谁偿命。”作为一出喜剧，它给观众带来不少笑声。

这个戏，作者曾说，“没什么深的意义”③，是偶一为之的笑剧。但它的命运是不好的。作者曾说：“我当时所编的新戏，每一出里的调笑和科诨，都是有限度的。可是让别人拿去演了，往往搞得面目全非。并且也不照我的原词来念，随意窜改，失去了我编剧的原意，这真是不胜遗憾之至。”④有的剧团、演员把《宝蟾送酒》演得肉麻、庸俗，还标榜为“欧阳予倩秘本”或“欧氏亲授”，这就更出作者意外了。

《馒头庵》是一出中型爱情悲剧，比之《宝蟾送酒》，思想倾向明确。“逼着一个小女孩子去当尼姑，我总觉得是残酷的。”作者基于对尼姑智能的同情和对不合理社会制度的抨击，描写了智能同秦钟的爱情悲剧。而在人物、事件的处理上，要比小说高明得多。小说仅在第十五、十六回描写了两人在馒头庵的相恋和幽会，以及秦钟不慎得了风寒，回家病重而死。“禀赋最弱”的秦钟对智能爱之弥深，可也不免有公子哥儿的轻浮举动。他的死因，既是不慎染病，也是由于爱情生活的“失于检点”。两人的爱情悲剧，仿佛是咎由自取，缺乏社会原因。剧本的处理，显然深刻得多。秦钟从庵里回家，不幸染病，智能放心不下，前来探视。事情被秦钟父亲发觉，认为这是辱没家声，大发雷霆，把无辜的智能押送官府问罪；对病重的儿子也严加训诫。不但活生生拆散一对青年，自己也一气暴亡。秦钟生离情人，死别严父，促使病症益重。他既追念白发衰翁，更愧对薄命红颜，临死前嘱托好友宝玉寻找智能，请予分外照顾，用以弥补自己的过失。缅怀与忏悔参错，留恋与绝望交并，这种痛苦的内心矛盾，描写得比较真实。

智能在小说中交代不多，在戏里却被塑造成个多情善感、聪明伶俐的女孩子。长年的庵堂生活，使她趋于拘谨、稳重、清淡、恬静。但她不甘于把一生幸福葬送在经卷之中，更不屑把青春消逝在木鱼声里。秦钟点燃了她的爱情火焰，一旦相爱，她便不顾身份的卑下，门第的悬殊和庵堂的教规，一心追求眼看到手的幸福。而悲惨的结局也已在等待着她：一个孤苦无依的弱小女子，叛离封建礼教，触犯宗教法规，再加上秦钟的懦弱无力，只有这一个下场。

剧本也有消极因素，爱情悲剧处理得比较沉闷。智能在秦钟梦中说：“到如今万念之心已成灰，还清这风流债魂兮忏悔，从此后弃红尘大限同归。”她这是用宗教的观念对曾经为之而死的爱情的否定和忏悔，以致给自己的性格蒙上灰尘。所以有人看了戏，竟赋出这样的诗句：“眼前情好皆魔障，觉后聪明即慧灯。色相幻生空不着，痴儿到死悟何曾？”

《黛玉葬花》作于 1913 年，是作者同杨尘因、张冥飞三人第一次用京剧形式合写的红楼戏，1915 年作为余兴首演于春柳剧场。这是上海古装京剧的第一次演出。就在这同一时期，梅兰芳在京门也排演了《黛玉葬花》——这是他排演的第一个红楼戏。“南欧北梅”，可谓志同道合。在服装扮象方面，欧氏接近时装的模样，梅氏则用古装。后来欧步梅尘，改用古装。他的所谓“高髻倩妆，翩翩翠袖”，正与梅氏的“吕”字髻、长水袖大致相似。他两人都是能排除“文人相轻”陋习，虚心以求的艺术家。欧阳予倩就曾赠诗梅兰芳：“我是江南一顽铁，君如郑雪铸洪炉。不烦成败升沉感，许共瑜伽证果无。”这种谦虚求教的精神，是值得我们学习的。但在艺术上，彼此又能保持和发扬自己的风格，在竞赛中求得并驾齐驱。如两人的《黛玉葬花》就各有千秋。梅本把小说的第二十三回“西厢记妙词通戏语，牡丹亭艳曲警芳心”的情节，糅合到第二十七回“埋香冢黛玉泣残红”里。用《西厢记》的戏文在宝玉、黛玉之间搭上一座心桥；忆古联今，古人今人同此一心，增添不少谐趣，渗入些喜剧气氛。用《牡丹亭》的曲声，勾引起黛玉寄人篱下、身世凋零、青春渐逝的孤独感和凄凉感，又增强了悲剧气氛。全出共六场，人物多，情节繁，结构稍弛，场子不免有些松散，看来不够紧凑。欧本集中第二十七回葬花情节，加以锤炼，意在以花自况，写黛玉之愁、之悲；强调诗的意境，给出悲剧衬景。全出仅四场，人物少，结构严密，文学性也比较强，缺点是有些冷清，演不到家就会“温”。

葬花是黛玉意识到自己青春黯淡、命多乖戾的开始，这易于描绘她的多愁善感的心情。而最能体现她的与旧社会决裂的叛逆性格的，则是临死前的焚稿。欧阳予倩的《黛玉焚稿》就是为了在舞台上完成她的性格而写的。以贾母为代表的封建礼教势力谋划的骗局，把一对两小无猜、青梅竹马的情人，活生生的拆开。宝玉不知李代桃僵的阴谋，还以为娶的就是黛玉妹妹。黛玉欲语无言、欲哭无泪，把一腔愤怒完全倾泄到焚稿上。幕后迎亲礼乐的热火，与潇湘馆的萧条冷寂，形成显明的对比，这更加衬托出社会的世态炎凉和黛玉孤独凄凉、愤懑绝望的心情。她焚稿时的心境，在下列唱词中和盘托出：

春写愁秋写怨缠绵惝恍，
好一似蚕自缚麝惜脐香，
先只说木与石双栖有望，
到今日大梦醒魂断潇湘，
呕心词断肠句不堪重唱，
倒不如付灰蛾一样消亡。

这些熔铸了心血和精灵的诗稿，曾经是她的爱情的见证，幸福的寄托，幻想、欢乐与哀愁的忠实纪录。如今爱情失掉了，幸福破灭了，生命垂危了，诗稿便成了最刺心的讽刺。她焚稿，实是焚心。她要用焚稿的火光照明自己光明磊落的心迹。死就死得干净，不给这恶魔般的人世，残留下一丝痕迹，烧断同这个世界上的一切瓜葛与牵连。这时在她的心里只剩下一个念头——寻找清白的葬身之所："我的身子是干净的，你好歹求他们送我回去。"不愿死后的身子熏浸到肮脏气，这对只有门口石狮子是干净的贾府——豪华富贵、声势显赫的贾府，该是多么大的讽刺！

在1910年代，欧阳予倩编演了这么多的红楼戏，是有其主客观原因的。他精通古典文学，有深厚的文学修养和丰富的舞台经验，这为自编自排自演提供了有利条件。而这条件，当时一般处于文盲状态的演员，是不具备的，甚至是不可想象的。从客观来说，"五四"前后，研究"红学"之风甚盛，《红楼梦》这部伟大的古典白话名著，逐渐得到社会的重视，广大观众欢迎和希望把它搬到舞台之上，于是红楼戏便应运而生。但首要的原因是，在"五四"前夕，反帝、反封建的新文化运动逐渐趋向高涨，欧阳予倩作为戏剧运动的一员战将，有意识地把这部封建贵族兴衰史的小说，运用戏剧形式再现于舞台之上，通过视觉形象向广大群众宣传反封建、反礼教的进步主张。在当时所有的红楼戏中，一般公认他的作品，是具有更为深刻的反封建思想倾向的。《红楼梦》里的林黛玉、尤三姐、晴雯、智能等的形象，都或多或少具有个性解放的意义。她们心地善良、敦厚刚强、爱憎分明，不随波逐流，不趋炎附势。她们大都敢于向封建势力宣战，对宗法、礼教提出异议，坚守自己的清白和情操。正因如此，欧阳予倩才选中了她们，使之复活于舞台之上，让观众为她们赞美、叹息或惋惜。虽然当时，他"颇以唯美主义自命"，把艺术与宣传对立起来，这使得某些戏带来些消极因素，如《宝蟾送酒》的倾向性不够明确，缺乏积极的意义，过多地考虑它的唱工、做工、舞蹈和舞台效果，但戏剧创作的总的倾向性还是明确的。他拒演《归元镜》、《割肉疗亲》一类宣传佛教、愚孝的戏，而演出《馒头庵》等戏，就证明他是有所为、有所不为的，是有其是非界线的。他并不反对、相反赞成既有艺术感染力又有教育意义的戏。可见划清界线的标志不是什么唯美主义而是现实主义。"五四"新文化运动的前夕，在艺术实践里，他是把林黛玉等的形象作为武器，向封建主义进行冲击的。

其次，众所周知，"五四"时期许多人对戏曲采取了否定的态度，认为它是封建主义的戏剧艺术。甚至胡适之流诬蔑它是野蛮的、落后的、迷信的畸形物，要打倒它。在这种错误舆论的影响下，许多京剧艺人产生了自卑的心理，当然更看不到它的前途。正是处于这种严重的时期，作为话剧运动先驱者和开拓者的欧阳予倩不计任何困难，排除一切非难和讥讽，甘心与"卑贱"的"戏子"为伍，下海演出京剧。他这种行动，不能单纯解释为个人兴趣，而是有胆有识的壮举。他认识到戏曲是一笔雄厚、丰富的艺术财富；看到它与广大观众的密切联系——它有着话剧所没有的表演技巧和魅人的魔力。他要改造京剧、运用京剧，使之成为宣传个性解放，反封建、反礼教的武器。他演出不少传统的旦角戏，但把精力集中于编演新戏，包括红楼戏，以便进行京剧艺术的改造工作。他写的剧本为避免场子太碎的传统方法，都处理得比较精练，结构谨严，取消过场戏，适当采取分幕方式。在语言运用方面力求提高文学性，更以描绘人物心理见长。在表演艺术方面，他也力求创新，运用程式又不被程式所拘，讲求动作的目的性和生活化（不是自然主义的模拟生活原样），他还创造了红绸舞、花锄舞等舞蹈身段。此外对舞台美术的革新也很注意。化妆、服装自不必说，一出新戏（包括古装剧）总是力求配以布景，充分运用现代化剧场的技术条件。如在上海演出《黛玉葬花》，潇湘馆一景是这样处理的：回廊下挂着鹦鹉，纱窗外隐隐翠竹浮青，偶一开窗，竹叶便探进屋里，整个情调显得清淡幽美，有助于衬托林黛玉的性格。《馒头庵》最后一场，采用了纱幕和云景。

为了造成观众的幻觉，表现智能从空中冉冉而降，他使用在天桥上有人操纵的类似秋千的东西：智能站在上面翩翩飞舞，作出卧鱼、下腰等优美、繁重的身段，仿佛在云中游来飘去。这种制造梦境的气氛是有益的。当然，今天看来，他的许多改革，如布景的运用，或有可议之处，但他那勇敢的创造、改革的精神是值得学习的。

“旧戏不能废”，这是欧阳予倩当时对戏曲艺术的态度，而目的是“要把舞台装置，表演法，场子，与乎剧情的内容，极力使其近代化。”他在戏曲艺术面临危机的时候，同梅兰芳、周信芳等艺术家一起挽救戏曲，但并不是消极地护短，而是革新它，从内容到形式，都使之“近代化”。他的红楼戏，既是宣传个性解放，反封建、反礼教的作品，又是推动戏曲艺术向“近代化”道路上发展的可贵尝试。当然，那时由于世界观的局限，他提出的“近代化”的内容并不十分明确，但他在戏曲艺术发展方面积累的经验，其中包括红楼戏，是值得我们认真地加以继承和借鉴的。

原载《上海戏剧》1963年第8、9期

---

①《梅欧阁诗录》。

②《欧阳予倩文集》第二集。以下凡引剧词皆出此书。

③《自我演戏以来》：凡引文未注明者皆出此书。

④《舞台生活四十年》第二集，第90页。

川剧作家赵熙及其《情探》

冬 尼

如所周知，中国早在19世纪末叶已经出现了资产阶级改良主义的政治运动。这种政治上的改良运动必然会反映在文学上来，如中日战争后发生了“诗界革命”（实质上是改良），戊戌变法后发生了“新文体”等等；由于这种时代文艺思潮的刺激，成都于1904年左右也兴起了川剧改良运动。当时劝业道周孝怀征集悦来公司股本，于1905年（清光绪三十一年）修建“悦来茶园”，容纳固定剧团，卖座看戏，改变已往川剧戏班在各庙神会及会馆流动演出的情况；吸引了省内各地川剧名角；一面又倡导“改良戏曲，考试伶工”[①]，他并与各方联系，经由“商务总会发起，移请商务总局转移提学使司，警察总局会详总督部座立案”，组成“戏曲改良公会”，以“改良戏曲，辅助教育”[②]为宗旨，邀请当时川内知名文人如尹仲锡（川剧《离燕哀》等戏的作者）、黄吉安（川剧《柴市节》等戏的作者）、冉樵子（川剧《刀笔误》等戏的作者）等人参与修改川剧剧本的工作，曾将他们“编辑曲本，陆续印行”[③]，郭沫若在其自传《少年时代》中，曾记载云：

> 成都最首出的新式戏园，名叫悦来茶园的，是取的官商合办的有限公司的制度，那儿在初是唱的川戏，所谓“改良川戏”自行招集了一批戏子来教练，很有些像日本的帝国剧场。当时“改良川戏”的名目颇流行于一时，如像老名士赵尧笙都有《改良活捉王魁》（按：《情探》即此剧最末一折）、《改良红梅阁》之类的剧本出现，沿用着四川原有的高腔，把词子改得异常的文雅。

按：赵尧笙即赵熙。他是周孝怀的老师，更是周孝怀所竭诚邀请参加的执笔人之一。不过赵熙当时主要的时间还是摆在政治方面和诗、词方面（他那时还在清朝担任着监察御史的职务；而诗、词又是他的更大兴趣之所在的），所以在川剧剧本文学方面的贡献，就数量而言，便不如黄、冉等人多产。川剧老演员周慕莲先生虽谈到赵熙曾经“写过不少川剧脚本”[4]，目前尚无从判断。不过，川剧代表作中的《情探》[5]和《红梅阁》，却是赵熙改编的。

关于赵熙的生平，我们收集到的材料还很少。现简单介绍于下：

赵熙，号香宋。他原出生于一个劳动者的家庭中。读书求学主要依靠其兄赵亮作佣工供给[6]，他于1890年考中进士，历任翰林院国史纂修官和江西道监察御史等职。当时，赵熙在封建统治阶级中，尚不失为一个比较正直的官员，他和康有为、梁启超、刘光第等都有很深交情。《风土杂志》（二卷五期第7页）曾载《赵尧笙事略》一文，谈到过他们之间的关系：

> 时康有为、梁启超名振一时，而独敬仰赵氏，梁启超乃执弟子礼，常以诗请益赵氏……（赵熙）自奉俭约，寡交游，惟与刘光第、乔树楠、江春霖、江翰友善，以大节相勖励，江春霖以直谏罢归。戊戌政变刘光第遇难，赵氏忧念家国，哭之恸，

在他任御史的时候，弹劾像两湖总督杨文鼎（侵夺民田，以四万金交通大臣，竟得逍遥法外，并且升官。）、四川总督赵尔巽[7]这样的大官。在四川铁路风潮中，赵熙也弹劾过那位坚决执行清廷“铁路国有政策”，暗中进行出卖路权给英帝的邮传部大臣盛宣怀。民国以后，赵熙虽然很厌恨当时——特别是四川军阀的混战，在诗词中叹息“新鬼多于人数，后土何时得而干也”，并且高声疾呼：“豆煮箕燃，海外鲸牙，怒涛万起，”但是，这位封建阶级的“孤臣”“遗老”，却是从他自己的立场来发出这种感叹的，因此，在他的诗词中，竟然有“马鬣新封，干净是先朝皇土”这类反动透顶的话来。

赵熙著有《香宋词》，他在近代词家中间，和王鹏运（著有《半塘定稿》）齐名。他也能诗，援笔立就，“风调冠绝一时”。相传他“在京师时，送友之官，一夕成诗六十首”，可见他下笔的敏捷。在文学上，他不是一个因袭陈套、缺乏独特见解的平庸之士，他反对人云亦云，曾在其《香宋杂记》中写下了自己的信条：“一哄趋风之谈，不尽足恃”，并将当时一些“宛转相尚”的所谓“诗话中人”，斥之为“酒馆名士”。[8]赵熙在文学素养上的这种独特性，无疑是有助于《情深》从原来窠臼中走出来，并成为一部具有“新面目、新精神”的戏曲作品的。

在半封建半殖民地的社会里，由于学习欧洲资本主义社会的所谓“文明”和虚假的“自由”，表现在婚姻关系上，流行了所谓“自由婚姻”，表面似乎足

以冲破封建婚姻制度的藩篱，而实际是一股罪恶的时代逆流，因为这种“自由婚姻”在仍以男性为中心的半封建社会里，实足替负心薄幸之徒张目，成为背信弃义者的挡箭牌。这样，赵熙所处的时代里，男性特别是男性中的“读书人”，对女性负心变节、始乱终弃的情形，较之历史上任何一个时期都更为严重，给妇女带来了深重的灾难和痛苦。因而成为当时生活中的严重问题之一。在文学艺术上，这也就成为当时剧作家或诗人们描写的主题之一。单以四川而言，如黄吉安的《百宝箱》、吴芳吉的《婉容词》等等，都是以同情妇女的遭遇和鞭挞知识分子中的负心之徒为主题的。赵熙的《情探》也是以读书人的负心背义为鞭笞对象，他在全本改良《活捉王魁》的第一出《誓别》里，即借小生上场诗首先念了这样两句：“开口莫谈如意事，负心最是读书人”。至末出《情探》桂英活捉王魁到阎王面前后，王魁厚颜无耻求饶说：“只望大王念我曾受朝廷六品之官，曾读诗书若年之苦”。阎王大怒：“你不提起读书做官犹可，读书人知理悖理，做官人知法犯法，应当何罪！”可见赵熙是通过这一曲折折光的方式来对负心的知识分子作出判决的。

统治阶级的作家赵熙能够写出具有人民性的《情探》，不是没有原因的。一方面，他在当时尚不失为一个较正直的人，另一方面，《情探》的写作，是由于他因女儿出嫁后，受男方虐待，一时激动，“越夕而成”。在剧本改编以后的二三十年，他重新看了演出，曾赋有《题王魁剧》诗云：

> 绝代深思化作愁，哀弦和泪写伊州，章华台上三更雨，不是情人亦白头。一拍红牙万转哀，香魂何苦问从来，人生会作鸳鸯死，如此瑶华怨夜台！

过了这样长的时间，他的感情犹如此不平静，更可想见他执笔编剧时的心情了。

赵熙改编《情探》究竟作了什么样的工作呢？

从改编《活捉王魁》全剧来看，最明显的是较王玉峰的《焚香记》减少了与主题没有关系或关系不大的一些头绪与线索，使题材趋于集中，主题更加突出。以王魁负桂英的故事为题材的戏曲，首自南宋《王魁》戏文，至元复有尚仲贤的《海神庙王魁负桂英》杂剧，但都只留传下来几支残曲，有情节可考的只有柳贯的《王魁传》（笔记小说形式）。在上述戏文、杂剧及《柳贯传》基础上拼充为传奇的有明王玉峰的《焚香记》，它除开将《王魁传》的王魁负心改换成团圆结局外，在故事线索上还增加了西夏国元昊兴兵犯界，韩琦保奏种谔防敌以及金垒破坏王、敫爱情，鸨母逼迫桂英改嫁金垒的情节。川戏旧本《活捉王魁》（一名《红鸾配》）虽去掉了元昊兴兵的线索，却保留了玉峰的“逼敫”改嫁。赵熙的改良《活捉王魁》把元昊、金垒两条线索都删去了，因而使场次大大紧凑起来（即《誓别》、《听休》、《哭诉》、《情探》共四出），人物也省了十余人之多。有人说不要《逼敫》不足以显示桂英在爱情上的忠贞，有《逼敫》则有助于衬托王魁的负心薄幸。但我理解赵熙删除《逼敫》不是没有道理的，有金垒的破坏和鸨母的逼嫁，那么鸨母和金垒就势必与王魁闹成三分鼎足之势了，他们会分担、其实是减轻了王魁的罪恶。擒贼擒王，从赵熙之删去《逼敫》这一点，正可以看出改编者眼光的深入。

去伪存真，赵熙在《情探》的改编工作上，无疑是按照生活的真实，对他所要处理的题材进行了一番鉴别与取舍的。王、敫之间究竟应该是一个什么样的结局？摆在改编者的面前有两种材料，其一是王玉峰的《焚香记》，男女主人公在阴司“折证”了金垒的阴谋捣乱，终于双双还阳，会合团圆。另一种材料是保存了宋元王魁戏曲本来面貌的川剧旧本《红鸾配》，写王魁高中入赘相府后休了桂英，张妈（即鸨母）逼敫改嫁金垒，桂英不从被逐，愤而前往曾与王魁盟誓的海神庙质问海神，接着自缢而死，向阎王控告，奉命率鬼卒捉拿王魁到阴司问罪。在这两种路子面前，赵熙飏弃了前者而基本上采取了后者。这做法无疑是正确的，本文当然不是要来分析《焚香记》，只觉得它的若干情节是太虚假了。《荆钗记》应当是列入现实主义之林的，但是却不等于说《荆钗记》的情节可以完全原封不动地加诸王魁与桂英之身。但是，《焚香记》中王魁对韩柏的“辞婚”何异于王十朋的“参柏”？他居然竟成为“决非王允之流，颇识宋泓之义”的丈夫了，奇怪的是这位韩丞相比牛丞相、万俟丞相都还要“开明”，牛丞相毕竟是迫使蔡伯喈“强就鸾凤”了的，万俟也至少是把王十朋软禁扣押了三个月。同时这位 “当朝选法咱把掌”的万俟还把王十朋“改除远方”，将他从潮州改调至瘴厉之区的潮阳，阴谋害死十朋，使其不得“还乡”。想不到王魁碰到的韩丞相，其“肚皮”真是太能“撑船”了，不但对王魁的拒婚毫不气恼，而且还说什么“梁鸿已毕荆钗愿，忍破菱花泣舞鸾”，竟致对王魁“羡”起“德”来。就在这个当口，金垒忽然以孙汝权的姿态出现；更妙的是《荆钗记》的承局也以登科录的别名同时登场，王魁像十朋修寄家书似的托送登科录的人捎送家书，金垒偷改家书的方法与孙汝权也如出一辙，甚至为找机会改书，把送信人以吃酒方式诳开，这些细节都完全是《荆钗记》复制的拷贝。至于敫桂英的命运结局与钱玉莲又有什么两样呢？她的爱人并没有二心。只不过被坏蛋在中间捣了阵子鬼，闹了场“误会”而已。可惜的是王玉峰在抄袭《荆钗记》偷改家书为休书时竟漏掉了一个重要的细节，孙汝权偷改家书，其笔迹的鱼目混珠是有由来的，孙汝权与王十朋本是同学，《荆钗记》的作者早在第四出《堂试》时，便曾让太守问过孙汝权：“刚才那卷子（按指孙卷）与起初那卷子（按指王卷）字迹相同，敢是替他写的？”这就使后来钱玉莲对假休书的信而不疑有了令人信服的根据；可是《焚香记》中的敫桂英是太糊涂了，明明一封笔迹完全陌生的来信，她却要去相信王魁“原来又取了妻子”。这当然不能拿王玉峰在处理细节上偶尔的粗枝大叶来解释，只能说明《焚香记》反映的生活在某些地方不是真实的。因此，赵熙改编《情探》不走王玉峰的歧路，显然是由于他在原有的各种材料中，作了一些去伪存真的鉴别工作的结果。

赵熙对于《情探》的改编工作还可以说是创造性的，甚至是重新的创作。在这出戏里，原来的戏曲或小说所提供给他的资料是不多的，南宋王魁戏文及尚仲贤杂剧残曲中可以找到王、敫热恋时的痕迹，却没有留下以情相探于负心后的王魁的影子，《焚香记》是不用说了，它们各自走着不同的路。惟一可资参考的是柳贯《王魁传》里这一句：“魁在南试院，有人自灯下出，乃英也。”算是多少为赵熙的《情探》提供了一个规定情境；而川剧旧本中除桂英唱至“且向纱窗扣玉钗”之后进门有一个背立的动作以外，距离以情相探还是很远的。现在我们来看赵熙怎样凭着这很少的材料来创造性地丰富和改编了这出戏吧：

首先，人物的性格被改编者丰富起来了。川剧旧本中的王魁，只是抱着“我不认她，其奈我何”一种心理，对不远千里而来的前妻，一碰头就俨如“仇人见面，分外眼红”似的大下其逐客之令：

（刘泼帽）我已曾修书信寄与娘行，另选高门匹配才郎，相府中岂由你妓女来往，官台贵怎比农商？这情况非比寻常，旁人知有玷门墙。

他就是这么样的一股子劲，直到最后也只不过根据《王魁传》中“为汝饭僧诵佛书，舍我可乎”的记载，对桂英作过一番请求饶命的哀告而已：

今晚若还将我放，起度灵魂上天堂，哀告娘行（重），我把你当丘山顶在头上。

不容讳言，旧本对这个否定人物所涂的色彩是比较简单了些的，这种描写，虽然它所要说明的道理是正确的，但还不可能给观众以丰富的艺术感受。在赵熙改编之后，情况不一样了，我们已经能看到王魁内心世界的一些细微活动和人物精神意向之间的冲突："可怜她一寸相思一寸灰"；对曾经把自己从"困卧长街"的潦倒境况中救起来的知己，他有什么理由毫无人性地反脸无情？"但听她呖呖莺声实可哀"，对这位往日恩爱甜蜜的前妻，他也确是不可能完全无动于衷的；特别是当桂英提起昔日相伴攻书的情景，并亲送药方前来的时候，他更不禁有些愧悔交集：

不该不该大不该，王魁做事不成材。感得她千山万水一人来，况且她花容玉貌依然在……

因此，在桂英表示宁愿屈作偏房，请容许留下的时候，王魁也就自然会作这样的考虑：

悲哀，到死春蚕缚不开，不管她是祸是灾，且容她偏房自在。

改编者这样处理，是否会产生减轻负心之徒的罪恶的不良效果呢？当然不会，因为赵熙的笔触终于还是对准着人物道德品质上卑污无耻的一面，王魁经过"徘徊！韩丞相知道多妨碍"以及"但恐怕事情有碍，日久成灾"等反复剧烈的内心冲突之后，终于是功名富贵的思想压倒了一刹那间的愧悔之心：

哎呀！不好、不好，有道是：宁可我负人，不可人负我。一任她千言万语巧乖乖，我横了心肠断了胎，谁见得人间天网尽恢恢，凡百事莫贻后悔。（白）你去吧！

甚至连桂英再次让步，只求替他为奴作婢以免饥寒的时候，王魁也毅然拒绝，驱逐桂英离开：

你安心闹我，再不走，我要你的命！

我们知道，戏剧冲突决不只是意味着两个矛盾、斗争着的互相对立的人物或集团的外部力量的撞击，还意味着这些人物心灵中的内部矛盾。从赵熙改编后的王魁身上可以看出，他不相认桂英的这一行为由于是经过剧烈的内心冲突以后才确立起来之故，因而就更有力地说明他的负心不是什么偶然的失足，而是他那自私自利、损人利己的阶级本质的必然结果。

赵熙在敫桂英这个人物的性格上所作的努力是更多的。例如桂英活捉王魁时的心理，南宋戏文和尚仲贤杂剧同样没有给改编者留下蓝图；而柳贯的《王魁传》中，她仍然只有一种心理："得君之命即止，不知其他"。川剧旧本《红鸾配》中的敫桂英几乎完全按照了这种只知复仇，"不知其他"的心理来活捉曾是自己丈夫的负心者，她脸上满涂青油，耳挂黄色纸钱，率领着无常、夜叉、鸡脚神等鬼卒凶神恶煞而至，一见王魁便大兴问罪之词："奴为你几番凌逼遭冤枉，今相逢决不肯将伊放"。跟着率鬼卒变脸追抓王魁，满台翻打扑跌，鬼哭神嚎，恐怖万状。在追扑过程中，桂英继唱：

> 背却前盟惹祸殃，一封残书将奴丧，奴为你自缢悬梁，阎君殿前诉冤枉，拿你到孽镜台上。

王魁哀求饶命，桂英亦毫不容情，十分坚决地向他给以斩钉截铁的回答：

> 凭你是蒯文通、张子房，说生死、道无常，说不过铁打心肠。冤家路窄岂肯放？谁是谁非谁冤枉，善恶昭彰毫不爽。

川剧旧本中敫桂英的"铁打心肠"与（王魁传）中的"不知其他"，无疑是人民对负心弃义者积累了太深的仇恨，才赋予敫桂英以如此坚决的、复仇的性格，这是可以理解的。但就生活来说，他们毕竟曾经是恩爱的夫妇，未必就会如此的绝裂无情。从文学作品的角度来说，文学中的典型也不仅只是一种本质的体现，而也应当是丰富的、完整的人的性格。赵熙《情探》里的敫桂英已经不单是"铁打心肠"的敫桂英，同时也有着人的心肠了。如果说川剧旧本中的敫桂英，是人民在戏剧上创造了一个带复仇性的、比别的一切鬼更美、更强的鬼魂，那末赵熙却在这个"鬼魂"的原型基础上赋予了真实的、完整的人的性格、思想和感情。她不是一来就捉，反之，"我潜踪秘迹上春台，都只为鱼水旧和谐”，她是在必“得”王魁之“命”以外，亦知往日恩爱的；甚至她更对王魁说：“奴正舍不得当初恩情，故尔宛转求你”。所以当鬼卒愤怒地呼叫着“孽火如雷”，要立即活捉王魁“索还命债”的时候，本系前来捉拿负心王魁的女主人公却犹豫地劝解起来。“缓思裁，权相待”，为什么呢？为了“犹恐他从前恩爱依然在”呵。她以送药方和诉说相思之情来打动王魁，其目的性也就在于探测一下王魁对自己的“恩爱”究竟还在不在。最后，她更退让一步，向王魁表示宁愿屈作偏房：

> 黄金屋不须开，可容奴偏自在。

偏房亦不见容，又再委屈愿为奴婢：

> 事到如今，情知作妾也是无命。望状元公开一线之恩，格外修好，容我为奴作婢。喔呀！（唱）也就是了却前生债，事到难言意更哀，免教奴梨花影冥冥独上望乡台。

这是多么善良的呼声！而当作者描写这种一再的委屈退让都不为王魁容纳的时候，王魁的丑恶灵魂才有可能从根到底挖出来给观众看。同时，敫桂英才以恩断义绝的态度捉了王魁，这就比川剧旧本那种不由分说、一来就捉的处理，更具有了充足的说服力量。从这里也就看出，赵熙对敫桂英不是简单地从“复仇”的概念出发来图解这个形象的，而是把握了包围和环绕着她的一切现象之间的关联，从现实生活中真实的人与人之间的关系（具体的说就是夫妻之间的关系）出发，把她作为一个社会的人的各种属性底统一体来理解以后而出现于《情探》这折戏中的。赵熙《情探》的敫桂英较之旧本敫桂英的性格丰满和完整，主要原因便在这里。

在使敫桂英性格内容丰富化的工作中，赵熙的另一创造性的努力，是把人物性格的主要特征与具体的、富有感染力的细节的选择集中紧密结合起来。这一点也是原来旧本所没有的。例如敫桂英为了打动已经怜新弃旧的王魁，最好的办法当然是以回忆他们过去甜蜜爱情生活中的往事来引起对方的念旧之心了。但是如果不善于提炼集中，那往事就不胜其述，恐怕单是这笔流水帐就够搞成一部大型戏曲了，这在《情探》那么紧张的戏剧冲突中，显然是根本不能容许之事。改编者在这些地方的确表现了他的才能，他不仅没有“自从盘古开天地”式的逐一罗列，而且在若干爱情生活的突出事件中间只选择了较富于感染力的一点：

我想去年秋后，状元公深夜攻书，奴在旁边烹茶奉水。一霎时，西风瑟瑟，奴说：郎君安寝了吧！及入罗帐，郎君足如冰冷，奴家煨足而眠，终夜不暖。次日郎君就得了一个寒症，医药罔效，奴家许上一愿：皇天菩萨保佑郎君安好，愿减我六年之寿。后来奴在海神庙求得药签一方。郎君就脱然而愈，状元公记得不记得？

接着又说：

奴家怕郎君玉体不安，无人侍奉，（检方介）故特送此药方而来。

这真是一个感人的细节！不用说观众了，连王魁都情不自禁地“背立洒泪”起来：

往事如尘，说得我柔肠寸断！

当然，任何一部戏曲的任何一个细节或插曲，无论它本身多么精妙或美丽，如果不用于最充分地表现人物性格或表达剧本思想，它终归是不足取的。那末《情探》的这个细节又怎样呢？显然，它是从改编者在敫桂英身上所探索到的性格中产生出来的，因而它就能充分展示出桂英性格中的温柔多情的一面；同时在观众看来，如此多情善良的妇女竟遭致如此悲苦的命运，也自然会增加对敫桂英的深切同情，激起对王魁及容许王魁的那一社会的无比憎恨，从而帮助了改编者所要达到的主题。

敫桂英在《情探》中之所以比在旧本《红鸾配》中更为光采灼人，还由于赵熙刻划这个形象在动用语言上也是较旧本有所提高的。如写桂英叙述相思之情的唱词，就具有一种浓厚的抒情的诗意：

自从别后啊！梨花落、杏花开，梦绕长安十二街，夜深和露立苍苔。到晓来辗转书窗外，纸儿、墨儿、笔儿、砚儿件件般般都是郎君在，泪洒空斋，只落得望穿秋水不见一书来。

又如，桂英初抵王魁住所触景生情的唱词也是十分动人的：

悲哀！你看他绿窗灯火照楼台，那还记凄风苦雨卧倒长街。

我们知道，赵熙的诗词的语言特色之一，素来就是这么“体物极精，言情极细，硬语盘空，光艳照人”的；但就上面所举的唱词来看，《情探》中语言的真正的美，则还在于赵熙能把这些准确、明晰、浏亮、动听的语言，用来形成为他剧本所需要的情境、色调和气氛。

赵熙在把旧本中“铁打心肠”的敫桂英赋予善良性格时，对其行为的逻辑性也是处理得相当周密的。敫桂英在《情探》中的“缓思裁，权相待”，如果事先没有埋伏照映，那末观众对她的行为就会感到“突然”，从而足以损害形象的真实性。改编者没有忽略这一点，早于《情探》的前一折（《冥诉》）便作好了如下的布置：

阎王：速速检拿铜环铁锁，将王魁生擒活捉而来！

鬼卒：阎王要你三更死，不许留人到五更……

敫桂英：众鬼卒听奴一言，（鬼卒应介）奴与王魁虽是今日冤仇，却是当初夫妇。常言道：妇人以顺为正。我不免先礼后兵，将好言感动于他，倘能改悟前非……

鬼卒：（问介）怎样！怎样！

敫桂英：（泣介）那只算奴家今生命苦了。

鬼卒：你好心肠，倘若感之不动？

敫桂英：（筹思切齿声介）奉命拿办。

由于改编者预先即已暗示了人物意志行进的路线，所以敫桂英在《情探》中的一系列行为就使人感到不仅是这样在发生着，而且一定会这样。

总起来看，在民间戏曲中经过好几个世纪所形成的这个朴素的敫桂英形象，在赵熙改编的《情探》里确是变得更加丰满和完整了，即：在他的笔下，敫桂英仍然是复仇的典型，而同时也是善良多情的女性。

由于人物性格与事件的这些变化，《情探》的思想当然也就势必会在川剧旧本原有的、比较狭隘的复仇思想上跨前一步，这是很自然的。在《情探》里，嫉恶如仇，是非分明的思想是十分强烈的，它表现了被压迫者顽强的复仇决心和不屈的反抗精神，它无情地鞭挞了负心之徒的卑鄙和无耻，它抨击了恶，它歌颂着善，它伸张了公理，它控诉了黑暗。这些当然也是为旧本《红鸾配》所固有的，但在《情探》里有了发展。旧本《红鸾配》中敫桂英的复仇反抗还停滞在一种因果轮回的宿命观点上，《情探》中的敫桂英则不然。不妨看看是什么意识在趋使着她向王魁抗议的吧：

> 敫桂英：（怒介又强忍介）伺候有人，更是奴家万幸了，敢问状元公，伺候又是何人？
>
> 王魁：（渐介寻思介）有了。你听：本官蒙当今天子点了一十七省头名状元，恩上加恩，宠上加宠，钦命入赘韩相府第，你要问伺候我这人，就是当今一品当朝韩丞相的堂堂小姐。
>
> 敫桂英：（微笑介）贺喜了。敢问状元公，万岁爷还是要管众人的婚姻？还是专管状元公一人的婚姻？
>
> 王魁：（背立介）好厉害，听她这话是要告我停妻娶妻了，我且截她截，（向旦介）专管状元、宰相两家的婚姻。
>
> 敫桂英：更可喜了。既如此，奴就要请见有福有命的状元夫人，听听遵旨成婚后的教训。

虽然，这只是一种十分朦胧的民主主义观念；同时《情探》也还仍然残留着奉阎王之命捉拿王魁的印记，也还没有完全宰脱轮回报应的尾巴（如阎王冥判桂英转为男身，罚王魁转胎女奴等等），但就其总的倾向而言，这尾巴已经是被改编者挤到一个并不太重要的位置上去了（事实上川剧演员演这个戏也是早已没有演冥判那段）。

总之，赵熙改编的《情探》，当然是利用了自南宋王魁戏文以至川剧旧本《红鸾配》的题材与形象，并吸收了它们的营养的，但他却没有简单地重复原来的题材与形象，而是投入了创造性的劳动，发展了这个故事，因而使得王魁负桂英这个古老戏曲的艺术形象更加鲜明，思想价值也更形显著。

《情探》之能成为一部感人甚深的好戏，和已故川剧名演员康子林、刘世照等精湛的表演艺术也是分不开的。《川剧人物小识》云：

> 康子林……演《情探》，眉宇之间神色不定，观其屡次心口相商，能将王魁良知与私欲争战之种种神情一一传出，体会极其深到。⑨

《康周合演之绝剧》[10]一书亦云：

> 情探一剧为赵尧老不朽之作，子林唱此剧时，字字清楚，句句明白，表演亦不粘不脱，恰到好处，写王魁惆怅往事，畏祸怀刑，怵韩相之淫威，怜弱女之无告，义利二字，交战胸中，咬牙不认，终下决心，遂逼出宁我负人，勿人负我之语。斯时子林，不仅身入剧中，传神阿堵，即观众亦被牵入剧里而不觉，川剧至此，叹观止矣！尧老何幸而得之于康君哉。

但是，除了演员的演技以外，赵熙对康子林等演员还做过帮助其了解剧情的工作的。《康周合演之绝剧》就说：赵熙曾对康等"教以表演之法，正词句音韵，高下抑扬，举止容态，疾徐喜惧均一一加以指导，而康伶子林、刘伶藏美独有心得，遂成杰构"。赵熙参加川戏编剧工作，是自杨升庵、李调元等参与地方戏曲编剧工作以来的又一代表，他们对川剧这个地方剧种的发展都投入过辛勤的劳动，有着或大或小的贡献。赵熙的《情探》，由于思想性、艺术性都相当成熟，加上改编者对处理剧中人物的特有的饱满与含蓄，留给了演员以十分宽广的用武之地，所以一当这个剧本与川剧已故名演员如康子林、萧楷臣、刘吉照等结合之后，就在川剧史上放出了绚烂的光彩，一代传一代，至今《情探》仍然是川剧传统艺术中的优秀剧目之一，值得加以研究。尤其是戏曲工作者今天面临着一项史无前例的巨大工作，千百年来数以万计的传统戏曲剧目需要从我们的手上整理出来，使之满足广大人民群众文化生活的需要，这是一件新的工作，我们的经验还不顶多，因此，很好的深入研究一下赵熙怎样改编了《情探》？研究他在改编《情探》时是怎样去伪存真、去腐存精？是怎样既有所删除又有所增益的等等问题，这会给我们在整理浩如烟海的传统剧目的工作中带来可供参考的借鉴。这篇文章只能算是一个引子，目的在于引起同志们对赵熙等地方戏作家作更深入的探讨和研究。

原载《戏剧论丛》1957年第4辑

---

① 引自成都"两角新闻社"1930年7月15日出版的《康子林追悼特刊》。有人说"戏曲改良公会"主办人是赵尔巽，恐不确实，因《川剧选粹》编余琐谈中也是说戏曲改良公会主办人为周孝怀。

② 引自清宣统三年（1911）成都志古堂二酉山房刊行的各种改良戏曲曲本首页序文。

③ 引自清宣统三年（1911）成都志古堂二酉山房刊行的各种改良戏曲曲本首页序文。

④ 引自周慕莲《川剧〈情探〉的表演艺术》。文化生活出版社版，第31页。

⑤ 改良《活捉王魁》一剧，被编辑入改良戏曲第四种，于1911年（清宣统三年）在成都木刻刊行。

⑥ 《荣县志》（人事第八，第116页）载《赵亮传》说："赵亮……佣身以佽事畜，食恒不足。顾常以肩摩齿积之资，市饼饵器玩，以奖弟熙读书之勤"。

⑦ 据《荣县志》（事纪第十五，第41~42页）载：赵尔巽"一意收刮民财、取悦西后，于是设酒税、糖税，油捐加肉厘、征牛羊皮，设经征局，向无者新设，有者重加，加自四倍、五倍至十倍不止，由是百物昂贵"，后更"奏改盐务"，请"一律改票归官，绝小商力贩之食……其势恶狠"，幸好这时"赵熙官御史，奏止之，尔巽愤不得逞"。按赵熙弹劾赵尔巽的搜刮民财是从他在家乡亲身体会到贫民的痛苦以后起而纠举的。所以在"幸入青山无片屋，免教卖妇贴官租"（《得翌云书寄上叔海先生》）这句诗后面他曾自注说："国民供亿之苦，财政贵人不知也"。

⑧ 赵熙：《香宋杂记》，成都美学林书社1932年版，第13页。

⑨ 引自唐幼峰：《川剧人物小识》，1938年版，第11页"康子林"条。

⑩ 《康周合演之绝剧》一书，系成都"三庆会"（川剧团）于1930年赴渝演出时之特刊，由重庆新民印书馆印行。

黄吉安剧作初探

席明真

黄吉安先生是清末民初川剧界一个主要的作家。他从六十五岁左右才开始从事川剧写作，到八十八岁逝世，二十多年时间，写了八十多本川剧剧本，二十多本洋琴剧本。他的创作力的旺盛和写作的勤奋，都是非常惊人的。他的剧本有其独特的风格；从他的选题来看，大部分是采取了历史上的暴君或权臣来充当主角，对于这些人物的残暴行为以及他们丑恶的精神状态，进行了无情的揭露和鞭挞。同时，古代民族英雄的动人事迹，也是他最喜欢选择的主题。至于表现儿女私情的才子佳人或神仙狐鬼的戏，在他的剧本中却并不占重要的地位，似乎只是聊备一格而已。

黄吉安的剧作中，爱憎是非常鲜明的，由于作者对当时半封建半殖民地社会，特别是对于这些残暴的统治者，有着深刻的不满，因此，往往能够从他的作品中，看到“借古喻今”的作用。他不但对那些历史上的暴君、权臣作了无情的鞭挞，对那些古代的忠义之士进行了热情的歌颂，尤其对被压迫的妇女如《百宝箱》的杜十娘、《春陵台》的息氏以及《江油关》的李氏等人物，则不惜笔墨，尽情表扬。由于他这种爱憎符合了人民的愿望，因此他的这些讽刺往往能够射中当时的某些军阀、官僚的行为，赢得观众喜爱。当四川人民正对割据称雄的四川军阀含着深深怨怼之情的时候，这一些讽刺往往能使人发出会心的微笑。即如《江亭战》一剧，作者就是借袁术称帝的故事，来讽刺当时四川军阀称王道霸的妄想和讽刺袁世凯的“洪宪”丑剧的作品。因为作者文字晓畅，而且能够大胆采用日常生活中的口语，达到雅俗共赏，他的剧本更为人所欢迎。特别是川剧界，把他的剧本称为“黄本”，甚至“不肯轻易更动一字一句”，尊重的程度可见一斑了。

黄吉安八十八岁的一生，经历了中华民族几个动荡的时期。他生于 1836 年（鸦片战争前夕），卒于 1924 年。从他的少年时代开始，经历了太平天国、戊戌政变、义和团运动，看到农民革命的兴起和失败，看到帝国主义对中华民族的蹂躏；然后经历了辛亥革命，特别是四川“保路同志会”惊天动地的事变，直到“五四”运动，这许多波涛壮阔的革命运动，不能不使得这一个出身于封建家庭，深受封建教育的文人，在思想上逐渐起了变化；这变化就是认识了满清王朝的懦弱、贪婪和愚昧，认识了帝国主义的凶狠残暴。结合着自己坎坷的一生，于是他敢于放弃了自己封建阶级文人的“学而优则仕”的唯一荣身之路，在他的晚年，毅然离开了他的幕吏生活，用他的笔来写川戏、写洋琴，来抒发他对封建社会的不满，同时也帮助了一些无告的艺人。而且在他的垂老之年，他创作活动显得是那样蓬勃，那样灿烂，仅二十二年时间，就给川戏这座宝库添上一笔可贵的财富。

在“黄本”中，给人印象最强的是作者对那些古代叱咤风云、不可一世的帝王将相，敢于在他的鼻上抹上白粉，让人民来尽情嘲讽他。即如在《春陵台》中，号称列国霸主的宋康王，在作者笔下也不过是一个残暴、横蛮的丑角而已。作者对这个人物，只在登场的时候，让他毫不在乎、轻描淡写地说出：“日暮途穷，倒行逆施”两句话，对他的精神状态就揭露无遗了。当他把自己臣下（韩冯）的妻子（息氏）抢来以后，忠于他的臣子向他进谏时，他却是“理直气壮”地回答道：

> 岂不闻家齐而后国治，国治而后天下平，这点小事孤都争不得，孤还想争王图霸？

原来一套儒家治国安邦的理论，却成了他做坏事的挡箭牌。我认为这对一些封建统治者剥削思想的本质，是揭露得相当妙的，所谓“率土之滨，莫非王土；普天之下，莫非王臣”，这种把一切东西，一切人，当成自己的私有财产的思想，在封建统治者来说，是非常自然的，因此，自己臣下的妻子被当国君的看上了，不管什么，也可以当成物件“拿过来”。这不是奴隶社会的野蛮制度的遗留么。当他听了息氏不屈的责问，他则是嘻皮笑脸地耍起流氓态度来：

> 哎呀！此女子出口成章，不但有貌而且有才。息美人呀息美人！此时你倒与孤讲文，只怕孤少时要与你动武了！
>
> （唱） 息美人通诗词口吐白凤，
> 与君子咏好逑乐在其中。
> 不管你飞不飞要偕鸾凤，
> 不管你乐不乐要配雌雄。

这种行为，这种口吻，令人想起了《打红台》的萧方；当然，宋康王不是萧方，萧方是亡命之徒，宋康王是一国之君，萧方看上了朋友的妻子，只能使用阴谋，背地杀人。宋康王看上了臣下的妻子，却可以明目张胆，宣上金殿。方法虽然不同，其实也都是一丘之貉——流氓而已！的确，这种横蛮、无耻的行为，在剥露这些统治者的灵魂来看，是相当深的。我以为作者这种活生生的刻画，也可能从当时割据称雄的流氓军阀的生活中得到了借鉴的。不是么？郭沫若同志在他的《反正前后》中，揭露四川军阀尹昌衡的丑态不也是如此么？也许正因为作者生长在这个环境里，见得多了，也厌恶得更深，虽然写的古人，笔锋却有意无意地瞄准着这些人物的。

比这揭露更透，借来揭露封建制度的本质的，我以为要算《闹齐庭》了。

这是根据《东周列国志》中，“晏蛾儿逾墙殉节，群公子大闹朝堂”一回写成。作者是来自封建社会的知识分子，而且以六十高龄，历尽沧桑，对封建社会应该有了深深的认识，更加以亲身看到当时军阀的自相残杀，不顾信义的作为；看到封建家庭中为了争夺遗产，以至骨肉相残，兄弟成仇的情形，于是用他锋利的笔触，借着东周列国时候的故事来揭露了封建阶级上层人物为了满足个人的欲望，以至六亲不认的丑恶行为。

齐桓公是春秋时叱咤风云的人物。曾经“九合诸侯，一匡天下”，但为了群公子争夺江山，却是落得饿死夹墙。作者不但写出了齐桓公晚年昏庸，自有取死之道，但他更通过这一故事反映了封建制度所造成的悲剧。你看，群公子在齐桓公病危时，大家不去看顾病人，反而为了王位的继承，向病人大吵大闹，理由就是“子承父业”，大家都有继承权。我们看，群公子和公子们的母亲——齐桓公的如夫人所持的理由吧：

> 长卫姬：一子一份，二子均分。
> 公子商人：父侯！儿也是一房人啊。
> （唱）一股田大家也要分几亩！
> 　　一缸酱大家都该拿手撞！
> 四公子：（同时）大家都该坐，我又不是猪耳朵搭的代头！
> 四夫人：（同时）我的儿又不是抱来的！要把位传给我的儿子！

这一些理由虽然各执一词，但也都是根据封建制度所认为合理合法的权益。到这时，虽然是五霸之雄的齐桓公，除了自怨自艾，也束手无策了。甚至不管齐桓公如何千方晓谕，责以大义，要他的儿子们学习伯夷叔齐，但私有欲战胜了封建道义，封建社会的制度又支持了私有欲的发展：在这样勾心斗角的环境中，即令父子兄弟，谁也不让谁了。谁先下手，胜利便是谁的，作者正是看饱了人情世故。我们再看他写长卫姬母子要竖刁、易牙为他们划策，用围墙隔断齐桓公与任何人的接近，把齐桓公饿死，以便无亏好登王位的一席话，对这种私有制的揭露，是非常生动、非常深刻的：

易牙：……命人筑二丈高墙，不许一人出入，并假传国君有旨，悬挂宫门，派臣两人率兵把守，隔绝内外，风缝不通。早晚之间，国君不是病死，便是饿死。我两人一面预备甲士，只候这个老汉倒头，就扶长公子承位，然后举哀，大事可成。

无亏：二卿，我们是父子啊！

易牙：他父不父。

竖刁：你也子不子。

无亏：怕断不得水火？

易牙：有人晓得。

竖刁：你推给我。

长卫姬：也罢！男人是众人的，儿子是自己的，我有儿子也就不要男人了。

这是多么赤裸裸的揭露！虽然封建道德处处标榜君臣父子的道德标准，但为了自己的私利，可以一概推翻，什么君臣、父子、兄弟、夫妇、朋友，都敌不过私有财产的力量。我认为今天重读（或演出）这个戏，应该是把主题引申到这一方面来才对。川剧许多前辈艺术家，都善于运用喜剧的手法来表现由于封建制度所造成的悲剧，《拉郎配》是一个例子，《闹齐庭》又是一个例子。当无亏的阴谋得逞，齐桓公饿死夹墙，无亏占据了金殿，群公子不服争夺王位那场戏，也是非常精彩地揭露了封建人物为了一己私利，六亲不认，兄弟成仇的事例：

无亏：（唱）你几个滥皮箱没得饰件，
孤反脸就认不得弟兄孔怀。
周成王坐江山诛过管蔡，
你怕兄是糍粑心做不出来！

众公子：对嘛！

公子潘：（唱）你无父。
公子元：（唱）我无兄。
公子商人：（唱）该不得拐！
公子潘：（唱）要讲武。
公子元：（唱）就讲武。
公子商人：（唱）你尽管亮出来！

就这样，在金銮殿上，自家兄弟就厮杀起来。正是“龙楼凤阁摆战场，手足相残也平常”。封建制度的目的在于保障封建阶级的权益，但也成为封建阶级争权夺位的祸根。封建阶级的统治者们常常把自己夸得如何好，常常骂别人，但作者都这样赤裸裸地揭露了他们丑恶的灵魂，告诉读者、观众，他们才是六亲不认的。我认为正是由于作者出身于封建社会，加上几十年的官场幕僚生活，使他接触了不少这种事情，由于自己一生坎坷，逐渐认识到这种事情的丑恶和残酷的实质，因此揭露起来是相当深透的。用作者咏“魁星”诗来看，也足以说明作者对封建社会的不满了。

花面逢迎到处宜，魁星变相也趋时。堂堂世界鬼头脑，当代诸公善扶持！

黄吉安先生作品中的爱国主义思想，突出地表现在他对古代民族英雄的热情歌颂上。在四川省戏曲研究所搜集到的七十六个剧目中，以民族英雄的事迹为题材的，几乎就占了三分之一。如写文天祥殉国的《柴市节》，写张世杰、陆秀夫殉国的《三尽忠》（即《厓山恨》），写岳飞抗金的《朱仙镇》，写梁红玉抗金的《黄天荡》，写李芾抗元的《熊香阁》等戏，都是当时群众喜欢的节目。

作者这样崇拜历史上的民族英雄，不仅是出于正义感，是因为作者所处的社会，是中华民族遭受帝国主义侵略最严重、最频繁，割地赔款的次数也最多的年代。在作者的生活中有这样一回事，是为戏曲界人士津津乐道的：他在八十高龄的晚年，因为家境穷困，要出卖他成都羊市街的住房来维持生活。当时成都已侵入了不少的外人势力。英法帝国主义的传教士要在羊市街、平安桥一带购买地皮来修教堂，他的住宅被帝国主义者看中了，要出两千银子来买，但黄吉安先生坚决不卖与他们，相持不下。后来这些侵略者只能支使他的买办出面，才买到手。黄先生相信买方是中国人，还减少了价格。但当他拆穿了这个骗局以后，气愤欲绝；一面痛恨买办走狗的无耻，一面痛恨帝国主义的奸狡、蛮横。

由于切身的感受，由于时代激流的冲击，作者，这个年逾古稀的老人，在自己的作品中，积极地表示了对自己民族存亡的关怀。由于有了这种激情，在他的作品中，塑造了不少正气凛然的民族英雄形象，如岳飞、韩世忠、梁红玉、张世杰、陆秀夫、李芾等人。其中最突出、最鲜明的，我以为是《柴市节》的文天祥。

《柴市节》包括了《羁狱嘱家》、《枢密会议》、《元廷劝降》、《柴市殉节》等几折，但在《柴市殉节》一场中，这个民族英雄的形象是更有生气，更为光彩照人的。作者写文天祥的从容就义，的确很传神，当文天祥被刀斧手押解到刑场时，是充分地写出了他从容就义、蔑视敌人的神态的，他的唱词是这样的："刀斧手押法场宰相开宰"，接着是一声慨叹，"这三载工夫把人磨灭够了！"这一声慨叹，正包涵着文天祥三年来的郁结、愤懑和对异族的不屈的斗争。如果我们只理解为是人之将死时的一声衰颓的呻吟，那会失去对这位民族英雄的刚毅性格的理解。紧接着这一声叹息是"文文山顾名分那顾尸骸，擎天柱立地维万世永赖，为正义所磅礴吾何惧哉！"这几句话既是从容不迫，又是下定了决心，宁可牺牲自己生命，也不屈膝降敌，真是视死如归、斩钉截铁。这是何等的气魄，对于骄横的异族统治者，又是何等的不屑一顾！

文天祥性格的鲜明，不仅表现在忠于祖国的民族气节上，作者在塑造这个英雄人物时，更能够紧紧地抓住文天祥的诗人气质来描绘。文天祥不是纠纠武夫，他是能诗、能文，而且喜欢音律的一个倜傥不群、讲名分、重气节的文人。但他的寄情诗酒，却又不是一般文人无聊的消遣，而是为权臣所排斥，退而韬光养晦的行为。作者体会到此，在这个英雄人物的唱词中，常常闪烁爱国诗人的激情。如像"忠魂若化啼鹃鸟，飞到江南喜自哀"的悲壮之情。如当他夫人与老仆文明来刑场看他时，夫妻主仆在此生死顷刻，写出互相宽解、互相体谅的回环往复的安慰。当文天祥劝他夫人、老仆不要因为自己的死而伤心、落泪，但自己却在不知不觉中流下眼泪时，那一声"人生难得相知感，对此如何不怆怀"的深情的感慨，常常赢得人一掬同情之泪的。这也充分地表现了这位民族英雄的诗人气质。

文天祥的性格是如此爱憎分明的：他对自己所关怀的人是如此深情，但对于叛国投敌的留梦炎，那又是毫不妥协的斗争。当留梦炎理屈辞穷，只好用名位和死来威胁文天祥的时候，他答复的几句话是响当当的：

文天祥：老先生，你今日未免多言！

留梦炎：我不得不多言。

文天祥：其如我不听！

（唱）我强项不听谁劝解，

留梦炎：（唱）我苦口无非在怜才！

文天祥，（唱）何得狂言不自揣！

留梦炎：（唱）你生成的犟性过于乖！

文天祥：老先生！

留梦炎：哰啥的？

文天祥：（唱）你大人才是小丑态，圣贤书多少读来，发泼烦闭目不瞅睬，凝神静气休乱我的灵台！

这真是干脆、明确、锋利、坚定，文天祥的形象是活在人们心中了。

作者不但善于塑造正面人物，对一些反面人物，特别是封建社会中统治阶级的人物，对他们见利忘义的行为也是刻画得十分深刻的。即如《春陵台》的宋康王、《江油关》的马邈、《百宝箱》的李甲，以及《柴市节》中的留梦炎都是好例子。

留梦炎这个南宋朝的元老，在元朝侵宋时，降了元室，现在又一而再、再而三地来诱劝文天祥降元，虽然受了文天祥的义正辞严的斥责，但他厚颜无耻地承受了，原来他是有自己的打算的——他怕舆论的谴责。“劝得文山步尘后，将无恐惧置于怀！”以及“我之所以苦苦劝他归降者，望他一时转念，分我将来之谤耳。”作者看透了留梦炎灵魂的秘密，他不但自己要想全身家、保性命、升官发财，而且还想减轻自己背叛祖国的罪过、朦混后世人民的眼睛。作者几十年来的幕吏生活，的确帮助了他对封建阶级上层人物的认识，深透到这类人的灵魂深处。这类高级的文化汉奸，在做了坏事之后，还要拉扯上别人，而且对这罪恶行为，还能用一套歪道理来掩饰他自己的罪恶。像留梦炎在受到文天祥的斥责，骂他“为人臣不念国豹肚狼胎”，骂他是小丑的时候，对这一些谴责都能安之若素，而且有自己一套理由来替自己遮饰。如文天祥骂他不应该背叛祖国的时候，留梦炎的回言是这样的：

臣事君女从夫曰忠曰爱，

死男人嫁男人未必不该！

他不但这样鄙俗狡赖地来替自己的变节解嘲，当文天祥进一步骂他是小丑，他的态度就更其无耻了：

粉壳壳不戴已经戴，
厚脸加官又开台……
父死三年行且改，
国亡三载出仕本该，
孔仲尼鲁人尚想官陈蔡
宋臣辈降元岂只我侪！

这样舌敝唇焦也说不过文天祥时，他也会羞恼成怒的，但不管如何，个人的利害得失，仍然是最关心的，我们看他下场的一段话吧：

文天祥死到临头犹作态，
我并非害人鬼你打我的令牌！
哦！这是他活人活得不自在，
难道说这一刀该我去挨！

留梦炎就这样理屈词穷地走了，但一个狼狈的汉奸相活生生地留在人们心目中。

作者的爱憎分明，还表现在对待封建社会中被侮辱与被损害的小人物特别是妇女身上。如为人所熟知的电影川剧《杜十娘》，即是根据“黄本”改编的。黄吉安对这一个困锁风尘、不甘堕落的善良多情的女性，是塑造得相当动人的，特别是《归舟》、《投江》这两折戏，到现在还为川剧舞台上经常演唱的好节目。其他如《江油关》中马邈的夫人李氏，《春陵台》中韩冯的妻子息氏，一是大义凛然，一是温柔贤淑，都写得很动人。而且迫害这些女性的刽子手，有的是封建帝王，有的是达官贵人，有的是富商大贾和貌似风流的贵家公子。从这些作品中作者所歌颂的女性人物和鞭挞的对象来看，不难了解到作者对封建社会的深恶痛绝。

除开在主题的选择上鲜明地表现了黄吉安创作上的特点而外，在文字语言的运用上，也有其特殊的风格。从这种风格，也看得出来作者对元曲是颇有修养的。他善于用韵，往往能赋予一些陈旧的语言以新的生命，使人有新鲜的感觉。他喜欢用仄韵，能一韵到底（当然，这有时也会受到一定的局限）。但是特出的是运用日常生活中的口语，结合一些晶莹的诗句，而且结合得好，做到了雅俗共赏。有时不但妙语解颐，而且引人深思，加强了剧本的生活气息，突出了剧中人性格上的特点。即如《春陵台》宋康王的“不管你飞不飞要偕鸾凤，不管你乐不乐要配雌雄!”、《柴市节》留梦炎的“臣事君女从夫曰忠曰爱，死男人嫁男人未必不该!”、《檄文诏》中秦始皇的母亲赵姬的“常言道一肥遮百丑，谁个又不苟”，都是突出地表现了人物性格和人物的精神状态。

特别是在《江油关》写马邈和李氏这一对性格、品质都不同的夫妇，通过不同语言的运用，表现了人物的不同性格，是相当生动，相当成功的。马邈，一个昏庸、懦弱、毫无爱国观念的小人，对于当前危急的局势是无动于衷，而且依然是饱食终日、无所用心的态度：

边防日报杞人忧，
愁来愁去不爱愁，
得饮酒时且饮酒，
得风流处且风流。

这一个尸位素餐糊涂官吏的口吻，是刻划得相当深的。当夫人李氏劝他谨守城池、抵御敌兵的时候，他的回答是：

妇人家只知拿箕帚，
为何问我要舌头，
汉室该绝天不佑，
我纵然不投别人要投!

这一些市井无赖的口吻，经过艺术的提炼，成了表现人物性格的语言了。特别是马邈和李氏夫人的对话更是性格分明——

李：忠臣节妇秉千秋，
马：权且同他合二流，
李：妻子早迟附骥尾，
马：丈夫固执胜鱼头!

黄吉安在选择语言的时候，大胆地采用日常生活的口语，更能大胆地把一些典雅的词句，提炼得成为雅俗共赏的语言，这是“黄本”为艺人所喜爱的一个特点。但和这相联系的，“黄本”在语言的使用上，也有着一些缺点的，即是有时失之于游戏，或脱离剧情的插科打诨，以致影响了戏的严肃性。比如文天祥的“刀斧手押法场宰相开宰”，“登台毕戏一人挨”等词，虽然能够表现出文天祥的从容就义以及嘻笑怒骂，但作为一个万众景仰的民族英雄来看，多少总给人以不够严谨或消极的感觉。

据熟悉黄先生的人说，他词汇之丰富，是由于平日积累而来，他在日常生活中，偶有所得，即写在纸条上，他的寝室的四面墙壁都贴满了这种记录，这足见他处处留心和认真不苟的精神。

黄先生的作品中，还有一个显著的特点，就是在一些历史人物口中，往往又听到一些时代的语言，可以说是不足之处，这也正是作者思想的局限。这种情况的形成，我们是可以理解的，因为作者确是把戏剧作为一种改良社会的武器来表达自己的思想，来为社会服务的。特别由于当清末之时，清朝廷的懦弱无能，为青年一代的“志士”所不满，这些人受了日本明治维新的影响，主张走资本主义的改良主义的道路，黄吉安受了这个影响，也是可以理解的。因为作为一个年逾古稀的封建文人，他仅止认识了封建社会的丑恶、腐朽，还不能找寻到推翻封建社会的正确途径，有的，也仅止于某些局部现象的改革而已。因此他写了主张戒除烟毒的《断双枪》，主张废除妇女缠脚的《凌云步》，主张破除迷信的《邺水投巫》，这些作品虽然蒙上了一层改良主义的色彩，艺术成就也比不上他歌颂民族英雄、鞭挞封建统治者的作品；但他的这种以戏剧为人群服务的愿望，是值得赞许的。

黄吉安先生从一个封建文人，成为一个戏曲作家，用戏曲作为武器向封建社会进攻，企图唤起群众的爱国热情、达到富国强兵的目的，而且从他六十五岁的垂老之年开始，不计得失、不顾名利，积极地、勤奋地写作，不管从他作品的主题思想还是艺术成就来论，说他是清末民初川戏界最主要的作家，说他是向封建社会进攻的现实主义的作家，我想都不是过分的谀词。

1959 年 9 月 7 日

原载《戏剧研究》1960 年第 1 期

今日中国之小说界（节录）

志　希

……

中国近年来小说界，似乎异常发达。报纸上的广告，墙壁上的招贴，无处不是新出小说的名称。我以为现在社会上做小说的如此之多，看小说的如此之盛，那一定有很多好小说出现了。哪知道我留心许久，真是失望得很呢！现在我以分析的法子，把现在中国新出的小说分作三派，待我说来！（近来弹词小说的出品很少，仅杂见于《新闻报》及《小说月报》中，可以不论。）

第一派是罪恶最深的黑幕派。这一种风气，在前清末年已经有一点萌蘖。待民国四年上海《时事新报》征求中国黑幕之后，此风遂以大开。现在变本加厉，几乎弥漫全国小说界的统治区域了！推求近来黑幕小说派发达的原因，有最重要的两个。第一是因为近十几年来政局不好，官僚异常腐败。一般恨他们的人，故意把他们的生活，他们的家庭，描写得淋漓尽致，以舒作者心中的愤闷。当年的《孽海花》一类的小说是这类的代表；不过还略好一点，不同近日的黑幕小说的胡闹罢了！第二个原因是为了近来时势不定，高下二等游民太多。那高等多占出身寒微，一旦得志，恣意荒淫。等到一下台，想起从前从事的淫乐，不胜感慨。于无聊之中，或是把从前“勾心斗角”的事情写出来做小说，来教会他人（上海确有这一种人）；或者专看这种小说，以味余甘，——所谓“虽不得肉过屠门而大嚼”的便是。那下等游民，因为生计维艰，天天在定谋设计，现在有了这种阴谋诡计的教科书，为什么还不看呢？从这两个大原因，于是发生出许多的黑幕小说来。诸位一看报纸就知道新出的《中国黑幕大观》、《上海黑幕》、《上海妇女》、《孽镜台》等不下百数十种。《留东外史》也是这一类的。里面所载的，都是“某某之风流案”、“某小姐某姨太之秘密史”、“某女拆白党之艳质”、“某处之私娼”、“某处盗案之巧”等等不胜枚举。征求的人，杜撰的人，莫不借了“言之者无罪，闻之者足戒”的招牌，来实行他们骗取金钱教人为恶的主义。诸君如世上淫盗的事，谁不知道是不好的？何必等这类著小说的人来说一遍？这类著小说的人，无非是告诉读者如何可以仿行某某的风流，如何可以接近某种的小姐姨太，何处可以访女拆白党，何处可以遇着私娼；用何种方法可以实行何种的盗案罢了！诸君，这不是我过度的话。因为人类的“兽性”都有几分不能除绝的。一旦得了作恶的法门，就是“饮鸩止渴”，也都肯干。我们一看历史，聪明人干糊涂事的多得很呢！他们说，“闻之者足戒”，我真不知道，他们“戒于何有”了！就是《留东外史》一类，稍为比黑幕大观的文章好一点。但是写得秽浊不堪，著作纵不为自己笔墨惜，难道不为中国的民族留一分羞耻吗？我听说日本人看的很多呢！欧洲有（Williamate Quex）一类的人做言情侦探种种小说，比较起来还比近日黑幕派小说好一点，但是英美有知识的人还是极力攻击，杂志记者也极力痛骂，政府也有干涉之说。民国五年范静生先生做教育总长的时候，曾经会同内务部查禁这一类的杂志小说数十种。我盼望现在各位当局留意点才是。

第二派的小说就是滥调四六派。这一派的人只会套来套去，做几句滥调的四六、香艳的诗词。他们的祖传秘本，只有《燕山外史》、《疑雨集》等两三部。论起他们的辞藻来，不过把几十条旧而不旧的典故，颠上倒下。一篇之中“翩若惊鸿，宛若游龙”、“芙蓉其面，杨柳其眉”的句子，不知重复到多少次，我真替他们惭愧死了。论起他们的结构来，也是千篇一律的。大约开首总是某生如何漂亮，遇着某女子也如何漂亮。一见之后，遂恋恋不舍，暗订婚约。爱力最高的时候，忽然两个又分了。若是著者要作哀情小说呢，就把他们永久分开，一个死在一处地方，中间夹几句香艳诗，几封言情信，就自命为风流才子。这不是我好嘲笑人，诸位一看徐枕亚的《玉梨魂》、《余之妻》，李定夷的《美人福》、《定夷五种》便知道了！徐枕亚的《玉梨魂》骗了许多钱还不够，就把它改成一部日记小说《雪鸿泪史》，又来骗人家的钱。李定夷还要办编译社，开函授学校，教青年学生来学他这派的小说；登报纸自称大文豪。唉！他要称大文豪，那世上的小文豪都要饿死了。一班青年，血气未定，纷纷买他的书，从他学小说，以为将来写情书的材料。他更编了些什么《花月尺牍》、《艳情尺牍》来补助他们的不足。唉！这种遗误青年的书籍，这种陷害学子的机关，教育部能不从速取缔吗？我骂了以上两派的小说一大片，把我的笔都弄污秽了。这班人本来是我不屑骂的。不过因为我在上海一带看见这类的小说盛行，北京也是如此。内地中学生更是欢迎它了。所以我不惜牺牲两点钟宝贵的光阴，提出这个问题促教育当局的注意、青年学生的反省，才尽了我批评社会的责任呢。

第三派的小说比以上两种好一点的，就是笔记派。这派的源流很古，但是到清初而大盛，近几年此风仍是不息。这派的祖传，是《聊斋志异》、《阅微草堂笔记》、《池北偶谈》等书。近来这派小说的内容，大约可以分四支。一支是言情的，他这种言情的方法，与我方才所说徐枕亚、李定夷一班人差不多。不过一个扯得长，一个缩得短罢了。这种印板式的调子，对于人生有何关系呢？一支是神怪的，这支之中更可分为两小支。一小支是求仙式。这种所说的，是某人运气某人辟谷，后来"入山不知所终"的故事，害得一般青年，都去发丹田泥丸宫的痴想，书也不愿意读了。另一小支是狐鬼式。这种所说的那是某处有艳狐，某处有情鬼。其发生之结果，正如刘半农先生所说的："我在十五六岁情窦初开的时候看了他，心中明知狐鬼之可怕，却存一个怪想，以为照蒲留仙说，天下狐鬼多至不可胜纪，且都是凿凿有据的，为什么我家屋子里，不也走出几个仙狐艳鬼来，同我顽顽呢？"一支是技击的。这支所说的大都是"某翁设肆某处，龙钟佝偻若承蜩叟。……一日，遇不平，矍然起，击某少年败之。……笑而四顾曰：'此何足数。六十年前某固健者也。……'翌日，徙去……"请问这种小说虽没有何等害处，却在今日社会中有何等影响呢？最后一支是轶事的，现在最为流行。市上的《袁世凯轶事》、《黎黄陂轶事》、《左宗棠轶事》等，指不胜屈。这支也无甚害处，或者还可以灌输人民一点"掌故知识"。但是做的人，大半都无学问；而且迷信"人治"。附会大多于"法治"的精神，在无形中颇有一点妨害，是很有可以改良的余地。总之，此派的小说，第一大毛病，是无思想。我望做这派小说的人有点觉悟；登这派小说的《小说月报》等机关，也要留意才好。

……

1918年11月1日

原载《新潮》第1卷第1号，1919年1月1日出版

《龙图公案》与《三侠五义》

王　虹

用考证方法来整理中国的旧小说，那是从胡适之先生开始的；亚东图书馆标点排印的小说，每一部都有胡先生的"考证"或"序"。在这些"考证"和"序"里面，由于作者运用方法的精密和材料的充实，所以供给了我们许多的新知识新意见；可是有时候因为材料的限制，胡先生也不免有错误的地方。像《三侠五义·序》里说："壬午本首页题'《忠烈侠义传》石玉昆述'。我们因此知道问竹主人即是石玉昆。"那时石玉昆的《龙图公案》还没有发现，所以胡先生说错了。

十年后李家瑞先生作了一篇《从石玉昆的〈龙图公案〉说到〈三侠五义〉》（《文学季刊》第二期），根据《评昆论》等子弟书考出了一些石玉昆的事迹，又将《龙图公案》、《龙图耳录》、《三侠五义》三书在文字上的演化加以说明；可是他并没有告诉我们这三部书在组织上、情节上有什么不同。

最近我在冷摊上偶然买到了几十本后套《龙图公案》，拿它同《三侠五义》对读一过，发现这两部书在组织和情节上都有许多的差异。我把这些差异连续地写出来，希望能够把这一部分《三侠五义》的历史轮廓弄得更清楚一点。

一　《龙图公案》是怎样的一部书？

我所买到的这部《龙图公案》，只有（前套25，后套1，2，4，6，7、9，11~15，17~24）二十本，是黄化门帘子库涌茂斋出租的书。书形窄长，每本二十页。抄写的很潦草，俗字别字触目皆是，看起来很麻烦。那时看这部书的人，就常常因为字迹模糊而不满意，在书上写骂书铺掌柜的话。书贾看了虽然无可如何，但是也要在封面印上了"撕抹图画，看完不送，男盗女娼，君子自重"的黑方戳，表示消极的抗议。

涌茂斋是一个蒸锅铺，在每本书后都印得有承揽生意的广告，出租小说不过是它兼营的副业。租书的规则是：每本赁钱三十文，一天一换。如果要想看完一个整个故事，最少也要换两三回；所以有些租书的人说："不值！不值！"

现在把这部书的内容介绍如下。

1. 流传时代的推测

《龙图公案》这部书究竟是从什么时候开始抄卖和出租的，现在还不能确定。《龙图耳录》开首说："《龙图公案》一书，原有成稿，说部中演了三十余回，野史内读了六十多本。"这里所说的"野史"，就是石玉昆的《龙图公案》。但是《龙图公案》又成于何时，也不得而知。据李家瑞先生的考证，知道《三侠五义》是删改《龙图耳录》而成的。据入迷道人《序》云："辛未春（同治十年），由友人问竹主人处得是书而卒读之。"那么问竹主人开始写这部书的时代最晚也要在同治九年以前，那么《龙图耳录》要开始编辑的时间最晚也在同治初年；因为它是"耳录"，所以需要比较长的时日。由此我们可以比较确定的说："《龙图公案》在咸丰末同治初的时候，已经有六十多本流传着了"。

2. 本数的估计

《龙图耳录》中所说六十多本的《龙图公案》是不完全的；恐怕只有全书的二分之一或三分之一，内容相当《三侠五义》的四十回或五十回。涌茂斋本的《龙图公案》二十四本，恰合《三侠五义》的十四回（四十回至五十三回）。如果除掉第四十六至四十八三回所演的"铡武吉祥"故事，仅仅有十一回，那么六十多本最多不能超过四十回。全部的《龙图公案》（以《三侠五义》所有的内容作标准）恐怕要在一百五十本以上。我们看"百本堂"抄卖书目所著录的有：

救主盘盒打御	十二本	三试项福	七　本
小包材	十一本	苗家乐	七　本
招　亲	六　本	铡庞坤	十二本
包公上任	十　本	天齐庙断后	十八本
乌盆记	十　本	南清宫庆寿	十一本
相国寺	十　本	三审郭槐	十五本
七里村	十三本	李后还宫	八　本
九头案	廿二本	包公遇害	十一本
巧换藏春酒	七　本	召见南侠	十二本

这十八种的内容恰合《三侠五义》二十二回（1~22），一共有二百零二本，差不多十本的内容才合《三侠五义》的一回。我们推测这个原因，大概"百本堂"所谓之"本"，它的篇幅一定很少，恐怕只有"涌茂斋"本的一段，否则不会有这么多本。

3. 体裁

石玉昆的《龙图公案》是有白有曲的"唱本"。"乐善堂"《书目序》称为"石派带赞新书"。这个"赞"就是白后边的唱辞。据现在某"说书人"说：当年石玉昆说唱的《龙图公案》是"西调"；但是我们看它的结构，与"西调"

或"东调"均不同。《天咫偶闻》卷七云：

旧日歎词，有所谓"子弟书"者，始创于八旗子弟。其辞雅驯，其声和缓，有"东城调"、"西城调"之分。西调尤缓而低，一韵纡萦良久。

"子弟书"《评昆论》里只说："听他嗓音嘹亮，字句清新。"《郭栋儿》里也只说："石玉昆则以巧腔妙句为著。"究竟所唱何调，仍不得而知。

这书可以说还没有回目，二十本中仅仅有：

第 四 本　　展御猫大战三鼠

第十三本　　水月庵凤英杀尼　　徐家镇寇准私访

第十五本　　卜良大闹水月庵

第十七本　　蒋平游山擒贼寇　　士英借宿遇良缘

四个回目，其余都只分段。每本分三四段。这个"段"并不是表明一件故事的起讫，而是以石玉昆所唱的段作标准；他唱到何处要钱，何处就算一段。每段之前有七绝一首，都是很粗俗的。诗后面开始就是白，白后是唱辞，然后就一段道白一段唱辞的演下去，煞尾的时候总是用曲而不用白。唱辞是六句作一排，每三句一叶韵，每段叶一韵。所用的韵目是：檐前、花发、尤求、娑婆、灰堆、人辰、劳刀、中冬、姑苏、怀来、江阳、衣期、乜邪十三类。唱辞的句法：第一句是三字句，第二、三句是七字句；第一句的字数固定，第二、三句可以加衬字。唱辞的作用有些像章回小说中的"有诗为证"的诗，或"有词为证"的词；但是诗词除"颂赞"外，很少有叙述事实的。这里的唱辞却是在"颂赞"之外，还要接叙白中的故事，可是重复的地方很多。

4. 文章

这书是一部未经文人润色过的纯粹"话本"。虽然"乐善堂"《书目序》里说："本堂抄卖……石派带赞新书，授自名人校正。"但是我们看了那拙劣的文句，满篇的别字，知道书贾的话是伪宣传。《龙图公案》的"幼稚病"，一方面固然由于作者文学修养的缺乏；另一方面则由于说唱时故意拉长时间，插入许多旁枝岔叶的闲话和笑料；开书铺的老板为了多卖或多租几本书，当然不能改削：《龙图公案》的本来面目就赖以保存。

这书虽然很幼稚，但是里面所用的语言却是很生动的"古城"土话，比《三侠五义》里所用的更深刻。用这种语言来写江湖的游侠或衙门中的皂隶，都很合身份。现在把"百花山访韩章"一段中赵虎所说的话抄出作例：

这日下在店中，赵虎开言叫声："三哥！我想'人凭时运马走鞍'。想当初你我自黄土岗投奔包公，也曾出过多少力气，立下多少功劳，因为访无头案，假扮乞丐，无饱无暖，好容易咱们四个人才挣了个六品的前程。这如今宋朝的官也容易作了，会爬杆的也是六品，会赴水的扎个猛子也是六品前程。”张龙在旁听着不像话，连忙用话岔开……

5. “话本”对于它的影响

包公的故事起源很古，《宋史》本传上说他“笑比黄河清”，又说当时民间有着“关节不到，有阎罗包老”的口头语。到了元朝，“包待制”就成了流行的戏剧题材。曲家笔底下的包公，已经是“白日断阳间，到得晚时又把阴司理”的神秘人物了。明无名氏把包公故事辑成小说，但是还无整个组织。到了《龙图公案》出世，包公故事才发展到最高的境界。

许多的包公故事，差不多都有人考证过了，我们不去说它。现在要说的是《龙图公案》中所保存的两个“话本”：一个是《京本通俗小说》中的《错斩崔宁》；一个是《拍案惊奇》中的《机中机贾秀才报怨》。《错斩崔宁》是插在《包士英借宿遇良缘》之后，《贾秀才报怨》是插在《白玉堂大闹太师府》之后。这两个故事都是硬插进去的，与全书的情节没有一点联系；只是把公孙策由开封府请出来办理这两个案子，算是包公的代表。假如包公没有“国家大事”羁绊着，我想石玉昆一定要请他“出马”的。

《龙图公案》中的社会，是一个理想的组织：在这个领域内充满了光明，充满了正义；人世间一切的罪恶，在这个圈子里都不存在。《错斩崔宁》本来是个悲痛的故事，可是到了这部书中就变成了喜剧：由公孙策先期捉得凶手送官问罪，救出狱中被冤屈的男女，而且撮合他们结婚。现在列表于左：

作品	地点	当事人	破案人	破案线索	结果
错斩崔宁	临安箭桥左侧	1. 刘贵 2. 王氏（刘妻） 3. 陈二姐（刘妾） 4. 崔宁 5. 静山大王(凶手)	王　氏	静山大王掳得王氏后改经商业,忏悔往事,要超度被屈死的崔宁、陈二姐二人,并且对王氏说出杀她丈夫的事,于是被捕	静山大王被杀；王氏出家为尼
龙图公案	汤阴县城内豆腐巷	1. 许有亮 2. 周　氏（许妻） 3. 李梦兰（许家婢） 4. 张志诚 5. 李保（凶手）	公孙策	许某被杀之后，他家的狗即不知去向。后来引公孙策捉获凶手	李保是包公家拐物逃跑的家人，于是送到开封府铡了。李梦兰与张志诚结婚

《贾秀才报怨》这个故事，在《龙图公案》里没有大的变动，仅是故事中的女主人被污时，她的丈夫没有在家，到远方贩马去了。至于定计复仇等事，都是她女儿办的，与她丈夫无关。列表如左：

作品	地点	当事人	复仇者	审判者	结果
贾秀才报怨	婺州	1. 贾秀才 2. 巫氏(贾) 3. 春花(贾家婢) 4. 卜良 5. 赵尼(观音庵主持)	贾秀才	婺州知县	卜良被捕，当堂打死
龙图公案	彰德府夏古县徐家堡	1. 徐彦龙(退伍军人) 2. 方月娥(徐妻) 3. 徐凤英(徐女) 4. 卜良 5. 赵玉(永月庵尼)	徐凤英	知县寇准、公孙策	凤英母女逃湖北避难，卜良被处死

二　《龙图公案》与《三侠五义》的比较

由《龙图公案》演化到《三侠五义》中间经过了两次改编的手续。所以它们二者间的面目已经相差得很远，不仅是人名、地名有了差异，就是故事的排列次序也有了若干的变动。现在把这些异同对照的写下来，作成两个比较表：一个是内容的比较，一个是编列次序的比较。今分述于后：

1.内容的异同

这个表专就两书的内容来比较，而不兼及编列次序的先后。表的排列次序，以《龙图公案》为准，每一个单位包括一个故事，其内容以所存《龙图公案》残本中所有者为限；其残缺部分，则不具补。又所列故事以二书共有者为限，如《龙图公案》中独有的“子月庵徐凤英杀尼”、“十五贯”两个故事，则不列入；又如“铡武吉祥”故事，虽两书均有，而《龙图公案》中所演者，未能见到，亦不列入。

龙图公案	三侠五义
1. 刘天福住在表兄白永家，他有游仙枕为白永所觊觎,后来被他表兄害死。其仆白安与永妾秀娘私通,暗藏天福人头,以为事发后之威胁。 2. 木匠刘三汉同他师傅王恩在大佛寺作工,图财杀死和尚;后因分财不均,王恩又将三汉砍死,抛到井里。 3. 某夜有女子到周屠肉铺中借宿，屠爱其财色,欲为无理,女不从被杀。把尸身抛到薛永全菜园中。韩好学来买猪头,周屠于是暗把人头装在韩生的口袋内。(前套第25册)	1. 情节同。刘天福改为李克明,白永改为白熊,秀娘改为玉蕊。 2. 叶阡误偷了白家人头，畏罪丢在邱凤家。凤命长工刘三掩埋人头,刘四不从,被刘三用锨打死,分别埋掉。 3. 屠夫姓郑,投宿女子锦娘是一个逃妓。买猪头者叫韩瑞龙,他并没有拿着口袋,是郑屠用自己的垫布包好给他的。(第10~11回)
1. 江西广信知府孙容差孙勇送黄金二万两为庞吉祝寿,将黄金分藏在八盆茉莉花中。 2. 柳青要去山左放赈，闻孙容解送黄金事,至五义庄请卢芳协助盗取,芳不从。后韩章等托辞去东京寻五弟,与柳青等冒称开封府四护卫,在旅店中将黄金盗去。(后套第1册)	1. 凤阳知府孙珍是庞吉外孙。所送黄金一千两,分装在十盆松景内。解送者是松福、松寿。 2. 同上。(第40回)
赵虎乔装寻访题诗杀命钦犯，误捉了孙勇。经包公审讯,问出花盆藏金事;及开盆检查,金已失去。盆中各有“无义之财,义人取之,若问为何,山东放赈”牌子一个。(后套第1册)	检查花盆是在大理寺，不在开封府。(第42回)
王朝、马汉寻访题诗杀命钦犯,走到花神庙,恰遇袁善因抢王赶儿与卢芳厮打,被他的教师史旦误伤了头颅,当时身死。当地差役将一干人送到祥符县,又由王、马二人将卢芳、史旦等转送到开封府去。(后套第2册)	抢女子的是严奇,浑名花花太岁,是已故威烈侯葛登云的外甥。被抢女子是王婆的邻人,并不是母女。(第44回)

续表

龙图公案	三侠五义
1. 卢芳因花神庙事被解到开封府，包公把他释放，叫他去寻白玉堂。 2. 韩章等到开封探视卢芳下落，被李才看见，于是与展雄飞等恶斗，结果徐庆被擒，赵虎受伤。 3. 白玉堂等回至庞吉花园二酉楼上，与卢芳相会。卢芳劝他去包公处领罪，玉堂误会以为卢芳是“卖友求荣”，于是兄弟反目。(后套第4册)	1. 同上。 2. 这里把李才换为包兴。 3. 庞吉花园的藏书楼叫文光楼。(第45~46回)
1. 蒋平伪称徐庆中毒箭，请韩章到玉皇阁去救治，中途将韩章解毒药盗去，回开封府治赵虎箭伤。 2. 蒋平暗将署名包公的假信掖在韩章腰带间。韩章回到二酉楼，白玉堂见此信，以为韩章与包公通声气，于是大加讥诮，因此气走韩章。(后套第6册)	1. 蒋平伪称徐庆中毒箭，由卢芳到树林中休息，请韩章同去救治。 2. 蒋平偷药时把卢芳署名的假信装在药袋中。(第46回)
仁宗在御花园亲审卢芳三人，见卢芳相貌奇伟，问他浑名由来。卢芳自谓能爬杆，所以叫作爬杆鼠。于是叫他在报恩祠爬杆挂旗，叫徐庆表演穿山，叫蒋平在御河里捕金蝉。试艺毕，仁宗赦三人罪，并封为六品护卫。(后套第6~7册)	包公把卢芳的浑名改为盘桅鼠。爬杆挂旗在忠烈祠。其余情节略同。(第48~49回)
1. 功德林僧悟亮到开封府鸣冤。据说，有锡匠张玉材同妻卞氏来庙还愿，卞氏诡称腹痛去塔院小解，失去裙子，临行留言，如寻得时可送到她家。次日卞氏到祥符县首告谓：当日夜间有人叫门，自称功德林僧来送裙子，其夫出视，久不归。及出查看，玉材被人杀死。于是祥符县将其师兄悟文捕去。	1. 情节全同。这里把功德林改为宝珠寺，两个和尚改为法明、法聪。锡匠名季广，妻倪氏。

续表

龙图公案	三侠五义
2. 悟亮鸣冤后，有乌鸦向包公叫啸。包公派姜福、黄禄追随乌鸦去侦查。（下缺）周同将姜福、黄禄同冯明亮并囚在袁清家中。冯明亮是袁家的长工，因为袁清要纳他女儿秀英作妾，他不从，到开封府去首告，中途被袁清家人周同捉回，囚在这里。 3. 冯明亮到开封告状，走到十里铺被周同赶上殴打，被韩章所救。章走后冯某又被捉回袁家去。是夜韩章到袁家探视，救出姜、黄等三人，并捉住袁清及锡匠妻卞氏，命姜福、黄禄解到开封府去。（后套第7、9册）	2. 法明申冤后，有两个乌鸦对包公高叫。追随乌鸦去侦查的是江樊、黄茂。与他们同屋被囚的姓窦，是同女儿到东京投亲的，中途遇林春要抢他女儿，为韩章所救。后来误走到林春庄上，他女儿仍被林家抢去，把他囚在空屋中。林春的家人叫雷洪，其余情节略同。 3. 情节略同。（第49~50回）
1. 韩章走后，白玉堂闷极无聊，偷去庞吉生日的收礼账簿。 2. 庞吉与他的门生李国宁商议参包公三款——暗藏太后，私铡皇亲，放纵题诗杀命钦犯——给他儿子庞坤报仇；此时白玉堂威迫马夫舞刀装刺客，将庞吉引到房外，于是暗进房中，写一揭破庞吉诡计的字笺，夹在折内。 3. 庞吉与李国宁等饮酒吃河豚——其婿孙容所赠——忽一人犯羊角疯，彼等以为中鱼毒，于是大喝其“金汁子”。 4. 庞吉至其妾紫娟、红雁处，闻其妾与男子私语，及进屋又见男女同卧，一怒将二人杀死，细看始知男子是他妾化装。 5. 次日，庞吉呈折请治包公罪，仁宗见折内所夹字笺，一怒将李国宁革职，令庞吉闭门思过，不许入朝。（后套第11~12册）	1. 无偷账簿事 2. 庞吉的门生是乌台御史廖天成。折写成后又署了五个同党的名字。折的内容是说：包公遣人谋杀其妾。——此节在庞吉误杀二妾之后，所以措辞与《龙图公案》不同，然而这样比较合理。 3. 同上。 4. 庞吉的二妾是嫣红、姹紫。情节全同。 5. 仁宗见字笺，将庞吉等交大理寺审讯。结果庞吉罚俸三年，联衔人罚俸一年。（第34回）

续表

龙图公案	三侠五义
1. 蒋平与张龙、赵虎三人到百花山灵隐寺寻韩章,不遇,暂停庙中。仆人下山沽酒,遇包旺自缢,把他救下。据包旺说,包士英进东京读书,行至百花山遇猛虎将公子掳去。 2. 蒋平等三人寻找包士英,巧获武平安、谢虎、谢豹三贼,始知包士英被三人装虎掳去,带到武平安姊丈家,欲与其弟武吉祥复仇。武平安外出买物时,其姊将士英释放,不知下落。蒋平等将三贼送至嘉兴县,并请知县代寻包公子。 3. 包士英逃到彩凤峪,在方有林家借宿,不意病倒。方老家贫无钱买药,将女儿的字画托净度庵僧卖与钱员外。次日去庙取钱,路中拾金镯一只,至庙时恰遇钱某因家中失盗,来请僧人占卜。见方老所拾金镯,正是他家失物,于是将方老扭送县衙。方老邻人宁婆闻信到监中探视,方老请宁婆作伐将女儿秀鸾许与士英。后由士英致信嘉兴县,知县将士英接到衙中与蒋平等相会;并将方老放出。(后套第5、17~20册)	1. 情节同上。蒋平三人所去的庙是翠云峰灵佑寺。 2. 同武平安合伙路劫的两个人是刘豸、刘獬。翠云峰在平县界内。武吉祥是武平安的哥哥。 3. 这里把包士英改为包世荣,方有林改为方善,秀鸾改为玉芝。金镯是方善买药时路上拾的,他拿到银铺看成色时被失主宋升看见,并无卖字画一事。(第51~52回)
韩章带邓九如——武平安外甥——去信阳府,路过景阳镇,见汤元铺长袁善年老无子,遂命九如认他作义父,叫他暂住在汤元店内。韩章独自到信阳去。(后套第24册)	韩章去杭州,在仁和县遇到邓九如。开汤元店的姓张,有个六岁的儿子死了,相貌与邓九如仿佛,所以韩章把邓九如给他作义子。(第58回)
1. 蒋平与包士英等回到开封府,见包公将百花山遇难事说明。包公派人送方有林父女到包家村去居住。	1. 略同。(第53回)
2. 当日夜,白玉堂到开封府,盗去三件宝物,展熊飞到陷空岛五义村去夺取三宝。(后套第24册)	2. 情节与上同,但时间略早,在"双乌告状"之后。(第50回)

2. 编列次序的演变

这个表的组成：前半（1~18）是根据“百本堂”抄卖“石派书”的分段目录，后半是用我所买的残本《龙图公案》。

	龙图公案	三侠五义
1	救主盘盒打御	同上
2	小包村	同上
3	招亲	同上
4	包公上任	同上
5	乌盆记	同上
6	相国寺	同上
7	七里村	同上
8	九头案	同上
9	巧换藏春酒	同上
10	三试项福	同上
11	苗家集	同上
12	铡庞坤	同上
13	天齐庙断后	同上
14	南清宫庆寿	同上
15	三审郭槐	同上
16	李后还宫	同上
17	包公遇害	同上
18	召见南侠	同上
19	铡武吉祥	蒋平设计盗花盆
20	御花园题诗杀命	同上
21	蒋平设计盗花盆	赵虎误拿要犯
22	赵虎误拿要犯	白玉堂大闹太师府
23	花神庙卢芳救难女	同上
24	三义士夜探开封府	同上
25	劝玉堂兄弟反目	同上
26	蒋平骗药救赵虎	同上
27	御花园三鼠献艺	铡武吉祥
28	双乌告状	御花园三鼠献艺
29	白玉堂大闹太师府	双乌告状
30	徐凤英设计报怨	无
31	包公子中途遇难	开封府失三宝
32	公孙策智勘十五贯	无
33	韩章恩收邓九如	包公子中途遇难
34	开封府失三宝	蒋平二上翠云峰
35	展雄飞初到陷空岛	同上
36	蒋平二上百花山(？)	韩章恩收邓九如

其中《铡武吉祥》故事，书目未载，暂依现在评话次序，列在《展雄飞耀武楼试艺》之后；《御花园题诗杀命》一段，则依据后套《龙图公案》第一册开首按语，列在《盗花盆》之前。其余无所依据者，则不具录。

根据前面所说的话，我们得到几个结果：

（一）《龙图公案》的作者有意把故事拉长，插入了许多累赘的闲话；问竹主人把这些闲话一齐删掉，改成很简练的《三侠五义》。

（二）《龙图公案》中有几个与整个结构无关系的瘤子，《三侠五义》的作者把它割掉了。

（三）《三侠五义》中所用的人名、地名多与《龙图公案》不同，有的声音还相似，有的就完全不同。

（四）《龙图公案》与《三侠五义》的编列次序，二十二回以前完全相同，二十二回以后就变动很大。

1940 年 10 月 22 日

原载《文苑》第 5 辑，1940 年 11 月出版

关于《儿女英雄传》

孙楷第

一　绪论

在清朝小说中，文康的《儿女英雄传》和以石玉昆的讲演为底本的《忠烈侠义传》最为晚出。同是北京人作的，同是用北京话演述的北方文学，一则形容草泽英雄，一则述八旗官家的生活，俱能纡徐尽致，可以说是清代小说的后劲，也正如孙仲容、俞曲园两位大师，在南方是汉学家的后劲一样。《忠烈侠义传》经曲园先生品题，很引起世人的注意。《儿女英雄传》在当时还没有这样的遭际。而近年来因国语文学之兴起，以其说话之漂亮，甚为有识者称许。和《忠烈侠义传》比起来，可以说是"晚达"。最先注意此书的，是李玄伯先生，在《猛进》中有《〈儿女英雄传〉作者文康的家世》一文。次则胡适之先生，有长篇论文，在考证与批评方面，都有详细的著论。而吾师钱玄同先生尤爱好之，曾在《京报》冒充青年，列为爱读书之一，他对于此书能成诵，谈话之际，动不动征引，几乎成了他的类书；可以想见他的狂颠的趣味了。

我之尚友文康先生，是近年的事。对于此书，愧没有多少的见解，然而零零碎碎的也还有一点。现在就草草写在下面，疏陋之处，定然不少，望天下看官原谅则个！

二　板本

此书出后，最初只有钞本。今所见者，以光绪四年戊寅北京聚珍堂本为最早，无图，无评注。其次为光绪十四年戊子上海蜚英馆石印董萤评本，每回前附图一页两面，亮光的墨色儿，精致的图儿，可知好哩！这两个本子，都算善本。董恂评此书在光绪六年庚辰，聚珍堂本业已出版二年；但董所据的恐怕还是抄本。蜚英馆石印本印行，距董恂批注仅有九年，大概这就是董评本的原本了。此外凡附董评的，多半从蜚英馆本出。如上海著易书局印本，正文和图的样子都和蜚英馆本差不多。可是有一件，就怕比较；若拿蜚英馆本一对，就知道差得远了。又有申报馆排印本，有扫叶山房排印本，皆无评，实是一本。扫叶山房本每回前多了缩印蜚英馆本的图。这两个本子都不好，错字很多。还有一个刻本，本文则复刻聚珍堂本，附上董恂的评语；图则翻刻蜚英馆本，刀子划的横一道、竖一道，人物都分辨不出来。这本不值得说的，因为在《儿女英雄传》的板本上是一件趣闻，所以附带着当笑话儿说一说。总之，只有聚珍堂活字本和蜚英馆的石印本是好本子。其余的，若照安老爷的说话，都是“自邻而下无讥焉”的不地道货儿，所以“君子不取也。”

三　文康及其家世

文康的仕履，《八旗文经》马从善《序》，及英浩所作《长白艺文志》均载其略。今具录如左：

> 《八旗文经》五十九《作者考》：文康字铁仙，勒保孙，历官理藩院员外郎，安徽徽州府知府，驻藏大臣。
>
> 马从善《序》：文铁仙先生康，为故大学士勒文襄公保次孙。以赀为理藩院郎中，出为郡守。洊擢观察，丁忧旋里，特起为驻藏大臣，以疾不果行，遂卒于家，先生席家世余荫，门第之盛，无有伦比。晚年诸子不肖，家道中落，先时遗物，斥卖略尽。先生块处一室，笔墨之外无长物，故著此书以自遣。
>
> 《长白艺文志·小说部》：《儿女英雄传》，文康编，字铁仙，一字悔盦，勒保之孙。由理藩院员外郎历官徽州知府，驻藏大臣。因致仕家居，群公子耗资败产，无聊而编者。

就中以马从善所记为较评。如所云出赀为郎中，洊擢观察，《八旗文经》及《艺文志》均略之。《序》谓文康简驻藏大臣，以疾不果行，《文经》及《艺文志》则往云驻藏大臣。据马从善《序》，自云馆其家最久，所记大概是可靠的，当以《序》所言为是。《艺文志》一说他一字悔盦，可补《文经》及马《序》之缺。由诸家所记，知道文康是以捐纳出仕，并未发科，而经过一番家门盛衰之人。

他的家世，李玄伯先生考之甚详，并列有世表，今照录于下：

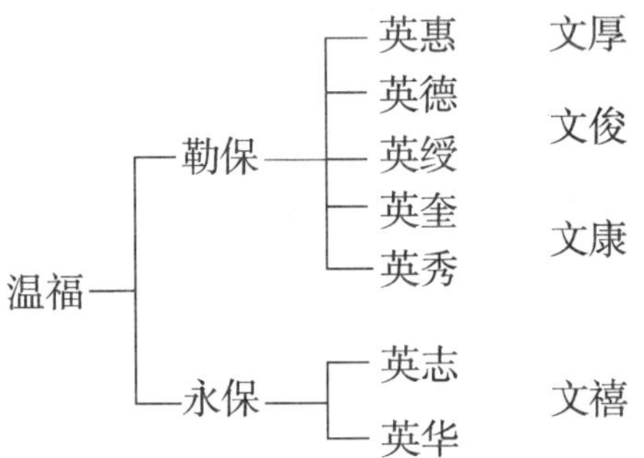

据玄伯先生表，勒保有五子，为英惠以下五人。永保二子，曰英志、英华，孙一人，曰文禧。据余所考，则稍有异同：（一）《清史稿》一百三十一《勒保传》云；"子九，长英惠，科布多参赞大臣，袭三等盛勤侯卒，孙文厚嗣爵。"则勒保有九子。而国史馆《勒保传》（《清史列传》二十九）勒保子举英惠以下五人（未明言子若干，疑但即有仕履者言之），与玄伯所记合，当即玄伯所本。《清史稿》既有子九人之说，亦必有所据。（二）表勒保五子次第，与清史馆《传》同，英绶列第三；而《清史稿·勒保传》云第四子英绶，则非第三子。（三）表永保二子，为英志、英华，与国史馆本传同。（《耆献类征》一百八十六引，文云："子英志，蓝翎侍卫，英华，乾清门头等侍卫。均卒。"）而《清史稿》一百三十二《永保传》于嘉庆元年十一月则云；"帝怒永保拥劲旅万余，徒尾追不迎击……逮京下狱，籍其家，并褫其子侍卫宁志、宁怡职。"作宁志、宁怡不同。或曾易名，或举其字，固未可知。（四）表永保一孙曰文禧，与《耆献类征》所载同。但据《清史稿·永保传》则永保孙尚有文庆；据《清史稿》一百七十三《文庆传》则文庆尚有弟文玉（清国史馆《文庆传》同）：是永保至少有孙三人。（五）玄伯以文康同治间尚存，疑为勒保幼孙。但马从善《序》明言次孙；以久居馆第之人，言之当属可靠。以上五端与玄伯先生所说稍有异同，今斟酌玄伯之说，更为世表如左：

温福以乾隆三十八年征金川役阵亡。长子勒保，嘉庆间征川、陕教匪有功，仕至军机大臣兼管理藩院，卒赠一等侯。次子永保，仕至两广总督。“英”字辈中，则英惠道光中仕至科布多参赞大臣，袭三等威勤侯；英绥任至工部右侍郎。“文”字辈中，勒保一支，则文厚嗣侯爵；文俊仕至江西巡抚。永保一支，则文禧曾任户部员外郎，文庆以翰林起家，咸丰时官至大学士，尤为华贵。文庆子善联，由礼部郎中官至福州将军（《清史稿·文庆传》）。小说中之安公子，即影射文庆，暂且不表；留在下面再说。

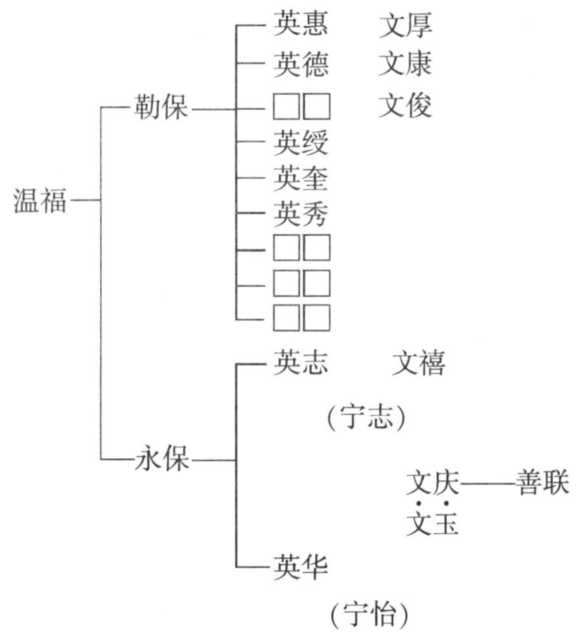

四　故事及人物

此书开始为缘起首回，以下自一回起至四十回止。虽然是四十一回文字，而每回是很长的，依然是一部洋洋大文。内容大略是：京师正黄旗汉军有一位安二老爷，双名学海，字水心，妻佟氏。只有一个儿子，乳名玉格，学名骥，字千里，别号尤谋。安老爷四十开外才中的举，五十左右中进士，拣发河工知县。因为开了口子，革职拿问，还得赔修银两。安老爷上任的时候，留下公子在家，听说出了祸事，便凑了银两往淮安去赎罪。路过茌平，在能仁寺投宿，庙中和尚却是强盗，劫了银子，要杀要剐。被一位不相知的女子救了。那女子不言姓名，自称是十三妹。同时在庙中还救了一个打河南来的乡下女子，名张金凤。十三妹硬作媒，就把张小姐许聘了安公子。又赠金而别。安公子偕金凤到了淮安。安老爷交上赔金，照例开复。公子就在那里和张小姐成了亲事。安老爷细问十三妹事，心知为故人何氏女玉凤。于是即偕眷北上访之。不久，到了茌平。先结识了一位义士邓九公，原是十三妹的师傅。十三妹也住在附近的青云山上，此时她的母亲已死，因为和大将军纪献唐有杀父之仇，要去报仇。于是安老爷和邓九公上山，见着十三妹，告以纪献唐已伏国法，本人与何氏世交，要带她进京，安葬二亲。何小姐最初不干，经安老爷说了一番圣贤大道理，便没的可说了。到京以后，把何家夫妇殡葬。服满，就教安公子娶她。何小姐更是不干。事情闹僵了，亏着张金凤以现身说法十层妙解感动了何小姐，即日成亲。安公子得二美妻，心满意足，所少的只是功名。于是下闱攻苦，先已进学，至是中第六名举人。明春点探花，授编修，升侍读学士，国子监祭酒。已而有乌里雅苏台参赞之命，举家惶恐。幸以故旧周旋，改授内阁学士兼礼部侍郎，简放山东学政，兼观风整俗使，钦加右副都御史衔。于是合家欢喜.公子自去上任。金、玉姊妹各生一子。安老夫妇寿登期颐，子贵孙荣，至今书香不断云。

如此这般一大段故事，它的作风算来仍是才子佳人的苗裔。自从明季以来，才子佳人的小说，随着才子佳人的戏曲而发达。如《玉娇梨》、《好逑传》一类的东西，作了又作，千篇一致，男为状元，女为才女。后又稍变，改才子为英雄，而才女或照旧，又或为女将。如薛丁山等，俱以能征惯战之人，临阵结亲，实在好笑。此《儿女英雄传》所说，远之则师才子佳人之遗意，近之则亦英雄儿女之气习，而稍稍变其格范：以英雄属之女人，闺阁而有侠烈心肠；公子却似女儿柔弱。只这一点稍微有点不同。至于先忧患，后满意，加官进爵，其用意则一般无二。所以就《儿女英雄传》的格局看起来，是陈腐的旧套了；然而它毕竟是文人之作，若从文笔上讲，则摹绘尽致，远非过去一切才子佳人、儿女英雄一派的小说所及。在陈陈相因的格范之下，居然能翻筋斗，这实在因为文康有创造的天才的缘故。至于他的北京话的漂亮，是人人知道的，不必说了。

书中人物，大概都有所指。如安老爷大似《红楼梦》中政老之迂，而安龙媒却无怡红公子之达。又如写十三妹前后性格，直是两人，殊不可解。此外如张小姐、张老夫妇、舅太太等，或村或谐，咸如其人。而邓九公粗豪之概，尤形容尽致。马从善说：“书中所指皆有其人，余知之而不欲明言之。”马公既知之而不言，像我们后来的人，言之亦未必准对。不过，也无妨说一说。今就所知，试为考证如下：

安公子　书中的安公子，即是文庆的影子。因为费莫氏一家，自温福以来，祖孙四代，只有文庆是翰林出身。而且他的仕履都一一与安公子相合。文庆清国史馆和《清史稿》都有传。但国史馆《列传》较为详细。《清史列传》卷四十《文庆传》：

文庆，道光二年进士，改翰林院庶吉士，三年散馆授编修。四年八月充日讲起居注官，升翰林院侍讲。五年，充山东乡试副考官，转侍读。九年正月，迁国子监祭酒。……十一年五月，充福建乡试正考官。十二年三月，升都察院左副都御史。九月，升内阁学士兼礼部侍郎衔，十月，署礼部左侍郎。十二月，实授礼部右侍郎。……二十八年，实授吏部尚书。……三十年革职。咸丰二年五月，授内阁学士兼礼部侍郎衔。……四年闰七月，管理国子监事务。……五年九月，命以户部尚书协办大学士。十二月，授文渊阁大学士……六年十一月，改武英殿大学士。是月卒。

因为文庆是翰林，所以安公子就以旗人点探花。文庆先授编修，后以侍讲转侍读学士，安公子也以编修升侍读学士。文庆作过国子监祭酒，安公子也是国子监祭酒。文庆充山东乡试副考官，安公子便充山东主考。文庆以道光十二月升都察院左副都御史，又两次授内阁学士兼礼部侍郎衔，安公子不去乌里雅苏台，便也改授内阁学士兼礼部侍郎，钦加右副都御史衔。又据国史馆《文庆传》：

（道光）十五年，调户部右侍郎。十六年三月，以御史许球奏参陕西巡抚杨名飏，遵命偕户部尚书汤金钊前往查办。五月，通政使司参议刘谊奏请清查四川捐输及军需银款，与各州县被参交审各案。遵命偕汤金钊由陕赴蜀清查。旋奏大竹县知县郭梦熊，广元县典史董秉义，知县春明，巴县知县杨得质，江安县知县夏文臻，资州知州高学谦、薛济清，前任四川布政使李羲文等状，并请严议。……九月回陕，奏夺杨名飏职。……遵旨由陕赴豫，查明武涉县知县赵铭彝被参各款，奏请褫职。十七年，热河新任正总管福泰奏库存银两亏短，命文庆前往偕都统宗室耆英查办。寻查明请将副总管荣柱及历任总管恒荣等一并革职。二十五年，以驻藏大臣琦善参奏前任大臣孟保、前任帮办大臣钟芳等滥提官物，命赴四川查办。寻按实奏请将孟保等分别严

> 议。……八月，命署陕、甘总督查办河南赈务。奏请将考城县知县毕元善解任严办，署获嘉县邹之翰、长葛县知县彭元海、署侑川县周劼均请下部议处。允之。

这当然是观风整俗使了。又文庆从道光十二年至二十三年，作过满洲、蒙古汉军各旗的副都统六次，道光二十二年赏三等侍卫，充库伦办事大臣；因此安公子也加了副都统衔放乌里雅苏台参赞大臣。文庆的上一辈为宁志、宁怡；安氏父子之所以姓“安”，大概就是这个缘故吧（安、宁同义）。

其所以影射文庆的缘故是可以推测的。一，清朝科举，本以牢笼汉人，在旗人最初并不看重。后来濡染文化，连旗人也以科甲出身为荣。如文康一家，自尊祖以来都以军功起家，不经科第；其本人则出赀为郎，大概也曾经过场屋的困难。文庆是他的堂兄弟，独以翰林为文臣，位至宰相，这当然是他引以为荣而极羡慕的。其次，则文庆一生遭际极好，虽“缘事罢斥，旋即起用”（文宗上谕）；历事二朝，始终恩眷不衰。并没有像他们的祖一辈受那样的严威。儿子善联也服官，后位至将军。大概文庆一支，父作子述，比文康强的多，是文康所亲眼见的。在牢骚与羡慕中，不觉不知便将文庆的事迹写入了。

十三妹　小说十九回安老爷述十三妹之家世，谓何氏为正黄旗汉军。何小姐曾祖名何登瀛，翰林，詹事府正参，终江西学院。祖焯，举人，本旗章京，即安老爷的老师。父杞，三等侍卫，二品副将，即为纪献唐陷害者。其人与事，均难详考。唯何焯恰恰与何屺瞻同姓同名。这何焯当然不是那何焯。不过，何义门在康熙末年，的确和诸王争立案有点关系。据雍正四年档案秦道然口供，谓允祀（皇八子）将何焯小女儿养在府中。何焯是允祀侍书之官，将他女儿养王府中，如何使得！而是年三月上谕亦有“允祀听信妻言，将何焯之女养在府中，意欲何为？其何焯之女曾否放出，应询明允祀另行定拟。”之语。按：何义门以李光地荐于康熙四十二年赐进士，改庶吉士，侍读皇八子贝勒府，兼武英殿纂修（门人沈彤《行状》）。此秦道然口供所谓何焯，即为何义门无疑。其小女在允祀府，当亦是实事。而《行状》及全祖望所撰《墓碑》，均不言屺瞻有女，殆讳言之。而其女究亦不知下落。又全祖望述门人陆锡畴语，谓屺瞻殁时，“值诸王多获戾者，风波之下，丽牲之石未具。”则何屺瞻固当时案中之嫌疑者，以生前善于自处，死后犹未至于获罪，实亦万幸。此以十三妹为何焯之孙女，不知何意。而小说中之何焯与校勘家之何焯是否有关，今亦不敢说。只好当作疑案罢了。

小说中之十三妹，前半则剑气侠骨，简直是红线、隐娘一流。及结婚后，则菊宴箴夫，想作夫人，又平平极了，与流俗女子无异。一人人格前后不调和如此，真是怪事。如第四回至第六回所写，一个千娇百媚的女子骑着一头黑驴儿，到店中盘问公子，教公子不要走，等他回来。公子不信，果然受脚夫之骗。几乎丧命。终于被女子救了。这样一个女子，不但安公子当时见了不知高低，就看书的人也觉得这女子是极奇怪极突兀的。但这样奇怪突兀女子，并非文老先生创造的，在前此说部中却早已见过。如《初刻拍案惊奇》卷四《程元玉店肆代偿钱，十一娘云岗纵谈侠》一篇，说徽州的程元玉走川、陕贩货，一日落店，买酒饭吃，正吃之间：

> 只见一个妇人骑了驴儿，也到店前下镫，走将进来。程元玉一看，却是三十来岁的模样，面貌也尽标致。只是装束气质带些武气，却是雄纠纠的。饭店中客人个个颠头耸脑看他说他， 糊猜乱语。

这样一个女人吃了饭，却没有饭钱。程元玉便替她还了。那女人谢了，向程元玉问姓名，并且说道："公去前面，当有小小惊恐。妾将在此处出些力气报公。所以必要问姓名，万勿隐讳。若要晓得妾的姓名，但记着韦十一娘便是。"程元玉见她说话有些尴尬，不解其故，只得将姓名说了。那女人道："妾在城西去探一个亲眷，少顷就到东来。"说罢，

> 跨上驴儿，加上一鞭，飞也似去了。

程元玉上了路，很怀疑那女子的话，以为不足凭。在路上问道，果然受了骗；贪小路之便，避开大路。走了不远，有险峻高山，又随那引路人走过一个岗子，路更崎岖。便遇见一群贼人，把货物劫了去。天又黑了。正栖惶间，被十一娘的弟子接引了去，到云岗住了一宿。见了十一娘。那云岗便是十一娘的小庵。明日上路，行不数步，只见昨日的盗已将行李仆马在路旁等候奉还。程元玉要分一半与他，他死不敢受，说：

> 韦家娘子有命，虽千里之外，不敢有违！

这一个故事，实在和第四回、第五回所说的安公子遇十三妹一段太相像了。我们无可疑虑的，可以断定说这个女子便是十三妹前身。一个是十一娘，一个便

是十三妹，一个使盗贼畏服，“虽千里之外，不敢有违。”一个也教海马周三等屁滚尿流，一个住在云岗，一个便住在青云山。又如王士祯的《剑侠传》(《虞初新志》九引《渔洋文略》) 也有一女子：

新城令崔懋以康熙戊辰往济南，至章邱西之新店，遇一妇人可三十余，高髻如宫妆，髻上加毡笠，锦衣宫鞋，结束为急奘。腰剑，骑黑卫极神骏：妇人神采四射。其行甚驶。试问：何人？停骑漫应曰：“不知何许人。”将往何处？又漫应曰：“去处去!”顷刻东逝，疾若飞隼。

这也是一个骑黑驴的怪女子。我们明白了，原来小说前半部的十三妹的人格，是从说部中抄袭而来，后半部的十三妹，才是作者理想与经验的人物。这无怪其不调和了。

邓九公　作者写邓九公很豪爽，很好胜，是一个极活跃、极有意思的老头儿。可惜不知道是指的哪一位。但《八旗文经》卷十九有文康的《史梅叔诗选·序》一文，说：“史梅叔名密，山东人，慷慨尚奇节。尝举明经第，累不得选，稍差旗学官。又以西边事弃之去。中途闻兵罢，南下维扬，展转吴、楚间。先来京师，与文康定交；至是又来北京，相与樽酒唏嘘，虽勃宕犹昔，而若有不胜其感者。”云云。与第三十九回《义士邓翁传》所说邓九公，茌平人，应童子试不售，改武科，仅缀名榜末，而翁竟由此绝意进取，身份大致相同。文章也的确是出于一手的笔墨。如果大胆一些，也可以说这位山东的史梅叔就是邓翁了。

以上把书中人物略考一下。此外行文关目，也有袭取他书的地方。如缘起首回的“悦意夫人”一大段，便是将蒋心余的《香祖楼》关目拿来重演一番。但这是小节，无关宏旨，现在不多说了。

五　评者还读我书室主人

蜚英馆评注本，每回下题云：“还读我书室主人评”。这位“还读我书室主人”就是董恂。董恂（本名董醇，因为名和穆宗毅皇帝字音相同，字义亦复相近，呈请改的。）字忱甫，号醖卿，甘泉县人，进士。官至户部尚书，光绪十八年卒。怎见得就是他？这话说来是有根儿的。小说四十回后有这么一行字：

> 光绪六年，岁在庚辰上浣，醧卿阅竟，识于京邸还读我书之室。时年七十有四。

醧卿即是董恂之字。据他手订的《还读我书室老人年谱》，光绪庚辰他正是七十四岁。别号又同。所以断定是他无疑。为什么他自署“还读我书室主人”呢？因为他的斋名叫“还读我书室”。为什么斋名叫“还读我书室”呢？因为他住的楼叫“读我书楼”（光绪十七年《谱》）。因为办公回来读书于此，所以又加上一个“还”字，名为“还读我书室”。他批评此书，卒业于光绪六年，大概开始读去，也就在这一年。《年谱》光绪八年下云：

> 先是总理署治公牍所后院，有古桑荫数亩，复补植稺杏一，恂因隶其额曰“绿肥红瘦之轩”。治公于此，即治书于此。故凡有所记载，即题其所记帙首曰《绿肥红瘦之轩随手记》。比总署卸差，则记事于私室，曰“还读我书室”（下疑脱“随手记”三字）。

总署卸差则记事于私室，曰“还读我书室”。他之总署卸差，正在光绪六年庚辰。此小说题记均署“还读我书室”，所以开始读小说在这一年无疑了。

他的评语，没有什么大道理。今择其有关系者，摘录数条：

> 第一回，安老爷云：“那一甲三名的状元、榜眼，探花，咱们旗人是没有分的。”（评）此在下未充读卷大臣以前旧事也。自同治乙丑，经在下面奏例无明文，遂不拘此。
>
> 第三十六回，安老爷云：“那有个旗人会点探花之理？”（评）你老不知道，在下充读卷大臣时，旗人还会点状元哩。

据《年谱》，他于同治四年乙丑四月，钤派殿试读卷，是科状元为崇绮。正符合第三十六回评语。

> 第三十六回，安老爷云：“不走翰林这途，同一科甲就有天壤之别了。”（评）可怜在下至今读之，不觉心酸！
>
> 又同上，安老爷云：“也虑着你读书一场；进不了那座清秘堂，用个部属中书，已就失之毫厘，谬以千里了！”（评）谁说毫厘不千里来？咱可怜

可怜!

第三十七回，安老爷道：“原来鼎甲的本领，也只是如此，还是我这个殿在三甲三的榜下知县来替你献丑吧!”（评）阿哥偶让一句，老翁遂自鸣得意。细味之不免牢骚。盖此老之牢骚，在下知之最深。

为什么他看到安老爷几次的话就心酸起来，连呼“可怜可怜”呢?原来他于道光二十年以殿试二甲及第，考选点主事（考选庶吉士者始得为翰林），签分户部学习，也和安二老爷一样，进不了那座清秘堂。此后由部属外任观察，擢顺天府尹，至咸丰十一年，始补授户部右侍郎（自道光二十年中式至此凡二十一年），至同治五年，始补授兵部尚书。官运亨而不快，在他当然认为是极可怜之事，牢骚是时常有的。所以一看到安老爷的话，心眼儿就酸起来了。

十一回评云：纵擒有法，想见龙媒八股工夫。

董恂对于八股，是有揣摩工夫之人，所以他的评语都是以选家眼光看出来的考语。他的思想见解，实在和安老爷差不多，也是一位安老爷（文康也是一位安老爷）。他之所以爱好此书，详读而仔细批之，大概也就是因为里边有安老爷的缘故吧。

他的评注，有两条是迻录的。如第四十回，安老爷用国语和公子说话，下注云：

秋坪译汉，恂照录。按：此二句清语译汉话，系“此话关系最要，外人不可泄露。”

并于“拏”下注“奴”字。

秋坪为景秋坪，名廉，亦官户部，和董恂是同寅。由此可知《儿女英雄传》出来不久，便通行于士大夫间了。

原载《国立北平图书馆馆刊》第4卷第6号，1930

《花月痕》作者之思想

刘欧波

文学是精神上反抗的表现，是生命穷促时叫出来的一种革命，这是谁也不能否认的事实。本来艺术大半多是到生路将穷处才出来的，到了无论如何都不能生活的时候，人才借艺术以鸣，以鸣其所欲；屈子的《离骚》，蔡文姬的《胡笳十八拍》，都是这么生出来的。把人世的苦痛深深尝到了，陷入那悲哀的境界，泪干了，心碎了，欲死不能，无可奈何，才逃到幻想之园，来泄这一腔孤愤；岂单为博得那一把同情之泪么！东西南北许多的艺术作家，也是"古往今来只如此"罢了。

《花月痕》是血和泪结晶，是著作痛哭流涕的呼叫。书中的主人固然是作者的自叙，就是那不关紧要的人物，又何尝不是写其言所欲言呢。所以在这一部书中，作者的思想性格处处都表现着，阴森的气象遮满了全篇。诸君啊！却不要疑到《花月痕》的作者他是无病呻吟啊！他实在是把人间的悲哀，世上的冷酷，深深的感到心上，压在胸中，真所谓若有鲠之在喉，不能不吐了！

你看他叙述那书中的主人痴珠的境遇："文章憎命，对策既摈于主司，上书复伤乎执政。"（二回）况且"经年跋涉，内窘于赡家之无术，外穷于售世之不宜；南望仓皇，连天烽火，西行踯躅，匝地榛荆。……家贫身贱，养痈畏疽，精神不齿，那能不病入膏肓呢！"（见八回）这真使英雄无用武之地了啊！人生际遇如此，造化小儿也算颠倒人才过分了。你看还不只如此，又遇着："故里为墟，侍姬抗节，戚友婢仆，沦陷贼中。既深毁室之伤心，复抱坠楼之痛；牵萝莫补，剪纸难招；明知乌鸟伤，鸰原急难，而道茀难行，力穷莫致。"（十一回）又兼爱弟殉难，已病绵缠。（三十八回）人生到此，真所谓天道难论了。作者的际遇，我固然不敢武断的说与痴珠也实相仿佛啊！请看以下考证。

作者的文笔与其思想同，真所谓热情奔放。我以为我们也无须无聊的来争这文是属于什么派别；感情是文学的生命，这文真实的感情处处流露纸上，就是有价值成功的著作，我们又何必强为分派别？本来作文的时候，情动于中而形于言，真文学家决无有为派别才来作文！至于有人说："这书文胜于质。"这话实在误谬的很；实是文质兼佳有价值的作品。文美质真这四个字，的确是这部书的考语。

在考察作者思想之先，须要把这书作者的姓名和境遇大概来考证一下。这是很有关系的；不过可惜我手旁的参考书很少，不能详细来叙述，这是我很怅怅的。只好俟诸异日遇着机会，再与诸君来讨论。现在先来考证个大概。

《小说考证》对于此书的考证举了两条：一系《雷颠随笔》；一系《小奢摩馆脞录》。现在择要录下：

> 《花月痕》小说笔墨哀艳凄婉，为近代说部中之上乘禅；惜后半所述妖乱事，近于蛇足，不免白璧微瑕。书中韦痴珠或言影李次青，然事迹不合；韩荷生或谓即左宗棠，虽有相似处，亦未能毕肖。要之，小说结构，大都真伪杂糅，虚实互用，兴之所至，自尔成文，固不必胶柱鼓瑟以求也。……读谢枚如《题魏子安所著书后》五绝三首：一为《石经考》，一为《陔南山馆诗话》，一即《花月痕》小说也。前二首不备录，第三首云："有泪无地洒，都付管城子，醇酒与妇人，末路乃如此！独抱一片心，不生亦不死。"又《哭子安》第二首云："忧乐兼家国，千夫气不如，乱离垂死地，功罪敢言书，将母情初尽，还山愿竟虚，幽光终待发，试看百年余。"自注："子安客川、陕十数年，身经丧乱；其《咄咄录》、《诗话》等书，皆草创于是时。君没时尚在母丧。"读此数诗，知魏君著作甚富，怀才早世。《花月痕》一书，或者寓美人香草之思，自写其牢愁哀怨，未可知也。谢枚如名章铤，福建长乐人，光绪丁丑进士，官内阁中书，著有《赌碁山庄诗集》若干卷。魏君既与同时，或亦系同、光朝人云。（《雷颠随笔》）
>
> 《花月痕》一书，相传为湘人某作，非也。盖实出于闽县魏子安晚年手笔。……子安与谢枚如同时，故卷首有枚如题词。友人林浚南为枚如所最称赏，亲侍謦欬，曾为余言及此。（《小奢摩馆脞录》）

偶忆前几年翻阅《小说新报》，有人对于此书曾加以考证，并引有陈石遗《陔南诗话·序》文一段，惜已多遗忘。现在只好将其大意，略述如下：

> 《花月痕》一书，系魏子安客王文勤幕府时所作。王公讳庆云，字雁

汀，抚晋时曾招子安入幕。后文勤督四川，聘子安主书院讲席。文勤官至尚书，闽人也。其称明经略者，闽、明同音也。书中隐用唐欧阳行周与申行云故事，变化言之。韦、魏同音，韦又韩之偏旁，左者韩、魏并称，况韦皋假称韩翊，古人有行之者。子安生平著述宏富，散佚殆尽。

总以上三段来观察，作者的际遇如何，大概也可想象而得了。所谓“乱离垂死地，功罪敢言书”，所谓“醇酒与妇人，末路乃如此”，所谓“将母情初尽，还山愿竟虚”，与那韦痴珠“文章憎命，对策既摈于主司，上书复伤乎执政”；“内窘于赡家之无术，外穷于售世之不宜”，只落得醇酒妇人，又何以异呢！

现在还要考察当时的环境。固然人是否完全受环境的支配，是哲学上一件争执最烈不可解决的问题。然而环境足可以影响到个人思想上有很大的变化，是谁也不能否认的。况且文学是时代的反映，这也是确定的事实。所以我们来探索作者思想，第一，先要考察个人的际遇；第二，就要来考察当时社会上的情形。

作者是什么时候的人，这当然是第一件先要解决的疑问了。据《雷颠笔记》的作者推测，子安既与枚如同时，或亦系同、光时人。但是本书的《前序》及《后序》末署咸丰戊午作成的；戊午系咸丰八年。又，子安死于枚如前，据此不但是子安长于枚如，并且这书当然成于咸丰八年以前。然而细考此书内容，四十三回载：“小直沽倭兵之败退。”以年考之，与九年己未僧格林沁败英、法于大沽口事相仿佛。四十二回写：“慧如远遁之时，正是群丑自屠之日。”以时考之，太平诸将自相杀害时亦同。四十七回载：“辛酉十月倭夷请和”，与咸丰（庚申）十年九月（西历1860年10月）续增条约事相仿佛。观其书中先曰讲和，后又曰请和，书中说：“这两字不能不争”，这是作者已意在言外了。书中言：“这倭夷远隔重洋，国王是个女王。”固明指的是英维多利亚女王。所说嗣位年纪尚轻，盖指维多利亚年十八即就王位也。四国公使驻扎北京即始于此。至于四十九回大书特书：“是年甲子（同治三年）攻克金陵，员逆挨不得苦，服毒死了。”固明指洪秀全自杀而言。总以上种种，均是咸丰八年后的事，则此书抑早已作成，而后又修改耶？可是作者晚年的手笔，故意早写几年呢？我们也无推测详究之必要。只要注意，作者是身经国内多故，遍地烽烟，外患频来，几将不国的环境。只要打开我们国《国耻小史》看一看，那时实是我们受痛最巨的时候。现在披阅起来，还是余痛在胸。况且作者是目睹眼见，又兼国内也是干戈遍地，人不聊生，那能不“君山之涕，阮借之悲”，一齐泪下呢！

至于痴珠是不是影的李次青，荷生究竟是不是影的左宗棠，狗头是不是影的四眼狗？我以为这没有什么考究的必要。就是作者当时有意影射几个人或几件事，我们也不必胶柱鼓瑟的来求。因为小说重在书中的思想，表现作者的性格和希望；我们必要勉强指出，何如去读历史。况且作者当时也未必不是就眼前风光，随意指点一二，我们又何必去刻舟求剑呢！

作者的际遇是如此，当时社会的情形是如彼，自己抱着热烈的思想和希望，并且是满腹经纶，很想作一番事业，所以才浪游四方，希望遇个识者把他请出来。为苍生造福，挽这既倒之狂澜。“会当努力中原事，勿使青春白日空消磨！”如明经略之于韩荷生。但是究竟落得“五石之瓠，大而无当”捷径羞趋，知音难得：他那能不陷入深深苦恼之境呢！苦恼到极点，当然感觉到“风尘澒洞，天地坵墟！”引入虚无的境里，起了万事总成空的观念。痴珠说：“为着家有老母，不然就去出家。”（三十三回）及三十四回痴珠与秋痕谈话，如厌热闹、喜枯寂等语，这很可表出作者陷入空虚的思想一证。遁世吧，既不能，又不肯随俗寄世。归去吧，有内顾之忧。你看：“若有东山田二顷，此生原不问浮沉。”这是何等伤心之语啊！只落得一身偃蹇，四海无家。“莽莽并州城，可是阎罗殿。”这岂不是精神变态的表现出吗！悲哀到极点，遂起了“生无可念甘为鬼，死倘能燃愿作灰”，“要除烦恼，除死方休”的思想——几乎到了自杀的程度，可怜不可怜呢！

人生到极端困难的时候，即起了一种幻想来自己安慰自己，把这一腔孤愤、万斛闲愁都寄到幻想的园中，就是作者编这书的起因，也就是艺术家成功的时候。这所谓“过屠门而大嚼，聊以快意！”所以我以为荷生就是作者理想中的自己，痴珠就是他自叙；虽然写的是两个人，只是他自己一反一正。读者诸君，却不要疑我这话武断啊，你看作者《前序》有云：“寝假化痴珠为荷生，而有经略之赠金，中朝之保荐，气势赫奕，则秋痕未尝不可合；寝假化荷生为痴珠，而无柳巷之金屋，雁门之驰骋，则采秋未尝不可离。”此其一。犹可说我牵强附会。再看二十五回，所谓“影中影快谈《红楼梦》”一段文中，书中明说一反一正，是这没文字的书缝，可为证二。再来看三十六回，写采秋做梦一段，眼前的荷生忽然变作痴珠，自己对镜，会照出秋痕来，——这也不啻明言了。还怕人不明晓，在四十九回，采秋口中说出：“我要认是秋痕，便是秋痕；荷生要认是痴珠，便是痴珠。”这也算是明讲了。

作者以坦率的心胸，目痛社会上不可思议之怪现象，感觉到深深的悲哀，所以他对于虚伪人间的丑态，尽力攻击，尽量披露，处处表现他真情之流露。开篇第一句即说："情之所钟，端在我辈。"观此可以见其开宗明义之所在矣。以下他又说："自习俗浇薄，用情不能专一，君臣父子夫妇兄弟朋友之间，且相率而为伪，何况其他。"又说："今人一生，将真面目藏过，拿一付假面具套上，外则当场酬酢，内则迩室周旋。即使恩若父子，分若君臣，亲若兄弟，爱若夫妇，谊若朋友，亦只是此一付面具，再无第二付更换。人心如此，世道如此，可惧可忧！读书人做秀才时，三分中却有一分真面目；自发甲科，入仕版，蛇神牛鬼，麇至沓来；……须知喜怒威福十万付面目，只是一付铜面具也。"观此可见作者思想之激烈，对于虚伪的人生而下总攻击令。所以他对于苟才之龌龊（九回），原士规之丑态（十二回），钱同秀之争风（十二回），立不惜以笔墨来详细披露其丑态。曰狗才，曰原是龟，曰下流（戛旒），可见其不满意到极点。真伪二字，实为此书之主眼。

作者既感觉到人间的虚伪丑恶，并且受尽俗人白眼，所以他对于世态炎凉，亦极力描写。如写痴珠在蒲关，招友不至（八回）；写痴珠并州寄痾之萧条；写痴珠二十年身世浮沉，死后仅一方外交及采秋、瑶华坟前一哭（四十四回）：均是此等思想之表现。至于三十回写痴珠赠掌珠银，系作者自己之意志表现。写荷生得志，处处之繁况，系用反笔。写谡如之解衣推食，荷生之肝胆相交，系表现作者理想中之愿望。

作者对于虚伪虽然尽量披露，但是对于真诚尤极力描写。痴珠、荷生二人，固然是作者人格之表现，此外即如写红卿之缱绻，秋痕之痴情，谡如之肝胆，李夫人之高义，心印之挚交，瑶华之侠气，秃头之真诚，聂云之爽直，管士宽之豪义，采秋之多情，春纤之念旧，均一一活现纸上。乃作者大声疾呼，而示以人生之正鹄。然真情流露，不见冠盖缙绅之间，而反须求诸红粉方外市井之内，作者实多感触啊！

人生到了处处受窘，觉到"世途如棘，吾道艰难"，无可奈何的时候，遂归到宿命所定。然而终不甘心，终想人定胜天，去另打开一条坦途。书中这种思想的表现，多处可以找到。如蕴空之解签（五回），如三十回末论气数一段，如三十六回开首一段均是。然而人定不可胜天，作者依然沦落！所以在书中把个韩荷生虽然叙个心满意足，但是幻想之花，终系可望而不可及。如胡大川先生幻想诗所谓"一念忽回腔子里，依然瘦骨倚匡床！"是也。作者终感觉到理想与事实不一致的苦痛，所以又想出一个香海洋青心岛来安慰自己。此生虽然沦落，也是命中所定；并且来世登仙。诸君啊！他自认他是谪仙，这并不是他拿以傲人，这实是他陷入矛盾观念，精神变态的表现，可怜的很啊！

现在要来考察考察作者对于当时政治上之思想。“芳于一曲中兴略，愿上琴堂与改弦。”这是作者何等自负。第二十回《杂咏》诗十六首，书中明言有托而作，是借美人以纪时事。但是，因为我对于当时的政情不能详细知道，很难一一指出哪一首诗是指哪一件事。然而是讥刺当时时政，这是我们不须疑惑的。第三十一回痴珠拟作之时事乐府，如《黄雾漫》，如《官兵来》，如《胥吏尊》，如《钞币弊》，如《铜钱荒》，如《羊头烂》，如《鸦片叹》，如《卖女哀》，这都是作者对于当时悲惨不合理的社会现象而起之激烈反抗的思想。

以下来考察考察他对于当时弊政的指斥。他最精彩的思想，就在攻击执政者不能开诚布公，而以名牢笼天下，利奔走天下，徐示以抑扬，阴用其予夺，使天下之人，知吾意之所向，而止不取。不能各以所长来取舍，而但勖以侥幸之路，于是势力中于人心，士大夫不知廉耻为何事，以迎合为才能，以恬嬉为安静，以贪暴济其倾邪之欲，以贿赂固其攘夺之谋。坐此官横，而民无诉，民怨而上不获闻，俾阴鸷险狠之徒，得以煽惑愚氓，揭竿而起。而磊落之士，倔强不少，不随俗相俯仰，苦于奋斗之无门，遂困于横郁。人心安得不日糜，安得不思乱。他这种见解，实在把有清一代乱源，彻底托出。在二十三回漱玉与痴珠信中，及九回小金台怀古，都是这种思想的表现。是痛哭流涕的陈词。他又对于当时的文人终日呷喔章句，不求实学；当时的显官，只是粉饰太平，作官样文章，也施以猛烈之攻击。如五十回开首一段文中：“此数十年中，士人终日呷喔章句，就是功名显达之人，也是研精欧、赵书法，以博声誉；济之以脂韦之习，苞苴之谋。韬略经济，偶有谈及，群相譁笑，以为不经。吏治营规，一切废除，徒剥民膏，侈以自奉。坐此国势如飘风，人心如骇浪，事且岌岌可危。当事人尚复唯唯诺诺，粉饰升平，袖手作壁上观……是以大局愈乱。”第四十六回小岑奏折一段：“封疆坏于各道节度。各道节度，非有唐末之横也，而平居泄沓，临事张皇，有丧师者，有辱国者，有闻风先遁者，有激变内溃者，有奉熊文灿为祖师而以抚误事者，有蹈杨嗣昌之覆辄而以邻为壑者，有拥兵自重而游奕以避贼锋，糜饱自娱，而高居以养贼势者。”这一段文，把前清督抚，平日养尊处优，遇事苍皇不知所以的神气，活现纸上。“消磨一代人才尽，官样文章殿体书”，寥寥十四字，实是前清一代病源啊！

复次，再来叙述作者对于救时的见解和计划。他认时弊：第一，是由于气节不存；第二，有才不得其用；其三，在位狃于恬嬉。所以他针对时弊，主张先激浊扬清，如医治疾，扶正气始可御外邪（四十六回）。平大局则以内治为先，内治则以扫除中外积弊为先。用人不拘牵资格，修饰边幅，使才为世用(二十回)。这是何等彻底的见解呢！并且还有进一步的办法：一曰汰大员而增设州县，一曰汰士子而慎重儒师，一曰裁营伍而力行屯政，一曰裁胥吏而参用士人，一曰罢边防而仍设土司，一曰罢厘金而大开海禁，一曰废金银而更造官钱，一曰废科举而责成荐主（四十六回）：这种种建设改革的思想，现在我们也无须来批评其当否；然而这种热烈改进的精神，不能不使我们崇拜吧！

此外，作者对于用兵也有许多的主张，现在时过境迁，我们无有来考察的必要。然而，如主张用兵应于各道额兵练出，不应向市井中募来，既糜国帑，又滋弊端（五十回），又主张务农讲武（四十七回）。这两种见解，不能不说作者思想彻底啊！

至于作者的思想大概也算说完了，不过还有两项也要在此讨论一下。第一，就是比如有许多的人对于此书的误解。在新思潮未流入的时候，有些人说“这书是提倡冶游，青年人不可看。”近来又有些人说“这书有玩弄女性的嫌疑，是不道德。”这两层我以为都是误解。作者的思想非常的解放，如不准请安，彼此相称以字（十四回），反对缠足，反对穿耳（二十一回）。再来看第六回写秋痕的话：“我们本是凭人搬弄的，爱之加膝，不爱便要坠渊。”作者这种不平的声浪，腾跃纸上，方悲“卖女哀”之不暇，要说有玩弄女性的嫌疑，实在是冤枉的很。至于社会上既有娼妓这种事实，作者描写涉及，即加他个提倡娼妓的罪名，未免不近人情。本来花面逢迎，世情如鬼，人心叵测，覆雨翻云。以一介弱女，身惭璧玷，心比金坚，一夕之盟，死生以之：这种节气，实不能不令人钦佩。比较那口是心非的伪君子，实不可同日而语啊！即或是作者的事实，不但没有损于人格，并且这种同病相怜，不为势趋，不为利诱，真洁的真情，实在是可崇拜的。我们固然不应当玩弄生，然而也不应当侮辱死啊！

第二项就是《雷颠随笔》的作者说：“此书后半述妖乱事近于蛇足，不免白璧微瑕。”我的意见与他不同，所以也在此讨论一下，我以为这不足为全书之疵累。作者为抒情来描写些空幻浪漫的思想，小说里加入些演义，为增加读者的兴味，本是常有的事。我们不能拿叙述历史的文学，来绳小说的作法。又何斤斤于写实派的文学，非写实纯客观的描写，一概不能混入呢。并且据我个人的推测，或者作者当时目睹太平之役，有不满意各将帅之处，故写金陵成功于妇人女子之手，而含有讽刺的意思。

至此，此篇就算结束了。篇中所举的思想和例子，都是随手拈来，未免有些杂乱无统系，这实在使我对于读者诸君百分的抱歉！但是因为限于篇幅，不能详细的分述，也是一个很大的原因。然而如有人说："小说为的是随便消遣，用不着来考察什么思想。"说我是节外生枝。或者说："此书作者当初就是随便写来，消遣笔墨，本没有什么思想"，说我是带上蓝眼镜儿，"看天地变色，一切都变成蓝色了！"如有以此等话来责难，我也是不分辩的。但是请说者不要忘了：艺术是人生的表现，是时代的反映啊！艺术表现在外的美，固然谁都感觉到的；然而也不要忽略了潜在内的什么。那潜在内的真精神，才是艺术的真生命！能成为成功的艺术与否，也就决定在有这潜在内的真精神没有。"岂为蛾眉修艳史，权将兔颖写牢骚。"子安固早已明言了。

还有几句话附在此，我再饶一番舌。相传子安著述宏富，惟已散佚殆尽，流行者仅此《花月痕》一书。在当时子安，未尝不想自己既已沦落如此，无可奈何，区区著作，未尝不可影响后人，有人采用，也不枉一番心血。如剑秋、小岑之受痴珠感动，而作一番事业。书中此等思想表现处颇多。如写"柳青、包起、胭脂、如心，这两对少年夫妇，感着痴珠诗意去投军。"如五十回荷生话一段："痴珠不绾半授，却相时度势，建策于颠沛流离，硕画老谋，寄意于文章诗酒：这才算个人呢。……异日有心人，总能发潜德之幽光。"等语。在第九回描写秋痕想象一段文："痴珠沦落天涯，怪可怜的！他弱冠登科，文章经济，卓绝一时。《平倭十策》，虽不见用，也是轰轰烈烈，名闻海内。……瞧他那《观剧》的诗，一腔子不合时宜，受尽俗人白眼……大器晚成，他后来或有出路。……而且他就没有出路，那著作堆满案头，后来便可千古。……"这很可表现子安一番热烈的愿望。但是"元方覆瓿，论语烧薪"，子安这一番心血，许多的杂著，我们又何从去见呢？枉辜负了子安一番的心血，这不能不使我们为之长太息啊！

原载《小说世界》第12卷第13期，1925年12月

《花月痕》的作者魏秀仁传

容肇祖

引　言

《花月痕》，旧传为江南名士作，谓“著者为江南名士，游幕秦中。主人某太守，拥宦囊极丰，又耽于声色，慕名士诗才，延之幕中，命侍姬及女公子辈，从之学诗。然每日只授课一二小时，且亦有数日不至书室者。故名士从容吟啸，颇有余闲，星晚露初，客怀寂寞，则往往撰小说以自遣，命名曰《花月痕》。书成及半，太守偶至书房，无意中翻检得之，读而狂喜，促名士速竣其事，谓成书一卷，立赠五十金，并盛筵一席；盖知名士性格落拓，不如是，恐半途而废，永无杀青时也。名士勉从所请，不半年而书成。有人携之南中，不及镂板，即以铅字印行。”（《雷颠笔记》，引见蒋瑞藻《小说考证》卷八）这说不可信者，可证明的有两点：一作者魏秀仁为福建侯官人，却非江南名士，《花月痕》中的主角韦痴珠亦说系东越人（见第二回）；一作者所依为陕西巡抚王庆云，却不是太守。雷颠要证明江南名士为何人，引谢枚如《题魏子安所著书后》五绝三首，一为《石经考》，一为《陔南山馆诗话》，一即《花月痕》小说，谓“谢枚如名章铤，福建长乐人，光绪丁丑进士，官内阁中书，著有《赌棋山庄诗集》若干卷，魏君既与同时，或亦系同、光朝人云。”（《雷颠笔记》，见同上）不知魏子安是福建人，非江南名士；虽长谢章铤一岁，而却卒于同时之末，未到光绪时。《花月痕》作者自《序》作于咸丰戊午暮春，书成即成于这年。《小奢摩馆脞录》说道：“《花月痕）一书，相传为湘人某作，非也。盖实出于闽县魏子安晚年手笔。子安早岁负文名，长而游四方，所交多一时名士。喜为狭邪游，所作诗词骈俪，尤富丽瑰缛。中年以后，乃折节学道，治程朱学最邃，言行不苟，乡里以长者称。一时言程朱者宗之。晚岁则事事为身后志墓计，学行益高，唯时念及早岁所为诗词，不忍割弃，乃托名眠鹤主人，成《花月痕》说部十六卷，以前所作诗词，尽行填入，流传世间，即今所传本也。

子安与谢枚如章铤同时，故卷首有枚如题词。友人林浚南为枚如所最称赏，亲侍謦欬，曾为余言及此。”引见《小说考证》（卷八）这说亦有不尽然的。证以谢章铤《赌棋山庄文集》卷五《魏子安墓志铭》，便知这里所说的话，根本可疑的有两点：一则云“治程朱学最邃……一时言程朱者宗之。”何以《墓志铭》里绝不提及？一则云“晚岁为身后志墓计……念及早岁所为诗词，不忍割弃……成《花月痕》说部十六卷。”以《墓志铭》所记，考定魏秀仁之年岁，以《花月痕》的自《序》所纪的岁月证知这书著作的年月，那时魏秀仁不过四十岁，他共活着五十六岁，不能说为晚年。此外《花月痕》前有《栖梧花史小传》，记歌妓刘栩凤事。《花月痕》里所写的刘梧仙，字秋痕，即是这人。书末的一段戏曲，总括大意，也是为这人写的。全书便是从《栖梧花史小传》演出。虽然内里的诗词堆塞太多，有炫卖文采之讥，然而根本并不是为着保存早岁诗词而作，是很显然的。《雷颠随笔》又说：“书中韦痴珠或言影李次青，然事迹殊不合。韩荷生或即左宗棠，虽有相似处，亦未能毕肖。要之小说结构，大都真伪杂糅，虚实互用，兴之所之，自尔成文，固不必胶柱鼓瑟以求也。”影李次青与左宗棠之事，由确知作者魏秀仁的生平，可以证明绝没有这回事。鲁迅《中国小说史略》说道：“卷首有太原歌妓刘栩凤传，谓‘倾心于逋客，欲委身焉’，以索值昂中止，将抑郁憔悴死矣；则秋痕盖即此人影子，而逋客实魏。韦、魏，又逋客之影子也。设穷达两途，各拟想其所能至，穷或类韦，达当如韩，故虽寓一己，亦遂离而二之矣。”我以为这话虽然说得很像，但是作者所处的时代，正在洪、杨割据的时期。作者所依倚者为王庆云，为人醇勤，由顺天府尹而授陕西巡抚，历山西巡抚，四川总督，僚幕相随多年，曾未得一官半职。而曾国藩及他人等的僚幕，飞扬腾达者正多，其得意正如所说的韩荷生。谢章铤《魏子安墓志铭》所谓“其抑郁之气无所发抒，因遁为稗官小说，托于儿女子之私。”是也。然则，韦以自喻，韩喻别人，鲁迅所说设穷达两途以寓一己，未必然也，鲁迅《中国小说史略》又说道：“子安名未详，福建闽县人。”然而子安名秀仁，籍侯官而非闽县。至今相去不过百年，而姓名、籍贯已难详如此，故详考魏秀仁的生平而为之传。

民国二十二年二月肇祖记

魏秀仁，字子安，一字子敦，福建侯官人。

以上据谢章铤《魏子安墓志铭》（《赌棋山庄文集》卷五，以下简称《墓志铭》）

嘉庆二十四年己卯（1819），秀仁生。

肇祖按：《墓志铭》说："年二十八，始补弟子员，即连举丙午乡试。"丙午为道光二十六年（1846），以是年年二十八推之，即生于嘉庆二十四年。

父本唐，号又瓶，以这年中乡试己卯科第一名解元。而秀仁实为其长子。

《墓志铭》说："父本唐，历官教职，有重名，世所称为魏解元者。君其长子。"

同治修本《福建通志》卷百六十四《选举》，嘉庆二十四年己卯魏本唐榜，福州府魏本唐下注云："第一名。直隶知县，改任台湾训导，永安、上杭教谕。"

谢章铤《赌棋山庄文集》卷二有《魏又瓶先生爱卓斋集序》，说道："先生举乡试第一，谒选得县令，不就，归为学官，持师道自重，尤勤于读书，九经三史，点注屡偏。发之于文，博而不见其杂也，容而不见其靡也。气劲而言有物有则，于刘、董为近。彼貌袭者乌足以知之。"

道光元年辛巳（1831）秀仁年三岁。

道光十六年丙申（1836），秀仁年十八岁。父官于外，任永安县训导，上杭县教谕。秀仁尽传家学，而独不利于童试。

《福建通志》卷百十二《职官》永安县训导"魏本唐"下注云："道光十六年任。"

《福建通志》卷百十五《职官》上杭县教谕"魏本唐"下注云："道光十六年任。"

《墓志铭》说："尽传其家学，而独权奇有气，少不利童试。"

道光二十年庚子（1840），秀仁年二十二。父改任台湾县训导。

《福建通志》卷百十七台湾县训导"魏本唐"下注云："道光二十年

任。”

又，卷百十二永安县训导“魏本唐”下有“刘岱封”，注云：“二十一年任。”卷百十五上杭县教谕“魏本唐”上有“何绳武”，注下：“二十一年任。”可证魏本唐兼任永安县训导、上杭县教谕两职，至道光二十年，五年任满，故两职皆易人继任。而魏本唐则迁任台湾县训导也。

道光二十五年乙巳（1845），秀仁年二十七。父任台湾县训导五年，至这年任满。谢章铤《墓志铭》所谓“当是时，教谕君官于外，失人持家务，诸妇佐饔飧，兄弟抱书，互相师友，家门方隆盛。”即指这时。

《福建通志》卷百十七台湾县训导“魏本唐”下有“陈景蕃”，注云：“二十五年任。”则魏本唐以这年任满可知。

道光二十六年丙午（1846），秀仁年二十八，始进县学，即连中丙午科乡试举人。

《墓志铭》说道：“年二十八，始补弟子员，即连举丙午乡试。……家门方隆盛，君复才名四溢，倾其侪辈，当路能言之士，多折节下交，而君独居深念，勿高视远瞩，若有不得于其意者。”

道光二十七年丁未（1847），秀仁年二十九。是年举行丁未科会试。

道光三十年庚戌（1850），秀仁年三十二。这年正月，清宣宗崩。举行庚戌科会试。洪秀全举兵起义，亦在这年。王庆云以曾国藩保荐，由通政副使擢詹事，署顺天府尹。

咸丰元年辛亥（1851），秀仁年三十三。洪秀全称太平天国天王在这年。王庆云授户部侍郎，仍署府尹。

咸丰二年壬子（1852），秀仁年三十四。是年举行壬子恩科会试。

咸丰三年癸丑（1853），秀仁年三十五。足年举行癸丑科会试。洪秀全据金陵。十一月，王庆云为陕西巡抚。

肇祖按：《墓志铭》说；“既累应春官不第，乃游晋，游秦，游蜀。故乡先达与一时能为祸福之人，莫不爱尹重尹，而卒不能为君大力。”疑道光丁未、庚戌、咸丰壬子、癸丑各科，秀仁皆参与会试，不第。

《文坛百话》说道：“闽县王文勤庆云抚晋，子安客幕中，《花月痕》即其时所作。”（见范烟桥《中国小说史》引）肇祖按：《福建通志》卷百六十四，载王庆云为嘉庆二十四年魏本唐榜举人。魏秀仁会试入都，想当以同乡及父亲同年的关系往见王庆云。王庆云为顺天府尹时，疑秀仁或在其幕府中。此后庆云为陕西巡抚，为山西巡抚，为四川总督，疑秀仁皆客其幕中。谢章铤《墓志铭》所谓“乃游晋，游秦，游蜀”，疑游秦在游晋之先，语略倒转。谢章铤《赌棋山庄诗集》卷十二《哭子安》诗第二首自注云：“子安客川、陕十数年”，实在是先陕后川，语亦先后倒转。所云川、陕十数年，纵使不是在王庆云作顺天府尹时为幕客，想亦是这年随王客陕西。由这年到咸丰十一年回闽，不过九年，所云十数年，疑举大数言之。或者自道光二十七年或三十年会试不第后，旅京未返闽，作客十数年，谢章铤举其旅居最久之川、陕为目，而略去燕、晋两地。实则并燕、陕、晋、川四处作客，才可计得十数年也。

咸丰四年甲寅（1854），秀仁年三十六岁。十一月，王庆云迁任山西巡抚，秀仁客其幕中。

《文坛百话》说：“闽县王文勤庆云抚晋，子安客幕中。”语颇可信。故据以列入。

咸丰七年丁巳（1857），秀仁年三十九岁。六月，王庆云擢任四川总督，秀仁随幕入四川。

肇祖按：上述王庆云任职年月，皆据《清史稿》卷二百一十本传，及《疆臣年表》所载。秀仁既客王入晋幕，则入四川为随王作幕可知。《文坛百话》说《花月痕》为秀仁客晋幕时所作，语似有据。按：《花月痕》卷首有《栖梧花史小传》，所叙刘栩凤流转太原为歌妓，如果是事实，则是他在山西幕府时所闻；或者逋客是影写自己时，则又是在这时期的亲身经历。《花月痕》一书，疑由这年写起，入蜀后次年方完成。眠鹤山人自《序》题为“咸丰戊午暮春之望”，《栖梧花史小传》亦题“戊午暮春望前一日定香主人撰”，皆在秀仁离山西后的一年，可证他在山西幕时，或者真的是多情善感之时也。

咸丰八年戊午（1858），秀仁年四十。主讲成都之芙蓉书院。三月，《花月痕》小说成，自为之《序》，并为《栖梧花史小传》。

《墓志铭》说："君见时事多可危，手无尺寸，言不见异，而亢脏抑郁之气无所发舒，因循为稗官小说，托于儿女子之私，名其书曰《花月痕》。其言绝沉痛，阅者讶之，而君初不以自明，益与为惝恍诙谲，而人终莫之测。最后主讲成都之芙蓉书院，于是君年四十矣。"

咸丰九年己未（1859），秀仁年四十一。是年王庆云兼署成都将军。四月，王庆云迁两广总督，行次汉阳，以病乞罢，得免职。

咸丰十年庚申（1860），秀仁年四十二。英法联军破天津，入北京，清帝避难热河。疑秀仁这几年的境遇颇不好。

《墓志铭》说："剧贼起粤西，蹂躏湖南北，盘踞金陵，浙、闽皆警。闻问累月不通，君悬目万里，生死皆疑。既而弟殉难，既而父弃养，欲归无路，仰天椎胸，不自存济。而蜀寇蠢动，焚掠惨酷，资装俱尽。挟其残书稚妾，寄命一舟，侦东伺西，与贼上下。"

咸丰十一年辛酉（1861），秀仁年四十三。是年归至闽，始授徒自给。

谢章铤《墓志铭》说道："咸丰中，予归自永安，羸病几死。稍间，或言曰：'魏子安至自蜀矣。'予跃然，乃就君而谒焉。君时困甚，授徒不足以自给，而意气自若。一见如旧，踪迹日益亲。"又按：谢章铤《赌棋山庄文集》卷二《与炯甫书》说道："今年四十有三岁……旧年寄迹永安大岭，其他四山环抱，瓮居穴处，瘴气塞户牖，不及百日，一病几死。"谢章铤生于嘉庆二十五年，少秀仁一岁。谢四十三岁时为同治元年（1862），所云旧年，则咸丰十一年也。上云咸丰中，即指这年，可从谢章铤之病在永安证之。由此可证秀仁归至闽之年为咸丰十一年。

同治元年壬戌（1862），秀仁年四十四。

谢章铤《赌棋山庄文集》卷二有《与魏子安书》，列在《与炯甫书》之后。《与炯甫书》作于这年，疑《与魏子安书》亦作于这年。又《与魏子安书》论及秀仁之父的文集，《与炯甫书》前有《魏又瓶先生爱卓斋集序》，即序其父的文集也，疑都作于这年。《序》末有云："子安与余皆穷约不得志，果何术以张先生之业，因相与太息而不能已也。"则魏本唐的《爱卓斋集》在当时是没有能力去刻印的。

谢章铤《赌棋山庄诗集》卷七有《赠魏子安》（秀仁）诗，说道："一代才名魏子安，奇书百辈快传观。如何长向风尘下，不遣文章付写官？"

又，同卷《七夕寄子安》云："杼柚何因唱大东，萧疏星月暗寒空。天孙自抱支机石，不管人间雨又风。洗车何意见滂沱，孤负秋云薄似罗。借问九张机畔锦，折枝花样近如何？"这些诗，疑在这两年中作。

同治二年癸亥（1863），秀仁年四十五。谢章铤有《留别魏子安》诗。

《赌棋山庄诗集》卷八《留别魏子安》诗说道："张、刘俱尽后，破涕忽逢君。茅屋十年月，琴台一片云。（原注：子安前年自蜀归）得归同养拙，此去忍离群。寸管犹余热，登堂忆论文。所恨非年少，平生缺憾多。何方堪负米，近日少狂歌。试问他山石，谁回沧海波。冰心贮热血，喷勃待如何？"

同治八年己巳（1869），秀仁年五十一。就馆建宁之小湖。

《赌棋山庄诗集》卷十一有《寄子安》诗，《序》云："时君就馆建宁之小湖。君昔游秦，其故旧若陈梅庄刺史、王茇生司马，今古作古人矣。君书来，感慨及之。"诗云："关门紫气昔峥嵘，十载怜君叱驭行。累次干戈锁往迹，无多故旧识高名。何由倒屣迎王粲，且去当垆溷马卿。太息小湖烟水阔，迢迢离梦话平生。"按：这诗后第二首题为《己巳五十初度》，疑秀仁以这年就馆建宁之小湖。

同治十三年甲戌（1874），秀仁五十六岁。挈家之延平，卒于延平。

《墓志铭》说道："今年春，予之漳州，君挈家之延平。予与君约，予幸得早归，当买舟西上，作十日欢。乃君解装不及旬而竟长往矣。悲夫！

又说道："君既归，益寂寞无所向，米盐琐碎，百忧劳心，叩门请乞，苟求一饱。又以其间修治所著书，晨抄暝写，汲汲顾影若不及。一年数病，头童齿溪，而忽遭母夫人之变，形神益复支离，卒年五十六。"

《赌棋山庄诗集》卷十二《哭子安》诗说道："盖棺长已矣，八口命孤悬。莫恃文章贵，长祈子弟贤。劳生原不乐，相见更何年。同此皋比客，龙蛇梦独先。忧乐兼家国，千夫气不如。乱离垂死地，功罪敢言书。将母情初尽，还山愿竟虚。幽光终待发，试看百年余。（原注：子安客川、陕十数年，身经丧乱。其《咄咄录》、《诗话》等书，皆草创于是时。君殁时尚在母丧。）"

秀仁"性疏直，不龌龊，既数与世龃龉，乃摧方为圆，见俗客亦谬为恭敬周旋，惟恐不当。顾其人方出户，君或讥诮随之。家无隔宿粮，得钱辄置酒欢会，穷交数辈，抵掌高论，君目光如电，声如洪钟，嬉笑谐谑，千人皆废，遇素所心折者，则出其书相质证。或能指瑕蹈隙，君敬听唯唯，退即篝灯点窜，不如意，则尽弃其旧。盖其知人善下，精进不吝，有如此者。"（《墓志铭》）

秀仁著书颇多，除《花月痕》小说外，谢章铤《魏子安墓志铭》记其所作，有三十三种，兹列于下：

《陔南石经考）四卷
《熹平石经遗文考》一卷
《正始石经遗文考》一卷
《开成石经校文》十二卷
《石经订顾录》二卷
《西蜀石经残本》一卷
《北宋石经残本》一卷
《南宋石经残本》一卷
《洛阳汉魏石经考》一卷
《西安开成石经考一卷
《益都石经考》一卷
《开封石经考》一卷
《临安石经考》一卷
《陔南山馆诗话》十卷

《咄咄录》四卷
《蹇蹇录》二卷
《彤史拾遗》四卷
《三朝说论》四卷
《故我论诗录》二卷
《论诗琐录》二卷
《丹铅杂识》四卷
《榕阴杂掇》二卷
《蚕桑琐录》一卷
《湖壖闲话》一卷
《惩恶录》一卷
《幕录》一卷
《巴山晓音录》一卷
《春明摭录》四卷
《铜仙残泪》一卷
《陔南山馆文录》四卷
《陔南山馆骈体文钞》一卷
《陔南山馆诗集》二卷
《碧花凝唾集》一卷

关于上述的著作，谢章铤说及的，兹更汇记于下：

《咄咄录》：《墓志铭》说："君愤廉耻之不立，刑赏之不平，吏治之坏，而兵食战守之无可恃也，乃出其闻见，指陈利弊，慎择而谨发之，为《咄咄录》。"

《陔南山馆诗话》：《墓志铭》说："复依准邸报，博考名人章奏，通人诗文集，为《诗话》，相辅而行。"又，《赌棋山庄诗集》卷八《题子安所著书后》云："诗史一笔兼，孤愤固无两。扁舟养羁魂，乱离忆畴曩。匪惟大事记，变风此其响。"

《石经考》：《题子安所著书后》云："夥哉《石经考》，煌煌美而备。排比举千年，刮摩极一字。亭林虽大儒，夺席不敢异。"

《花月痕》小说：《题子安所著书后》云："有泪无地洒，都付管城子。醇酒与妇人，末路乃如此。独抱一片心，不生亦不死。"又题词云："二十年来想见之，每闻沦落感须眉。佣书屡短才人气，稗史空传幼妇词。天下伤心能几辈，此生噩梦已如斯。闲阶积叶虫声急，昂首秋风独立时。”（按：这诗《赌棋山庄诗集》中未录，只见于通行本《花月痕》前。《花月痕》前又有梁鸣谦及符兆纶题词。梁与秀仁为同科举人，闽县人。符亦与谢章铤以诗相赠答者。并记于此。）

《陔南山馆诗文集》：《赌棋山庄诗集》卷十二《为子安商定诗文集即题其后》云：“天地居然辟小湖，市门溷迹养吾真。风云即遂三升意，富贵由来一字无。始晓彼苍培硕果，肯因浊俗泣穷途。参苓珍重相如病，长遣灵光上画图。热肠冷手苦须眉，况复牢骚满肚皮。谁使马迁成谤史，非关宋玉有微词。鸡虫得失何须料，蛩蟨相怜各自知。太息卅年供笑骂，古愁拉杂一肩持。”

原载《国立中央研究院历史语言研究所集刊》
第4本第2分册，1933年上海出版

《海上花列传》序

胡 适

一 《海上花列传》的作者

《海上花列传》的作者自称“花也怜侬”，他的历史我们起先都不知道。蒋瑞藻先生的《小说考证》卷八引《潭瀛室笔记》说：

> 《海上花》作者为松江韩君子云。韩为人风流蕴藉，善弈棋，兼有阿芙蓉癖；旅居沪上甚久，曾充报馆编辑之职。所得笔墨之资，悉挥霍于花丛。阅历既深，此中狐媚伎俩洞烛无遗，笔意又足以达之。……

《小说考证》出版于民国九年；从此以后，我们又无从打听韩子云的历史了。民国十一年，上海清华书局重排的《海上花》出版，有许厪父先生的《序》，中有云：

> 《海上花列传》……或曰松江韩太痴所著也。韩初业幕，以伉直不合时宜，中年后乃匿身海上，以诗酒自娱。既而病穷……于是乎有《海上花列传》之作。

这段话太浮泛了，使人不能相信。所以我去年想做《海上花·序》时，便打定主意另寻可靠的材料。

我先问陈陶遗先生，托他向松江同乡中访问韩子云的历史。陶遗先生不久就做了江苏省长；在他往南京就职之前，他来回复我，说韩子云的事实一时访不着，但他知道孙玉声先生（海上漱石生）和韩君认识，也许他能供给我一点材料。我正想去访问孙先生，恰巧他的《退醒庐笔记》出版了。我第一天见了广告，便去买来看；果然在《笔记》下卷（页十二）寻得《海上花列传》一条：

云间韩子云明经，别篆太仙，博雅能文，自成一家言，不屑傍人门户。尝主《申报》笔政，自署曰大一山人，太仙二字之拆字格也。辛卯（1891）秋应试北闱，余识之于大蒋家胡同松江会馆，一见有若旧识。场后南旋，同乘招商局海定轮船，长途无俚，出其著而未竣之小说稿相示，颜曰《花国春秋》，回目已得二十有四，书则仅成其半。时余正撰《海上繁华梦》初集，已成二十一回，舟中乃易稿互读，喜此二书异途同归，相顾欣赏不置。惟韩谓《花国春秋》之名不甚惬意，拟改为《海上花》。而余则谓此书通体皆操吴语，恐阅者不甚了了；且吴语中有音无字之字甚多，下笔时殊费研考，不如改易通俗白话为佳。乃韩言："曹雪芹撰《石头记》皆操京语，我书安见不可以操吴语？"并指稿中有音无字之覅、朆诸字，谓"虽出自臆造，然当日仓颉造字，度亦以意为之。文人游戏三昧，更何妨自我作古，得以生面别开？"余知其不可谏，斯勿复语。逮至两书相继出版，韩书已易名曰《海上花列传》，而吴语则悉仍其旧，致客省人几难卒读，遂令绝好笔墨竟不获风行于时。而《繁华梦》则年必再版，所销已不知几十万册。于以慨韩君之欲以吴语著书，独树一帜，当日实为大误，盖吴语限于一隅，非若京语之到处流行，人人畅晓，故不可与《石头记》并论也。

我看了这一段，便写信给孙玉声先生，请问几个问题：

(1) 韩子云的"考名"是什么？

(2) 生卒的时代？

(3) 他的其他事迹？

孙先生回信说这几个问题他都不能回答；但他允许我托松江的朋友代为调查。

直到今年二月初，孙玉声先生亲自来看我，带来《小时报》一张，有"松江颠公"的一条《懒窝随笔》，题为"海上花列传之著作者"。据孙先生说，他也不知道这位"松江颠公"是谁；他托了松江金剑华先生去访问，结果便是这篇长文。孙先生又说：松江雷君曜先生（瑨）从前作报馆文字时署名"颠"字，大概这位"颠公"就是他。

颠公说：

……作者自署为"花也怜侬"，因当时风气未开，小说家身价不如今日之尊贵，故不愿使世人知真实姓名，特仿元次山"漫郎聱叟"之例，随意署一别号。自来小说家固无不如此也。

按，作者之真姓名为韩邦庆，字子云，别号太仙，又自署大一山人，即“太仙”二字之拆字格也。籍隶旧松江府属之娄县。本生父韩宗文，字六一，清咸丰戊午（1858）科顺天榜举人，素负文誉，官刑部主事。作者自幼随父宦游京师，资质极聪慧，读书别有神悟。及长，南旋，应童子试，入娄庠为诸生。越岁，食廪饩，时年甫二十余也。屡应秋试，不获售。尝一试北闱，仍铩羽而归。自此遂淡于功名。为人潇洒绝俗，家境虽寒素，然从不重视“阿堵物”；弹琴赋诗，怡如也。尤精于奕；与知友楸枰相对，气宇闲雅；偶下一子，必精警出人意表。至今松人之谈善弈者，犹必数作者为能品云。

作者常年旅居沪渎，与《申报》主笔钱忻伯、何桂笙诸人暨沪上诸名士互以诗唱酬，亦尝担任《申报》撰著；顾性落拓不耐拘束，除偶作论说外，若琐碎繁冗之编辑，掉头不屑也。与某校书最昵，常日匿居其妆阁中。兴之所至，拾残纸秃笔，一挥万言。盖是书即属稿于此时。初为半月刊，遇朔望发行。每次刊本书一回，余为短篇小说及灯谜、酒令、谐体诗文等（适按：此语不很确，说后详）。承印者为点石斋书局，绘图甚精，字亦工整明朗。按其体裁，殆即现今各小说杂志之先河。惜彼时小说风气未尽开，购阅者鲜，又以出版屡屡愆期，尤不为阅者所喜。销路平平，实由于此。或谓书中纯用苏白，吴侬软语，他省人未能尽解，以致不为普通阅者所欢迎，此犹非洞见症结之论也（适按：此指《退醒庐笔记》之说）。

书共六十四回，印全未久，作者即赴召玉楼，寿仅三十有九。殁后诗文杂著散失无存，闻者无不惜之。妻严氏，生一子，三岁即夭折；遂无嗣。一女，字童芬，嫁聂姓，今亦夫妇双亡。惟严氏现犹健在，年已七十有五，盖长作者五岁云。……

据颠公的记载，韩子云的夫人严氏去年（旧历乙丑）已七十五岁；我们可以推算她生于咸丰辛亥（1851）。韩子云比她少五岁，生于咸丰丙辰（1856）。他死时年仅三十九岁，当在光绪甲午（1894）。《海上花》初出在光绪壬辰（1892）；六十四回本出全时有《自序》一篇题“光绪甲午孟春”。作者即死在这一年，与颠公说的“印全未久，即赴召玉楼”的话正相符合。

过了几个月，《时报》（4月22日）又登出一条《懒窝随笔》，题为“太仙漫稿”，其中也有许多可以补充前文的材料。我们把此条的前半段也转载在这里：

小说《海上花列传》之著作者韩子云君，前已略述其梗概。某君与韩为文字交，兹又谈其轶事云：君小名三庆，及应童试，即以庆为名，嗣又改名奇。幼时从同邑蔡蔼云先生习制举业，为诗文聪慧绝伦。入泮时诗题为“春城无处不飞花”。所作试帖微妙清灵，艺林传诵。逾年应岁试，文题为“不可以作巫医”，通篇系游戏笔墨，见者惊其用笔之神妙，而深虑不中程式。学使者爱其才，案发，列一等，食饩于庠。君性落拓，年未弱冠，已染烟霞癖。家贫不能佣仆役，惟一婢名雅兰，朝夕给使令而已。时有父执谢某，官于豫省，知君家况清寒，特函招入幕。在豫数年主宾相得。某岁秋闱，辞居停，由豫入都，应顺天乡试。时携有短篇小说及杂作两册，署曰《太仙漫稿》。小说笔意略近《聊斋》，而诙诡奇诞，又类似庄、列之寓言。都中同人皆啧啧叹赏，誉为奇才。是年榜发，不得售，乃铩羽而归。君生性疏懒，凡有著述，随手散弃。今此二册，不知流落何所矣。稿末附有酒令、灯谜等杂作，无不俊妙，郡人士至今仍能道之。

二 替作者辩诬

关于韩子云的历史，我们只有这些可靠的材料。此外便是揣测之词了。这些揣测之词，本不足辩；但内中有一种传闻，不但很诬蔑作者的人格，并且伤损《海上花》的价值，我们不可以轻轻放过。这种传闻说：

书中赵朴斋以无赖得志拥资巨万。方堕落时，致鬻其妹于青楼中，作者尝救济之云。会其盛时，作者侨居窘苦，向借百金，不可得，故愤而作此以讥之也。然观其所刺褒瑕瑜，常有大于赵某者焉。然此书卒厄于赵，挥巨金，尽购而焚之。后人畏事，未敢翻刊……（清华排本《海上花》的许厘父《序》）

鲁迅先生的《中国小说史略》也引有一种传说。他说：

书中人物亦多实有，而悉隐其真姓名，惟不为赵朴斋讳。相传赵本作者挚友，时济以金，久而厌绝，韩遂撰此书以谤之。印卖至第二十八回，赵急

> 致重赂，始辍笔，而书已风行。已而赵死，乃续作贸利，且放笔至写其妹为倡云。（《中国小说史略》页三〇九）

我们试比较这两条，便可断定这种传闻是随意捏造的了。前一条说赵朴斋挥金尽买此书而焚之，是全书出版时赵尚未死；后一条说赵死之后，作者乃续作全书：这是一大矛盾。前条说作者曾救济赵氏；后条说赵氏时救济作者：这是二大矛盾。前条说赵朴斋之妹实曾为倡；后条说作者“放笔至写其妹为倡”，是她实不曾为倡而作者诬她为倡：这是三大矛盾。——这些矛盾之处，都可以教我们明白这种传说是出于揣测臆造。譬如汉人讲《诗经》，你造一说，他造一说，都自夸有师傅；但我们试把齐、鲁、韩、毛四家的说法排列在一块看，他们互相矛盾的可笑，便可以明白他们全是臆造的了。

我这样的断案也许不能叫人心服。且让我从积极方面提出证据来给韩子云辩诬。韩子云在光绪辛卯年（1891）北上应顺天试，与孙玉声先生同行南归。他那时不是一个穷极无赖靠敲竹杠度日的人，有孙先生可作证。那时他的《海上花》已经有二十四回的稿子了。次年壬辰（1892）二月，《海上花》的第一、第二回就出版了。我们明白这一层事实，便知道韩子云绝不至于为了借一百块钱不成而做一部二十五万字的书来报仇的。

况且《海上花》初出在壬辰二月，到壬辰十月出到第二十八回，方才停版，改出单行石印本。单行的全部六十四回本出版在光绪甲午（1894）年正月，距离停版之时，仅十四个月。写印一部二十五万字的大书要费多少时间？中间哪有因得了“重赂”而辍笔的时候？懂得了这一层事实，更可以明白“印卖至第二十八回，赵急致重赂，始辍笔……赵死乃续作贸利”的话全是无根据的诬蔑了。

其实这种诬蔑的话头，很容易看出破绽。许廑父的序里也说：

> 然观其所刺褒瑕瑜，常有大于赵某者焉。

鲁迅也说：

> 然二宝沦落，实作者预定之局。（页三零九）。

这都是从本书里寻出的证据。许君所说，尤为有理。《海上花》写赵朴斋不过写他冥顽麻木而已，并没有什么过分的贬词。最厉害的地方如写赵二宝决计做妓女的时候：

> 朴斋自取红笺，亲笔写了“赵二宝寓”四个大字，粘在门首。（第三十五回）。

又如：

> 赵二宝一落堂子，生意兴隆，接二连三的碰和吃酒，做得十分兴头。赵朴斋也趾高气扬，安心乐业。（同上回）。

这不过有意描写一个浑沌没有感觉的人，把开堂子只看作一件寻常吃饭事业，不觉得什么羞耻。天地间自有这一种糊涂人，作者不过据实描写罢了。造谣言的人，神经过敏，偏要妄想赵朴斋是“作者挚友”，“拥资巨万”，——这是造谣的人自己的幻想，与作者无关。作者写的是一个开堂子的老板的历史：这一点我们须要认清楚了，然后可以了解作者描写赵朴斋真是“平淡而近自然”，恰到好处。若上了造谣言的人的当，误认赵朴斋是作者的挚友或仇家，那就像张惠言、周济一班腐儒向晚唐、五代的艳词里去寻求“微言大义”一般，永远走入魔道，永远不能了解好文学了。

聪明的读者！请你们把谣言丢开，把成见撇开，跟我来重读这一部很有文学风趣的小说。

这部书决不是一部谤书，决不是一部敲竹杠的书。韩子云是熟悉上海娼妓情形的人；颠公说他“与某校书最昵，常日匿居其妆阁中”。他天天住在堂子里，所以能实地观察堂子里的情形，所以能描写得那样深刻真切。他知道赵二宝（不管她的真姓名是什么）一家的人物历史最清楚详细，所以这部书虽采用合传体，却不能不用“赵氏世家”做个大格局。这部书用赵朴斋做开场，用赵二宝做收场，不但带写了洪氏姊弟，连赵朴斋的老婆阿巧在第二回里也就出现了。我们试仔细看这一大篇“赵氏家传”，便可以看作者对于赵氏一家，只忠实地叙述他们的演变历史，忠实地描写他们的个性区别，并没有存心毁谤他们的意思，岂但不毁谤他们；作者处处都哀怜他们，宽恕他们，很忠实地描写他们一家都太老实了，太忠厚了，简直不配吃堂子饭。作者的意思好像是说：这碗堂子饭只有黄翠凤、黄二姐、周兰一班人还配吃，赵二宝的一家门都是不配做这行生意的。洪氏是一个浑沌的乡下老太婆，决不配做老鸨。赵朴斋太浑沌无能了，正如吴松桥说的：“俚要做生意！耐看陆里一样生意末俚会做嗄？”阿巧也是一个老实人，客人同她“噪”，她就要哭。作者在第二十三回里出力描写阿巧太忠厚了，太古板了，不配做大姐，更不配做堂子的老板娘娘。其中赵二宝比较最能干了；但她也太老实了，太忠实了，所以处处上当。她最初上了施瑞生的当，遂致流落为娼妓。后来她遇着史三公子，感觉了一种真切的恋爱，决计要嫁他。史三公子走时，她局账都不让他开销；自己还去借了几千块钱的债，置办四季嫁衣，闭门谢客，安心等候做正太太了。史三公子一去不回，赵朴斋赶到南京打听之后，始知他已负心另娶妻子了。赵二宝气得倒跌在地，不省人事；然而她睡在床上，还只回想“史三公子……如何契合情投……如何性儿浃洽，意儿温存。”（第六十二回）后来她为债务所逼迫，不得已重做生意，——只落得她的亲娘舅洪善卿鼓掌大笑！（六十二回末）二宝刚做生意，就受“赖头鼋”的蹂躏：她在她母亲的病床前，“朴斋隅坐执烛，二宝手持药碗，用小茶匙喂与洪氏”。楼上赖三公子一时性发，把“满房间粗细软硬，大小贵贱”，都打得精光。二宝受了这样大劫之后，

> 思来想去，上天无路，入地无门，暗暗哭泣了半日，觉得胸口隐痛，两腿作酸，踅向烟榻，倒身偃卧。

她入梦了。她梦见史三公子做了扬州知府，差人来接太太上任；她梦见她母亲：

> 洪氏头戴凤冠，身穿霞帔，笑嘻嘻叫声“二宝”，说道：“我说三公子个人陆里会差！故歇阿是来请倪哉！”

这个时候，二宝心头的千言万语，挤作了一句话。她只说道：

> 无姆，倪到仔三公子屋里，先起头事体，覅去说起。

这十九个字，字字是血，是泪，真有古人说的“温柔敦厚，怨而不怒”的风格！这部《海上花列传》也就此结束了。

聪明的读者，你们请看，这一大篇“赵氏家传”是不是敲竹杠的书？做出这样“温柔敦厚，怨而不怒”的绝妙文章的韩子云先生是不是做书敲竹杠报私

仇的人？

三 《海上奇书》

去年十月底，我同高梦旦先生、郑振铎先生去游南京。振铎天天去逛旧书摊，寻得了不少旧版的小说。有一天他跑回旅馆，高兴得很，说："我找到一部宝贝了！"我们看时，原来他买得了一部《海上奇书》。这部《海上奇书》是一种有定期的"绣像小说"，它的第一期的封面上印着：

> 光绪壬辰二月朔日，每本定价一角。《申报》馆代售。
>
> 第一期 《海上奇书》三种合编目录：
>
> 《太仙漫稿》《陶仙妖梦记》自一图至八图，此稿未完。
>
> 《海上花列传》 第一回 赵朴斋咸瓜街访舅 洪善卿聚秀堂做媒 第二回 小伙子装烟空一笑 清倌（人）吃酒枉相讥
>
> 《卧游集》 霁园主人《海市》 林嗣环《口技》

《海上奇书》共出了十四期，《海上花列传》出到第二十八回。先是每月初一、十五，各出一期；到第十期以后，改为每月初一日出一期，直到壬辰（1892）十月朔日以后才停刊。

这三种书之中，《卧游集》专收集前人纪远方风物的小品文字，我们可以不谈。《太仙漫稿》是作者用古文做的短篇小说，其中很多狂怪的见解，可以表现作者文学天才的一方面，所以我们把它们重抄付印，附在这部《海上花》的后面，作一个附录。《海上花列传》二十八回即是此书的最初版本，甚可宝贵。每回有两幅图，技术不很好，却也可以考见当时的服饰风尚。文字上也有可以校正现行各本的地方，汪原放君已细细校过了。最可注意的是作者自己的浓圈；凡一回中的精彩地方，作者自己都用浓圈标出。这些符号至少可以使我们明了作者自己最得意或最用气力的字句。我们因此可以领会作者的文学欣赏力。

但最可宝贵的是《海上奇书》保存的《海上花列传·例言》。每一期的封面后幅上，印有一条《例言》。这些《例言》，我们已抄出印在这书的前面了。其中很多可以注意的。如云：

> 全书笔法自谓从《儒林外史》脱化出来，惟穿插藏闪之法则为从来说部所未有。一波未平，一波又起；或竟接连起十余波，忽东忽西，忽南忽北，随手叙来，并无一事完全，却并无一丝挂漏；阅之觉其背面无文字处尚有许多文字，虽未明明叙出，而可以意会得之：此穿插之法也。劈空而来，使阅者茫然不解其如何缘故，急欲观后文，而后文又舍而叙他事矣；及他事叙毕，再叙明其缘故，而其缘故仍未尽明；直至全体尽露，乃知前文所叙并无半个闲字：此藏闪之法也。

这是作者自写他的技术。作者自己说全书笔法是从《儒林外史》脱化出来的。“脱化”两个字用得好，因为《海上花》的结构实在远胜于《儒林外史》，可以说是“脱化”，而不可说是模仿。《儒林外史》是一段一段地记载，没有一个鸟瞰的布局，所以前半说的是一班人，后半说的另是一班人，——并且我们可以说，《儒林外史》每一个大段落都可以截作一个短篇故事，自成一个片段，与前文后文没有必然的关系。所以《儒林外史》里并没有什么“穿插”与“藏闪”的笔法。《海上花》便不同了。作者大概先有一个全局在脑中，所以能从容布置，把几个小故事都折叠在一块，东穿一段，西插一段，或藏或露，指挥自如。所以我们可以说，在结构方面，《海上花》远胜于《儒林外史》。《儒林外史》只是一串短篇故事，没有什么组织；《海上花》也只是一串短篇故事，却有一个综合的组织。

然而许多不相干的故事。——甲客与乙妓，丙客与丁妓，戊客与己妓……的故事——究竟不能有真正的自然的组织。怎么办呢？只有用作者所谓“穿插，藏闪”之法了。这部书叫做《海上花列传》，命名之中就表示这书是一种“合传”。这个体裁起于《史记》；但在《史记》里，这个合传体已有了优劣之分。如《滑稽列传》每段之末用“其后若干年，某国有某人”一句作结合的关键，这是很不自然的牵合。如《魏其武安侯列传》，全靠事实本身的连络，时分时合，便自然成一篇合传。这种地方应该给后人一种教训：凡一个故事里的人物可以合传；几个不同的故事里的人物不可以合传。窦婴、田蚡、灌夫可以合传，但淳于髡、优孟、优旃只可以“汇编”在一块，而不可以合传。《儒林外史》只是一种“儒林故事的汇编”，而不能算作有自然连络的合传。《水浒传》稍好一点，因为其中的主要人物彼此都有点关系；然而有几个人——例如卢俊义——已是很勉强的了。《海上花》的人物各有各的故事，本身并没有什么关系，本不能合传，故作者不能不煞费苦心，把许多故事打通，折叠在一块，让这几个故事同时进行，同时发展。主脑的故事是赵朴斋兄妹的历史，从赵朴斋跌交起，至赵二宝做梦止。其中插入罗子富与黄翠凤的故事，王莲生与张蕙贞、沈小红的故事，陶玉甫与李漱芳、李浣芳的故事，朱淑人与周双玉的故事，此外还有无数小故事。作者不愿学《儒林外史》那样先叙完一事，然后再叙第二事，所以他改用"穿插、藏闪"之法，"一波未平，一波又起"，阅者"急欲观后文，而后文又舍而叙他事矣"。其中牵线的人物，前半是洪善卿，后半是齐韵叟。这是一种文学技术上的试验，要试试几个不相干的故事里的人物是否可以合传。所谓"穿插、藏闪"的笔法，不过是实行这种试验的一种方法。至于这个方法是否成功，这却要读者自己去评判。看惯了西洋那种格局单一的小说的人，也许要嫌这种"折叠式"的格局有点牵强，有点不自然。反过来说，看惯了《官场现形记》和《九尾龟》那一类毫无格局的小说的人，也许能赏识《海上花》是一部很有组织的书。至少我们对于作者这样自觉地作文学技术上的试验，是应该十分表敬意的。

例言另一条说：

> 合传之体有三难。一曰无雷同：一书百十人，其性情、言语面目、行为，此与彼稍有相仿，即是雷同。一曰无矛盾：一人而前后数见，前与后稍有不符，即是矛盾。一曰无挂漏：写一人而无结局，挂漏也；叙一事而无收场，亦挂漏也。知是三者，而后可与言说部。

这三难之中，第三项并不重要，可以不论。第一、第二两项即是我们现在所谓"个性的描写"。彼与此无雷同，是个性的区别；前与后无矛盾，是个人人格的一致。《海上花》的特别长处不在它的"穿插、藏闪"的笔法，而在于它的"无雷同、无矛盾"的描写个性。作者自己也很注意这一点，所以第十一期上有《例言》一条说：

> 第廿二回如黄翠凤、张蕙贞、吴雪香诸人皆是第二次描写，所载事实、言语自应前后关照；至于性情、脾气、态度、行为有一丝不合之处否？阅者反复查勘之，幸甚。

这样自觉地注意自己的技术，真可令人佩服。前人写妓女，很少能描写她们的个性区别的。19世纪的中叶（1848），邦上蒙人的《风月蒙》出世，始有稍稍描写妓女个性的书。到《海上花》出世，一个第一流的作者用他的全力来描写上海妓家的生活，自觉地描写各人的“性情、脾气、态度、行为”，这种技术方才有充分的发展。《海上花》写黄翠凤之辣、张蕙贞之庸凡、吴雪香之憨、周双玉之骄、陆秀宝之浪、李漱芳之痴情、卫霞仙之口才、赵二宝之忠厚……都有个性的区别，可算是一大成功。这些地方，读者大概都能领会，不用我们详细举例了。

四 《海上花》是吴语文学的第一部杰作

但是《海上花》的作者的最大贡献还在他的采用苏州土语。我们在今日看惯了《九尾龟》一类的书，也许不觉得这一类吴语小说是可惊怪的了。但我们要知道，在三十多年前用吴语作小说还是破天荒的事。《海上花》是苏州土语的文学的第一部杰作。苏白的文学起于明代，但无论为传奇中的说白，无论弹词中的唱与白，都只居于从属的地位，不成为独立的方言文学。苏州土白的文学的正式成立，要从《海上花》算起。

我在别处（《吴歌甲集·序》）曾说：

> 老实说吧，国语不过是最优胜的一种方言；今日的国语文学在多少年前都不过是方言的文学。正因为当时的人肯用方言作文学，敢用方言作文学，所以一千多年之中积下了不少的活文学。其中那最有普遍性的部分遂逐渐被公认为国语文学的基础。我们自然不应该仅仅抱着一点历史上遗传下来的基础就自己满足了。国语的文学从方言的文学里出来，仍需要向方言的文学里去寻他的新材料、新血液、新生命。这是从“国语文学”的方面设想。若从文学的广义着想，我们更不能不依靠方言了。文学要能表现个性的差异；乞婆、娼女，人人都说司马迁、班固的古文固是可笑，而张三、李四人人都说《红楼梦》、《儒林外史》的白话也是很可笑的。古人早已见到这一层，所以鲁智深与李逵都打着不少的土话，《金瓶梅》里的重要人物更以土话见长。评话小说如《三侠五义》、《小五义》都有意夹用土话。南方文学中自晚明以来昆曲与小说中常常用苏州土话，其中很有绝精彩的描写。试举《海上花列传》中的一段作个例：

……双玉近前，与淑人并坐床沿。双玉略略欠身，两手都搭着淑人左右肩膀，教淑人把右手勾着双玉头项，把左手按着双玉心窝，脸对脸问道："倪七月里来里一笠园，也像故歇实概样式一淘坐来浪说个闲话，耐阿记得？……（六十三回）

假如我们把双玉的话都改成官话："我们七月里在一笠园，也像现在这样子坐在一块说的话，你记得吗？"——意思固然一毫不错，神气却减少多多了。……

中国各地的方言之中，有三种方言已产生了不少的文学：第一是北京话，第二是苏州话（吴语），第三是广州话（粤语）。京话产生的文学最多，传播也最远。北京做了五百年的京城，八旗子弟的游宦与驻防，近年京调戏剧的流行：这都是京语文学传播的原因。粤语的文学以"粤讴"为中心。粤讴起于民间，而百年以来，自从招子庸以后，仿作的已不少，在韵文的方面已可算是很有成绩的了。但如今海内和海外能说广东话的人虽然不少，粤语的文学究竟离普通话太远，它的影响究竟还很少。介于京语文学和粤语文学之间的，有吴语的文学。论地域，则苏、松、常、太、杭、嘉、湖都可算是吴语区域。论历史，则已有了三百年之久。三百年来，凡学昆曲的无不受吴音的训练；近百年中，上海成为全国商业的中心，吴语也因此而占特别的重要地位。加之江南女儿的秀美久已征服了全国的少年心；向日所谓南蛮鴃舌之音久已成了吴中女儿最系人心的软语了。故除了京语文学之外，吴语文学要算最有势力又最有希望的方言文学了。……

这是我去年九月里说的话。那时我还没有见着孙玉声先生的《退醒庐笔记》，还不知道三四十年前韩子云用吴语作小说的困难情形。孙先生说：

余则谓此书通体皆操吴语，恐阅者不甚了了；且吴语中有音无字之字甚多，下笔时殊费研考，不如改易通俗白话为佳。乃韩言："曹雪芹撰《石头记》，皆操京语，我书安见不可以操吴语？"并指稿中有音无字之"朆、覅"诸字，谓"虽出自臆造，然当日仓颉造字，度亦以意为之。文人游戏三昧，更何妨自我作古，得以生面别开？"

这一段记事大有历史价值。韩君认定《石头记》用京语是一大成功，故他也决计用苏州话作小说。这是有意的主张，有计划的文学革命。他在《例言》里指出造字的必要，说，若不如此，“便不合当时神理”。这真是一针见血的议论。方言的文字所以可贵，正因为方言最能表现人的神理。通俗的白话固然远胜于古文，但终不如方言的能表现说话的人的神情口气。古文里的人物是死人；通俗官话里的人物是做作不自然的活人；方言土话里的人物是自然流露的活人。我们试引本书第二十三回里卫霞仙对姚奶奶的一段话做一个例：

> 耐个家主公末，该应到耐府浪去寻［啘］。耐［倽］辰光交代拨倪，故歇到该搭来寻耐家主公？倪堂子里倒勿曾到耐府浪来请客人，耐倒先到倪堂子里来寻耐家主公，阿要笑话！倪开仔堂子做生意，走得进来，总是客人，阿管俚是［倽］人个家主公！……老实搭耐说仔吧：二少爷来里耐府浪，故末是耐家主公；到仔该搭来，就是倪个客人哉。耐有本事，耐拿家主公看牢仔；为［倽］放俚到堂子里来白相？来里该搭堂子里，耐再要想拉得去，耐去问声看，上海夷场浪阿有该号规矩？故歇［覅］说二少爷勿曾来，就来仔，耐阿敢骂俚一声，打俚一记！耐欺瞒耐家主公，勿关倪事；要欺瞒仔倪个客人，耐当心点！

这种轻灵痛快的口齿，无论翻成哪一种方言，都不能不失掉原来的神气。这真是方言文学独有的长处。

但是，方言的文学有两个大困难：第一是有许多字向来不曾写定，单有口音，没有文字。第二是懂得的人太少。

关于第一层困难，苏州话有了几百年的昆曲说白与吴语弹词做先锋，大部分的土语多少总算是有了文字上的传写。试举《金锁记》的《思饭》一出里的一段说白：

> （丑）阿呀，我的儿子，弗要说哉。啰里去借点偣得来活活命嘿好嘘？
> （付）叫我到啰里去借介？
> （丑）亚介朋友是多个耶。
> （付）我张大官人介朋友是实在多勾，才不拉我顶穿哉。
> （丑）阿呀，介嘿，直脚要饿杀个哉！阿呀，我个天吓！天吓！
> （付）来，阿姆，弗要哭。有商量里哉。到东门外头三娘姨丑（哚）去

借点傢来活搭活搭罢。

然而方言是活的语言，是常常变化的；语言变了，传写的文字也应该跟着变。即如二百年前昆曲说白里的代名词，和现在通用的代名词已不同了。故三十多年前韩子云作《海上花》时，他不能不大胆地作一番重新写定苏州话的大事业。有些音是可以借用现成的字的。有时候，他还有创造新字的必要。他在《例言》里说：

苏州土白，弹词中所载多系俗字；但通行已久，人所共知，故仍用之。盖演义小说不必沾沾于考据也。

这是采用现成的俗字。他又说：

惟有有音而无字者。如说“勿要”二字，苏人每急呼之，并为一音。若仍作“勿要”二字，便不合当时神理；又无他字可以替代。故将“勿要”二字并写一格。阅者须知“覅”字本无此字，乃合二字作一音读也。……

读者请注意：韩子云只造了一个“覅”字，而孙玉声去年出版的笔记里却说他造了“朆”、“覅”等字。这是什么缘故呢？这一点可以证明两件事：（1）方言是时时变迁的。二百年前的苏州人说：

弗要说哉。那说弗曾？（《金锁记》）

三十多年前的苏州人说：

故歇覅说二少爷勿曾来。（《海上花》二十三回）

现在的人便要说：

故歇覅说二少爷朆来。

孙玉声看惯了近年新添的“朆”字，遂以为这也是韩子云创造的了。（《海上奇书》原本可证）。（2）这一点遂可以证明这三十多年中吴语文学的进步。当韩子云造“朆”字时，他还感觉有说明的必要。近人造“覅”字时，便一直造了，连说明都用不着了。这虽是《九尾龟》一类的书的大功劳，然而韩子云的开山大魄力是我们不可忘记的。（我疑心作者以“子云”为字，后又改名“奇”，也许是表示仰慕那喜欢研究方言奇字的杨子云吧？）

关于方言文学的第二层困难——读者太少，我们也可以引证孙先生的笔记：

> 逮至两书（《海上花》与《繁华梦》）相继出版，韩书……吴语悉仍其旧，致客省人几难卒读，遂令绝墨竟不好获风行于时。而《繁华梦》则年必再版，所销已不知几十万册。于以慨韩君欲以吴语著书，独树一帜，当日实为大误。盖吴语限于一隅，非若京语之到处流行，人人畅晓，故不可与《石头记》并论也。

“松江颠公”似乎不赞成此说。他说《海上奇书》的销路不好，是因为“彼时小说风气未尽开，购阅者鲜，又以出版屡屡愆期，尤不为阅者所喜。”但我们想来，孙先生的解释似乎很近于事实。《海上花》是一个开路先锋，出版在三十五年前，那时的人对于小说本不热心，对于土言土语的小说尤其不热心。那时道路交通很不便，苏州话通行的区域很有限；上海还在轿子与马车的时代，还在煤油灯的时代，商业还不如今日的繁盛；苏州妓女的势力范围还只限于江南，北方绝少南妓。所以当时传播吴语文学的工具只有昆曲一项。在那个时候，吴语的小说确然没有风行一世的可能。所以《海上花》出世以后，销路很不见好，翻印的本子绝少。我做小学生的时候，只见着一种小石印本，后来竟没有见别种本子。以后二十年中，连这种小石印本也找不着了。许多爱读小说的人竟不知有这部书。这种事实使我们不能不承认方言文学创始之难，也就使我们对于那决心以吴语著书的韩子云感觉格外的崇敬了。

然而，用苏白却不是《海上花》不风行的唯一原因。《海上花》是一部文学作品，富有文学的风格与文学的艺术，不是一般读者所能赏识的。《海上繁华梦》与《九尾龟》所以能风行一时，正因为它们都只刚刚够得上“嫖界指南”的资格，而都没有文学的价值。都没有深沉的见解与深刻的描写。这些书都只是供一般读者消遣的书，读时无所用心，读过毫无余味。《海上花》便不然了。《海上花》的长处在于语言的传神，描写的细致，同每一故事的自然地发展；读时耐人仔细玩味，读过之后令人感觉深刻的印象与悠然不尽的余韵。

鲁迅先生称赞《海上花》“平淡而近自然”。这是文学上很不易做到的境界。但这种“平淡而近自然”的风格是普通看小说的人所不能赏识的。《海上花》所以不能风行一时，这也是一个重要原因。

然而《海上花》的文学价值究竟免不了一部分人的欣赏。即如孙玉声先生，他虽然不赞成此书的苏州方言，却也不能不承认它是“绝好笔墨”。又如我十五六岁时就听见我的哥哥绍之对人称赞《海上花》的好处。大概《海上花》虽然不曾受多数人的欢迎，却也得着了少数读者的欣赏赞叹。当日的不能畅销，是一切开山的作品应有的牺牲；少数人的欣赏赞叹，是一部第一流的作品应得的胜利。但《海上花》的胜利不单是作者私人的胜利，乃是吴语文学的运动的胜利。我从前曾说：

> 有了国语的文学，方才可以有文学的国语。……有了文学的国语，方才有标准的国语。（《建设的文学革命论》）

岂但国语的文学是这样的。方言的文学也是这样的。必须先有方言的文学作品，然后可以有文学的方言。有了文学的方言，方言有了多少写定的标准，然后可以继续产生更丰富、更有价值的方言文学。三百年来，昆曲与弹词都是吴语文学的预备。但三百年中还没有一个第一流的文人完全用苏白作小说的。韩子云在三十多年前受了曹雪芹的《红楼梦》的暗示，不顾当时文人的谏阻，不顾造字的困难，不顾他的书的不销行，毅然下决心用苏州土话作了一部精心结构的小说。他的书的文学价值终究引起了少数文人的赏鉴与模仿；他的写定苏白的工作大大地减少了后人作苏白文学的困难。近二十年中遂有《九尾龟》一类的吴语小说相继出世。《九尾龟》一类书的大流行便可以证明韩子云在三十多年前提倡吴语文学的运动此时已到了成熟时期了。

我们在这时候很郑重地把《海上花》重新校印出版。我们希望这部吴语文学的开山作品的重新出世能够引起一些说吴语的文人的注意，希望他们继续发展这个已经成熟的吴语文学的趋势。如果这一部方言文学的杰作还能引起别处文人创作各地方言文学的兴味，如果从今以后有各地的方言文学继续起来供给中国新文学的新材料、新血液、新生命，——那么，韩子云与他的《海上花列传》真可以说是给中国文学开一个新局面了。

原载《胡适文存》第3集第6卷，
上海亚东图书馆1930年9月版

与《儒林外史》有连续性的三部小说

王　璜

一

1840年的鸦片战争，国际资本主义的激流，冲破中国封建经济的藩篱，使中国社会发生空前急剧的变化，社会经济日益走上殖民地的过程，固然是当时的社会经济需要极大的改善，但是，假若中国是一个很进步的国家，就能筑起抵抗资本主义的堡垒。无奈清代自乾隆晚年，政治贪污、贿赂公行，官僚资本压得人民无法喘息，即使没有外国资本主义的袭击，其社会经济也必然崩溃。

一切的社会形态，随着社会的变革，是取着同一的步伐的。文艺是现实的反映，随着时代的演进，自然有其不同的功利性。所以讽刺小说在清代康、乾以后，能够有其生长的历史条件。吴敬梓的《儒林外史》，能够奠定了讽刺小说的础石，使晚清小说，很多不能摆脱他的影响。

晚清小说，受《儒林外史》影响最深的，有《二十年目睹之怪现状》、《文明小史》、《官场现形记》、《老残游记》、《海上花列传》、《九命奇冤》、《孽海花》等书。但是与《儒林外史》不管在形式上、内容上均能脉脉相通的，却只有《二十年目睹之怪现状》、《官场现形记》、《孽海花》三书。因为这三部小说，不但在形式上均能接受吴敬梓的衣钵（并有所改进），同时在反对官僚政治、官僚资本与刻画社会现实这几方面，都极似《儒林外史》的续篇。假若我们不否认《儒林外史》是清代康、乾以后史实的缩写，那末我们就不能否认《二十年目睹之怪现状》、《官场现形记》、《孽海花》等书是一首续写的史诗。

吴敬梓因为认清官僚政治的教育制度是官僚政治的摇篮，故对科举大加抨击，尽情嘲讽只求功名、毫无常识的官僚教育制度下的牺牲者，并对贪官污吏、土豪劣绅的聚敛、敲诈、剥削、兼并土地、重利盘剥提出抗议。所以《儒林外史》充满了战斗意志。而这种宝贵的反抗精神，不但被吴趼人等人所继承，并且还由他们加以发扬广大。他们不仅抨击贪污政治，还揭发帝国主义的阴谋与描绘如火如荼的人民的反帝运动。他们尽量讽刺官僚们的为着巩固自己的地位，不惜奴颜婢膝的向帝国主义屈膝的无耻。所以他们不但继承着吴敬梓的艺术手腕，还接受了吴敬梓的战斗意志、战斗情绪的遗产。很多人不是过分的贬抑了他们的战斗意志，而称誉他们作品的形式极类《儒林外史》①，就是非难他们的模仿、毫无创造性，并根本否定了吴敬梓的创体，认为毫无结构；模仿这种法式，仅只为了创作的方便②，根本否认吴敬梓艺术上的成就与吴趼人等发扬吴敬梓的战斗意志的功绩。

假使我们忽略了吴敬梓将他暴露清代贪污政治的未完责任交给他的继承者，将清代覆亡的伏线交给吴趼人他们去发掘，就无法认清《儒林外史》的真面目，也无法评定《二十年目睹之怪现状》、《官场现形记》、《孽海花》三书的艺术以及时代的真价值。

总之，这几部书与《儒林外史》是有着难以分开的连续性，是清代覆亡史的续编。不论在形式上、内容上都不是模仿《儒林外史》，而是发扬《儒林外史》的战斗意志，完成清代覆亡史的纪事。健全讽刺小说的创体，并充实了讽刺小说的形式，修正了讽刺小说格式的缺点。

二

《儒林外史》虽是章回小说，却不是演义体，它是吴敬梓独创的讽刺体。这种讽刺体看来没有总的结构，没有布局。正说山东汶上县，忽拉扯到南京，刚提及夏总甲，又说到丁言志。说杜慎卿时就忘掉了娄公子；说凤四老爹时就忽略了张俊民。这种讽刺小说的创体，全是一段一段的短篇，可长可短，若断若续。在人物的处理和心理的刻画、性格的描写方面，看似浮光掠影，特别松散，给读者的印象片片断断，毫不紧凑。所叙事实，看来均似勉强牵合而成，毫不连贯；正说到乙事，就丢开了甲事，还没有交代完乙事，就又谈到丙事，毫无照应。实际这只是很少波澜起伏，却不是没有组织，没有结构；因为作者写来，还是有擒纵，有顺逆。正因为用这种格式，才可以放胆的去处理题材，时收时放，不为严格的体例所拘束，畅所欲言。后来吴趼人、李伯元、曾孟朴等人利用这种创体，加以改善，使这种体例更为磅礴奔放。尤其是曾孟朴，他是批判的接受了吴敬梓的艺术遗产。他在《孽海花》修改本里的《修改后要说的几句话》一文内，对于他采用《儒林外史》的结构，并充实了这种创体，有以下最精确的解释：

……我的确把数十年来所见所闻的零星掌故，集中了拉扯着穿在女主人公的一条线上，表现我的想象，被胡先生（胡适之——璜注）瞥眼捉住，不容你躲闪，这足见他老先生读书和别人不同，焉得不佩服！但他说我的结构和《儒林外史》一样，这句话我却不敢承认，只为虽然是联缀多数短篇，或长篇的方式，然组织法彼此截然不同。比如穿珠，《儒林外史》等是直穿的，拿着一根线，穿一颗，算一颗，一直穿到底，是一根珠链，我是蟠曲回旋着穿的，时收时放，东交西错，不离中心，是一朵珠花。比如植物学里说的花序，《儒朴外史》等是上升花序，或下降花序，从头开去，谢了一朵，再开一朵，开到末一朵为止，我是伞形花序，从中心干部一层一层的推展出各种形色来，互相连结，开成一朵球一般的大花。《儒林外史》等是谈话式，说乙事不管甲事，就渡到丙事，又把乙事丢开了，可以随便进止，我是波澜有起伏，前后有照应，有擒纵，有顺逆。不过不是整个不可分的组织，却不能说它没有复杂的结构。

《二十年目睹之怪现状》、《官场现形记》、《孽海花》等书，在形式上是极为貌似《儒林外史》的，但是，我们只能说吴趼人他们是受《儒林外史》的影响极深，却不能说他们是模仿《儒林外史》。因为他们虽然都采用了吴敬梓的创体，但都有独特的风格，独特的情趣；并且他们都希望避免触到这种创体的弱点，尽量予以洗练。虽然他们的改进，并不能尽善尽美，但因为他们的努力，的确给这种格式一番精巧的修饰。他们都警觉到需要用一根线索将那些珠粒贯穿起来，无数的支流，一定要将它导入江海，纷歧的枝枒，应该将它剪去，才能平整、修美。尤其是吴趼人与曾孟朴在这方面特别努力。如《二十年目睹之怪现状》，全书以自号九死一生者为线索，历记其二十年中所见所闻，因而各种事体，较之《儒林外史》易于联系。《孽海花》系借女主人公傅彩云做线索，描写晚清三十年政治社会的变革，较之《儒林外史》没有确切的主人公显得较有条理。至于《官场现形记》，看似不脱《儒林外史》的束缚，却仍能在故事的连贯上，比《儒林外史》显得较为紧密。因为《儒林外史》这种创体，它的线索，不在人物的上场先后，而在于社会现实之历史发展的程序。

但是，讽刺小说含蓄的优点，在这三部小说内，都被忽略了。《儒林外史》的嘲讽，但是诙谐，不是笑骂，乃是痛哭；不是轻薄，而是婉谕；不是露骨的讥笑，而是含蓄的指摘；不是夸大其词的刻薄，而是尽情尽理的刻画。而《二十年目睹之怪现状》、《官场现形记》、《孽海花》三部书，都夸大其词的刻薄，使人多看了，觉得讨厌[③]。无怪鲁迅先生要以“谴责小说”来衡量它。其实，为着强调清代政令不修，贪污横行，使读者的印象更加深刻，不得不过甚其辞的夸大，借以收到良好的效果。假若我们不否认文艺不是照相机，应该通过作者的正确的世界观的组织，那末，我们就没有理由来反对他们的有意的渲染。同时，我们要知道吴敬梓是出生在康熙四十年（1701），那时中国比较鸦片战争后要雍穆得多。帝国主义的铁蹄，还没有踏到中国的大门边。而吴趼人、李伯元、曾孟朴他们是在帝国主义的刀锋下被逼得不得不愤激；既悲愤于贪官污吏的昏聩、敲诈、聚敛，使国事日非，又痛心帝国主义的欺凌，而国人在官僚政治教育的麻醉下，仍然过着昏昏噩噩的生活，不得不锋利的讥刺，将现实间这些脓包划破。假若他们再用吴敬梓那样的笔触，不露骨地讥刺，只含蓄的指摘，就不能发挥他们的战斗情绪，就不能将这些社会间的疽毒连根割去。我们知道，从《儒林外史》时代直至《孽海花》时代，这中间，中国由封建经济的渐濒崩溃，以至帝国主义的资本主义的压榨，卷起了惊涛骇浪。假若再用那雍穆的静物写生的笔调去描绘这时代的历程，那是多么不调和，也难以收到良好的效果的。所以在刻薄与夸大这方面来说，并不足以为这三部小说之病，亦不是这三部小说在形式上和《儒林外史》是背道而驰，甚至如鲁迅先生所说的只是谴责小说而不是继承《儒林外史》风貌的讽刺小说，根本和《儒林外史》没有连续的关系。其实这只是《儒林外史》的蜕变。吴趼人他们为着接受吴敬梓宝贵的战斗情绪，沿用了吴敬梓的畅所欲言的格式，革新了他的婉谕的含蓄，换以露骨的讥刺罢了。

《二十年目睹之怪现状》、《官场现形记》、《孽海花》三书，无论如何，是难以掩饰它受了《儒林外史》极深的影响。虽然这三部小说当中，有其与《儒林外史》相异之点，但是在形式上，那只是给讽刺小说的格式加以洗练，使其更为生动，更易于表现鸦片战争后的中国现实，继续完成满清政治崩溃的史诗，而不是摆脱了它的影响，和吴敬梓分道扬镳。

三

中国的小说，在《儒林外史》以前，很少是刻画现实的；公子落难，小姐讨饭和喜剧的大团圆，根本只是文字的堆砌，毫无文学价值。虽然讽刺小说在晋、唐时已具雏形，明代渐见繁殖，但那些作品都不近人情，亦不能针对现实，只能说是“打诨”，谈不上是讽刺。只有吴敬梓，独具慧眼，知道文艺的功利性，想用他的一枝笔，给麻木的中国人当头棒喝，告诉他们不能再昏聩下去，被污辱与被损害的应该赶快起来。靠剑仙侠客，既不能自救；靠民之父母的官吏，那只有钻到牛角尖里去。一部《儒林外史》五十五回内（连续录共六十回），虽没有像《水浒》那样有一个字提到官逼民反，也没有很多篇幅侧重于平民的被压榨的描写，只是对牢笼民族主义思想愚民政策下的科举制度大声疾呼的反对。但是，我们以官吏的昏庸、豪绅的苛取聚敛的背后，可以看到无数的辛酸热泪。以士大夫的急欲遁迹山林，可以知道满清的统治阶级文化统治是已收到若何的功效。康、乾间文字狱，使许多有民族思想的文人都没法有所作为。作者借荆元、盖宽、王太、季遐年，说出知识阶级的被逼，为着保全身命，企图逃避现实的悲痛，借王小二、黄梦统的被聚敛、敲诈，汤知县的草菅人命，回子杀牛的老师父被枷死，对被污辱与损害的，向全世界提起控诉。

很多人认为《二十年目睹之怪现状》、《官场现形记》、《孽海花》等书并不是反对科举制度的，实在和《儒朴外史》没有血缘关系。但是《二十年目睹之怪现状》、《官场现形记》、《孽海花》这三部小说，却没有一处、没有一句不是嘲讽清代的政令不修、效率低下、贪污横行、民生凋敝，虽然吴趼人他们没有像吴敬梓那样对官僚政治的摇篮——科举制度——用很大力气去抨击。但是士大夫的麻木、昏庸，能说教育制度不负责吗？迂儒、假名士的刻画，可说就是对现行教育制度的反抗。如《二十年目睹之怪现状》里的苏州画家的偷书题画，《官场现形记》里的胡鲤图只知聚敛，不知政治，《孽海花》里李纯客的作态，那一样不是讽刺士大夫的麻木、昏庸。统治阶级的科举制度起着酵母作用。所以这三部小说虽没明白的告诉读者，他们反对科举制度，但是从科举制度所培植的坏现象的讽刺，我们就知道吴趼人他们对科举制度是深恶痛绝了。

《儒林外史》对贪官污吏的讥刺，也许没有《二十年目睹之怪现状》等书深刻，但是《儒林外史》所以不从正面去描写贪官污吏的丑行，实在还是因为用潘自业（三哥）的借藩司衙门隐占身体，把持官府，包揽词讼等事侧面表现官府的贪污，显得更为有力。鲁迅先生说《儒林外史》含蓄，恐怕命意在此。④

但是，《二十年目睹之怪现状》等书，尤其是《官场现形记》，为什么侧重于政令不修，贪污横行的描写，而《儒林外史》仅占次要的地位呢？实在是因为康、乾以后的中国政治贪污已成风气，较之康、乾年间更加变本加厉，官吏的聚敛、昏庸越来越厉害，钻营、蒙混、罗掘、倾轧层出不穷。李伯元在写《官场现形记》的时候，正是这种病症已入膏肓的时候。所以他写得特别多，而《儒林外史》写得特别少。我们把《儒林外史》这几部小说连着看下去，就知道满清为什么自康、乾以后就一蹶不振，为什么从《儒林外史》时代就已有败亡的朕兆？这几部书，实在是清代康、乾后精确的史篇，封建社会的史诗，挽歌。在主题的积极性上，它们有着不可拆开的连续性。

《儒林外史》写的不是明朝的事，虽然作者在书里再三说明这个故事是发生在明朝，并用江西宁王的叛逆，王惠的被俘来点染这故事的年代。同实在康、乾年间，思想的统治、文字狱的株连，杀死的人不计其数。作者潜伏的民族主义的思想无法发泄，只得借宁王的败创和娄四公子的“宁王运气低，就落得个为贼为虏，也要算一件不平的事”来告诉读者，他对清初的各种反清运动失败的评价。严格的说起来，这是作者潜伏的民族思想。随着时代的演变，资本主义的侵袭，这种思想到吴趼人、李伯元、曾孟朴就蔚为反对帝国主义的洪流。尤其是《孽海花》，对帝国主义的宰割、欺骗，激动的提出抗议。

我在前面说过吴趼人、李伯元、曾孟朴他们是继承着吴敬梓的叛逆性，继承着他对现实不满，抨击官僚政治的精神。假若我们把《儒林外史》和这几部小说连接着起来读，我们定要给他们一脉贯通的反抗精神，而叹为观止。这种民族思想，在《二十年目睹之怪现状》等书里，已变为强烈的反帝反封建的思想。由于饱受帝国主义的欺凌，昏庸的满清将军，在《二十年目睹之怪现状》里，已由自倨变为惧外。看见海平线上的一阵浓烟，就疑为法国军舰，将自己的兵船开放水门沉掉。谎报仓卒遇敌，致被击沉。在《官场现形记》里的山东巡抚胡鲤图，因为怕和外国人办交涉，只要一提到外国人就吓怕，因此丢掉前程，以及外商在中国利用其本国政府的力量，不但欺压中国平民，连中国的官吏都被看成奴隶。在曾孟朴的笔下，更借着描写中法之战、中日之战、八国联军之役，勾画出中国人民的如火如荼的反帝精神。

吴敬梓不但揭出现社会璀璨的表皮，还替我们浮雕出一幅光明的远景。他借王冕、荆元、季遐年、王太、盖宽等人的遁迹山林，说明现行教育制度的不合理，只在制造一些愚民与被愚的书鱼。教育不是用来聚敛、剥削的工具，他是用来为大众服务、造福人群的。《二十年目睹之怪现状》、《官场现形记》等二书，又借官场的必须整肃，告诉我们政治清明之道。但这几部书中，要以《孽海花》一书最能对症下药。这固然是曾孟朴后生吴敬梓好多年，但同在晚清，曾能比吴趼人、李伯元不为“老皇党”般的顽固，而赞同孙总理所倡导的三民主义，同情他的革命主张，实属真知灼见。

四

《二十年目睹之怪现状》等三部小说，不是如胡适之所说的是《儒林外史》的产物，也不是如鲁迅所说的是谴责小说。它们是等于一个珠圈的珠子，分开来是几粒，合拢来是一个珠圈。不但在形式上极为貌似，大家用的都是吴敬梓那种可长可短、忽东忽西，畅所欲言的讽刺小说的创体；在内容上，吴研人、李伯元、曾孟朴他们都继承着吴敬梓的反抗精神，针对着现实，割去它的赘瘤，继续完成康、乾后直至民国间的社会变革史。使当时的人间相，能够保留到现在。所以说，这几部小说，只是银幕上每个镜头的剪接，并不夸大，因为我们实在找不出他们当中的不可分割的理由。

《二十年目睹之怪现状》等三部小说，决不是《儒林外史》的翻板或影印。它们不是模仿的作品，《儒林外史》也不是习字帖。假若硬要说是模仿《儒林外史》，实在说起来，这三部小说还不够资格，还没有模仿到家。吴趼人、李伯元、曾孟朴等人，决不是几年前文坛上的黑婴和穆时英（那时有个黑婴，模仿穆的南北极体，几如穆之手笔）。虽然这几部书，仍然保留了《儒林外史》里一些缺点，但是《儒林外史》里的缺点也被他们改进不少（虽然他们在这方面，没有很大的成就，但至少他们已知道企图避免这些缺点）。在内容与形式两方面，比起《儒林外史》是已有飞跃的进展。他们修正了《儒林外史》的格式，也加强了《儒林外史》的反抗精神。

总之，这几部小说，是有其不可否认的连续性的。虽然到现在还有人反对这种说法，说《二十年目睹之怪现状》等书只是《儒林外史》的产儿，只是模仿的《儒林外史》，或根本与《儒林外史》没有关系。其实，前者实在太武断了，后者又嫌成见太深。

---

①胡适之在《再寄陈独秀答钱玄同》一文内有云：“适以为《官场现形记》、《文明小史》、《老残游记》、《孽海花》、《二十年目睹之怪现状》诸书，皆为《儒林外史》之产儿。其体裁皆为不连续，种种实事勉强牵合而成。……”此外，孙次舟、阿英、鲁迅、谭正壁等人均认为三书在形式上极类《儒林外史》。

②胡适在论到《儒林外史》的结构时曾说，“一来呢，这是一种创体，可以作批评社会

的绝好工具。二来呢，《儒林外史》用的语言是长江流域的官话，最普通，最适用。三来呢，《儒林外史》没有布局，全是一段一段的短篇小品连缀起来的，拆开来，每段自成一篇，斗拢来，可长至无穷。这个体裁，最容易学，又最方便。因此，这种一段一段没有总结构的小说体，就成了近代讽刺小说的普通法式。”（《胡适文存》）

③鲁迅将《二十年目睹之怪现状》等书，冠以“谴责小说”一词，盖以其均夸大其辞。笔无藏锋，“揭发伏藏，显其弊恶，而于时政严加纠弹，则更扩充，并及风俗。虽命意在于匡世，似与讽刺小说同伦，而辞气浮露，笔无藏锋，甚且过甚其辞，以合时人嗜好，则其度量技术之相去亦远矣，故别谓之谴责小说。”（鲁迅《中国小说史略》）

④“……迨吴敬梓之《儒林外史》出，乃秉持公心，指摘时弊，机锋所向，尤在士林；其文又戚而能谐，婉而多讽，于是说部中乃有足称讽刺之书。”（鲁迅《中国小说史略》）

原载《东方杂志》第42卷第5号，1946年3月1日出版

李伯元作品的思想倾向是进步的

海　孺

读了章培恒同志的《论李伯元作品的思想倾向》和文乃山同志的《李伯元作品思想倾向初探》，两篇文章的论点完全相反，各持一端。章培恒同志认为李伯元的作品，和晚清其他的谴责小说主要是“资产阶级改良主义思想的表现”，或者是“反映了洋务派的政治思想”，都是反动的。文乃山同志则认为李伯元的作品是“反帝反封建最有力的作品。”甚至直到今天，对我们青年一代仍有“启发阶级觉悟”的作用。

章、文两位同志的文章，都有些偏颇。他们都离开了历史背景，没有根据作品在当时所产生的影响给以恰当的评价。我认为，完全否定李伯元作品的进步性，这是不够公平的；看不到当时反动的改良主义思想也多多少少影响了李伯元的作品，使作品在思想性方面也存在着一些消极错误的观点，这也是不够公平的。下面是我在学习当中的一些肤浅的体会，也提出来请教于章、文二位同志。

李伯元的作品反映了清朝末年的进步思想，它和刘鹗《老残游记》之类的作品有所不同

评论一个作家及其作品是进步还是反动，首先当然应该从他作品中的思想倾向说起。李伯元的作品，计有《庚子国变弹词》、《海天鸿雪记》、《活地狱》、《中国现在记》、《文明小史》、《官场现形记》以及《繁华梦》、《李莲英》、《南亭笔记》等。在这些作品当中，思想内容是有差别的。如《庚子国变弹词》，确实具有改良主义的思想倾向，没有看清封建政权的反动本质，但这部书的创作时间比较早一些。而到后来完成的《官场现形记》，显然有了很大的进步。我认为，对一个作家的评价，不能只看到他在某一个时期的表现，主要是看他的发展道路。看他究竟是朝进步的方向发展呢，还是朝反动的方向发展？我们评论李伯元的作品，自然应该以比较后期的《官场现形记》和《文明小史》为主。

究竟李伯元作品的思想倾向是什么呢？在《官场现形记》第六十回中，作者通过甄阁学的胞兄在病梦中所见到的“畜生”世界，把封建社会的面貌作了一次寓言性的概括。这种寓言性的概括，表露了作者对于当时封建官僚政治下的黑暗社会，已经毫无留恋的感情了。书中所指的豺狼虎豹，猫狗鼠猴等畜生，就是在封建社会中大小官僚的形象。作者借书中人物的口说：“我如今同这一般畜生世界在一块，终究不是个事，要想跳出树林子去。”这种想“跳出”当时封建社会的“畜生世界”的思想，正就是李伯元作品中的基本思想倾向。这种思想倾向和改良主义者是没有共同之处的。因为，改良主义者根本就没有想过要跳出当时的封建社会，而是希望保留反动的封建统治。当然，李伯元的这种思想倾向，也是有一定的历史局限性的。主要是表现他既想“跳出去”，但却不知道怎样跳法。正如那位甄阁学的胞兄接下去所说的：“无奈遍山遍地都是这般畜生的世界，又实在跳不出去。”这正如有些人所说的，作品没有给人指出一条革命的道路。不过我们也不能就根据这一点，抹煞了它的进步作用。评论一部作品，必须看看这个作品对于当时社会的影响，对于群众的影响。当时《官场现形记》这一部小说，确实是非常风行的。不少人读了这部小说之后，更增加了对清王朝的深刻认识，甚至因此而提高觉悟，终于走上革命道路的也大有人在。在另一部小说《文明小史》的《楔子》中，作者更明确地指出：“我们今日的世界，大约离着那太阳要出，大雨要下的时候，也就不远了！”这里说得很明显，他的作品就是要给人们预示那不久就会到来的“太阳要出”和“大雨要下”的新时代。从这一点来说，无可讳言地是大大地帮助了当时资产阶级革命事业的开展的。

在一个时代里，进步思想是有各种各样的类型的；正如反动思想也是形形色色的一样。例如洋务派的思想是反动的，它之所以反动，是表现在忠实于维护封建统治政权，不想在政治上有所改革。改良主义者的思想也是反动的，它之所以反动，是表现在虽然提倡在政治上有所改良，但是仍然企图保存原有的旧政权。至于当时以孙中山先生为首的革命党人的思想，是进步的，它之所以进步，就是因为提倡革命。而像李伯元作品中所表现的思想倾向，也应该说是进步的，我们所以要说它进步，主要因为它对于当时封建官僚政治下的黑暗社会，作了全盘的揭露，帮助了群众提高认识，对革命是有利的。

至于李伯元的作品中，某些地方对于太平天国和义和团也有认识不足之处，如称太平天国为“长毛”为“洪逆”。而在《文明小史》中，甚至也说“革命党是破坏天理国法人情”的；说义和团“装妖作怪，骇俗惊愚”等，这当然是无可否认的一种错误。正因为这样，所以我们才说李伯元的作品，在思想性方面也是有问题可谈的。不过这些思想问题，在整个作品中，比重很小，不能代表他的思想倾向。特别是和刘鹗的《老残游记》相比，则有本质上的不同。在《老残游记》中，对于革命党人，则完全是站在敌对的立场，采取谩骂攻击的态度；而李伯元这些思想上的错误，则是对于形势的认识不足。这里也可以从两个作家的一生行事来断定他们作品的思想倾向之迥异。刘鹗曾经被人称之为“汉奸”，曾经上书“请筑津镇铁路”和“以开晋铁谋于晋抚”而且主张“任欧人开之”。换一句话说，刘鹗是一个出卖民族利益的人。而李伯元就不是这样，他是没有做官的，而且在 1901 年即光绪辛丑年，清政府开“特科”，准备大征“经济”之士的时候，他的朋友湘乡曾慕涛侍郎保荐他去应试，说一定会有官做。可是李伯元却毅然拒绝。他根本就不想做官，这也可以说明李伯元对于清政府已经没有丝毫留恋之处。因而也就不能够把他的作品和改良主义者的作品同等看待。

总之，在清末的许多谴责小说当中，有的是进步的，有的是反动的，不可以同等看待。而李伯元作品的思想倾向，应该肯定是进步的。

李伯元的作品对五四时期的新文化运动起了启蒙作用

自从鸦片战争以至义和团运动，六十年中，中国人民内受封建官僚政治的压迫，外受帝国主义列强的侵略，水深火热，有加无已。虽然人民前赴后继，屡起斗争，但多因目标不明确和没有正确的领导而屡遭失败。就以 1900 年的义和团运动来说，人民也曾经遭受过欺骗，竟然提出过所谓“扶清灭洋”的口号，结果却在清廷与帝国主义的联合打击之下失败了。李伯元的主要作品如《官场现形记》和《文明小史》就正是在这样的惨痛史实面前出现的。其用意自在唤起民众的觉醒，用“谴责”的笔锋指出当政者倒行逆施，祸国殃民的罪行。同时也揭露了帝国主义和国内反动统治者相互勾结，压迫人民的阴谋。这就使李伯元的作品不能不具备了反帝反封建的精神。

如果说“五四”时期的新文化运动，算是正式打起了鲜明的反帝反封建的旗帜，那末“五四”以前的李伯元等人的作品，毋宁是起了一定的启蒙作用，为新文化运动做了必要的准备。这种准备，主要就是在群众之中逐渐孕育了民主精神和反帝思想。

李伯元的作品，对于封建官僚政治下的黑暗社会，有着十分深刻的揭露。可以说，他的作品就等于对腐朽的封建官僚政治的有力的控诉。

我们初读《官场现形记》的时候，似乎会感到有些“夸张失实”。特别是在现代青年们看来，许多情节简直是无法想象的。但是仔细分析一下，尤其是根据清朝的一些史料来对照一下，就会令人感到李伯元的作品所写的许多事情，在善良厚朴的人民看来，是“笑柄”，是“奇谈”，然而在官场之中，却的确是家常便饭。例如在描写胡统领严州“剿匪”的几回中，我们所看到的是一伙衣冠禽兽，为了邀功领赏，把良民当作“土匪”，任意屠杀。这些痛心疾首的事实，只要稍从旧社会经历过来的人。都会深刻地体会到。

在养尊处优，骄奢淫靡的生活之下，加上长期的文化上的“闭关政策”，使清朝官僚十分无知。在这些官僚群像中，人们可以看出当时的统治集团究竟是一批什么样的货色。作者在《官场现形记》五十八回中作过直接的介绍：“中国的大臣，都是熬资格出来的。等到顶子红了，官升足了，胡子也白了，耳朵也聋了，火性也消灭了。”这就可以使人明白，几十年来的“文治武功”，内政外交为什么会失败。

当时做官的主要事务，就是磕头、下跪、送迎、供张，所以他们最关心的就是一个“头”和两条“腿”。这一类宝贝的当权当然谈不上爱国。他们之中有些人虽盲目排斥西洋的物质文明，如《官场现形记》第四十六回中写钦差童子良，“无论什么东西，吃的、用的，凡带一个‘洋’字，他决计不肯亲近。”而他们对于外国瓜分中国的形势，所抱的态度又是这样的：“怕他们不要咱们吗？”“将来外国人果然得了我们的地方，他百姓固然要，难道官就不要么？没有官，谁帮他治百姓呢？……他们要瓜分，就让他们瓜分。”（同书五十四回）

李伯元的作品自然是有夸张的，夸张是一种创作中的表现手法，势所难免。尤其是像《官场现形记》这样的带有浓厚讽刺性质的“谴责小说”，不能没有夸张；但夸张也不一定就是“失实”。如第二十回中，描写浙江一群官僚，为了听从署院讲求“节俭”的命令，他们竟抢购旧衣帽，打扮得像叫化子一样。这自然是夸张的，但是看了这一段，不由人想起清道光宣宗皇帝，也曾经虚伪地扮演过类似的所谓“节俭”的把戏。《官场现形记》中所描写的，可以说都有史料作根据，在史料的基础上作了夸张，以达到讽刺的目的。读《官场现形记》正如我们读果戈里的《钦差大臣》。读《钦差大臣》有时滑稽得使人发笑，但是笑的背后却蕴藏着对沙皇统治集团的深恶痛绝的感情。读《官场现形记》，当然也不是为了其中多了几条官场笑柄，仅作茶余饭后闲谈聊天的资料；而更主要的，则是为了认识清朝统治集团的面貌，寻求社会黑暗的根源和斗争的道路。

李伯元的作品，发表在辛丑和约签订之后。而这时正是清政府按照改良主义的意图，准备实施一些所谓“新政”，以缓和人民斗争情绪的时候。那末李伯元的作品，必然会给人民擦亮眼睛，对清廷虚伪的鬼把戏有所认识。例如，作者在《官场现形记》中，描绘了毛长胜这样一个人物，劝告那些盲目跟随统治者的人早日觉醒过来，这段描写就很有意义。

毛长胜从前打过“长毛”，而且“身当前敌，克复城池”。的确，清朝统治者的政权，是靠这一类的人保存了相当长的时期。但结果这位毛长胜如何呢？病死后又无葬身之地！这和《红楼梦》中的焦大差不多。想当年“打天下”的时候，焦大也曾经替主子吃过马尿，而后来却照样被贾府轻视压迫。从焦大到毛长胜，这里经历了很长的岁月，人民应该觉醒起来了。特别是义和团运动失败以后，中国正处在资产阶级革命的考验时期，人民是不会再受清廷的欺骗，也不会再去做毛长胜了。这就是李伯元的作品所以促进人民觉醒的一面，也就是李伯元的作品所以和改良主义者的作品根本不同之处。

关于中国人民的反帝思想，在李伯元的作品中也有不少反映。本来，反帝思想很早就在农民阶层中滋长了。义和团运动就是这种思想的爆发。义和团运动失败以后，整个统治机构都是依附在帝国主义的控制之下。而帝国主义便乘机在中国增办工厂，夺取矿山，把持铁路交通，垄断财政金融，以至侵犯人权，无恶不作。他们之所以敢于这样做，主要是因为有中国的整个官僚系统的保护和怂恿。李伯元的作品，大胆地揭露了帝国主义通过中国官僚进行侵略压迫的罪行，并且辛辣地讽刺了他们狼狈为奸的种种丑态。这就使反帝思想逐渐通过文艺作品的方式散播在各个都市城镇的市民阶层中去了。

且读一下《官场现形记》第五十七回那个外国领事为杀人犯的辩护吧：“贵国人口很多，贵国的新学家做起文章来，或是演说起来，开口‘四万万同胞’，闭口‘四万万同胞’，打死一个小孩子，值得什么？还怕少了百姓？”这就是帝国主义在中国公开杀人的供词。在20世纪的初年，在“五四”新文化运动之前，能够这样深刻地在文艺战线上揭露帝国主义暴行的，也只有李伯元等人的作品。这就是促进人民觉醒的又一面。

总之，在李伯元的作品中，特别是在《官场现形记》中，我们嗅到了反帝反封建的气息。轰轰烈烈的划时代的“五四”新文化运动，在李伯元的作品中已经开始逐渐孕育起来了。

李伯元作品中的时代局限性不可苛责

从“五四”以后的群众觉悟水平来看，李伯元的作品诚然有不少缺点。然而在“五四”以前的清朝末年，我们在文学界，特别是在小说方面，并没有发现比李伯元的作品特别是《官场现形记》更好更进步的作品。因此，对于李伯元作品中的缺点，仅能够归之于时代的局限性，不可过于苛责，更不可用一些“反动”之类的名词来评论李伯元的作品。

究竟李伯元作品的时代局限性表现在哪里呢？主要也就是在于他的反帝反封建的精神表现得软弱一些。旗帜没有“五四”以后那么鲜明。

对于帝国主义，尽管李伯元的作品中有过不少的谴责和控诉，但是还有某些地方没有从本质上加以分析。换一句话说，对于帝国主义的侵略本质，仍然是认识不足的。例如帝国主义通过传教、兴学等等伪善的手段，在中国进行种种阴谋活动，这一点在李伯元的作品中却描写得比较软弱。在《官场现形记》和《活地狱》中，都有些地方谈到外国传教士“救人”的事情，如说什么当人民被官府压迫的时候，如果“投了什么国的教，做了教民，方能不怕。”（《活地狱》第二十八回）这里说明作者对外国传教士所抱的态度很不明确。当然这不等于就“美化”了外国传教士，作者很可能是借此来说明外国人的势力在中国简直等于太上皇，高于清政府一等，隐隐中也许含有多少爱国主义的情绪在里头。不过态度是不够明朗罢了。

在李伯元作品中，对于农民力量的认识不足，尤其是对于当时资产阶级革命形势的认识不足，这也是主要的弱点。不过这也应该从当时的环境来考虑问题。太平天国是清政府的死敌，而李伯元的作品又是在清政府统治之下公开发行的。对于太平天国之类的反清革命力量，用了一些当时官场中用惯了的名词，如“长毛”“洪逆”之类的称呼，也是情有可原的。况且，就是在当时的资产阶级革命党人当中，也有一些对农民力量认识不足的。

总之，李伯元不是革命党，他的作品没有像邹容的《革命军》之类的政治宣传品那么进步，这是肯定的。但他的作品和刘鹗的《老残游记》之类的反动作品有着根本上的区别，这也是肯定的。李伯元的作品，应该说是倾向革命的，有助于革命的。

原载1966年1月16日《光明日报》

略论《二十年目睹之怪现状》

剑　奇

在晚清的数以千计的小说中，吴趼人的《二十年目睹之怪现状》，要算是具有代表性的作品之一。汪维甫在《我佛山人笔记叙》中说这部作品在当时是“妇孺能道之”，足见其在读者中影响之大。

《二十年目睹之怪现状》全书内容主要是对于晚清社会黑暗的揭露和批判。书的开头，书中的主人公九死一生说他应世二十年来，所遇见的无非是蛇虫鼠蚁、豺狼虎豹，魑魅魍魉三种东西，幸而都避免了过去，而这部书便是他二十年来的笔记。从这里可见作者原来的意图就是要揭露社会的“怪现状”的，鲁迅先生曾把《二十年目睹之怪现状》列为谴责小说代表作之一，并且指出其产生的社会基础是“盖嘉庆以来，虽屡平内乱，亦屡挫于外敌，细民暗昧，尚啜茗听平逆武功，有识者则已翻然思改革，凭敌忾之心，呼维新与爱国，而于‘富强’尤致意焉，戊戌政变既不成，越二年即庚子岁而有义和团之变，群乃知政府不足与图治，顿有掊击之意矣。其在小说，则揭发伏藏，显其弊恶，而于时政，严加纠弹，或更扩充，并及风俗。”显然从鲁迅先生这一扼要而又精辟的指示里，可以看出《二十年目睹之怪现状》所具有的暴露性和批判性的特征，正是当时广大人民对于统治者的激愤情绪和反抗精神在文学上的反映，正是清代统治者在人民运动中风雨飘摇，濒临崩溃的反映。虽然这种反映还不是那么直接的，明朗的，同时在作者主观上也还不是一种完全自觉的。

《二十年目睹之怪现状》以相当大的篇幅去描写和揭露晚清的官吏生活。这一方面是决定在作者的生活视野，另一方面，也是由于晚清的吏治确已达到惊人的腐败程度。

穷奢极欲的进行贪污贿赂是晚清官吏中极为普遍的现象。虽然我们知道官吏的贪污在中国官僚政治史上几乎是无代无之，但像晚清官吏那样明目张胆、毫无顾忌的情况，则是罕见的。吴趼人在揭露贪污风气时，并不是停止在现象本身的描写上，而是和许多产生这一风气的制度联系起来加以描写，这是非常正确的。如我们在书中屡见不鲜的看到描写买卖官职的事情，正是产生这种贪污风气的根本原因之一。

吴趼人对于晚清官吏的昏庸愚昧和灭绝人性的本性的嘲笑和诅咒，是极为刻毒和无情的。我们只看两个例子便可知道。书中描写江苏抚台惠福，在他上任时看到镇江河岸上堆了许多从河里挖出的土，于是寻思南京正修马路，何不把这些土运去南京修路呢？糊里糊涂下了一道命令叫百姓搬土，结果土没有搬走多少，直把百姓折磨得怨天叫地才算罢休。书中另一人物苟才是吴趼人用的笔墨较多来描写的另一反面人物。他本来是一个普通旗人，凭着巴结手段捞了个营务处的差事，为了进升官级，却硬逼着自己的寡媳给上级当姨太太，而自己的姨太太却又与发妻所生的儿子私通了，以致后来共同谋杀了苟才。这个家庭的罪孽因果报应，正本质的说明了官吏们精神生活极端堕落的二个方面。

反对帝国主义对中国人民的侵略和压迫以及清代统治者所采取的投降主义和失败主义，是晚清进步小说以不同程度接触过的主题。《二十年目睹之怪现状》也是以不少的篇幅反映了这一主题的。第五十回写的外国人要在中国造房子，贱价向土棍赃买了百姓的公地作地基，百姓向政府提出控告，政府却判成个不仅不要外国人退还地基，而且要这些百姓连住的房子也一并卖给外国人算了。从这个事件的描写中，正体现了晚清时期普遍奉行的“宁赠友邦，不与家奴”的投降主义和奴才主义的精神实质。这种投降主义的产生，一方面决定于晚清统治者为了要维持其摇摇欲坠的统治而乞求于帝国主义的政治利害关系；另一方面却是由于帝国主义数次对统治者所加的军事威力而形成其失败主义所产生的。第十四回写的中法战争时，中国的一条兵船，因看到烟雾，却疑为法国兵舰，于是便自动凿沉，就正是这种失败主义的具体体现。但是必须指出的是吴趼人在处理帝国主义压迫和剥削中国人民这一重大题材时，较之其他许多作家是有高明之处的。这就是吴趼人虽然还不能对帝国主义的侵略有着本质的深刻的理解，但在吴趼人的笔下，帝国主义是未曾被美化过的（如对帝国主义抱着某种程度的幻想等），而是按其狰狞丑恶的面目加以描写。五十九回写的卖猪仔一事，便是活灵活现的把帝国主义的绝灭人性的剥削本质勾画出来。而对那些在品德上一贯为吴趼人所憎恶，但在反抗帝国主义这一点上有着英勇行动的人，吴趼人还是大大加以表扬的（四十七回）。从这些地方，可以看出吴趼人的爱国立场，是较为明确的。

吴趼人成长在贫困的家庭环境里，终生从事着报刊工作，较广泛的接触到多方面的社会生活。他从他的反帝爱国立场出发，曾以华工禁约运动的发生而毅然决然地辞去所担任的一美国办的报纸的主笔，回到上海鼓吹反抗。他从他的愤世嫉俗的立场出发，始终与清代统治者保持一定的离心距，有人几次荐他出仕，他都拒绝了。吴趼人以他“坎坷没世”（鲁迅语）的一生，向黑暗的时代表示了自己的愤怒和抗议。正是在这样的情况下，吴趼人拿起自己的笔，饱含着激愤的情绪，暴露和谴责了社会黑暗。虽然吴趼人不能理解人民，但由于他通过许多反面人物和黑暗环境的描写，在客观上一定程度的宣泄了人民对统治者的愤慨情绪。这便是《二十年目睹之怪现状》不容抹杀的成就，也是它问世半个世纪以来为广大人民所欢迎的根本原因之一。吴趼人曾经给《官场现形记》作者李伯元作传，无限感慨的说：“呜呼，君之才何必以小说传哉，而竟以小说传。君之不幸，小说界之大幸也”。这些话何尝不是吴趼人的切身感受呢？何尝不是在慨叹别人的同时慨叹了自己呢？

吴趼人生活的时代，正是中国资产阶级的改良主义和民主主义运动的时代，虽然吴趼人对这些运动所持的态度不全然是资产阶级的，但是总的说来，他的思想是未曾超出资产阶级的思想范畴的，因而中国资产阶级的历史局限性，在吴趼人思想上就不能不打下深深的烙印，同时这种烙印的痕迹也就不能不表现在《二十年目睹之怪现状》里。

吴趼人所面临的社会虽然是黑暗的，但作为当时的时代主流来说，应该是风起云涌，如火如荼的人民反抗运动。在《二十年目睹之怪现状》创作前两年所发生的义和团运动，便是这种人民反抗运动较大的一次。吴趼人由于其思想局限，不但没有能把自己的爱国反帝的愿望和这一运动联系起来，甚至还对这一运动作了错误和歪曲的理解。这，不仅从根本上决定了他在整个作品中所表露的思想情绪带有悲观色彩，同时也从根本上决定了他的笔下不可能出现这一时代的主要抗争者普通人民的英雄形象。这里还只是问题的一方面，问题的另一方面，是作者在揭露社会黑暗时，由于其思想局限，不能对社会黑暗有着本质的理解，从而更深刻的发掘它，相反的却是较表面的描写了人的堕落，描写了“怪现状”的存在。这样，作者对社会黑暗攻击似乎凶狠，然而不中要害；谴责似乎尖锐，然而却不深刻，而只能如他自己说的：“以痛哭流涕之笔，写嬉笑怒骂之文”。虽然作品所体现的作者情绪是激愤的，但作品是未能达到应有高度的。

晚清时期的文学，由于社会斗争的需要，因而是较为明确的赋予文学的社会斗争任务的，在这种情况之下，晚清时期的作家，大都是在自己的作品中明确的表示自己的政治见解和主张的。然而正由于此，一个作家的思想局限在其作品中是会更为明白的表示出来的。吴趼人在《二十年目睹之怪现状》中，淋漓尽致的为我们揭露了黑暗社会的“怪现状”，这个描写的全部逻辑使人得出这样的结论：要拯救这个社会，只有推翻这个社会，别的办法是没有的。然而可惜的是吴趼人舍弃了这个结论，而找到另一个结论，那就是改良这个社会。他的全部见解是：社会的黑暗乃在于道德的沦丧，吏治的败坏，因此拯救这个社会，自然是诉之于恢复道德。吴趼人为了要人信服他的见解，不仅无数次的通过九死一生的姊姊和王述伯的口述向我们长篇大论的说教这些道理，同时也把他的见解混和在所描写的那些正面人物中，然而正像作者的说教不能让我们信服一样，作者所描写的正面人物也是无力的，在那个社会是没有出路的。蔡侣笙、吴继之，以至九死一生，都是作者极力加以表扬的人物，然而他们有什么出路呢？蔡侣笙作蒙阴县令，被百姓称为“青天”，但到头还是被朝廷坐罪，闹了个倾家荡产。吴继之是一位贤仕廉官，到头来也是倾家荡产，连所经营的商业都全部破产。九死一生则是跟着吴继之的垮台而垮台，作者所精心描绘的正面人物在那个社会的悲剧结果，应该是非常自然的，但是作者却不能理解。在全书最后一回作者标目道：“负屈含冤，贤令尹结果，风流云散，怪现状收场”。这一饱含忧郁、愤懑情绪的结尾，正说明作者的见解的破产而产生的低沉悲观情绪。李葭荣所作《我佛山人传》说：“《怪现状》盖低徊身世之作。……君厌世之思，大率萌蘖于是。余尝持此质君，君曰：‘子知我，虽然救世之情竭，而后厌世之念生，殆非苟然。’”李葭荣在这里叙述的吴趼人的悲观情绪，正是作家的思想局限造成的，这是吴趼人的悲哀，也是一切改良主义作家的悲哀。

《二十年目睹之怪现状》与其说是一部长篇小说，倒不如说是一部短篇笔记的结集更切合实际一些。全书以九死一生的活动为主线，而若干重要人物反复出现，通过他们的互相活动，把许多单个的故事联结起来，组成一部比起其他谴责小说较有结构的结集。吴趼人在作品中使用的语言是明白流畅的，某些地方还具有性格化的优点，在描写人物时，某些细节和场面也是颇为真实的，能吸引人的。

但是作品这些优点，并不能掩饰它严重存在的缺点。

首先是作品缺乏对典型人物的塑造。作品中虽然不少人物有着一定的性格特征，但却没有能达到典型化的程度。吴继之和苟才，是作者喜爱和憎恨的两个人物。但可惜作者没有把自己的感情熔铸到对他们的性格描写中去，而是去追求一些发泄自己感情的表面现象描写，这样不仅不能深刻的揭示作者所要反映的生活，同时某些地方还给人以不真实的感觉。其次，由于作者过分追求故事的离奇性，偶然性，因而许多情节在作品中显得很累赘，同时也缺乏真实感。

产生上述缺点的原因，一方面是作者对所接触到的生活体验和理解不深，而偏重在许多传说的搜罗。鲁迅先生所说“搜罗当时传说而外，亦贩旧作以为新闻”，因而“言违真实，则感人之力顿微”，确是一针见血的指出了这点。另一方面是作者忽略了文学创作的特点，晚清时期不少人强调文学的社会斗争任务，但却很少人注意文学创作的艺术性质，这样一种理论上的缺憾，反映在创作中，就是作家们忽略了对自己的生活素材的艺术加工。从现存的《我佛山人笔记》可以看出，吴趼人是把笔记中的许多素材未经加工便搬进了《二十年目睹之怪现状》中去了的。

因此从上面看来，我们如果说《二十年目睹之怪现状》作为晚清的进步小说，曾经一定程度的反映了人民对统治者的激愤情绪，而在艺术上却还没有取得相应的成就，是不能算太苛刻的批评的。

原载 1957 年 7 月 14 日《光明日报》

关于《老残游记》的作者刘鹗

严薇青

《老残游记》的作者刘鹗是晚清维新运动影响下的一个改良主义者[①]，这几乎是已经大家公认，没有什么问题的。既然肯定他在政治思想上是一个改良主义者，当然他有反动的一面，也有进步的一面；但是当前在介绍和评价刘鹗的时候，有的人却不免有所偏颇，即只谈他的反动的一面，或是过多的谈他的反动的一面，而完全不谈，或是很少谈到他的进步的一面。这是不全面的，因而也是不公允的。甚至有些同志在对刘鹗的评价上，自己还拿不准，似乎思想上还存在一定程度的混乱，在论述时前后意见极不一致[②]。因此，我们有必要客观地、全面地、具体地对刘鹗生平的主要事迹加以讨论和分析，而后给以比较正确的适当的评价。

一

刘鹗拥护清王朝，敌视农民起义（主要是当时的义和团起义），诬蔑和仇视资产阶级民主革命，艳羡帝国主义国家的物质文明，对帝国主义存有幻想，这些思想不仅在今天，即便在当时看来，也是非常反动的。特别是在《老残游记》中从黄龙子嘴里所讲的关于“北拳南革”那一段谬论：

> 一谈了革命就可以不受天理、国法、人情的拘束，岂不大痛快呢？……今者，不管天理、不畏国法、不近人情，放肆做去，这种痛快，不有人灾，必有鬼祸，能得长久吗？[③]

和下面通过玙姑娘跟黄龙子的问答，胡说什么：

> 然则这北拳南革都是阿修罗部下的妖魔鬼怪了？黄龙子道：那是自然，圣贤仙佛，谁肯做这些事呢？[④]

对于当时的革命和革命者，真是极尽谩骂诋毁之能事。刘鹗的反动面貌可以说是暴露无余。但是，即便如此，他到底还有另外的进步的一面。因为他是一个政治上的改良主义者，他对于清朝统治集团黑暗、腐朽的统治表示了极大的不满。因而在极力维护晚清封建王朝政权统治的前提之下，揭发了他们的丑恶面貌和虐杀人民的血腥罪行，进一步提出他的改良主义的政治主张。他这种暴露和揭发，当然是出于一种“恨铁不成钢”的反动思想动机；归根结底，也还是为了唤醒清王朝的注意，进而加强和巩固其反动政权的统治。可是，不容否认，他这种谴责和揭露，在客观上起了使中国人民进一步认清当时清朝统治集团的狰狞面目和罪恶本质的作用，这是具有较深刻的社会意义的。

同时，在一定程度上刘鹗对于当时他所亲眼看到的人民疾苦，也做了比较真实的反映，表示了自己的深厚同情。这些也是属于进步方面，应该给以肯定的。例如《老残游记》第六回中，老残所写的咏玉贤的诗。

得失沦肌髓，因之急事功；冤埋城阙暗，血染顶珠红。处处鸺鹠雨，山山虎豹风；杀民如杀贼，太守是元戎。[5]

对于“杀民如杀贼”的贪官酷吏屠杀人民、希图“血染顶珠红”的罪恶行为，表示了深恶痛绝的态度，指出他们要“急于做大官，所以才伤天害理，做到这样。”[6]接着下面通过对老残这一人物内心活动的描绘，对于当时人民所遭受的痛苦，做了进一步的控诉。

“若像曹州府的百姓呢，近几年的年岁也就很不好；又有这么一个残虐的父母官，动不动就捉了去当强盗看待，用站笼站杀，吓的连一句话也说不出来，于饥寒之外，又多一层惧怕，岂不比这鸟雀还要苦吗?”想到这里，不觉落下泪来。又见那老鸦有（又）一阵刮刮的叫了几声，仿佛也不是号寒啼饥，却是为有言论的自由乐趣，来骄这曹州府老百姓似的。想到此处，不觉怒发冲冠，恨不得将玉贤杀掉，方出心头之恨。[7]

作者在塑造另外一个酷吏刚弼的人物形象，写到刚弼对魏氏子女作威作福、滥用非刑锻炼拷打的时候，通过主人公老残义正词严地对刚弼提出了尖锐的责问：

> 我且问你，一个垂死的老翁，一个深闺的女子，案情我却不管，你上他这手铐脚镣是什么意思？难道怕他越狱走了吗？这是制强盗的刑具，你就随便施于良民，天理何存？良心安在？⑧

这真是赤裸裸地揭出了千百年来所谓“民之父母”的本来面目和封建统治集团的阶级本质！又如《老残游记》第十三回，老残看了翠环身上的伤痕以后，“此刻欹在炕上心里想着”的一段心理描写⑨和第十四回写齐东县黄河决口，老残所发的一段议论⑩，都能看出作者同情人民疾苦的思想感情。特别是在第十四回原评里，作者写了自己亲身的见闻和个人的感触：

> 废济阳以下民埝是光绪己丑年事，其时作者正奉檄测量东省黄河，目睹尸骸逐流而下，自朝至暮，不知凡几。山东村居，屋皆平顶，水来民皆升屋而处.一日作者船泊小街子，见屋顶上人八九十口，购馒头五十斤散之。值夜大风雨，耳中时闻塌屋声。天未明，风息，雨未止，急开船窗视之，仅十余人矣，不禁痛哭！作者告予云：生平有三大伤心事，山东废民埝，是其一也。⑪

这些从正面毫无掩饰地对于封建统治阶级的谴责和揭露，以及对当时在水深火热中挣扎性命的人民的深厚同情，都可以说是难能可贵的。

此外，对于当时官吏的封建淫威也不遗余力予以揭露，例如《老残游记》第十八回写刚弼审讯魏家一案时：

> 凡官府坐堂，这些衙役就要大呼小叫的。名叫“喊堂威”，把那犯人吓昏了，就可以胡乱供认了。不知道是哪一朝代传下来的规矩，却是十八省都是一个传授。⑫

有时笔锋甚至转向清王朝的最高统治者，捎带着给皇帝开个小玩笑；比如第二回写老残在明湖居听王小玉说书：

> 就（王小玉）这一眼，满园子里便鸦雀无声，比皇帝出来还要静悄得多呢，连一根针掉在地下都听得见响！⑬

在清王朝统治之下，打这样一个比方：拿皇帝和封建社会里的一个歌女相提并论，纵然不能说是“大不敬”，多少总有点比喻不伦，对皇帝不够尊重。这种说法，在当时说来，未免大胆。像这种地方，也是应该肯定的。

当然《老残游记》当中有些看法是不正确的，比如在翠环这个穷苦无告的女孩子沦落为娼的这一问题上，张毕来同志就批判作者刘鹗没有从阶级观点来分析社会罪恶的根源[14]。不过由于作者阶级出身和时代的局限，这种情况其实是毫不足怪的。我们不能拿今天的观点要求刘鹗。与此相同，我们也不应该像北京大学同学编写的《中国小说史稿》所说的那样，认为老残对于人民的同情“是极端虚伪的，是迷惑人的毒药。他‘怜悯’人民的疾苦，可是又想用反动的道路来解决矛盾，结果仍是使人民处于被奴役的地位而已”[15]。如果这样要求，把刘鹗同情人民疾苦的某些片段，也一笔抹杀，那就恐怕中国古典文学当中许多同情人民疾苦的作品都无法肯定了。

二

有人认为刘鹗不仅是一个改良主义者，而且是一个出卖国家民族利益的“汉奸”，像张毕来同志就是这样论断的[16]。这虽然是作者的生平问题，但也是关系着全面了解、评价作者的政治态度、思想意识和全书内容的一个重要问题。根据罗振玉的《刘铁云传》[17]来看，他一生的主要事迹，除了主张用“束水刷沙”的办法来治理黄河以外，就是“上书请筑津镇铁路”和“以开晋铁谋于晋抚”；他认为“扶衰振敝，当从兴造铁路始，路成则实业可兴，实业兴而国富，国富然后庶政可得而理也。”其具体的办法是：“任欧人开之，我严定其制，令卅年而全矿路归我”。这样，“彼之利在一时，而我之利在一世矣”。结果，“而君汉奸之名大噪于世”。庚子之役，刚毅就曾以其“通洋”，请明正典刑。当时因为他在上海，正投靠德商福利公司当买办，所谓“时君方受廪于欧人，服用豪侈”，以此才得免于祸。等到八国联军侵入北京之后，他又挟资入京，以贱价购买了为帝俄军所占领的太仓米库的库米，粜给老百姓。后来即因此被构陷，以私售仓粟论罪，充军死在新疆。最后，罗振玉认为“君既受廪于欧人，虽顾惜国权，卒不能剖心自明于人，在君乌得无罪？而其所以至此者，则以豪侈不能自清之故，亦才为之累也”。

从上述刘鹗生平事迹看来，他之所以被认为是汉奸，主要由于以下三个方面：（1）主张开矿筑路，首先是由帝国主义经营，三十年后再收归中国所有；

(2) 从帝俄侵略军手里以贱价购买太仓米，粜给平民；(3) 接受帝国主义津贴，任德商福利公司买办，而且“服用豪侈”，毫不避讳。从刘鹗主张开矿筑路，以中国资源资助帝国主义，供其直接剥削，并和帝俄军队联系，从他们手里购买仓米办理赈济，当时被当做汉奸看待，这是完全可以理解的。一来是当时中国人民反帝的政治情绪正在高涨，而且也确实由于筑路开矿，直接危害到国家主权和人民利益。比如1898年中德签订了“胶济租界条约”，规定由德国修筑胶济铁路，并开采铁路两旁三十里内的矿藏。于是路局人员就随意钉设路桩，因而与高密县农民口角互殴。德军借口保路，枪杀农民二十余人，还勒令山东巡抚毓贤赔偿桩价和兵费。又如铁路阻碍水道，路局不肯造桥放水，引起农民暴动；而巡抚袁世凯居然派兵替德人镇压。同时，由于铁路的修筑，旧式的交通运输被弃置，路线上的所有田地、房屋、坟墓都被毁坏，而且铁路的修建还间接帮助了洋货的深入内地倾销，加速了中国手工业生产的瓦解，以至使广大农民的生活感到不安，造成千百万交通运输工人和手工业者的失业和破产[18]。二来是当时中国人民，甚至中上层分子也还存在一定的农民保守意识和怕破坏“风水”的迷信思想[19]。所以，即便筑路开矿真的是“我之利在百世”，也不易为群众所接受。至于和帝俄侵略军进行联系，购买仓米，在当时北京被帝国主义占领，奸杀掳掠，成为恐怖世界的时候，人民就更看不惯。特别是在清政府眼里，上述刘鹗生平事迹当中的三个方面，无一不是离经叛道、丧心病狂的叛逆行为；即便是“受廪于欧人，服用豪侈”这一条，在当时一般旧官僚一方面艳羡（艳羡其“服用豪侈”），一方面嫉视的情况下，也势必要从各方面加以罗织，给他加上一个“通洋”的罪名，使之“明正典刑”而后快。像刘传中所载，刚毅在庚子之变时奏请清朝皇帝杀死刘鹗，就是这种思想的具体反映。首先刚毅是满族官吏，站在清王朝的立场上，为了巩固清朝的统治，对此大逆不道的反叛，当然要拿获正法。其次刘鹗的开矿筑路之说，与当时顽固的守旧派官僚的思想格格不入；不论其是否有益于国家，这种主张首先就违犯了传统习惯。再次，刘鹗精通“洋务”，投靠帝国主义，服用豪奢，招摇过市，不自韬晦，也势必会引起旧官僚的嫉视和愤怒，而以汉奸目之。不过，今天我们评价刘鹗，就不能完全根据当时人一般印象，甚至和清朝统治阶级一样看法，不加分析，笼统地断言他是汉奸。以今天我们所掌握的材料看来，虽然清朝统治阶级引为借口，作为刘鹗后来充军新疆的直接原因和主要罪行是所谓私售仓粟之罪，但是不管是根据《刘铁云传》或刘氏后人所写的一些有关刘鹗的轶事[20]，刘氏之被目为汉奸，主要还是由于他主张开矿筑路，“任欧人开之”，而不是在他私售仓米和帝俄侵略军打交道之后。因此我们应当首先弄清楚他主张开矿筑路的经过到底是怎样一回事。

关于刘鹗主张开矿筑路，在《刘铁云传》有这样一段记载：

> 当君说晋抚胡中丞奏开晋矿时，君名佐欧人，而与订条约，凡有损我权利者，悉托政府之名以拒之，故久乃订约。及晋抚入奏，言官乃交劾，廷旨罢晋抚，由总署改约。欧人乘机重贿当道，凡求之晋抚不能得者，至是悉得之；而晋矿之开，乃真为国病矣。

如果这段记载属实，那么出卖国家民族利益，真正做汉奸勾当的，不是刘鹗，而是比他更高的统治集团。从刘鹗一生的事迹来看，这是很有可能的。因为他的许多政治主张，都是建议或上条陈给比他高一级的统治者；在他自己手里，并没有做出多少事来[21]。这主要是由于他没有掌握实际政权，而只是做别人的幕僚的缘故。通过筑路开矿，举办实业，想模仿日本明治维新，达到国富民强的目的，这正是当时一般讲维新、讲“新学”或“洋务”的人的共同论调，并不只刘鹗一人为然。而且，刘鹗虽是主张先让帝国主义开矿筑路，但是他也提出“严定其制，令三十年而全矿路归我”；要和帝国主义者严格订定条约、制度，给以限制，最后还是把矿路主权收归中国所有，而不是无代价、无期限地送给帝国主义。这在中国当时经济力量、技术条件的限制之下，似乎不能说是毫无道理。他的动机到底也还是为了国富民强，和完全丧失民族立场、一味投靠帝国主义，出卖民族利益，换取个人荣耀和金钱的汉奸有所不同。等到后来，由于帝国主义资本的大量输出，中国维新运动的日趋活跃，以及社会舆论的关系，清政府也不得不在借债筑路、允许帝国主义开矿之外，自己也成立了路矿学堂一类的学校，并终于也采取一些开矿筑路的实际措施。既然对于清朝政府统治后期主张或从事这些活动的人没有拿他们当汉奸看待，今天我们似乎也不应该再附和当时清朝统治阶级的论调，给刘鹗扣上一顶汉奸帽子。

关于刘鹗最后被清政府当做借口，据以论罪，流放新疆的所谓私售仓米一件事，在今天看来，也应当予以公正的估价。据《刘铁云传》的记载，当时的情况是：

> 联军入都城，两宫西幸。都人苦饥，道殣相望。君乃挟资入国门，议振恤。适太仓为俄军所据，欧人不食米，君请于俄军，以贱价尽得之，粜诸

民，民赖以安。

这里我们需要弄清楚：（1）刘鹗是为什么和如何挟资入都，办理赈恤的；(2) 他以贱价从帝俄军手里购买了仓米，是否仍以贱价粜给北京市民，还是囤积居奇，高利出售，借以发赈灾财；（3）刘传中所谓“民赖以安”的“民”，是些什么人——是当时的统治阶级还是城市贫民。据阿英：《庚子联军战役中的老残游记作者刘铁云》㉒引刘鹗写给当时“救济会”负责人之一的陆树藩(伯纯) 的信上所说，是刘鹗主动捐款，请求参加救济工作，并“愿执役为诸君前驱”；而且“所有随带翻译人等川资薪水”均由他个人“捐款发给，不支善会分文”㉓，统一在“救济会”的组织下进行赈恤。最初规定的主要是护送“官商人口”出京和办理平粜，后来又加上掩埋尸体。㉔当时的“救济会”表面上是“慈善团体”，而实际上是以李鸿章为背景，由陆树藩出面组织的一个官绅联合操纵的团体。而刘鹗之从当时外国侵略军手里办理粜米，也还是经过李鸿章默许的㉕。至于刘鹗参加“救济会”工作的动机，“并不是由于邀请或本身是什么发起人，而是由于对难民的热情”㉖。亦即刘氏给陆树藩信中所说：“今年北省大难，蒙诸大善长发慈悲心，猛勇救济……凡有血气者皆宜感动……弟寒士也，摒挡一切，愿凑捐银五千两，又筹借垫银七千两，共一万二千两，送呈贵会，伏希察入。惟此款专作救济北京之用。”㉗当然刘鹗之所以这样勇于任事，多方奔走，也绝非单纯为了关心难民，毫无企图；很大可能是像罗振玉在刘传中所说：“慨然欲有所树立”，企图从这些活动中广通声气，获得向上爬的政治资本。

刘鹗以“贱价”从帝俄军手里买出米来粜给平民，已见刘传；至于是否把贱价买来的米高价售出，从当时的难民身上发赈灾财，则刘传并无明文交代。但是从后来刘鹗和陆树藩发生龃龉以后所写的信看来㉘，则并非由于办理平粜致富，分赃不均；相反的，倒是由于办理不善、遭致亏累，陆树藩才否认是“救济会”的创议，而把所有责任完全归之于刘鹗。结果，平粜的亏累完全由刘鹗承当起来，算做他个人的“义举”；原捐垫款一万二千两由“救济会”退回，另由刘负责归还全部用款二万元㉙。当时平粜工作所以亏累，据刘给陆的信中所说是：“大宗之亏则在银价。籴米用银，粜米收钱，定价时银价十二吊，至正月则十五吊有奇，近且十七吊矣。加以所用者都系外行，弟又不善琐屑钩稽，积漏崩山；以二月底截止计算，已约亏七八千金。所欠华俄、汇丰之款，近皆催逼，不得已以存米急售，又加一亏，其数尚不知也”㉚。假使其中有利可图，做为“救济会”负责人之一的陆某，绝不会把这个“义举”以及所有责任完全推给刘鹗，而毫不染指的。

在刘鹗所办理的平粜中，当时身受其惠，“民赖以安”的“民”，究竟是些什么人呢——是统治阶级，还是被统治阶级。这也可以从刘给陆的信件中找出答案。原信说：

> 窃谓此次京师大难，与寻常水旱偏灾不同，平民之受害也轻，而士大夫之受害也重。良民可惜，良士尤可惜。难民可怜，难官更可怜。京官苦况，平时尚不免支绌，当此大难猝兴，走则无资，留则无食。月初有西友自京师来云：见京官宅中，有陈设依然，而男子逃走，女子自尽，尸横遍地者；有大门紧闭，而举家相对饿死者。闻之不自知其泪下涔涔也！人才为国家之元气，京师为人才（之）渊薮，救京师之士商，即所以保国家之元气。办法当以护送被困官商人口出京，为第一要义；平粜为第二要义；其余犹其次矣。[31]

这里列举了平民、士大夫、良民、良士、难民、难官及官商人口等，可见刘鹗平粜救济的对象，有平民中的难民，也有士大夫中的难官；同时还有所谓士商。信中特别介绍了京官的苦况，显然京官也是刘氏救济的重点对象之一。这里所谓京官，并不是一般在北京任职的大官僚或达官显宦；他们平时的生活绝不会支绌，即便遭遇变乱，也不至于困陷在北京，全家饿饭，等待救济。需要救济的是那些平日生活困难、仅有空头官衔而无实际职权的穷京官（如穷御史之类）和在京候差的官员。这种京官，在《官场现形记》之类的书中，有很多地方写到他们。即便在平时，他们的生活也是很窘的，差不多都是靠了熟识的外省现任官吏的“炭敬”、“别敬”等公开的贿赂或接济过日子，何况再遇到这样大的事变，那就只好坐以待毙。所以刘氏认为比难民还更为“可怜”。据刘传记载，刘鹗曾“留都门者二载”，对所谓京官之苦，可能有较深刻的体会。同时再从他所受的阶级局限和历史局限看来，把京官中的“难官”作为救济的重点看待，把“士商”看作是“人才”、是“国家之元气”，也是可以理解的。但是这并不等于只救济“难官”，而不救济难民，实际上他既救济了统治阶级当中的穷京官，即所谓“难官”，也救济了被统治的城市的老百姓，而且救济了当时某些官商两栖而有实际生活困难的人。假如只限于救济“难官”和“士商”，即便中间有亏累，他个人有些挪用，恐怕也无须那样多的赈款的。

因此，根据上述分析，刘鹗这一行动，从其效果上看，基本上也还是符合人民的愿望的，较之清朝最高统治者最初只顾自己逃命，不管老百姓的死活，后来出卖了义和团起义，和敌人签订了丧权辱国的投降条约，最后重新回到北京统治中国人民的时候，不但不承认和谅解刘鹗这种关心民命的正义行动，反而听信其他人的构陷，翻过脸来以“私售仓粟”论罪，其间优劣高下，简直不可同日而语。在我们还没有完全弄清刘鹗当时真正的动机之前，我们就事论事，他究竟应当负有多大责任，已经十分明显。他在办理平粜问题上，即便犯有错误，但是似乎也不应该轻率地沿袭过去对刘鹗的论断，遂目之为汉奸。我们还必须从刘鹗当时的行动所起的作用和影响来公正地给以估价，而不宜简单粗暴地遽下结论，像张毕来同志所说的那样：

> 刘鹗在“联军入都城，两宫西幸”的时候，居然带了大批金钱到北京来，向俄军购买太仓积粟，平常的人能这样么？既与革命势力无关系，又同清室脱离了关系，不是汉奸如何能够做出这样的事来？——且不论此事的是非，首先就做不出来。[32]

这完全是凭个人主观臆断和推论判断是非。这是不够恰当的，也是很难使人信服的：为什么和革命势力无联系、同清室脱离了关系的人做了这样一件事，就一定是汉奸？而且怎么可以说“且不论此事的是非”呢？如果没有是非，我们将以什么作为判断正确与错误的标准呢？

有的同志根据刘传中所说：“至于君既受廪于欧人，虽顾惜国权，卒不能剖心自明于人，在君乌得无罪？”以为罗振玉虽是刘鹗的知己朋友，怕他一生事迹埋没，特意给他做传；但也认为他有罪，而不肯为之回护，可见刘鹗真是罪有应得，无法摆脱汉奸之名了[33]。个人认为“在君乌得无罪”这句话，应当联系上文，结合“虽顾惜国权，卒不能剖心自明于人”一齐看，不能孤立截取，断章取义。假如连同上文看时，罗振玉不但不是来坐实刘鹗有罪，相反的，倒正是用这几句话表示对刘的同情。因为首先他肯定刘鹗是“顾惜国权”的；他认为刘之所以有罪，只是第一，“受廪于欧人”；第二，没有“剖心自明”，见谅于人。他正是想借此来开脱刘的罪名，至少是希图减轻刘的罪名的。如果再联系下文看，“而其所以致此者，则以豪侈不能自清之故，亦才为之累也”，意思就更明显。所谓豪侈不能自清，也还是指“受廪于欧人”一事说的。但是刘鹗当时之所以能携资入都，粜售仓粮，不顾个人利害、毁誉，解决了当时一部分人的食粮问题，也正是由于他“受廪于欧人，服用豪侈”，因而才有这种和帝国主义军队打交道的能力及充分的经济力量；同时刘鹗之所以肯于做这样的事，一方面是为了个人“欲有所树立”；另一方面也还是由于他肯为一部分被难的官民着想。如果他在思想上也和当时其他旧官僚一样，即便拥有巨资，也可以明哲保身，一毛不拔，坐视北京城中一部分人受着严重的饥饿威胁而不顾。从这一点上讲，他还是有着进步的一面的。至于罗振玉所说的：“在君乌得无罪”，则正是在同情刘鹗的思想感情的支配之下（倒不见得另有什么见地），愤激之余的一句反话。似乎还不能就此认为罗振玉也是把他当做汉奸看待的。

三

刘鹗在《老残游记》里，有没有一些羡慕帝国主义国家的物质文明、对帝国主义抱有幻想的描写呢？这肯定是有的。除了在第一回《楔子》里写了老残等三人给帆船上送向盘、送纪限仪等东西的情节之外，还有一些可议的地方，例如在第二回里写老残在明湖居听王小玉说书时，就说什么：“这一出之后，忽又扬起，像放那东洋烟火，一个弹子上天，随化做千百道五色大光，纵横散乱[34]。”首先拿“东洋烟火”做比方；又如第十九回，写老残受白子寿之托，调查齐东村案件，老残就“又到天主堂去拜访了那个神甫，名叫克扯斯。原来这个神甫既通西医，又通化学。老残得意已极，就把这个案子前后情形告诉了克扯斯，并问他是吃的什么药[35]。”从“老残得意已极”这句话看来，更十足说明刘鹗对于这个文化特务是如何信赖，抱着多么大的幻想，是多么可耻的一付奴才相。

就刘鹗个人说，当他从上海经天津到北京办理赈恤的时候，他是改装成日本人的装束到天津来的[36]。根据当时八国侵略军占据京津一带，社会秩序极其混乱的情况来说，他这样改装，行动上也许更方便一些，但是以他和帝国主义打交道的经验和能力看来，即便不改装，似乎也不至于影响他入京活动。何况他还有着一块“救济会”办理赈恤的招牌，而且带着翻译之类的人同行。不论从哪方面讲，都没有非改装不可的理由。从刘鹗之改装一事看来，也足以说明他的崇外思想或奴才思想的浓厚。

再从刘鹗“受廪于欧人”，做德商福利公司的买办来看，这也是他一生中一个很大的污点。在我们没有掌握充分材料，说明他究竟做出哪些出卖国家民族利益的反动事迹之前，可以说这是他的奴才思想的另外一个突出的表现。像这种行径，所谓狂狷之士和谨小慎微的人固然不肯为和不敢为；就是在一般旧官僚眼中，也是一件非常丧失身份的事。虽然一方面有些艳羡之情，但另一方面则极端瞧不起。这并不是说当时那些王公大人不做帝国主义的买办，就一定能洁身自爱，操守清高；而是说他们遵守"学而优则仕"的封建古训，宁肯为官做宦，寻求"正途出身"，而不肯"降低"自己四民之首的"士"的身份，去从事市侩行径。鲁迅先生在杂文《京派与海派》中，有一段话说得极为精辟。虽然并不是专为刘鹗而发，但是颇可帮助我们理解所谓官商之分，和他们之间的关系问题。他说：

> 北京是明清的帝都，上海乃各国之租界，帝都多官，租界多商。所以文人之在京者近官，没海者近商；近官者在使官得名，近商者在使商获利，而自己也赖以糊口。要而言之，不过"京派"是官的帮闲，"海派"则是商的帮忙而已。但从官得食者，其情状隐，对外尚能傲然；从商得食者，其情状显，到处难于掩饰。于是忘其所以者，遂据以有清浊之分。而官之鄙商，因亦中国旧习，就更使"海派"在"京派"的眼中跌落了。[37]

可见所谓官、商的清浊之分，其实也不过是五十步与百步之别。刘鹗当时之所以为人诟病，客观上固然是由于他丧失民族立场和个人身份，投靠帝国主义，成为买办文人；主观上恐怕正是由于"难于掩饰"其"从商得食"的行径，因而"傲然"不起来而已。

以上这些事实，都可以揭示出刘鹗在思想上和行动上确有许多可议以及错误之处，但是这和他是不是应当被看成为汉奸，毕竟还是两回事，似乎不宜混为一谈。

总之，我们今天来评价刘鹗，必须全面、客观，就具体事实进行分析，而后根据实际情况加以论断，尤其不宜笼统、简单地沿袭成说，随便给他一个汉奸的罪名。首先，既然肯定刘鹗是一个改良主义者，我们在指出他的反动的一面的同时，也还必须承认他的另外的进步的一面；特别是在《老残游记》中，对于当时清朝封建统治的腐朽黑暗，做了一定的揭发和批判。虽然他是不自觉的，但在客观上却起了一定的积极效果。其次，就其反动的一面而言，也必须在若干关键问题上，根据当时情况，实事求是，恰如其分地予以分析批判：诸如他拥护清王朝的统治、诬蔑革命、"私售仓粟"充当帝国主义的买办等等，所有这些行事，他有哪些作用和影响，哪些地方是可以肯定的，哪些是应该批判的；除去他在给帝国主义做买办的时候，究竟还有哪些劣迹，现在还无法判断外，在某活动中，他应该负有多大责任、有哪些错误，都应一一指出，予以分别看待。特别是应当指出：根据目前掌握到的材料，他只能是一个买办文人，还不能算是汉奸。再次，在评价刘鹗的问题上，我们还必须把它和对胡适的批判，以及对清除胡适的反动影响区别开来。反动文人胡适对于明清小说所散布的许多恶劣影响，肯定是应该而且必须予以批判和清除的。同时在许多问题上，经常是敌人或反动派所提倡的，恰好是我们所反对的；敌人所肯定的，却正是我们要批判的。但是在某些问题上，就要进行具体分析。比如对于《老残游记》，大家过去评价一直是相当高的，但这并不完全是由于胡适的"推崇"。就刘鹗的反动的一面，胡适由于臭味相投，确实曾大加赞扬，我们应当有所认识，并予以批判；但是我们不能因为胡适曾盛赞过刘鹗的"识力"和"胆力"[38]，说他不是汉奸，因而也就认为不应该再肯定他的某些行动，不肯说他不是汉奸。我们必须大胆解放思想，突破这些框框，根据具体情况加以分析。这样得出来的论断，也许会有不少错误，甚至是观点上的原则性的错误，但是这种态度应该说是科学的、严肃的；否则人云亦云，不求甚解，虽则可以不犯错误，可是我们将会画地为牢，故步自封，很难得到一个比较正确的估价和符合事实的论断的。

1961 年 12 月

原载《文史哲》1962 年第 1 期

---

① 劳洪：《刘鹗及其老残游记》（1956 年 1 月 8 日《文学遗产》第 87 期）及复旦大学中文系 1956 级同学编著的《中国近代文学史稿》（第 263 页）认为刘鹗可能是属于洋务派集团的，据《老残游记》第 5 回原评云："虽玉贤罪不容诛，总非扫除政府，改变政体不可"（1913 年上海新中华书局石印本，《老残游记》第 5 章，第 8 页）：似乎并不是洋务派。一般讲来，即便他是洋务派集团的分子，似乎也还可以包括在改良主义者之内的。

② 北京大学中文系 1955 级同学编写的《中国文学史》认为"把刘鹗说成汉奸是不公平的，从现存史料上看来，他实际上是一个具有改良思想的爱国的封建官吏，主张维新图强，又充满忠君仁政的儒家观念"；"与卖国殃民的汉奸是有原则区别的"（《中国文学史》修订本第 4 册，第 315~316 页）。而在同级同学编写的《中国小说史稿》中，则着重强调他的反动性，认为"他被指为汉奸是可以理解的"；"更恶劣的是，他妄想推迟历史进程，提出补

残的道路，积极地引导人脱离革命”；（《中国小说史稿》，第535~542页）。因此，对《老残游记》这部作品的看法，也就有了很大的出入：修订本《中国文学史》认为“在晚清众多的小说中，仍不失为上乘作品之一”，“应当予以基本肯定”（第四册，第320页），而在《中国小说史稿》中，则认为是“从总的方面来说，是一部坏书，基本上应该否定”（第538页）。

③《老残游记》第11回，人民文学出版社铅印本，（下同）第107页。

④《老残游记》第11回，第107页。

⑤《老残游记》第6回，第53页。

⑥《老残游记》第6回，第57页。

⑦引同上，第54页。

⑧《老残游记》第17回，第160页。

⑨《老残游记》第13回，第126页。

⑩《老残游记》第14回，第136页。

⑪《老残游记》第14章，1913年上海新中华书局石印本，第8页。

⑫《老残游记》第18回，第174页。

⑬《老残游记》第2回，第15页。

⑭张毕来：《老残游记的反动性和胡适在老残游记评价中所表现的反动立场》。见1956年2月号《人民文学》，此据《明清小说研究论文集》，第394页。

⑮北京大学中文系1955级同学集体编写《中国小说史稿》，第538页。

⑯《明清小说研究论文集》，第382页。

⑰《刘铁云传》，见罗振玉《五十日梦痕录》。以下不注出处的引文，均引自《刘铁云传》。

⑱以上史实，参见范文澜《中国近代史》上册，第8章第1节，第330~332页，

⑲梁启超：《为川汉铁路事敬告全蜀父老》云：“吾欲极陈兹路之利害，吾更不厌絮聒，先进一解蔽之言。吾侪今极言铁路之当办，而内地老辈或者犹怀抱十年前迷见，曰：侵害风水也；曰：夺小民生计也，曰：用夷变夏也；借口于种种而以为铁路不当办者，容或有其人也。”见《饮冰室文集》之25下（第10册第39页）。

⑳如刘大绅：《关于老残游记》；刘大钧：《刘铁云先生轶事》等。

㉑刘大钧：《刘铁云先生轶事》：“盖先生提倡之方式不在作文问世，而在游说当局，以其长于辩才，故颇得当局信任。当时政府兴筑铁路，及以新法采矿，得先生鼓吹之力不少。”（《人间世》第4期，第14页）

㉒阿英著：《小说二谈》，古典文学出版社铅印本，第54~59页。

㉓阿英：《小说二谈》引刘鹗与陆伯纯信，第55~56页。

㉔见同上注引刘鹗复陆伯纯质问函，第57页，又狄平子：《平等阁笔记》卷1、《大刀王五》条云：“时刘铁云设平粜局于东华门外，附设一瘗埋局，专掩埋无主尸骸，以沈愚溪主其事”，见有正书局铅印本，第4页上。

㉕ 阿英：《小说二谈》，引刘鹗复陆伯纯质问函，第 57 页。

㉖ 《小说二谈》，第 54 页。

㉗ 引同上，第 55 页。

㉘ 《小说二谈》，第 57~58 页。

㉙ 《小说二谈》，第 57~58 页。

㉚ 《小说二谈》，引刘鹗复陆伯纯质问函，第 58 页，

㉛ 《小说二谈》，引刘鹗与陆伯纯函，第 55 页。

㉜ 《明清小说研究论文集》，第 382 页。

㉝ 《明清小说研究论文集》，第 382 页。

㉞ 《老残游记》第 2 回，第 16 页。

㉟ 《老残游记》第 19 回，第 183 页。

㊱ 《小说二谈》引陆伯纯《救济日记》，第 56 页。

㊲ 《鲁迅全集》第 5 卷，第 352 页。

㊳ 胡适：《老残游记序》，《胡适文存》3 集，卷 6，第 794 页。

《孽海花》（增订本）前言

张毕来

晚清几部著名的小说，依我看来，《孽海花》是最好的一部。

这部小说，最初印行的时候，署“爱自由者发起，东亚病夫编述”，后来才改署“曾朴著”。“爱自由者”是金松岑的笔名；“东亚病夫”是曾朴的笔名。——当时的作者常常取这类命意显然的长笔名，有的甚至长到七八个字。这也是一时的风尚，我们还可以从这里略窥时代风尚留下的痕迹。

金松岑（1874~1947 年），江苏吴江人。1903 年的时候，他在上海参加爱国学社，同邹容、章太炎、蔡元培等鼓吹资产阶级民主革命。那正是日俄战争前夕。他看见帝俄野心勃勃，要侵我东北，就以出使俄国的洪钧为主角、赛金花为配角，写这部小说来反映当时的政治外交情况。但是，他只写了头几回，后来把这几回交给曾朴，请曾朴续写，并同曾朴共同商定全书六十回的题目。曾朴接手后，把金松岑所写的头几回加以修改。以后各回是他一手撰写的。全书结构，同金松岑最初所想的也很不同。因此，这部小说可以说是曾朴一人写的。

曾朴，字孟朴，江苏常熟人，生于 1872 年 5 月 13 日。1891 年中了个举人，次年应春试，没有考上，以后就捐了个内阁中书，在北京做官。在北京的时候，他同李文田、文芸阁、江建霞、洪文卿等常往来。洪文卿即上文所说的洪钧。他是同治戊辰科状元，兵部左侍郎，后来奉命出使德俄等国，赫暄一时。洪是曾朴的父亲曾之撰的义兄，又是曾朴的闱师潘子韶的老师。曾朴因此同洪的关系更密，常出入洪宅，并在那里认识赛金花。曾朴的岳父，是同治乙丑科翰林任工部左侍郎的汪鸣銮。曾朴因汪的关系，得同翁同龢、张樵野等人接触。1895 年，他入同文馆学习法文。1896 年，想应考总理衙门，未达目的，愤而襆被出都，回到南方。此后数年，正是康有为、谭嗣同等倡导“新政”的时候，他在上海参加过这种活动。戊戌政变后，他回到常熟办地方教育事业，当小学校长。从这時候起，热心于法国文学的研究。1903 年，他到上海经营丝业，因外丝大量倾销，丝价大跌，折本而罢。1904 年，他同徐念慈等创立“小说林社”，发行小说。他自己也写小说。《孽海花》就是这个时候开始写的。1907年初，他又创办《小说林》杂志。这个杂志共出了十二期，1908年9月停刊。《孽海花》有一部分就发表在这个刊物上。这时候，已是清政府垮台的前夕。他参加过张謇等的立宪运动。1909年，入两江总督端方幕。在端方那里一年多。端方北调，他以候补知府分发浙江。辛亥革命后，由浙江回到江苏，当江苏省议员，后来又当江苏官产处处长、财政厅厅长、政务厅厅长等。这类的官，当到1926年革命军北伐时候。此后的活动，以文学方面为主。1927年，他在上海开设真美善书店，并发行《真美善》杂志。这个杂志于当年11月创刊，到1931年7月停刊。《孽海花》很大一部分就发表在这个杂志上。《真美善》杂志停刊后，他回常熟度他的晚年，过莳花种竹的闲散生活。1935年6月23日病死于常熟。

除了《孽海花》而外，曾朴还写了许多东西。有古今体诗集，有骈散文集。又有《补后汉书艺文志》一卷、《考证》十卷，收入开明书店出版的《二十五史补编》中。他所译法国文学作品很多。雨果、左拉、莫利哀等人的诗、小说、剧本，他都译了一些。其中，尤以雨果的作品译得最多，有《九十三年》、《钟楼怪人》等。

曾朴一生，在宦海里浮沉，在文坛上驰骋。在清政府和民国军阀政府的官场中，他同最高层的大官们有往来，可是，自己没有挤进这个最上层的圈子里去。对中国社会改革运动，他不是积极倡导的人，但也参加。他参加过维新运动，却没有谭嗣同那样的决心，那样的毅力和热情。后来终于入端方幕，当幕僚。辛亥革命、五四运动、北伐战争，等等，可以说他都是站在外边。1927年以后的蒋介石集团的反动政权，他似乎也没有积极参加。在文坛上，他很活跃：写诗，写文，写小说，写剧本；翻译外国作品，研究外国文学；考证古书，整理历代遗闻佚事；此外，还提倡小说，提倡白话，主张学习欧洲资本主义国家的进步文学。

《孽海花》的第一回，发表于1903年。最后一回，发表于1930年。全书是在二十七年里陆陆续续同读者见面的。其写作、发表、修改、出书的情况，大略如次：1903年，金松岑写第一回和第二回，发表于当年10月在日本东京出版的《江苏》上。1904年夏秋之际，金松岑将这两回连同已写好的第三至第六回移交曾朴，由曾续写。曾朴一面就金松岑所著六回加以修改，一面续写，共成二十回。1905年正月，上海小说林社出版初集（第一至第十回）和二集（第十一至第二十回），均在日本东京印刷。1907年正月，《小说林》月刊创刊，陆续登出第二十一至第二十五回。1916年，上海望云山房出版三集（在《小说林》上发表的第二十一至第二十四回），附有强作解人等所作《孽海花》人物故事考证八则，续证十一则和《孽海花》人名索引。1927年11月，《真美善》杂志创刊，陆续发表经过修改的第二十一至第二十五回和新撰的第二十六至第三十五回。时刊时辍，第三十五回登出时，已是1930年4月。同《真美善》刊登这十五回同时，作者陆续就已出的各回加以修订，由真美善书店陆续出书。1928年1月，出版初集（第一至第十回）和二集（第十一至第二十回）。1931年1月，出版三集（第二十一至第三十回）。于是乃有三十回本的《孽海花》。除分装三册外，同时又将三集合而为一册。《真美善》上发表的十五回中，最后五回（第三十一至第三十五回）并未收入。解放以来，都是就真美善书店的三十回本重排出版，计有1955年北京宝文堂本，1956年上海文化出版社本，1959年上海中华书局本。现在，中华书局以真美善书店的三十回本为基础，附录第三十一至第三十五回，出版增订本，共三十五回，是为足本。

《孽海花》，可以说是一部写真人真事的小说。书中的金沟雯青和傅彩云，实影射洪钧和赛金花。

洪钧，字文卿，苏州人。1868年中状元。后典试江西。1884年丁忧回籍。1886年，纳名妓傅彩云为妾。1888年，奉命出使德、俄、荷、奥，携彩云同去。彩云在德时，曾与德皇之后并肩摄影。樊樊山有《彩云曲》歌咏其事。洪钧于1892年回国，所印中俄交界图，有将我国土地划归帝俄之处，后来引起纠纷，为御史杨英裳所参，郁郁以死。他死时似为1894年。

赛金花，原名赵彩云。洪钧死后，她同洪家脱离关系，改名曹梦兰，在上海挂牌。苏州绅士陆润庠等认为她此举有损苏州人面子，逼她离开上海。她便到天津，改名赛金花。庚子，八国侵略军攻入北京，为联军统帅瓦德西所昵，常骑马招摇过市，北京市民呼之曰“赛二爷”。后因虐待丫头致死，入刑部狱。刑部发至苏州，交由长州、元和、吴县三堂会审。她花了很多钱托人活动，案子以不了了之。最后似与一姓魏的结婚。死于1936年12月3日。有人说，当瓦德西在北京大烧大掳之际，她曾劝阻，为国家减轻了损失。又有人说，她入刑部狱时，正值沈荩被鞭死于狱中，血肉狼藉于地，无人收拾。她见此情景，说道：“沈公是个英雄，可敬可佩!”马上捧沈的血肉，拌以灰土，埋在窗下。她做这样的事，也是可能的。是则赛金花其人，实在也颇有值得称许之处。

《孽海花》里的人物，不但金沟和傅彩云实有所指，其他，十九亦各有所指。有的是直呼其名，直书其事，例如写冯桂芬谈洋务，刘永福抗日本。其他，如戴胜佛影射谭复生；闻韵高影射文芸阁；李治民影射李慈铭，一望而知。《孽海花》底稿第一册的最后几页上，有作者手拟的一份人物名单。其中所列，都是当时的真人。当然，以上这些情况，只于研究这部小说创作过程的人有用，我们读小说的，仍须把书中人物当做作者所创造的艺术形象看，不宜以历史上的某某视之。

19 世纪后半期，从同治初年起到甲午战败止，大约三十年间，可以说是洋务运动从发动到失败的时期，也是我国半封建半殖民地社会形成时期。资产阶级改良主义在这个时期里抬头，旧民主主义革命的萌芽，也在这时期出现。在这个时期里，种种经济的政治的力量以及同它相适应的文化思想，纷然杂陈。顽固派、改良派、革命派之间的斗争，或胜或败，势力或消或长，其发展演变之迹，昭然可寻。大体说来，到了这个时期的最后阶段，顽固派削弱，洋务派失败，改良派活跃，革命派冒头。《孽海花》三十五回，就描述了这三十年的政治和文化变迁情况。

《孽海花》里的人物，主要是一批士大夫官僚，也就是当时的高级知识分子。作者通过对这些知识分子的描述来表现他心目中的文化推移和政治变动的情况。从咸丰末年庚申变后金雯青等在北京组织含英社起，到今年，整整一百年了。我国的知识分子，作为一个整体看，现在已经起了根本的变化。现在读《孽海花》，等于回头看一看这一百年的头三十年里的知识分子的生活和精神面貌。这其实是一桩很有意思的事。

这部书开头描述同治初年的情况。那时候，一般的知识分子，朝斯夕斯孜孜焉梦寐以求的，是入学、中举、点状元。在清廷对外割地卖权的情况下也好，在清廷对内镇压革命、屠杀人民的情况下也好，这些知识分子都是死抱住举业不放。庚申事变之后，清廷为了安抚人心，决定举行顺天乡试，一般士子就欣欣然云集北京，歌功颂德，一点不注意外国是如何的蚕食鲸吞。太平天国的革命，1864 年被中外反动派的联合力量扑灭了。这时候，是所谓“天下太平”的时候，我们就看见，从到处是死尸血洫的废丘上，在孤儿寡妇的哭声中，飘飘然走出一批笑嘻嘻的“生员”来。接着就有一批批的举人、翰林出来了。享受功名荣华和考究制艺诀要，是这些知识分子一生的全部生活。此外，他们什么也不知道，什么也不需要。菶如就是这样一个人物。不过，这时候也慢慢出现了一些比较开通的人。他们办“洋务”，主张从西方学习一些知识和本领，借以“自强”。他们虽然也一样地热衷科举，但是，渐渐打破了八股旧轨，讲起经史百家的学问来，发扬清代学术中比较进步的传统：不迷信，重思考，尚独立。这就出现了一群有洋务思想的知识分子.雯青就是其中之一。这时候，知识分子中还没有民主主义思想。民族主义思想也可以说还没有，只有一点“抵抗外国巩固天朝”的思想，这也不足为奇。1868年雯青抡元的时候，章炳麟刚刚生下来而孙中山才两岁。

从1868年雯青衣锦还乡，到1892年他由俄国回来在上海参加薛辅仁所主持的谈瀛会，这其间，二十四年过去了。在这二十四年里，中国知识界起了相当大的变化，这是中国连年割地赔款的时期。在文化思想领域，是廖平写《古今学考》，康有为写《孔子改制考》等书的时期。这时候，许多人谈起公羊学来。他们谈公羊学，是同政治斗争分不开的。这时，改良派已应运而生。原来的洋务派也有分化，其中有一部分转变为改良派。改良派是代表资本主义的力量，他们同代表大官僚大买办的洋务派不同。他们主张改变一下专制政体而洋务派不主张改变。后来就形成“帝党”和“后党”的斗争，出现康有为等的维新变法。书中所写潘八瀛等谈公羊学，就是同帝党后党的斗争连在一起的。这情形，看看关于闻韵高等人的描述，就更加明白。在这个时期的末尾，民主主义思想冒了头。这个民主主义，有两个思想传统，一个是我国从古代传下来的有关的哲学思想，一个是西欧各国近代哲学中的有关思想。这些，书里都有反映。

社会思想总是随着社会的发展而变化。到了19世纪最后十年间，甲午战争之后，思想界就出现了更新的局面。洋务派“富国强兵”的口号喊不响了。改良派“变法维新”的主张，获得很多人的赞成和拥护。然而，帝国主义瓜分中国的危机近在眼前，清廷又腐败透顶。在这样的情况下，连变法维新的改良主义也难于满足人心，孙中山一派的革命主张也传播开了。于是有陈千秋和陆皓冬等的革命活动出现。可惜曾朴只写到这个运动的开头，没有写下去。看他同金松岑拟订的六十回回目，这部书的预定内容，是以推翻清廷、革命成功结束的。所以现在这个“足本”，就作者已经写下的说，足；就他打算写的说，不足。

总观这三十五回，对于帝国主义的侵略，作者看到了。当然还不深，他只看到帝国主义的大炮，也没有作深刻的分析。帝国主义的经济侵略、政治控制、文化欺骗，不是当时的人所能正确地认识的。作者拉出一个龚孝琪来，指着鼻子骂他汉奸，却缺乏具体的描述。作者描述了清廷上上下下贪污无能腐化透顶，从这里说明清廷垮台的必然，这是对的。至于帝党与后党的斗争，本是当时经济政治斗争的一种表现。作者没有正确地分析这个斗争。他花了很多笔墨去描述皇族婚姻史，想从这个角度去理解帝后的斗争，这可以说是劳而无功的。

《孽海花》描述这三十年政治文化变迁情况，是以雯青和彩云的关系及其发展作为一条线索来贯串全局，目的在于借此使许多不相连的情节连成一气，构成一个完整的故事。作者用雯青和彩云来贯串全局，还可以使他所描述的政治文化变迁情况更富于“浪漫”色彩。这三十年的大事很多，其中有一些，彼此之间又无密切关系，作者为了把它们连成一气，煞费苦心。其实雯青和彩云都不是恰当的人物。雯青一生言行，除了印地图一事而外，同当时的政治文化斗争的关系不密切。他并未处在斗争的中心，尤其不是在这些斗争中代表前进势力的人物，彩云也是这样。她的生活虽然与全书所描述的主要人事同始终，但是，她到底是一个局外人。这是作者在全局布署上的一个先天的困难。《孽海花》一书的结构，作者自己曾比作“长线穿珠”。他费了种种苦心，拿雯青和彩云的关系当做一条线，把许多彼此无血肉关系的事，像穿珠一样穿在一起。很多地方显得勉强。虽然如此，我们却可以从这些地方体会作者的匠心。

作者描写人物的手段很高。彩云这个人物就描写得很好。她有见地，有手腕；又温顺，又泼辣；刚毅果断，伶俐聪明；既苦于受人虐待，又善于虐待他人。她早年的可怜的卖笑生涯，迫她锻炼出一付讨人喜欢的伶俐性格；后来的豪侈的命妇地位，又使她养成一种令人痛恨的残忍心肠。这些，作者都描写得很好。全书凡写到彩云的地方，莫不有声有色。

《孽海花》里的人物，十之八九是士大夫官僚。作者是个中人，熟悉这类人物，写起来左右逢源，人物因亦勃勃有生气。对于这类人物的刻画，那时候，实以此书为最深刻。但也失之于过分夸张。例如写李纯客的娇情，曹公坊的狷傲，都使人觉得过分，反生失真之感。对于当时的进步的知识分子，作者描绘他们的高尚的精神面貌。作者笔下的这些人，大抵是热情，慷慨，当仁不让，见义勇为。例如戴胜佛、陈千秋、陆皓冬等。虽然描写得不够细致，作者到底给我们留下了一些可贵的进步知识分子的形象。

曾朴深知士大夫官僚阶层的无能与腐朽，不免把革命的希望寄托在别的阶层身上。那时候，工人阶级呱呱堕地不久。农民，在当时的知识分子的眼里，是软弱的，无知的。只有绿林英雄这个传统是现成的。在文学形象中也有此传统。曾朴描写大刀王二，把希望寄托在大刀王二这样人物的身上，是很自然的。东林复社，不济事了，水浒英雄便成了理想的救星。王二这种人物所代表的社会势力，在作者笔下，总是处处与前进的政治运动结合。本书最后的几回里写洪帮参加孙中山的革命活动，也是这个意思。

人物对话，作者力求其符合人物的身份和性格。那些高官，在厅堂之上作正式的拜会，满口文绉绉的；在私人往还上，却是非常通顺的口头话。知识分子，一派文腔；彩云阿福等人，纯粹的白话。这都是很好的。但是，写起外国人来，也把他们写得同中国文人一般吟哦嗟叹，就有点不像了。有一些地方，写人物对话，不是从人物面谈时的实际情况着想，而是在那里对读者有所说明，不过借用人物的嘴巴罢了。这自然是不好的。

曾朴在小说创作上所受的影响，就本国而论，《儒林外史》、《红楼梦》等的影响是很明显的；就外国而论，主要是受了法国作家尤其是雨果的浪漫主义的影响。吴敬梓、雨果这些作者，往往把人物事件夸大增饰，力求其诡谲多变、奇险惊人。《孽海花》在全书结构上，在人物描绘上，受这些古典小说的影响很大。喜欢夸饰，不尚平实的白描，这是曾朴的风格，在一定程度上也反映了当年的时代风尚。

书中有一些冗长的议论，露出作者处理规模过于庞大的题材，力量不足，只好走“捷径”了。

这是一部写晚清知识分子尤其是高级知识分子的书。作者把一生的学问和语文修养都拿了出来。行文之间，明征暗引，端出了许多典故，遣词造句，充分地表现了一股文人风味。这是针对着当时的知识分子读者的兴趣而写的，也反映了作者所描写的知识分子的兴趣。作者很讲究辞藻，有许多地方，虽是一两句很普通的话，一字一词也是经过推敲的。但也有不周到之处。有许多毛病，稍微留心一点就可以避免，但仍留下了。其中较大的，是时间交代不清楚。全书三十五回，共写了三十几年的事。有一些大事，何年何月发生，没有交代。小事也有好些交代不清。虽说是小节，究竟是缺点。

以上这些，都是我个人的看法。好在原书在手，读者自会判断。我说错了，希望指正。

1962年8月31日，北京

原载中华书局1962年12月版《孽海花》

评《孽海花》的思想内容和社会作用

徐梦湘

曾朴的《孽海花》自出版以来，一直是一部十分流行的小说。出版初，不到一二年间，竟然再版十五次，销书五万册；解放以后，曾先后由三个出版社重印，总印数约二十多万册。可见在读者中有着广泛的影响。至于对《孽海花》的评价，历年来，许多评论文章和文学史著作，都认为它“表示了一种很强的革命倾向”，把它看作是“革命小说”。[①] 最近也有一些同从发表了不同的看法，认为《孽海花》不是一部“革命小说’，志总的思想倾向来看，它是改良主义的，这部书是不值得称道的。[②] 这些意见是正确的，自己很受启发，这里也想谈谈个人的一些看法。

一

《孽海花》不是一部严肃的“历史小说”，而是对晚清历史的严重歪曲。

《孽海花》初版署名是“爱自由者发起，东亚病夫编述”，这是很特别的，原因是这书的造意者原是金松岑，他写了六回，交曾朴所办的小说林出版社，曾朴提出这部小说的写法，金松岑感到自己无法完成这部小说，同时他对写小说的兴趣也不大，于是移交曾朴来写。

金松岑写书的原意和曾朴是有所不同的。金把《孽海花》称为“政治小说”，在出版广告中说：“此书述赛金花一生历史，而内容包含中俄交涉，帕米尔界约事件，俄国虚无党事件，东三省事件，最近上海革命事件，东京义勇队事件，广西事件，日俄交涉事件，以至今俄国复据东三省止。”[③]可见金写此书的原意还是想反映一些现实的政治斗争的。据金所谈，他是应当时江苏留日学生所编的《江苏》之约而作的，那时是 1903 年，因“中国方注意于俄罗斯之外交，各地有对俄同志会之组织，故以使俄之洪文卿为主角，以赛金花为配角。”金因当时人民对俄帝国主义侵略群情激愤，他在这部小说中要描写的是俄帝国主义对华侵略史，而洪文卿曾任出使俄国的大使，中俄边境的纠纷又夹杂着洪文卿所印的地图一案，所以他用洪文卿作主角，“盖有时代为背景，非随意拉凑也。”④可见金松岑在创作这部小说时，是同 1903 年的现实密切结合的，所以他称之为“政治小说”。但是到了曾朴手中，则一变而为“历史小说”，“以名妓赛金花为主，纬以近三十年新旧社会之历史”，内容则有“旧学时代，中日战争时代，政变时代”。⑤与金所拟内容比较，显然与当时现实结合得不那么密切了，于是，这本小说的主题在曾朴手中就变换了。

曾朴对于《孽海花》的构思是颇为得意的，他说：“我看着这三十年，是我中国由旧到新的一个大转关，一方面文化的推移，一方面政治的变动，可惊可喜的现象，都在这一时期内飞也似的进行。我就想把这些现象，合拢了它的侧影或远景和相连系的一些细事，收摄在我笔头的摄影机上，叫他自然地一幕一幕的展现，印象上不啻目击了大事的全景一般。”⑥如果曾朴真能把自中法战争至辛亥革命这一段历史的来龙去脉以艺术手法写清楚，那是很有价值的，可是他所说的不过是自吹自擂的欺人之谈。从《孽海花》中只能看到一些零碎杂乱的逸闻琐事，哪里有什么“大事的全景”。而竟有人倾倒于曾朴的“历史小说”，有的说《孽海花》是“一部完全根据史事而艺术化的小说”⑦；有的说曾朴的宗旨是“认真负责地反映了历史真实”⑧。曾朴所写的号称“历史小说”的《孽海花》真的是如此吗？让我们来看看曾朴对于各种历史事件的解释吧。

在曾朴看来，历史的发展，只是由于一些极其偶然的事件所造成，更多的是由于男女的性爱而造成了历史事件的契机。我们就按修改本的顺序举几段情节来看一看。在曾朴看来：帝国主义火烧圆明园，是由于龚定庵和西林春的一段私情苟且。黑旗抗法战史中女领军的英勇杀敌，是由于刘永福要和她作夫妇，而黑旗的吃败仗，则是由于作奸细的花哥的旧夫郎来与她叙旧情，骗取了她的信任。光绪初年清流党的形成，原来是由于庄昆樵吃不饱饭，“胸中一团饮火”。维新派借公羊学宣传变法思想，是由于潘八瀛的“学问渊博，性情古怪，专门提倡古学”，“尤喜讲公羊、春秋的绝学”。甲午战时，何太真的出兵，决策于刻着“度辽将军”四字铜印的一件小古董。帝后两党之争，即所谓“两宫失和”，则由于光绪婚姻的不如意。帝党的形成则是由于宝妃对光绪的一番谈话，而且作者把这次谈话作为戊戌政变的伏线，他曾说：“写到清室的亡，全注重在德宗和太后的失和，所以写皇家的婚姻史……东西宫争权的事，都是后来戊戌政变、庚子拳乱的根源。”⑨马关条约之所以很快订下来，是由于威毅伯中了一枪。小山六之介所以刺杀威毅伯，是由于他的哥哥小山清之介和下女花子偷情染病，于是愤而到中国作奸细被杀。够了，够了！这些还不足以说明曾朴自鸣得意所谓的“历史小说”是些什么货色吗？

既然是历史小说，那就要以小说这种艺术形式以生动、具体的艺术形象来表现历史的本质。什么是历史呢？毛主席说：“阶级斗争，一些阶级胜利了，一些阶级消灭了。这就是历史，这就是几千年的文明史。拿这个观点解释历史的就叫做历史的唯物主义，站在这个观点的反面的是历史的唯心主义。”[10]曾朴的《孽海花》对历史所作的解释恰恰就是站在历史唯物主义的反面。在《孽海花》出版前八年，严复、夏曾佑为《国闻报》写了一篇《本馆附印说部缘起》，强调小说要表现人类的“公性情”，所谓“公性情”，即“英雄”、“男女”。认为一切历史“大都女子败之，英雄成之，英雄败之，女子成之，英雄副之，女子主之，英雄主之，女子副之”，而历史的“枢机之发，常在于衽席之间，燕闲之地”。曾朴在《孽海花》中所表现的历史观就是这种反动的历史唯心主义观点，他所宣扬的历史的发展只是由于极其偶然的事件，而并非由于阶级斗争的推动，不把历史看成“始终是社会的这些或那些阶级争取社会上政治上的统治，始终是旧的阶级要保持统治，而新兴的阶级要获取统治”[11]，而把历史看成是个人意志的行动，甚至把某些男女的性爱，说成是历史发展的契机，这样一来，历史成了一本糊涂账，既扑朔迷离不可捉摸，又无规律可寻，甚至令人感到冥冥之中有个主宰。这是一种反人民反科学的反动的历史观，它的危害性是很大的。

二

曾朴在《孽海花》中宣扬了些什么呢？

他在谈到写书的意图时，曾经说：“写雅叙园、含英社、谈瀛会，卧云园、强学会、苏报社，都是一时文化过程中的足印。”[12]在《孽海花》中强学会和苏报社的事还都没有写到，我们无法推测他会写成什么样子。以前四者而论，雅叙园即第二回所写的潘胜芝、钱唐卿、陆菶如三人在雅聚园茶坊谈天，而所谈的内容不过是清代苏州的科举史，竟胡说什么“苏州状元的盛衰，与国运很有关系”。用陆菶如的话说，就是“如今这位圣天子中兴有道，国运是要万万年，所以这一科的状元，我早决定是我苏州人！”含英社所写的是第三回金雯青、钱唐卿、何珏斋、曹公坊四人所结的名叫“含英社”的文社，“专做制艺工夫，逐月按期会课”，这四人都是苏常一带的人，那时苏常一带太平军正和清反动军队“死力战争”，而这四人“一路上辛苦艰难”跑到京师，结社大作八股。《孽海花》描写说："正当大乱之后，文风凋敝，被这几个优秀青年，各逞才华，大放光彩，忽然震动京师。一艺甫就，四处传抄，含英社的声誉，一天高似一天，公车士子，人人模仿，差不多成了一时风尚。曹公坊在社中，尤为杰出。"以这两段而论，曾朴所谓"文化过程中的足印"，不过是科举与八股，此二者实质上是明清两代反动统治者笼络知识分子的工具，桎梏知识分子思想的枷锁。在《红楼梦》，特别是《儒林外史》中，已经有所批判了，在晚清小说中也有不少作品批判科举与八股，即在当时已有不少人看出科举、八股的毒害，所以维新时期就提出了废科举，兴学校，废八股，改策论的主张，而曾朴却大肆加以宣扬。同时，一方面赞扬同治是"中兴有道"的"圣天子"，"国运是要万万年"；一方面则说什么太平天国革命使得"文风凋敝"。曾朴在这里散布的反动思想不是极明显吗？谈瀛会写的是第十八回一些出使过各国的外交官的聚会，这些人所谈的不外是练海军、兴实业、办银行、筑铁路，开议院、办学堂、研究文学改革、提倡小说戏曲等等洋务派和改良派的主张，而对"卢梭的民约论，孟德斯鸠的法律魂"，对"革命""流血""平权""自由"的话，害怕得了不得。曾朴在写这些内容时，并不是采取批判的态度，而是把这些当做"富强大计"来写的，所以在这里他是宣扬了麻痹人民的改良主义思想。卧云园所写的是第二十回许多人给李纯客祝寿的聚会，这一段是曾朴所着力加以描写的，而所描绘的不过是上层知识分子的闲情逸致，吟诗、写字、投壶、游园、饮酒、行令，炫耀自己的收藏、著作，还加上狎男妓。曾朴在写这一段时，那种欣赏、羡慕、沾沾自喜的情绪是流露于字里行间，他是那样地陶醉在这些上层知识分子的无聊、庸俗、玩物丧志的生活中，无怪乎有人说，读了《孽海花》"觉老辈风流，去人未远"⑬，足见他给读者的印象。给《孽海花》作《人名索隐表》的强作解人是最初看出曾朴对书中人物的态度的，他说"书中事实，于主人翁之外，初无过甚之贬词"，这种看法是接近事实的。实在说起来，即对金雯青也是有褒有贬，至于上文所谈几段中的人物事迹，不但没有贬词，而且是欣赏的，而后来有些人为要给《孽海花》戴上"革命小说"的桂冠，硬说曾朴对这一切都是批判的，这是颠倒了是非。当然，这些描写我们今天读起来有一定的认识作用，可以看到那时的上层知识分子过着怎样的一种无聊的生活，但这是另外一回事，并非曾朴的本意，同时也不能由此而在总的倾向上肯定《孽海花》。

封建迷信、因果报应的思想，是贯串《孽海花》全书的。把傅彩云说成是曾经与金雯青相恋的一个烟台妓女梁新燕转世；把金雯青与傅彩云的结合、傅彩云的放荡、金雯青因而气死的过程，解释为由于金雯青负情于梁新燕，所以她转世报仇。此后，金雯青所作的四首七律也隐括这种意思，又说什么梁新燕死的那一年，正是傅彩云生的那一年。第二十三回写金雯青病中呓语，又指傅彩云是烟台妓女梁新燕，“她是来报仇”的。除了这个贯串全书的因果报应的故事外，第二十七回还郑重其事地写慈禧是道光射死的狐精转世，“来报一箭之仇，要扰乱江山”。第二十回又写余笏南给林敦古相面，说林敦古的相貌是“奇格’，“贵便贵到极处，十九岁必登相位，操大权。凶便凶到极处，二十岁横祸飞灾，弄到死无葬身之地。”林敦古影射的是戊戌六君子之一的林旭，在百日维新时，他是军机章京，即所谓登相位，政变失败被杀。这一段《孽海花》虽还没有写到，但这事实我们是知道的，所以这一段相面的话就是后文的伏线。这些情节已足以说明问题，曾朴所宣扬的是“万般皆由命，半点不由人”的反动思想。

淫乱思想、色情描绘是《孽海花》所具有的另一腐朽的内容。《孽海花》是以傅彩云为主角的，曾朴虽然一再声明说傅彩云只是一条线索，但作品中尽管出现不少人物，大多面目模糊，甚至有的刚一登场就从此不见了，而傅彩云则是作者着墨最多的一个人物。这个人物在作品中的活动是什么呢？私仆夫、偷洋人、玩戏子，以自己的肉体达到种种目的。所以蔡元培曾以疑问的口气说傅彩云这个人物“除了美貌与色情狂以外，一点没有别的。”[14]而曾朴在描绘傅彩云与阿福偷情、与瓦德西偷情、与质克偷情、与孙三儿偷情时，都写得绘声绘色，真是不堪入目，令人作呕。此外，写龚定庵与西林春的私情、庄寿香青天白日与婢女苟且、祝宝廷在江山船与珠儿的勾搭、曹公坊的玩相公等等，曾朴都把它们作为名士的风流佳话来写。全书中的许多场面简直离不开妓女、相公，所以《孽海花》散发着一种腐烂的气息。

至于美化李鸿章、光绪，丑化孙中山，赞扬俄国虚无党、日本浪人的行动，在其他同志的文章中都已谈到，这里就从略了。曾朴在《孽海花》中所宣扬的是极其反动的思想，他的艺术趣味也是极其庸俗卑下的。他所喜欢的是已为人民所唾弃的改良主义思想，他所欣赏的则是流传于士大夫阶层的逸闻佳话、风流韵事，没有丝毫的积极意义。

三

再来看看曾朴对《孽海花》的修改。

我们先把《孽海花》的发表出版情况叙述一下：最初金松岑写了六回，第一、二两回发表在 1903 年出版的《江苏》上。此后由曾朴就金松岑原稿“点窜涂改”并续写了二十回，1905 年由小说林社出版。1907 年曾朴办的《小说林》杂志创刊，又发表了第二十一至二十五回。1927 年曾朴父子主编的《真美善》杂志出版，又重新修改发表了第二十一至二十五回，此后至 1930 年，陆续发表了第二十六至三十五回。1928 年由真美善书店出版第一至二十回的修改本，1931 年又出版了第二十一至三十回。

根据上述情况，曾朴的修改前后共两次，第一次是修改金松岑的原稿，第二次是修改自己的，当然也夹杂了金的文字。我们先谈第一次修改。金松岑原写了六回，但只发表了两回，其他四回是什么样子，我们无法臆测，现在只就前两回谈。这两回的修改最重要的在第二回开头一段，金的这一段议论既有抗俄的情绪，又有反满的要求。曾朴在第二回中把这一段全部删去，而改成一大段攻击科举的议论与一个无聊的关于科举的笑话。有人据此大谈曾朴的进步思想，说他如何痛恨科举、攻击科举。不错，曾朴似乎是攻击了科举，但他是否具有进步的思想呢？如果我们细读曾朴原文，就会发现他这段议论前面虽然也说了什么科举是“历代专制君主束缚我国同胞最毒的手段”，但这一段议论的归结却是：“不过那些造这制度的君主，原要国里百姓世世代代只崇奉他一姓，尊敬他一人，那里知道全国人，自从迷信了科名之后，什么都不管了，只要还了我一领红袍，三声胪唱，任凭你国家是姓张的，姓李的，皇帝是同种的、异种的，都是他世祖太宗圣德神功文武皇帝了。”我们读了这几句，就看出曾朴攻击科举的立场，他是从科举也不是“万年巩固的善法”这个角度说的，他指出虽有科举制度，而仍不免改朝换代，坏就坏在“那班帝王只顾一时的安稳，不顾万世的祸害”。剥开本质来看，曾朴是看到清反动统治已摇摇欲坠，他在那里苦口婆心地劝说，痛下针砭地警告，正是对清统治者的不能“万年巩固”而痛心疾首。所以他只是觉得科举不是使封建统治者“万年巩固的善法”而已，显然他是站在封建统治者的立场说的。明白了这段话的立论点，就可以明白为什么在 1928 年时，曾朴把这段话全部删去，那时已经是“中华民国”了，还那样地劝说清统治者，未免太露骨了。

在这两回中一些零星的修改，如金松岑明明写着“洪秀全的革命军正在热闹”，曾朴改为“金田匪起”。第二回回目原是“世界强权俄人割地，科名佳话学究谈天”，下联回目表明，这一回所写的雅聚园的谈话，作者是含有讥讽的意思的，曾朴改为“金榜误入香魂坠地，杏林话旧茗客谈天”，“学究”换为“茗客”，这样对书中人物所说的什么苏州状元与国运大有关系的谬论就毫无贬意了。

总之，在这两回的修改中，曾朴把金原稿中密切结合当时俄帝国主义侵略中国和中国人民的反抗意志的现实内容给修改掉了。同时，一方面咒骂农民起义，一方面向反动统治者进言，如果不改弦更张，天下是要不保的，虽然言辞似乎激烈一些，但确实是忠心耿耿的。

曾朴的第二次修改是在 1927~1928 年间，这次修改据曾朴自己说，是因为：第一，“把孙中山先生革命的事业、时期提得太早了。”第二，“第一回是楔子……第二回开端还是一篇议论”，“仍是楔子的意味，不免有叠床架屋之嫌”；第三，“其余自觉不满意的地方”，“也删改了不少”。[15]

关于第一点是往后挪了，且不管它。第二点是删去第二回前半段，上文已谈过。所以这里主要是谈第三点。让我们从曾朴的删改中看看他不满意的是什么？满意的又是什么？这一次修改最大的莫过于第二十五回，这一回的故事是正当甲午风云日紧的时刻，尚书龚和甫被偷了一只鹤，悬赏十两银子寻鹤。大刀王二把鹤送来，但不愿得银，要求龚和甫的墨迹，因为龚和甫在这时是主战的。王二并说要等龚和甫主战决策后，才悬挂，因王二家中“只有硬汉的劣书，没有庸臣的妙墨”。接下来写的是祖钟武家中的堂会，京剧名丑赶三儿在舞台上讽刺了以李鸿章为首的投降派的卖国行为。这个内容无论如何多少反映了人民反对帝国主义的要求，但这些是曾朴不满意的，不喜欢的，在修改本中统统删去。前者增加了龚和甫写的“失鹤零丁”文，代替王二的故事，填满空白，通过人物的嘴赞美龚和甫字写得“纵姿倔犟”，“文章也做得古拙有趣”。赶三儿的故事则换成何珏斋带兵出关的事，大肆渲染何珏斋的儒将风度。从这一段修改中，可见曾朴眼中只有上层官僚的闲情逸致、雍容风雅，而没有人民的抗敌的要求，连对投降派的极其轻微的讽刺，曾朴也是不满意的。

我们再举一些地方比较一下。原本第四回写陈千秋访问云仁甫、王子度三人的谈话，这一段写得本来并不高明，在革命派陈千秋眼中，改良派竟然是“一表非俗，思想尚非顽固”，王子度在谈话中主张“废科举、兴学堂为第一方针”，陈千秋还称赞他的话“诚然不差”。但在这一段陈千秋毕竟还批判了改良派的思想，他说：“现在我国根柢不清，就是政体好到万分，也是为他人作嫁，于自己国民无益，所以缓进主义都用不着，惟有以霹雳手段，惊醒二百年迷梦，扫除数千万年腥膻，建瓴一呼，百结都解。”无论如何，这段话提出了要用暴力推翻满清政权。但曾朴却不满意，到修改本中这一回移到第二十九回，陈千秋的话全部删去，把这一段人物对话，改为叙述性的语言，说王子度“也只主张废科举，兴学堂”，唐猷辉“不过说到开国会，定宪法”，同时还拉扯上浪子、商人、斗方名士、广学会的宣传员，一起并论，泛泛地说“都只是些扶墙摸壁的政论，没有一个挥戈回日的奇才。”同原本一段相比力量减弱许多。但在第十一回中，原本只是“那一年却正是戊子乡试的年成”一句，修改本则改为“那一年正是光绪十四年，太后下了懿旨，宣布了皇帝大婚后亲政的确期，把清漪园改建了颐和园，表示倦勤颐养，不再干政的盛意。四海臣民，同声欢庆。国家政治，既有刷新的希望，朝野思想，渐生除旧的动机。恰又遇着戊子乡试的年成……”大肆渲染所谓光绪亲政。

这样一比较，不是很清楚吗？凡是略有些意义的，如人民反抗帝国主义的要求，革命派的以暴力手段推翻清政权的主张等，这都是曾朴所“自觉不满意”的，对清反动统治的粉饰、美化，对上层官僚庸俗无聊生活的渲染，曾朴都是不惜笔墨的。何其厚彼而薄此呢！

至于孙中山的故事挪到后面，曾朴用什么填补空白呢？那就是龚定庵与西林春的偷情，花哥抗法中的艳史，对专做制艺的含英社的吹嘘，曹公坊与相公的缠绵眷恋，这些自然是曾朴极满意的东西啦！

从曾朴的两次修改来看，不是也说明他的反动立场吗？

四

《孽海花》这部小说起了怎样的作用呢？

《孽海花》前二十回出版于1905年，1907年在《小说林》月刊上又发表了五回。这个时期，一方面是孙中山领导的资产阶级民主革命开始了一个新阶段，本来各自分散的革命组织兴中会、光复会、华兴会，现在统一起来，成立了中国革命同盟会，发表了宣言，提出了“驱除鞑虏，恢复中华，建立民国，平均地权”的革命纲领，革命形势蓬勃发展。另一方面，清反动统治者为了缓和革命形势，为了挽救自己灭亡的命运，抛出所谓“立宪”的法宝，宣布要实行一些在戊戌政变时，他们不能接受的东西。1905年派五大臣出洋考察宪政，1906年宣布预备立宪，此后又拼凑了一个“钦定宪法大纲”。这正是一个阶级斗争异常尖锐的时期，而从某种意义上说，反动统治者的“预备立宪”恰像一面镜子，可以照出谁是革命派，谁是反动派。康梁积极拥护立宪，在这面镜子中现出了原形，为人民所唾弃。曾朴主持的小说林社在这时期所表现的态度是极其鲜明的，在小说林创设宏文馆的广告中说："适奉明诏预备立宪，以促国民程度之进步，同人咸谓非印行于家庭、社会、国家深有裨益之书，殊未尽一分子责任。"⑯在黄摩西所写的《小说林·发刊辞》中也表示了同样的意思，而曾朴本人则参加了张謇所创办的预备立宪公会，成为"这个团体的中坚分子"⑰。

在这样一个时期，曾朴把他的《孽海花》以"历史小说"相标榜，以金雯青、傅彩云的因果报应的故事作线索贯串全书，散布反动唯心史观与封建的因果迷信思想，其结果则是桎梏人民的思想，束缚人民的行动，使读者相信，历史的发展只是某个英雄人物的思想意志的表现，人民只能听天由命，安分守己地生活，至多也就是等待着奇才异能的英雄人物出现，而不必去搞什么革命。此外，作品对光绪的赞扬，对改良主义思想的宣扬，其结果都起了为清廷虚伪的立宪骗局服务的作用。

更重要的是修改本的出版和最后十回的续写，有的同志曾正确地指出《孽海花》已不能把它看成是晚清的作品了。这时正是第二次国内革命战争时期，时代的特点：一方面是以美帝国主义指使的蒋介石为首的一切反动派对中国共产党领导的革命力量所进行的"围剿"，一方面是中国共产党及其领导的劳动人民所进行的反"围剿"，是"围剿"与反"围剿"的斗争。配合反动派对工农红军的军事"围剿"，在文化上也出现了对左翼文化的"围剿"。在帝国主义策动下的"围剿"是举世未有的极其残酷的反革命行动，正如鲁迅所指出的，对于左翼文化，"走狗的文人即群起进攻，或者制造谣言，或者亲作侦探"，"统治者也知道走狗的文人不能抵挡无产阶级革命文学，于是一面禁止书报，封闭书店，颁布恶出版法，通缉著作家，一面用最末的手段，将左翼作家逮捕，拘禁，秘密处以死刑。"⑱但是"要剿灭革命文学，还得用文学的武器"⑲。《孽海花》恰恰在这个时期修改、续写，难道是无原因的吗？

在曾朴死的时候，胡适曾经盛赞他对新文学的批评是"老眼无花，一针见血"。曾朴所攻击的是小品文（杂文）和短篇小说，而要求所谓"伟大"的作品。⑳足见曾朴和胡适是站在一条线上的，因为在这样一个瞬息万变的战斗的时代，革命作家为了适应战斗的需要，使用短小精悍的小品文和短篇小说来进行战斗，而"生存的小品文，必须是匕首，是投枪，能和读者一同杀出一条生存的血路的东西"㉑，这正是胡适、曾朴之流所深恶痛绝的。而攻击战斗的小品文，正是当时文化"围剿"的一个方面。

曾朴在这时期续写的内容一上来就是所谓"帝王的婚姻史"，而这一段，正和当时泛滥一时的什么《御香漂渺录》等书一样，要引导读者"发思古之幽情”，缅怀过去，脱离现实斗争。而全书所渲染的上层知识分子的饮酒、作诗、玩古董、嫖娼妓的闲情逸致，其作用是要“将粗犷的人心，磨得渐渐的平滑”，“由粗暴而变为风雅”[22]，消磨读者的斗志。曾朴在这次修改中添了含英社的一段，大力推崇八股文，而恰恰在这时，周作人也在北平大讲八股文，说它是“中国文化的结晶”，主张北京大学国文系“在本科二三年应礼聘专家讲授八股文，每周至少二小时，定为必修科，凡此课考试不及格者不得毕业”[23]。一南一北，遥相呼应，煞是好看。曾朴这时期续写的内容更多描写了色情，孙三儿、傅彩云的互相玩弄，傅彩云以自己的色肉追求各种卑鄙的目的，同时穿插了陈骥东的家庭纠纷，从而宣扬欧美的民主。此外大捧李鸿章，又写了王二式的“士为知己者死”的大侠。《孽海花》可以说是把帝王将相、才子佳人、色情、武侠熔冶于一炉，宣扬了反动的改良主义思想和保皇思想，以及崇拜帝国主义思想、封建的迷信思想、剥削阶级的淫乱思想，这部书称得起是为蒋介石在文化上的“围剿”活动大大帮忙的反动作品。

原载《文史哲》1966年第1期

---

① 最早提出这种看法的是阿英的《晚清小说史》，作家出版社1955年商务初版。

② 穆欣：《如何看待晚清的文学和政治》，见《光明日报》1964年7月30日；葛杰：《关于〈孽海花〉的评价问题》，见《文学评论》1964年第6期；倪墨炎：《论张毕来对〈孽海花〉思想倾向的评价》，见《文汇报》1964年12月23日。

③ 《孽海花杂话》，见阿英：《小说二谈》，中华书局1959年版，第122页。

④ 含凉生：《孽海花造意者金一先生访问记》，见《孽海花资料》，中华书局1962年版，第146页。

⑤ 《孽海花杂话》，见阿英：《小说二谈》，第123页。

⑥ 《曾孟朴谈〈孽海花〉》，见《孽海花资料》，第131页。

⑦ 《孽海花出版声明》，见孙次舟：《重印孽海花》，东方书社1943年版扉页。

⑧ 北大中文系55级编：《中国文学史》第4册，人民文学出版社1960年版，第372页。

⑨ 《曾孟朴谈〈孽海花〉》，见《孽海花资料》，第131页。

⑩ 《丢掉幻想，准备斗争》，《毛泽东选集》第4卷，人民出版社1960年版，第1491页。

⑪ 恩格斯：《卡尔·马克思》，《马克思恩格斯文选》第 2 卷，人民出版社 1962 年版，第 161 页。

⑫ 《曾孟朴谈〈孽海花〉》，见《孽海花资料》，第 131 页。

⑬ 见燕谷老人著《续孽海花》，真美善书店出版，第 1 页。

⑭ 《追悼曾孟朴先生》，见孙次舟：《重印孽海花》叙录，第 86 页。

⑮ 《曾孟朴谈〈孽海花〉》，见《孽海花资料》，第 132 页。

⑯ 见小说林社当时出版之各种书籍后面所附的广告。

⑰ 参见《曾孟朴年谱》，见《孽海花资料》，第 168 页。

⑱ 鲁迅：《中国无产阶级革命文学和前驱的血》，见《鲁迅全集》第 4 卷，人民文学出版社 1963 年版，第 221 页。

⑲ 鲁迅：《中国文坛上的鬼魅》，见《鲁迅全集》第 6 卷，人民文学出版社 1958 年版，第 121 页。

⑳ 胡适：《追忆曾孟朴先生》，见孙次舟：《重印孽海花》叙录，第 85 页.

㉑ 鲁迅：《小品文的危机》，见《鲁迅全集》第 4 卷，第 443 页.

㉒ 鲁迅：《小品文的危机》，见《鲁迅全集》第 4 卷，第 441、442 页。

㉓ 《论八股文》，见周作人：《中国新文学的源流》附录，人文书店 1934 年版，第 118~119 页。

谈鸳鸯蝴蝶派小说

徐佩珺

一

鸳鸯蝴蝶派是中国现代文学史上一个反动的文学流派，作品主要是小说，特别是中篇小说和长篇小说。对鸳鸯蝴蝶派的理解通常有广狭二义。广义的说法认为当时的言情、艳情、哀情、娼门、黑幕、侦探、武侠、神怪、滑稽、宫闱等等小说，都应该属于鸳鸯蝴蝶派，因为这些作品都反映了游戏的消遣的趣味主义文学观。狭义的说法则认为仅指言情、艳情、哀情小说以至娼门小说，因为那些作品常常描写才子佳人的故事，离不开“卅六鸳鸯同命鸟，一双蝴蝶可怜虫”的范围。前一说是从它们的基本倾向出发，后一说是从内容与形式着眼，二者都有道理，不过后一说比较形象化，能够概括出这派作品的特色，本文所从的是后一说。

描写才子佳人爱情的作品并不是近代才有的，但把才子佳人的爱情处理得十分庸俗猥亵，并在文坛上形成一股强大的逆流，却始于鸳鸯蝴蝶派。这股逆流产生于清朝末年，泛滥于“民国”初叶。1908 年吴趼人的“写情小说”《恨海》开其滥觞，1914 年创刊的《民权素》、《礼拜六》、《小说丛报》和较早创刊的《小说月报》拓其流域。（“五四”以后，《小说月报》改组，《礼拜六》就成为这个流派的主要阵地，所以又有“礼拜六派”之称。）一时前行后效，鸳鸯蝴蝶到处飞舞；各种杂志小报和大报副刊风起云涌，竞以刊载言情、艳情、哀情小说为能事（当然还有黑幕小说和武侠小说等）。据初步统计，前前后后上海出版的这类刊物竟达一百六十二家之多，所发表的哀情小说六十二种，言情小说三百八十三种。鸳鸯蝴蝶派虽然不是一个统一的严密的文学团体，但作者包天笑、周瘦鹃、严独鹤、范烟桥等在 1922 年 7 月和 8 月先后在苏州上海组织过“青社”与“星社”；他们虽然没有制定明确的文学章程，但在“联络感情、谈论文艺”方面还是“话得投机”的。（范烟桥：《民国旧派小说史略》）

五四运动前后的二十年间，是鸳鸯蝴蝶派的全盛时期。在这段时期内，尽管它十分猖獗，一些有正义感和政治头脑的作家不但没有受它的影响而且向它展开了不调和的斗争。叶圣陶 1921 年发表《侮辱人们的人》一文，指责“他们侮辱自己，侮辱文学，更侮辱他人!”西谛（郑振铎）称他们是“文娼”。作为新文学旗手的鲁迅先生和邓中夏、恽代英、萧楚女等，更对他们展开猛烈的攻击。1930 年左联成立之后，随着新文学的发展壮大，鸳鸯蝴蝶派在新闻界、出版界以及戏剧、电影、广播事业等方面的阵地逐渐丧失。然而它的“流风余韵”还不时地对一些没落文人发生影响。全国解放以后，作为一个文学流派，它就被送进殡仪馆了。

二

鸳鸯蝴蝶派的产生有它的社会根源和文学渊源。这个流派代表了垂死的封建势力和新起的买办资产阶级在文艺上的要求，反映了市民阶层庸俗下流的思想、情趣；同时也继承了明末以来才子佳人作品的糟粕，接受了西方资产阶级没落时期颓废文学的影响。

戊戌变法的失败，辛亥革命的流产，造成了中国近代史上最黑暗最反动的时期。这时一切先进思想都受到压制摧残，资产阶级在文化上所标榜的“新学”也“因为中国资产阶级的无力和世界已经进到帝国主义时代，这种资产阶级思想只能上阵打几个回合，就被外国帝国主义的奴化思想和中国封建主义的复古思想的反动同盟所打退了，被这个思想上的反动同盟军稍稍一反攻，所谓新学，就偃旗息鼓，宣告退却，失了灵魂，而只剩下它的躯壳了”。（毛主席：《新民主主义论》）小说界的情况也正是这样。许多资产阶级改良主义作家，本来曾经写过一些谴责小说，暴露清政府的腐败，可是他们敌不住西方资产阶级文学和中国封建主义文学反动同盟的进攻，也是打不了几个回合，就败下阵来。后来他们虽然也还写小说，形式上也还像谴责与暴露，但其内容却从对社会的抨击转向对个人的攻讦，更多的人陷入悲观失望的深渊。他们一心避开现实，写作谈情说爱的小说，企图到“乌何有之乡”寻求个人的精神安慰。

正如当时社会矛盾的错综复杂一样，鸳鸯蝴蝶派创作队伍的形成也是相当复杂的，在时间上也很难划出一个截然的界线。一部分作者固然是在戊戌变法失败之后从软弱无力的资产阶级改良主义者蜕化而来，但他们毕竟还不是这个队伍最初的成员。这最初的成员应该是封建社会的遗老遗少，也就是鲁迅先生所说的那些除了读四书五经做八股文之外还要公开看小说、写诗词的名士和才子。这些人有着浓厚的封建意识和荒淫腐朽的思想情调，不但倾心于齐梁宫体诗和明清的香艳诗，就连《西厢记》、《桃花扇》、《红楼梦》这些优秀的文学作品，他们也不是去领会其中反对封建制度、揭露黑暗政治的积极意义，而是从自己的需要出发，断章取义地欣赏那些描写儿女私情的地方。那些受过封建文学教养的所谓作家，后来接受了西方资产阶级文化的熏染，在革命低落政治黑暗的历史条件下，继续写出大量的言情、艳情、哀情小说，他们就成了鸳鸯蝴蝶派的最初的和主要的成员。

这里所说的西方资产阶级文化的熏染，一方面是指帝国主义的奴化思想，一方面是指资产阶级没落时期的感伤主义的文学。1899年林纾翻译的《茶花女》，1901年杨紫驎、包天笑合译的《迦茵小传》对鸳鸯蝴蝶派影响最大。《茶花女》一出，那种"哀感顽艳"的思想风格，西洋美人的婉娈多情，外国故事的新颖奇特，正好给奄奄一息的才子佳人小说输入新的血液。他们以《茶花女》为蓝本，糅合着原来的才子佳人故事的写情小说，从此便如破堤的浊流一般泛滥开来，与封建文学一起毒害读者。

由此可见，鸳鸯蝴蝶派文学实质上是我国才子佳人作品的末流跟西方资产阶级没落时期感伤主义小说在中国殖民地化日益加剧的历史条件下特有的产物。

三

鸳鸯蝴蝶派接受了资产阶级玩世纵欲的颓废思想，继承了封建社会"吟风弄月、文人风流"的恶习，以游戏为文章，通过作品散布低级趣味，把人生当做游戏、玩弄、笑谑的资料。《红玫瑰》的编者公然说他们办报的主旨"常注意在'趣味'二字上，以能使读者感得兴趣为标准"。《礼拜六》的创刊也是为了"给看官们时时把玩"；它甚至登出广告，号召读者"宁可不娶小老嬷，不可不看《礼拜六》"。

从这种"趣味"出发，作者当然不会去观察现实，分析现实。他们只能根据个人的体验，描写没落阶级荒淫腐朽的生活，抒发灰色的伤感的情怀。这方面的事实被写尽了，就搜索枯肠，向壁虚造，构筑空中楼阁。等而下之，为了牟取稿费，常常到报刊上剪取奇闻轶事，加以翻造，名为小说，实是新闻的转抄。鸳鸯蝴蝶派的文风是堕落的。

在他们的小说中，充斥着庸俗而又腐朽的思想。他们所描写的人物，总是

“翩翩公子”、“绝色佳人”。他们所叙述的故事，总是男女双方一见钟情、中途分拆、最后团圆或殉情，所刻画的形象总是千人一面，千口一词，就像鲁迅先生所说，才子佳人，“相悦相恋，分拆不开，柳阴花下，像一对蝴蝶，一双鸳鸯一样”。（鲁迅：《二心集·上海文艺之一瞥》）早期的作品在满纸骈四俪六的文字中间，点缀几句香艳诗，后来受翻译小说的影响，就填塞许多新名词，堆砌着云、月、树影、山光等词藻。这些东西反映了当时有闲阶级纨绔子弟的生活面貌和思想要求，对广大人民无异是戕害心灵的“迷魂汤”。

宣传资产阶级恋爱至上、颂扬极端个人主义是鸳鸯蝴蝶派的重要内容。自从西方文化传入中国以后，许多知识青年受了资产阶级自由、平等、博爱思想的影响，对传统的封建婚姻愈加不满，要求恋爱自由。但是社会制度没有改变，旧的阶级没有打倒，加上他们本身的软弱，要实现这一要求谈何容易。因此他们苦闷异常。针对这种情况，鸳鸯蝴蝶派的作者宣传恋爱至上叫他们为爱情而死、为爱情而生。作品中的人物只知道追求个人的幸福，而不管别人的痛苦，甚至要把个人的幸福建筑在别人的痛苦之上，真是反动透顶的资产阶级恋爱观！

同宣扬资产阶级恋爱至上相联系的，是在作品中描写“苦情”、“哀情”和“惨情”，追求凄婉动人的情节，渲染悲痛伤感的情绪。他们写那些追求所谓爱情的家伙，在生活中遇到种种琐碎的偶然的冲突，以至于被迫分离，陷入相思之苦。到了矛盾无法解决时，他就让主人公殉情。这样做不是为了使人看到酿成悲剧的社会根源，以求得革命的解决；而是为了制造无聊的纠葛，以加强故事的曲折离奇，便于吸引读者。其结果必然是回避了现实中的主要矛盾，歪曲了生活的本质，从而掩盖了阶级斗争。

鸳鸯蝴蝶派中有一部分作品是把封建伦理观点羼杂在资产阶级恋爱自由的思想里，这些小说里的人物虽也谈情说爱，追求所谓美满婚姻，但却严格地遵循着封建礼教，不敢越雷池一步。例如徐枕亚的《玉梨魂》，作者一方面欣赏主人公辛酸悲苦的爱情，另一方面又歌颂他们如何用封建道德克服了“非理性”的爱情。最奇怪的是杨紫驎、包天笑合译的《迦茵小传》，他们竟根据温柔敦厚的教义把原著的情节加以斧凿，光写迦茵为她的爱侣亨利着想，舍身嫁给全无感情的石茂，而使亨利遵从母命，另娶意茂姑娘。“至于迦茵与亨利以前若何互结爱情，皆削而不书。”这样既符合地主阶级“发乎情止乎礼义”的原则，又在一定程度上肯定了爱情，把封建制度跟日益觉醒的人民之间的矛盾来一个缓和，从而使旧的统治得以苟延残喘。

我们在叙述鸳鸯蝴蝶派小说的时候，也不能忽视它和黑幕小说之间的联系。

当时什么“艳史”、“秘史”、“风流史”之类，或者揭人隐私，或者谈人闺阃，实在是综合了两者的特点，它的卑鄙恶劣已超过了那些言情之作。

四

鸳鸯蝴蝶派小说的内容既然如此，为什么又会风行一时呢？是不是因为它的艺术性很高？完全不是。鸳鸯蝴蝶派小说无论就其思想性或就其艺术性来说，都是一些粗制滥造的公式化的东西，只不过后来在结构、布局、语言等方面模仿了西洋小说的一些技法，然而也显得非驴非马，不伦不类。

艺术上既不可取，那么它的流行是有什么偶然的原因吗？也不是。主要还得对当时的社会情况进行具体分析。

鸳鸯蝴蝶派的孳生地是上海，这在当时是一个典型的半封建半殖民地的都市。生活的畸形悬殊与思想上的极度混杂，给予鸳鸯蝴蝶派小说的流行以可乘之机。那些寄生在上海的官僚政客和地主资本家的老爷太太们，脑满肠肥，整天价百无聊赖，鸳鸯蝴蝶派小说的出现，既反映了他们的精神面貌，又回过头来填补了他们内心的空虚。他们之喜欢这类作品，是并非偶然的。

上海这个大城市里，有着广大的小市民阶层，他们也是鸳鸯蝴蝶派作品所迎合的对象。这群人一方面因为久居城市，天地狭窄，生活枯燥，形成了庸俗低级的趣味主义和好奇心理，故而对鸳鸯蝴蝶派的作品容易接受；另一方面，他们又大都是小业主、小商人，经济上很不稳定，在黑暗的政治现实中，他们彷徨苦闷。鸳鸯蝴蝶派小说的出现，就给了他们一股精神上的麻醉剂。他们渴望个性解放，于是小说中就有了自由自在的佳人才子；他们追求个人幸福，于是小说中就有了美满姻缘。小说引导他们逃避现实世界，让他们在虚无缥缈的幻境里自我陶醉，因而也就使他们放弃了对现行制度的斗争。这样，鸳鸯蝴蝶派维护统治阶级的利益的反动本质，就更加清楚了。

今天，在党的“百花齐放、百家争鸣”的方针指导下，无产阶级的文艺正不断成长，出现了空前繁荣的景象。生活在我们时代的青年和广大读者，可以读到许多既有革命内容又有优美的艺术形式的小说、诗歌和戏剧，从中吸取有益的营养。受到革命的教育。过去时代的反动作品，包括鸳鸯蝴蝶派作品在内，已经完全被抛弃了。

原载1964年1月12日《光明日报》

图书在版编目（CIP）数据

20世纪中国文学研究论文选. 近代卷/张燕瑾，赵敏俐丛书主编；汪龙麟选编.
—北京：社会科学文献出版社，2010.1
ISBN 978-7-5097-1166-8

Ⅰ.①2… Ⅱ.①张… ②赵… ③汪… Ⅲ.①近代文学-文学研究-中国-文集 Ⅳ.①I206-53

中国版本图书馆CIP数据核字（2009）第201354号

20世纪中国文学研究论文选·近代卷

丛书主编 / 张燕瑾　赵敏俐
选　　编 / 汪龙麟

出 版 人 / 谢寿光
总 编 辑 / 邹东涛
出 版 者 / 社会科学文献出版社
地　　址 / 北京市西城区北三环中路甲29号院3号楼华龙大厦
邮政编码 / 100029
网　　址 / http://www.ssap.com.cn
网站支持 / (010) 59367077
责任部门 / 人文科学图书事业部（010）59367215
电子信箱 / bianjibu@ ssap.cn
项目经理 / 宋月华
责任编辑 / 薛　义　张晓莉
责任校对 / 贾连凤　王　军
责任印制 / 岳　阳　郭　妍　吴　波

总 经 销 / 社会科学文献出版社发行部
(010)59367080　59367097
经　　销 / 各地书店
读者服务 / 读者服务中心(010)59367028
排　　版 / 北京春晓伟业
印　　刷 / 三河市文通印刷包装有限公司

开　　本 / 787mm × 1092mm　1 / 16
印　　张 / 33
字　　数 / 587千字
版　　次 / 2010年1月第1版
印　　次 / 2010年1月第1次印刷

书　　号 / ISBN 978-7-5097-1166-8
定　　价 / 1680.00元(共十卷)